苏东坡

上

郭宝平 著

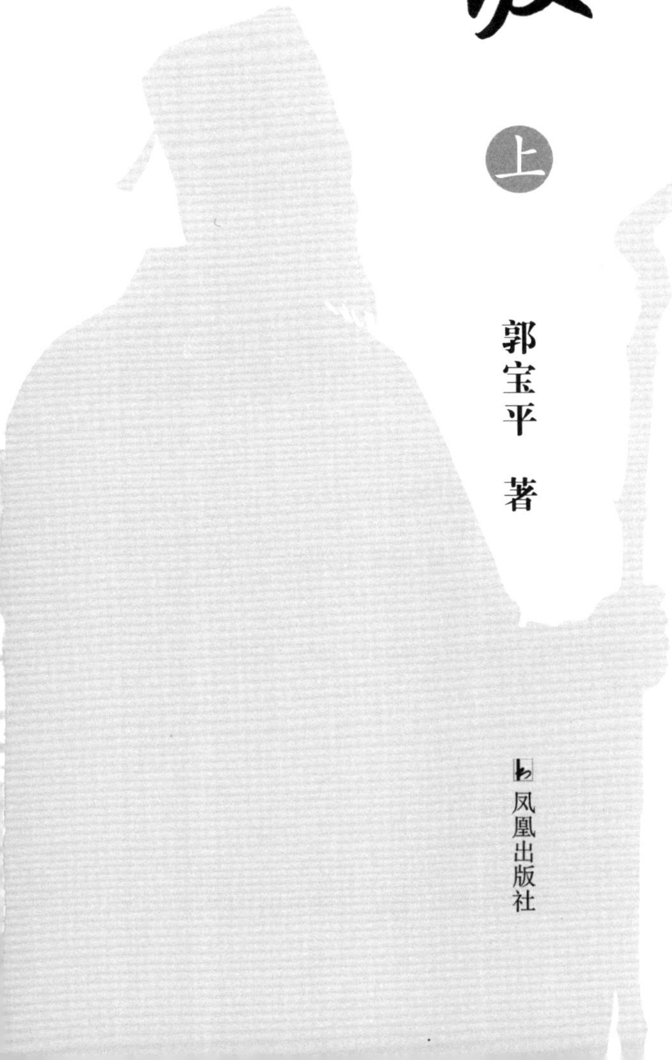

凤凰出版社

图书在版编目（CIP）数据

苏东坡 / 郭宝平著. -- 南京 : 凤凰出版社, 2025.
6. -- ISBN 978-7-5506-4350-5

Ⅰ. I247.5

中国国家版本馆CIP数据核字第2025AT1594号

书　　名　苏东坡
著　　者　郭宝平
策划编辑　张永堃
责任编辑　黄如嘉
书籍设计　陈贵子
责任监制　程明娇
出版发行　凤凰出版社(原江苏古籍出版社)
　　　　　发行部电话025-83223462
出版社地址　江苏省南京市中央路165号,邮编:210009
照　　排　南京凯建文化发展有限公司
印　　刷　苏州市越洋印刷有限公司
　　　　　江苏省苏州市吴中区南官渡路20号,邮编:215104
开　　本　889毫米×1194毫米　1/32
印　　张　27.125
字　　数　539千字
版　　次　2025年6月第1版
印　　次　2025年6月第1次印刷
标准书号　ISBN 978-7-5506-4350-5
定　　价　128.00元(全二册)
　　　　　(本书凡印装错误可向承印厂调换,电话:0512-68180638)

目 录

自序 001

第一章 惊鸿一瞥 001
第二章 野性侠风 031
第三章 风起微澜 047
第四章 雪泥鸿爪 067
第五章 家国迭变 104
第六章 口吻排击 124
第七章 托事以讽 162
第八章 红裙白酒 203
第九章 灰炭明月 224
第十章 东园南都 255
第十一章 黄楼羽衣 268
第十二章 魂飞汤火 302
第十三章 柏台森森 322
第十四章 寂寞沙洲 352
第十五章 东坡雪堂 381

第十六章 一蓑烟雨 401
第十七章 卧看千帆 435
第十八章 身在此山 459
第十九章 长风万里 479
第二十章 不合时宜 510
第二十一章 如在樊笼 548
第二十二章 月明千顷 592
第二十三章 逆旅浮云 622
第二十四章 世事缠绵 640
第二十五章 老身倦马 674
第二十六章 空堂画灰 706
第二十七章 黄粱一梦 718
第二十八章 幽人愚公 734
第二十九章 兹游奇绝 777
第三十章 着力即差 821

尾声 854

自序

有人说，中国的读书人，多半会在不同境况下与苏东坡相遇。此话绝不夸张。只不过，人们遇到的苏东坡，与历史上真实的苏东坡是不是同一个人，那就另当别论了。比如，林语堂认为苏东坡是天生的乐天派；李泽厚却说苏东坡是悲观厌世者。可想而知，李泽厚先生心目中的苏东坡，绝不是林语堂《苏东坡传》里描写的那个苏东坡。不妨说，文学家笔下的苏东坡，未免过于浪漫，欠缺了真实性；历史学家笔下的苏东坡，未免过于单调，欠缺了生动性。那么，历史上的苏东坡到底是怎样一个人？能不能描绘出一个既真实又生动的苏东坡？这是我下决心创作这部历史小说的动因。

有学者在评价我的历史小说创作时说："郭宝平的作品是非虚构的写作，他以历史学者的身份进入由文本构筑的历史现场，通过合理的想象和推理，将历史的片段与片段、细节与细节勾连起来。"我虽然不是专业的历史学者，但让历史小说兼具文学家和史学家之长而又力避二者之短，确实是我努力的方向。这部《苏东坡》，便是力图拨开历史迷雾，重回现场，将一个真实丰富、生动鲜活的苏东坡呈现给读者。为此，我投入不少精力进行考证，以确保人物、事件、场景乃至细节的真实性。对历史留白处，根据文献提供的线索，结合典章制度、社会风貌、人物性格等作出推理。比如，苏东坡是何时纳朝云为妾的？王闰之去世后，因何不把她娶为正妻？这样的细节，史家可以一笔带过甚或忽略；但作为小说却不能回避。朝云入苏门时虚龄十二，应该是以私人歌姬身份进入苏家的。虽有记载说苏东坡当时便纳她为妾，但我推测，他们关系的变化是在黄州。依据有三：一是他刚买朝云时写词说："且更从容等待他。"二是他在黄州写诗说："幽人自恨探春迟。"三是朝云在黄州怀孕生子。而根据当时的婚姻制度，宋朝士大夫普遍买歌姬，法律规定，歌姬生子后可升格为妾，但不得为正妻。再比如，第一章描写苏轼和章惇等人到酒楼饮酒，很容易让人以为是虚构，其实不然。这是根据苏东坡在黄州写给举子潘大临的《蝶恋花》词，再结合当时优礼新科进士的规定及京城开封的时俗而写的。我举这两个例子，意在向读者表明，我写的虽是小说，但读者不必担心上戏说、凭空虚构之当；同时又避免大而化之，因忽略细节而缺乏丰富性和生动性。

我主张，历史小说应该以人性审视人物，把历史人物还原为一个活生生的人。以这样的维度来写，才能使真实的苏东坡复活，也才能真正看出他的不平常之处、他的人生悲喜剧是如何酿成的、他如何实现对自我乃至时代的超越，进而了解苏东坡何以成为苏东坡。相信读者在这部书里，可以看到不少在其他写苏东坡的书中看不到的内容，一定会对苏东坡有一个新的认识。不仅如此，苏东坡的作品与他在官场中的际遇密切相关，读者通过这部书，对苏东坡许多脍炙人口的作品的创作背景、创作宗旨及内涵等，也会有新的发现。

不识庐山真面目，只缘身在此山中。后人已知的史事，当时身处其间的苏东坡未必同步知道。因此，我在叙事上没有采用惯常的全能视角，基本上是隐于苏东坡身边，跟随他的脚步、记录他的言行、探测他的内心世界，严格按照他的人生时间线加以记录，再以小说笔法描述下来。借由记录官独特的穿透性眼光，带读者走进历史的纵深，目睹苏东坡的命运之轮在时代大潮中的沉浮起落，与他一道体验一段特别的人生，感受他内在生命的丰富性，了解他如何与这个世界相处。

我深知，做这样一个记录官不是一件容易的事。窃以为，能不能写出一个既符合历史真实又让人耳目一新的苏东坡，端赖学养、经历和认知。

不熟悉当时的典章制度、社会风貌乃至世道人心，很难精准把握人物。例如，一种流行的说法是苏东坡在科举中高中进士第二，证据是主考官欧阳修把苏东坡的考卷置于第二。殊不知，宋朝考进士要考四场，外加殿试，苏东坡被置于第二的只是其中一场的试卷。如果苏东坡考第二，按照新科进士分配惯例，应该分配为某州通判，而不是县主簿。分配他做县主簿，说明苏东坡的名次很靠后。他为何不去赴任而是又报考制科？很大程度上就是为弥补这个缺憾。制科优等分配上就相当于进士甲科。苏东坡中制科优等后，授大理评事的京官衔，出任凤翔府签书判官。按制，他还要再担任三年通判才有资格进朝廷、入馆阁；但当政的韩琦、欧阳修赏识他，破格提拔，授予“直史馆”的馆职。宋朝官场，入馆阁是升任高官的前提。苏东坡仕途上高开低走，不是进士高中，而是中制科优等、破格入馆阁。不了解这些制度，很多事情就解释不通，也难以理解苏东坡的心态及他在王安石变法时的表现。再比如，苏东坡早年并不擅诗，以至于考进士时因作诗不合格拉低了总成绩。原因是自庆历新政改革科举，诗赋不再作为重点，考生势必根据“高考”的指挥棒转。但苏东坡进士及第后，赏识他的欧阳修、梅尧臣都是一流诗人，与他们交往，动辄要唱和诗作，他这才急起直追。不了解这些背景，就把握不准苏东坡的人生节奏，误以为他天生就是写诗高手，这就与历史真相相距甚远了。

“隔行如隔山”虽是一句俗语，却道出了经历对认识事物的重要性。所以，林语堂笔下的苏东坡和李一冰笔下的苏东坡，简直就判若两人。这与作者各自的经历有密切关系。须知，苏东坡真正的身份是官员，至死未变，即使贬谪黄州、惠州、儋州，仍在京官序列，并按级别领取俸禄。官场中人的喜怒哀乐、微妙心理，非身在其中者，很难感同身受。历史小说需要描写人物心理，捕捉情绪变化，没有类似经历，单靠想象力，很难理解并描述出他的真实心态。相应地，不了解他在官场上的经历，也很难精准把握他的作品内涵。

认知，是历史观和价值观的体现。不跳出忠君和君子小人之辨的传统史观的窠臼，就走不出历史迷雾。当下有一种倾向，认为凡是苏东坡反对的或反对苏东坡的人，就是小人；凡是苏东坡反对的事，一定是坏事；苏东坡遭受排挤，一定是皇帝身边的小人所为。这就是囿于千百年来的传统史观得出的结论。苏东坡三十六七岁时为何屡屡写诗自称“老人”？是因为他比宋神宗大十多岁，彼此政见不合，觉得自己再无出头之日，常托事以讽；听到神宗去世的消息，极度兴奋。在当时，这是大逆不道的，言官以此攻击他，苏东坡当然不能承认。现在普遍的说法是神宗想重用苏东坡，却被身边的小人阻挠；苏东坡绝没有讥讽神宗，更没有为神宗之死而高兴。以此极力证明苏东坡有一颗耿耿忠君之心。殊不知，这恰恰贬低了苏东坡。其实他对君王和国家、君与臣的关系，做过深入思考，他的见解已经超越了他的时代。今人应该抛弃陈旧的历史观，用现代眼光重新审视苏东坡，发掘其永不磨没的价值。

可见，学养、经历、认知，很大程度上决定着作者笔下的苏东坡是不是真实可信。所幸的是，我在中国人民大学读书七年，研修中国政治制度史，对宋朝的典章制度和历史背景相对熟悉，又写过《范仲淹》等以宋朝人物为主人公的历史小说两部。我又曾在部委机关工作数十年，五十岁出头主动辞官写作，以圆少年时代的文学梦。我出生在汴京开封，自觉身上有些宋人遗风，不自量力地生出塑造真实、鲜活的范仲淹、苏东坡舍我其谁的野心。虽是不自量力，但我做到了尽心尽力，希望对得起苏东坡、王安石乃至书中写到的每一个人，也对得起今天的读者。

要全面了解苏东坡，既要用现代价值观去审视他，同时又要回到历史现场，去理解他和他同时代人的具体处境。苏东坡受益于时代，又受制于时代，集官人、幽人、野人、哲人、仙人于一身，但绝不是完人。可以说，他的人生悲喜剧，一半是时代铸就，一半是他自身造成。苏东坡到底是怎样一个人，我只负责尽可能全面、如实地展示出来。看了此书，读者根据自己的阅历和偏好，也可能会得出不同的结论。或许，任何一个人，从我描写的苏东坡身上，都能多多少少看到自己的影子，找到自己的兴奋点。

我希望这部历史小说，无论是历史性、文学性还是价值观，都能经得起时间的检验。至于是否做到了这一点，就交给时间和读者去评判吧！

作者识，2024 年 7 月 9 日，于北京大慧寺

第一章　惊鸿一瞥

一

皇宋嘉祐二年二月下旬的一天，晨曦初露，亮光带着几分自信和倔强，透过轩窗，洒进太学朝集院的一间庠斋里。欧阳修一脸倦容地端坐在宽大的书案前，神情庄重地在香炉里点上一炷檀香，望着炉孔里冒出的袅袅烟雾，往日那种油然而生的祥和、宁静感并未如愿涌上心头，困扰了他一整夜的忐忑不安的情绪，依然挥之不去。

本年正月初六日，朝廷颁诏，命翰林学士欧阳修知贡举，另有翰林学士王珪，中书舍人范镇、韩绛等同知贡举，参详官、编排官等考务官名单也一并发布，俱为当下名流、文章高手。与此同时，开封朱雀门外的太学，因临时充当贡院，已早早清场，考官人等随即入驻，按制锁院。欧阳修是公认的文坛宗师，不仅以文章擅天下，诗词歌赋无所不精，还是史学大家，满腹经纶，文思敏捷，只用了两天时间，就将各场试题拟就。讨论试题的会议结束时，欧阳修踌躇满志，语气坚定道："我辈主持今次贡举，要借机端正文风，凡高谈虚论、用词僻涩险怪的太学体，不管文章写得多么华美，一概黜落！”他知道，这是扭转华而不实文风的重大举措，非同小可。考试近半，他突然心烦意乱起来。毕竟，太学体风行近二十年，士子无不受其浸染，将太学体文章一概黜落，势必引发风波；更可忧的是，惹下天大麻烦却未取到令人满意的士子，这次贡举就是大失败。昨夜，欧阳修被这个想法折磨得辗转难眠。

浓浓的檀香味在庠斋弥漫开来，欧阳修重重呼了口气，起身走到室外，忽听西南方响起一声炸雷，抬头望去，天空澄清，一轮红日带着烁烁霞光，从地平线冉冉升起。他把目光向西移去，却见月亮还羞涩地挂在天际。欧阳修眼前一亮，感叹道：“日月同辉，好兆头，今科进士当有青史留名者！”

“永叔！永叔！”以国子监直讲充任编排官的梅尧臣叫着欧阳修的字跑了过来。因与欧阳修是密友，士林有“欧梅”之称，私下里也就不再用官称。他手中举着一张试卷，兴冲冲道：“快看！”

欧阳修伸手接过，举在眼前阅看。梅尧臣一边搓手，一边歪着脑袋观察他的表情。只见欧阳修眉毛不时一耸，双目放光，不一会儿，拿试卷的手竟微微有些颤抖。

“如何？”梅尧臣迫不及待地问。

欧阳修一语不发，快步回到室内，在书案前坐下，把烛台向近前移了移，又细细阅看一遍，突然用力一拍书案，叫着梅尧臣的字，声音发颤道：“圣俞，此子可与我辈并列！”

梅尧臣点头：“是！这篇《刑赏忠厚之至论》，观点突出，笔力通达，尽显大家风采。最重要的是，正符合我辈倡导的平正流畅之文风！”

欧阳修“腾”地站起身，指着梅尧臣道：“圣俞，你是编排官，把此文置于第一！”梅尧臣拿过试卷刚要走，欧阳修拦住他，又把试卷要回来，点着其中的一段问：“圣俞，这个‘皋陶杀人’的典故，我怎的未听说过？你知道出自哪里吗？”

梅尧臣瞪大眼睛盯着欧阳修：“翰林学士、文章宗师，素以博洽著称，居然被一个初出茅庐的年轻人的文章难住了？”说着，双手一摊，笑道：“嘿嘿，典出何处，我就更不知晓啦！”

欧阳修抚摸着试卷，兴奋道：“得此人，不虚此科！”

梅尧臣笑道：“永叔像是找到衣钵传人了。”说着，接过试卷就要走。欧阳修突然深吸了口气，拦住他道：“圣俞，此卷还是放在第二吧。”

“这是为何？”梅尧臣瞪眼问。

欧阳修皱了皱眉头道：“此文可能是曾巩的，置之第一，不妥。”

本朝为防科举作弊，实行糊名、誊录之制，就连主考官也不知试卷是何人所作。但曾巩二十岁就投欧阳修门下，距今已近二十年，虽屡试不中，却也早有文名，欧阳修想不出，除了他，还有谁能写出这样的文章。

梅尧臣听明白了。今科把太学体一概黜落，落第士子不会善罢甘休，欧阳修必是担心，把自己的门生置于第一，正好给他们提供话柄。他理解老友的担忧，叹口气道：“为端正文风大局，只好委屈曾子固了。”但他还是不甘心，临出门前，又道：“万一不是曾巩呢？曾巩文中所用典故，你这个老师会不知道？”

欧阳修心里一动，叮嘱道：“圣俞，盯牢了，一拆封，就来知会我，此人到底是谁！”

梅尧臣点点头。他和欧阳修一样，也急切地想揭开谜底。第二场成绩登录画押毕，梅尧臣亲自撕开糊名，一看到名字，“嘶”地吸了口气，急匆匆去见欧阳修，劈头就问：“苏轼是苏洵之子吧？”

欧阳修惊喜地问：“那卷子是苏轼的？”他的嘴唇哆嗦了一下，暗忖：难怪莫名其妙听到西南方响起炸雷声，原来是天人感应。这样想着，他双手合十，默念道：“但愿苏轼其他三场也能考好，得点状元！”祈祷毕，叮嘱梅尧臣：“圣俞，各科成绩登录毕，即来知会我苏轼名次。”

过了几天，梅尧臣拿着一张稿笺进来了，欧阳修伸手夺过，匆匆浏览一遍，怅然道：“可惜，可惜！”

礼部主办的省试要考四场。第一场试诗赋，苏轼因为落韵，竟被黜落；第二场试论，列第二；第三场试策，居中；第四场试墨义，列第一。综合下来，即使是殿试时取得优等，也难以进入甲科，更不要说状元了。

梅尧臣见欧阳修神情沮丧，劝道：“知足吧，永叔！多亏庆历新政时改革科举，不然的话，按照老办法，苏轼连参加第二场考试的资格也没有了。况且，你欧阳永叔是当今文坛宗师，对某人片言激赏，即可令其声名鹊起，状元不状元的，不必太在意了吧。”

欧阳修沉吟不语，良久，一脸严肃道：“圣俞，我说过的得此人不虚此科之类的话，勿外传！”

梅尧臣点头道："永叔是担心误把一个庸才捧起来。"

欧阳修没有接话，蹙眉嘀咕道："苏轼是偶尔失误，还是真不擅诗？"思忖片刻，猛地抬起头，对梅尧臣道："圣俞，你写首诗给苏轼，看他怎样唱和？"

梅尧臣为难道："可我与苏轼不熟啊！"沉吟片刻，又道："也罢，我写给曾巩，顺带把苏轼捎上，曾巩必唱和一首，届时就看苏轼的了。"

二

京师开封的城池，由皇城、内城和外城组成。皇城南门宣德门至内城南门朱雀门，是一条笔直的马路，宽二百余步，谓之御街。嘉祐二年三月十二日，天刚亮，御街两侧已是人头攒动。交了辰时，皇城钟楼上响起报时钟声，宣德门内传出号角声，刹那间，锣鼓齐鸣，教坊奏乐，旌旗仪仗列队而出，皇家禁卫军金吾卫的七匹大马，披红戴绿，引导着三百八十余名新科进士，骑着御马，鱼贯出了宣德门。新科进士身着绿衣纱帽，锦鞍绣鞯，意气风发，沿街夸示。京城万人空巷，一睹风采。为了捉到佳婿，富贵人家的闺阁之女，早早就租下了临街的阁楼，打开窗户留心观察；还有公卿豪富之家，高车宝马，以闺阁女坐于车内，沿街紧追不舍，倾城纵观；更有大胆的女子，索性身穿红裙，花枝招展站在街边，向绿衣郎投去含情的目光。新科进士驰马而过，马蹄荡起的尘土里，弥漫着红裙女郎身上的香气。

游街夸示毕，仿照唐朝大雁塔题名旧习，新科进士下马涌到大相国寺书壁题名。状元章衡在七名金吾卫的簇拥下，率先写下自己的名字，引得众人投去歆羡的目光。甲科进士题名毕，余下的进士边题名边相互交谈，更有榜下捉婿者也来凑热闹，场面嘈杂喧闹。

眼看太阳快转向正南方了，还有一百多号人没有轮到，纷纷伸长脖子向前张望。却见一胖一瘦两个人在相互谦让。瘦子说："你名次在前，该你先题。"胖子摆手道："你是表叔，还是你先题。"

"我认得这两位年兄，胖子叫程颢，瘦子叫张载。"有人喊道。

"不就是题个名吗，至于这么推来推去的？"一个高个子男子走过去，一把夺过程颢手中的笔，在状元章衡名字上面的空白处，龙飞凤舞地写下了自己的名字：苏轼。

程颢愣了片刻，缓过神儿来，愕然道："苏年兄，你、你怎的这么不守规矩？名列乙科，却把名字题在状元之上！"

进士榜分甲乙两科，一甲五人，乙科又分五等。苏轼综合成绩排名乙科五等，因墨义第一，照例可提升一等，故列为乙科四等。

苏轼一晃肩膀道："没办法，个子高，又不想弯腰！"

此言一出，众人都将目光向他投来：果然是大个子，修长的身材高出常人一头；颧骨突出，上宽下窄的脸庞上，挂着一副满不在乎的神情；稀疏的眉毛下，两只细长的眼睛里，闪烁着洒脱率性、带有几分野性的光芒。

被众人围观，苏轼有些局促，正要离场，一个相貌俊美、仙风道骨的男子一步跨上前去，从他手里接过笔，高声道："看我的！"说着，把手一挥，一个书童在书壁前弓腰趴下，男子踩在书童背上，举手在苏轼的名字上方写下了两个字：章惇。

"越发离谱了！"程颢指着章惇的名字道。

章惇掸掸手道："状元章衡是鄙人的侄子，我是他叔父，当然列名其前。"

"嘁，叔叔没有考过侄子，还好意思说，哈哈！"不知是谁讥笑了一句，人群里顿时一阵哄笑。

章惇鼻孔中发出带有怒气又有几分不屑的哼声。他一指自己的书童，命令道："趴下！"提笔在侍者捧着的砚台里用力蘸了蘸，再次跨上书童的后背，唰唰两下，把适才所写"章惇"二字涂成了一个墨团，顺手把笔一扔，侧过身来，从怀中掏出一张公笺，举在手里，展示道："看到了？这是礼部发给章某登进士第的告敕。"说着，忽地一下把告敕扔在地上，大声道："权当落第，下科再考！"言毕，从书童背上跳下，扬长而去。

"啊！"人群里发出惊叫声。

苏轼突然觉得自己矮了下去，惊叹道："奇士，真乃奇士！"说着，快步去追章惇，在天王殿庑廊上截住了他，施礼道："年兄，虽则放弃进士资格，可年谊不可弃绝！弟特来与年兄论年齿。"依例，同榜进士称同年，彼此确立年谊，为便于相互关照，要序年齿。但苏轼故意把"序"说成了"论"。不等章惇回应，他先自报家门："弟眉州苏轼，字子瞻，年二十二；祖父讳序，乡绅；父讳洵，不第贡生。"

章惇打量着苏轼，见他脸上洋溢着真诚的、孩子般的热情，便呵呵笑道："原来是不守规矩的苏大个啊！"他向苏轼拱了拱手："福建路蒲城县章惇，字子厚，年二十三。"说完，在苏轼的胳膊上重重拍了一下，又向前一挥手："走，我请你喝酒！"

"还有我，泉州吕惠卿，字吉甫，年二十六。"

听到声音，苏轼、章惇扭脸看过去，自报家门的吕惠卿脸庞消瘦、目光中透着机敏，正嘿嘿笑着，向他们拱手施礼。

"我也算一个！抚州曾布，字子宣，年二十二。"说着，对着章惇、苏轼鞠了一躬。苏轼认得他，矮胖子曾布，是欧阳修得意门生曾巩的胞弟。

吕惠卿、曾布两人身后还跟着一个人，个子比常人稍高，比苏轼略低，他走过来，默默地站到苏轼身后，像是害羞。苏轼一把将他拉到章惇跟前，引介道："此乃家弟苏辙，字子由，年十九，中乙科五等。"苏辙这才抱拳向众人一揖，却还是一言不发，脸上流露出与年龄极不相符的沉稳神情。

章惇打量着兄弟二人，像是自言自语："长得不像嘛！"

苏轼道："我像家父，子由像家母。嘿嘿嘿！"

章惇向前一挥手臂："走，同去！"

众人刚迈步，苏辙拉了拉苏轼的袍袖，低声唤道："九二！"

苏轼在祖父的孙辈中排行第九，在自家排行第二，依俗称为"九二"；又因其是《易经》六十四卦中第二爻位为阳性的爻，喜欢钻研《易经》的父亲苏洵就让苏辙唤苏轼"九二"。

"阿娘临别时依依不舍，时下一定为我兄弟牵肠挂肚。游街夸示完了，还是上紧写家书吧。”苏辙提议道。

礼部省试贴出“淡墨榜”后，落第的太学生大闹京城，诉欧阳修考选不公，有风声说要重新考试，苏轼已做好了西归的打算，所以也就没有给远在眉州的母亲程氏修书报喜。他原想，既然晚了，索性等参加完皇帝举办的琼林宴后再写，好让母亲分享更多的喜悦；可听苏辙这么一说，便临时改变了主意，叮嘱道：“你快回去写家书。”说完，紧跑几步，追上了章惇。

出了大相国寺山门，吕惠卿抖了抖身上的绿袍道：“出入青楼酒肆，穿这身行头，不方便吧？”

“哈哈！”苏轼大笑一声道，“这身打扮，再合适不过。官人在酒楼办公宴，需持官文书方可邀妓助兴；可朝廷为优礼新科进士，允许宴饮时直接召妓。”

曾布问：“子瞻年兄对京城这么谙熟？”

苏轼随口道：“我早来一年，当然熟悉啦！”

依例，外地举子参加在本路举办的取解试也即乡试，中举后晋京赴礼部报名，再参加翌年春礼部举办的省试；但苏轼兄弟却是参加的开封府取解试，去年五月就到京了。大伯父之子苏位住在京城，不时带他外出放松身心。所以，在后来者面前，苏轼说出话来，俨然京城主人的口气。

吕惠卿用警惕的目光盯着苏轼，问道：“你早来一年？当是参加的开封府取解试。”又向他一挤眼：“有门路？”

开封府乡试录取名额数倍于他郡，官宦子弟又多半参加国子监单独举办的取解试，故有门路的外地士子，不惜造假作弊参加开封府的乡试，此类案子不时曝出。按制，外地考生只有在京城住满七年并持原籍官府保状方可参加开封府乡试，苏轼兄弟并不符合这个条件。所以，他不愿回答吕惠卿的提问，故意用潇洒的语气道："你就跟着我开眼界吧！"

吕惠卿仰脸问苏轼："子瞻是青楼常客？"

苏轼连连摆手，却又一脸豪气道："看我像风流帅？"

众人大笑。

苏轼仿佛已承担了某种责任，以老成的口气道："京城的酒楼分正店与脚店。正店就是官府发给牌照，可以自家酿酒售酒的酒肆。据说，每年酿酒耗费糯米即达三十万石，足见京城饮酒之风何等盛行！"

"说完没有？"章惇驻足问。

苏轼停下脚步，抬头一看，眼前是一座由丝帛、彩画装饰而成的门楼，门楣上，"长庆楼"三个大字映入眼帘。他侧脸想问章惇是不是进去，却见侍者已把他引进了门楼。苏轼急忙跟上去，章惇轻车熟路地进了二楼的一个雅间，在主位上落座，盯着胖墩墩的曾布道："子宣当探花郎如何？"

酒宴上负责挑选歌妓者，被戏称为探花郎。苏轼既以"风流帅"自诩，自觉该当仁不让，遂自告奋勇道："还是我来吧！"说着，转身就往外走。

吕惠卿向章惇挤了挤眼睛，对着苏轼的背影扬了扬下颌，嗤嗤偷笑了两声，章惇、曾布也会意地笑了。不多时，苏轼手持四个花牌回到雅间，兴奋道："来来来，每人一个，写上自己的名字，将来都是佳话啊！”

京城正店置歌妓，花名写在牌子上，客人摘下谁的花牌，就由侍者持牌召去陪酒，谓之点花牌。新科进士在花牌上签名，歌妓便引以为荣。雅间里照例备有笔墨纸砚，几个人都在花牌上写下了自己的名字。须臾，四名十八九岁年纪、长相秀美、带着书卷气的歌妓袅袅婷婷进来了，苏轼问了花名、安顿好座位，又问章惇：“年兄，听什么曲？”

一个歌妓柔声细语道：“各位公子是新科进士，何不当场填词，奴为公子们吟唱。”又特意转向苏轼：“照例，该探花郎先来。”

吕惠卿推了推苏轼，嬉笑道：“对啊，探花郎除了点花牌，另一项职责是赋诗填词助兴嘛！”

“原来你比我还明白啊！”苏轼红着脸道，“可、可某不擅作诗，更不会填词。”

章惇义形于色道：“我辈考进士、入仕途，为的是忠君报国，康济黎庶，不是为了写劳什子诗词歌赋，供人消遣的雕虫小技，不值得花功夫去钻研！”又一指几个歌妓：“唱柳永、张先的小令！”

“对对对！”苏轼、吕惠卿、曾布异口同声附和道。

四人边听曲边喝茶饮酒，谈天说地，与歌妓插科打诨，一直到亥时将尽，才恋恋不舍散去。

苏轼不胜酒力，散场时已是醉眼迷离。章惇派书童雇毛驴送他回寓所，路上好几次差一点从驴背上摔下来。可是，一进兴国寺，他的酒劲儿一下子消散了，小心翼翼地下了驴，蹑手蹑脚往房舍走，不敢有一点响动。忽听“啊咳”一声，一个黑影闪出，苏轼吓了一跳，心猛地揪紧了。

三

开封内城西门谓之阊阖门，离此门不远处的马军桥东北，有座兴国寺，寺里常年将部分僧舍出租给羁旅之人，谓之兴国浴室。苏洵带二子到京后，就寓居于兴国浴室的一个小院里。

苏轼与章惇等人聚饮回来，生恐被父亲发现，突然听到分明带着怒气的一声干咳，吓了他一跳。

“野够了？”苏洵堵在房门口，厉声道。

苏轼低声道：“同年聚会。”

苏洵沉着脸进了自己的房间，指着跟过来的苏轼道：“梅尧臣给曾巩和你写了首诗，对曾巩称字，对你则直呼名，意在表明他和你不熟悉。那为什么还要带上你？是有意提携你，也是在考察你，你还这样漫不经心？还有，新科进士要给主考官上谢启，你要用心写，好让欧阳修刮目相看。”

前天，在同年聚会上，曾巩把欧阳修将其试论的卷子置于第二的内幕转告给他，又将梅尧臣写的《送曾子固苏轼》的诗交给他，相约唱和。苏轼为得到欧阳修的赏识而欣喜，却又为不知如何下笔唱和梅尧臣的诗而发愁，仿佛心中压了块石头。适才听章惇说诗词歌赋都是雕虫小技，他觉得不擅写诗也算不得什么；听了父亲的话，突然又觉得诗就是人的脸面，不会写诗在人前很难扬眉吐气。他有了紧迫感，向父亲躬身一揖道：“我这就去写。”

进了间壁的房间，苏辙还没有睡，禀报二哥家书已然发出。苏轼点点头，走到自己的书桌前坐下。苏辙把自己的蜡台也端了过来，站在哥哥身旁沉默不语。苏轼向后扬扬手道："阿同，你睡吧，我今夜要把给欧公的谢启、给梅先生的和诗都写出来。"苏辙乳名同叔，苏轼私下即以"阿同"呼之。

苏辙转身出去，吩咐家仆煮茶送来，这才悄无声息地爬上床去。

苏轼埋头构思诗句，脑海里总是闪出给欧阳修上谢启的句子，越是想写诗，越是蹦出谢启的句子，他只得换了张纸，动笔写《谢欧阳内翰书》，顿时文思泉涌，只用了一个多时辰就写成了。再展纸写诗时，酣畅淋漓的感觉瞬间荡然无存。诗讲究格律韵脚，苏轼总生出被框住的感觉，束手束脚、亦步亦趋的滋味很不好受，所以对作诗有些排斥。好不容易写出一首，却拿不准是否合韵，遂"嚓嚓"撕碎，起身在室内踱步。梅尧臣是国中第一写诗高手，只要有拿得出手的诗与他唱和，定可一夜成名。可是，越是急着写一首好诗，越是没有诗兴，思路不由自主地回到《谢欧阳内翰书》那里去了，设想如果给梅尧臣上书，该是用什么句子，不期然竟构思出一篇文章来，他一阵激动，提笔疾书，一篇《上梅直讲书》很快就写成了。

街道上传来敲击铁牌子的声音，是报五更的信号。一阵困意袭来，苏轼和衣而卧，沉沉睡去。等他睁开眼睛，阳光从窗棂穿过，正照在北墙上。他"呦"了一声，慌忙跳下床去。

听到动静，苏洵笑眯眯地进来了，唤着他的乳名道："和仲，饿了吧，快用饭，喝几盏酒。”

苏轼知父亲一向不苟言笑，此时因何这样和颜悦色？向书桌看了一眼，两篇文章都不见了，他猜出了原因。

果然，父子三人刚坐下，还未端起酒盏，苏洵就夸赞道：“《谢欧阳内翰书》，起点挺拔峭劲，笔势雄健飞驰，层次错落有致，堪称精彩。”说着，举盏向苏轼祝贺。放下酒盏，又道：“不和梅尧臣的诗，这是藏拙。这篇《上梅直讲书》，不亚于给欧公的谢书。有了这两篇文章，欧、梅二公恐怕也要自叹弗如咯！”

苏轼露出自得的笑容，举盏敬父亲。

用罢饭，苏洵嘱苏轼写道拜帖，约期登门拜谒欧阳修。苏轼很快写成，交给了父亲。苏洵命家仆将两篇文章并拜帖，分送欧阳修、梅尧臣府上。待家仆出了门，苏洵自信道：“不出三五天，欧公必有邀帖！”

可是，十天过去了，欧阳修并无回应。

这天吃罢早饭，苏洵拦下刚要出门的苏轼兄弟，蹙眉道：“欧公爱才如命，王安石、司马光、曾巩，都因他的举荐而成名流；九二的文章不入他的法眼？不该啊！”他吸了口气：“难道是因为我？”

苏洵三次到京参加科考都名落孙山，对考试失去信心，便想以“遗贤”身份，通过高官举荐入仕。以礼部侍郎、侍讲学士职衔治蜀的张方平，礼贤下士，看了苏洵的文章，荐他出任益州学官，朝廷久未答复。张方平不甘心，又致书翰林学士欧阳修，恳请他向朝廷举荐。去年五月到京后，苏洵持张方平的荐函拜谒欧阳修，欧阳修对他的文章赞不绝口，欣然向朝廷上《荐布衣苏洵状》。

眼看一年过去了,还没有下文。苏洵揣测,欧阳修或许因为这件事,不好意思见苏家人。可话一出口,又觉得这个理由过于勉强。他敲了敲脑门,又找出一个理由:"或许,是因为张方平的缘故?"

当年,欧阳修和张方平都追随范仲淹推行庆历新政,期间发生了进奏院案,欧阳修好友苏舜钦受到公用钱入己的指控,身为御史的张方平主张严惩,欧阳修大怒,与他绝交。张方平为不埋没贤才,主动致函欧阳修,拜托他举荐苏洵。可苏洵担心,欧阳修可能把他们父子看成张方平的人,不愿纳入自己的圈子。

苏轼摇头道:"欧公乃大德君子,如今阿爹在京城有了名气,实欧公不遗余力荐扬之故。"

"也是。"苏洵赞同道。

接到张方平的书简,欧阳修不仅上了举状,还多次邀苏洵参加聚会,把他引介给朝廷大老和京城名流。经苏轼那么一说,苏洵也觉得自己的揣测不能成立。他唤着苏轼的乳名问:"和仲,那你说,什么原因?"

苏轼答:"欧公很忙,想见的人太多。"

苏洵摇了摇头,不认同苏轼的答案。沉默了足有一刻钟,突然大声道:"明白了,必是欧公嫌你不会写诗,不愿见。"他一顿足,以命令的语气道:"从今天起,哪也别去了,闭门专心学写诗!"

苏轼为难道:"我想去资圣门看书画。"

"资圣门书画瓦子,有九二的《刑赏忠厚之至论》抄本出售呢!"苏辙不失时机地补了一句。

苏洵脸上露出惊喜的神情,缓和了语气:"边陲少年,若没有欧公荐扬，京城谁知道你，更别说卖你的文章了。记住我的话，平民子弟，如无贵人相助，就没有出头之日。照当下的习俗，要与大老交接，不擅诗终归是大缺陷。”

“苏子瞻在吗?”门外传来唤声。苏轼一边答应，一边去迎。来人他认识，是同年晁端彦。此人出身名门望族，早已拜于欧阳修门下。但见他身穿长衫，面带恭敬，边施礼边道：“端彦秉欧公旨意，特登门拜访子瞻年兄!”

苏洵一听是欧阳修派来的人，忙热情让座。他本想问问欧阳修为何迟迟不相召，又觉唐突，便忍住了。

晁端彦与苏洵见过礼，一入座，就感慨道：“哎呀！端彦追随欧公有年，可还从未听到过他如此推崇一个后学。”

接到苏轼的《谢欧阳内翰书》，欧阳修为之震撼，忙派人送给梅尧臣，附短柬云：“读轼书，不觉汗出，快哉！快哉！老夫当避路，放他出一头地也。”梅尧臣也大为惊叹，又把苏轼写给他的《上梅直讲书》送欧阳修阅看。欧阳修读罢，对左右道：“过三十年，恐人们只知有苏轼，无人再提欧阳修啦!”晁端彦将这些情形说了一遍，又道：“欧公嘱端彦，苏子瞻将来定能盛名于世，汝当与之订交。”

苏轼听罢，眼睛里放出惊喜而得意的光芒。

晁端彦起身对着苏轼一揖：“端彦已备好酒宴、车马，如年兄不弃，敢请光临。”

苏轼忙起身回礼，感叹道：“轼年二十余无朋俦，唯有家弟一子由，今得与晁年兄订交，何其幸哉!”

“好好好！”苏洵咧嘴笑着，连声道。又向外一摆手：“那就快去吧！”晁端彦上前拉住苏轼的手就往外走，苏洵“哦”了一声，叫着晁端彦的字问：“美叔，可知欧公收没收到子瞻求见的帖子？”

晁端彦答：“收到了。欧公巴不得早点见子瞻，不过……”他欲言又止，笑了笑道：“少安毋躁，少安毋躁！”

四

东西向的汴河大街是京城一条主干道，车水马龙，熙熙攘攘。苏轼骑马跟在晁端彦之后，沿汴河大街在人流里穿梭。正要过州桥，忽有逻卒高声开道，命路人躲闪。

“哦，是宰相富弼的车驾过来了！”

“后面跟着的，不是枢密使韩琦的马车吗？”

在众人议论声中，富弼、韩琦的车驾次第过了州桥。苏轼远远望去，两位声望、权势如日中天的重臣，容貌宽厚又不失庄严，颇有史书上所说的古大臣风，心里油然生出崇拜之情。车驾已然远去，他还在伸颈眺望。适才，晁端彦奉欧阳修之命来请他到欧宅赴宴，路遇富弼、韩琦的车驾，让苏轼蓦然想起少年时代的一幕，对晁端彦道：“轼仰慕范、韩、富、欧四公久矣！”

晁端彦语调轻松道：“范文正公你是见不到了；想见富、韩二公不难，请欧公引荐。”说着，打马下了州桥。

不到一盏茶工夫，二人来到欧阳修府上，径直往花厅而去。身着白袍便服的欧阳修已在花厅门口迎接。这是苏轼第一次如此近距离接触自己心目中的宗师。一眼看去，欧阳修个子不高，身体瘦弱，双目微眯，像是在聚光，一对厚唇大耳格外显眼。刚五十岁的年纪，却已是须发尽白，宽大的脑门上，横卧着两道深深的皱纹，给人以饱经沧桑之感。

“欧公！老师！”苏轼满含深情地叫着，上前深揖施礼。

“子瞻！子瞻！”欧阳修连声唤着，语调里充满温情。他从张方平的书简里已知苏轼之名，也听苏洵说起过他的这个儿子，早就想见他了。此刻，他边仰头端详苏轼，边伸出手来，苏轼急忙把双手伸过去，欧阳修紧紧抓住，苏轼顿感有一股暖流顺着双手流向周身，他的眼眶湿润了。欧阳修松开左手，用右手拉着他进了花厅。

花厅里，映入眼帘的是一幅绘着松鹤图的屏风，屏风下放着一把宽大的靠背圈椅，两边东西相对，各有十来把玫瑰椅，椅前各置高脚几案。见欧阳修拉着苏轼进来，花厅里的人起身施礼，苏轼一看，有同年曾巩与其弟曾布，还有一矮胖男子他不认得。欧阳修引介道：“相州李清臣，字邦直。邦直幼知读书，日诵数千言。韩太尉知相州时闻其名，妻以侄女。四年前进士及第，这次借赴任合川令之机来京探望叔丈韩太尉。”

“啊哈，知道知道，就是未曾谋面。”苏轼高兴道。

“是啊，”李清臣向苏轼拱手道，“子瞻刚到京，清臣曾去兴国浴室拜访，适逢子瞻外出，清臣便与子由纵论天下事。”

“子由对我说了，所以知邦直兄大名。”苏轼回应道。因右手被欧阳修拉着，苏轼只得以点头回礼。

欧阳修把苏轼拉到面东的首座前，松开手，示意他坐下，又一指面西的首座道："何以迟迟没有请子瞻来，就是因为我想让你见一个人。"说完，拍了一下手，两名家妓翩翩而来，为众人斟茶。欧阳修一指茶盏："请品茶，这是官家所赐小团龙茶。"众人纷纷端起茶盏品尝，苏轼却左顾右盼，欧阳修问："子瞻怎不品茶？"

苏轼答："待会儿一口喝下去。"

众人都笑了。

欧阳修放下茶盏道："品茶是慢工夫事。"

苏轼歉意一笑道："弟子耐不住性子，故而不好品茶。"

坐在斜对面的曾巩放下茶盏，问道："子瞻，有没有唱和梅直讲的诗？拿出来共赏之。"

苏轼摇了摇头，灵机一动，转向欧阳修，拱手道："弟子请谒，就是想向老师求教如何作诗。"

欧阳修道："自从诗赋不再作为科考门槛，士大夫多轻视之。可叹！论起写诗作赋来，老夫并无经验可传授，只是觉得，诗赋不当刻意为之，情到深处，自然有诗词歌赋。所以，子瞻不必着急。"

话音未落，听到院子里一阵躁动，欧阳修起身道："呵呵，贵客到了！"说着，快步出迎。

苏轼凑到晁端彦跟前，低声问："什么人，要欧公亲自出迎？"

晁端彦笑答："此人一向特立独行，不愿登权贵之门，便是欧公轻易也请他不到。此人思路与众人不同，不愿在朝廷为官，屡屡上章请求外放。前不久，朝廷终于批准，外放他知常州。他再孤傲，向欧公辞行的礼节还是要有的，欧公接到他的帖子，这才知会子瞻今日来谒，目的就是要子瞻与他结交。”

苏轼笑道：“哈哈，我知道了，是王安石！”

“正是此公！”站在一旁的曾巩搭话道。几个人伸长脖子向外张望，见王安石和欧阳修站在院中交谈，曾巩撇了撇嘴道：“此公就是这样，不喜热闹。大抵是嫌人多嘴杂，便拉住欧公单独说话。”

李清臣叫着曾巩的字，感叹道：“子固兄，你说怪不怪，王介甫越是自谦、自守，大家便越认为他有道，希望跟他交朋友，所以此公名声越来越大。”

苏轼听不少人说起过，王安石是抚州人，少时随父宦游各地，二十年前以文会友，结识曾巩，曾巩向欧阳修荐其文，欧阳修赞赏他的文章立论高深奇丽，旁征博引，有汉唐大家之风。二十岁出头的王安石自此有了文名；十五年前，王安石参加科考，考官列为状元，但因其试赋中有“孺子其朋”一句，引起对结朋党甚反感的今上不悦，被降为甲科第四名，授淮南节度判官；本朝士大夫都有馆阁情结，一入馆阁即成名流，也等于取得高官的后备资格，欧阳修荐其入馆阁，为其所拒，改知鄞县，再通判舒州，政声传遍国中，宰相提议褒奖王安石以励风俗，他却以不想激起越级提拔之风拒绝；欧阳修举荐他为谏官，又被他婉言推辞；欧阳修又以王安石需要厚禄养家为由，举荐他出任待遇优厚的群牧司判官，可只在京不到两年，他又屡屡请求外放。苏轼对此很是好奇，此刻便乘机问曾巩：“子固兄，你是王介甫的好友，你说说看，介甫对功名利禄好像不大在乎，他到底在乎什么？”

曾巩以钦佩的语调道："他的志向不是求名得利，而是要改造这个世界！"

苏轼瞪大眼睛道："哎呀，了不得！"

"来来来，介甫，老夫给你引荐一个才俊！"随着说话声，欧阳修领着王安石进来了，径直把他引到苏轼面前，"此为眉州苏轼，字子瞻。"又回身一指王安石："此为抚州王安石，字介甫。"

苏轼躬身施礼，王安石向他拱了拱手，面无表情道："三篇文章，二位宗师，一举成名。"

欧阳修呵呵笑着，指了指面西首座，请王安石入座。苏轼的目光在王安石身上扫了一遍，见他破旧的皂色长衫上斑斑点点，好像是饭菜落上去留下的污渍。一张四方脸上，胡须乱蓬蓬的，皮肤黝黑粗糙，一看就是一个不修边幅、不注重自身形象的人。

"适才介甫提到三篇文章，倒让我想起了一件事。"欧阳修边落座边道，侧过脸来问苏轼，"子瞻，你作《刑赏忠厚之至论》，引'皋陶杀人'的典故来佐证自己的观点，这个典故，老夫和梅直讲皆不知出处，今日要向你讨教了。"

苏轼心里一阵慌乱，脸上热辣辣的。他明白，这是恩师故意让他在王安石面前显示自己的博洽，以证明他没有浪得虚名。可他心里清楚，根本就没有那样的典故，是他随意编造的。科考讲究的是言必有据，谁敢胡编？一旦如实说出来，不知会导致怎样的后果。他用余光瞟了欧阳修一眼，见他满脸笑意，等待着答复，苏轼不忍搪塞，便火速梳理了一下思路，故作轻松道："何须出处！"

“啊?”众人目瞪口呆。欧阳修的脸色因吃惊而变得煞白,他欠了欠身,像是在掩饰自己的惊慌无措。

“但是,也不能说凭空编造。”苏轼解释道,“轼读欧公《泰誓论》,‘人情’二字,一以贯之。尤其是‘尧舜三王之治,必本于人情’之句,轼铭记不忘。尧舜的事,史料记载有限又时常矛盾,如何得知真相?如何判断是非?欧公文中提供的方法是,以人情、常理推断之。轼以此推理,相信必有‘皋陶杀人’这样的事实存在,就大胆写出来了。”

欧阳修如释重负,大笑道:“善读书,善用书,他日文章焉能不独步天下!上月那些落第的士子围攻老夫,散发《祭欧阳修文》,老夫阅后一笑。为何?因为这一科会试,得苏子瞻,以后有为老夫写祭文的人了,老夫死可瞑目。”

王安石嘴角挂着一丝冷笑,摇了摇头。欧阳修看到了,转过脸去问:“介甫有何高论?”

“何谓人情、常理?通过什么可以掌握人情、常理?”王安石以质问的语气道,“还不是将个人认知视为大众愿望?在安石看来,以人情、常理为依据的立论,最终必滑向随事制宜的实用主义,甚至随波逐流!”

苏轼先是松了口气,因为王安石没有针对他试题中自编“典故”而发;继之则感到震惊,想不到王安石这么不留情面,当面批驳文坛宗师的主张。他紧张地看着欧阳修,想替他出头,却又不知如何辩驳,手心里全是热汗。

欧阳修微微一笑,缓缓道:“在老夫看来,推本于人情,不仅是治学方法，也是治国的根据。众所周知，老夫主张通过革新，让天下为公的尧舜时代重现于今日；但这一理想若不能融合当下现实，势必遭到失败。庆历新政即前车之鉴。简言之，老夫推本于人情，是为了尽量减少与世俗的冲突，从而达成国家复兴的目标。”

苏轼既惭愧又兴奋。过去，他只是把人情作为写文章的立论，并不理解其中的深意，听了欧阳修的话，顿有醍醐灌顶之感，发自内心接受了他的观点。他以为王安石也会被欧阳修的话所折服，却不料他还是摇头，梗着脖子道：“为了复兴，何惮与世俗冲突？况且，移风易俗，本就是复兴的应有之义！”

欧阳修仰脸大笑：“哈哈哈！介甫到底年轻，大气魄！不过，今日还是要顺从一下人情。”说着，起身向外一指：“用饭！”

众人跟在欧阳修身后出了花厅。欧阳修左手拉着王安石、右手拉着苏轼，边走边道：“后继有人，老夫为我国家贺！”

宴客厅里摆着一张偌大的方桌。欧阳修坐主位，让王安石坐右首、苏轼坐左首，李清臣、曾巩、曾布、晁端彦，依次落座。酒菜已然摆好，欧阳修环顾众人，歉意一笑道：“我知介甫不喜热闹，今日就不让歌妓来助兴了。”说着，举盏道：“来来来，为圣朝后继有人、为介甫和子瞻相识干杯！”说完，一饮而尽。

苏轼不胜酒力，但还是把一盏酒喝了下去。王安石端起酒盏，却不沾唇，旋即便放下了。苏轼暗暗观察，半场下来，无论是欧阳修提酒，还是他人敬酒，王安石始终滴酒不沾。他忍不住侧身问坐在他下首的曾巩：“介甫这是……？”

曾巩道："介甫很克己，犹如苦行僧。"

苏轼瞥了王安石一眼，见他皱着眉头，像是思考着什么大事，对众人的谈笑置若罔闻，顾自吃着摆在他跟前的那盘黄金鸡，对其他菜品熟视无睹。苏轼伸手扯了扯曾巩的袍袖，微微摆了一下脑袋道："介甫好像很喜欢吃鸡嘛！"

曾巩摇头道："非也。"

苏轼还要问，欧阳修又说话了："文人雅聚，本该分韵赋诗，因介甫待会还有事，今天就免了。"

苏轼一直提心吊胆，生恐分韵赋诗时露怯，听了欧阳修的话，紧绷的神经这才松弛下来。他心里记挂着请欧阳修引见富、韩的事，便把话题引了上去："适才在途中，遇到富、韩二公的车驾，轼不禁想到少年时代的一件事。"

"哦？子瞻不妨说来听听。"欧阳修兴致盎然道。

苏轼清了清嗓子道："庆历三年，轼始总角入乡校。某日，远亲石扬休自京师回眉州，以石介先生所作《庆历圣德颂》一诗示乡先生张易简。轼从旁窃观，问张先生诗中所颂者何人。张先生说：'小孩子不必知道。'轼反驳道：'若他们是天上之神，则不敢知；若也是人，因何不能知？'张先生奇轼言，遂尽告，且曰：'韩、范、富、欧，此四公，人杰也。'轼暗自仰慕矣，只盼有朝一日得诸贤教诲。十三年过去了，可惜范文正公故去了；值得庆幸的是，轼得投欧公门下。"说着，举盏给欧阳修敬酒。

欧阳修又是一饮而尽，放下酒盏道："子瞻不得识范文正公，憾事！至于韩太尉、富丞相，改日老夫为子瞻引见。"

苏轼一阵激动，忙起身向欧阳修致谢。

王安石冷冷地哼了一声，抱拳向欧阳修一揖道："欧公，恕安石摇席！"说完，不等欧阳修回应，起身就走。

欧阳修愣了一下，望着王安石的背影道："大意了。有些话，不该在介甫面前说。"言毕，对曾巩、苏轼大声道："子固、子瞻，快去送送介甫。"

两人急忙追了出去，却见王安石迈着大步往外走，任凭曾巩、苏轼在后面唤他，却头也不回，转眼间钻进了夜幕里，不见了身影。

五

迈步走出宰相富弼的府邸，苏轼抬眼望去，青砖铺成的小道上洒满月光，犹如锦绣，闪闪发亮。他哈哈笑了两声，接过家仆苏顺递上来的缰绳，翻身上马，一挥鞭道："老萧，逛街去！"

苏顺是从眉山带来的家仆，因善吹箫，苏轼便以老萧呼之。他一听苏轼要去逛街，忙抱住马脖子，劝道："老爷很担心，来前再三叮嘱，完事后务必直接回住处。"

"老萧，看我忙的，连闲逛的工夫都没有啊！"苏轼夸张地叹了口气道。看似抱怨的语气中，却透出自得的满足感。

这些天，欧阳修揄扬苏轼的话已不胫而走，他省试所作《刑赏忠厚之至论》和《谢欧阳内翰书》《上梅直讲书》，正四处传抄。欧阳修又引介他四处拜谒名公巨卿。不少人或因听到欧阳修的荐扬，或因读到他的文章，纷纷递帖相邀。同榜进士中，名列甲科和乙科一二等者，陆续授官赴任，也争相邀请他参加饯别酒宴。苏轼听着说不尽的恭维话，意气风发，豪情满怀，仿佛偌大的京城，都在回荡着他爽朗、自得的笑声。

“哎呀，子瞻年兄，可等到你了！”兴国浴室的住处门外，一个黑影闪出来，边搭话边去接苏轼手里的缰绳。苏轼只知他是同年，却叫不上他的名字。

“我张璪啊年兄！”张璪拉住苏轼的袍袖道，“今日众同年为我饯行，听说富丞相邀子瞻年兄过府，故而缺席了饯行宴。子瞻年兄不到，乃一大缺憾，故特来向年兄辞行。同年数百人，不能都熟悉，但子瞻年兄不可不记住张璪啊！”

苏轼大笑，正想延请张璪进院，听到父亲的干咳声，便向张璪一拱手道：“我还有事，后会有期。”

张璪识趣地告辞了。

“富丞相没有为难你吧？”苏轼一进院子，苏洵就迎上去，急切地问。

因张方平、欧阳修的举状都没有得到朝廷回应，去年一晋京，苏洵就接连向宰相富弼、枢密使韩琦上书，对朝政、军事提出一系列建议，又石沉大海。经多方打探方得到消息，宰相富弼对他提出的以杀伐立威的建议大为反感，把他授官的事压下了。欧阳修引荐苏轼去拜谒富弼，苏洵提心吊胆，所以才急切地想知道富弼的态度。

“待若国士！”苏轼兴奋道。

苏洵畅出了口气:“那就好,那就好!”边说边往屋里走:“这些天,宰相、枢密使、尚书侍郎、翰林学士,你见了不少,说说有什么感想。”又唤苏辙:“同叔,你也过来一起听听。”

父子三人一落座,苏轼就一脸笑意道:“我深感,真正的大人物都很爱才且平易近人。名卿巨公,皆待我如国士。时下朝廷有名望的重臣,富、韩、欧三巨公,还有回朝出任三司使的张方平公,都是当年与范仲淹一起推行庆历新政的主力,世人以庆历士大夫称之。如今的朝堂、文坛,由庆历士大夫执掌。无论是时局还是个人前程,我都很乐观。”说这话时,他的眼睛里闪烁着喜悦的、充满期待的光芒。

苏洵点点头,沉吟片刻,突然怒道:“现在看,只有王安石这个人,讨人嫌!我再说一遍,凡是不近人情者,都不可交!”

一个月前,苏轼从欧阳修府中回来,说起王安石的表现,苏洵气得顿足大骂,顺便也说起去年的一件事:那天,欧阳修邀苏洵参加聚会,王安石也在座。席间,众人分韵赋诗,王安石得“惟”字韵、苏洵得“而”字韵。王安石用“惟”字韵写了一首,又以“而”字韵写了一首,让不擅作诗的苏洵感到不解和愤懑。后来听说,王安石不喜欢他的文风,认为苏文看起来纵横捭阖,不过是兵谋、权利、机变之言,便故意以苏洵分得的字韵赋诗一首,要压他一头。自此,苏洵将王安石视为对手。可是,王安石有人望,无论是节操还是政声,都无懈可击,苏洵就盯着他的吃穿琐事评头论足。一听苏轼说王安石爱吃黄金鸡,苏洵冷笑,说他和王安石聚会那次,王安石只吃摆在他眼前的煎豆腐。又听人说,王安石对吃喝一向不讲究，宴饮时也只吃摆在眼前的菜。苏洵由此得出结论，王安石此人不近人情。所以，一有机会，就告诫苏轼兄弟不可与此人交往。

“王安石有人望，朝廷大老、名士，都推崇他；再说，欧公也非常希望我和他结交。”苏轼争辩道。

苏洵粗声道：“我说不可交，就是不可交！他到常州去了，但愿永远不要再回来；而你们兄弟，不能到外地去赴任！”

苏轼不解道：“新科进士都要分发到州县，状元也不例外。”

苏洵叹了口气道：“人的欲望是无止境的。名落孙山时，觉得能进士及第该是何等荣耀；可真的考取了，又会有新的烦恼。”他扫视了苏轼、苏辙一眼：“你们可知，就凭你们的名次，会分发个什么职位？一旦赴任，后果是什么？”

本朝新科进士分发有固定例则，乙科四、五等只能到偏远县做主簿。最关键的还在于，本朝官员分选人、京官、升朝官三大序列，新科进士除甲科前五人可列京官序列外，其他都属选人，只能在为选人专设的四等七阶内循资升迁，最高升到八品。只有改京官，仕途才算展开。可《改官法》规定的选人改京官门槛很高：乙科进士至少要耗费十年，三任六考合格，经包括上官在内的五高官举荐，参加专门考试，方有改京官可能。因每年由选人改京官的名额有限，故许多进士终生只能以选人身份在州县做下僚。苏洵一提出这个话题，苏轼、苏辙都沉默了。苏洵继续说：“想想看，在某偏远小县做抄抄写写的微官，让人家呼来唤去，逆来顺受熬上十多年，还要靠运气才有希望改京官。”又盯着苏轼问：“和仲，你受得了吗？我观你的乐观劲儿，怕是十年八载就想入玉堂吧？”

玉堂是翰林院的雅称。因庆历士大夫待若国士，苏轼确有十年内当上翰林学士的期待。听父亲这么一说，他的神色黯淡下来。

“可新科进士都要分发下去，这是规矩，没有办法啊。”一向少言寡语的苏辙以无奈的口气道。

“规矩不是人定的？”苏洵一瞪眼道。他喘了口粗气，一拍桌子，决断说：“既然朝廷大老待如国士，就得摆出国士的架子来。便是分发了，也拖着不去！”

苏轼转忧为喜，“噌”地站起身，大声道：“对！”说完，又有气无力地坐下，嘀咕道：“不去赴任，下一步该怎么办？”

“船到桥头自然直！”苏洵以老成的口吻道。说着，扫视了苏轼兄弟一眼，缓和了语气道：“你们兄弟想过在哪里安家的事没有？”

“想过！”苏轼随口答道，“琼林宴上，与常州籍同年蒋之奇邻座，蒋之奇大谈常州地界风物之美，我即与之立下鸡黍……”

“你想去常州安家，等我死了再说吧！”苏洵恼怒地打断他，侧身从柳条筐里拿出几张稿笺递给苏轼。是一首长诗，开头写着：“岷山之阳土如腴，江水清滑多鲤鱼。古人居之富者众，我独厌倦思移居。”苏轼愣了一下。看来，父亲是不想要眉州的家了。再看下去，诗中表达的是：蜀地虽富庶却闭塞，怕子孙见闻狭隘，变得鄙且愚；中原风物俱佳，适合买地筑室。苏轼暗忖：父亲之所以决定搬离眉州，恐怕不仅仅是诗中表达出的理由，当与几年前发生的那件事有关。这是苏家的伤疤，他不能揭也不敢揭。

“过几天，我就外出找地方，再派人把家眷接……”苏洵话未说完，忽听门外有人惊叫：“不好啦——”苏轼“噌”地蹿出去，见是堂兄苏位，正弯腰喘息着，手里举着一封书简，苏轼忙接过阅看，刚看了开头，如闻晴天霹雳，顿时浑身发冷，抖作一团。

第二章　野性侠风

一

位于皇宋西南边陲的蜀川，四境为崇山峻岭环绕，中间为盆地，土地肥沃，物产富饶，素有天府之国美誉。五代十国时期，中原变乱相寻，天下骚然；蜀川由前、后蜀相继统治，局势却相对稳定。皇宋开国，混一四海，巴蜀纳入朝廷版图，设川陕路以领之，却屡屡发生动荡，朝廷所派治蜀大员，多是单骑赴任，不敢携家眷以往，遂给国人留下蜀人具有反叛性格的印象。今上的父皇真宗在位前期，作为稳定蜀地的措施之一，将川陕路分为益州、梓州、利州、夔州四路，总称川陕四路，简称四川路。生长于益州的章献明肃皇后刘氏，台前幕后掌控朝政二十年，治蜀尤其用心，四川得以平定，国人对蜀人的地域歧视，才渐渐消散于无形。同时，朝廷推崇文治、优礼士大夫，大力奖励读书求仕的风气，也越过千山万水，吹进了遥远的蜀川，安于乡里不愿出仕的风俗为之一变，位于蜀川腹地的眉州，郁然已是诗书之城，子弟登科出仕的喜讯，已经引不起多大轰动。

眉州距成都一百五十余里，辖眉山、彭山、丹棱、青神四县，总人口十万余。作为州、县治所的眉州城，坐落于岷山之阳，城东有岷江流过，舟船往来，交通便利。城内道路宽阔，青石板铺就的街道洁净无尘，饶有古意。随处可见的池塘里遍植莲花，每到夏季，荷叶在阳光下泛起绿意，花香弥漫于城中，为这座古朴小城增添了不少生机和烂漫。

小城人口不过千余户，稍有名望者人皆识之。闲暇时沿着池塘漫步的人们，常说些东家长西家短。多年来，居于城南纱縠行的苏家，为小城的好事者提供了最多的谈资。

据苏家人自己说，他们原籍赵郡栾城，远祖乃汉代讨伐匈奴的名将苏建。这样的家世，引起好事者的遐想，认为眉州苏家很可能出自苏建的次子、曾在大漠牧羊的苏武一支，有匈奴人的血统。提出这样的揣测，基于两点：一是苏家人个子高，蜀人中不多见；二是苏家有侠者风，还留有几分野性。且不说苏洵在族谱里白纸黑字赫然写着他的高祖“以侠气闻于乡里”，他的叔祖“轻侠难制”；便是苏杲、苏序、苏洵、苏轼这四代男子，就为好事者提供了不少佐证。

眉州苏家本是居住在离城不远的修文镇十字卡村的耕读之家，传至苏杲一代，因他善治营生，遂使家道殷富。但他不愿多留家财，自言多财而不施，恐他人谋我，死时仅留下二顷田地。其子苏序同样乐善好施且为人旷达。他的次子苏涣登科入仕多年后，依例可封赠父母，诰封送来时，苏序正在野外喝酒，取出诰封宣读后，把所赐外缨公服连同正吃的牛肉，一股脑塞到布袋中，让村童背着，自己骑着毛驴东倒西歪往家走，村民都出来围观大笑。别看苏序外表平和，遇到他看不顺眼的事，却也敢作敢为。当地有座茅将军庙，有一年香火突然旺盛起来，苏序得知是庙祝在设法骗财，怒不可遏，乘着酒醉，带着二十来个族人进庙，砸碎神像扔到溪中，而后索性带人将庙拆毁。

说到苏洵和苏轼父子，议论更多的却是他们的野性。

苏洵在兄弟三人中年纪最小，自少不喜读书，整天和一帮斗鸡走狗的浮浪子弟东游西逛，声称要做游侠。二哥苏涣登科入仕时，苏洵已十五六岁，却一点也没有见贤思齐的意思，仍然在外四处游荡。最受人议论的是，十九岁时高攀娶了眉州名门程家之女，苏洵还是依然故我，以至于为了养家糊口，出身富豪之家的程氏不得不变卖陪嫁的细软首饰，在城内最繁华的商业街纱縠行租屋另居，做起了纱线、布匹生意，才把家支撑起来。苏洵与程氏成婚后，接连生下两个女儿，又都夭折了。在他二十六岁时，程氏诞下一子，取名景先；次年，程氏的陪嫁女使任采莲诞下一女，呼为八娘；再一年，程氏诞下次子和仲，又过两年多，再添麟儿，取名同叔。有了儿子后，苏洵才发愤闭门读书，可三次赴京赶考都名落孙山。随着儿女长大成人，嫁女娶媳，苏洵倒是颇为上心。谁料突然间发生了一件震惊全城的大事，虽凸显了苏洵快意恩仇、不计后果的性格，可因为此事涉及本县程、苏两大家族的恩怨，人们反倒不便公开谈论了，只是暗暗为他的夫人程氏感到惋惜和担忧。

人们为程氏担忧，不仅仅因为她下嫁了一个浪荡子丈夫，还因为那个乳名和仲、学名苏轼的儿子。苏轼出生不久,他的哥哥景先就夭折了,程氏痛惜之余,把母爱都倾注到这个儿子身上。苏轼自幼身体健康,头脑明快,又嗜好读书,可他活泼好动,总是坐不住,整天和玩伴疯跑。八岁入学,从天庆观道士张易简为师,同窗近百人中,张先生独夸他聪明为全校之冠。忽一日在父亲书房里读了《庄子》,苏轼便向往起自由自在不受拘束的生活来,举止以怪诞虚妄为高,从此不再安心上学。有一天,他叫上几个玩伴,脱下绣金配玉的服装,穿上像道袍一样的长衫,混迹于人群,出城后钻到八素林,走到尽头才返回。路上偶遇一隐者,竟与他饮起酒来。这是他初次喝酒,只饮了一盏就醉了,摇摇晃晃往回走,刚走出不远,“扑通”一声醉倒在路中央。天色已晚,玩伴都吓跑了,只剩他一人躺在路上呼呼大睡。家人寻到他时,他还在酣睡,嘴巴一张一合,脸上露出满足的笑容。堂兄苏不疑将他摇醒,他嘟哝道:“我正在享用华堂上的清宴,为何叫醒我?”苏不疑嘲笑道:“是在阎王殿里享受吧?再晚一会儿,放牛的一出来,牛群非把你踩成肉泥不可!”家人都以为有了这次历险,苏轼会收敛,却不知他像是尝到了野游的甜头,时不时就偷偷跑出去。有一次,苏轼带着苏辙和几个玩伴远游,有山登山,有水渡水,他都是撩起袍襟走在最前边。到了一条小溪边,水中映出一个活动的影子,苏轼仰脸望去,朵朵白云间,一只苍鹰在天空自由地翱翔,他的目光追随着苍鹰的身影,久久没有挪步。待苍鹰消失在天际,苏轼的身上已披上了落日余晖,只能遗憾地返回。过了几天,带上原班人马,一大早就出发了。到了山里,逍遥在泉石之上,饿了摘野果，渴了喝泉水。一个猎人见了，问苏轼来做什么，他一晃脑袋道："逍遥游！"猎人逗笑道："你真是神仙哪！"苏轼得意地大笑。

乡校的张先生担惊受怕，忍无可忍，只得找到程氏，请求她不要再让苏轼去上学了。程氏屡屡被苏轼的举动所惊吓，与其整天提心吊胆，不如把他拴在身边，也就顺水推舟，接受了张先生的请求，让苏轼退了学，由她来教兄弟二人读书写字。苏轼一时不能再远游，却仍难抑贪玩的习性，母亲一不留神，就跑出去呼朋唤友，撵鸡打狗。有一天，和一群玩伴在院内的空隙处玩起了凿地挖坑的游戏，结果挖出一块浅碧色石头，他如获至宝，命名为天石，充作自己的砚台。在家时间一长，憋闷得难受，就以探望乡下的祖父为由，跑到老宅去玩耍。这年秋季的一天，一到老宅，就叫上几个玩伴去远游。沿着小路，穿过高树笼罩的村庄，悄悄钻进万顷竹林中，人人手持一根竹杖，摸索着往里走。整整走了一天，才穿过了竹林，进了深山。带的干粮吃完了，只好找松子充饥。夜幕降临，又累又困，却没有地方睡觉。秋风瑟瑟，几个人挤在一棵大杨树下缩成一团，哗啦啦的落叶声平添了几分肃杀。苏轼灵机一动，发动伙伴收拢落叶，堆积成山，几个人钻到下面过了一夜。第二天起来，迷迷糊糊找不到回家的路，在深山老林中钻来钻去，遇到一个身穿道袍的隐士，在他的指点下，才好不容易回到村里。

苏轼的这些"壮举"，在玩伴们津津乐道的炫耀中，传遍了眉州小城。人们每每感叹说，有其父必有其子。正因如此，当听到苏轼赴京赶考的消息，邻里都纷纷摇头。

嘉祐二年四月初八日，几个老者在纱縠行前的池塘边闲谈，一个摇着鹅毛扇的老者道："科考不易，苏洵因何屡试不中？就是太野。苏轼像他爹，能考中才怪呢！"

"未必！"另一老者以无所不知的口气道，"听说苏洵为儿子铺好了路，是到京城参加的乡试。"

"他走的什么门路？"有人凑过来，好奇地问。

正说着，忽听纱縠行里传来一片哭声。几个人停止了议论，围过去探问究竟，原来是苏家的女主人程氏过世了。

"啊？"众人一阵惊诧，不约而同叹息起来，"才四十八岁，两个儿子都不在身边，可怜哪，可惜啊！"叹息过后，像是突然想起了一件事，几个人又围在一起议论起来："哎哎，你们说，程家会不会来祭奠？"

"不会来，伤太狠了！"

"打断骨头连着筋，再怎么着，也会来的吧？"

二

"阿娘——"随着撕心裂肺的哭喊声，苏轼、苏辙脚步踉跄进了院子，执事人等快步上前，为二人披上麻衣，戴上孝帽，架着兄弟二人的胳膊，往设在正房的灵堂走去。泪眼模糊中，苏轼看到挂着白色幔帐的灵堂内，摆放着一口黑漆棺材，他用力一甩，摆脱了架着他的两个执事，紧跑几步，跪倒在灵柩前，放声痛哭。

自五月中旬接到讣闻，苏轼兄弟连夜修表，依例向吏部禀告其母于四月初八日辞世、按制回乡丁忧；次日，随父启程西归。苏洵虑及天气炎热，决定走水路。水路自京城顺汴河向东南，绕道扬州后再逆流而上，所以路途花费了两个月。两个月来，苏轼觉得自己的眼泪已经流干，心理上也接受了失去母亲的现实；可是，回到纱縠行，看到用白布围起来的大门，母亲的音容笑貌，顿时浮现在眼前，一想到母亲为儿女、为家庭付出了一切，儿女却没有机会回报她了，想象着母亲是怀着牵挂、不舍离开人世的，临终前一定在呼唤他和弟弟的名字，他瞬间崩溃了，边大哭边拍打着灵柩，恨不能钻进去陪伴母亲。灵柩早已用大漆涂封，连开棺瞻仰遗容也是不可能的了。天人永隔，不能再见最后一面，苏轼肝肠寸断，哭得上气不接下气，浑身颤抖，大汗淋漓。

执事人等上前劝慰，苏轼悲痛难抑，继续哭着。

“二郎，莫再哭了，哭坏了身子，娘亲在天之灵也会不安的。”

是乳母任采莲的声音。任采莲十三岁就进入程家做贴身女使，并随程氏陪嫁到苏家。程氏生下长子景先那年，让苏洵将她收拢了，任采莲于次年生下八娘。一年后，程氏生下苏轼，因不久后长子景先夭折，程氏受到刺激，没有奶水，就让任采莲做了苏轼的乳母。此刻，她见苏轼久久痛哭不止，便上前劝慰。

“三郎，你也是。”是另一个女人的声音。她是苏辙的乳母杨金婵。苏轼出生后，程氏除了掌管家里的生意，余下的全部精力都放在了这个可爱的儿子身上，苏洵远游归来，闲来无事，便不时住到三十岁的寡妇杨金婵家里，还生下一女，只是落地就夭折了。恰好程氏又生了苏辙，苏洵便以要杨金婵做苏辙乳母为由，将她领到了家里。杨金婵见任采莲出来劝苏轼，自己也就跟来劝苏辙。

苏轼止住了哭声，抬头问乳母：“母亲可曾接到我兄弟登科的喜报？”

任采莲摇摇头。

苏轼捶胸道：“都怨我，该早些写家书才是！”说着，又大哭起来。

“家书没有一个月到不了，便是皇榜贴出当天修书也来不及，兄长不必自责了。”苏辙从旁劝慰道。

任采莲道：“是啊，二郎！莫再讨愧了。”说着，伸手去拉苏轼。苏轼刚起身，忽听父亲在院中大声问：“程家人来过吗？”见无人应答，他又提高了声调，“都给我听着，不准程家人进这个门！”

苏轼听罢，重新跪地，放声大哭：“阿娘太委屈了——”他一直刻意回避五年前发生的那件事，可父亲的话，让他瞬间破防了。

苏洵育有三男三女，但两女一男夭折，只剩两男一女。他很宠爱懂事的女儿八娘，一心想着把她嫁个好人家。程氏说动自己的娘家哥哥、以大理寺丞致仕的程濬，让其长子程之才娶了八娘。八娘十六岁嫁过去，程之才次年就中了进士，又过了一年多，八娘就去世了。苏洵悲痛欲绝，认定是程家看不起他和他这个庶出的女儿，将八娘折磨致死。他愤而召集宗族上百人，在祠堂宣布与程家绝交，并撰《族谱亭记》，赫然列其妻兄兼亲家六大罪状。此事轰动一时，传遍邻近各州。时年十七岁的苏轼自读了《庄子》就向往隐逸；经此打击，对婚姻乃至俗世感到绝望，发誓此生绝不结婚，又愤而离家出走，欲到山林做隐士。程氏心急如焚，派人四处寻找，在去往青城山的路上将他拦下了。程氏抱着苏轼痛哭，哀求他一定要读书入仕，好让她有朝一日终得扬眉吐气。苏轼心软了，答应听母亲的话。程氏拉他到神龛前向佛祖发誓，苏轼只得从命，郑重承诺要走科举正途，还要结婚生子，光宗耀祖。此刻，在母亲灵前，苏轼想到这件事，蓦然意识到，父亲当年只顾发泄愤怒，根本没有体谅母亲所承受的痛苦。正是想到这些，才止不住再次跪地痛哭。

任采莲弯身将苏轼搀起，一再劝慰。苏轼收住泪，又拉了苏辙一把，走到母亲生前礼佛的房间，在神龛前燃上一炷香，默念着：母亲到西方极乐世界去了。

程氏信佛，因担心苏轼像景先一样夭折，自他还在襁褓时，就抱着他一起拜佛，苏轼是在礼佛的袅袅香烟和幽幽的敲磬声中渐渐长大的。母亲还告诉过他，怀他时她做过一个梦，是东方的一个和尚要借腹转世。苏轼对此深信不疑。虽然读《庄子》后对道家也很尊崇，却也未疏离佛家。至此悲痛难抑的时刻，这佛龛前的一炷香，让他的心情渐渐平静下来。

香尚未燃尽，老萧进来，请兄弟二人到隔壁房间去。苏轼双手合十，站着不动，直到他和苏辙所上的两炷香都燃尽了，又向神龛鞠了一躬，才默默离开了。

“叫你们来，是想知会一件事。”苏洵端坐在隔壁的房间中，见苏轼兄弟进来，开门见山道，“我不打算把你们母亲葬祖茔，想另寻一块墓地。”

苏轼刚想问为什么，话未出口，蓦然明白了。

当年，因为父亲常年在外游荡，家产又大多被祖父散出，家计遂陷入困顿。母亲觉得单靠变卖首饰非长久之计，为了支撑家用，便搬到了城里做生意。但此时祖父尚在世，大伯父已故去、二伯父又在外做官，母亲的举动便遭到族人非议。苏轼少时常去探望祖父，这些非议，他听到过。现在想来，母亲这么做，实在是迫不得已。他们少年时代能过上丰衣足食的日子，父子三人能安心读书，多亏了母亲。为了这个家，母亲得罪了苏氏家族；因为父亲的决绝，母亲又失去了娘家。忍辱负重的母亲是何等孤苦和委屈！想到这里，苏轼禁不住又掉下泪来。

出了父亲的房间，来到院子里，扫视一周，但见夕阳下，屋庐倒坏、篱落破漏，一片凄凉。苏轼的心快要碎了。这座宅院，苏家先是租赁，后来生意有些起色，就花钱盘下了。如今二十年过去了，早该修缮，却因供父子三人读书，一直没有余钱翻新。去年，为了他们父子晋京，母亲倾囊而出，父子三人在外倒是没有为钱发愁，却苦了守在家里的母亲。这样想着，苏轼忍不住又抽泣起来。

站在身后的苏辙低声道："去那个地方看看？"苏轼会意，抬腿往织坊走去。来到屋内东北角，移开一个盛纱的大筐，蹲在地上细细查看。两个上了年纪的女使走过来，睁大眼睛看着他，苏轼问："有人动过吗？"两个女使摇了摇头。苏轼把大筐搬回原处，叮嘱道："千万不要对任何人说。"

这是一个秘密。几年前的一天，程氏带着两个女使在织坊拉拽新织成的布帛时，站在墙角的女使用力一蹬，发出“啊”的一声尖叫，身子斜靠在了墙上。程氏忙去查看，只见女使的一只脚陷进地里，拔出脚后，露出一个洞口，举烛细观，洞里有口大瓮，瓮口用一块乌木板遮盖着。女使道：“里面一定藏着宝贝。”程氏捂住她的嘴，命两个女使用土把洞口填埋结实。当时苏轼兄弟正好在场，目睹了这个场景。程氏把兄弟二人叫到跟前，叮嘱道：“记住娘的话，不管穷富，分外之财，一文不取！”当时，苏轼只是觉得有趣，并未放在心上；此刻才蓦然生出对母亲的敬仰。母亲绝不像族人非议的那样视财富高于亲情，她是有坚守的。这种坚守，是许多饱读诗书、官居高位的男人所不具备的。这个想法一闪出，不期然间，又一个场景浮现在眼前：少年苏轼坐在母亲身旁，在灯下读《后汉书・范滂传》。书中记载，范滂做官铁面无私，得罪了权贵，被下诏逮捕。母亲前去与他诀别。范滂恳请母亲不要哀伤。范母说：“你已有了好名声，死了也无遗憾了。”路人听了，都流下了眼泪。苏轼读罢，十分感动，便问母亲：“儿如做范滂，娘会同意吗？”程氏凛然答：“你能做范滂，难道我就不能做范母吗！”

恍然间，母亲的声音在苏轼耳畔响起。他知道，这只是幻觉，今生今世，再也听不到母亲的声音了。泪水瞬间模糊了他的双眼，转身对苏辙道：“阿同，母亲的境界，是那些俗人所不能理解的，我也是今天才真正理解了母亲。”

苏辙点点头，举袖抹了把泪。

天已经黑了，苏轼独自来到书堂前的一片竹林边，弯身细细观察起来。他少时顽皮，难免做些打鸟掏蛋的事，程氏以少见的严厉，禁止他捕捉鸟雀。到了春天，新生的小鸟怕天上的飞鹰和地上的爬蛇，便把巢筑到这片竹柏与花卉间杂的园林里，鸟巢低得孩童都可俯身而视。苏轼常带玩伴来观察幼鸟，找些食物来喂它们，看到它们张嘴接食，嘤嘤乱叫，快乐得拍手大笑。此刻，他要替母亲来问候在这里筑巢的鸟雀，告诉它们，是母亲的慈悲之心保护了它们；请它们与自己一起，永远怀念慈悲的母亲。

“九哥——”身后响起唤他的声音。苏轼浑身一颤，慢慢转过身去，低声问：“是你吗，小二娘？”

三

这天天刚黑下来，苏轼便匆匆步出书堂，朝着后园走去。东厢房的一间卧室中，昏黄的烛光摇曳。苏轼轻步靠近，透过小轩窗，瞧见王弗正端坐镜前梳妆。发丝在她的指尖缠绕，烛光映照着她温婉的面容，宛如一幅画。

苏轼心跳陡然加快，深吸一口气，推开了门，动作竟显得有些慌张。他大步跨进屋内，几乎是下意识地，一把将王弗拥入怀中。王弗手中还握着梳子，被这突如其来之举吓了一跳。她一边拍打苏轼，一边佯装嗔怒道：“不可如此，快些放开！”声音里却似乎藏着一丝温柔。苏轼没有松手，轻声道：“是阿爹让来的。”

按照丁忧约定俗成的规矩，三个年头的守制期内，不应做愉悦之事。因此，饮酒、婚嫁、远游、房事等，理该禁绝。苏轼因是奔丧而归，夫妻不能同房而居，而是与苏辙同住在书堂里，除了丧仪时履行孝子的义务，平时就是闭门读书。其间，苏洵做主，选定武阳县安镇乡可龙里老翁泉作为茔地，于去年十一月二十八日葬程氏于此。昨日是程氏一周年忌日，纱縠行做了一场盛大的法事，超度亡灵。今日午间，苏洵将苏轼兄弟叫到跟前，郑重宣布了自己的决定：不近人情的规矩，不守也罢，从晚上开始，各自回婚房就寝。此时，见王弗故作嗔怒的模样，让苏轼心中一动。他暗自思忖，或许她早已从弟媳史氏那里听闻了消息，却佯装不知。这般心思，让苏轼感到了她的俏皮与可爱。望着眼前的王弗，一个念头在苏轼心底悄然浮现：也许，能娶到王弗这样的女子，实是自己的幸运？

四年前，十九岁的苏轼到青神县瑞草桥迎娶十六岁的王氏时，内心是抗拒的。他十七岁时公开宣布终身不娶的决定，虽然在母亲的哀求下不得不收回，但对隐逸山林的向往并未改变。或许正是看出了这一点，苏洵转过年来就着手为他张罗婚事。愤于自己和爱女高攀程家带来的屈辱，他打定主意，绝不与门户优于自己的人家结亲。雅州太守雷简夫主动提出将女儿许配给苏轼，苏洵谢绝了。秋天，当年呼朋唤友时结交的青神县人王庆源，向苏洵引介了自己的一个侄女，苏洵了解到，王父和他一样也是老贡生，算得上门当户对；王氏女性格安静温顺，正可与苏轼互补。苏洵大为满意，很快定亲，几个月后就举办了婚礼。成婚后，苏轼为她取名王弗。取“弗”字矫正和除去不祥之意。但成婚之初，苏轼对王弗颇为冷淡。按照乡俗，婚后去岳家拜头年时，须住够十天，其间不能回家。可才住了两天，苏轼就待不下去了，写诗给叔丈王庆源，说他感觉离家已经二年了，慌得王庆源专门陪他坐在瑞草桥上嗑瓜子、吃炒豆，苏轼还是一副疏懒的样子，王庆源只得邀他沿江而下，到雅州游玩，这才勉强凑够了日子。虽然苏轼将他对王弗的冷淡归结于成亲是为父母所迫，可他也自问，是不是还没有忘掉那个曾经走进他心房的女子？

苏轼十二岁那年，祖父苏序去世，正在开封府为官的二伯父苏涣回家丁忧，把唤作小二娘的十一岁幼女也带回来了。苏轼第一次见到这个堂妹，觉得她是下凡的仙女，心里陡然生出难以名状的甜蜜滋味。当小二娘眨巴着明亮的眼睛唤他“九哥”时，苏轼瞬间就陶醉了。因为小二娘，乡下的家成了他的牵挂，一回到城里就魂不守舍。苏轼永远不能忘记的是那个上元节之夜。那天夜里，十三岁的小二娘跟着十四岁的苏轼去江边看放灯。朦胧的月色下，地上洒满槐树的倒影，像是铺了一层霜，闻着小二娘身上散发出的香气，苏轼感到自己进入了人间仙境。那个美好的夜晚，那种从未体验过的愉悦感，让苏轼刻骨铭心。小二娘走的那天，苏轼感到自己的魂魄也随她去了，偷偷哭了很久。他后来明白了，这就是常说的情窦初开。在王弗身上，他找不到这种感觉，所以热烈不起来，他甚至都没有想过要与王弗热烈。既然成婚是被迫的，凑合下去也就是了。忽一日，王弗的一句话，让苏轼的心动了一下。那天，苏轼按父亲要求抄写《春秋·成公三年》一节。第二遍是默写，写到成公会晋侯、宋公、卫侯和某某伐郑，他一时记不起来了。在一旁为他续茶磨墨的王弗突然开口道：“曹伯。”苏轼惊诧道：“你认得字？”王弗笑而不答。苏轼一直把她看作村姑，王弗也未曾说她读过书，此时方知她是识字的。为表达自己的惊喜，同时也为考验王弗，苏轼写了一首《南乡子·集句》诗。集句是从前人的诗词中分别摘取、巧妙集合而成的诗作。王弗看了，欢喜道："奴知第三句，出自李商隐的《燕台春》。"说完，红着脸低下头去，像是为自己不能全部识别出处而羞愧。苏轼惊诧之余，生出浓浓爱意。沉静自持的妻子像座宝藏，让人不断有探得珍宝的惊喜。自此，婚房里有了笑声。只是，二人卿卿我我的热乎劲儿刚上来，苏轼就赴京考功名去了，一别就是近两年，加上守制的这一年多，已经快四年没有肌肤之亲了。何况尚在守制期突然得以同床共枕，是意外的惊喜。双方都得到极大的满足。

一番激情过后，王弗突然抽泣起来。

"不必内疚，阿娘在天之灵看我们这么好，也会高兴的。"苏轼安慰她说。

王弗本是为苏轼的热烈喜极而泣，听他那样说，也不好再解释，难得他对自己敞开了心扉，何不借机打开一个心结？便以漫不经心的口气道："小二娘真好。"

十年前，小二娘从眉州回到开封不久就定亲了，许配给了苏涣的同年、润州人柳瑾之子仲远，又过了一年多，远嫁到了润州。因思念家乡，就请夫婿柳仲远申请到蜀地为官。去年，柳仲远获任雅州推官，小二娘随夫到了蜀地，闻听婶母去世，特意赶回祭奠。念及婶母没有女儿，她便充当了孝女的角色，将程氏安葬后才走，这让叔父一家都很感动。但是，苏轼却听出了王弗的弦外之音，他"嗯"了一声，想敷衍过去。

“可是，奴觉得，郎君和小二娘在一起，有些不自在呢!”王弗又试探说。

苏轼心里“咯噔”一声，暗自惊叹。王弗哪里是村姑，简直就是精灵，明察秋毫！可他知道，堂兄妹间的爱恋，有悖人伦，是绝对不能说出口的，只能把少年时代的初恋深深埋在心底。他侧过身去，装作昏昏欲睡的样子，打着呵欠道:“累了，睡吧。”

从这天起，丁忧的日子不再那么难熬了。转过年来，丁忧尚未期满，王弗诞下一子，取学名苏迈。

按照习俗，男婴降生百日要过“百晬”，寓意长命百岁之意。苏迈过百晬时，因还在守制期，不能举办酒宴，但王弗的娘家还是悄悄来了几名女眷。几个人围在床前看婴儿，苏迈像是受到惊吓，“哇”地大哭起来。王弗急忙将他抱起，可苏迈依然哭个不停。一个十来岁的少女伸手接过，抱在怀里轻轻摇了几下，苏迈止住了哭声，少女扬了扬下颌，“呦呦”两声逗了逗苏迈，苏迈发出“咯咯”的笑声。

“姐夫，这小人儿，好可爱呀!”少女边亲苏迈，边对苏轼道。

苏轼认得她，是王弗的堂妹二十七娘。

“二十七娘，莫如你给他当娘吧!”王弗打趣道。

苏轼心里一紧，右眼皮“突突”跳了起来，一个不祥的念头在他脑海里闪动着，挥之不去。

第三章　风起微澜

一

苏轼忐忑不安地迈进欧府首门，一个书童迎上前去，麻利地领他径直往花园走去。欧阳修正带着几个人在赏花，见苏轼走过来，忙直起身，不待他施礼，就笑容满面道："子瞻，快来看，这株牡丹，足足开了三十朵花啊！"

苏轼挤出一丝笑容，弯下身去心不在焉地观赏牡丹。欧阳修见他心事重重的样子，伸手拉着他直起身，对众人道："苏子瞻，想必诸位都知晓他的大名了。"众人一听，纷纷起身与他见礼，只有一个四十来岁、一脸正气的中年人还在紧紧盯着花朵，仿佛进入了忘我境界。欧阳修指着他道："陕州夏县司马光，字君实，现任集贤校理、开封府推官。"

苏轼惊喜道："哎呀！原来是他！"

司马光自幼随做官的父亲辗转各地，每逢出游或与人交谈，其父总把他带在身边。久而久之，少年司马光无论见识还是举止言谈，凛然如成人，见者无不称赞。户部尚书张存将女儿许配给他。司马光父亲去世后，宰执大臣庞籍把他当成自己的儿子培养。司马光二十岁时一举高中进士甲科，先后在不少地方为官，政声颇佳。二十八岁由选人改京官，三十三岁由庞籍举荐入馆阁。正当他在京城如鱼得水之际，庞籍被罢相外放，司马光不顾一切，随庞籍辗转各地做他的幕僚。前年，庞籍告老，司马光才重回京城。他不仅以德行为人推崇，而且撰写过大量文论，也是文坛名流，又经常就军国大事上书朝廷，以天下为己任的抱负跃然纸上。时下，司马光的德操、才干、名气，直追比他小两岁的王安石。苏轼早就想结识他了，所幸在此遇上，紧锁的眉头舒展开来，烦人的心事顷刻间被抛到了脑后，上前拉住司马光，以崇拜的口气道："轼年幼时就听说过司马君实一剑斩蟒的事迹，佩服得五体投地啊！"

还在苏轼出生前五年，司马光随出任利州路转运使的父亲陆路入蜀，过剑门关后，在栈道上突遇巨蟒，众人吓得连连后退，十二岁的司马光却沉着冷静，手持利剑，照着巨蟒的尾巴上刺去，巨蟒疼得浑身一震，滚下栈道，坠入万丈深渊。这件事很快在蜀地传开了。十几年后，少年苏轼听到传闻，想象着司马光是位仗剑走天涯的侠客，做梦都想去找他拜师。

听罢苏轼眉飞色舞的讲述，司马光却摇了摇头，露出不以为然的神情。不知是否认传闻，还是认为那样的举动不值得津津乐道。欧阳修却笑了："这么看，子瞻有侠者情结嘞！"

这句话，突然把苏轼拉回了现实。他向往侠客、隐士的洒脱，却还是陷入了俗世的罗网。今日他衔父命而来，是求人办事的，所以神情颇不自然。欧阳修早就察觉到了，嘱司马光陪众人赏花赋诗，便拉住苏轼的手，来到花园正中的一座凉亭。二人在石凳上坐下，苏轼从照袋中拿出一块粗布捧递过去："欧公，这块土布，是弟子回京途中在泸州一乡村集市所购。欧公请看，上面绣着诗呢！"

欧阳修露出惊讶的目光，眯起双目细观。字虽绣得歪歪扭扭，却也认得出来，是梅尧臣的《春雪》诗。

"那地方很偏远，是蛮族聚集地，梅先生的诗能在那里传布，岂不是雅事？所以，弟子特意购来，呈欧公一观。"苏轼又补充道。

"雅事！雅事！"欧阳修连连道。他抖了抖绣诗粗布，又道："诗在蛮夷之地传布，乃皇宋盛事。当年朝廷讨论科举取消诗赋，我坚决反对，原因就在这里。"

苏轼流露出钦佩的目光，又从照袋中掏出一叠装订成册的两部文稿呈上："请老师赐教。"

去年夏，苏轼丁忧期满，苏洵卖掉家当，带着一大家几十口，于十月启程，走水路返京。一路上，父子三人咏山川之秀美、风俗之朴陋、贤人君子之遗迹，写了很多诗。两个月后到江陵，汇集为《南行集》；自江陵陆路晋京，又一路走一路写，到京后把新作编成《南行续集》。欧阳修接过，埋头翻阅，良久方抬起头，夸赞道："子瞻的诗，情志结合，充溢着向上的豪气。《荆州十首》虽是学杜诗，但抒发的是子瞻奋励当世之志，最后一首颇寓自负之意；《白帝庙》《八阵碛》议论公孙述和诸葛亮事，贯穿着独立思考精神。"又一笑："这首《许州西湖》诗，讥刺庆历年间的宰相宋庠守许州时，为了自己游玩滥用民力修湖，秉笔直书，有独立不惧气概。”他突然皱了下眉：“不过，子瞻诗中也常透出出世和隐逸的纠结之情，与奋励当世的豪气颇矛盾。”

苏轼很佩服恩师的洞察力，但此时他无心展开这些话题，便伸手翻了翻诗集，点着一首诗道：“请欧公看这一首。”

欧阳修眯着眼睛阅看，口中低声吟诵着。吟毕，仰脸道：“难得子瞻替我故地重游，那棵老楠树还在吗？”

“在！”苏轼答，“依然枝繁叶茂，弟子仰视良久，仿佛听到它在诉说往事。”

欧阳修感慨道：“时间过得真快啊，那时我和子瞻现在的年纪相仿。”说这话时，他的眼睛里闪出泪光。

二十四年前，范仲淹以交结朋党之罪被贬，刚入馆阁的欧阳修挺身而出，仗义执言，因言行过激，被贬夷陵。他在那里筑至喜堂，公务之余，埋头读书、写作，悠然自得。这些往事，苏轼早就听人说起过，去年船过夷陵，他特意去谒至喜堂，想到座师春风得意时被贬此蛮荒之地却处之泰然，还批评韩愈被贬潮州后向皇帝求情的表现，苏轼越发敬佩恩师的品格，特赋诗以纪，收在《南行集》中。此时，见欧阳修读罢有些激动，苏轼的情绪也被调动起来了，慨然道：“以范文正公、欧公为代表的庆历士大夫，比被誉为大唐君子之首的韩愈更君子、更勇敢，面对挫折时的坦荡与从容，汉唐士大夫远不及！”

欧阳修抱拳向上一举道：“圣朝优礼士大夫，士大夫焉能不誓死报国恩！”

“弟子受教了!”苏轼郑重道。说完,突然低下头,支吾道:“可时下、时下弟子很迷茫,不知报国之路在何方。”

苏家于二月中旬到京后,在西冈赁下一座宅子暂住。苏轼兄弟到吏部流内铨销假,流内铨交给他们两份告敕,授苏轼为河南府福昌县主簿、苏辙为河南府渑池县主簿。因父亲有言在先,苏轼一时进退两难。苏洵却态度坚决,不去赴任!他要苏轼拜谒欧阳修,促他想想办法。要求人,精神上先矮了三分,苏轼掩饰不住的局促,被欧阳修觉察到了,便问:“子瞻,有何想法,不妨直言。”

苏轼鼓足勇气,把流内铨授职、乃父不同意他们赴任的话,吞吞吐吐说了一遍,请欧阳修帮忙的话,到底没有说出口。

欧阳修叹息道:“奇才异能之士,沉于下僚,不知何时有出头之日,也是国家的损失。只是,祖制如此,便是宰相也无能为力。”蹙眉沉吟良久,像是有了主意,嘱咐道:“子瞻且耐心等待,我来想办法。”

二

嘉祐五年春夏之交,京城不断有人因高烧不退而死去,苏洵严令家人不许外出,他自己每天搬一把方凳,坐在大门口观察外界动静。

这天上午,苏洵刚坐定,一个二十三四岁的男子急匆匆走到他面前,施礼问:“敢问苏子瞻住在这里吗?”

苏洵问:“你是何人,找他何事?”

男子答："我乃雍丘县人马梦得，字正卿……"话未说完，却见苏轼从院中跑出来，惊喜道："啊，是马秀才，你怎么来了？"

马梦得在参加开封府乡试时与苏轼相识，序年齿时方知二人乃同年同月生，颇觉有缘。一次聚会后，他邀苏轼到宿舍小坐，苏轼借着酒劲，在墙壁上题了一首杜甫的《秋雨叹》，马梦得为之震撼，发誓此生要追随苏轼左右。苏轼回乡丁忧后，二人失去了联系。此时，一见苏轼的面，马梦得便以惊恐的语调道："京城闹瘟疫啦！梅直讲因染疫，昨日猝然离世了。我雍丘的家有座宅子闲着，你们全家不如搬到那里去住。"

苏洵果断道："去雍丘！"

马梦得如获令箭，边往外走边道："我带了三辆马车来，还雇了几匹马。"

苏洵指挥一家人匆匆收拾好行装，女眷乘车，男人骑马，向东南方向疾驰。雍丘离京城八十余里，一路快马加鞭，未敢停留，天黑前就赶到了。马家的宅院虽然简陋破旧，但尚可安置苏家几十口。苏洵问起租金，马梦得眼睛一瞪道："我是揽生意吗？"

"我知道子瞻为何乐意与你结交了。"苏洵打量着马梦得道。

马梦得得意地笑了。

住在雍丘，没有了京城的喧嚣，本可静下心来读书，可苏洵父子的心里，却无论如何静不下来，整天对着京城方向翘首以盼。

一个月后，留守男仆老萧赶来，禀报了京城疫情已过的消息，又带来了欧阳修要他转告的一则喜讯：前不久，益州路转运使赵抃上举状，荐苏洵入仕，欧阳修借机找接替富弼任宰相的韩琦，督促办理此事，韩琦已答应下来。

去年春天，尚在眉州的苏洵接到吏部札子，说欧阳修的举状通过了审议，依照惯例，到舍人院考试后授官。苏洵大怒，认为先考试再授官是羞辱他，拒绝赴召。过了半年，吏部再次札下眉州，催促苏洵晋京，苏洵置之不理。从欧阳修传递的消息看，这次定然是破例免试授官了。兴奋之余，苏洵为自己当初的断然拒绝感到自得，他捋了捋稀疏的胡须，指点苏轼兄弟道："常言说贵人相助，却不知，贵人是坐等不来的。"

苏轼明白父亲的意思。去年春末，还在丁忧期间的苏轼兄弟奉父命去益州，接洽在成都大慈寺极乐院修造六尊菩萨像、两所龛座，为故去的亲人超度。临行前，父亲特意嘱咐他们以在籍进士身份拜谒接替张方平知益州的龙图阁直学士王素、益州路转运使赵抃。王素和赵抃对苏轼兄弟夸赞不已，待若国士。赵抃得知乃父的情况后，唏嘘良久，此番上举状，显然与那次拜谒有关。

"吾老矣，做不做官无所谓了；重要的是你们兄弟的前程。欧公答应的事，不知能不能办成。"苏洵突然叹口气道。

苏轼、苏辙沉默不语。父亲即将入仕，这是意外之喜；可父子翘首以盼的，是早日听到欧阳修就苏轼兄弟的仕途想出的办法。同榜进士中多半已任满了一考，他们兄弟的前程却还没有着落；没有入仕就没有俸禄，几十口人只能靠变卖纱縠行家当的钱度日，终归不是长久之计，苏轼兄弟为此焦虑不安。

"要不，把西冈赁的宅子退了吧。"苏辙提议道。

苏洵脸一沉道："不要算计省钱的事。有我在，你们兄弟不必操心这些琐务。这就收拾行装，过几天回京！”

五天后，一家人正要登车回京，老萧又来了，兴冲冲转达了欧阳修派人捎的话：已和韩丞相商定，请旨开制科，苏轼兄弟不必赴任，留京备考。

苏洵大喜，自得道：“我就知道会有此举。”又扫视苏轼兄弟一眼，以自信的语调道：“心里要有数，此次开制科，就是为你们兄弟特开的。”

制科属特别考试，由皇帝下诏临时安排，用以选拔特殊人才。常开的制科有贤良方正能直言极谏科、才识兼茂明于体用科等名目。录取分五等，一二等照例虚设，以三等为最优，符合条件者须有大臣举荐方可报考，每科录取一至三人。一旦有了制科出身，则仕途通达，有宰辅之望。正因如此，朝廷对开制科颇慎重，开国百年，只开过十二次，中制科者不过三十来人。两年前刚开了一次，此番再开，显然是给苏轼兄弟提供机会。苏轼明白这一点，内心对韩琦、欧阳修充满感激。

“卸车！”苏洵突然喊了一声，决断道，“原想买地造屋的，暂缓；所赁西冈宅子，退掉。全家就住这里，你们兄弟回京城，赁一个闹中取静的住处，专心备考。”

三

开封内城东门丽景门外、汴河北岸的怀远驿，专为接待交阯使者而设。因交阯反叛，多年不再往来，怀远驿近乎闲置。驿馆深宅高院，是京城难得的闹中取静之处。

中秋节这天夜里，乌云遮蔽了月光，东南风凄厉地刮着，寒气袭人。苏轼揉了揉眼睛，起身踱至窗前，影影绰绰中，可见院中那棵老槐树的枝杈在风中摇曳，哗哗的落叶声传递着凛然秋意。可他没有丝毫感伤，脸上浮现出自信的笑容。制科考试的第一步——进卷，他和苏辙都已顺利通过，有资格参加下一步考试的，只剩包括他们兄弟在内的四个人了。

去年五月，苏洵决定让苏轼兄弟到京城赁屋备考，马梦得正好有熟人在怀远驿做事，便带苏轼兄弟来这里租住。三个月后，朝廷正式颁诏，宣布明秋开"贤良方正能直言极谏科"考试。翰林学士欧阳修、龙图阁直学士杨畋分别举荐苏轼兄弟应考，另有李清臣、张璪等三十一人也取得了考试资格。看到名单，宰相韩琦问侄女婿李清臣："有苏轼兄弟在，还有这么多人想去比试，为何？"此言一出，包括李清臣在内的大多数人都退出了。至此，制科为苏轼兄弟特开之说已广为人知。苏轼又修书制科出身、由三司使改知应天府的张方平，向他求教应制科经验，张方平回书，断定此科苏轼必得优等。苏轼的考试压力减轻了许多。备考之余，常常外出访客。欧阳修密友、三司使蔡襄是冠盖国中的书法大家，苏轼登门拜访，交流书法心得，颇得蔡襄赏识；真宗朝名相王旦之子、龙图阁直学士王素调任知开封府，苏轼前去谒见，王素把他十四岁的幼子王巩唤出作陪，要他与苏轼订交；苏轼还拜访了刚升任中书舍人的司马光，请他为亡母程氏写墓志铭，司马光欣然接受。想到这里，他耸了下双肩，笑着道："阿同，你不要压力太大了。”良久没有听到回应，转过身去一看，苏辙趴在书案上睡着了，他不禁有些心疼。

这一年来的日子，委实辛苦。为了省钱，兄弟二人每天就以一碗白饭、一根生萝卜、一撮盐充饥，而要完成的课业却是常人难以想象的。按制，制科试分进卷、阁试、御试三步。进卷环节，考生需呈交策二十五篇、论二十五篇，合计五十篇，由被称为“两制”的全体翰林学士、中书舍人共同审阅、评判，优长和次优者为合格，平常者黜落。五十篇进卷，既要论人物，又要论地域；既要论经史，还要论时政；既要有一以贯之的主旨，还要有非常具体的建议。文章的观点要耸人耳目，必须新颖独到，展示出在某一领域或方面的特长；但又不能局限于一隅，还要显示出通才的本事。苏辙性格沉稳，思维远没有二哥敏捷，所以写得格外艰辛，人瘦了一圈，身体显得很虚弱。好不容易闯过了进卷环节，阁试环节更加折磨人，被公认是制科的“鬼门关”：根据考题，一天一夜内写出六篇文论，每篇不少于五百字；关键还在于，阁试出题漫无范围，而考生在答题时却必须交代出题面出处，而且还必须引用题面的上下文。好几次，苏辙想放弃，都被苏轼劝阻了。此时，见他趴在书案上睡觉的样子，就像一个受尽委屈的孩童，苏轼差点掉下泪来。本想唤醒他，让他躺下休息；可唤醒了，苏辙一定不会去睡觉，不如让他就这样睡一会儿。这样想着，苏轼坐回书案前，顺手抄起一卷唐诗，随手一翻，翻到的是韦应物《示全真元常》一诗，正读到“宁知风雨夜，复此对床眠”两句，忽有一道闪电划破夜空，几声闷雷响过，瓢泼大雨倾泻而下。

“呀”的一声，苏辙被惊醒了，打了个哆嗦。他幼时患过肺病，最怕着凉。苏轼忙起身从衣架上取出一件夹衣给他披上。苏辙对他笑了笑。这一笑，既有感谢之意，也有享受兄弟亲情的满足感。听着潇潇秋雨声，苏轼不禁触景生情起来，随口吟出“宁知风雨夜，复此对床眠”两句，唤了一声“阿同”，问道：“你说，我们这样辛苦，就连这中秋团圆之夜，还在这里苦读，是为了什么呀？”

苏辙答：“平民子弟，不善治农桑商贾，为了谋生，也只有读书求仕这条出路了。”

苏轼感慨道：“阿同想过没有，我们巴望着制科得中，可一旦中了制科，很快就会授官，从此父子兄弟天各一方。到那时，忆起这个潇潇雨夜，也会觉得温馨吧！”

苏辙用力地点了点头，眼睛里闪出明亮的光。

“宁知风雨夜，复此对床眠”苏轼又吟诵了一遍，突然走过去拉住苏辙的手，像是恳求：“阿同，我们不得已入仕，但不可留恋官场，做他十年八载，就申请致仕，回到故乡去，读书写作，对床而卧，优哉游哉，你说好不好？”

苏辙一愣。二哥时而说十年八载入玉堂、登政府，奋励当世；时而又说要早日归田，想法变来变去，他一时不知该如何回答。

苏轼以为苏辙踌躇难决，又重重拍了拍他的手，满含深情道：“阿同，今日对床之约，一定要牢记在心哪！”

苏辙这才点了点头，抽出手来，提醒道：“后天就阁试了，再看会儿书吧。”

苏轼还沉浸在对床之约的情绪中，若有所思地回到自己的书案前，怔怔地坐着。

“九二，王安石真做了阁试考官，会为难我们吗?”苏辙突然问。

三年前，刚到常州一年的王安石奉召回朝。据传闻，此番他之所以如此爽快地应召，是为了力促皇帝推行新政。最有力的证据是，王安石一到京城，就给皇帝上万言书，指出当下在太平盛世表象下，掩盖着财用困窘、风气败坏、军力凋敝等严重弊端；在总结他多年地方官经历的基础上，建议推进大刀阔斧的革新。虽然皇帝没有采纳他的建议，但赏识他以天下为己任的担当精神，不断提升他的职务，时下任中书舍人，位列“两制”。王安石淡泊功名，不屑于结交权要，就连多次举荐过他的欧阳修，也只是保持礼节性交往。他的威望因此日益提高，以至于他的每次提升，朝中士大夫都引为盛事。鉴于王安石的职位，出任制科考官毫无悬念。前不久，苏轼兄弟回雍丘探亲，苏洵要兄弟二人警惕王安石从中作梗。苏轼并未放在心上，眼看考试临近，苏辙特意提醒了一句。

苏轼沉吟片刻，摇了摇头：“听说审阅进卷时，王安石对我的进卷有微词，但我还是获得最优等。王安石是君子，连欧公也极为推崇他的德行，明人岂会做暗事？放心好了。”

四

嘉祐六年八月二十五日，已通过阁试的苏轼、苏辙、王介，在崇政殿接受御试。辰时开始，皇帝和考官围绕时政逐个向考生提问，考生当场口头回答。苏轼注意到，皇帝听他回答时，一直面带微笑，还不时点头。经过整整一个上午，策问结束，皇帝起驾，离开了崇政殿。苏轼等三考生便在考官的监视下，将上午的口头回答，延展成三千字以上的《御试制科策》。

傍晚时分，三人交了卷，照例誊录、弥封，编上代号后交由考官阅评。两名红衣小黄门提着灯笼，引导他们穿过崇政门、宣佑门、大庆门、宣德门，一路静默无语。一出皇城正门宣德门，红衣小黄门返回了，苏轼急不可耐地拉住苏辙，低声问："感觉如何？"

苏辙擦了把汗，战战兢兢道："我、我有些后怕。"

就在苏轼兄弟"对床之约"的第三天，八月十七日，阁试在东华门内的秘阁举行了。好在苏轼兄弟在怀远驿苦读一年余，总算没有被难住。中书舍人王安石领衔组织初审、复审，很快就出了结果，四人中有三人通过。苏轼兄弟到雍丘向父亲禀报。苏洵没有再骂王安石，又推定御试时如果按常理出牌，苏辙可能被淘汰。他要求在写《御试制科策》时，苏轼按常规写；苏辙则猛揭时政中存在的弊端，并将症结一股脑算在皇帝头上，把他骂个狗血淋头，这样才能保证兄弟二人都被录取。可在位四十年的当今皇帝在臣民中口碑甚好，苏辙不知道该骂些什么，回京后便到街上与人闲聊，收集皇帝负面传闻，再凭想象杜撰一些，在《御试制科策》里，指责皇帝后宫佳丽数以千计，整天饮酒作乐，既不关心百姓疾苦，也不与大臣商量治国安邦大计；无事不忧，有事则惊；能力欠缺，好邀虚名，劳民伤财……明知这些指责与事实不符，却也写得酣畅淋漓。可出了考场，他突然后怕起来。

“不用怕，不会出事的。”苏轼安慰道。话虽这么说，也不禁隐隐为苏辙担心。

“咳！考完了还愁眉苦脸，喝酒去吧。”

苏轼抬眼一看，说话的是马梦得，便问：“住处找好了？”

“朱雀门外太学里有间庠斋，随时可以搬过去。”马梦得答。

上次去雍丘时，苏轼觉得怀远驿租金不菲，想着考完后就另租地方住，等待发榜。马梦得遂赶来为他们兄弟俩租好了房子，并在宣德门外专候。

“正卿！”苏轼叫着马梦得的字道，“有你这么个帮手，真是让人太省心了。”

马梦得嘻嘻一笑道：“那以后我就跟着子瞻做帮手啦！”

“求之不得！”苏轼高兴道，暂时忘记为苏辙《御试制科策》担心的事，一手拉着苏辙、一手拉着马梦得，向前一扬下颌：“走，搬家去，再好好放松一下！”

过了半个月，还没有发榜。苏轼揣度，一定是苏辙的《御试制科策》引起考官争论，一时定不下来。这天晚上，他独自出门，前去拜访考官之一的司马光。

司马光正在书房埋头拟写一份奏状，为弥封代号为“毡”的考生做最后的争取。

御试后，考生的《御试制科策》先由翰林学士蔡襄、中书舍人司马光初审，代号为“毡”的考生言辞犀利，令蔡襄惊诧不已；但司马光欣赏文中锐气，执意将其列优等。状元出身的翰林学士范镇、资格最老的翰林学士胡宿两位考官在复审时，被代号为“毡”的考生的文章惊得目瞪口呆。胡宿气得胡须乱抖，喘着粗气道：“无端对皇上进行人身攻击，出言不逊，黜落！”范镇也觉得此生有些出格，但又说有明君然后有直臣，对这样的言论应予包容，当降为四等录取。会商时，司马光仍坚持列优等，胡宿则坚持黜落，范镇、蔡襄主张以四等下录取。考官争执不下，只得奏请皇帝裁夺。皇帝下旨：“差官覆位。”宰相韩琦接到诏旨，照例交两名详定编排官详复，结果这二人一致主张黜落。司马光闻讯，连夜起草奏状，力言代号为“毡”的考生指陈朝廷得失，无所顾虑，于三人中最为切直，如果因为他敢于直言而黜落，以后谁还敢指出皇帝过失？此事非仅为黜落还是录取一个考生的事，关乎堵塞还是畅通言路大局。奏状尚未写成，闻听苏轼来访，忙把文稿收起，这才吩咐传请。他猜到了苏轼的来意，却刻意回避御试话题，兴致勃勃地谈起苏轼进卷中的几篇论历史人物的文章。苏轼拐弯抹角试探了几次，司马光就是不接茬。苏轼知他是严守保密规矩，不好勉强，又心不在焉地交谈了不足一刻钟就告辞了。虽无功而返，却也得出了结论：苏辙的文章确实惹出了麻烦。

回到庠斋住处，苏辙禀报：“阿爹的事，有着落了。”

去年秋天，吏部流内铨颁敕，授苏洵试秘书省校书郎、霸州文安县主簿。苏洵认为，以选人身份到地方任职，如同去做供人役使的奴隶，他只想在朝廷做官，遂拒绝赴任，并致书宰相韩琦，敦促他再想办法。适才，已升任参知政事的欧阳修派人来告，他已和宰相韩琦商妥，仍授苏洵试秘书省校书郎、霸州文安县主簿；但不去赴任，特旨调朝廷，在史馆参与礼书编修事宜。希望苏轼兄弟说服乃翁接受这一特殊安排。苏轼听罢，决断道："明天即往雍丘一行。"

次日一到雍丘，苏轼先禀报了授职喜讯。苏洵虽一脸惊喜，却还是发了一顿牢骚，装作委曲求全、勉强接受的样子。苏轼这才把苏辙的策题可能遇到麻烦的事说了。苏洵轻松一笑道："把心放到肚子里就是了。"又吩咐说："我要在朝廷当差，你们兄弟照例到外地历练几年后也要到朝廷做官，就在京城买座宅子吧。宅子要足够大，但价钱不能太贵。"

马梦得又自告奋勇，带着苏轼、苏辙两兄弟在京城到处看房子。经过十多天奔波，终于在宜秋门外找到一座宅子。宜秋门为内城西墙最南面的一道门，从州桥经宜秋门再到外城的顺天门，为京城的四条主要街道之一，宅子就位于这条干道西侧。因地处外城，四周高槐古柳，有几分乡村的野性，价格相对便宜，只要八百贯。苏轼很满意，当即签了合同，付了定金，命名为南园。

从雍丘搬进南园两天后，制科试发榜了：苏轼，三等上；王介，四等；苏辙，四等下。

苏洵以布衣免试授官，入史馆修礼书；苏轼、苏辙同中制科；自开制科以来，百年间得三等上者，唯苏轼一人。参知政事、文坛宗师欧阳修喜不自禁，逢人便说："苏氏昆仲，连名并中，自前未有，盛事！盛事！"这些消息传出，当即在京城引起轰动。直到这时，苏洵才揭晓他之所以要苏辙反其道而行之的谜底："当今皇帝早就被士大夫为他量身定做的'明君'外衣给牢牢束缚住了，你大骂皇帝，即使考官不想录取你，皇帝却不敢不录取你！”

稍一打听，果然如此。皇帝御览了司马光的奏状，又调阅了代号为“毡”的考生的试卷，对宰相韩琦说：“开贤良方正能直言极谏科，就是为了甄拔直言之士，如果考生因为直言而黜落，天下人会怎么说朕？此生当录取。”按此口谕，韩琦命考官定等，结果列苏辙为四等下。经历了这场风波，苏辙心有余悸，悄悄对苏轼说：“九二，我担心还会出岔子。”

“阿同担心什么？”苏轼不解地反问道。

苏辙却又沉默了。

五

皇城宣佑门至宣德门，南北百余丈间，坐落着中书、枢密院、三司、翰林院等朝廷重要机构。大庆殿东南角，出日曜门，就是国家政务中枢政事堂。政事堂分正堂与后院，正堂为宰相、参知政事议事之所；后院是负责起草诏书、政令的舍人院和为政事堂办事的科曹。十月中旬的一天，中书舍人、知制诰王安石在舍人院轮值，堂吏送来两道词头，这是朝廷命撰拟诏敕时的提要：苏轼授大理评事，签书凤翔府判官；苏辙授试秘书省校书郎，充商州推官。王安石略一思忖，提笔写成苏轼任官告敕一道，又写了一道《缴进苏辙词头状》，装在专用的函筒里，命吏目呈报政事堂。

负责起草诏命的翰林学士、中书舍人缴进词头，是对朝廷此项决定表示抗议，希望朝廷重新考虑并加以改变。参知政事欧阳修一看王安石缴回了苏辙的词头，吃了一惊，又恐传出去影响王、苏关系，边递给宰相韩琦阅看边道："还是调解一下为宜。"

韩琦蹙眉沉吟，良久方道："这就请王介甫来，劝一劝。"

不大工夫，王安石昂然进了政事堂。见礼毕，韩琦举着《缴进苏辙词头状》，笑着道："介甫，你怕是误会了，比苏辙为谷永，似有不妥。"

谷永是西汉御史大夫，依附权臣王凤，整天挑汉成帝的毛病，把朝廷所有过错都推到皇帝身上，实则为王凤开脱。王安石在《缴进苏辙词头状》里说，苏辙在御试制策里专攻皇帝，袒护宰相，就是今之谷永，他不能为这样的人撰敕。此时一听韩琦说他不该把苏辙比为谷永，语气强硬道："苏辙其人是投机，走的是沽名卖直的套路。不能让投机分子得逞。"

韩琦替苏辙辩解道："记得苏辙在制策里说，现在的宰相不堪用，希望皇上选用像唐朝出将入相的娄师德那样的人为宰相。这怎么能说苏辙袒护宰相，进而疑之为谷永呢？"

王安石黑着脸道："我有我的看法，别人怎么看苏氏父子，那是他们的事。"

欧阳修心里一凉。那次在家里引荐苏、王相见，苏轼提到仰慕范、韩、富、欧四公，他刚说完要将苏轼引荐给富弼、韩琦，王安石即起身告辞。欧阳修当时就觉察出，王安石似乎把苏轼看成热衷奔走权门的趋炎附势之徒了；不久前，王安石对苏轼的制科进卷也有微词；如今又缴进苏辙的词头，看来对苏轼兄弟已有很深的成见。但他不好直接把话挑明，便拐弯抹角问："介甫，苏轼任官告敕里有‘必知要然后不违于道’之语，此处的‘要’，是指什么？”

王安石答：“为文，要有宗旨，不能屈从流俗；做人，要有原则，不可趋炎附势。”

欧阳修正色问：“介甫以为，苏轼兄弟是趋炎附势之徒？”

王安石从容答：“想必二公读过苏轼进卷中的《贾谊论》吧？苏轼认为贾谊的人生悲剧，缘于处世之道不成熟。他给贾谊设计的方案是：奔走权门，结交周勃、灌婴这些元老大臣，获得他们的赏识、提携，不过十年就可以登上高位，到那时就可以施展自己的才华了。这是不是苏轼的夫子自道？他不正是这么做的吗？也的确从中得到莫大好处。可如果人人都像他那样，风气成什么样子？这样的人，又怎么可能理解贾谊？贾谊虽未做高官显贵，可他对历史的巨大贡献，岂是那些身居高位的公卿大臣所能望其项背的？”

韩琦、欧阳修语塞。二人意识到，不要说劝王安石收回《缴进苏辙词头状》，便是劝他消除成见也是不可能的了。欧阳修只能退而求其次，希望王安石不要因为成见排斥苏轼兄弟。他委婉表达了这个意思后，王安石语气平和道：“安石岂不知为国惜才？苏轼进卷中的几篇策论，分析时政之弊，建议‘涤荡振刷，而卓然有所立’，与安石不谋而合，安石引为同道矣。所以，尽管我对他的《贾谊论》很不以为然，但阁试时我还是给苏轼评了优等，今日为他撰敕，有‘才能之异，志力之强，亦足以观矣’之语，希望他‘守之以要，则将无施而不称’。”

欧阳修听罢，松了口气。朝野之所以推崇王安石，很大程度上是因为他律己甚严，没有私心。没有私心者说出的话是可信的。可王安石一走，他又担心起来。缴进词头这样的事是公开的，苏氏父子很快就会知道；王安石批评三苏奔走权门、趋炎附势的话，难保那些堂吏不会传出去，以苏洵的个性，他会咽下这口气吗？如果他采取什么方式报复王安石，王、苏岂不结仇？真是这样，无论对王、苏还是对国家，都不是好兆头。他只能暗暗祈祷，苏洵不要一时冲动，做出什么出格的事来。

第四章　雪泥鸿爪

一

嘉祐六年十一月十九日上午，天气阴沉，像是要下雪的样子。三匹乘骑跟在两辆带有顶篷的大车后面，缓缓地出了郑州西门。该是道别的时候了，苏轼却不说话，又走了五六里，翻过几道沙丘，马梦得忍不住了，勒马道："到此为止吧。"

十月中旬，苏轼依例授京官序列的大理评事，差遣凤翔府签书判官，限两个月内到任。马梦得提出追随苏轼，为其办理公私杂务，苏轼欣然同意。十一月十六日，苏轼带王弗和三岁的苏迈并两个女使和男仆老萧，在马梦得陪伴下首途赴任。苏辙一直送到一百四十里外的郑州。本来说好在西门外告别，可出了西门，一阵孤独感蓦然袭上苏轼心头，不想和弟弟分开。苏辙从哥哥脸上看到的是伤感、不舍的神情，也不忍回转，直到马梦得出面阻止，苏轼才勒马道："子由，你回吧。"苏辙拱手施礼，正要打马回转，苏轼嘴角颤动了一下，叮嘱道："子由，你的事，不必着急；记住，回去务必多劝劝阿爹。"

上月，中制科三人中，苏轼、王介官告颁下，却没有苏辙的。苏洵利用在史馆当值的机会，四处打探原委。先是得知了王安石拒绝为苏辙起草告敕的消息，不久后又听到传闻，王安石讥刺苏氏父子热衷奔走权门，乃趋炎附势之徒。苏洵大怒，每天从史馆散班回家，第一件事就是大骂王安石，连写了一年多的《易传》也丢下不顾，专心思考如何报复王安石。苏轼少年得志，一举成名，听惯了夸赞之语，闻奔走权门、趋炎附势之讥，深受打击却也百口莫辩；又担心父亲冲动之下，像当年与程家绝交一样不管不顾，闹出让人嘲笑的事端；加之苏辙授官事还悬而未决，他是怀着不安的心情离开京城的。此时，要与弟弟辞别了，他所嘱托苏辙的，还是那句不知道已经说过了多少遍的话。

苏辙“嗯”了一声，调转了马头，默默地往回走。苏轼突然觉得神思恍惚，目光紧紧追随着苏辙远去的身影。不多时，苏辙下了一道坡，瘦弱的身躯看不见了。苏轼忙打马追到沙岗上，向东眺望，只见弟弟的乌帽在起伏的丘垄间若隐若现，他的眼睛被泪水模糊了。在二十余年的生命中，兄弟二人从来形影不离，未曾分开，今天第一次感受到人生聚散的无常。一想到弟弟衣衫单薄，骑一匹瘦马，在寒风中孤独地返程，苏轼的心中就涌现出难舍的依恋。

几个打柴的农人说说笑笑着从苏轼身旁走过，又不约而同地回头看了他一眼，苏轼的目光向他们投去，彼此对视了片刻，几个人哈哈大笑，随即吹起了口哨，继续往前走去。苏轼竟生出几分羡慕。他们没有离别之苦，不必千里迢迢去独自面对一个陌生的世界。无忧无虑的人们啊，你们怎能理解离人的感伤，怎能体会到尊严受到伤害的悲切。他又转过头去，寻觅苏辙的身影，已经看不到了。人生，有相聚就会有别离。他这样安慰自己，可又担心岁月匆匆，美好时光难以再现。但愿弟弟今夜在驿馆寒灯独对时，能记起那个潇潇雨夜的对床之约。想到这里，仿佛一个个画面在眼前浮动，他大喊一声："拿笔来！"

马梦得早有准备，用托盘端来了笔墨纸砚。苏轼伏在马背上，提笔写下《辛丑十一月十九日，既与子由别于郑州西门之外，马上赋诗一篇寄之》，十六句七言诗，一气呵成，仰天大笑："哈哈，我会写诗啦！"

"啊？"马梦得吃惊地问，"子瞻不是有《南行》前后集吗，怎么说刚会写诗？"

苏轼一晃脑袋道："那都是为写诗而写诗；今天本没打算写诗，却来了诗兴，非写不可。这样写出来的，才叫诗。"

马梦得激将道："那好啊，过巩县就是西京了，当年欧公与梅尧臣、蔡襄等人，号称'洛阳八友'，写了不少咏西京风物的诗，咱们到洛阳多留几天，子瞻写上几首，盖过他们！"

"那就快走吧！"苏轼暂时忘却了心事，情绪高涨地催促道。

到了西京洛阳，苏轼却了无诗兴，游览了两天，即催马梦得上紧赶路。

出洛阳西门，天上飘起了小雪，待行之渑池那天，旷野已是白茫茫一片。刚在驿馆安顿下来，苏轼便急不可耐地往县城中一座不知名的小庙赶去。六年前的嘉祐元年暮春，苏轼第一次出川晋京时，走的是陆路，快到渑池时，他骑的那匹马死了，只好买了一头毛驴，骑驴进了渑池县城，借住在一座小庙里，和僧人奉贤相谈甚欢，他和苏辙还在小庙的墙壁上题诗留念。此时，他急于去见奉贤和尚，顺便看看题诗有没有人唱和。

一进庙门，看到院中多了一座塔，苏轼心头一沉，忙向一个正在门前扫雪的小沙弥打问，竟是奉贤和尚的灵骨塔。再看上次投宿的斋舍，题诗的那道墙壁已坍塌了。苏轼沉默着往灵骨塔前走，两只叫不出名字的鸟被惊动，扑棱着翅膀高飞远去，留在雪地的道道爪印，不一会就被雪花覆盖了。他抬头望着茫茫苍穹，心中感慨：世事变幻，人生无常，在世上走一遭，无非像惊鸿留在雪地的爪痕，转眼间就了无印迹，何必心事重重、伤感悲切？当像飞鸿一般潇洒而去，不去管它留不留得住痕迹。想到这里，脑海突然闪出诗句，转身找来一根树枝，弯下身，在雪地上“嚓嚓”写了起来：

人生到处知何似，
应似飞鸿踏雪泥。
泥上偶然留指爪，
鸿飞那复计东西。

刚写出四句，马梦得拍手叫好：“好诗！就凭这四句，子瞻可称大诗人啦！”

苏轼仿佛没有听到，像是在自言自语，又像是说给马梦得听：

“难怪古人常常发出人生如寄的感慨。人生有限，而宇宙永恒。仅仅想到这一点，就不免生出人生苦难、虚幻的意识。”说到这里，他突然把树枝往马梦得脚下一丢，提高声调道：“人生是一个过程，前途虽把握不定，但不可失去希望和追求。鸿飞那复计东西，快快乐乐生活最好。诗，回头再写，先喝酒去！”

二

国朝的府州衙署，规制大同小异，皆为三进院落。一进是诸曹直房，二进是衙署大堂、后堂、通判厅，三进是后宅、园圃。从首门、仪门到宅门，是一条贯穿南北的中轴线，署中多用穿堂、廊庑，将主要厅堂串连起来。凤翔府衙署，也是照此规格建造。所不同的是，后圃没有种植花草，而是一片茂密的树林，连城北山色也被树林遮蔽。

嘉祐七年暮春的一天，后宅一座官舍的院子里，苏轼手持一张自画的图纸，叮嘱马梦得：“亭前挖一横池，堂南加建回廊，廊之两旁各凿一池，引水注入，种莲养鱼；池边遍植牡丹，用以观赏。”

“子瞻，你确定要这么做吗？”马梦得不解地问。

“明知就住两三年，却如此大费周章，别人一定笑我傻，但我有我的想法。”苏轼笑着道，“只要自己能够掌控的，就要尽量合心意些。”又拍了拍马梦得的肩膀：“上紧干起来吧！”

苏轼是嘉祐六年十二月十四日到任的。郡守宋选待若上宾，派人带他谒孔庙、游东湖、赏石鼓，遍览名胜古迹。苏轼赋诗作文，像是到此一游的文人骚客。他见所住官舍院中只有三棵老槐树，颇显荒凉，便指挥马梦得移栽了几十棵桃杏松桧；又在廨北辟出一块空地，修葺了一座亭子。上元节式假后，苏轼奉命到所属宝鸡、虢、郿、盩四县督办减刑释囚之事；回凤翔后，又奉命到太白山祈雨。近日有了闲暇，又手绘图纸，还要把居所再加美化。

二人正筹划间，宋选派府吏来请。原来是绅民派代表陈情，督促太守要亲自去祈雨。苏轼领命，吩咐府吏准备车马用具，他自己又撰写了一篇祈雨青词。准备就绪，即陪宋选再往太白山祈雨。

祈雨礼仪毕，众人返程。下山时还是艳阳高照，到了山脚下，忽见云气滚滚，自山中涌来，如群马奔突，扑向车座。苏轼既惊喜又好奇，张开双臂迎接，还觉不过瘾，打开携带的箱笼，挥袖掇拢了一阵，“啪”地把箱笼盖上。回到家里，神神秘秘地把王弗、苏迈、马梦得叫到院子里，当面打开箱笼，满满一箱云雾从中散出。

王弗笑他道：“瞧那天真烂漫的样子，活像孩童！”

苏轼嘿嘿一笑，郑重其事地写了一篇《攓云篇》，记录此件趣事。

当夜，大雨沛然而下，苏轼欣喜不已，将院内刚竣工的小亭子命名为“喜雨亭”，并作《喜雨亭记》一篇。马梦得看罢，露出钦佩的神情，感叹道：“子瞻可谓匠心独运，妙笔生花啊！居官兴建，当与民同乐，但亭在官舍之内，只是家人休息之所，无关民生；可子瞻巧妙地将建亭与喜雨联系起来，浮想联翩，这亭子的价值，就非同一般了。”

苏轼听罢，放声大笑。

可是，官舍小院里时常响起的笑声，到了秋天却渐渐听不到了。过了中秋节，苏轼像是换了一个人，情绪低落，无精打采。这天，刚去当值不到半个时辰，就又低着头回官舍，进书房埋头写着什么。王弗不放心，进去一看，是在给苏辙写诗。伸过头去细观，内有“诗成十日到，谁谓千里隔。一月寄一篇，忧愁何足掷”之句。她一惊，忙问：“郎君忧愁何来？太守为难你，还是同僚刁难？”

苏轼摇摇头，起身唤马梦得：“正卿，到东湖喝酒去！”

出府城东门二三十步，就是周代已有的饮凤池，因位于城之东南隅，又名东湖。湖边摊贩云集，酒家林立。苏轼绕湖转了一圈，一脸嫌弃道：“淤泥深厚，池小水浊，也可称湖吗？”说完，往不远处的一个酒肆走去。

喝了两盏酒，苏轼就有了醉意，索笔赋《东湖》长诗一首。

马梦得一看，开头几句写着：

吾家蜀江上，
江水绿如蓝。
尔来走尘土，
意思殊不堪。

他抬起头，盯着苏轼问：“子瞻想家了？嫌这地方山秃水浊，不如眉州山清水秀？”

苏轼不语，顾自又饮了一盏酒。

马梦得继续往下看，“予今正疏懒，官长幸见函”之句，似在为初入仕途遇上宋选这样宽厚的上司感到庆幸；又见“扶风古三辅，政事岂汝谙”之句，似乎明白了苏轼的烦恼所在。遂道：“我看子瞻的烦恼来自心理落差。名动京师的才俊、宰执大臣眼中的国士、名流雅聚席间的座上宾，来到荒凉之地，不是办理枯燥文牍，就是处理细碎琐务，无关诗情画意和汪洋恣肆的情怀，时间一长，便厌倦了。”

“煎熬！”苏轼脱口而出。又叹息道：“我也明白，到地方历练是惯例，也是所有高官都曾走过的路；可我不想陷进琐碎细务中消耗生命。”

马梦得笑道：“名士的光环照得远处灿烂辉煌，可自己脚下却漆黑一团。”

苏轼露出一丝苦笑。

“觉得自己付出的精力体现不出价值？”马梦得盯着他问。又一指窗外：“凤翔城无游览休憩佳处，何不把饮凤池疏浚拓展？”

苏轼眼里立刻放射出惊喜的光芒，拊掌道：“是啊！这就去踏勘一下吧！”说着，起身就往外走。

二人绕湖转了两圈，又与几位老者攀谈良久，苏轼脑海里便浮现出一个画面：清理淤泥，引城北凤凰泉水注入，汩汩而来的活水很快就把饮凤池变为清湖；再建亭造桥，种莲植柳，筑楼修阁，一座水木清华、诗意盎然的园林就展现在府城人眼前了。他兴奋道：“这就禀报太守，最好明天就兴工。”说着，迎着夕阳，兴冲冲往回走。

刚走出几步，见一个卖豆花泡馍的摊铺，苏轼咽了口涎水，要了两碗，边吃边与摊主攀谈，一碗豆花泡馍吃完，脑海里又出现一个画面：将扁豆研磨熬制成凉粉，切成条状，配以盐醋辣椒凉拌，必是口感爽滑的一大美味。他一抹嘴，把画面绘声绘色地描述一遍。摊主大喜道："好好好！今夜就照客官说的做起来！"

回到府衙，宋选已散班。苏轼等不及了，找到官舍去禀报疏浚东湖之事。宋选笑了笑，点头认可了。一进自家院子，苏轼唤马梦得进了书房，连夜绘制了图纸，合计了费用，起草了招募夫役的榜示，一直忙到夜半。次日一到府衙，就把一叠文稿呈递给宋选。

"府库空虚，造桥、建楼就免了。疏浚毕，把赏花的君子亭、赏月的宛在亭建起来就可以了吧？"宋选阅罢，以商量的口气道。

苏轼忙道："把活水引入，使池水变清，就是一景，别的慢慢来也好。"说罢，拿起宋选核可的文稿就往外走。

"子瞻，这股做事的热情，要保持住啊！"身后传来宋选和蔼、期盼的叮嘱声。

三

苏轼走出官舍，忽觉脸上一凉，仰脸一看，天上竟飘起了雪花，他突然强烈地思念起苏辙来，便不再去当值，转身进了书房，提笔在稿笺上写下《九月二十日微雪怀子由弟》。王弗悄悄走到他身后，看到"白发秋来已上簪"之类的句子，她明白了，苏轼又闹情绪了。刚想劝他几句，马梦得在院子里喊："张推官来找！"

"苏贤良，子瞻年兄！"随着大嗓门的说话声，推官张璪大步进来了，晃着手中文稿道，"此件急需签署，年兄不核签，太守就不签字，只得找家里来咯！"

"真烦！"苏轼苦着脸道。签书判官主要职责就是负责本府公文运转，苏轼对此早已厌倦。为开东湖忙了一阵后，他的情绪又低落下来。因与张璪是同年，彼此关系比一般同僚要亲近些，在他面前，也就不加掩饰地流露出厌倦情绪。

"太守如此优礼年兄，还有什么烦的？"张璪笑着问。他初授广德军司理参军，报考制科时因宰相韩琦一言而退考，任满一考后调凤翔府法曹。几个月来，他亲眼所见，苏轼起草、核校过的公牍，太守一向照单全收，表现出极大的尊重；苏轼是不是按时当值、是不是参加公务聚会，概不勉强。所以，他的问话里，明显含着妒意。他把文稿放在苏轼的书案上，挤了挤眼道："年兄是名流，深得朝廷大老赏识，到此不过为增加资历，就这样散漫自在，优哉游哉，多潇洒啊，还烦什么！"

苏轼心里热乎乎的，向张璪抱拳一晃，提笔签署了公牍。

"奴劝郎君还是不要和张璪掏心掏肺吧！"张璪一走，王弗闪身进来劝苏轼道，"听不出来吗？他明是夸你，实则充满妒意。你刚入仕，哪有做朋友的鼓励散漫的？"

"也是。"苏轼点头道。

自出蜀后一直有父亲在侧，凡事由他做主，苏轼乐得省心；赴任路上，一想到今后遇事要靠自己拿主意了，心里便有些惶恐。

王弗了解他，常帮着辨析人情事理，及时进言。渐渐的，苏轼对她竟生出了依赖感，在外遇到什么事，回家就和王弗念叨一番；在家接待宾客，就让她躲在屏风后旁听。对王弗的话，他也乐于听从。只不过，时常是当时记住了，过几天又抛诸脑后，害得王弗不得不一有机会就反复提醒。

“郎君还是按时当值为好。这是官人的本分呀！”王弗上前把苏轼从椅上拉起，催促道。

苏轼挣脱王弗的手，又坐回椅中，嘟哝道：“你知道的，我脑袋好使笔头快，整天假模假样坐公署耗时光，多不值啊！”说着，突然感慨起来：“人这一生，免不了为功名利禄奔波忙碌，容易在繁杂与匆忙中迷失自我。我在想，如何才能活出恣意潇洒的人生呢？”

王弗眨巴了几下眼睛道：“做有价值的事呀！”

“说的是！”苏轼“腾”地站起身，“忙要忙有价值的事；闲要闲出滋味来！”说着，在室内来回踱步，走了几圈，突然猛地转过身，对王弗道：“有件事，你看是不是有价值？终南山出产特殊木材，每年都要伐木运往京城，以供营建之用，照例由衙前役承担官物运输。输运中，官物如损失，衙前役还要赔偿，监狱里关的囚犯中，不少是无力赔偿官物的百姓。我早就看不下去了。可一来此事非我职守，二来也不知该怎么办，所以一直没有作声。”

“小时候我就知道，有不懂的事问老年人。”王弗提醒道。

“有道理！”苏轼双眉一挑道，“老校、老吏是本地人，谙熟政事和本地风土，我这就去向他们求教。”

一连三天，苏轼把府衙的几名老校、老吏轮番召到直房，和他们探讨如何革除衙前役之害。有了眉目后，便修改了衙前役规，报宋选审核。

宋选看罢，蹙眉道："子瞻，你提议不让百姓服御前役，改为用官地出租收入募役；且不说官地出租收入有限，这个做法违背《差役法》，行不通啊！"

"也是。"苏轼回应道。说着又掏出一叠文稿："所以我还准备了另一方案。"

宋选问："要点何在？"

苏轼答："夫役可根据黄河、渭河水势自择运期，而不再由官府不顾时令强行规定发运时间。如此一来，根据水势择时发运，筏行不易发生危险，官物损失也会大为减少，可收衙前役之害减半之效。"

宋选沉吟片刻，拍了拍文稿道："也罢，就这样改了！"

"多谢太守！"苏轼激动道，起身鞠躬致谢，好像宋选帮了他自己一个大忙。

从宋选直房一出来，苏轼就急不可待回到官舍，一脸自豪地把事情经过对王弗说了一遍。

"知道你为何能做成此事吗？"王弗问。又自答道："因为你遇到一个好上官。"

"你这么一说，提醒我该办一件事了。"苏轼神秘一笑道，迈步进了书房，奋笔疾书起来。

去年，刚到凤翔数日，天兴县令胡允文邀他在凤鸣驿宴饮。苏轼当年赴京赶考路过此地时，本想投宿凤鸣驿，谁知里面老鼠乱窜，蛛网密布，只得另寻他处；此时看到的凤鸣驿已整修一新，宛如数世富人之宅。问后方知，宋太守到凤翔府主政不满一个月，就动工修缮此驿，五十多天完工，用了三万多个工、二十多万材料，却没有惊动当地百姓。苏轼大为惊诧。胡允文请苏轼写篇《凤鸣驿记》，以颂太守之功。写文章为上官歌功颂德，苏轼没有兴致，虽应承下来了，却迟迟没有动笔。此时，他感念宋选的关照，有了写记的冲动。一个时辰工夫，近六百字的《凤鸣驿记》就写成了。次日到了公署，即将文稿呈宋选审阅。宋选略一浏览，笑了笑道："待我有空慢慢欣赏。"

可是，等了一个多月，宋选闭口不提此事，苏轼几次问起，他都顾左右而言他。这天，宋选召他去见，苏轼进门就问："太守，不知驿记可用否？胡县令急于刻石立碑。"

宋选微微一笑："此小事，不值一记吧。"

苏轼道："驿站修缮事小，主政者为与不为、躁静勤惰事大。"

宋选点头道："以小事见大事，以修驿论古今，由事及理，是篇好文章。"说着，把文稿递了过去，盯着苏轼道："子瞻，叫你来，是想知会你，我要调走了，以后要好自为之啊！"

"啊！"苏轼一惊，"不知接替者何人？"

"京东路转运使陈希亮。"宋选答。

"哈哈！"苏轼大笑道，"陈公是眉州青神县人，还是远房叔祖母娘家族弟呢。"

"那就好，那就好。"宋选如释重负道。

送走了宋选，陈希亮迟迟未到任，适逢正旦、上元佳节，正月十四日这天，苏轼带家人白天到疏浚后的东湖游览，夜里到街上观灯，夜半方归。第二天一觉睡到过午才起，忽然想到今日要迎接新太守，便穿上官袍要去公署。刚一出门，突然下起了大雪，他踌躇片刻，又退了回来，边脱官袍边道："不去凑热闹也罢。"

"还是去吧！"王弗劝道，"新太守莅任，僚属都去迎接，你怎可缺席？"

"没意思，不如小院赏雪。"苏轼一扬手道，"再说，陈公会怪罪我吗？"说完，披上斗篷，到院子里踏雪赏景。

不大工夫，积雪就覆盖了地面。苏轼唤苏迈出来踏雪。父子俩在雪地上追逐了一阵，跑到了一棵老槐树下，忽见有块地方黄土裸露，地面隆起数寸，却没有积雪。他眼睛一亮，转身拿过一把铁锹，正要去刨，身后传来王弗的声音："郎君要做什么？"

苏轼向前一指道："可能是古人藏丹药处，何不发掘出来？"

王弗语调平静道："假如母亲在此，一定不让掘开，取分外之财。"

苏轼闻言，脸上现出羞愧的神色，默默地把铁锹放回了原处，边慌慌张张往外走，边道："我、我去开元寺看壁画。"

城北开元寺墙壁上，有唐朝画家吴道子画的佛像和诗人王维画的竹子。苏轼多次观赏过，为躲避尴尬，便又跑来了。

"子瞻，子瞻，快回去吧！"正在观赏壁画，身后传来马梦得的声音。原来是府吏知会，晚上新太守举行公宴，要苏轼参加。

夜色已阑，苏轼正凝眸注视着东塔院墙壁上王维的画作，但见残灯影下，画中僧人栩栩欲动，不禁感叹王维以诗写画的神俊，也就没有接马梦得的茬。马梦得急得上前拉住他的袍袖就往外走。苏轼极不情愿地出了东塔院，忽见僧人抬着四扇门板从身旁走过，忙好奇地跟上去观看。一问方知，这竟是唐朝吴道子画有菩萨和天王的藏经龛门板，因战乱流落至此。苏轼知道父亲收藏画作，若得吴道子真迹，一定视为珍宝，遂对马梦得道："我入仕后俸禄还算优厚，不如购下此画孝敬家父。"

马梦得焦急道："哎呀来不及啦，快去赴公宴吧！"

苏轼气定神闲道："你不知新来的太守是何人？"

马梦得叹了口气，不再说话。

一番交涉，以十万钱把画板买了。苏轼喜不自禁，赴公宴之事，也就抛诸脑后了。王弗替他捏了把汗，临睡前提醒道："郎君，明日见到太守，一定要先检讨失礼之罪呀！"

苏轼一伸舌头道："我运气好，宋太守待若上宾；新太守是同乡长辈，不必担心啦！"

四

苏轼来到后堂，正要往里闯，侍立门外的小吏拦住他，高声禀报道："苏贤良来谒——"

"一个八品判官，才为官多久，敢称贤良？"堂内传出恼怒的质问声。站在门外的苏轼听得真切，心里"咯噔"一声。

"来人！"堂内传出吼叫声。

两名府校跑步进堂，陈希亮高声道："适才称苏轼贤良的吏员进来。”小吏战战兢兢入内，又听陈希亮厉声质问：“你因何呼苏轼贤良？”小吏嗫嚅道：“苏判官中的是贤良方正科，众人都呼他贤……”

“胡说！”陈希亮打断他，怒道，“制科里还有沉沦草泽科，中式的人，你呼他草泽？小小吏员，不守官规，移送法曹，杖三十大板！”

两名府校齐声喝叫，把小吏押走了。苏轼缩了下脖子，茫然不知所措。

“让苏轼进来！”堂内传出陈希亮满含愠怒的声音。

苏轼小心翼翼进到堂内，向端坐在书案后的陈希亮瞥了一眼，但见他身材瘦小，皮肤黝黑，目光冷峻，一脸怒容。苏轼施礼问安，陈希亮不回礼，打量他良久，瓮声道：“你是何人，散漫如此？”

“这……”苏轼倒吸了口凉气。愣了片刻，抱拳一举道，“听家叔祖……”

“这是官厅，无关公务者，不许随便说！”陈希亮打断他道。

“上元佳节，下官醉酒未醒，请太守恕失迎之罪。”苏轼惶然道。

“你到这里是为官做事的，不是来赋诗作文、饮酒作乐的。若再犯，绝不饶恕！”陈希亮厉声道。顿了顿，以命令的语气道：“拟道发属县的令牒，严肃政纪官规，禁绝散漫！”

苏轼被这位同乡长辈的严苛所震慑，喏喏告退。既然因为昨日失礼惹得太守不悦，就在起草公文上弥补吧。这样想着，精心撰写了一道令牒，诚惶诚恐前去复命。到了后堂门口，小吏拦住他道："太守吩咐，今后非奉召不得入内。有公牍下吏转呈。"苏轼一撇嘴，把文稿塞到他手里，转身就走。刚回到直房，就有府吏来禀："太守有召。"

"我让你写公文，没有让你写诗词歌赋！"一进门，陈希亮就训斥道，"引经据典，啰哩啰唆，辞藻华丽却于事无补。重写！"苏轼刚要解释，陈希亮不耐烦地向外一摆手，命令道："退下！"

苏轼好像挨了闷棍，半天没有缓过来。他本想拒绝重写，可自知昨日之事有理亏处，便强忍着，按照陈希亮意图重新起了一稿。这次，陈希亮没有打回来，却在上面涂改多处，命苏轼誊清后再报。苏轼只得逐字逐句抄写一遍，总算过关了。

他原以为陈希亮只是发泄对他散漫失迎的不满，谁知此后一两个月里，几乎他起草的每一道公文，陈希亮都要涂抹删改，要他抄后再报；修改誊清后报上去，陈希亮又要修改，让苏轼重新抄写，如此往返不休。苏轼终于忍不住了。这天，陈希亮又要他誊清文稿，苏轼脖子一梗，以质问的口气道："太守是故意刁难下官吗？"

"随你怎么想！"陈希亮满不在乎道，"但你要记住，做官就要守做官的规矩，不能由着自己的性子来。"

苏轼"腾"地站起身，红着脸道："我……"但"不干了"三个字到底没有说出口，一甩袍袖，扬长而去。

"要想做官，就得受拘束；要想不受拘束，就辞官回家！"身后传来陈希亮的训教声。

散班回到家，苏轼把王弗叫到书房，郑重道："有事商量。"此前，为了自己的颜面，同时也不愿让王弗替他担心，苏轼并没有把陈希亮刁难的事说于她。此时，他喘着粗气，把两个多月来所受的气一股脑儿说了一遍，最后道："一想到还要在他手下熬两年，我死的心都有。与其这样受折磨，不如辞官！"

王弗语调轻松道："奴听郎君的，只要阿爹同意就好。"见苏轼不语，劝道："既然上官严厉，郎君正可借机收敛锋芒呀！"

苏轼沉吟不语。辗转思考了大半夜，放弃了辞官的打算，强打精神继续当值。满腔愤懑，只有通过给苏辙写诗宣泄。

四月中旬的一天，陈希亮把苏轼召到后堂，语调和缓地唤了声"苏寺丞"。上月二十九日，在位四十二年的皇帝驾崩了，群臣上庙号仁宗。仁宗没有儿子，也没有亲兄弟，由其堂兄濮王第十三子继承了皇位。因新皇登基，大小官员恩赏晋级，苏轼的官阶由大理寺评事升为大理寺丞，故陈希亮有此称呼。他唤了一声，举着一叠文稿问："听说这篇《凤鸣驿记》是你的手笔，我让人抄了一份。写得很好嘛！尤其是'常为其大者，不屑于其小，此天下之通患也'几句，深获吾心。文中说，人人都从小事实事做起，就不愁天下治理不好。可谓至理名言。"

苏轼还从未受陈希亮夸赞过，一听他这样说，顿时露出得意的神情，拱手道："太守谬奖！"

陈希亮边把一道公牍递过去，边道："所谓听其言观其行。督运竹木事，就由苏寺丞来办了。"

苏轼一看，是朝廷发给凤翔府的诏旨，命火速向帝陵所在地的巩县提供终南山竹木，以供为仁宗修筑陵寝之需。他这才明白，陈希亮不是在夸他，而是绕弯子想把一件棘手的事压给他。苏轼顿生上当受骗之感，一瞪眼道："此事，因何要我来办？"

陈希亮沉脸道："我是郡守，我说交给谁办，谁就得办。"

苏轼起身道："此事不该我来办，恕难从命！"说着，把诏书往书案上一放，拂袖而去。

"给我站住！"陈希亮一拍书案，大声喝道，"轻狂如此，真是不知天高地厚！你可以不干，朝廷追究下来，大不了我陪你坐牢就是了！"

苏轼"嘶"地吸了口气，站在门口，进退失据。

陈希亮努了努嘴，示意侍立在侧的堂吏把诏书连同他签发的文牒拿给苏轼。苏轼只得接了，回去收拾行装，带上马梦得，赶到终南山督运竹木。

因天气大旱，长久不雨，渭河近乎干涸，无法漂流竹筏。可修建陵寝有严格的工期要求，不能迟缓，苏轼叫苦不迭，只得请求征调更多民夫，在泥浆里拉纤而行。看着汗流浃背、被晒得脱皮的民夫，苏轼不觉酸鼻。这天，他跑到一个高坡上，面对眉州极目眺望，对跟在身后的马梦得道："为何非要千里迢迢跑出来做官，如果不做官，就不会目睹这样的场面。"

马梦得道："子瞻心软，做官会很辛苦。"

苏轼咬牙道："若宋太守在，绝不会让我来做此事。都是陈希亮老贼，故意折磨我！"顿了顿，又道："抱怨是抱怨，还得用心督理，不能稍有差池。"

苦熬了近三个月才结束差事，没有出现纰漏。到公署复命时，陈希亮却无一字夸奖。苏轼边想象着把一口唾沫吐到他那张黑脸上他会是什么反应，边气鼓鼓地出了后堂。回到家，痛痛快快地洗了个热水澡，就沉沉睡去了。王弗摇醒他时，已是次日巳时半了。

“今日是中元节，照例当过厅向太守贺节。”王弗提醒道。

“刚回来，太累了，没心情。”苏轼眼也不睁，嘟哝了几句，翻了个身，继续大睡。

断断续续睡了两天，才拖着疲惫的身子到公署当值。一到直房，就有府吏来禀：“太守有召。”苏轼不紧不慢来到后堂外，廊下有好几个人正坐在木条凳上候着，有人竟发出鼾声。他摇摇头，在队尾处坐下。前面的一个同僚瞪了他一眼，起身躲开了。苏轼像是吞了一块冰，心里阵阵发凉。等了两刻钟，太守还没有传见，他又急又气，却无可奈何，便构思起诗来：“虽无性命忧，且复忍须臾。”又过了小半个时辰，苏轼才被传见。陈希亮不说话，黑着脸把一份公牍推到他面前。

苏轼一看，是永兴军路安抚使兼知京兆府刘敞调他去长安做乡试阅卷官的令牒。阅卷是与自己的才气、名气相匹配的差事，刘敞又是恩师欧阳修的好友，苏轼在赴任途中，刘敞就留他在长安逗留了十天，对他《和董传留别》诗中“腹有诗书气自华”一句，惊叹不已。所以看到令牒，苏轼喜笑颜开，起身向陈希亮鞠了一躬，兴冲冲地出了后堂。

五

秦岭北麓深壑峡谷中，有一条自终南山蜿蜒而下、水徊路转的小河，谓之南溪。此处茂林修竹，溪流清凉，丰草乱石，环境清幽。嘉祐八年十月，苏轼含羞带怒，领着全家悄悄来到这里，住进了溪旁的太平宫溪堂里。

从长安一回凤翔，苏轼就接到一道朝廷敕书，因郡守陈希亮参劾他为官散漫，中元节不过厅，故违礼仪，特罚铜八斤，以示惩戒。刚入仕途就背上一个政纪处分，苏轼吃惊之余，感到颜面尽失，怒发冲冠。他当即写了一道禀帖，告病假一月，也不管陈希亮是否批准，让马梦得雇了车马，带一家人直奔南溪。

把家眷安顿下来，苏轼就带着马梦得沿南溪往峡谷深处走。走出一箭远，见河畔有座亭子，上悬“会景亭”匾额。苏轼走过去，站在亭中四望，气呼呼道：“什么会景亭，站这里看得到美景吗？名不副实！”又一指马梦得：“回去就知会道长，改成‘招隐亭’，我给他题匾额。”出了亭子，嘴里还忿忿不平念叨着：“世人多是有眼无珠之辈！”又走了约莫两里多路，看到一片竹林，苏轼加快了步伐，一直走到竹林深处，指着一块空地，吩咐马梦得：“正卿，此处最为深邃，你这就雇人构一茅堂，就叫避世堂，我要在此读道藏。”

王弗得知苏轼改招隐亭、建避世堂；又见他先是给苏辙的诗里写着“岁云暮矣嗟几余，欲往南溪侣禽鱼”，《读道藏》诗里有“千岁厌世去”之句，便猜出了他的想法。但她默不作声，直到苏轼躲在避世堂里读了几天道经，情绪平复下来，才问他："郎君才二十八岁，就想着避世吗？"

苏轼答："案牍劳形，不知所为何来。一官在身，又不得不奔走劳役，身心俱疲，哪里有做隐士潇洒！"

王弗摇头道："才不是呢！你给母亲承诺过，放弃隐逸山林的想法；郎君苦读了这么多年，在京城有了名望，朝廷的大老都对你寄予厚望，怎的遇到点挫折就打起退堂鼓来了呢？"

"我……"苏轼支吾着，不知该如何应答。

王弗又劝道："郎君不该想着避世，而应想想如何避苦。"

"此话怎讲？"苏轼有了兴致。

王弗解释道："想想遇到挫折时，该如何让自己从痛苦中解脱出来呀。"

苏轼眼前一亮，连连点头。

在避世堂思考了一天，对马梦得道："我曾发誓奋励当世，建功立业，避什么世啊！"他把几册道藏往外一推："收起来吧！"

回到溪堂，兴冲冲对王弗道："我想出来如何避苦了。"

"真的呀？"王弗笑了，"是什么法子？"

"不与俗人计较。"苏轼答。说着，吩咐置酒，要与马梦得对酌。

"范文正公曰：处江湖之远则忧其君。"一盏酒下肚，苏轼就感慨起来，"远有范仲淹，近有王安石、司马光，做微官时就以天下为己任，常就时政建言献策；我却因琐事与俗人赌气，实在不该！"又问马梦得："正卿，你说当下的弊病是什么？"不等马梦得应答，就侃侃而谈起来："以我看，无外乎三患：财用不丰、兵力不强，能吏难选。财不能丰、兵不能强，吏不能择吗？非也。关键是未能立志向、确定长远目标，所以总是不能见成效。如天子振作，确立目标，精心谋划，排除万难，就能够成功。"他突然一挥拳头，铿锵道："发之以勇，守之以专，达之以强。若知此三者，非独可振兴皇宋，犁庭扫穴，北取契丹，也不在话下！"

"有道理。"马梦得道。说着，敬了苏轼一盏酒，问："子瞻要上疏吗？"

"我想想再说。"苏轼答。

躲到避世堂思考了两天，就奋笔疾书起来。写毕，交给马梦得过目。马梦得一看，是洋洋洒洒近万言的《思治论》。

"不上疏？"马梦得问。

"写公文太拘束，不如写文论痛快。况且，微官上疏，十有八九石沉大海。"苏轼解释道。又得意一笑："正卿该知道的，凭我的名气，诗文一出，京城争相传抄，这篇文论，不愁朝廷大老甚至官家看不到。"

一个月很快过去了，苏轼回到凤翔，听从王弗的建议，主动去谒见陈希亮销假，把《思治论》也呈报给他。陈希亮扫了两眼，冷笑着道："好像你现在还不是宰相吧？先把自己职责内的事做好再说别的吧！"

苏轼讨了个无趣，闷闷不乐往外走。远远看见张璪正候在他的直房外，想起王弗的叮嘱，便佯装没有看见，转身想避开。

张璪迎过去，一把拉住他："子瞻，我要调走了，晚上请你到寒舍小酌。”见苏轼还在踌躇，他踮起脚尖，把脸贴到苏轼耳边，低声道：“我有个秘密要知会你。”

苏轼一听“秘密”二字，好奇心顿起，当即答应下来。一散班，就径直来到张璪的官舍。酒菜已备好，张璪与他对饮。酒过三巡，张璪一抹嘴道：“子瞻可知，别郡馈送的公使酒，太守却据为己有。”

“有这种事，你怎么知道？”苏轼半信半疑问。

张璪没有回答他，鼓动道：“他这么刁难你，何不参揭他？”

苏轼摇头：“做不出来。”

张璪挤了挤眼道：“不参揭也行，但你要让他知道，他有把柄在你手里，以后就会收敛了。”

苏轼还是摇头：“做、做不来。”

张璪撸了撸袍袖道：“既如此，我想办法给你报仇，谁让你是我的好友呢！”又一笑：“将来你做了宰相，别忘了我就行。”

苏轼被感动了，举起酒盏道：“报仇就算了，但情谊弟领了。年兄有所不知，内人嘱我不能和你深交，所以这两年对年兄颇疏远，现在想来，真是惭愧。我要写篇文章为年兄送行，以为弥补。”

六

位于秦岭山脉中段的终南山，不仅峻拔秀丽，风景如画，更因为是道家的发祥地，历来为文人墨客所向往。新皇登基后的第二年，改元治平，这年上元节，苏轼带上马梦得，兴冲冲赶往终南山。

“哈哈，子厚，又见面啦！”来到楼观，一见章惇的面，苏轼就大笑着道。

章惇放弃嘉祐二年进士资格后，下一科果然高中甲科第五，授官试衔县令，分发商洛。他少年时代就修炼道家养生术，服气辟谷，年纪轻轻就颇有仙风道骨。去年，他也奉刘敞之召前去阅卷，苏轼与他朝夕相处两个月，几为章惇的为人和言论所倾倒。两人约定，如果仕途不如意，就相偕回归田园，找一个有山有水的地方修炼养生。苏轼对王弗说，长安之行最高兴的就是与章惇结为好友，还感慨道，章子厚真是奇伟绝世，一代异人，出将入相，不在话下！前不久，章惇由商洛令改迁雄武军节度推官，邀苏轼同到终南山寻访道家古迹。

二人一起游览了楼观、授经台，章惇见天色已晚，嘱他带来的两个仆从领马梦得去客栈喝酒，他与苏轼在山寺对酌。尚未举盏，就好奇地问：“此前观邸报，令弟授商州推官，怎的迟迟未见赴任？”

两年前，王安石拒绝为苏辙起草告敕，韩琦、欧阳修不得不暂时将此事搁置，拖了半年才改由另一中书舍人沈遘起草。告敕颁下，苏洵勒令苏辙不得赴任，以示不满。苏辙遂连番上章，请求留京侍父，朝廷不得已允准了。这样来来回回，延宕了近两年。可苏轼不便把内幕和盘托出，只好敷衍道：“子由留京侍父，故而未到任。”

“不去也罢！”章惇轻描淡写道。他突然叹了口气：“本指望今上即位能一新局面，可眼下的情形，堪忧！”

苏轼明白章惇指的是什么。去年继位的皇帝虽正值壮年，却病恹恹的，暂时由曹太后垂帘听政。皇帝病情好转后，大臣多次奏请太后还政，她始终不肯，皇帝和太后的矛盾近乎公开化。又因皇帝只是仁宗堂侄，不得不小心翼翼，不敢更换执政大臣、改变仁宗政策，以免落得不孝罪名。这让急于行新政的官员感到失望。苏轼也有同感，听了章惇的话，他从照袋中拿出一篇诗稿给章惇看，内有“谁怜破屋眠无处，坐觉村饥语不嚣”之句，哀民生之多艰。又拿出他给宰相韩琦的上书说：“我给韩丞相上书，以凤翔府百姓为衙前役所困实例，请求朝廷行宽大长久之政。”

章惇随意翻阅了一眼，顾自饮了一盏酒，慨然道：“非有大改革，国家无以振兴。”

“君子所见略同！”苏轼笑道。又把《思治论》文稿拿出来，递了过去：“请子厚兄过目。”

章惇粗粗浏览一遍，吸了口气道：“子瞻的想法，与王安石不谋而合嘛。要想付诸实施，只有王公出山方可。”

苏轼没有接他的话茬，又从照袋里拿出一叠文稿：“这个也请子厚一阅。”

章惇接过一看，标题是《凌虚台记》，他有些茫然：“这凌虚台是？”

苏轼解释道：“本府太守陈希亮命人在后圃挖了一个池塘，用挖出来的土筑了一座观景台，谓之凌虚台。此文乃奉太守之命而作。”

章惇浏览一遍，文章既未描述高台，也未赞颂筑台者的功绩甚或闲情雅趣，却有“夫台犹不足恃以长久，而况于人事之得丧，忽往而忽来者欤”之句，分明是对太守的讥讽，遂吸了口气道：“文章倒是篇好文章；但从人情世故和此类文章写作惯例来说，有些异类。”又好奇地问：“太守有异议吗？”

苏轼答：“太守给我一个月时间，可我两天就写完了，等时间到了再交稿。正可利用这段时间到处走走。”

章惇举盏，在苏轼面前晃了晃，二人一饮而尽。不多时，两人都喝得有些醉了，却还不愿散去。忽有僧人慌慌张张来禀：“哎呀不得了，不远处有老虎现身！”章惇“腾”地站起身，顺手抓起一面铜沙罗，拉住苏轼上了马，前去查看。走出一箭远的路，隐隐约约可见数百步之外，一只老虎正昂头呼啸。坐骑受惊，前蹄腾空，不愿再走。苏轼心里“怦怦”直跳，忙道：“马害怕了，快回吧！”说完，勒马调头就往回走。

章惇一笑道：“我自有道理。”说着，独自鞭马前行，快接近老虎时，取出铜沙罗，用力照一块石头上摔去，“哐啷”一声脆响，老虎受惊，仓皇而逃。章惇哈哈大笑，这才勒马回转，来到惊魂未定的苏轼面前，得意洋洋道：“子瞻，你必不如我。”

苏轼拱手道：“是是！”

章惇大笑。

在大秦寺、延生观等处游览了两天，一行人披着朝霞西行，来到仙游潭。潭上依山而建南北二寺，之间用一根横木架桥，下临绝壁万仞，潭水深不可测，危险万分。章惇推了推苏轼：“过潭，到石壁上题字。”苏轼吓得腿软，只想后退。章惇挺起胸脯，沿横木平步而过，将长衫下摆掖进腰间，挽住绳索，用漆墨濡笔，在石壁上写下“章惇苏轼来游”六个大字。苏轼惊出一身虚汗，待章惇回来，抚摸着他的后背道：“子厚他日必能杀人。”

“子瞻何出此言？”章惇瞪眼问。

苏轼道：“能把自己的命豁出去的人，就能杀人。”

章惇发出爽朗的笑声。

因苏轼不敢过桥，几个人只得向北绕远，循黑水而上，至南寺用了午饭，依依惜别。

苏轼带马梦得回返，到了岐山驿，遇一方口秀眉的中年男子，略带蜀地口音，攀谈后方知，他是梓州永泰县人，名文同，字与可，号石室先生。苏轼惊喜道：“啊！兄台竟是画竹名家文与可？”忙吩咐马梦得置酒，与文同倾谈。文同长苏轼十八岁，两家还是远亲，论辈分苏轼称文同表哥。他早苏轼九年中进士，时下赴邛崃县任。文同早就听说过苏轼的文名，将自己写的楚辞、诗、画、草书都拿出来让苏轼过目。苏轼看罢，品评道：“人都说与可是画家，弟却认为，与可有四绝，诗一、楚辞二、草书三、画四。”

文同拱手道：“世无知我者，唯子瞻一见，即识我妙处！”

苏轼激动道：“与可兄，你画竹一幅，我作一文，相互交换，以为订交之凭，如何？”

文同点头，提笔作画，不到半个时辰，一幅墨竹图就画好了。但见竹竿斜出，婆娑而下，疏密相间，竹叶肥厚宽大，观之有摇曳生风之感。苏轼赞叹不已，作《石室先生画竹赞》相赠。

文同急于赴任，苏轼送出两程，执手作别。

沉浸在与好友欢聚的气氛中，一想到陈希亮那张冰冷的脸、同僚那些俗气的谈笑声，苏轼不想再往凤翔走，对马梦得道："走，去箭括岭。"

箭括岭在扶风县城之北，有东西二峰，中为缺口，因形似箭括而得名。苏轼和马梦得沿着缺口古道缓缓而行。这天上午，苏轼正在仰头欣赏断崖上的摩崖刻字，马梦得夸张地咳了一声，压低声音道："子瞻，你看，前面有一侠客！"

七

听到"侠客"二字，苏轼露出仰慕的神情，举目望去，但见一意气风发的武者，带着两个随从，鲜衣怒马，一人一弓，吹着口哨，悠然向这边而来。忽有一只鹊鸟惊起，武者跃马向前，"嗖"地一箭把飞鹊射落在地。

苏轼顿时被武者的游侠气质所吸引，策马迎过去，在马背上施礼道："在下苏轼，字子瞻，眉州……不不，赵郡人。倾慕侠者久矣，愿结识大侠！"说这话时，眼睛里闪烁着明亮的、艳羡的光芒。

赵郡乃眉州苏氏原籍，因燕赵自古多慷慨悲歌之士，有尚侠重义精神，故苏轼特意把自己说成是赵郡人。可侠客像是没有听到，打马疾驰起来。

"大侠！"苏轼唤了一声，急忙追上去，"交个朋友不好吗？"

武者突然发出一声冷笑："哼，会写几篇酸文，就了不起吗？"

"岂敢！"苏轼谦卑道，"在下愿以十篇文章，换大侠一弓。"

马梦得低声道:“侠客好像知道你呢。”

苏轼顾不得想这些,策马与侠客并排,抱拳一揖道:“大侠,可否通个名讳?”

侠客勒马停下,问道:“骚客识孙武子吗?”

话不太入耳,苏轼却毫不介意。他明白,这是侠客在考察他,心中暗喜。他自幼就喜读兵书,也喜欢与人谈论兵法;在制科进卷时还写过好几篇军事方面的文论,其中就有《孙武论》。一听侠客问起孙子兵法,他的神情顿时从容起来,一拱手道:“在下以为,古之善言兵者,无出于孙武。但今人不可迷信孙武,其所短者,智有余而未知其所以用智。换言之,孙武熟悉各种用兵之计,却忽略了何时何地何形势下适用何计。”

侠客露出一丝笑容,又问:“唐宪宗讨伐藩镇刘辟,用何兵法?”

苏轼一笑道:“孙武兵法,是将军之兵法,而非天子兵法。天子用兵,莫大于御将。唐宪宗讨伐藩镇刘辟,是天子用兵成功一例。”

侠客向苏轼一拱手道:“我乃陈慥字季常也!”

原来,眼前的这位侠客是太守陈希亮的幼子。苏轼听说,陈希亮有四个儿子,前三个儿子都有功名,做了官,偏偏幼子陈慥生性豪爽,自小就羡慕朱家、郭解的侠义行为,虽喜读书却不愿做官,平时隐居山林,饮酒狎妓,舞枪弄剑,打抱不平。前不久,苏轼从叔丈王庆源来书中得知,陈慥回家乡青神县了,带着两个艳丽如花的歌舞侍妓,让她们穿上戎装,戴着青巾玉带,脚蹬红鞯,跨着骏马，招摇过市，全县为之轰动，都在议论这个携妓浪游的公子侠客。苏轼钦佩他敢于挑战世俗的勇气，浪迹天涯的洒脱。可一想到他是陈希亮的儿子，心里凉了半截，眼皮耷拉了下来。

一只野兔在草丛中露了一下脑袋，陈慥一箭射去，穿透了野兔的脖子。他一指马梦得："取来，到前面客栈烤了，待会与苏子瞻把酒论兵事。"又转向苏轼道："江湖之人所看重的，是趣味相投。"

苏轼会意，顿时顾虑全消，脸上洋溢出兴奋的笑容，拱手道："到底是侠客，与俗人所见不同！"

陈慥向前一摆脑袋："子瞻，边走边说。"

苏轼和陈慥并马而行，穿行在峰峦耸翠的峡谷中，顿生侠客的豪迈感。可惜一无佩剑，二无弓弩，便不时把目光投向陈慥的弓箭，用力咽了几次口水。陈慥觉察到了，解下箭囊，连同一张长弓，递到苏轼手里。苏轼接过，抱在怀里，像是觅得稀世珍宝。

次日辞别陈慥回凤翔府途中，苏轼学着陈慥的样子，轻裘细马，臂弓腰箭，一副游侠模样。快进凤翔城时，马梦得笑问："子瞻要做刺客吗？"苏轼这才不得不解下弓箭，交给了马梦得。

或许是因为陈慥的缘故，去谒陈希亮时，苏轼对他不再那么厌恶了。他只字未提与陈慥的偶遇，把写好的《凌虚台记》呈上，准备接受太守的责难。他设想，陈希亮要么弃之不用，同时加倍刁难他；要么让他一遍又一遍修改，故意折磨他。谁知好几天没有动静，却得知凌虚台前树立的石碑上，一字未改刻着他的《凌虚台记》原文。苏轼大惑不解，暗忖：陈希亮对平时起草的公牍还要改来改去，这篇明显是讽刺他的文章，为何照录下来？他想不明白，就问王弗。王弗笑着道："想不明白的事就不要想下去了，或许时候未到，时候到了，不用想就会明白。"

苏轼不再苦思冥想这件事，却又增添了新的烦恼。这天散班，他拉上马梦得到东湖饮酒，只喝了两盏，就拍着马梦得的肩膀道："正卿，这些天，我突然觉得自己很渺小。"

马梦得一愣，笑道："太阳打西边出来了吗？"

苏轼幽幽道："章惇在万丈悬崖挽绳书壁；陈慥鲜衣怒马，射鸟鸟落、射兔兔死；文同所画墨竹如在风中摇曳，这一个个场景，总在我脑海里一遍遍浮现。我既没有章惇的勇敢，更没有陈慥的超逸，也缺乏文同的画才书功，有何资格自负。"说着，扬脖把一盏酒倒进嘴里，咕咚一声咽了下去，盯着马梦得问："正卿，我想投笔从戎，你以为如何？"

马梦得摇头道："子瞻怎会生出这个奇怪想法？"

"一点也不奇怪。"苏轼解释道，"我是不想做官的，可没有了俸禄，无以养家糊口；纵不能像陈慥那样仗剑走天涯，总可以戎装铠甲，驰骋边塞，搏击疆场！"说完，又把一盏酒扬脖倒进嘴里。

马梦得咂巴了几下嘴，若有所思道："嗯，我好像懂了。既想做侠客，又想建功立业，便想象在驰骋疆场中，找到结合点。"

"戎装铠甲，驰骋疆场。戎装铠甲，驰骋……"苏轼嘴里念叨着，脑袋向前一栽，趴在酒桌上打起了呼噜。

马梦得以为苏轼投笔从戎的话是一时冲动随口说说的；谁知自此他案头只放兵书，晚上就拿出陈慥送的弓箭，在小院中比划拉弓。这天上午，他刚去当值不多时，又突然出现在官舍，兴冲冲道：“正卿，快收拾行装，去南山督运粮草。”

仲秋，西夏大军进犯静边寨，战争乌云笼罩三秦大地。永兴军路需要筹集大批粮草运往前线。督运粮草无疑是件苦差事，马梦得替他抱不平道：“太守怎的总把苦差事交给你？”

“美差！美差！”苏轼一脸兴奋，连连道。稍做准备，就带着陈慥所赠弓箭，情绪高涨地出发了。

“子瞻，你因何说是美差？”出了府城，马梦得忍不住问。

苏轼反问：“你知道班超吗？”

马梦得也是举子出身，自然是知道的。汉朝班超投笔从戎，先是随窦固出击匈奴，后率军招抚乌孙、攻克莎车、击败贵霜，又都护西域多年，立下赫赫战功，被封定远侯。苏轼这样问，显然是想效法班超了。可马梦得不明白，效法班超与视督运粮草为美差有何干系。

苏轼解释道：“我本想上疏请求文改武的，可一想到自己不善骑射，到前线反成累赘，为将士所笑。”说着，策马疾驰，扭脸对马梦得道：“南山有猎场，到那里练骑射吧！”

马梦得这才明白，苏轼是想利用督运粮草的机会练习骑射，故而视为美差。果然，一到驻地，苏轼即把随行巡检、府校召集起来，宣布他的决定：轮班督运粮草，闲暇时在猎场练骑射。

随后的日子里，一有闲暇，苏轼就在苇园练骑射。他把自己想象成冲锋陷阵的军士，汗流浃背不下马，口干舌燥不饮水；拉弓射箭，臂膀酸疼，也咬牙坚持。马梦得劝他适可而止，苏轼一扬手道："止不得，非把文人习气涤荡干净方可。"虽然臂膀酸沉，还不忘写诗给苏辙，向他通报自己投笔从戎的志向、练习骑射的情形。

冬至这天，接苏辙寄来的《闻子瞻习射》诗，但见上写着：

旧读兵书气已振，
近传能射喜征鼖。
手随乐节宁论中，
箭作鸱声不害文。
力薄仅能胜五斗，
才高应自敌三军。
良家六郡传真法，
马上今谁最出群。

苏轼阅罢，晃着肩膀问马梦得："看我像不像横刀立马的将军？"

"佩服！佩服！"马梦得拱手道。他想不到苏轼练骑射如此有毅力，已到了跃马驰骋、箭无虚发的程度。

苏轼摆出将军的架势，一挺胸道："传我的命令，明日辰时，火烧苇园！"

"啊！"马梦得惊叫一声，"那么大一个园子，烧了？这是做甚？"

苏轼沉吟片刻，构思出几句诗，以为回答："枯槎烧尽有根在，春雨一洗皆萌芽。"又一笑："其实是司竹监要烧，我和他说让你替他们烧。"

“为何?”马梦得追问。

苏轼又构思出几句诗作答:

巡边将军在近邑,
呼来飒飒从矛叉。
戍兵久闲可小试,
战鼓虽冻犹堪挝。
雄心欲搏南涧虎,
阵势颇学常山蛇。

马梦得明白了。永兴路都巡检柴贻勖带着大批校尉前来巡视,苏轼借司竹监火烧苇园之机,举行会猎,以检验骑射本事。他也兴奋起来,急忙布置去了。

次日一早,苏轼骑在高头大马上,身披黑斗篷,手持弓箭,与都巡检柴贻勖分率几十号人马,向苇园进发。候在苇园的马梦得见人马赶来,一挥手,高叫道:“点火——”不多时,苇园里火光冲天,烟雾升腾,响起一片噼里啪啦的声音。苏轼策马冲在前头,率校尉呼啸而至。马蹄荡起的尘土与烟雾汇合,在半空弥漫,校尉的呼喊声响彻云霄,野兔、狐狸惊恐狂奔。苏轼瞄准一只野兔,一箭射出,野兔跳跃了一下,跌落在地。

约莫一个时辰,鸣金收兵。苏轼满身烟尘,一脸汗水,来不及洗漱,提笔赋《司竹监烧苇园因召都巡检柴贻勖左藏以其徒会猎园下》长诗一首,吩咐马梦得:“速寄子由。”

过了二十多天，苏辙《和子瞻司竹监烧苇园因猎园下》寄到，内云："吾兄善射久无敌，是日敛手称不能。……健儿击搏信可乐，主将雄猛今谁胜。"苏轼读罢，边得意地大笑边问马梦得："正卿，我可以上疏请求戍边了吧？"

话音刚落，府校持太守陈希亮令牒赶到了。因朝廷急调龙图阁直学士王素统帅西北军政，西夏素闻其威名，撤兵罢战。战事结束，督运粮草的官吏校尉撤回。府校还给苏轼带来一道告敕，根据文资三年一升的惯例，苏轼官阶由大理寺丞升为从七品殿中丞。马梦得拱手致贺，苏轼却叹了口气："可惜，错过一次投笔从戎的机会。"

回到衙署，一接到公牍，他就先看看是不是有战事发生。十二月十七日这天，忽见一道公牍，上写苏轼凤翔府签书判官任期届满，罢任回朝。按照制科出身者历官惯例，签书判官三年任满，还要再做一任通判，方可回朝。可告敕只罢其签书判官，却没有通判的任命。苏轼不知道是怎么回事，忙去向陈希亮禀报，顺便探探他的口风。

陈希亮看罢，沉默了片刻，起身道："殿丞，雪后初晴，到凌虚台赏雪如何？"

苏轼虽不情愿，却也不好拒绝，跟在陈希亮身后出了后堂。府校为二人各披上一件斗篷，以抵御高台上的寒风。两人拾阶而上，登上凌虚台，四望一片苍茫，积雪在太阳下发出刺眼的光。陈希亮问："殿丞赏雪，不作诗吗？"

苏轼摇了摇头，问："朝廷未有授通判的告敕，不知何故？"

陈希亮反问道:“殿丞是不是觉得,回到京城,如鱼得水?”

苏轼还未从投笔从戎的梦想中醒来,对于回京,只是从可以摆脱陈希亮的约束这个角度上说才让他感到宽慰。所以,他没有表露出丝毫的惊喜,回敬道:“官职卑微,任人摆布而已。”

陈希亮脸一沉,又恢复了训教的口气:“别忘了,水里不只有你一条鱼!”

第五章　家国迭变

一

政事堂外的廊庑里，坐满了等候召见的官员。苏轼递了拜帖，坐下等候。心里一直在问：欧公因何事如此着急？

去年十二月十七日，苏轼罢凤翔府签书判官，因陈希亮之故，他不愿多留，次日就携家眷离开了府城，至华阴度岁。过完年，顶风冒雪上路，于今日回到京城。一进南园，苏辙就知会他，欧阳修日前捎话，要他一回京即刻去见他。苏辙还通报说，时下因议濮王之礼，朝政纷乱，欧阳修忙得不可开交，要见他只有到政事堂去找。苏轼正想把投笔从戎的事向欧阳修禀报，便前来递帖参谒。

不多时，堂吏将苏轼领进一间轩敞的直房，一盏茶尚未饮尽，欧阳修快步进来了。不待苏轼施礼毕，就开门见山道："之所以请子瞻一回京就来见我，是因为怕你们父子误会了韩魏公。"宰相韩琦刚被封魏国公，故欧阳修有此称呼。

"误会？"苏轼茫然问。

欧阳修遂把事情经过，讲给苏轼听。

去年底，鉴于苏轼签书判官任期将满，参知政事欧阳修找宰相韩琦商量，能不能破例让苏轼提前入馆阁。韩琦向皇帝奏报此事时，皇帝说在藩邸就闻苏轼文名，不如循唐朝先例，直接召入翰林院。韩琦认为，苏轼将来可以大用，但需要一个循序渐进的过程，目前是要精心培养他，到了天下都认为苏轼该大用的时候再用，水到渠成；现在就大用，反而是害了他。他提议将苏轼召回，经考试后入馆阁。皇帝又说，考试是因为不知道水平如何，苏轼的水平，还需考试吗？韩琦坚持说，苏轼资历浅，未经试用，不可遽然授职。争论到最后，决定苏轼免通判经历，召试入馆阁，但馆职可越过校勘、检讨、校理，直接授中级。垂拱殿里的这番君臣对话，宰执大臣都在场，欧阳修担心有人挑拨是非，引起苏氏父子对韩琦怨恨，所以要抢先一步向苏轼解释，韩琦非有意压制他，而是在培养他。

苏轼听罢，一阵惊喜。历练三年就破例入馆阁，而且直接授中级馆职，这是莫大的荣耀。照此趋势，不过三年五载，必可大用。在朝辅佐皇帝行新政，功业岂是一个小小的边塞武将可比？这样一想，投笔从戎的念头，即刻打消了。他起身抱拳一揖，激动道：“韩魏公此举，乃古之所谓爱人以德者，弟子只有感激，哪里还会有怨言！”

欧阳修舒了口气，又道：“你准备一下，近日就召试学士院，写两篇文论，馆职为直史馆。”说着笑了起来：“当年我入馆阁，馆职是校勘，比你低了三等。”

苏轼施礼谢过，借机道：“弟子回京，可替家弟子由侍父，子由也该出来做事了。”

欧阳修不假思索道：“这就给他安排去处。”未等苏轼回应，他从袖中掏出一张公牍递过去。苏轼一看，是陈希亮罢职告敕，告中责陈希亮将别郡馈送的公使酒据为己有。他既吃惊又有几分快意，同时还有对张璪朋友义气的感激。

“子瞻，你可能误会陈希亮了，他是在历练你。”欧阳修喝了口茶道，“你和陈太守不和，远在益州的韩绛都知道了，投书给我，问我可否把陈希亮调走。我特意让人问过陈希亮。”说着，从袖中掏出一个短柬递给苏轼。苏轼一看，是陈希亮的手笔，只见上面写着：“吾视苏洵犹子也，苏轼犹孙也。平日故不以辞色假之者，以其年少暴得大名，惧夫满而不胜也，乃不吾乐耶！”苏轼愕然，脑海里把他和陈希亮相处两年的场景快速回顾一遍，恍然大悟，面带愧色道：“弟子年少气盛，愚不更事，未能体谅陈公良苦用心。”

欧阳修微微一笑道：“有此磨砺，是好事。”说完，低头沉吟片刻，突兀问：“国人一向重孝道，生父就是生父，子瞻认为呢？”

苏轼一愣，蓦然明白了。今上是濮王之子，前不久下诏，命议崇奉生父濮王之礼。韩琦、欧阳修主张称濮王为皇考；王珪、司马光等两制、台谏则认为，皇帝是过继给仁宗才得以继位的，故应称仁宗为皇考、生父濮王为皇伯。支持司马光等人主张者人多势众，颇得舆论好评，韩琦和欧阳修却被攻击为逢迎今上，有负仁宗。欧阳修突然提出这个话题，显然是向他寻求支持的，苏轼下意识地点了点头。

堂吏在门口探了下脑袋，苏轼知恩师政务繁忙，起身告辞。

欧阳修也起身一同往外走，到门口时，又低声对苏轼道：“王介甫有人望，子瞻回家劝劝令尊，不要攻击他。”

苏轼心里一紧，急忙往家赶。一进家门就问苏辙：“阿爹一直说报复王安石，有行动？”

苏辙打开抽斗的锁头，从中拿出一叠文稿递过去。苏轼一看，是父亲所写《辨奸论》。以古论今，以某人不近人情的行为，断定其是大奸大恶，将来必乱国祸民。笔锋十分犀利。虽未点王安石的名，但读此文即知其所指。苏轼惊得鼻尖上冒出虚汗，问苏辙：“这是怎么回事？”

就在苏轼到凤翔上任不久，王安石撰写的《淮南杂说》《洪范传》在京城传抄开来。这两部著作提出一整套从天地起源之理推导到儒者道德与使命、国家制度变革的新学说，被誉为王氏新学，一时风靡京城，王安石被推崇为当代孟子。前年秋，王安石母亲在京去世，包括中枢大臣在内，百官都去府上吊唁。按常理，苏洵也当去，可他不仅不去，也不许苏辙前去吊唁。此事等于把苏、王矛盾公开化了，引起了一些对苏家不利的议论。苏洵十分恼怒，发出众人皆醉我独醒的感慨，提笔写下了这篇《辨奸论》。

听完苏辙讲述，苏轼焦躁地问：“此文散播出去了？”

苏辙答：“我苦苦相劝，阿爹说暂时不公开，只寄给在南都的张方平一份。”

苏轼松了口气，以抱怨的语调道：“老人家还是那么冲动。”

二

出了首门，苏辙又转身向内望着，一副放心不下的样子。苏洵向外摆了摆手道："你嫂嫂贤德，有她在，阿同不必牵挂。"苏辙转脸看了站在院中的王弗一眼，躬身向她施礼，这才转身上马。王弗快步走上前，唤了声"叔叔"，指了指骑在马上的苏轼："以后要叔叔多看顾。"说着，流下泪来。送行的家人一脸茫然，苏轼责备道："父亲说有你在，让阿同放心，你却说出这样的话！"又转向苏辙，"放心走吧！"苏辙在马上向王弗抱拳施了一礼，这才打马而去。

苏辙是去大名府上任的。二月中旬，苏轼召试学士院，授"直史馆"的馆职。又过了半个月，审官院告下：殿中丞、直史馆苏轼，差遣为判登闻鼓院事。四月，流内铨告下：苏辙以试秘书省校书郎，差遣为大名府推官。他对二哥照料家事能力不放心，延宕了一个月，眼看上任时限迫近，才不得不带着家眷上路。

出了封丘门，该告别了，苏轼不忍离去，又送了二里余，苏辙勒马请二哥回转。苏轼道："阿同，我想送到陈桥驿，留宿一夜，兄弟对酌。"

苏辙摇头："还是回吧，免得嫂嫂担心。"说完，抱拳作别，打马前行。刚走出十几步，又回头叮嘱："九二，嫂嫂日渐消瘦，面色发暗，别让她太操劳了。"

苏轼点头："知道了。阿同在外要多保重啊！"

苏辙的身影看不见了，苏轼才勒马回返。到了封丘门外，忽见马梦得骑马赶来，神情慌乱道：“子瞻，快回！”

苏轼心里“咯噔”一声，刚想问，马梦得已进了封丘门，他急忙追过去，向南园疾驰。

进了家门，乳母任采莲在院中候着，一把拉住苏轼，慌慌张张往东厢房卧室走。进内一看，王弗躺在床上，面色苍白，双目紧闭，已经昏迷。七岁的苏迈站在病榻前抽泣着。苏轼喊了两声，王弗没有回应，任采莲附耳道：“你们刚走不多时，娘子突然昏厥，吐了一大盆血。请过好几个医士了，都说……”

苏轼抹了把汗道：“快请名医！”说着疾步往外走。

苏洵在院子中拦住他：“无力回天了，准备后事吧。”

“她才二十七岁呀！”苏轼一顿足，哽咽道。

“没有法子的事。”苏洵叹口气道。向内一指：“去吧，看看她有何交代没有。”

苏轼失魂落魄地回到卧室，在病榻旁坐下，搂过苏迈，眼泪不由自主地淌了下来。

“郎君！”王弗突然睁开眼睛，唤了一声。

苏轼俯下身去，惊喜道：“你醒了？”

王弗脸上露出一丝微笑，问：“欧公调侃王拱辰的那首诗，郎君记得吗？”

当年一个叫王拱辰的举子中了状元，参知政事薛奎将长女嫁给了他。过了几年，薛氏亡故，薛奎又让幼女做了王拱辰的填房。欧阳修的续弦是薛奎的二女儿，他赋诗调侃王拱辰：“旧女婿作新女婿，大姨夫成小姨夫。”王弗突然提到这首诗，苏轼一下子就明白了，下意识地点了点头，旋即又摇头道："不要想这些，会好起来的。"

王弗喘息了一阵，又说："还记得迈儿过百晬时的事吗？奴说要二十七娘给迈儿当娘的话，郎君还记得吗？"

六年前听王弗说这话时心里一紧的感觉，瞬时又袭上苏轼的心头。他故作轻松道："那是玩笑话，你不该记心里。"

王弗微微摇了摇头，继续说："二十七娘虽不通文墨，但天下没有像她那样能干的女子，郎君和迈儿，需要能干的女子照顾啊！"说着，吃力地伸出右手，苏轼忙把她的手抓住，郑重地点了点头。王弗畅出了口气，歇息了足有一刻钟，又以微弱的声音道："郎君，莫忘了阿爹为何给你取'轼'之名呀。"

苏轼微微一惊。当年，父亲给他和苏辙起了"轼"和"辙"的学名，特作《名二子说》以勉之。二人的名都与车有关。"轼"是车厢前驾车人手扶的横杆。车厢、车轮、车轴都有各自用途，只有车轼看似可有可无，但缺了车轼，这辆车也就不完整了。父亲希望他能收敛野性、学会掩饰锋芒，像车轼一样，身处车子最显要之处，也能善于掩饰自己，显得可有可无，却也是无用之用。可自中制科尤其是破例入馆阁后，苏轼踌躇满志，多次在王弗面前表达过三年五载必大用的话，还开玩笑说十年内给王弗挣一个郡夫人诰命。文官三品以上，母与妻方可封郡夫人。苏轼的言外之意，三五年就有宰辅之望。王弗当时就劝他要收敛。如今生命走到尽头时，她还是放心不下。苏轼握了握她的手，含泪道："我一定记住。"

王弗的呼吸急促起来，气若游丝道："奴恳求郎君，一定要把迈儿抚养成人！"

"会的，会的！"苏轼垂泪道。

王弗对着苏轼一笑，嗓子里发出奇怪的声音，随即头向里一歪，便无声无息了。苏轼伸手一摸，额头上没有一丝热气，再用手在她鼻孔前试了试，已经没有了呼吸。他俯身抱着王弗晃了又晃，强抑了良久，终于还是哭出声来。

男人丧妻并非罕见。恩师欧阳修早年先娶胥氏、再娶杨氏，都在二十多岁年纪去世了，现在的薛氏是他的第三位夫人。所以，王弗的去世，不会引起任何轰动。苏洵念及王弗贤德，从苏轼于艰难，嘱咐他以后有机会把她埋在母亲墓旁。马梦得从棺材铺挑选了一口棺材，将王弗入殓后，用大漆涂好，暂厝于京西奉先寺招魂殿，待有机会运回家乡安葬。

办完王弗的后事，苏洵把苏轼叫到他的书房，问："九二，你还年轻，续弦的事，有何想法？"

苏轼答："新妇临终前有嘱，要她堂妹二十七娘做填房。"

苏洵又问："照你当下的名气，在京城娶一个名门望族的女子是不在话下的。娶一个大字不识一箩筐的村姑，你甘心吗？"

"我已答应新妇了，不能违背诺言。"苏轼郑重道。

"没有贤德妻照应，不知你会把日子过成啥模样。"苏洵叹了口气道："这样安排也好。我这就给王庆源修书，把亲事定下来。找机会你告个假，运新妇灵柩回乡安葬，带二十七娘到京。"顿了顿，又道："身边总要有人侍候，过几天买个侍妾吧。"

苏轼点了点头。他觉得，续娶二十七娘，是对王弗最好的报答、最好的怀念，心里得到莫大的安慰。与当年要娶王弗时他内心抗拒相反，苏轼期盼着早日回乡，以了却王弗最后的心愿。有了这个想法，他突然感到日子过得很慢。重阳节前，馆阁同僚相约出游，苏轼婉拒了，埋头抄写《大方广圆觉修多罗了义经》，于重阳节当日赶去奉先寺王弗灵前，由怀琏禅师为她的亡灵诵经礼忏。

奉先寺中的两排银杏树，叶子变得金黄，苏轼捡起一片落叶，独自回到王弗灵柩前，低声道："明春，我就带你回家乡，然后带二十七娘到京城来。"

三

治平三年四月中旬的一天，苏辙刚在南园首门外下了马，苏轼就快步迎上去，拉住他的手，边往里走边抽泣起来。

开春后，苏轼正想告假回乡，五十八岁的苏洵病倒了。被朝事折磨得焦头烂额的欧阳修闻讯，特意向苏轼推荐了两位名医，可苏洵的病情却还是日渐沉重。眼看病将不起，嘱苏轼派人把苏辙叫回来。本朝官员没有探病乞假的规矩，到任刚十个月的苏辙只能辞职南返。离家不足一年，再回来时，嫂嫂已故去、父亲病入膏肓，又见兄长面色憔悴，执手抽泣，苏辙安慰道："我这就把家事接过来，不让二哥再操心了。"说着，疾步进了正房卧室，大声呼唤："阿爹，阿爹——"

昏睡两天的苏洵听到呼唤，突然醒了过来，任采莲忙端来一碗参汤喂他喝下。苏洵有了些气力，对苏轼、苏辙道："趁着清醒，我有三件事要交代。第一，我写的《易传》尚未完稿，你们兄弟务必续写完成；第二，嫁到杜家的姐姐十二年前故去了，迄今没有按照礼节安葬，你们兄弟扶柩回乡后，务必把姑母安葬了；第三，你们大伯父过世早，唯一的儿子苏位前几年也染瘟疫故去了，你们兄弟要照顾他的后人。"

苏轼、苏辙涕泣受命。

"对了，你们兄弟记住，那件事，万勿介入。"苏洵又道。

去春开始的议濮王礼一事，引起轩然大波。朝廷百官几乎都反对韩琦、欧阳修崇奉濮王为皇考的主张，全体台谏官甚至一致自请外贬，以示抗议。欧阳修曾暗示苏轼出面支持他，苏洵审时度势，不许二子介入。他担心苏轼把控不住，特意又叮嘱了一遍。

"我担心的是……"苏洵继续说，话未说完，就被剧烈的咳嗽打断。喘息良久，断断续续道："若王、王安石奉召，就、就把《辨奸论》公开！"

王安石自嘉祐八年辞官回江宁丁忧，前年十月期满服除，皇帝屡召其回朝，他均以患病为由拒绝。朝野都认为，王安石是因为看到时下朝政纷扰，没有施展机会而不愿出山，一旦看准时机，必入京当国执政。苏洵对此忧心忡忡，高度警觉，即使到了生命的最后时刻，仍不忘提醒二子必要时果断出击，尽可能阻止王安石执掌朝廷大权。可苏轼、苏辙不赞成把王安石判定为大奸大恶，更不愿把《辨奸论》公开。所以，二人只是对视一眼，没有接父亲的话茬。

苏洵见儿子沉默，有些生气，挣扎着想把头抬起来，一口鲜血从嘴里喷出，气血就此耗尽，陷入了昏迷。挨了十来天，到了四月二十五日，怀着对两个儿子前程的牵挂，永远闭上了眼睛。

讣讯传出，宰执大臣韩琦、欧阳修等，新任翰林学士承旨张方平，翰林学士王珪、范镇，谏官司马光、三司盐铁判官陈襄等，都亲临南园吊唁，朝野之士为之作挽词者一百三十三人。韩琦赠银三百两、欧阳修赠银二百两，苏轼兄弟皆辞谢不受，泣请欧阳修为亡父写墓志铭、张方平撰墓表，二人都欣然接受。皇帝诏赐银一百两、绢一百匹，用于为苏洵治丧。苏轼兄弟上表辞谢，恳求以赏赐换取为亡父赠官。经韩琦与欧阳修商量后，下旨追赠苏洵为列入京官序列的光禄寺丞；又取旨饬有司拨官船一艘，用于载运苏洵灵柩归葬。

办完这一切，已是六月下旬了。苏辙指挥家人收拾行装，准备回乡。这天下午，苏轼正在整理遗稿，突然看到十年前父亲写给以侍读学士知益州的张方平的一封书简底稿。尚未看完，就放声大哭起来。苏辙急忙跑进来，苏轼边哭边把文稿递给他。苏辙看罢，也掉下了眼泪。在这封书简中，一向刚强的苏洵禀报张方平说，他的两个儿子很有才华，恳求张方平举荐他们兄弟参加开封府取解试。为示庄重，苏洵发毒誓说："不如所言，愿赐绝诛。"苏轼这才知道，当年他们兄弟能够到京参加取解试，是张方平以朝廷大臣兼蜀地最高长官的身份保举的结果。苏轼过去对父亲有怨气，直到这时他才意识到，当父亲自知仕途无望时，把全部希望都寄托到了他们兄弟身上，不遗余力地在为他们铺路架桥。包括他攻击王安石，也是护犊心切，要为他们兄弟扫除仕途上的障碍。

“失去父亲时，方知父亲的好。”苏轼哽咽道。他像突然想起了什么，以决断的口气道：“父亲的藏画，包括我从凤翔购得的吴道子真迹画板，原说我们兄弟留着的，不留了，都打包运回去，陪伴父亲！”

苏辙顺从地点了点头，出去叫人检点、打包。

两天后，苏轼兄弟委托马梦得照管南园，便带着家眷、仆从，护送苏洵、王弗的灵柩，下汴河出了京城。

船停戎州时，听到一个令人震惊的消息：三十六岁的皇帝于治平四年正月初八驾崩了，由十九岁的嫡长子继位。想到十年里，经历了两位皇帝的崩逝、三位亲人的死别，苏轼不禁感慨，对苏辙道：“阿同，家国多难，人生无常。经历了一次次的生离死别，我觉得自己变得豁达了许多。人生除了生死，别的都不必过于萦怀。”

苏辙沉默了良久，回应道：“阿爹不在了，以后只能靠我们自己了。”

经过九个多月的颠簸，苏轼兄弟扶柩回到眉州。安顿下来后，先将王弗葬于母墓旁，苏轼并为她撰写了墓志铭，带人在墓地栽了一大片松树；接着又与族人商议，安排父亲的葬礼。

忽一日，在成都大慈寺做和尚的族兄惟简到了纱縠行，带来寺庙住持惟度的话：苏轼兄弟当舍施其亡父最爱而他们又不忍舍之物，方可超度亡灵。苏轼稍作思忖，觉得莫过于在凤翔花十万钱所购吴道子真迹画板。惟简一听此画是唐明皇喜爱之物，大喜过望。忙道："施舍此物，必可超度亡灵。"

苏轼问："此画，唐明皇喜爱而不能守，你如何守护？"

惟简道："我必以身守护。眼可剜、脚可砍，此画不可夺。"

苏轼追问："你不在人世了呢？"

惟简答："我盟于佛，身后让鬼神守之！"

"算了吧，"苏轼不以为然道，"不信佛、不怕鬼的人多的是。"

惟简问："那你说怎么办？"

苏轼思忖片刻，提议道："不妨在寺中修建一座阁楼，专门收藏此画，并在阁中供奉先父画像。"

惟简一咬牙道："就照你说的办！"顿了顿，吸了口气道："建阁花费不菲啊！"

"我捐五万钱。"苏轼爽快道。

惟简笑了笑道："除了捐钱，子瞻还要为本寺写篇记。"苏轼刚要推辞，惟简又道："守制期间不便写文章，但为寺院写记，是做功德。"

"也罢！"苏轼点了点头道。他早就构思过表达对僧侣看法的文章了，所以只用了半天工夫，一篇《中和胜相院记》就交稿了。

惟简兴奋不已，迫不及待阅看。但见文中说，过去的僧人抛弃家庭、亲情，躲到深山老林修行，比做农夫、工匠还要吃几倍的苦；现在的许多僧人却是为躲避赋税徭役才进的寺院，不守戒律，不钻研佛经，还要追求名声，做事谈话都有固定套路。他到各地出入寺庙,经常不留情面地给这帮僧侣难堪,常常令他们面红耳赤,无言以对。自己对僧侣慢侮、不信任如此,宝月大师惟简却让他为寺院写记,岂不谬哉!

看到这里,惟简变了脸色,抖着文稿道:“子瞻,记得你自幼礼佛甚躬,前几年丁母忧,还到益州建造六尊菩萨像、两个龛座,惟度法师和我,都以为你是崇佛的。”

苏轼从容道:“正因为我崇佛,才不忍看到那些败坏佛门的假僧侣充斥其间,要揭穿他们!”又一指文稿:“别着急,往下看。”

惟简举起文稿往下看,苏轼在夸赞了他和住持惟度一番后,接着又说中和胜相院藏有唐僖宗画像,绘画精妙盖世,有很高的名声,所以他才勉强写了这篇记文。

惟简读罢,叹口气道:“子瞻,你这样任性,在官场会吃亏的吧?”

苏轼抱拳向惟简一揖道:“那就请菩萨保佑咯!”

惟简摇着头,押着吴道子真迹画板,携带五万钱并文章一篇,辞别而去。

送走惟简,苏轼对苏辙道:“阿同,佛寺建大阁以藏吴道子真迹画板,画父像以奉,办了这件事,对父亲的愧疚感稍可减轻;待服除后再正式安葬姑母;将来有资格荫官时为大伯父后人荫官。如此,阿爹在九泉之下,也可瞑目了吧。”

苏辙道:“父亲最牵挂的,还是我们兄弟的前程。他老人家希望我们兄弟仕途通达,又不招惹祸殃。”

“人心难测啊!”苏轼感叹道,“连欧公这样的大德君子,也不免受人诬陷，蒙羞去位，岂不令人扼腕！时下的局面，与我们离京时已然天翻地覆了，谁知下一步会怎么样呢？”

四

治平四年正月，十九岁的皇帝在迩英殿接连召对元老大臣，垂询国政。下旬的一天，掌理财用的三司使张方平奏对，皇帝要他估算先帝英宗的安葬费用。张方平奏道：“国库空虚，首先要确保给契丹和西夏的岁币，不然会起战端；安葬先帝，务行节俭，就是孝顺。”

自后晋石敬瑭割让燕云十六州给契丹，皇宋失去燕山屏障，难以抵挡草原上的虎狼之师。六十二年前，与契丹订《澶渊之盟》，每年向其赠银十万两、绢二十万匹；二十二年前，本为皇宋藩属的西夏建国称帝，发兵劫掠陕西，三战三胜，朝廷为换取西夏取消帝号，结束战争，与其签订和约，每年向西夏输银七万二千两、绢十五万三千匹、茶叶三万斤；契丹又借西夏入侵中原之机，趁火打劫，撕毁协议，逼迫皇宋增加岁币银十万两、绢十万匹。即使这样，边境州县还是常常受到契丹和西夏侵扰，朝廷都忍气吞声以求息事宁人。太祖收复燕云十六州的遗愿，更是无人提起。对此，年轻的皇帝视为奇耻大辱，耿耿于怀。听了张方平的话，他情绪激动道：“太宗之崩，缘于契丹毒箭。不共戴天之仇，我们还要年年捐献金帛以事之，为人子孙者，情何以堪？”说着，不禁抽泣起来。

皇帝为了国事在大臣面前流泪，实属罕见，惊得张方平不知如何是好。过了一会儿，皇帝镇静下来，发誓道："务必振作起来，励精图治，富国强兵！"

可是，当皇帝向中枢大臣咨询富国强兵之策时，人人都向他泼去冷水。复任宰相的富弼提醒皇帝两点：第一，皇帝的喜怒哀乐不能显露出来，不然就会让那些投机小人有了迎合圣意的可乘之机；第二，皇帝刚即位，先广施恩德，二十年内不谈兵，干戈一起，所关祸福非细。皇帝听罢，极为失望，急欲找到可以推行富国强兵国策的辅弼大臣。这时，他想到了王安石。

朝野都在传说，王安石不仅文采出众，而且政绩出色，严于律己的德行，更是为人所敬仰。每谢绝一次朝廷的召用，王安石在朝野的声望就上涨一次。皇帝在藩邸时，讲官韩维常把朝野对王安石的赞誉说给他听；在讲论时，一旦论点受到皇子夸赞，韩维就说，这并不是臣的见解，而是王安石的观点。故而，今上在藩邸时就对王安石心仪已久。他知道王安石屡屡拒绝朝廷召用，担心再碰壁，便以让王安石出掌江宁府作为试探。出人意料的是，王安石欣然接受了。尽管元老大臣韩琦对王安石是不是具有辅弼之才提出了异议，但皇帝决心已定，很快就以翰林学士相授。

王安石应召到任，皇帝在延和殿单独召对。

"圣朝天下无事过于百年。虽曰人事，亦是天助。仁宗虽俭约而民不富，虽忧勤而国不强。臣敢请陛下知道不能长久地依靠上天的帮助，政事不能始终懈怠下去，则大有为之时，就在今日！"王安石以坚毅的语气道。

皇帝很振奋，问："卿以为当如何？"

"变风俗，立法度。"王安石胸有成竹答道，"陛下当敢于独断，不顾流俗，不守陈规，通过变法，富国强兵！"

皇帝大有秦孝公得商鞅、刘备得诸葛亮之感，尽管王安石一再劝说皇帝不要急于让他执政，可皇帝却不想再等。熙宁二年二月，任王安石为参知政事，并根据他的提议，特设三司条例司作为变法枢纽机构，正式启动了以富国强兵为目标的变法新政。

恰在此时，苏轼兄弟回到了京城。

前年十月，苏轼兄弟葬父于老翁泉，继续留下守制。去年七月服除。十月，苏轼与二十七娘成婚。一个多月后，兄弟二人携家眷由陆路返京。苏轼委托堂兄苏不疑和儿时玩伴杨济甫代为照看家坟。

故乡已没有亲人，京城同样让他感到陌生。因为主张英宗称其生父濮王为皇考，韩琦、欧阳修为朝野所轻。前年，苏轼的同年蒋之奇劾欧阳修乱伦，欧阳修蒙羞被罢职外放；不久，韩琦也因不能体认皇帝励精图治的意图而罢相；张方平在参知政事任上时，因父亲去世而到应天府丁忧。时下，王安石获得皇帝的信任，事实上掌握了朝廷的大权，正在紧锣密鼓地谋划推行新政。这些情况，苏轼兄弟在返京途中已大略了解到了。二人一时不知该如何应对这物是人非的局面，决定低调行事，先观察一段时间再说。

王安石执政，雷厉风行，苏轼刚到吏部销假，过了几天，就有告敕下：殿中丞、直史馆苏轼，判官告院兼判尚书祠部。官告院隶属吏部，主管制作官员任免升降、封爵、赠官、加勋的凭证，被认为是储才之地；祠部则隶属礼部，主管佛、道事务。尽管身兼二任，但主管事务多是例行公事，有固定的程序，故与此前判登闻鼓院比起来，事情要简单、轻松不少。接到告敕，苏轼自嘲一笑："或许王安石知我懒拙吧，给我安排一个闲局。"

苏辙尚未脱离选人身份，照例应差遣到府州。苏轼希望他留在京城，却也不能像过去那样找人求助，有些不知所措。苏辙就以试秘书省校书郎的身份上疏朝廷，提出裁减冗官、冗兵、冗费的建议。没有想到，这篇奏疏呈上不久，皇帝批示给政事堂："详观疏意，知辙潜心当世之务，颇得其要，郁于下僚，使无所伸，诚亦可惜。"接到御批，又细细阅读了苏辙的奏疏，正在四处网罗变法人才的王安石很高兴，提议任苏辙为制置三司条例司检详官，与吕惠卿、章惇、曾布等一起，襄助变法。皇帝欣然同意，又亲自在延和殿召见了苏辙。

"官家求治心切啊，期盼百官能够支持变法。"从延和殿回到家里，苏辙禁不住向苏轼感慨道。

"看得出来。"苏轼回应道，"皇帝召见一个选人，实属罕见。"

苏辙又道："官家说，他在藩邸时，就喜欢读你的文章，话里话外，很希望你站出来支持变……"

"哈哈！苏大个啊苏大个，你倒是图清闲啊！"随着大嗓门的说笑声，打断了苏轼兄弟的谈话。二人抬眼一看，章惇大步进来了。夕阳照射下，他棱角分明的脸庞上，闪烁出若隐若现的亮光。跟在他身后的马梦得解释道："我一看是子瞻好友到了，没有通报，就陪他进来了。"

去年初，章惇受参知政事欧阳修举荐，召试馆阁，考试合格，御史攻击他当年把进士及第的告敕扔掉，为人轻薄，不宜任馆职，结果竟未被录取，差遣知武进县。今年初，有人向王安石推荐章惇，王安石恨得之晚，举荐他再试学士院，授集贤校理馆职，任置制三司条例司检详官。刚到任，听说苏轼丁忧服除，苏辙已加入变法队伍，急忙来拜访。

一见章惇，苏轼劈头就问："子厚，是王介甫让你来的？"

章惇眼珠转了几转，似有所悟："子瞻是在等待王公延揽？说不定，他在等待你表态呢。"说完，哈哈一笑，兴奋道："子瞻，你在《思治论》里建议革新朝政，丰财强兵，选用能吏；时下朝廷要推行的，无外乎这些。你呼吁天子'赫然奋其刚明之威，使天下明知人主欲有所立'，这一天终于到来了！"他撸了撸袖子，盯着苏轼问："朝廷要变法，急需人才，你苏大个还坐得住？"

苏轼眼睛一亮，脑海里闪出一个念头：倘若是王安石亲口对我说这番话，我会不会义无反顾地站出来支持他？又想：我苏轼是不是人才？既然急需人才，欧阳修、张方平、韩琦、富弼皆以国士待我，而他王安石却对我不理不睬？是不是谁表态支持变法，谁就是人才，就可以得到重用？那岂不给投机之徒以可乘之机？我苏轼本是条龙，何必与那些觅食的小鱼混杂在一起？这样想着，他的目光又黯淡下来。

"是不是在观察元老大臣的态度？"章惇语带讥诮道，"那帮庆历士大夫对你有恩，器重你，视你为接班人；可是，一朝天子一朝臣，庆历士大夫的时代已经结束了。现在是革新时代，别像过仙游潭独木桥那样，畏缩不敢前。”

苏轼脸一红道：“子厚，能不能厚道点？”

“强敌环伺，欺我圣朝！”章惇突然情绪激动起来，“以泱泱大国之尊，与契丹和西夏打交道，奉钱送物，还要小心翼翼赔笑脸，不敢说一句硬气话。太祖收复燕云十六州的遗愿，更是无人提起。再不振作起来，富国强兵，这种屈辱，难道要一代一代传下去吗？”

苏轼低头不语。

章惇问：“子瞻有何苦衷？”见苏轼还是沉默，起身道：“你好好想想我说的话吧！”说着，大步往外走。

苏轼忙拦住他：“酒菜预备好了，子厚不能走。”

“忙啊，夜以继日，哪有工夫喝酒。”章惇甩开苏轼的手道，“子由到任后就知道了。不过，忙是忙，这才像做事的样子。”

送走章惇，苏辙问：“九二，该如何？”

苏轼沉吟良久，语调深沉道：“王安石曾诟病我兄弟奔走权门，趋炎附势，如今他大权在握，是真正的权门，如果这时候站出来附和他，不是坐实了他的话吗？岂不让他越发看不起？况且，庆历士大夫是曾经的革新派，他们似乎都对变法持观望、怀疑态度。司马光和王安石是好友，他好像对变法也有所保留。有鉴于此，我还是观察一段时间再说吧。”

第六章　口吻排击

一

春天本是京城文士赏花饮酒、吟诗作赋的季节，可熙宁二年的春天，由于朝廷里围绕变法展开激烈争论，气氛紧张，达官显贵少了许多聚会的雅兴；又没有了欧阳修那样的宗师级人物邀集，雅集陡然减少。苏轼失望之余，跃跃欲试，特意将正房西间父亲原来的书房改为会客厅，作为聚会之所。

暮春的一天傍晚，应邀前来聚会的几个人刚坐定，史馆检讨李常就举着他刚写的一幅草书问："诸位看，我现在的字写得怎样？"

苏轼扫了一眼，笑道："可称'秦吉了'矣！"

刘攽大笑。他中进士后沉于下僚二十年，去年才经好友王安石举荐，诏试学士院，获秘阁校勘馆职，担任国子监直讲。

"打的什么哑谜？"驸马都尉王诜问。他是武将之后，以擅画山水闻名京城，当今皇帝的同母妹雅好书画，闻其名，倾慕之，遂由其母高太后做主，前不久与之成婚。王诜与同擅书画的京城名门之后王巩交好，由王巩引介，与苏轼订交。

“这里有背景。”苏轼笑着说。因他公务悠闲，一时也没有写诗撰文的冲动，又未介入变法争论，便将大量精力投入到对书画的钻研上，常与馆阁同僚一起切磋书画。史馆检讨李常正学草书，有一天拿着一幅字向苏轼、刘攽展示，刘攽戏称其书为鹦哥娇，意指只有个别字有些草书模样，就像鹦哥学舌，只能说有限的几个字。秦吉了又称鹩哥，与鹦哥相似，但智商很高，可学人语。苏轼借此夸李常的草书有了进步。

听了苏轼的讲述，就连一向不苟言笑的王巩也笑了起来。苏轼本就与王巩订交多年，后王巩娶张方平之女为妻，二人的交情因此更进一层。王巩时常向苏轼问学，苏轼则向他求教书画技法，虽年纪相差近一轮，却相互引为知己。

众人哄笑中，驸马都尉王诜突然叹了口气道：“唉！无趣，真无趣，子瞻也不叫几个歌妓来，无趣！”

“晋卿！”苏轼叫着王诜的字，惊问：“你尚公主，还想继续声色犬马？”

“尚公主就不是男人了？男人，有几个不想声色犬马的？”王诜瞪着眼问。旋即又补充道：“当然，有例外，比如王安石。”

说到王安石，众人都沉默了。

当王安石屡屡拒绝朝廷征召时，他被朝野推崇为大德君子、孟子再世；可他出任参知政事，誓言立法度、变风俗、富国强兵时，短短几个月，却成了多数官员心目中的小人。儒家有言：君子不言利。王安石却将增加国库收入作为施政目标，大谈财富，受到士大夫的轻蔑、攻击，也就在所难免了。新法尚未推出，御史中丞吕诲就连上两道《论王安石奸诈十事状》，攻讦王安石大奸似忠，大佞似信，对他的施政目标和人品全面否定。皇帝为息事宁人，将吕诲弹章退回，吕诲却以辞职相抗议，皇帝不得不将他外放。监察御史张戬、程颢等人，也连篇累牍上章，要求罢斥王安石，还找到政事堂去吵闹，面辱王安石。王安石的好友司马光、韩维、吕公著，也力劝他不可操之过急。这些情形，众人都耳闻目睹，也各有心思，谈论起来，不免争论，故都缄口不言。

"王安石和司马光在御前辩论，司马光说天下财富譬如雨泽，夏涝则秋必旱，官富则民必穷。王安石却说不加赋而使国用足。我看这位执政公是生姜吃多了。"刘攽打破沉默道。

"此话怎讲?"王诜问。

苏轼抢着解释道:"《本草》曰:生姜多食损智。"

众人又笑了起来。

王诜边笑边道:"子瞻，你在京城好像没有诗兴了，有限的三两首，也沾染上了富贵气，简直就像台阁体。是不是人在顺境反倒写不出好诗来?"

"算了吧!"刘攽忿忿然道，"顺境? 和子瞻比，吕惠卿、曾布、章惇之流，算什么东西? 可时下却一跃成为朝廷红人，若还是庆历士大夫掌权，绝不会出现如此局面。"

这话说到了苏轼的痛处，他不愿涉及这个话题，便摆摆手，叫着刘攽的字道:"贡父，谈诗说画。谁再跑题，浮一大白!"

几个人边喝酒边谈诗论画，时而戏谑，时而争论，刚说了不到一盏茶工夫，刘攽突然叹口气道："有人说，既然做了官，诗赋只可充当业余雅好，不可当本业。恐几年后士大夫相聚，再无谈诗论赋的场景咯！"

众人都明白，刘攽又把矛头指向了王安石。王安石自以为他要推行的新法，从理论基础到实施方案，都已深思熟虑过，且不掺杂任何私人的算计，故而十分自信，早早就把方案端出，供百官开诚布公讨论。这其中，就包括今年三月推出的贡举改革方案，大意是：科举是一考定终身，且注重诗赋，不利于选拔德才兼备之人充实到官场。所以，州县应广设学校，长远之计是通过学校培养、选拔人才；过渡时期，科举选才要引导务实之风，进士科不再考诗赋。皇帝将方案批馆阁之士征询意见。苏轼、刘攽、李常三人都有馆职，在征询意见之列。一说到这个话题，李常问："子瞻，你当年因诗赋不合韵，差一点不能登第，你是支持取消诗赋的吧？"不等苏轼回应，又伸手拍了拍他的肩膀："说起来子瞻别不高兴，其实，欧阳修早年是想推举王安石做下一代文坛领袖的。赠他的诗云：'翰林风月三千首，吏部文章二百年。'谁知那老兄不买账。也难怪他对子瞻有成见，此公看不起身为官人却以吟诗作赋为高的人。"

苏轼心里一酸，忙举起酒壶道："跑题了，浮一大白！"

众人哄笑着灌了李常一碗酒，刘攽又提议轮番说笑话，直到亥时过半方尽欢而散。苏轼把众人送到首门，突然想起一件事，与众人别过，拉住王诜返回书房，低声问："那件事，怎么样了？"

苏轼兼判祠部，主管僧尼事务，与僧侣接触很多，常有人求他办事。前不久，大相国寺思法师送来七轴名画，托苏轼帮忙，请皇帝给他的弟子赐紫衣。苏轼很为难，便转托王诜帮忙。

“差点忘了。”王诜拍拍脑门道，“寻到两件宫中紫衣袈裟。”说着，唤随侍到马车上把紫衣取来，交给了苏轼。苏轼从思法师所馈七轴画中取出五轴分给王诜，自己只留朱繇和武宗元各以《鬼神》命名的两轴。王诜也不推辞，收了画，高高兴兴地出了宅院。

送走王诜，苏轼独自在院中踱步。百官为变法一事争论不休，此事关乎国运，他却一直没有表明态度。不是不想表明，而是自己也拿不准。京城里没有了像欧阳修那样的指路人，他有些迷茫。想到司马光很喜欢和自己纵谈历史，便决定找他交流一下。

翰林学士、知谏院司马光多半时间躲在崇文院内，修一部皇帝赐名《资治通鉴》的史书。次日，苏轼即约刘攽一起去拜访他。司马光和刘攽都是王安石多年好友，对他知之甚深，苏轼开门见山问：“司马公如何看王介甫要推行的新政？”

司马光道：“我本是支持他推行新政的，但现在看，介甫走得太远了，也太急了。官家和他谈治道，说当效法唐太宗，介甫竟说唐太宗不值得效法，该效法的是尧舜。这未免太脱离现实。治天下譬如居室，敝则修之，非大坏不可翻新。况且，仁义道德乃治国之本，背义而言利，利国未必不害民。以儒家君子，整天把财富挂在嘴上，不啻沦为法家王霸之术。”

“我看介甫就像商鞅、桑弘羊。”协助司马光修史的刘恕接言道。

“司马迁罪莫大焉！”苏轼突然一拍书案道，“他在《史记》里竟说商鞅、桑弘羊有功。误后人至甚！商鞅以苛法施于秦、桑弘羊以理财佐汉皇，二人所操皆亡国灭宗的王霸之术，令人不齿！”提到商鞅、桑弘羊时，他的脑海里，闪出的是王安石的形象，心里顿觉有了底数。

二

位于皇宫南端的内东门便殿，是皇帝召对臣僚之所。熙宁二年五月的一天傍晚，苏轼在两名红衣吏的引导下来到便殿，接受皇帝的单独召对。因为激动，他的脚步有些轻飘。

殿门被推开的一瞬间，苏轼的心“怦怦”跳个不停，低头向殿内挪步间，余光向御座瞟了一眼，皇帝已端坐其上，正在阅看文牍。苏轼近前行礼毕，垂手躬立，大着胆子向御座扫视一眼，二十二岁的皇帝柔和的面容上透着勃勃英气，双目闪烁着刚毅的光芒。这是他从仁宗、英宗两代先帝身上不曾看到过的。他说不清楚，一个励精图治的皇帝对国家是福还是祸。自从制科进卷起，他就开始呼吁天子振作独断，大刀阔斧推进革新；可当这个局面真的出现在眼前时，他对自己当初的主张却产生了怀疑。大破大立，千头万绪，骚动天下，哪有道家的清静无为更让人安心？

“朕在藩邸，即喜读苏卿文章。”皇帝面带笑容道，“今次欲改革贡举，司马光等两制、三馆，众皆赞成，只有苏卿和刘攽反对。朕特召卿以咨询，卿不妨直言。”

苏轼有馆职，按照御批，应就贡举改革方案表明态度。一旦科举取消诗赋，读书人就对诗赋不再感兴趣，那么文学势必衰微，作为欧阳修心目中的文脉传承人，他不能坐视。多年前，也曾有过科举考试取消诗赋的争论，欧阳修上《议学状》，独持异议。苏轼便在《议学状》基础上，写成《议学校贡举状》上奏，反对改革贡举。想不到皇帝会单独召对。感动之余，决定抓住这难得的机会，做最后的努力。他镇静片刻，躬身奏道："陛下，自唐于今，以诗赋为名臣者，不可胜数，何负天下，而必欲废之？贡举之法行之百年，国家是治是乱、是盛是衰，和科举考不考诗赋有多大关系？改与不改，无关大局，何必要改？微臣特愿陛下留意其远大者。"

"远大者，何所指？"皇帝问。

苏轼答："知人、用人。"

皇帝皱了皱眉头。正是有鉴于科举以诗赋选人不妥，才要加以改革，以期建立起选拔人才的可靠制度，苏轼却说无关大局；他所说的长远大计，竟是一句大而化之的知人、用人。如何知人、用人，是靠君相主观判断还是靠制度？苏轼这样说，无非是希望重用他罢了。这样想着，皇帝心里有了底，不再追问，转移话题道："方今政令得失安在？虽朕过失，指陈可也。"

经过与司马光、刘攽多次交流，同时受到贡举要取消诗赋一事的刺激，苏轼已打定主意反对变法，即使皇帝不问，他也要进言，遂深揖奏道："陛下天纵神武，不患不明，不患不勤，不患不断，但患求治太急，听言太广，进人太锐。愿镇以安静，不必生事，一旦有事，从容应对可也。"

皇帝极力抑制住自己的失望情绪，温语道："卿三言，朕当熟思之。凡在馆阁，皆当为朕深思治乱，无有所隐。”说完，转脸向内侍示意。内押班高唱一声：“退殿——”

苏轼施礼退出，照例到起居舍人的直房，申录召对情形。待申录毕，出了大庆门，天已经完全黑下来了。苏轼低头走着，皇帝的温语一直在耳边萦绕，他的心里热乎乎的。

“咋，这不是苏大个吗！”忽听有人搭话，苏轼扭脸一看，章惇正朝他走过来。

苏轼向内指了指道：“官家召对。”

章惇歪着脑袋打量着苏轼，啧啧道：“看来要重用你了。”又向他一挤眼睛：“能不能透露一二？”

苏轼压低声音道：“我向官家进三言。”他左右张望了一下，见四下无人，便将召对情形，向章惇约略说了一遍。

“这么说，子瞻到底是要充当反对派咯？”章惇失望地说。他一顿足：“你此前呼吁丰财强兵，朝廷真要这么做了，你因何反对？”

苏轼脸一红，不知如何回应。他曾多次自问，倘若不是王安石而是欧阳修、韩琦、富弼，他们中的任何一个人主持新政，自己定然为之鼓与呼吧？又或者，王安石若像庆历士大夫那样器重他，或许自己也会支持他吧？但若仅仅归结于个人恩怨，显得太没有格局了。当年庆历新政的推动者欧阳修、韩琦，都是忧国忧民的君子，他们对新政不支持甚至反对，自己有何理由支持？还有司马光，公认的以天下为己任的君子，又是王安石的好友，他也反对王安石的新政，这说明了什么？这些想法，他不便说给章惇听，便敷衍道：“王驸马有邀，我得赶过去。”说着，向章惇一拱手，慌慌张张往外走。

来到安远门外永宁坊驸马西园，王诜正和知礼仪院孙洙、同知礼仪院李清臣并秘书省校书郎王巩一起赏画。见苏轼进来，王诜一指书案上的《莲华经》道："子瞻，请你题跋。"

苏轼笑道："题跋可以，我收藏的三十六幅画，晋卿要帮我装裱。"

王诜爽快道："小事一桩，拿来就是了。能为注定会青史留名的苏子瞻效劳，荣幸之至！"

"真宗时，朝中尊礼杨亿，时人称之；今王驸马尊礼子瞻，亦同杨亿。"李清臣以羡慕的语调道。当年与苏轼兄弟一起报考制科，因叔丈韩琦一句话，他不得不带头退出。三年后又开材识兼茂科，李清臣得中。欧阳修壮其文，以比苏轼。李清臣五味杂陈。他比苏轼大四岁，中进士早四年，又是当朝宰相的侄女婿，为文简重宏放，自成一家，为何要排在苏轼之后？但这个想法只能埋在心底，表面上装作受宠若惊的样子。前不久，欧阳修举荐他入馆阁，此时，授职集贤校理。

苏轼听了李清臣的奉承话，大笑起来。

"哎呀，此话传出去，子瞻恐遭人嫉视。"孙洙提醒了一句。

"谁敢嫉妒？"李清臣一瞪眼道。又把目光移向苏轼："我观子瞻表情，今日蒙召，深得圣眷吧？"

苏轼得意一笑，正要说话，王巩拉了拉他的袍袖，苏轼把到嘴边的话又咽了回去。

酒宴开始，两盏酒下肚，见李清臣拐弯抹角想了解召对情形，苏轼便搓着手道："索性说了吧，不然憋得难受。"遂把内东门君臣对话，复述一遍。

孙洙责备道："子瞻，召对情形，除非官家说出来，臣子不该对外人言。"

"我是为官家'凡在馆阁，皆当为朕深思治乱，无有所隐'这句话所感动。说出来，让馆阁之士多对时政发表看法，有何不好？"苏轼辩解道。

"子瞻不怕以子之矛攻子之盾？"李清臣质疑道，"你说官家的不足是听言太广，却还发动百官都出来说话？官家召对子由，就有谏官出来批评他不该召对微官，今官家又召对你这个七品官，是不是也属于听言太广？你责官家听言太广，和王安石要官家独断，不是一个意思吗？"又一笑道："不过，官家特意召对小臣，按常理，预示着要重用，子瞻等着好消息吧。"

孙洙哼了一声道："还升官，子瞻对官家说的那些话，王安石和他提携的新进听到了，必耿耿于怀，不收拾他就是万幸了。"

三

集贤校理、权知国子监事晁端彦站在直房，望着窗外一棵金黄色的银杏树，浑身阵阵发冷，吩咐监吏在庠斋专候，一旦苏轼出来，立即带他来见。

过了一盏茶工夫，苏轼兴冲冲进了直房，高声道："美叔，今晚请我到哪里喝酒？这就走吧！"

“子瞻，过了，过了！”晁端彦一脸嫌弃道，“抡才之场，岂可任性而为？”

因明年要开科考，国子监照例在秋天举行取解试，王安石荐苏轼充任主考官。苏轼并不买账，出了道策试题：“晋武平吴以独断而克，苻坚伐晋以独断而亡，齐恒专任管仲而霸，燕哙专任子之而败，事同而功异。”即便是国子监的监生也看得出来，这道题是含沙射影攻击王安石的。考试刚结束，国子监里已是议论纷纷，晁端彦闻报大惊失色，认为苏轼做得过分了。

苏轼愣了片刻，辩驳道：“以史为鉴，何错之有？”

晁端彦一顿足道：“这是挑拨君臣关系，要治罪的啊！”

今年五月，苏轼召对时对皇帝的进言传出后，知谏院司马光十分欣喜，举荐苏轼和刘攽为谏官。苏轼心向往之。时下朝野纷传，元老重臣、翰林台谏，多数反对变法，皇帝不免动摇，王安石总是劝皇帝说，要想变法成功，富国强兵，务必独断，不能听信浮议。苏轼希望以谏官身份劝谏皇帝，阻止变法。都说王安石善于强辩，如果自己做了谏官，倒是要看看谁辩得过谁。正期盼间，听到传言，王安石对皇帝说：“与司马光朝夕切磋者，即苏轼、刘攽之徒。彼辈做了谏官，新法何以推行。”因为这番话，司马光的荐表被搁置。恰在此时，苏轼接到命他主持国子监取解试的诏旨，便借出题之机，加以讽劝，以影响舆论。此时，见晁端彦责他失分寸，不服气道：“要让更多的人明白，官家这么信任王安石，王安石又如此武断，是要误国的。大家都起来反对，或可挽狂澜于既倒。”

晁端彦摇摇头，不客气道：“子瞻，锁院这么久，赶紧回家吧。”

苏轼见晁端彦胆小怕事的样子，不便再说请喝酒的话，只得讪讪告辞。

刚进首门，见苏辙在院子里徘徊，苏轼一怔。自今年三月到条例司任检详官，苏辙总是早出晚归，很羡慕二哥的清闲，可今日为何没有去当值？正要开口问，苏辙瓮声道：“九二，我想离开条例司。”

“书房里说。”苏轼向内摆了摆脑袋道。

进了书房，却见书案上放着一叠文稿。苏轼拿起一看，是苏辙给皇帝写的乞状，上写着：“每于本司商量公事，动皆不合。臣已状申本司，具述所议不同事。乞另除一合入差遣。”苏轼阅罢，又拿起苏辙给条例司的申状，这才坐下细细阅看。

今年四月，王安石请旨，为掌握第一手资料，作为起草新法的参考，派出一批察访使到各地考察农田水利和赋役。苏辙认为，这样做会增加地方负担，且不能保证察访使不以迎合为目的谎报，建议收回成命，为王安石所拒。七月，朝廷推出均输法，说是针对京城物资需要和东南诸路供求严重脱节、富商乘机牟利的弊端而制定，既可保证京师的物资需要，又可节省购物钱钞和运费，减轻人民负担。苏辙认为有与民争利之嫌。随之，王安石要求条例司起草青苗法，在说大纲时，苏辙就提出反对，王安石说此法是他当年知鄞县时所创，实施后百姓大受其利。苏辙仍坚持反对意见，王安石当时说：“子由之言有理，当徐思之。”可察访使之一的王广渊回来说，百姓苦富豪高利贷久矣，盼青苗法甚切，王安石就命速起草条贯，早日推出，苏辙还要辩论，遭吕惠卿厉色呵斥。他在条例司总是持异议，日益孤立，决计离开。

“我支持!”苏轼阅罢,一脸凝重道,“朝野都说朝廷有了新党、旧党之分,新党皆小人,旧党皆君子。作为君子,不要再和小人混在一起了。”

听了二哥的话,苏辙却现出踌躇的神色,嘀咕道:“王安石曾嘱咐过我,有不同意见,可直接告知他,不要对外说。我把条例司内部争议奏报给官家,王安石会生气的吧?”

苏轼瞪眼道:“怕他生气,自己就忍气吞声吗?”他把疏稿向苏辙面前一推,以决断的语气道:“你这就呈上去。我也要上章,要求朝廷罢斥王安石、停止变法!”

“不可!”苏辙劝阻道,“台谏官吕诲、范纯仁、程颢等人,因反对变法,竟被官家断然外放,你又不是台谏官,这时候站出来,不是往枪口上撞吗?”

“也罢!”苏轼吐了口气道,“宰执、台谏,那么多人都站出来反对,我就不必从众,随这个大流了。那不是我的风格。”他突然叹了口气:“你还是选人,一旦离开条例司,必授外官。届时我也上乞状,请求朝廷把我差遣到邻郡去。”

“到时候再说吧。”苏辙说着,起身辞出了。

望着一缕夕阳在苏辙的后背上晃动,苏轼心情烦闷,吩咐马梦得在院中的葡萄架下摆桌备墨。

桌椅摆好,刚要提笔作画,忽听门外有叩门声,马梦得打开首门一看,认出来了,是文同。

“与可,与可!”苏轼惊喜地唤着,跑过去拉住文同的手,“想起你在岐山对我说,心中不畅快,难以排遣时,画幅墨竹就好了,便要画竹，你就到了，快来教我！”

文同沉于下僚二十年，王安石执政，延揽贤才，自大邑令召试学士院，授集贤校理，同知礼仪院。刚安顿好，就来拜访小表弟。他走到书案前，指点道：“画竹，重在写形取意。平时仔细观察，反复揣摩，执笔之前，胸中先有现成竹子，凝神默想，仿佛就在眼前，此时振笔直遂，一气呵成。”

苏轼提笔默想，思绪纷乱，勉强画了几笔，不成样子，只得换纸重来，反复了好几遍，便失去了耐心，用力把桌子一掀，骂道：“去他的劳什子竹子！”又高叫一声：“拿酒来！”

女使端来了两样现成小菜和一壶酒，放置在藤下石桌上，苏轼拉着文同坐过去，大声道：“喝酒！”

刚饮了三盏，苏轼已有醉意，他猛地站起身，脱下帽子，“嗖”地扔出老远，又把束带解开，敞着怀，扯开嗓子吟唱起来：“君不见黄河之水天上来，奔流到海不复回。君不见高堂明镜悲白发，朝如青丝暮成雪。”

文同“嘘”了一声道：“别惊到邻居。”

苏轼毫不理会，声调越来越高了：“古来圣贤皆寂寞，惟有饮者留其名……”

文同摇着头，连声道：“少年狂生，少年狂生！”

苏轼吟唱罢，又和文同碰杯，连饮两盏后，头一栽，趴在石桌上发出鼾声。文同手足无措，马梦得为苏轼盖上一条被单，一笑道：“没事，一炷香工夫就缓过来了。”说罢，坐下陪文同喝茶饮酒。

天黑下来了，家人备好了酒菜，苏轼酒也醒了，在马梦得搀扶下摇摇晃晃进了书房，端起酒盏还要喝，文同摆摆手，把茶盏递到他手里，问："子瞻因何郁闷？"

"哼哼！"苏轼冷笑道，"观其用人，可知成败矣！"

文同缓缓道："子瞻呐，官家心怀隐痛，亟求富国强兵，以御外侮，我辈臣子，当体察圣怀；国家穷困，不理财何谈富庶？理财必言利，而士大夫以言利为耻，据闻张载、程颢者辈，王安石延揽入条例司，皆断然拒绝，王公不得已，只能到地方新擢人才，功利之人，承时骤进，也是事出必然，不必苛求了吧。"

苏轼拍打着自己的胸脯道："制科优等啊，能言极谏科啊，怎么做谏官竟成了奢望？"说着，扭过脸去高声吩咐："老萧，阶下对月吹箫！"

箫声响起，苏轼现出一副享受的样子，敲着桌子道："明月、佳酿、好友、箫声，岂不快哉！"

老萧吹了一曲又一曲，苏轼不许停；文同几次要告辞，苏轼拦着不放他走。眼看要到三更了，文同实在坚持不下去了，起身就走，苏轼不得不让老萧停下，送文同出门。

"少说话，多作画。"临上马前，文同叮嘱道。

苏轼摇晃着身子，鼻孔中发出不服气的"哼"声。

四

九月中旬的京城，天气不冷不热，菊花盛开，街道上不时响起赏菊人的欢声笑语。一向热闹的宜秋门外南园里，却突然变得沉寂。这天晚上，苏轼和苏辙兄弟在书房对饮，气氛颇是压抑。

“西京乃人文荟萃之地，去那里做推官，也算是优选。我这就上乞状，请求朝廷给我一个西京留台闲差，我兄弟一起，躲开这是非之地，在西京悠游岁月。”沉默了良久，苏轼开口道。

苏辙的《乞另与差遣状》呈上后，今日告下：试秘书省校书郎苏辙，权河南府推官。一想到兄弟要分离，苏轼心里阵阵发痛。除了出言安慰苏辙，就是想着随他一起到西京去。

苏辙摇头道：“时下反对变法之势甚盛，说不定局势会逆转，还是等等看吧。”

前不久，朝廷推出青苗法，引发了激烈反对。枢密使文彦博、同知枢密院事吕公弼，在御前与王安石激辩；知谏院司马光上疏，痛斥青苗法横征暴敛；侍御史陈襄等台谏官，抨击青苗法乃恶法，要求皇帝立即废止之；翰林学士兼侍读范镇上疏，认为青苗法无异于天子开课场，荒唐透顶；宰相富弼三番五次上疏请求外放守郡，表达不愿与王安石同朝共事之意。这些情形，苏轼自然是知道的。所以，听了苏辙的话，他脸上露出笑容：“既如此，你也不许去赴任，拖些日子，时局一变，必可留朝廷。”他突然把酒盏一撴：“王安石什么东西！任用小人，排斥君子。官家都说你郁于下僚，使无所伸，诚亦可惜；王安石却弃之如敝履。”

苏辙叹了口气：“如果官家铁了心要富国强兵，百官都反对也枉然。我先不赴任可以，但你要听我一言：我弟兄人微言轻，还是照文与可说的，多画画，少说话。”

苏轼重重吹了口气，点了点头。

转眼间已是冬月，苏辙还未赴任。这天晚上，苏轼当值回来，一进院子就兴冲冲道："阿同，知道吗，资圣门外的书画瓦子里，在卖我的草书嘞！"几个月来，朝廷纷纷扰扰，苏轼却把精力投入研习书法上去了。他浏览馆阁收藏的历代书画真迹，师法王羲之、颜真卿等大家的技法，融进自己体会，书法大有长进，得知京城最负盛名的书画瓦子出售他的草书，说明他在书法上已有一席之地，所以颇是欣喜。

苏辙迎出来，低声道："九二，我还是上紧赴任吧。"

苏轼脸上的笑容僵住了，抬头看了看天，脸上一凉，说了声"下雪了"，迈步往书房走，脚步有些沉重。

尽管青苗法引发的反对浪潮一浪高过一浪，不仅富弼、文彦博、欧阳修等元老大臣都公开反对；就连接任御史中丞不久的吕公著和侍讲韩维这两位王安石的密友也站到了反对派之列；甚至太皇太后曹氏和皇太后高氏也出面向皇帝施压，可王安石却不为所动，皇帝对他的信用也未动摇。眼看局势逆转无望，再拖下去不赴任，授人以柄，后果就严重了。苏轼理解弟弟的担忧，不便再劝阻，看了一眼跟进来的苏辙，赌气走到书案前，提笔道："我这就上乞状，求西京留台闲差。"

话音刚落，忽有阁门吏前来告报，殿中丞、直史馆、判官告院苏轼，权开封府推官。

苏轼愣了片刻，接在手里，送阁门吏出了首门，转身冷笑道："哼哼，少说话又怎样，还不是一样受排挤？"又大声喊道："正卿，备马！"

马梦得迟疑道："下着雪，要到哪里去？"

"访文同！"苏轼沉着脸道。马梦得知道拗不过他，只得备好了马，又为他戴上斗笠、披上蓑衣，送他出门。

文同正躲在自己的书房墨君堂作大幅素缣，忽听一声大叫："藏起来作画，这回须逃不过！"扭脸一看，是苏轼来了，便把笔塞到他手里，指着素缣道："算子瞻来得巧，就请在上面添一块异石，并作竹石图。"

苏轼摇头道："块垒填胸，无诗情画意。"

文同道："任意遣怀，方成佳作。"

"吓？那我试试！"苏轼说着，提笔濡墨，七勾八抹，便画出一大块看上去棱角分明的坚硬怪石来。

"好！此怪石堪与墨竹为友。"文同拊掌道。说罢，用押尺把画押上，坐下与苏轼饮茶叙话。

"作了几笔画，果然舒畅了些。"苏轼笑着道。喝了口茶，突然恨恨然道："王安石好毒辣，让我去开封府做推官，想用琐事折磨我。"

文同劝慰道："开封府审案事务最重，让你去做推官，是想让你忙于实务，没有工夫对新法评头论足。不过，不妨从积极方面想：不少宰执大臣都曾有过开封府推官的经历，司马光进士高第二十年才得以到开封府做推官，你就当君相这是要历练你嘛！"

"算了吧，"苏轼一撇嘴道，"排斥异己罢了！"

文同沉吟片刻，轻叹一声道："我知子瞻与王安石有过节。一旦厌恶一个人，他的举止言谈，一切的一切，就都是错的了。可你想过没有，为富国强兵，君相已是义无反顾。把阻挠变法者赶出朝廷，换成新法支持者，看起来不近人情，可作为誓言立法度、变风俗的强势人物，确实要有这种杀伐决断的魄力。历史上，每次大更革，无不如此。”

苏轼辩驳道：“这么多人反对，他还我行我素，再折腾下去，就是祸国殃民！”

文同道：“新法刚推出，效果到底如何，尚属未知，不必急于下结论。”说着，欠身拍了拍苏轼的肩膀：“子瞻呐，朝政纷扰，多说无益。我看，你到开封府做推官，是大好事。”

苏轼站起身，瞪眼道：“与可，你总是替他辩护，不和你费口舌了！”说着，起身就走。

一进家门，见王巩的书童在书房候着，方知是来知会张方平丁忧服除，昨日已到京的消息。苏轼听罢，叫上苏辙，一同赶往安远门内张方平宅第。

“看来，令尊有先见之明啊！”一见面，张方平就感慨道，“某人就是祸国殃民的大奸大恶！”

即使是激烈反对变法的人，也不认为王安石私德有亏，对吕诲人身攻击王安石很不认同。所以，张方平此言一出，苏轼未敢附和，忙转移话题，把朝廷先后给他和苏辙新差遣的事禀报了一遍。

“子由就不要去西京了。”张方平决断道，“我不愿与奸人同朝共事，已乞守陈州，子由若不弃，可随我到陈州去做学官。”

“好！”苏轼不假思索道，“那我也乞外任，到邻郡颍州去。”

张方平摇头道：“不可这样想。子瞻对舆论的影响力，是我辈公卿大臣所不及的。当此紧要关头，你还是不要离开京城为好。”

五

熙宁三年三月中旬的一天，太学朝集院里，考官聚集在一起，对殿试后进士排名做最后审定。锁院五十天了，省试、殿试都已结束，一旦名次排定，一两天就可解锁回家了，考官们的脸上挂着轻松又带有几分急切的神情。

以太子中允、崇政殿说书、集贤校理知贡举的吕惠卿问：“叶祖洽省试、殿试成绩均为第一，理应为状元，因何排在第二？”

编排官苏轼答：“观其策问卷中有‘祖宗多因循苟简之政，陛下即位，革而新之’等语，分明是诋祖宗以媚今上，若让他做状元，何以正风化？”

吕惠卿不悦道：“如果说的是事实，不能认为是谄媚。难道只有骂皇帝才叫直言？能够实话实说，也是直言。”

这次科举，王安石荐吕惠卿为主考，只让他做编排官；而且断然取消了诗赋，苏轼窝了一肚子气。他一脸鄙视地瞥了吕惠卿一眼，高声道：“叶祖洽不仅不能做状元，还应该黜落，不然，我看要亡国！”

众人愕然，纷纷劝道：“苏殿丞言重了，这和亡国有何干系？”

苏轼沉着脸道：“投机小人、谄媚皇帝之辈做了状元，轼恐自今以后，相师成风，风俗一变，不可复返，正人君子衰微，则国随之。”

吕惠卿撇嘴道:“耸人听闻,牵强附会!”

“以子瞻看,什么样的策问才是优等?”有人问。

苏轼脱口而出:“当极言时政之弊,新法之害,劝谏君相悬崖勒马!”

吕惠卿不耐烦道:“朝廷命惠卿知贡举,一切照规矩办。点状元是皇上特权,我辈考官,只是按成绩排序,叶祖洽成绩为第一,自应是状元人选。就按这个顺序排,照例呈皇上宸断。”

苏轼无以辩驳,气鼓鼓回到自己居住的庠斋,奋笔疾书了半个多时辰,将文稿塞入袖中,起身去找住在间壁的苏辙。

去年底,张方平上章辟苏辙为陈州学官,朝廷批准了。因开科在即,王安石又荐苏辙出任点检试卷官,故暂未赴任,与出任编排官的苏轼一同锁院于太学朝集院。苏轼一进门就道:“阿同,我说过不从众,但谏阻新法的事不能不做。今日我另辟蹊径,你看如何?”

苏辙一看,是一篇《拟进士御试策》。但见引言说,鉴于此次考试排在甲科者多以谄谀得之,担心有亡国之患,特拟写一篇自认为可得甲科的答卷以呈。正文里设七问七答,模拟考生答问,痛陈新法之祸,列举均输法、青苗法、农田水利法卒然轻发,势穷事碍,将导致天下大乱;又指责皇帝为政不循常理,倒行逆施,与民意为敌;再抨击王安石专断,不知人善任。最后说,当今是开国以来最黑暗、最危险的时代,犹如盲人骑瞎马,夜半临深池,奉劝皇帝幡然悔悟,悬崖勒马,回到清静无为的正轨上来。苏辙阅罢,直冒冷汗,瞪眼问:“九二,你想做甚?”

苏轼道："若官家点叶祖洽状元，我就将此稿奏上！"

苏辙着急道："言辞如此激烈，会闯祸的啊！"

苏轼冷冷一笑。自从接到开封府推官的告敕，他就认定王安石在排斥他，既然少说话还是遭到排挤，索性放开胆子大声说话。所以，对苏辙的劝阻，他报以冷笑："他以为不让我做谏官，我就不能极谏了吗！"

苏辙急得满脸通红，搓着手道："九二，为官不可赌气！"

"我没有赌气。"苏轼声调激越道，"若说赌气，那也是为国赌气！"说着，抓起文稿，起身走了。

次日，皇帝御会庆殿点状元，并行唱名礼。众考官施礼毕，苏轼奏道："臣苏轼忝列编排官，对本科取士有异议。殿试专考策问，旨在咨访治道；而排甲科者多以谄谀得之，叶祖洽策问卷竟诋祖宗以媚时君，甚坏风俗，不可大魁天下！"

到了点状元环节，一个编排官竟对进士排名提出异议，令皇帝和在场的宰执大臣惊诧不已。皇帝看了苏轼一眼，转脸命宰相曾公亮当众宣读叶祖洽策问卷，边听边点头，待宣读毕，故意高声道："点叶祖洽状元！"

苏轼一顿足，举着疏稿道："陛下，微臣以为，这样的答卷才配列甲科、点状元，故特拟进呈，请陛下御览。"

皇帝和宰执大臣、众考官都被苏轼的举动惊得目瞪口呆。但接下来的临轩唱名礼不能耽搁，皇帝只得示意内押班将奏稿接下，旋即起身走到会庆殿平台，行唱名礼。

唱名礼毕，皇榜随即贴出，本届进士科考试正式结束，考官得以解封。锁院五十天，出来后才知道，就在锁院期间，朝廷里又发生了不少大事。先是，司马光致书王安石，劝他悬崖勒马，恢复往昔的安静局面；王安石以《答司马谏议书》回敬之，表达了继续推行新法的决心。二月中旬，皇帝下旨任命司马光为枢密副使，司马光一连五次上疏，坚辞不就，皇帝无奈，只得收回成命，恢复司马光翰林学士、知谏院的原职，判通进银台司范镇却勒令本司不得向司马光颁发恢复原职的告敕，皇帝连续三次下旨要求他必须颁发，范镇仍抗命不遵，并提出辞职。皇帝只得亲自将告敕交给司马光，并解除了范镇判通进司的差遣。就在此时，以侍中、观文殿大学士知相州兼河北安抚使的韩琦上疏，指责青苗法害民，要求废除之。韩琦是三朝元老，英宗和今上之继位，皆其定策之功；他做宰相多年，一向持重，突然向新法发难，令皇帝深感不安，也使王安石陷入被动，遂称病闭门不出。朝野议论说，王安石是在逼迫皇帝做出是否继续支持变法的抉择。三月初，皇帝命条例司针对韩琦攻击青苗法的意见，逐条反驳并雕版印制成册，颁发到各州县。随即，京城流言四起，竟有韩琦将率边军清君侧之说。就在昨日，皇帝下旨，免去韩琦河北安抚使之职，只保留知相州差遣，解除了他的兵权，等于让其在原郡养老。皇帝以对最受皇家推重的元老大臣韩琦的决绝，表达了推进变法的决心。

苏轼怅然若失。想到自己那篇《拟进士御试策》不可能发挥使皇帝幡然悔悟的作用了，很可能还会激怒皇帝，他不禁有些忐忑，拜托驸马都尉王诜替他打探宫中的消息。

端午节这天晚上，苏轼乘式假休务之机，到安远门外的驸马府第去为王诜贺节。王诜明白他的来意，屏退左右，压低声音道："上午进宫贺节，从一个御前内侍那里摸到些消息。官家看了《拟进士御试策》，龙颜大怒，口谕王安石提出惩处意见。王安石对官家说：'苏轼才不为不高，但所学不正，又以未得重用、屡提建言未被采纳之故，其言遂跌荡至此。'官家听罢，未再提惩处之事。"

苏轼舒了口气。可稍一琢磨，又觉得王安石太轻视他了，顿感委屈。他"哼"了一声道："苏某忧国忧民，冒死进谏，他王安石却以为我是因未受重用而任性胡闹，出轻浮之论，可笑！"

王诜摆手道："其实，官家和王安石都是想重用你的。王安石曾对官家说，苏轼固然有才，但需要磨砺。譬如调恶马，须减刍秣，加棰扑，使其帖服乃可用。不困之使自悔而绌其不逞之心，安肯为陛下用。"

"呵呵，呵呵！"苏轼发出几声冷笑，"想让苏某帖服，那他就等着瞧吧！"

六

尚未到放衙散班时分，苏轼在直房硬着头皮审阅案卷，左眼皮突然跳个不停，他用力揉了揉，还是没有止住，索性起身，向吏目交代了几句，骑马回家。一进家门，马梦得就抱拳在他面前一晃道："子瞻，恭喜恭喜，又添了一位公子。"

与二十七娘成婚后，因她是闰月出生，闰字有继承余绪之意，苏轼便为她取名王闰之。遵王弗遗愿娶王闰之，为的是苏迈不受后娘虐待，自己的生活有能干的女人照料，并无别的奢望。采桑炊茶的村姑，无惊人的姿色，更谈不上才情，在苏轼眼里，就仿佛一碗寡淡的白开水。可王闰之视苏迈为己出，悉心抚育，还是令苏轼感动。一听王闰之生下儿子，他急忙进了卧室。王闰之疲惫的脸上挂着讨好的微笑，身旁躺着一个婴儿。苏轼上前一看，婴儿样貌有些奇特，长着一颗长长的脑袋，便笑嘻嘻唤了声“长头儿”，为他取学名苏迨。

间隔十来年又添一子，苏轼的心情大为好转。只是京城人情往还之事甚多，婚丧嫁娶添丁进口，交游之人都要相互送礼、致贺，让他颇为烦恼。苏迨满月这天，奉命察访荆湖路的好友章惇，临行前派人送来宣纸十刀、宣笔五封、徽墨一包、端砚一方、绢两匹。苏轼看着贺礼，笑道：“章子厚出手大方，我这穷人将来可还不起。”

正说着，马梦得在外禀报：“刘秘丞到了。”

秘书丞、直史馆刘恕精通史事，近年来一直在崇文院辅助司马光修撰史书。他本王安石旧友，却断然拒绝王安石的延揽，提醒王安石说，天子付介甫以政，不应以利为先；又屡屡在大庭广众之下当面指摘王安石扰乱天下，惹得王安石与之绝交。苏轼听到消息，特意发帖相邀。一听他到了，快步迎出，高声道：“欢迎道原兄！”

刘恕把礼物交给马梦得，拱手道：“子瞻，恭喜！”又问：“推官差事，不好干吧？”

“咳，别提了！”苏轼边拉着刘恕往书房走边道，“本想应付差事了事，可府尹将审案之事一力委托，我只好用心办差，免得给人留话柄。”

刘恕笑了笑，举着手里的一册书道：“子瞻，看过了吗？”

苏轼接过一看，吸了口气道：“怕是有背景吧？”

就在苏轼到开封府上任不久，秀州军事判官、王安石的弟子李定应召来京，去谒见曾经的同僚、知谏院李常，李常问南方百姓对青苗法看法如何。李定答，百姓没有不欢迎的。李常提醒他，举朝都在争废此法，还是不要这样说为好。在拜谒王安石时，李定发牢骚说，我但知据实而言，不知京师竟不许实话实说。王安石问其故，李定遂把与李常的对话转述一遍。王安石大喜，即奏请皇帝召见。皇帝问到青苗法，李定说江南百姓极为欢迎，皇帝深感欣慰，出手诏命任李定为谏官，宰相曾公亮驳回；再任为监察御史里行，知制诰苏颂等六人都接连封还，下到第七道旨，才有人勉强从命。随即，御史陈荐上章，参劾李定当年在泾县担任主簿时，闻其生母仇氏死，匿丧不报，乃不孝之人，不宜使其居台谏。皇帝下诏命江南东路转运使查核速报。转运使奏报，未闻李定丁母忧事。李定上疏自辩说，他年幼时，生母被其父赶走，他只知嫡母是生母，不知另有生母，故未为生母守制。宰相曾公亮说，既然现在知道了，就该补上，丁忧三年。王安石不以为然，只是将李定由监察官改为崇政殿说书。台谏纷纷上疏抗旨，李定不自安，请求辞职，皇帝命其试学士院，授集贤校理，直舍人院。李定之事闹得沸沸扬扬时，知永兴军钱明逸奏报，一个叫朱寿昌的人，七岁时其父将其生母赶走，朱寿昌成年后宦游四方，一直在寻找生母，最近更是弃官到秦地寻母，断荤茹素，刺血写榜，终于寻到了。馆阁之士心领神会，纷纷写诗，赞颂朱寿昌孝行。好事者将诗作汇集成册，雕版印制。

苏轼听罢，一笑道："原来如此。这是为李定找的镜子。"他搓了搓手："我也写一首！"当即挥毫，一蹴而就。

"此诗巧妙用典，讥李定不孝，讽王安石不明。传抄出去，威力胜过一册书！"刘恕赞道。旋即叹了口气："刘贡父被外放了，子瞻知道吗？"

秘阁校勘刘攽也是王安石旧友，经他举荐入馆阁。可青苗法出台后，刘攽致书王安石，质问说，阁下执政不能让百姓丰衣足食免于借贷，反而由官府放贷给百姓，自己不感到羞愧吗？刘攽喜戏谑，不分场合，常因此与人争吵。御史抓住把柄，上章参劾，刘攽外放泰州通判。自变法以来，不断有言辞激烈的反对者被外放，刘攽出外，也在意料之中，所以苏轼并不吃惊。他一脸愤懑道："我做东，届时为贡父兄饯行。"

"呵呵，又会有大作四处传抄了。"刘恕笑了笑道。自到开封府任推官后，苏轼总是不失时机地出现在因反对新法被外放的朋友的践行宴上，以送行诗发泄对新政和新党的不满。这些诗作，又总是以最快的速度被四处传抄。可说完那句话，刘恕突然收敛了笑容，压低声音道："听到传闻，翰林学士范镇荐子瞻任谏官，吕惠卿提议外放范镇。王安石说，范镇、司马光之辈哪有能力害政，真正能害政的，另有其人。吕惠卿竟把矛头引向子瞻，对同党道，执政公不怕元老大臣诋毁新法，但苏轼浪得虚名，诗文足以蛊惑人心，风动四方，许多人正是受他影响才转而反对新政的，此人干扰新政甚烈。"

苏轼竟有几分得意:“我是能言极谏科出身,早该做谏官。王安石却从中作梗,他心虚,怕我;至于吕惠卿之流,何足道哉!”

刘恕愕然,刚想规劝他几句,忽听院子里一阵躁动。须臾,政事堂堂吏拿着一道公牍进来了。苏轼打开一看,脸色骤变。

七

南薰门外有座土丘,上建八角亭,谓之南山亭。不知何时起,这里成为举办送行酒宴之所。仲秋的一天,午时许,苏轼、李常、晁端彦、孙觉、孙洙等馆阁之士,在此为即将归乡奉母的刘恕送行。酒宴开席,苏轼站起身,高声道:“轼作《送刘道原归觐南康》,特吟诵之。”他清了清嗓子,仰脸吟唱:“孔融不肯下曹操,汲黯本自轻张汤。”

刚吟出口,晁端彦道:“子瞻这是以曹操、张汤比王安石啊!”

苏轼得意一笑,继续吟道:“虽无尺棰与寸刃,口吻排击含风霜。自言静中阅世俗,有似不饮观酒狂。”

李常笑道:“这是夸赞道原兄不畏强权的勇气。”

刘恕摆手道:“子瞻这是夫子自道。他对新政的口吻排击,远非我辈可比!”

苏轼仰脸一笑,咏出最后两句:“衣巾狼藉又屡舞,旁人大笑供千场。”

刘恕道:“这是讥讽那帮新进得意忘形,如醉汉般手舞足蹈,只配供人一笑!”他突然吸了口气:“看到此诗,只怕那些新进要对子瞻恨之入骨了。”遂向众人一拱手：“不要传出去为好。”

众人都转脸望着苏轼，看他是不是怕了。苏轼一扬手道：“我不怕，最好马上让新党那帮小人都看到！”

刘恕对着苏轼抱拳道：“难怪司马君实在乞外放疏中说‘敢言不如苏轼’。”

一个多月前，苏轼正与刘恕交谈间，接到政事堂堂吏所送公牍，是从禁中降出的御史谢景温弹劾他的札子，指控他当年运送父灵回乡时，利用官船贩运私盐和瓷器。按制，弹章降出，受弹劾的官员即应离职候旨；如认为弹劾不实，可上疏自辩。苏轼提不出反证，也就没有自辩，只是于次日向知开封府韩维禀报一声，便回家候旨了。出人意料的是，皇帝不仅降出弹章，且诏江淮发运使，逮捕当时苏轼所乘官船的篙工水手，严切查问；御史台奉旨分别行文载灵柩官船沿途所经各路转运使，按问水行陆行所过州县，声势严厉，似有兴大狱之势。司马光闻讯，拍案而起，请求召对。召对后司马光接连上疏乞外任，遂有知永兴军之命。前不久又上章，乞西京留台闲差，便于修史。乞状中自叹畏懦，敢言不如苏轼云云。正是因为司马光外放，刘恕才以归乡养母的名义愤而辞职的。苏轼在家闭门不出月余，日前从驸马都尉王诜那里得到消息，因朝中司马光、范镇为苏轼辩护，沿途一些官员也出面为苏轼作证，此案将以查无实据了之，朝廷已命开封府敦促苏轼复职视事。苏轼心里踏实下来，才借为刘恕送行之机，发泄心中的愤懑。

饯行宴直到傍晚方散。众人上马而去，刘恕唤了声：“子瞻，请留步。”苏轼下了马，刘恕走上前去，低声道：“上月司马君实请对为你辩护，回到崇文院闷闷不乐。我反复追问，他说了句‘不意成见甚深’。必是官家说了对子瞻不利的话。”

苏轼心里一沉。他一直以为，今上对他是欣赏的，都是王安石从中作梗才未得重用。可由“成见甚深”四字，再联想到御史风闻而奏御批竟要求彻查，说明今上对他的印象颇不佳。这让他既震惊又痛心，一时不知说什么好，神情黯然道：“明白了。”说完，反身上马，却没有跨上去，刘恕急忙推他一把，才没有摔下。

一脸沮丧地回到家，马梦得正在首门外候着，禀报道：“适才史馆派人来，知会说范镇致仕，馆阁同僚明日往贺。”

范镇愤于荐苏轼做谏官不成，反倒引发弹劾案，上疏替苏轼辩护说，当年苏轼遭父丧，韩琦赠银三百两、欧阳修赠银二百两，轼皆辞不受；如今御史劾他以官船贩私盐，可获利多少？岂有不受厚赠而冒险贩私盐博取蝇头小利之理？又说，臣言不行，无颜立于朝，乞致仕；又攻击王安石：“陛下有纳谏之资，大臣进拒谏之计；陛下有爱民之性，大臣用残民之术。”道路传闻，王安石看到这几句话，气得发抖，当范镇上了第六道乞致仕状时，他要求皇帝予以批准。翰林学士致仕，有馆职者依例当去致贺。苏轼觉得他与范镇非泛泛之交，所以第二天一早提前赶到保康门外范镇的宅邸。见了面，苏轼躬身施礼道：“老丈虽退，名益重矣！”

范镇突然现出痛苦的表情，摇着头道：“真正的君子能使天子言听计从，消患于未萌，使天下阴受其赐，不求名，不求功；范某不能使天子改弦易辙，天下遂受新政之害，我享其名，心何忍哉！”说着，竟流下泪来。

苏轼闻言，羞愧地低下头去，蓦然意识到自己的浅薄，比起老成谋国之士，到底还是差着一个层次。他躬身一揖："晚生受教。"说完，幽幽道："轼本疏懒之人，方今又大忤权贵，遭此一劫，更没有进取心了。久怀坟墓、亲友，只欲一归，拟上疏乞朝廷把我外放蜀地做个闲差。不知老丈以为如何？"

范镇沉吟良久，方道："你的资序尚不够做郡守，可子瞻的性格又不愿受人支配，不如到明春，殿中丞任满三年，磨勘升一阶，有了做郡守的资序再说。"

苏轼默然。

八

腊月中旬，刚交酉时，夜幕就徐徐降下了。苏轼正在直房秉烛疾书，府吏来禀：府尹有请。苏轼嗯了一声，头也不抬，继续写着，过了一炷香工夫，才起身往后堂去。

"子瞻，明日一起去政事堂？"知开封府韩维见苏轼进来，笑着道。他是仁宗朝宰执韩亿之子，早年与司马光、王安石、吕公著订交，号称"嘉祐四友"。今上在藩邸时，韩维常在他面前夸赞王安石，却因反对变法，经王安石提议，解除其侍讲差遣，升翰林学士，知开封府。韩维和司马光一样，欣赏苏轼的才华和勇气，对他颇是关照。

"去政事堂？"苏轼反问了一句，蓦然明白了：今早诏拜将相，王安石升宰相。依例，有馆职者应到政事堂致贺。可苏轼不想去，便冷笑道："他若致仕，我必往贺；他若捐馆，我必往吊；可他升宰相，非国家之福，我因何去贺？"

韩维之所以特意召他来，就是怕他不去，遂劝道："正常的礼仪还是要遵循的嘛。"

"我装不出来！"苏轼气鼓鼓道，"若非去不可，我到他面前就伏地痛哭，哭操霸王之术的言利之徒做了圣朝宰相。"

"那你还是不去为好。"韩维苦笑着说。

"就说我因病告假好了。"苏轼补充了一句。

韩维笑了笑，道："年底前该结的案子，相信都能如期了结。"

"内翰放心。要么不做，要做就做最好，这是我的原则。"苏轼自信道。说着，从袖中掏出一叠文稿递上："我写了道《谏买浙灯状》，请内翰过目。"

送别刘恕不久，韩维奉旨敦请苏轼复职视事。几天前，诏下开封府：御史指控苏轼利用官船贩卖私盐、瓷器，查无实据；苏轼服除出蜀时，搭官船到益州，违制但属瑕疵，无以治罪。苏轼松了口气，却也耿耿于怀；刘恕转述的"成见甚深"之语，更是让他不能释怀，一直在思考如何让皇帝真正了解自己。他相信范仲淹的话，敢进逆耳之言者才是忠臣；作为能言极谏科出身，忠君报国的表现就是常进逆耳之言。他要通过极谏，让皇帝明白，他有一颗忧思天下、忠君报国的赤子之心。恰巧从进奏院朝报上看到皇帝下旨要开封府减价买浙灯四千盏，以便上元节宫中悬挂。阅罢，提笔写了这道谏疏。

韩维浏览一遍，劝道："子瞻，减价买灯，也就是几十贯钱的小事，不值得去说。"

苏轼瞪眼道："事虽小，体甚大。宫中缺那几个钱吗，为何要减价买？都是受言利之徒影响，斤斤计较，与民争利。"

韩维微微摇了摇头，沉默了。

苏轼伸长脑袋，向韩维凑了凑，问："内翰，时下朝廷里反对新法的重臣都被赶走了，难道眼睁睁看着新党小人胡闹下去？"

韩维道："把反对新法的人放到地方主政，谁会真心执行新法？新法对国家、百姓是否有利另当别论，可对官员、豪富一定是不利的。官家其实明白这一点，所以在与枢相文彦博对话时才说：'更张法制，于士大夫诚多不悦，然与百姓何所不便？'文彦博说：'天子乃与士大夫共治天下，非与百姓共治天下。'想想看，官员不真心奉行新法，新政能成功吗？"

苏轼突然打了个寒颤，施礼辞出了。室外寒风呼啸，细细的雪粒打在脸上，像针扎般疼痛，他却浑然不觉，低头琢磨着韩维的话。果如所言，苦的是天下百姓。明知新政必然失败，才更需要有人站出来大声疾呼，以期悬崖勒马。这样想着，快步进了直房。提起笔，又踌躇起来。皇帝对他的成见，或许正是因为自己激烈抨击新政，再建言废止新法，恐徒增反感。想到这里，他放下笔，拿出《谏买浙灯状》又看了一遍，自语道："赌这道谏疏！"

《谏买浙灯状》呈上不几日，诏下：买浙灯之事，停罢。

苏轼激动不已。不仅因为皇帝采纳了他的谏言，更重要的是，他呈这道谏疏，也是试探皇帝的反应。事实证明皇帝重视他的建言，谏阻新法的大任，也就责无旁贷了。他先收集资料，把百官反对新法的观点梳理了一遍，罗列出来；再从儒家典籍里查找支持自己观点的论述；又从史书上摘录一些印证自己观点的事例，这才下笔，就连正旦节、上元节假期，也闭门不出，埋头精心撰写谏疏。

正月十六这天午后，苏轼躲在书房，刚把疏稿誊清，马梦得就领着晁端彦进来了。一进门，晁端彦就抱怨道："好你个苏子瞻，还把我当朋友吗？大过节的也没个邀帖，我发邀帖你又说有事不能去。"

苏轼示意晁端彦入座，把疏稿递给他："看看这个，你就明白了。"

晁端彦以为是苏轼写了什么文章，翻开一看，是给皇帝的上疏，洋洋洒洒足有八千余言。疏文把已颁均输法、青苗法、农田水利法、募役法、保甲法等新法和近来施政举措，全盘否定，分项陈述其害。就连压缩用于官吏吃喝、馈赠的公使钱，也被说成是刻薄寡恩，非盛世之象。谏疏气势雄放、规模宏大，引历代兴衰如数家珍，以商鞅害秦、李斯诓二世、晁错乱汉、卢杞误唐德宗喻指王安石误今上，痛陈新法误国害民；又以本朝仁宗皇帝为例，说仁宗在位时与西夏十战九败，但臣民还是视他为明君。以此提醒皇帝，追求富国强兵，不就是为落一个好名声吗？像现在这样天子言利、宰相治财，即使成功了，臣民也不会认为是对的；不如效法仁宗，镇静无为，后世一定认为陛下是圣君明主。晁端彦读罢，只觉得疏文尽展学识、雄辩无匹，颇似科举策论；可整篇既未分析新法利弊，更未论及新法实施效果，只是为反对而反对。他微微一笑，把疏稿还给苏轼，一言不发。

苏轼略感失望，指着其中的一段道："美叔，这样的话别人没有说过，一定可以打动官家。"说着，大声读了起来："国家之所以存亡者，在道德之浅深，不在乎强与弱；历数之所以长短者，在风俗之薄厚，不在乎富与贫。"

"国家存亡、朝代长短，与强弱、贫富无关？"晁端彦以质疑的口气道，"我不如子瞻精通史实，但我知道儒家有仓廪实而知礼节之说，空言道德恐于事无补。"

苏轼把疏稿收起，喘着粗气道："你晁美叔是超然派，说不定内心是倾向王安石的呢，这疏文当然不入你的法眼。"

"子瞻——"晁端彦以语重心长的口气道，"作为朋友，我劝你一句：大局已定，说也无用，何苦来哉？"

苏轼见晁端彦态度诚恳，也就忘记了不快，叹了口气道："我也知大局已定，怎奈我性不忍事，心里有话，如食中有蝇，非吐不可。"

"呵呵，制科脾气！"晁端彦笑道。又摆了摆手："不说了，大过节的，喝酒才是正理。"

听到"喝酒"二字，苏轼口水直流。疏稿已成，正该大喝一场，便吩咐家人端来酒菜，与晁端彦推杯换盏起来。

过完上元节假期，苏轼又把疏稿修改了几遍，入了二月才封发。

等了一个月，没有听到朝廷回应，却接到审官院告敕，苏轼的官阶由殿中丞升太常博士。不几日，邸报刊出，富弼因在亳州拒绝推行新法，受到侍御史邓绾弹劾，富弼请求致仕，朝廷当即批准；又有敕书命诸路皆行青苗法。苏轼拿着邸报去见韩维，忧心忡忡道："内翰，看来朝廷不再容忍地方不执行新法了。"又一顿足："青苗法本只在河北、京东、淮南三路实行，已引起巨大争议，如今居然要在全国推行，漠视人心，惟此为甚！"

韩维微微一笑道："近日见了枢相文彦博，文潞公对子瞻赞不绝口，有厚望焉。"说完，摆摆手，示意苏轼退出。

走在回直房的路上，苏轼低头思忖：文彦博也是三朝元老，曾做宰相多年，都说此公不举荐人，也很少夸赞谁，没想到在自己这里破例了。苏轼有几分得意。转念一想，似乎明白了文彦博此时夸赞他并寄予厚望的原因。时下几乎听不到公开要求废止新法的声音了，就连被目为旧党领袖的司马光也躲到西京书斋修史，闭口不谈时政，旧党诸公想必是希望他充当新旗手吧？既如此，不能辜负众君子期许。想到这里，顿觉浑身充满了力量，自语道："一疏无果，再上一疏！"

主意一定，脑海里全是谏疏词句，无心办差，索性提前回家，躲进书房拟写谏疏，晚饭也没有顾上吃。用了两个时辰，一道数千言的谏疏写成了，正在细细审读，晁端彦闯了进来，一拱手道："青苗法已然全面推开，看来子瞻给官家的谏疏白上了。恐你郁闷，特来相陪。"

"多谢美叔！"苏轼抱拳一揖道。眼下志同道合的朋友被外放殆尽，晁端彦对新法不置可否的态度虽令他不快，可毕竟是经欧阳修牵线最早订交的朋友，苏轼还是很珍惜与他的友情。

“子瞻，服气了吧？”晁端彦一落座，就盯着苏轼问。

苏轼把疏稿递给他：“服不服气，看看这个就知道了。”

晁端彦接过阅看，是给皇帝的第二道谏疏。大意是说，如今的变法，就好比是医生在患者身上用毒药，用性命的生死来检验药效。王安石的新政措施，小用则小败，大用则大败，若苦行不已，则亡国随之。又将王安石比作魏晋之际的奸臣贾充，要求皇帝将其罢免，且以要挟的口气说：“今天下贤者，亦将以此观陛下，为进退之决。”最后更说，原以为陛下圣明神武，可从近日之事可以看出，原来陛下是文过饰非之君，这才是臣最感愤懑、叹息而不能自已之处。阅罢，晁端彦悚然道：“众人都反对的时候你不上谏疏，众人都缄口了，你却喋喋不休。岂止喋喋不休，简直就是语不惊人死不休。”

苏轼望着窗外，慨然道：“我被仁宗擢为贤良方正，出身能言极谏科，一时公卿大臣，视为国士；今上赐对便殿，温语勉励，虽屡有进谏，言辞又颇激烈，官家终不怒。方今元老重臣驱逐殆尽，众皆缄口；攸关国运大事，若我不言，谁当言者？”

晁端彦撇了撇嘴道：“你不怕激怒君相？”

“我担心朝廷杀我。”苏轼故作深沉道，“朝廷果杀我，微命何足惜？只有一件事，”他顿了顿，提高了声调，“杀了我后，好了你！”

“好了你”三字，即可理解为杀了苏轼，再了结晁端彦；也可理解为他被杀了，晁端彦得好处。说完这双关语，苏轼放声大笑。

“你还有心开玩笑?”晁端彦摇头道,“子瞻,官场中人,不可意气用事。你这样喋喋不休,危言耸听,为反对而反对,针对时弊又没有任何建设性对策,对国家、对你自己,有什么益处呢？做事,要想后果的嘛!”

苏轼以轻松的语调道:“我当然想后果了。”说着,举起一叠稿笺晃了晃:“已然做好了准备啦!”

第七章　托事以讽

一

熙宁四年除夕的傍晚，此起彼伏的爆竹声，把杭州城过年的气氛推向了高潮。凤凰山右麓州署都厅里，太常博士、直史馆、通判杭州苏轼，却冠带整齐，高坐堂上，正在执笔点名，成排的囚犯挪动脚步时发出的哗啦啦的铁索声在厅内回荡。

“牢中囚犯因何这么多?”听着爆竹声，苏轼不耐烦地问。

“禀太博，”狱吏答，“杭城人口多达五十万，囚犯本来就多于他郡；近来行新政，仅触犯新盐法入狱者即达千人。”

苏轼“啪”地一拍条案，想说什么，又咽了回去。

三月初，苏轼《再上皇帝书》中，有天下贤者将是否罢斥王安石作为决定进退的依据之语，还同时上呈了乞外任的奏状，有请皇帝抉择之意。四月底即有通判杭州的告敕颁下。他听到传言，皇帝在他的乞状上御批是“与知州差遣”，王安石担心他不行新法，不愿他主政一州，遂有通判杭州之命。杭州是繁郡，通判相当于一般的知州，总算给他一个说得过去的交代。接到告敕，苏轼没有急于出京，与王诜、王巩、晁端彦等友人一聚再聚，直到七月才带着一大家人离京。自京城开封走汴河通运河，可直达杭州，二十天足矣，可苏轼却顺蔡河前往陈州，和苏辙团聚，一住就是两个多月，又一同去颍州拜谒恩师欧阳修，在那里又住了二十来天。在扬州，与通判泰州的刘攽、知海州孙洙相聚，盘桓多日。沿途游山玩水，写诗会友，直到十一月二十八日才抵任所。依例，除夕日须将狱中囚犯提出，由通判逐一点名。所以，别人都放假过年，苏轼却只得在都厅清点囚犯。制科高第、名重士林的才俊屈就通判，苏轼窝了一肚子怨气，在《颍州初别子由》诗里，自叹临事狂热，不能自控，如今像醉汉摔了跟头，幸而没有跌伤，倒也吓醒了迷梦，尽情抒发了仕途失意的幽怨；此时，得知许多囚犯是因触犯新法坐的牢，他终于忍不住了，想把囚犯放回去过年。可转念一想，自己不是郡守，怎可擅专？况且人心不古，万一这些人放出去不回来，后果非他所能承担。话到嘴边，也只能再咽回去，强忍着继续点名。

结束了点名，苏轼仍坐着不动，脸颊上的肌肉随着映在脸上的烛光跳跃了几下，心中生出一阵悲凉，自问：苏轼，你和那些囚犯有何两样？他们为讨生活而落入法网；你何曾不是为讨生活，在官场这个罗网里挣扎，做这违心丧志的事！欲效法古人的善举，又没有那样的胆量，只能暗自惭愧。

狱吏上前提醒他，清点囚犯后，还要到狱中查看一遍。苏轼只得起身，到州署西南角的州牢巡视一遭，幽怨之气在胸中回荡，遂命狱吏拿来笔墨，赋《题狱壁》一首，内云："小人营糇粮，堕网不知羞。我亦恋薄禄，因循失归休。不须论贤愚，均是为食谋。”写毕，才步履沉重地往官舍走。

“叔寄又病了，发热。”见苏轼回来，王闰之抹泪道。“长头儿”苏迨生下来体弱多病，不断求医问药，却总不见效，眼看三岁了，还不会走路，王闰之身心交瘁，虽只有二十四五岁年纪，却已是人到中年的模样。

苏轼没有接话，眉头皱得更紧了。想到自己如坠网之鸟、上钩之鱼，还要为家里的琐事操心，后悔当年未能坚持隐逸山林，否则何来这么多尘世的烦恼？他唤马梦得一起喝了一顿闷酒，算是过年。

虽然表面上对苏迨的病漠不关心，心里却放不下，夜里躺在床上辗转反侧，终于想出了一个主意。

次日上午，马梦得雇了辆马车，拉着王闰之和苏迨，苏轼骑马跟在车后，由两名州校在前面引路，前往天竺寺而去。

杭州寺庙林立，西湖北岸孤山、葛岭一带就有智果观音院等八九座寺庙，西部山岭间坐落着天竺、灵隐等名刹。苏轼在颍州辞别欧阳修时，恩师对他说：“若欲求友于湖山间不可得，不妨求诸方外。有僧惠勤可交。”到杭州后的第三天，苏轼就到孤山寺拜访了惠勤，谈禅论诗，郁闷情绪为之纾解。自此，他一有空就研读佛经，找僧人切磋。苏迨多病，苏轼便想到了“寄僧名”的习俗。他得知香火最为鼎盛的天竺寺住持辩才道行高深，便决定找他来办。

辩才闻报，亲自到山门相迎。苏轼说明来意，辩才遂在观音菩萨座前为苏迨落发，取法名“竺僧”，为他摩顶祝赞。苏轼花钱买了一张度牒，让辩才另寻一名愿入佛门者顶替苏迨礼佛，过了一夜即把苏迨领回了家。

说来奇怪，到家后不几日，苏迨的病就好了，可以像平常的孩童一样行走了。一家人都喜出望外，对佛门越发充满崇拜。苏轼心情好转，像在凤翔那样，指挥马梦得雇人整修官舍。他亲自带人到凤凰山挖取一百多块怪石，在东斋前造了座假山，并以“溅玉斋”命名东斋；又在旁侧用石头垒砌另一座假山，上面留有一个孔洞，形如月亮，遂以“月岩斋”命名西斋。

三月的一天傍晚，苏轼正欣赏自己整修官舍的成果，秘书省著作郎、发运副使岑象求来见，一进院子便道：“子瞻，你这是要在杭州安家吗？”他是苏轼的蜀地同乡，请求到家乡任职获准，赴任梓州路提举常平，特来与苏轼辞行。

“对我来说，杭州只一味好个西湖也。”苏轼苦笑着道。说着，请岑象求进了西斋，把一叠诗稿递给他。这是他途经润州登龟山时望着滚滚长江写下的一首诗。岑象求阅罢，指着开头道：“这‘我家江水初发源，宦游直送江入海’两句，说明子瞻还是眷恋故乡的；末两句‘我谢江神岂得已，有田不归如江水’，则是表达身不由己的无奈。”

“是啊，身不由己。”苏轼感叹了一句，又拿出《初到杭州寄子由二绝》给岑象求看。看到“迟钝终须投劾去，使君何日换聋丞”之句，岑象求有些吃惊，摇头道：“子瞻太悲观了。”似是想调节气氛，笑了笑道：“人说子瞻狂，我看子瞻是愚。眷恋故乡，欲归无计，就把官舍当成自己的家了，大费周章整修。不过，这也证明，子瞻的确与众不同。”

苏轼举盏道：“知我者，岩起兄也！”他一饮而尽，慨然道：“羡慕岩起兄啊，可以回到家乡任职。”说着，放下酒盏，提笔写下《送岑著作》一首，内云：“我本不违世，而世与我殊。拙于林间鸠，懒于冰底鱼。人皆笑其狂，子独怜其愚。”

“子瞻，势比人强啊，身在官场，疏懒和拙于应付不是优点，为人处世还是要灵活些。”岑象求劝道。

苏轼没有反驳，眯起双目沉吟着，像是接受了他的劝告。

送走岑象求，苏轼提笔给叔丈王庆源修书，一吐苦水：“某此粗遣，虽有江山风物之美，而新法严密，风波险恶，况味殊不佳。退之所谓‘居闲食不足，从官力难任，两事皆害性，一生常苦心’，正此谓矣。”写毕，呆呆地望着窗外，但见窗外夜幕沉沉，万籁寂静，他叹息一声，自语道：“这苦心的日子，该如何熬下去啊！”

二

吉祥寺养牡丹千本，品种百样，每到暮春，杭州官民都要在此举办盛大花会。熙宁五年三月末的一天，太守沈立偕苏轼等州署从事来到吉祥寺，置酒赏花。参加花会的万余百姓推出五十三名士绅，以金盘彩篮载花来献。官妓周韶、胡楚、龙靓说笑着为每位在座的官员簪花。苏轼嗖地站起来，从花篮里拿过一朵牡丹，插到周韶的发间，赞叹道：“鲜花配佳人！”周韶回过头来，对他莞尔一笑。苏轼的心动了一下，急忙回到座位，目光却仍停留在周韶身上。周韶似乎觉察到了，为众人簪花毕，特意来到苏轼身旁，为他续茶。苏轼对饮茶仍无兴趣，茶盏里还是满的。周韶微笑着道："饮茶可让人精神清爽、心境平和。"

"真的吗？"苏轼盯着周韶问，端起茶盏一饮而尽。

周韶甜甜一笑，算是回应。她本是苏杭名妓，面容姣美，才艺不凡，常与达官贵人来往席间。当年品茶大家蔡襄知杭州，将她纳为官妓，一有闲暇就与她斗茶，周韶茶艺大涨，竟把蔡襄斗败了，自此被公认为江南首屈一指的官妓。她早就闻听苏轼的大名，可几次官宴上，见他与同僚格格不入，有意劝他以饮茶解脱苦闷，又担心遭苏轼冷落，迟迟没有说出口；适才苏轼顽童般嬉笑着为她簪花，让周韶看到了他真实的一面，便消除了顾虑。她为苏轼续上一盏茶，双手端起，送到他嘴边，柔声道："茶有茶道，要慢慢品才好。"

苏轼闭目啜了一口，一副陶醉状，连连道："香，很香！"

把盏言欢间，忽听有人大声道："好你个沈太守，我辈忙得团团转，你倒躲起来品茗作乐！"众人看去，原来是提举两浙盐务卢秉。

杭州所辖盐官、仁和两县是食盐产地，朝廷在此设榷场，确保食盐专卖，凡私贩食盐者，即流配充军，但还是有人铤而走险，不惜结成武装团伙贩运私盐，因他们不打家劫舍，杭州历任郡守便采取民不举官不究的态度，使盐税大量流失。两浙路发运使疏报朝廷，指责杭、越、湖三州不行新法，食盐专卖徒有其名，王安石即派他赏识的能吏卢秉提举两浙路盐务，振兴盐业。卢秉调派军队一千人前来对付武装贩盐团伙，厉行盐法，抓捕万人。绅民闻之色变。今日他突然出现在吉祥寺，不知所为何来，花会气氛陡然紧张起来。

卢秉边落座边道："运盐河需要疏浚，还要在仁和县汤村开凿一段新河，与运盐河相连，以利运输。朝廷已批准此议，征调的民夫千余人已到工地，我来找太守，是要……"

沈立打断他，笑道："今日与民同乐，不谈公务如何？"

"也好！"卢秉大度道，"不过，我要知会诸位一个好消息！去岁仅青苗法、募役法、市易法三项，国库就增加收入三千二百万贯！"

众人有的叫好，有的沉默，苏轼本不想接话，忍了又忍，还是没有忍住，冷冷问："但不知百姓收入增加否？"

卢秉脸一沉道："新法对富商巨贾、良田万顷的大主户不利，他们有势力，有些人就拿他们的话当成百姓的心声。殊不知，新法不仅利国，同样利民。青苗法限制高利贷对农民的盘剥；市易法革除的是官府采购中官商勾结的科买之弊；募役法以募役替代差役，百姓加额相庆。"说罢，伸长脖子问苏轼："苏太博，我说的没错吧？"

苏轼刚想辩驳，忽然想到岑象求劝他的话，忍住了，可脸上却热辣辣的。

"我听说，苏太博狱壁题诗，说做官和囚徒均是为食谋，难道苏太博做官就是为混饭吃吗？这让囚徒怎么看我们这些官人？我看，还是上紧涂去的好！"卢秉又道，是训教的口气。

"是。"苏轼佯装顺从道。其实，转运副使王廷老闻知《狱壁诗》后就提醒过他，他已把题壁诗涂去了。此时，因不愿与新党中人多说话，便装出服服帖帖的样子，心里却觉得堵得慌，连饮了两盏酒。他虽喜饮酒，却没有酒量，几盏酒下肚，已是醉了，隐约记得，在要他作诗的哄闹声中，被人搀扶着离开了吉祥寺。

夜里酒醒，他心中郁闷，睡不着觉，提笔写了一首《戏子由》的长诗，以戏谑之语抒悲愤之情，讥讽新党无事生非，闹得天下人心惶惶；赞子由急流勇退，甘守淡泊；自嘲通判杭州一无劳绩，却不得不向世俗低头。

次日中午，太守沈立在有美堂设公宴，邀众从事赏《牡丹亭》画作。苏轼刚进宴客厅，官妓周韶就笑道："昨日赏牡丹，苏大才子却未赋诗，今日当补上吧？"

苏轼略一思忖，提笔赋《吉祥寺赏牡丹》诗一首："人老簪花不自羞，花应羞上老人头。醉归扶路人应笑，十里珠帘半上钩。"

"呀！不好，不好！"周韶嗔怪道，"苏大才子才三十多岁，怎的说自己是老人呢！"

"就是嘛！"太守沈立捋着雪白的长须道，"子瞻在老夫面前敢说自己老了？"

苏轼抱拳向沈立晃了晃，没有说话。三十七岁年纪，却生出迟暮之感，连他自己也觉得可笑。昨夜所作《戏子由》诗中就有"如今衰老俱无用"之句，今日作诗又说自己是老人。他知道自己生出迟暮之感的原因，可这是万万不可为外人道的。所以，对周韶和沈立的话，只能一笑而已。

“乐师，”沈立唤周韶道，“你当助苏太博提振精神嘞！”

“好的呀！”周韶爽快道，“奴教苏太博煎茶吧。”

推官吕穆仲调笑道：“周小娘子，苏太博文名满天下，你不能光给他煎茶，还可以红袖添香、凉亭伴枕嘛！”

苏轼看了周韶一眼，正和她的目光相遇，急忙低下头去，心跳顿时加快了。这样的场合，一向是他戏谑他人的时机；可今天，苏轼却格外安静，一句玩笑话也没有说。

公宴结束，苏轼回到直房，提笔赋《月兔茶》，内云：“一似佳人裙上月，月圆还缺缺还圆，此月一缺圆何年。君不见斗茶公子不忍斗小团，上有双衔绶带双飞鸾。”写毕，嘱亲吏送给周韶。

“子瞻——”随着一声唤，太守沈立缓步进了苏轼的直房，边落座边从袖中掏出一道公牍。苏轼一看，是提举两浙盐务司檄调他前去运盐河督工的札子。他把札子往书案上一丢，不假思索道：“不去！”

卢秉是卖力推行新法的新党，疏通运盐河是实施新盐法和农田水利法的措施，苏轼因对新党和新法充满厌恶，一口回绝。

沈立劝道：“我看还是去的好。无故拒绝檄调是要受惩罚的；再说，疏通运盐河，也是利国利民的事。”

沈立是公认的水利专家，著有《河防通议》，他说疏通运盐河利国利民，苏轼就不好辩驳了。可去督工又太违心，遂赌气道：“某本是野地的麇鹿，何必非要充当仪仗里的队马？我这就上疏请归。”

“子瞻不要意气用事。”沈立劝了一句，见有州吏来送文牍，也就起身告辞了。

州吏送来的是一封书简，乃知齐州任师中所寄。当年苏轼归葬亡父途中与任师中相识订交，谢景温弹劾他以官船夹带私盐贩卖，任师中挺身而出为他作证，苏轼很是感动。他这次来书是知会苏轼，他已奏请朝廷调苏辙到齐州共事。前不久，因张方平调离陈州，苏辙不自安，正发愁出处，任师中伸出了援手。苏轼心里热乎乎的。再一看，随函还寄来一首诗，劝苏轼以诗酒自娱。苏轼提笔回了一首："闲里有深趣，常忧儿辈知。已成归蜀计，谁惜买山赀。世事久已谢，故人犹见思。平生不饮酒，对子敢论诗。"封发了给任师中的诗，突然感到困倦，顾不得写辞表，起身回家休息。

一进门，乳母任采莲迎上来，低声道："二郎，二十七娘说话间就要生了，该做些预备了，可……"

苏轼明白了。整修官舍花光了积蓄，一大家人的开销全靠每月的俸禄，任妈找他，当是家里没有余钱了。他困意顿消，回身去找推官吕穆仲借钱。吕穆仲是太宗朝名相吕蒙正的孙子，也是同僚中的一位诗友，苏轼与他最为亲密，借钱的事，只好找他了。

"呵呵，你还要辞职归田吗？一大家人吃什么？"一路上，苏轼都在自嘲着，不得不打消了辞职的念头，安顿好家计，便前往汤村督工。

正值雨季，道路泥泞，河道中段有一处地下涌沙，长达数里，开凿困难，苏轼要重点监督此处施工，在上淋下淖、窄不容足的线道上与牛驴争路，又眼看民夫雨淋沙涌中像猪鸭在泥浆中打滚一般，他愤郁难平；又想，自己若不做官，就不会受此苦楚。当夜宿水陆寺，赋《汤村开运盐河雨中督役》一首，先抱怨新党多事：

盐事星火急，
谁能恤农耕。

再为民夫叫苦：

人如鸭与猪，
投泥相溅惊。

又为自己叫屈：

归田虽贱辱，
岂识泥中行。

写毕，躺在床上，听着窗外哗哗的雨声，辗转难眠，又起身赋《是日宿水陆寺寄北山清顺僧》，向他倾诉：

乞食绕村真为饱，
无言对客本非禅。

好在官妓周韶接到他的《月兔茶》，回赠他一套砖炉石铫，闲暇时烹茶独饮，让他的心绪暂时平静下来。周韶的倩影不时在他眼前晃动，使得在暂时忘却督役之苦的同时，又增加了一份思念。

三

西湖乃唐代开凿，水源来自钱塘江。二百五十年前，大诗人白居易主政杭州，于钱塘门至武林门间筑堤防海，将江水与湖水隔开，西湖变得宁静、柔和。接到通判杭州告敕那一刻，苏轼首先想到的就是可以畅游西湖了。到杭州后，一有空暇，除了跑寺庙会僧侣，就是游西湖。熙宁五年六月二十七日，是休沐日。王闰之在两个月前又生下一子，学名苏过，加上长头儿的身体时好时坏，一家人不得不围着两个儿子转，家中纷乱嘈杂，苏轼心烦，便独上钱塘门外昭庆寺前的望湖楼喝酒。不时有卖茉莉花和白兰的少女说笑着从窗前走过，乘船到湖中向游客兜售篮中的鲜花；卖乌菱白芡的老妇大方地向客人说："不论钱，愿给多少给多少吧！"此情此景，激发了苏轼的诗兴，提笔赋四首绝句。写毕，抬头望了望窗外，烟雨朦胧中，群山若隐若现，像是与西湖在捉着迷藏。湖光山色、少女鲜花、笑语欢声，眉州可有这样的好湖山？倘若不出来做官，哪里有机会尽情欣赏这样的景致？忽而，他的思绪又转向了历史：二百五十年前，白居易也是因为谏诤皇帝不果自请外放来到杭州的。那时的西湖是什么样子？白居易赏西湖景致时是什么心情？古往今来的天才都是孤寂的吧？想到这里，随口吟诵起白居易的《中隐》诗来："大隐住朝市，小隐入丘樊。丘樊太冷落，朝市太嚣喧。不如作中隐，隐在留司官。似出复似处，非忙亦非闲……”像是迷路之人突然找到了方向，惊喜不已，反身回到案前，又赋一首绝句：

未成小隐聊中隐，
可得长闲胜暂闲。
我本无家更安往，
故乡无此好湖山。

写毕，畅出了口气，顿觉神清气爽。当年想隐逸山林，那不过是小隐，不必后悔了；如今身在官场，常常觉得和囚徒一样为了一饱不知羞耻，那是没有想明白或者说境界不够，在这人间罕有的湖光山色中聊作中隐，是何等惬意！想到这里，他兴奋地喊了声：“备船——”

店家小跑着进来，躬身请苏轼下楼，带他上了一艘瓜皮小艇。躺在艇中，在湖面上随波逐流，如同置身摇篮。夜色中，小艇上下起伏间，湖边群山也在跃动，天上的月牙，像是好奇的女童，总是微笑着跟在小艇左右。苏轼静静地望着，诗句油然而出：

水枕能令山俯仰，
风船解与月徘徊。

三更时分，迎着微风回到家里，很快就睡着了。朦朦胧胧中，忽听有人前来传旨：皇帝陛下宣召。苏轼急忙进宫，一位红衣少女捧着一只红靴让他题诗。苏轼提笔写道："寒女之丝，铢积寸累；天步所临，云蒸雷起。"少女把题了诗的靴子呈给皇帝，皇帝连连夸赞苏轼才思敏捷，可并没有和他说话，而是命红衣女郎送他出宫。苏轼怅然若失，想回身问问皇帝，为何不与他说话。一着急，蓦然惊醒了，原来是一个梦。梦境如此清晰，就连那几句诗，也能一字不差地记录下来。他坐起身，手摇蒲扇，慢慢回味着。梦到皇帝召见，说明还是不死心，希望得到朝廷重用，什么聊为中隐，不过是无可奈何境遇下的自我安慰罢了；梦到红衣少女，是不是渴望得到一个红颜知己？是周韶吗？苏轼能够感觉出来，周韶对他很倾慕，总是以教他煎茶、斗茶为名接近他。不过，他很清楚，在周韶脱籍之前与她不可越界。在这方面，他没有恩师欧阳修那样的勇气。又想，勇气在很大程度上是由环境决定的。当年欧阳修进士高第分发西京，朝廷大老也好、西京主官也罢，都赏识、呵护他，他也就无所顾忌，敢与官妓耳鬓厮磨。可自己现在什么处境？或许新党巴不得抓住他把柄呢！这样想着，便告诫自己，不要再想周韶了。他又把周韶的样子与梦中的红衣少女对照了一下，觉得相距甚远。苏轼突然想起有一次路过闹市区沙河塘一座小桥时，望见对面楼中有位垂手而立的少女，让他怦然心动，此后每次路过那座小桥，他总是驻足向楼中张望，却再也没有看到过她。想到这里，当时的惆怅情绪倏忽重回心头，遂起身作《戏赠》一首：

惆怅沙河十里春，
一番花老一番新。
小桥依旧斜阳里，
不见楼中垂手人。

写毕，一笑道："或许，梦中的那位红衣少女，正在茫茫人海里等着我吧！"

四

吴山之上的有美堂，乃州官雅聚之所。七月初一这天下午，到任才几天的太守陈襄在有美堂设宴，苏轼一进宴客厅，陈襄边向他招手边大声道："子瞻，今天我给你请了一位先生。"

陈襄年长苏轼二十岁，在京时彼此就有过交往，苏洵卒于京，陈襄亲往祭吊。他因反对新法被外放，近日移知杭州。二人在西湖之滨重聚，形胜之地，美女如云，最宜填词听曲，陈襄遂以苏轼不擅填词为憾，特意宴请与柳永齐名的词人张先，以便引导苏轼做一个词人。

苏轼一边向张先抱拳施礼，一边大笑道："哈哈，原来是'桃李嫁东风郎中'到了！"

张先年过半百才中进士，以郎中致仕，他某阕词中有"桃李嫁东风郎"之句，风靡一时，欧阳修便以"桃李嫁东风郎中"呼之，苏轼一见张先，就想到这个称呼，禁不住嬉笑起来。张先已八十四岁，精神矍铄，指着苏轼道："你苏大才子是不是觉得写词上不得台面?"

"子野老丈何出此言?"苏轼问。

张先捋着稀疏的胡须道："老朽居杭城，南来北往的官员都要请我喝酒，你苏子瞻是个例外。"

苏轼抱歉一笑道："藏拙，藏拙。小子我不通音律，不敢见老丈。"

张先大笑道："你不是天下第一写诗高手吗，给老朽当场写一首如何?"

苏轼挤眼一笑道："我真写了，老丈莫生气。"

"什么话!"张先一撇嘴道，"老朽好酒好色不好生气，所以活这么久。"

周韶起身欲为苏轼研磨，陈襄拉住她，向胡楚摆了摆脑袋，胡楚走过去研磨展纸，苏轼提笔写道："十八新娘八十郎，苍苍白发对红妆。鸳鸯被里成双夜，一树梨花压海棠。"

张先年过八十又纳一十八岁小妾，此事成为街头巷尾的谈资。苏轼此诗，是以此戏谑张先的。众人一看，笑得前仰后合。苏轼得意地举起酒盏道："自罚，浮一大白!"说着，一口喝了下去。

"哈哈哈，不愧是高手啊!"张先笑道，起身走到条案前，"老朽步韵和一首。"说着，提笔疾书。

须臾，张先的和诗就写成了。众人一看，他的意思是自己之所以纳小妾，是免得和年轻人在外争风吃醋。苏轼读罢，下意识地看了周韶一眼，却见陈襄正扭脸看着她，眼睛里闪烁着爱怜而又明亮的光芒。他急忙收回了目光，心里一阵慌乱。突然，“咔嚓”一声巨响，天上的炸雷震得宴客厅的窗户哐啷作响，周韶“呀”的一声尖叫，陈襄一把将她揽入怀中，轻轻拍着她的后背。苏轼忙把目光投向窗外，但见疾风裹挟着乌云翻滚而来，随着又一声响雷，大雨倾盆而下，溅起团团水雾。他“嗖”地站起身，指着窗外道：“快看！看那西湖，像不像我辈的金樽？雨水倾注之下，几乎要满溢而出；雨点敲打湖面山林，宛如羯鼓般激切，令人开怀。”

“子瞻，写首即景诗嘛！”张先怂恿道。

苏轼大步跨到条案前，提笔写下《有美堂暴雨》：

游人脚底一声雷，
满座顽云拨不开。
天外黑风吹海立，
浙东飞雨过江来。
十分潋滟金樽凸，
千杖敲铿羯鼓催。
唤起谪仙泉洒面，
倒倾鲛室泻琼瑰。

众人看罢，满座皆惊。陈襄以长者兼好友的语调道：“读此诗，方信子瞻确有豪迈之气。”

推官吕穆仲道：“苏太博岂止有豪迈气，胆子也不小。摄州政时……”

苏轼忙向吕穆仲摆手挤眼，陈襄看到了，问："子瞻，是不是有什么秘密不能说？"

"没、没有。"因为说了谎话，苏轼支支吾吾，脸红气短。

吕穆仲还是说了出来："沈太守离任后，盘点公使钱时，查出管公使钱的孔目王文敏盗官钱三贯，我劝子瞻举劾，可他……"

苏轼忙打断他："王文敏一家十口，全靠他吃饭，还是不要追究了吧。"

陈襄笑道："子瞻论政刚猛如铁，内心却柔软如棉。"他敲了一下食案，指着正在旋舞的官妓周韶、胡楚道："她们唱的词，不是柳永就是子野老丈的，至多还有晏殊和欧公的，子瞻快学学填词，以后让她们也唱唱你的。"

苏轼连连摆手道："不通音律，岂敢填词。"

张先郑重道："词的风格，迄今尚未脱唐五代之窠臼，多儿女情长，缠缠绵绵，连欧阳修这样的正人君子也写过许多艳词。好像不写男欢女爱，不反复雕琢文字，就不知该怎么写词了。别看老朽填了一辈子的词，可对此也深感不满，很想扭转此风，可惜老迈，就由子瞻来完成吧！"

苏轼为之一振，抱拳对张先一晃道："请老丈多赐教！"

"哈哈！"张先笑了起来，"子瞻本是文章大家，不擅作诗，可一旦投入写诗，不旋踵就成为天下第一高手；如今要着手填词了，老朽当退避三舍矣！"

苏轼抬眼看着周韶，意有所指道："退避三舍的该是我啊！"又把目光转向陈襄："太守，通判有巡视辖县之责，我来几个月了，迄未成行，这就到余杭、临安走一遭？”

“去吧！”陈襄爽快道。

苏轼吩咐州校备船，饭后就走。他看出来了，陈襄喜欢周韶，自己应当退避三舍。周韶的确是人见人爱的佳人，可越是人见人爱的女人，越不能太上心，否则难免自讨苦吃。正是有了这样的想法，他才急于离开杭州。

宴席一散，稍事休息，苏轼就带着几个随从乘夜船出发了。他本为散心而来，又不愿听属县禀报实施新法情形，故而不去县城、不住驿馆，只去拜庙。到余杭，径直到法喜寺参禅，夜宿寺后绿野堂。次日天不亮又转往临安净土寺，一进庙门，苏轼就喊：“又渴又饿，来不及参禅了，快把茶水、吃食端上来！”在庙里吃饱喝足，睡了一个午觉，又步行前往功臣寺。接着，转往临安县城以西五十里处的径山。既饱览了径山秀丽风光，又在古刹径山寺参禅，心情宽舒许多，自觉此行达到了目的，赋诗云：“我行得所嗜，十日忘家室。”

回到杭州，直奔西湖，以诗代简，邀推官吕穆仲来夜游。两县之行写了不少诗，尤其是在功臣寺和径山写的两首诗，是对历史和现实的思考：一座建筑，不论建造时多么金碧辉煌，隔世就归消歇，人世间的荣华富贵，同样如此；人类同在一个天地间，本该相互敬爱，为何要相互残害？他很想与吕穆仲泛舟湖上，切磋历史和人生。不巧的是，吕穆仲有事不能应约，苏轼有些失落。转念一想，独自一人坐上小艇，尽享西湖夜色，不也是一大快事吗？遂兴冲冲坐上小艇，边观赏夜西湖，边构思诗句，直到天明才上岸回家。

“哎呀，太守派人来问好几次了，好像有急事。”一进门，马梦得就禀报道。

五

凤凰山顶的中和堂，是一个独立、密闭的大院落。两浙路乡试的闱场，就设在这里。七月下旬的一天上午，乡试主考官苏轼将众考官召集到望海楼，一言不发，懒洋洋地拿出一叠诗稿，让众人传阅。众考官阅罢，面面相觑。

苏轼巡视两县回来，陈襄就急忙召他相见，让他主持取解试。主持乡试本是极大荣耀，可苏轼却辞谢再三，陈襄不允，他才勉强接受下来。昨日率众考官入中和堂锁院。一到中和堂，他就独自躲在望海楼里，整整一天没有和大家议事，今日将众人召集在一起，先让看他写的《监试呈诸试官》长诗。开头几句说，自己本是山野之人，为养家糊口才出来做官，并没有什么文字天赋，人又很懒惰，过去学的东西早忘得一干二净，如果现在参加科考，一定考不上；接着说欧阳修鉴于文风华而不实，以令人钦佩的大气魄革除流弊，端正文风，虽受一时诋毁，可后来还是不得不承认他的卓见，好不容易改好了，现在却又变了，科举不再考诗赋；对新法、新党讥讽一番后又说，像我这样既老且笨的人，跟不上形势了，好在诸位都是人杰，不会误事，希望容我闭口，在这望海楼听着秋涛，睡睡懒觉。

考官们吃惊之余，也明白了主考官态度消极的原因。他不想执行新贡举法，便以这种方式发泄不满。众人嘀嘀咕咕散去了，苏轼起身，铺开阵势，用周韶送他的那套砖炉石铫煎茶。

杭州盛产名茶，官民都有饮茶、斗茶的习惯，受此影响，尤其是听了周韶那句饮茶可让人精神清爽、心境平和的话，苏轼就对茶有了兴趣，一瓯好茶在手，随着茶雾袅袅升腾，恍惚间宛如神游太虚，油然生出“乳瓯十分满，人世真局促。意爽飘欲仙，头轻快如沐”之感。

就这样，苏轼躲在望海楼里，煎茶、品茗、作诗、望海，渐觉快适。可主考官的消极态度，到底还是影响了进度。历年杭州乡试都是八月十五日发榜；这次乡试，到了八月十四日，阅卷尚未过半。苏轼闻报，写了首《催试官考较戏作》，以戏谑的口气说，最好别错过八月十八日观钱塘潮，添点蜡烛，夜里加加班，考生们在外已等得团团转啦！经苏轼以诗相催，阅卷、编排、勤务，夜以继日，总算在十七日放榜。

乡试结束，就要出闱了，苏轼登上望海楼，凭栏沉思。考官们前来道别、恭贺。苏轼冷冷道：“有什么值得贺的？”说着，拿出刚写的《八月十七日复登望海楼，自和前篇，是日榜出，余与试官两人复留五首》诗，让众人传看。但见上写着：

秋花不见眼花红，
身在孤舟兀兀中。
细雨作寒知有意，
未教金菊出蒿蓬。

众人阅罢，不禁愕然。哪有主考官说自己主持的考试埋没人才的？但细细琢磨方品味出，他是说，按照新的贡举法考校士子，选拔不出人才来。可贡举以律法取代诗赋是共识，众考官只觉得苏轼执拗，既不愿附和，又不便辩驳，只好怏怏告退。

出了闱场，苏轼本打算去观潮的，一听说陈襄偕周邠早一日已经走了，顿时兴致全无，索性不去了。正烦闷间，忽接欧阳修于七月二十三日在颍州辞世的讣闻。苏轼"啊呀"一声，顿足垂泪道："哲人云亡，邦国殄瘁，痛彻心扉！"稍做整备，即赶到孤山，借惠勤僧舍设位祭奠，依门生服座主丧之礼，穿上缌麻长袍，腰系麻带，在灵位前跪拜行礼，伏地痛哭。十五年前，欧阳修说过，知贡举得苏轼，有为他作祭文的人了。听这话时，苏轼设想，恩师辞世时，他该位列宰辅了，届时一定亲临祭奠，办一场隆重的葬礼；如今沦落至此，连亲往哭祭也是不可能的了。更令人痛心的是，随着欧阳修的辞世，庆历士大夫的时代结束了，推崇诗赋文章的时代结束了，自己也成了过时人物。苏轼越想越痛，哭恩师，也是哭自己。惠勤苦苦相劝，苏轼才止住哭声，提笔为恩师写祭文。当写到"受教于门下者，十有六年于兹"时，泪水扑簌簌滚落到纸上，忍不住又大哭起来。

惠勤读罢，泣曰："滚滚哀思发自肺腑，幽咽凄楚，悱恻动人，乃祭文中的精品，可传之千古，欧公之灵有知，也可瞑目了。"

"哎呀！我眼睛怎么模模糊糊，看不清东西？"苏轼突然惊叫道。

"哀伤过度之故，不必担心。"惠勤劝慰道。

“正可告病假。”苏轼转忧为喜，命随侍去向陈襄告病假，他则拉上惠勤，去寻访林处士遗迹。

林处士是被士林称为“梅妻鹤子”的林逋。他博学多才却不趋荣利，早年漫游江淮间，后隐居西湖，结庐孤山，终身不娶，卒后皇帝赐号“和靖”。苏轼想到自己为了那点俸禄养家，连去哭祭恩师的愿望也不能实现，就更加仰慕林逋的洒脱。惠勤理解他的心情，做了他的向导。林逋已故去四十年了，手植的梅树还在。苏轼正伫立凝视间，忽有一个五十多岁的白袍男子出现在眼前，拱手道：“先生让我等的好苦啊！”

苏轼惊问：“你是何人？为何等我？”

白袍男子道：“鄙人就是为林处士放鹤的门童子。”

林逋隐居期间，常驾小舟遍游西湖诸寺，与高僧诗友往还，外出时即嘱门童子，每逢客至，纵鹤放飞，见鹤便棹舟归来。苏轼闻听他就是林处士的门童子，喜出望外。门童子神神秘秘道：“我在此等候与和靖先生有前缘者多年，一见先生，即知是了。”说着，举着一个诗筒道：“和靖先生作诗，随就随弃，我不忍尽毁，把他的《自书诗》帖偷偷保存下来了，今日就交给有前缘之人。”

苏轼躬身接过，打开一看，是林逋以行书所写五首咏西湖诗，大喜过望，激动道：“我要写一首和诗。”抬眼一看，门童子已不见了踪影。苏轼转身对惠勤感慨道：“法师相信前缘吗？说来奇怪，我曾在梦中见过林处士，他目光炯炯地望着我。”说着，口占道：“我不识君曾梦见，眸子瞭然光可烛。”

惠勤双手合十道：“佛家最讲一个缘字。”

“法师说到‘缘’，倒让我想起一件事。”苏轼语调深沉道，“先母曾说，我是东方一和尚托生。一到杭州，即觉与之有前缘，我的前生可能是杭州某个寺庙的和尚。”说着，向惠勤一拱手：“法师当陪我寻那座寺庙。”

二人仿效当年的林逋，驾小舟遍游西湖诸寺。这天，二人来到葛岭，一到寿星院前，苏轼惊叫道：“啊，就是此寺了！”见惠勤将信将疑的样子，他向内一指道：“我从未到过此处，可眼前所见，都如素所经历过一般。寺内有座忏悔堂，自此至忏悔堂，有台阶九十二级。”惠勤不说话，边向前走边默记台阶，数到九十二级，抬头一看，果然有座大殿，“忏悔堂”三字，赫然刻在殿门之上。

“我前生即此山僧也，今日寺僧，皆我法属。”苏轼一脸庄严道。

惠勤嘴角颤抖了一下，双手合十，叽里咕噜念了一阵经，对苏轼道：“佛门能叫人跳出尘罗俗网，得于另一个清凉世界中，来重新找到生命的真谛。一个人眼界远了，就不会纠结于一时的烦恼，心理上就会变得宽容、平和。”

苏轼感慨道：“幸亏前生为僧，与佛有缘，尘世的烦闷，得于佛门疏解。”

惠勤摇头道：“子瞻，你愿意解脱吗？能够解脱吗？”

苏轼被问住了。

六

晚霞洒向山水交映的湖面，斑斓多彩，仿佛一幅风景画。苏轼被眼前的美景所吸引，唤道："老丈，坐下观赏晚霞吧！"

午间，苏轼在望湖楼设宴，向张先请教音律。酒后，陪他同游西湖。张先年迈，苏轼怕他累了，船到临湖亭前，便扶他下船在竹阁小坐。二人刚坐下，忽见湖心驶来一艘乌篷船，在亭前游弋。但见几名女使陪伴着一位三十上下的女子，女子风韵娴雅，绰有姿态，正专心弹奏古筝。侧耳听去，却是哀曲，似有无限苦情，要通过筝声向人倾诉。张先重听，问苏轼："所弹何曲？"

苏轼也未听出，只好说："待曲终，问之。"只顾闭目听曲，却不知乌篷船已渐行渐远，不待曲终，已消失不见了，只剩下袅袅余音在耳旁萦绕。

张先捋着白须道："就以此景，同赋《江城子》一曲，如何？"

苏轼求之不得，吩咐随从端来了笔墨纸砚。不大工夫，他已构思成熟，提笔写下《江城子·湖上与张先同赋，时闻弹筝》：

> 凤凰山下雨初晴，水风清，晚霞明。一朵芙蕖，开过尚盈盈。何处飞来双白鹭，如有意，慕娉婷。　　忽闻江上弄哀筝，苦含情，遣谁听。烟敛云收，依约是湘灵。欲待曲终寻问取，人不见，数峰青。

搁下笔，见张先还在慢悠悠写着，苏轼吩咐州校："你坐船去追弹筝女子，问问有何苦情。"

过了一盏茶工夫，张先的词也填好了，二人交换着阅看。张先阅罢苏轼的词，笑道："子瞻不守规矩，分明是以诗为词，把词变为缘事而发的抒情诗体了。”

苏轼暗忖：我为何非要与前人亦步亦趋？或许以诗为词正是我的风格呢！但这话他没有说出口，而是让张先指教他的词是否合律。张先以自己的词用韵为例，向苏轼传授经验。

“太博，不好啦！”去追赶弹筝女子的州校慌慌张张禀报道，“那女子死了！”

苏轼大惊，忙问其故，州校说不清楚，苏轼一挥手：“走，随我前去查看。”

州校带苏轼赶到现场，叫来弹筝女子的女使探问。女使吞吞吐吐、遮遮掩掩说了一遍。苏轼听明白了：弹筝女子是昌化县人，前日到慧照寺进香求子，被讲经僧人猥亵，今日赶来西湖弹哀曲并服毒自尽。

苏轼早就想整顿寺庙了，即命州校传召慧照寺住持维为。

两天后，维为应召来到苏轼的直房。苏轼问猥亵女子的劣僧，维为只以他刚做住持相搪塞。苏轼怒道：“你这个住持，罢去！”

杭州寺庙历来行“甲乙住持制”，即本寺住持出缺，即由其大弟子自动接替，代代相传。所以，苏轼的话一出口，维为就冷笑道：“你说的话，恐作不得数。”

苏轼大怒，喊道：“来人！”州校应声进了都厅，苏轼吩咐：“派十名州校到昌化县慧照寺，把所有僧人度牒，一律收缴！”又转头对维为道：“你回去知会众僧，若想保留僧籍，就把为非作歹之徒揭出报来。”说罢，快步出了都厅，回官舍翻出当年应惟简之请写的《中和胜相院记》底稿，拿在手里，去向陈襄禀报。

陈襄好论禅，一看苏轼的《中和胜相院记》，以为他是来和自己论禅的，呵呵一笑道："老实说，子瞻对佛的认识，与我相比，尚属肤浅。"

"我打个比方。"苏轼回敬道，"太守对禅的认识比我高，就像龙肉；我从禅宗学到的，是猪肉。猪肉当然没有龙肉高贵了。可你吃过龙肉吗？"

陈襄笑道："我说不过你。"

苏轼无心斗嘴，拿起《中和胜相院记》抖了抖道："请太守看此文，是想说，僧人鱼龙混杂，官府不可不管。"遂把弹筝女子并解除住持一事向陈襄禀报一遍，最后道："当整顿寺庙，还要把'甲乙住持制'改了。某个寺庙住持缺位，官府在各寺庙统筹选拔，可谓之'十方住持制'。"

陈襄吸了口气道："恐诸寺不服。"

苏轼自信道："出于公心，处事公道，就没有什么好怕的！"

陈襄未置可否，拿出一道公牍道："我正要找你。提举盐务卢秉来檄，要你去盐官县督工。"

"不……"苏轼本想拒绝，可"去"字未出，就改口道："不就是去督工吗？再去一次何妨。不过，适才说的事要办。"

"好好好，听你的。"陈襄苦笑着道。

苏轼抱拳相谢，出了陈襄的直房，即去找推官吕穆仲，交代他处理慧照寺收缴度牒事；又修书京城奉先寺高僧怀琏，请他推荐一位高僧到慧照寺做住持。办完这两件事，才动身赶往盐官县。

这年的冬天来得特别早，刚入十月就天寒地冻，苏轼在盐官奔走乡间，住宿野店，写诗寄吕穆仲并请他转呈陈襄，尽述自己的辛苦与狼狈。人在工地，心里却还记挂着整顿寺庙的事，待十一月上旬督工事毕，就急匆匆赶回杭州，正好怀琏举荐维琳任慧照寺住持的书简到了，他找来吕穆仲，问明了核查慧照寺僧人情况，把任命维琳为慧照寺住持、驱逐该寺讲经僧侣和实行十方住持制等事项，一并札谕杭州辖区各寺。

这些事刚理出头绪，陈襄就把他叫到直房，举着一道公牍晃了晃道："子瞻，又有新差事了。"

七

苏轼走到宴客厅门口，往里一看，不觉一惊。大厅里足有三四十人之多，他以为走错了，后退了两步，湖州郡守孙觉一把拉住他，嘿嘿一笑道："在州同僚，都想一睹名士风采，我也不好拒绝。"随即压低声音："当然，也有士绅想向你一陈苦情。"

苏轼叫着孙觉的字道："莘老，我事先是怎么和你说的？"

就在苏轼刚处理完慧照寺住持事宜，陈襄知会他，两浙路转运使檄调他到湖州考察农田水利。苏轼极不情愿，但转运使不仅掌管一路税收，还是本路最高监察官，他部署的事，不好抗拒。好在知湖州孙觉是好友，也是因反对新法被外放的，苏轼先给他写了两首诗，申明此行不谈世事，只想大快朵颐。

"这不，照你说的办了。"孙觉指着满桌佳肴道。

苏轼明知孙觉是佯装糊涂，也无可奈何，一入座，先行酒令："今日只喝酒行乐，不谈时事，违者浮一大白！"

"此言差矣！"一老者突然起身道，"听说苏大官人是来考察农田水利的，关涉农田水利的事，要不要听听我辈布衣百姓的意见？"

孙觉引介道："此乃湖州最大主户，良田万顷，人称徐大户，就是此老带头把卢秉的治水策推翻了。"

杭州、秀州、湖州，乃江南最大粮仓，但太湖常有水患，王安石当国，行农田水利法，治理太湖水患遂提上日程。提举盐务卢秉考察后奏报朝廷说，湖水泛滥的最大原因，是大主户、官员和寺庙等特权者，用尽一切办法把沼泽地起堤围垦，占为私有，将水道堵塞，故根治之方，当退田还湖。不料刚一实施，徐大户就出资组织抗议，骚动江南，高官、台谏纷纷向皇帝进言，皇帝不得不下旨停工。王安石再派江南人沈括到湖州考察，沈括提出以疏浚现有河道、加固堤防为主要内容的治水策，得到批准。知湖州孙觉征调民夫，将太湖南岸原有的木造堤防全部改用大石块重筑，长达百里。两浙路转运使檄调苏轼来湖州，就是要他考察此工程对治理太湖水患是否有效。苏轼对农田水利法很反感，来前赋诗送孙觉，有"嗟余与子久离群，耳冷心灰百不闻"之句。此时，他把此诗吟诵一遍，作为对徐大户的回应。

众人纷纷叫好，徐大户一晃脑袋道："老朽听不懂。"

一个书生模样的中年人解围道："晚生给老丈讲解。"

孙觉又向苏轼引介："此乃乌程贾收秀才，字耘老，有诗名，喜饮酒，长年隐居苕溪。"

苏轼一听“隐居”二字，不禁羡慕；又想起他曾让人把咏有美堂诗都匿名抄录下来，读过之后，觉得有一首最佳，是寂寂无闻的一个叫贾收的士子写的，不意今日得见，遂拱手道：“早闻大名，改日登门叨扰。”

贾收激动不已，连连道：“期待，期待！”

就在几个人说话间，已有人附耳向徐大户解释了苏轼所吟诗的意思，徐大户得寸进尺道：“苏太博是名流，一言既出，天下风从。光说农田水利不关你的事还不够吧？王安石的新法，就四个字：与民争利。苏太博当为百姓代言，不能听凭那帮新党再这样折腾下去了！”

“对对对，请苏太博振臂一呼！”有人喊道。

孙觉制止道：“百姓心声，苏太博都听到了，喝酒行乐吧！”

徐大户仍不罢休，又道：“别以为说与不说都一样。从废止卢秉治水策这件事可以看出，官家还是从善如流的，关键是要有人带头。”

“乐师侍候——”孙觉喊了一声，几名官妓带着一身香气进来了。

宴毕，孙觉将苏轼送至驿馆，刚坐定，就一脸严肃道：“子瞻，听说王安石所写祭欧公文备受推崇，都说与你的祭文不分伯仲，皆为名篇。”顿了顿，半是感叹半是鼓励道：“自欧公辞世，文坛失宗师，我辈期待子瞻继欧公而起，不可让也。”

苏轼眼睛里放射出热切的光芒。孙觉察觉到了，笑着拿出一叠诗稿请苏轼过目。刚看了几首，苏轼悚然惊异，问：“此是何人？”

孙觉答:“门婿黄庭坚字鲁直者,洪州人,五年前登进士第,现为北京国子监教授。鲁直诗文之好,人人皆知,但少一大家荐扬。”

苏轼一拍诗稿道:“此人如精金美玉,人人想得之,他就是想不出名也难,何需我荐扬!”

孙觉高兴道:“有子瞻这几句话,黄庭坚就出名了!”

苏轼叹了口气道:“老矣,该培养些年轻人了。我赴任途中在陈州遇淮阴士子,名张耒,字文潜者,作诗务为平淡,尤精绝句,可与贵婿黄庭坚比肩。”

“我正要问你。”孙觉欠了欠身道,“子瞻诗中每每说自己老了,是怎么回事?”

苏轼没有回应,长叹一声道:“可惜啊,时下自身如浮萍,无力提携他们,想想就觉得羞愧。”

“若还是庆历士大夫当国,局面就大不一样了。”孙觉也感慨了一句。

苏轼心头一颤,忍不住把心里话说了出来:“莘老,你不是问我因何觉得自己老了吗?想想看,朝廷的新进如吕惠卿、曾布之辈,都已身居高位,我辈还有机会吗?更重要的是,官家不到而立之年,我辈哪里还会有出头之日!”

孙觉点头,举盏与苏轼碰了碰,喝了下去,抹了抹嘴道:“若不是王安石行新法,就不会出现这种局面。于公于私,都该坚持不懈地呼吁废新法,行旧政,这样的话,我辈还有机会。”

苏轼摇头道:“莘老,你忘了我诗中‘耳冷心灰百不闻’之句了。”

孙觉笑道："你要忍得住，就不是苏子瞻了！"

苏轼也笑了。

孙觉这才道："既为考察农田水利而来，总要做做样子。"

翌日，孙觉陪苏轼到太湖南岸考察石堤。但见巨石砌成的石墙高达八尺有余，颇是壮观，苏轼连声赞叹。孙觉摇头道："实话说，要想根治水患，只能是卢秉的法子；光靠高墙挡水，终归是不济事的。"

苏轼不愿为此事烦恼，又吟诵起他写给孙觉的诗来："作堤捍水非吾事，闲送苕溪入太湖。"

孙觉大笑。

次日，孙觉陪苏轼沿苕溪访贾收。早有州校前去通报，贾收在岸边迎候。一进门，见房梁上挂着几串铜钱，苏轼好奇地问："这是做甚？"

贾收苦笑道："家计艰困，不敢乱花钱，故而想出此法。"

正说着，一个美丽少妇出来为客人斟茶。苏轼看过去，见她把长发梳成两个扁圆形荷叶髻，煞是可爱，赞叹道："好一个'双荷叶'啊，拿笔来。"提笔连作《双荷叶》《荷花媚》两首相赠。"双荷叶"感动得连唱几首小令。

接下来的几天，孙觉、贾收陪苏轼游览了道场山、何山。这天，几个人又去游览天庆观。刚出山门，忽见一个农妇坐在地上哭泣。苏轼命人前去打问，方知今年缴粮税，官府不收实物，只收钱；把稻谷拿市场售卖，卖粮换钱者太多，粮价被压得很低，她不忍贱卖，却又无钱纳税，故而难过。

孙觉解释道："朝廷要对西夏用兵，先招抚吐蕃和沿边蕃部，需要花钱，两浙路转运使明令粮税不收实物。"

苏轼长叹一声，沉默着回到驿馆，叫着贾收的字道："耘老，作首诗吧。"贾收提笔写了一首，苏轼步其韵，成《吴中田妇叹》一首，内云："官今要钱不要米，西北万里招羌儿。龚黄满朝人更苦，不如却做河伯妇。"

"讽刺得好！"孙觉读罢，拊掌道，"新党占满朝廷，逼得百姓效河伯之妇投河自尽！"

苏轼眼睛里闪烁出坚毅的光芒，像是做出了一个重大决定。

眼看腊月将尽，苏轼辞别孙觉，返杭州复命。过秀州永乐乡，见有座报本禅院，便进寺参禅。得知方丈文及也是蜀人，勾起了思乡之情，倾谈终日，临别赋诗赠之，内云："明年采药天台去，更欲题诗满浙东。"

回到杭州，苏轼把此行所写诗稿交吕穆仲阅看。吕穆仲读罢，惊问："子瞻要题诗满浙东？"

刚到杭州时，吕穆仲约他唱和诗作，苏轼拿出文同寄给他的一首诗搪塞，其中有"北客若来休问事，西湖虽好莫吟诗"之句；为何到湖州一趟，突然如此高调？遂追问道："子瞻不是以'聊为中隐'自居吗？去湖州前给孙觉的诗里也说'耳冷心灰百不闻'，因何突然变了，要大展身手。"

苏轼一笑，没有回答。

八

上元节的杭州，彩灯高照，歌舞升平，观灯的男女熙熙攘攘，热闹非凡。苏轼带着一家老小到吉祥桥观灯。逛到钱塘门外的九曲，正遇高跷队在喧闹的锣鼓声中沿街表演，人群里发出惊叹声。一阵孤独感却莫名地袭上苏轼的心头，他向马梦得交代了几句，遣开随从，独自步入不远处的吉祥寺，往访僧中诗友可久。

到达可久的斋舍，却见屋内一片漆黑，喊了几声，无人回应，只有檐卜花香热情地向他扑来。苏轼摸索着找到发烛，点着了油灯，提笔留诗。写毕，依然呆呆地坐着，直到一连打了几个喷嚏，浑身哆嗦了一下，才缩着身子走出斋舍。

在可久的斋舍受了风寒，当夜就发起烧来，只好卧床休息。五天后退了烧，陈襄就拉他到城外踏青。歌妓环绕，旋舞唱曲，苏轼提笔写下《正月二十一日病后述古邀往城外寻春》，内云："老来厌伴红裙醉，病起空惊白发新。"陈襄怪他不该总说自己老了，苏轼只是苦笑，乘机提出巡视属县，提振精神，陈襄只好答应。

首站到了富阳，办完了公事，苏轼屏退随从，独游普照寺。细雨蒙蒙，山中不见一个行人，他却游兴不减，出了普照寺，又游东西二庵，欲往深山而行，庵僧意味深长道："入山太深，就出不去了。"

苏轼笑道："某现在不避人，哪里还会避世！"

"哦？"庵僧不解道，"老衲闻得苏太博是向往隐逸的。"

苏轼不说话，要来笔墨，赋《自普照游二庵》，内云："作诗寄谢采薇翁,本不避人那避世。”

湖州之行,尤其是孙觉的一席话,让苏轼改变了“聊做中隐”的想法。王安石不仅位极人臣,而且诗文也堪称大家,他的王氏新学更是被指定为科举教科书,可以说在文坛也罕有匹敌者,只是他不屑于做文坛领袖而已。他不愿做,不等于别人不推崇他做。相比之下,自己仕途上已然无望,再沉寂下去,新一代文坛领袖的地位也将不保。既然放弃隐逸,做了入世的儒者,这一生,拿什么向世人、向自己交代?况且,在他的观念里,无论思想还是文学,如果只有一种声音,就预示着走向僵化乃至衰亡。所以,他已暗中发誓,要接续庆历士大夫的文脉,争做继欧阳修之后的一代文宗。不管是出于接续文脉、争当新一代文坛领袖的考虑,还是面对要他担当反对新法旗手的呼声,他都不能再缄默。但他是因为言事触怒君相被外放的,在不敢言又不愿缄默的两难之中,决计选择缘诗人之义,托事以讽。这样的决定一做出,此前疏懒的行事风格陡变。正月初九,陈襄在有美堂设宴,苏轼醉归,赋诗答友人,以志士自居,又自言找到了解脱之道。初十接章传道书简,劝他谦抑为上,苏轼回书云:“如尔自贬,终不谐俗,故不为也!”又赋《次韵答章传道见赠》云:

马融既依梁,
班固亦事窦。
效颦岂不欲,
顽质谢镌镂。

宣示了与新党势不两立的坚定态度。此时，一句“本不避人那避世”，意在向世人表明，他不想做隐士，而要做斗士，向新法和新党发起攻势的斗士。

一路走一路赋诗，二月下旬到了新城县。新城县令晁端友是好友晁端彦的堂弟。晚间邀苏轼到官舍小酌，拿出一册名《七述》的文集请他过目。苏轼读罢，赞叹道：“赞钱塘风物之美，都是我原本想写的东西，却已被你写尽了，我只好搁笔咯！”

晁端友摆手道：“非我所作，乃犬子晁补之字无咎所写。”

“了不得！”苏轼夸赞道，“据我所知，也就黄庭坚、张耒可与贵公子比肩。”

晁端友大喜，唤晁补之出来拜师。二十一岁的晁补之一进门，跪地就拜，口称弟子。苏轼没有拒绝，与他畅谈作文写诗的体会。

次日，微雨初霁，策马山行，东风吹去积云，溪泉汩汩流淌，一派田园风光。苏轼感慨道：“山野小民，生活简朴，欲望低微，若官府任他们各安其生，简直就宛若桃花源了。”说着，占诗一首。刚吟诵完，忽听一声尖叫，搭眼看去，一个农妇哭喊着要去跳河，被几个年轻人拦下了。晁端友吩咐随从上前打问，方知农妇的儿子拿着所贷青苗钱到城里赌博玩耍，全给败光了。苏轼叹了口气道：“当道的罪过啊！滥放青苗钱，年轻人拿到城里挥霍，怕是他们都学得城里人的口音了吧？”又占一诗，内云：“赢得儿童语音好，一年强半在城中。”又一日，从灵隐洞出来，遇到一位打柴的老翁，苏轼问：“老丈偌大年纪，还要劳作？”老翁道：“打些柴，好换盐吃。”苏轼黯然叹道：“倘若食盐不专卖，百姓就可以吃上低价盐，古稀老翁何需去打柴。”说完，占诗一诗，内云：“岂是闻韶解忘味，迩来三月食无盐。”

晁端友摇了摇头，觉得苏轼夸大了变法前乡村的太平景象。没有青苗法，照样有因为高利贷家破人亡的；没有新盐法，乡村老农也要上山打柴。他担心苏轼再写出露骨讥讽新政的诗作，只盼他早点离开新城，遂笑着吟出苏轼不久前所写《自普照游二庵》的诗句：“不如西湖饮美酒，红杏碧桃香覆髻。”

“哎呀！”苏轼惊叫道，“吉祥花会！”说着，吩咐备船，即返杭州。

沿途吟诗填词，到杭州后直奔吉祥寺。见了可久方丈，方知花会尚未举办，便以诗代简，敦请陈襄不要误了花期。次日上午，陈襄果然带着州署从事并官妓周韶、胡楚等十多人，兴冲冲赶来了。一见苏轼的面，陈襄就道：“我从子瞻的诗里，读到了牡丹的幽怨，就上紧赶来看望它们。”

苏轼大笑。

席间，推官吕穆仲问：“子瞻，此行又写了不少诗吧？拿出来共赏之。”苏轼已把在新城所写乡村见闻的五首诗汇集成《乡村五绝》，吕穆仲一提议，便毫不犹豫地把诗稿拿出来，请众人传阅。

众人读罢，都沉默不语。

士绅代表照例来献花，一位大脑袋士绅看到诗稿，眼前一亮，悄悄来到苏轼面前，附耳嘀咕了几句，苏轼思忖片刻，点了点头。

“子瞻，今日花会，是你发起，不能无诗吧？”陈襄笑问。

苏轼用余光扫了周韶一眼，感觉到她的目光也向他投来，似乎满是眷恋，又带些幽怨。他忙低下头去，提笔赋诗，内云："仙衣不用剪刀裁，国色初酣卯酒来。太守问花花有语，为君零落为君开。"

"哈哈，子瞻是为你心中的哪个美娇娘所赋啊？"吕穆仲打趣道。

苏轼的脸红了。这首诗是写给周韶的，意在告诉她，太守一直喜欢她，不可辜负。可当事人都在场，他生怕此意被窥破，不免有些紧张。为掩饰局促，忙举盏提议为太守敬酒，众人齐声响应。

陈襄问："子瞻，近来填词了吗？"

苏轼在返杭途中路过严子陵钓台，填了一首《行香子》，本想交给官妓唱，又怕陈襄逼他当场再填一首，遂摇手道："尚在练习中。"

陈襄不再勉强，命周韶、胡楚唱张先的词助兴。

花会傍晚方散，这次苏轼没有喝醉，只是微醺，走出吉祥寺，刚要上马，见周韶向他投来深情的一瞥，泪花在眼眶中打转。他忙转过头去，对陈襄道："太守，我想继续巡视属县，明日即赴於潜。"

於潜县在杭州之西，相距百里，苏轼坐船前往。不知为什么，此行没了诗兴，多日无诗作。这天游寂照寺，方丈惠觉在绿筠轩备好了笔墨纸砚，请苏轼赋诗。苏轼推辞不掉，望着窗外的翠竹，写了一首打油诗，内云：

宁可食无肉，
不可居无竹。
无肉令人瘦，
无竹令人俗。
人瘦尚可肥，
士俗不可医。

“好诗，好诗，必可流传千古！”惠觉拊掌道。

苏轼对“宁可食无肉，不可居无竹”之句也很满意，但他更看重的托事以讽的诗，却一首也没有写出来。

倏忽到了中秋，苏轼陪陈襄去钱塘江观潮。几个人坐在江边安济亭里，一边喝茶，一边等待着潮水的到来。但听轰隆隆的巨响由远及近，像是万面战鼓擂起，震耳欲聋。随着一堵白墙急速推进，涌潮到了眼前，掀起高耸的巨涛，形成陡立的水墙，似有万马奔腾之势，雷霆万钧之力，锐不可当。潮头已过，众人都回到了座位，苏轼还站在那里，蹙眉沉思着。他想到了农田水利法，纯属和大自然作对，脸上顿时露出嘲讽的冷笑。

“子瞻，填词嘛！”陈襄唤道。

安济亭内备着笔墨纸砚，苏轼提笔赋《瑞鹧鸪》词一首，又写《八月十五日看潮五绝》。众人一看诗中有“东海若知明主意，应教斥卤变桑田”之句，顿时鸦雀无声。陈襄转过脸去，议论起钱塘潮来，方打破了沉默。

苏轼没有随陈襄回城，而是转往临安县巡视。临安县令苏舜举到县界外太平寺迎接。他是苏轼的同年，一见面就忿忿然道："前几天到州城，竟被训狐押出！"

苏轼惊问："训狐是何人？"

苏舜举以为苏轼不知道训狐是骂人的话，解释道："燕子以日出为旦，日入为夕；蝙蝠则以日入为旦，日出为夕。两者争论不休，便去找百鸟之王凤凰裁决。走到半路遇一禽，对燕子道：'莫去了，凤凰正在睡大觉，都是训狐在权摄。'"

苏轼笑了笑，又追问道："因何押你出城？"

苏舜举道："我辟画得一规例，简明实用，前去呈本州诸官，皆不以为然，转运副使王廷老更是恼羞成怒，差急足押我出城！"

苏轼觉得苏舜举适才所说典故，就是现实写照，遂赋诗相赠，内云："奈何效燕蝠，屡欲争晨暝。不如从我游，高论发犀柄。"

苏舜举一看就明白了，此诗意在讥讽如今的天下，新党当道，黑白颠倒，是非不分。如果再引申下去，那就更可怕了，不禁吓出一身冷汗，悚然道："这些诗，切莫让新党中人看到。"

"哈哈，我巴不得他们看到。"苏轼轻松一笑道。回到驿馆，提笔给驸马都尉王诜修书，将诗作一并寄去。他离京赴任时，王诜赠送官酒十瓶、果子两筐及茶砖、香料、宣纸、墨锭、砚台、藤席和鲨鱼皮若干，他无以回报，只能寄诗了。一旦王诜收到他的诗，很快就可以在京城传开，这是他所希望的。

从临安回到杭州，尚未进家门，就被等在官舍外的一个年轻书生拦住了："苏学士，晚生恭候您很久了。"本朝凡有馆阁之职者，皆可称学士，故书生有此称。不等苏轼回应，又道："晚生是奉黄金屋书坊禹掌柜之命来候苏学士的。禹掌柜有命，一旦候到苏学士，即请到望湖楼去见面。”

“明白了。”苏轼点头道。黄金屋书坊禹掌柜就是今年吉祥花会上找他耳语的大脑袋士绅。看来，当时说的那件事，已经有眉目了。

第八章　红裙白酒

一

秋末的一天中午，苏轼在有美堂宴请同僚。因太守陈襄奉旨出州办差，苏轼受命权摄州政，为取得同僚支持，特设宴欢聚。长官举办宴会，包括周韶在内的官妓早早就到了，只有胡楚迟迟未露面，推官吕穆仲吩咐州校几番催促，她才匆匆赶来，脸上挂着甜甜的笑意。吕穆仲沉脸道："为何姗姗来迟？"胡楚支支吾吾解释一通，吕穆仲不信，要她实话实说，胡楚躲闪着吕穆仲咄咄逼人的目光，求救似的望着苏轼。苏轼看出来了，胡楚像是私下有了相好的，而吕穆仲钟情于她，因爱生嫉，非要逼问出个所以然来。为给胡楚解围，提议道："我方学填词，未拿出来唱过。去年路过严子陵钓台，填了首《行香子》，就让胡楚为诸位唱一唱。"说着，从袖中掏出一张文稿交给胡楚。吕穆仲见状，不好再纠缠，闭目听胡楚唱词："一叶舟轻，双桨鸿惊……但远山长、云山乱、晓山青。"

"好好好！"众人不时拍掌叫好。吕穆仲撇嘴道："词不像词，倒像诗，尤其不适合在酒宴上唱！"

苏轼大笑，指着胡楚道："乐师，唱柳永、张先的艳曲。"

周韶起身施礼道："奴唱柳永的《凤栖梧》吧。"说罢，含情脉脉地看着苏轼，低声唱道："伫倚危楼风细细，望极春愁。……衣带渐宽终不悔，为伊消得人憔悴。"

苏轼心里一颤，却故意大声道："太守刚走不几日，周韶就衣带渐宽了吗？"说完，仰脸笑了起来。余光里，看到周韶扭过脸去抹泪，他佯装不知，对胡楚道："你来唱首艳曲，以飨诸公。"

胡楚极尽妖冶，唱了一曲又一曲，众人脸红心跳，酒酣耳热，尽欢而散。

苏轼虽未喝醉，却甚感困倦，便到凉亭小憩。刚躺下，一阵香气袭来。睁眼一看，胡楚立在榻前。他不喜妖艳女子，胡楚则是妖艳女子中的极品，人送外号"九尾野狐"，苏轼对她一向敬而远之。他以为酒宴上为她解了围，胡楚来谢他，不料胡楚突然跪地，恳求道："苏太博怜香惜玉，奴就像在漫漫长夜里看到了曙光。"

"何意？"苏轼问。

胡楚道："奴遇一富商，两情相悦，他有意娶奴，奴请求苏太博准奴脱籍，嫁为人妇。奴风尘女子，遇到真爱不易，一旦错过，终生追悔。"说着，抹起泪来。

苏轼心软了，思忖片刻道："上道申状来。"

胡楚露出惊喜的神情，从怀中掏出一张稿笺，举在手里道："奴早已备好，请苏太博恩准。"

凉亭里备有笔墨，苏轼接过申状，提笔批道："五日京兆，判断自由；九尾野狐，从良任便。"

胡楚看罢，喜极而泣，跪地叩头，苏轼忙把她扶起，请出了凉亭。

第二天一早，苏轼刚进直房，州吏递给他一份文稿，是周韶的乞脱籍状，写得戚戚哀哀，颇是动人。苏轼很想准了她，可一想到陈襄对她一往情深，又犹豫了，思忖良久，提笔批道："慕周南之化，此意诚可矜；空冀北之群，所请宜不允。"

一盏茶工夫，周韶就找来了，眼角挂着泪花，柔声问："是苏太博不想让奴脱籍吗？"

苏轼支吾着道："这个、这个，胡楚脱籍，是要嫁人，你……"

"奴比胡楚还要长三岁，不该嫁人吗？"周韶盯着苏轼问。

"你要嫁谁？"苏轼反问。

周韶扭过脸去，幽幽道："奴仰慕某人，做他的侍妾也好、歌妓也罢，奴都甘心情愿；可他对奴避之唯恐不及。奴已想好了，既然仰慕之人不可即，奴就替他到寺院去礼佛。苏大官人，这下你该批准了吧？"

苏轼搓着手道："使不得，使不得！娇美可人，才艺俱佳，岂可与枯灯为伴！"

周韶摇摇头道："奴意已决。"

"这、这……"苏轼为难道，"待太守回来再说吧。"

周韶摇头道："官人应知，太守不会放奴走。"她突然对着苏轼行大礼，哽咽着恳求道："奴恳请官人成全。"

苏轼忙道："少安毋躁，我来想办法。"

过了几天，陈襄回来了。苏轼把胡楚、周韶的申状连同他的批语呈上，但答应设法帮周韶脱籍的话，他隐瞒未报，多少有些心虚，便有意躲着陈襄，生恐不小心说漏了嘴。偏偏陈襄喜热闹，杭州又是交通孔道，招待酒宴几无虚日，陈襄总是拉上他陪同。苏轼不得不找借口逃避。次数多了，陈襄写诗责备他屡不赴宴，苏轼作《述古以诗见责屡不赴会复次前韵》，勉强找理由请他谅解，内云：

我生孤僻本无邻，
老病年来益自珍。
肯对红裙辞白酒，
但愁新进笑陈人。

“子瞻，今晚宴客，你能不能去？”这天午后，陈襄把苏轼叫到直房，问道。

“哎呀，我头有些晕。”苏轼支吾道。

陈襄道：“可客人点名要见你。”

“谁？”苏轼问。

“苏颂。”陈襄答。

“去！必去！”苏轼忙道。

苏颂在担任中书舍人时，因缴还李定词头，被外放知婺州，改知亳州，途经杭州赴任。他是福建路人，早年在京城与苏洵相识，结为族兄弟，苏轼以族叔称之，关系亲密。一听苏颂来了，他兴冲冲赶到驿馆拜谒，叙了契阔，又附耳对他嘀咕了几句，才陪他到有美堂赴宴。

进了有美堂，一眼望见周韶一身缟素，楚楚可怜。苏轼上前问了一句，方知她的母亲过世了。官妓身份低贱，即使有丧也不能告假，还要强颜欢笑，为宾主助兴。苏轼甚是同情，给她递了个眼色，向着苏颂扬了扬下颌。周韶会意，投以感激的目光。

苏颂博学多才，于算法、地志、山经、本草、训诂、律吕等学无所不通，包括陈襄在内，众人都对他十分崇敬，纷纷向他敬酒，求教学问。周韶瞅准时机，起身给苏颂敬酒，含泪道："苏太守，奴年过三十，按制可脱籍从良了，恳请苏太守哀怜。"

陈襄一惊，刚要说话，苏颂指着挂在檐下的鸟笼，捻须道："老夫观乐师一袭白衣，就像那笼中的白鹦鹉，如果乐师能用它为题作首诗，我就答应帮你。"

周韶思忖片刻，口占道："陇上巢空岁月惊，忍看回首自梳翎。开笼若放雪衣女，长念观音般若经。"

"好诗！"苏轼大声道，"借物言志，情感真挚。"

"述古，怎么样？老夫替你做主了。"苏颂叫着陈襄的字道。苏颂是长者，陈襄不好驳他的面子，只得忍痛割爱，点头同意。苏轼为兑现了承诺而兴奋，拊掌大叫道："好！"

陈襄咬着牙，狠狠瞪了他一眼。

二

西湖的一艘游船上，飘荡着悠扬的琵琶声。苏轼的目光被弹琵琶的少女牢牢吸引住了。她的双眸清澈见底，乌黑的秀发精心梳成双髻，随着悠扬的音律抑扬顿挫，轻轻晃动着脑袋。苏轼望着她，刹那间陷入恍惚，仿佛那个在梦中惊鸿一瞥的红衣少女，竟真的穿越了梦境与现实的界限，站在他的面前。

"哎呀，初冬的天气还这样多变。"坐在苏轼身旁的晁端彦感慨道，"子瞻看，适才是雨后初晴，艳阳高照，可一盏茶工夫，又烟雨迷蒙了。"

晁端彦获任两浙路提点刑狱，巡按杭州，苏轼以好友身份邀他游西湖，还特意派人招来几名私妓助兴。谁知上船不久，他的注意力就被琵琶女所吸引，晁端彦说什么，他并未听到，只是习惯性"哦"了一声。

晁端彦觉察到了，在他肩上重重拍了两下，大声笑道："哈哈，子瞻，魂儿被哪位佳人勾走了？"

苏轼摇了摇头。他自谓缺少耐心，不善与女子缱绻，便是置身香国，也总喜欢站在腻热氛围外作看客。《湖上夜归》里说"尚记梨花村，依依闻暗香"、《与述古自有美堂夜归》云"凄风瑟缩经玄柱，香雾凄迷著髻鬟"，一看就是局外旁观者的态度。他也常有身老之叹，写有"老来厌伴红裙醉，病起空惊白发新"云云。可今日那弹琵琶的少女似自缥缈梦境中翩然而至，苏轼并非以美人佳丽视之，但觉她虽入红尘，却有超尘脱俗的气质。

苏轼抬头看了看天，目光掠过湖面，又落在琵琶女身上，提笔赋《饮湖上初晴后雨二首》。其中云：

水光潋滟晴方好，
山色空蒙雨亦奇。
欲把西湖比西子，
淡妆浓抹总相宜。

“好诗，好诗啊！”晁端彦惊喜道，“此篇一出，咏西湖诗中，可谓前无古人、后无来者矣。”

苏轼一笑。

“听说子瞻刻刊了一部书，叫什么《苏子瞻学士钱塘集》，有这回事吗？”晁端彦问。

杭州黄金屋书坊禹掌柜提出要为苏轼雕版印制一部诗集，苏轼爽快答应了。自决计传承文脉、对时政托事以讽以来，他就想让自己的诗作传播面更广。八月下旬从临安回到杭州，禹掌柜约他在望湖楼见面，让他看了排版，苏轼见《吴中田妇叹》等讥讽时政的几首新诗未收录，要他补进去，禹掌柜推说以后再出续集，苏轼未再坚持。不多时，诗集就在市面发售了。一听晁端彦问起此事，他笑了笑道：“逐利之徒为之，非我自己刻刊。”

晁端彦道：“子瞻，你的诗文、书画是可以换钱的，缺钱花了拿出去卖嘛！”

苏轼眼一瞪道：“君子不言利，美叔想让我做小人？”

晁端彦笑了笑，提醒道：“子瞻，避祸为上。”

苏轼一扬手道：“风光如此美好，不说烦心事，喝酒！”

随后的几天里，苏轼的脑海里一遍又一遍闪出琵琶女的形象，恍惚间分不清是在梦中还是在现实中遇到过她。这天下午，闭上眼睛坐在直房回味琵琶女吟唱“欲把西湖比西子，淡妆浓抹总相宜”时的情景，忽有州吏送来一张名帖，展开一看，是集贤校理、两浙路察访使沈括的。

沈括比苏轼年长五岁，中进士晚两科，学识渊博，好钻研天文地理，探究物理、医术等奇技淫巧，因拥护变法，为王安石所器重，得入馆阁，与苏轼彼此熟悉。作为察访使，特意递帖来，显然不是为了公事。苏轼略一思忖，嘱亲吏去请沈括到官舍做客。

半个时辰工夫，沈括就到了。苏轼在官舍门外迎接，见过礼，兴致勃勃地带沈括观赏他建造的两座假山。沈括面带惊诧地问：“都是子瞻新筑的？花了不少钱吧？”

苏轼有些失望，向内喊道：“搽粉的虞侯，出来祗应。”

两个妙龄女子应声而出，请沈括往西斋用茶。

这两个女子是苏轼的家妓。黄金屋书房禹掌柜为争取苏轼同意出版《钱塘集》，开口就说要给他两千两银子，苏轼坚拒。禹掌柜过意不去，为他买一妾，又送了两个家妓。侍妾名菱翠，两个家妓一名碧桃、一名榴花。沈括一见，笑道：“呵呵，京城士大夫常以家妓声容出众而夸耀于人，子瞻的家妓，想必艺压群芳吧？”

苏轼摆手道：“暂借，暂借。”

二人入座，碧桃、榴花殷勤奉茶，站在身后侍候。沈括夸张地咳了两声，苏轼会意，吩咐二人退出。沈括一脸庄重，对苏轼道：“子瞻，我离京陛辞时，官家嘱曰：‘苏轼通判杭州，卿其善遇之。’我们是朋友，故特把官家的话，转述给你。”

苏轼既意外又感动。以为皇帝对自己厌弃了，却原来还在记挂着他。一时激动，连连向沈括深揖。

沈括又道："子瞻哪，革新时代，人人振作，你的几位同年，都大显身手了呢！且不说吕惠卿、曾布在朝，成为新政有力推动者，便是在外为官的章惇、王韶，也足可名垂青史！"

章惇以荆湖北路、荆湖南路察访使，立下"开梅山"之功。洞庭湖之南，东起宁乡司徒岭，西抵邵阳白沙寨，北界益阳四里河，南止湘乡佛子岭，是瑶人的独立王国，并未归顺朝廷，部族之间也互不统属，为争夺土地和人口，战事不断。章惇软硬兼施，剿抚并用，不到两年，峒蛮献图纳土，朝廷新设沅州、诚州和若干县，纵横千里的湖南正式纳入皇宋治理。王韶则有开边之功。去年八月，在招抚蕃部取得重大进展基础上，王安石坐镇指挥，王韶率军进攻吐蕃，收复河、洮、岷等五州，拓地两千余里，受抚羌族三十万帐，这是开国以来军事上一次空前大捷。章惇、王韶都是苏轼同榜进士，二人的事迹，苏轼通过邸报多有了解。但章惇、王韶属于新党，苏轼把他们的作为列入"生事"范畴，情感上很是抵触。一听沈括以赞叹的口气说到这两位同年，苏轼便觉得话不投机，沉默不语，顾自品茶。

"若不是这些年行新政，像熙和开边这样的盛事，国库是断断支撑不了的。"沈括又感叹了一句。苏轼听不下去了，刚要唤家妓来唱曲，沈括把话题转到了养生上，问道："子瞻有何养生术可赐我？"

苏轼对各种药方、养生术颇感兴趣，喜欢尝试。沈括一提到这个话题，他便侃侃而谈起来。先说净慈寺僧人传授给他的“服生姜法”，再说他从一个乞丐打扮的道士那里听到的“养气啬神法”，最后还把苏辙书简中告诉他的“服气法”也说了一遍。二人正说到兴头上，州校奉太守之命来请。苏轼说了声“知道了”，却没有急于起身，继续与沈括切磋。

沈括见苏轼还有公务，不便久留，笑了笑道：“钱塘风物华美，子瞻名满天下，不知大作能不能录几首赐我赏读。”

“自不待言！”苏轼爽快道，起身拿出一册《苏子瞻学士钱塘集》相赠。沈括得了赠书，拱手告辞。

送走沈括，苏轼去见陈襄。进得直房，陈襄头也不抬，举着一份文牍道：“子瞻，谁让你心软。”苏轼接过公牍一看，愕然失色。

三

宜兴别称阳羡，隶常州，濒太湖，河流纵横，山清水秀，尤以荆溪最负盛名。熙宁七年仲春的一天，一艘小船沿着荆溪缓缓而行。苏轼站在船头，看着溪水澄清照人，两岸林木翠绿，顿觉头脑清明、心情开朗，他伸开双臂，大声道：“诚不我欺也！”说完，放声大笑。

他已经很久没有这样开怀过了。

去年十月，就在接待沈括的当日，苏轼接到公文，因不举驳孔目王文敏盗官钱，罚铜八斤。后来才知道，因为他让胡楚脱籍，推官吕穆仲耿耿于怀，当着转运使张靓的面，借着酒劲说苏轼看似文弱，实则胆大包天，权摄州政，就敢放走官妓，有孔目盗官钱也不举驳。苏轼对属于新党的张靓很反感，曾写诗讥讽他。张靓早就想抓苏轼的把柄了，遂上章纠举他，朝廷依律下达了罚铜八斤的处罚。两次到地方任职，两次受到罚铜处分，苏轼正郁闷间，转运司檄调他到常州、润州一带放粮赈饥。苏轼认为这是张靓在报复他，内心充满怨怒。但转运司的理由冠冕堂皇，他不能违抗，遂于十一月下旬冒雪启程，除夕之夜是在常州城外的官船上度过的。衾冷似冰，一灯如豆，苏轼不能入眠，赋《除夜野宿常州城外》二首，以“行歌野哭两堪悲”起句，处处含悲。病眼、苦思、霜重、残灯、孤舟、老、穷、愁、病这些字眼，无不充满冷寂愁郁色调；又感叹自己一生都要奔走宦途，顿生漂泊无归的惆怅。在润州拜访年过八旬的名士刁约时，赋诗发出“老去此身无处着”的感慨。在京口接到眉州堂兄苏不疑的书简，填《蝶恋花》一首相寄，内云：“白首送春拚一醉，东风吹破千行泪。”在为丁忧服除赴京注选的友人周邠的送行诗里也说：“天静伤鸿犹戢翼，月明惊鹊未安枝。”何处安家，一时成了他的心病。年后到润州，特意到堂妹小二娘家拜访，小二娘随夫君宦游，未能见到。到余杭临平镇访隐士陈烈、登惠山访钱道人，参金山寺宝觉、圆通二长老，都是为了疏解心中的郁闷。可只有到了宜兴荆溪，恍若入了桃花源，苏轼精神上才彻底放松。

“苏丈是想起与常州进士的鸡黍之约了吧？”站在苏轼身后的一个年轻人笑着问。他叫钱世雄，其父钱公辅是苏轼的同年，曾任天章阁待制、知谏院，因反对新法被外放，不久就去世了。刚进士及第的钱世雄在家守制。苏轼到常州后,应钱世雄之请撰写了《钱君倚哀词》,钱世雄很感激,随侍在苏轼左右。他曾听乃父说起过琼林宴上的鸡黍之约,所以听到苏轼的感慨,便这样问。

"那还犹豫什么?"站在旁侧的一个中年人道。他是苏轼的同年单锡,担任德兴县令,在家丁忧。

苏轼紧紧盯着单锡,叫着他的字道:"君赐,有件事,你若答应我,一举两得。"他本为"老去此身无处着"而烦恼;到金山访柳家,又添了一块心病:四年前,堂兄苏不疑曾托他为外甥女择婿,苏轼想把她嫁给司马光之子司马康未果,也未再关注此事。这次到柳家,得知外甥女迄今未嫁,托柳家为她择婿。外甥女已二十二岁了,照当下习俗,已经"失时",苏轼很是愧疚。一到宜兴,想起当年的鸡黍之约,便有意在此买田置业;又得知单锡丧妻,正可让外甥女做他的填房,所以便有一举两得之说。

单锡听罢,爽快答应,并邀苏轼到他在湖汊镇的家中居住。苏轼大喜,忙给堂兄苏不疑修书,请他派人把外甥女送来,由他送嫁。又由单锡陪同,在宜兴到处寻找合适的田产。

这天,几个人正在距单家不远处的黄墅村与人洽谈买地事,一匹快马疾驰而来,捧递给苏轼一个诗筒,是太守陈襄以诗代简,催他速返杭州的。诗中有"锦袍公子归何晚,独念沟中菜色民"之句。苏轼一笑,作《常润道中有怀钱塘寄述古五首》,如实相告:"莫怪江南苦留滞,经营身计一生迂。"他没有急于回去,继续在宜兴洽谈买地事宜,终于在张公洞买下百余亩田地。付了定金才想起自己宦囊羞涩,遂给驸马都尉王诜修书,向他借钱二百贯。直到五月初，把从眉州赶来的外甥女送嫁毕，才离开宜兴。

船到苏州，郡守王诲设宴招待。他与苏轼虽非旧友，但因同样反对新法，理念相合，去年底苏轼放粮路过苏州时，二人一见如故，诗词唱和，很是投缘。此番再过苏州，二人已是无话不谈。席散，王诲留苏轼在木兰堂密谈。

“京城发生重大变故，子瞻都听说了吧？”王诲问。

因去冬今春大旱，有饥民流落京城，群臣乘机诉新法之害，皇帝为之动容。安上门监门郑侠绘制《流民旱灾困苦图》献给皇帝，并上疏论新法过失，力谏罢王安石以谢天下。太皇太后曹氏、太后高氏也向皇帝哭诉，斥“王安石乱天下”。皇帝不得已，罢免了王安石的宰相职位，改任观文殿大学士、知江宁府。王安石离职前，奏请以拥护新法的韩绛为宰相、吕惠卿为参知政事，皇帝照单全收。变法之事没有因为王安石的罢相而终止。这些消息，苏轼在旅途中都听到了。听了王诲的话，他苦笑着摇了摇头，表示对时局不抱希望。

“我还听到个消息。”王诲压低声音道，“沈括去年察访两浙路，得到子瞻的诗作，认为诗文中对君相和时政多有讪怼，回京后签帖以进，请君相阅裁。”

苏轼愣了一下，旋即轻松一笑：“如此，不再担忧君相看不到我的诗文了。”

王诲一脸惊诧道：“子瞻如此淡定，钦佩！”说着，暧昧一笑：“在江南听软语多了吧？我给你找一个会唱豪放曲的官妓来陪。”扭头向外唤了声：“召秋蝉来。”

不多时，一个身材高挑的女子进来了，王诲引介道："秋蝉，新来的官妓，秦州人，善胡琴。"秋蝉一语不发，上前为二人斟酒。王诲不悦道："此乃苏子瞻学士，能陪他饮酒，是你的幸运。"

秋蝉"呀"的一声，眼睛里放出惊喜的光芒，欢快道："奴为苏学士抚琴助兴！"说着，抱起胡琴端坐于苏轼对面，双膝相抵，低下头去，屏息片刻，猛地向上一扬头，激越的琴声随之响起。她不时晃动一下身子，脑袋随着琴声摆动着，苏轼被她潇洒的动作迷住了，目不转睛地看着她。秋蝉察觉到了，嘴角挂着一丝笑意，动作越发流畅。

一曲终了，苏轼感慨道："观秋蝉抚琴，真是少有的享受啊！"说着，提笔写了首诗，送给王诲。但见上写着："爱君东阁能延客，顾我闲官不计员。"

王诲笑道："好啊，子瞻愿意留多久就留多久。"

四

熙宁七年六月十六日，下了一天的小雨，驱散了酷热；入夜，天放晴了，月光澄清明亮，路人省去了灯笼。晚饭后，两个骑马人悄悄出了州署，来到西湖边的"瑞云歌馆"前。苏轼向里一指道："述古兄，就是这里了。"陈襄点了点头，二人翻身下马。歌馆门外几个迎客的男女，有的为二人拴马，有的躬身引路，将布衣装扮的客人迎进一间雅致的包间。尚未落座，苏轼吩咐道："叫琵琶女小莲来！"

苏轼是六天前刚从苏州赶回的。从去年十一月到常润放赈，在外达七个月之久。早在二月底，放赈事宜就办完了，因为在宜兴买田、嫁外甥女，耽搁了几个月；到苏州遇到秋蝉，两人难舍难分，又留住十多天。一回杭州，方知陈襄已接到知应天府的告敕。一来太守屡次催促，他仍延宕几个月才回；二来陈襄要调走，苏轼便以朋友身份邀他到歌馆饮酒听曲。歌馆也属妓院的一种，多是老鸨花钱从苦寒之家买来的幼女或收留的孤女，自幼调教，学得一身才艺，十多岁即开始为客人抚琴唱曲。上次请晁端彦游西湖，苏轼对前去助兴的琵琶女念念不忘，今日特意带陈襄到此听她弹琵琶。因古有擅弹琵琶的小莲见诸史册，苏轼便以“小莲”唤之。

须臾，琵琶女被领进了房间，一见是苏轼，她的眼睛一亮，对他甜甜一笑。苏轼微微颔首，问起她的身世。陈襄摆手道：“歌妓的身世，还是不要问吧，都是妈妈教的。”琵琶女摇摇头，神色黯然。苏轼目光里满是怜惜。说话间，酒菜上来了，琵琶女为二人斟酒布菜，动作麻利，像个小大人儿。饮了两盏酒，苏轼吩咐：“小莲，弹琵琶来听。”

琵琶女走到窗前，倚窗而坐，抱起琵琶，纤手拨弄琴弦，边弹边唱，唱的竟是范仲淹的《苏幕遮》：“碧云天，黄叶地……明月楼高休独倚，酒入愁肠，化作相思泪。”

苏轼听得如痴如醉。一曲弹罢，陈襄指着琵琶女道：“子瞻，你看她小小年纪，唱到‘芳草无情’，还要皱一皱眉头，一定是老鸨教的。”

“怜煞人也，怜煞人也！”苏轼连连道。

“子瞻，这回该填词了吧？”陈襄激将道。到杭州一年多，他一直督促苏轼学填词，始终没有看到像样的词作，遂借机敦促。

苏轼提笔填《诉衷情》：

小莲初上琵琶弦。弹破碧云天。分明绣阁幽恨，都向曲中传。　　肤莹玉，鬓梳蝉，绮窗前。素娥今夜，故故随人，似斗婵娟。

陈襄阅罢，拊掌道：“嗯，这才是一首像模像样的词嘞！”抬头一看，苏轼若有所思，似乎没有听到他说的话。陈襄伸手拍了拍苏轼的肩膀，低声问：“中意她？”

“是我梦中的那个红衣少女。”苏轼喃喃道，像是自言自语。

陈襄又拍了他一下，指着笔墨道：“把赠我的那首词写下来，让她弹唱。”

自苏州回来，陈襄为他洗尘，苏轼因陈襄要调走，特填《虞美人·有美堂赠述古》相赠。他担心琵琶女不认得词中字，吩咐道：“小莲，弹《虞美人》曲吧，未必唱词了。”

琵琶女向苏轼投去感激的一瞥，弹奏起来。陈襄听罢，笑道：“年纪太小，不大懂人事，只是手指传曲而已。”

苏轼像吵架似的道：“弹这么好，还挑剔？”

陈襄盯着他打量良久，问：“子瞻，真的中意她？”

苏轼神情慌乱道：“我身在官场，却不愿做一个俗吏，总想超脱；她在红尘中，却有超脱凡尘的清纯气质。”

陈襄听罢，起身出去了。不大工夫，领着一个打扮妖冶的中年女人进来了，琵琶女迎过去唤了声“妈妈”。被唤作“妈妈”的女人拉着琵琶女的手道：“哎呀呀，奴婢调教她这么大，不容易嘞！既然太守发话了，奴婢就成全吧！”

苏轼恍然大悟，急忙对陈襄附耳道：“述古兄，你是知道的，我宦囊羞……”

话未说完，陈襄摇手道：“子瞻，欧公不是说了嘛，三十年后世人会忘记他，只知有苏子瞻。子瞻是名垂青史的人物，和你共事一年多，你写给我那么多诗词，价值连城，我无以为报，就以此相馈吧！”又一指琵琶女：“子瞻，给她取个名吧？”

苏轼略一思忖，道：“跟内人的姓，名朝云，字子霞。”

陈襄笑道：“够烂漫，还取了字，名与字交相辉映。”

苏轼抱拳一揖道：“多谢述古兄！”提笔赋《减字木兰花》：“琵琶绝艺。年纪都来十一二。拨弄么弦。未解将心指下传。
主人瞋小。欲向东风先醉倒。已属君家。且更从容等待他。”见朝云手足无措，嘱咐道：“今天太晚了，你收拾一下，明日即派人来接。”

朝云忽闪着两只眼睛，乖巧地点了点头。

陈襄知他是要回家和王闰之通报一下，以示尊重，也就没有再说什么。出了歌馆，正要上马，陈襄突然问：“子瞻，你的任期也快满了，下一步有何打算？”

苏轼答：“家弟子由在齐州，我想申请齐鲁之地差遣。”随即又自嘲一笑："时下是吕惠卿之流当道，会让我如愿吗？听天由命吧！"

五

仲秋的一天，苏轼在有美堂陪新任太守杨绘饮酒听曲。杨绘正眯着眼睛听官妓龙靓唱曲，忽觉杂音一片，厉声问："怎么回事？"龙靓一脸惊恐地指了指窗外。苏轼起身望去，但见一群蝗虫飞过，"渣渣"的振翅声盖过了弦乐。他惊叫一声："不好，蝗虫遮天蔽日！"

"都是新党造孽，惹上天发怒啊！"杨绘骂了一句。

年过花甲的杨绘是蜀地绵竹人，任御史中丞时与滕元发密谋相位事泄，大失圣眷，又因极论新法之弊，遂以翰林学士外放应天府，自此失去进取心，沉湎于醇酒妇人之好。六月接到知杭州之命，一路上游山玩水，八月中旬才到任。他一边大骂新党压缩公使钱，一边粉白黛绿，檀板金樽，宴饮无虚日。陈襄在时，苏轼就感慨"如入酒食地狱"，不料杨绘比陈襄有过之而无不及，他也只能咬牙相陪。杨绘不愿过问州政，一概委于苏轼。见蝗虫大批飞过，杨绘无动于衷，苏轼提议道："太守，当传令捕蝗。"

杨绘懒洋洋道："有劳子瞻了。"

苏轼告退，到直房起草公文，饬令属县捕蝗。因担心属县捕蝗不力，稍事整备，就赶往临安督导。

一路上，蝗虫上翳日月，下掩草木，遇其所落，田野萧然。苏轼心急如焚，日夜奔波于田间，一连走了三个县，每天都重复着同样的事，体力渐渐不支，不得不乘马车在山路上颠簸。这天，马车行之临平、於潜之间的浮云岭，苏轼觉得浑身酸疼，头昏脑胀，耳边响起杨绘那句“都是新党造的孽”的话，新党惹得天怒人怨，他却像厮役般为其驱使，一股怨气顿时涌上心头，真想杀马毁车，拂袖而去。“停车！”他喊了一声。马车停了下来，苏轼喘了一会儿粗气，渐渐冷静下来，自嘲竟然生出杀马毁车的冲动，提笔赋《捕蝗至浮云岭山行疲苶有怀子由弟二首》，心中的幽怨像是倾倒出来了，吩咐继续赶路。

九月初二到临平，尚未歇脚，杨绘派州校送来告敕：“太常博士直史馆苏轼权知密州军州事。”苏轼很是惊喜。陈襄在瑞云歌馆前问到他下步打算的次日，苏轼即上《乞齐鲁差遣状》。他对此本不抱希望，谁知朝廷满足了他差遣到齐鲁的请求，还让他守一郡。半个月来奔波野外的辛劳和心中的怨怒，顿时一扫而空。

回到官舍，得知苏迨因日夜发烧不退，只好住到候潮门外王复秀才开的医馆。苏轼急忙赶过去，苏迨的烧已经退了。苏轼看着院中两棵粗大挺拔的桧树，好奇地问王复：“两桧树干笔直，耸入云天，扎入地下的根也是直的吗？”

王复摇了摇头，笑道：“地上的人，还真不知地下什么样。”

苏轼顿时来了诗兴，索笔连赋《王复秀才所居双桧》两首。王复连连称谢。可看到“根到九泉无曲处，世间惟有蛰龙知”之句，他有些紧张，嗫嚅道：“把九泉和龙联系在一起，不会引起误解吧？”

苏轼大笑："以桧喻人，赞美刚正不阿、表里如一的风节，不必担心！"

王复这才松了口气。

回到州署，杨绘借苏轼要调走之机，安排了一连串的饯行宴。先是在中和堂、有美堂，再到西湖官船，重阳节到孤山。盛情难却，苏轼只得听从安排。一场又一场酒宴，一首又一首赠别诗词，让苏轼难以招架，填《南乡子》词云："何日功成名遂了，还乡。醉笑陪公三万场。"惜别中带着几分无奈。

正在为苏轼饯行，刚到任一个月的杨绘又接到告敕，调朝廷任翰林学士、知制诰，众人遂又为杨绘饯行。

饯行宴一连举办了二十来天，苏轼才与杨绘联船北上。前辈词人张先等同船送行，依依不舍。一路上不断有友人迎候送行，苏轼又特意绕道湖州去会接替孙觉知湖州的李常，行程一再耽搁。

船到苏州，王诲设宴饯别。秋蝉借为苏轼斟酒之机，哽咽地问："这回去了，还会不会再来？"此言一出，苏轼的眼圈红了，赋《阮郎归》相赠，内云："佳人相问苦相猜，这回来不来？情未尽，老先催。"秋蝉读罢，泪珠顺着两颊滚落下来。苏轼不舍，又在苏州逗留多日。临别前，秋蝉送至阊门码头，苏轼又赋《醉落魄》，内云："惟有佳人，犹作殷勤别。"

王诲读罢，向苏轼挤了挤眼睛："子瞻不必伤感，后会有期。"

一路宴饮，到京口已是十一月初了。杨绘急于赴京，苏轼让马梦得搭船回雍丘去，又赋《醉落魄》赠别杨绘。杨绘接过一看，竟有"尊前一笑休辞却，天涯同是伤沦落"之句，颇是刺眼，嘀咕道："似有不祥之兆。”苏轼只顾与来迎的孙洙等人说笑，没有听到。

老友孙洙由知海州调京主持三班院，在此已等候多日，送走了杨绘，即请苏轼来到甘露寺欢聚。进了宴客厅，孙洙先向苏轼引介一个年轻人，是苏轼当年参加制科试时的主考之一胡宿的孙女婿李之仪，赴任四明县途中，特慕名绕道来谒。席间，众人赋诗填词，李之仪填《卜算子》，内云：“我住长江头，君住长江尾。日日思君不见君，共饮长江水。”众人传看，举座皆惊。苏轼阅罢，击节赞叹：“可与黄庭坚、张耒、晁补之比肩者，李之仪也！”看他的眼神里，充满欣赏与爱惜。

在润州欢聚了十来天，临别时，苏轼私下问孙洙：“执行新法违心，不执行新法违令，老兄做郡守时，是如何对待的？”

孙洙道：“知道傅尧俞吧？他因反对新法，由谏官外放通州。到任后执行新法很卖力。人问其故，他说：‘君子要根据所处的职位来行事，我在朝反对新法，是谏官尽言责；做了郡守，就应严格执行法令。’这是为官之道。”

苏轼冷笑一声，沉默了。

由润州转往海州，已是十一月中旬了。知海州陈汝羲任眉山令时，苏轼丁母忧，与他多有交往，在此相聚，不禁感慨，赋诗数首，又流连多日。本欲顺清河先到齐州与苏辙团聚，只怪路上耽搁太久，河道已结冰，且上任时限已到，苏轼不得不改变计划，自海州陆路赶往密州。

马车刚出了城门，忽见有快马从后面追来，骑马人高声喊道：“苏太守，稍候——”

第九章　灰炭明月

一

密州东靠大海，南近九仙山，北有牢山，下辖诸城、高密、胶西、莒、安丘五县。城郭呈倒“凸”字形，州署在北城，诸城县衙所在的南城倍于北城，南北城之间，筑有一道隔墙。

熙宁七年十二月初三日，州署都厅里，大小官吏谒见新任太守的仪式一结束，权摄州政的通判刘廷式向苏轼交政，说了四件事：第一件事，实行手实法。由参知政事吕惠卿兼领的司农寺颁敕，不执行者论罪。第二件事，朝廷正在讨论在京东实行食盐专卖，要求各府州预为准备。第三件事，组织属县，发放青苗贷款。第四件事，捕盗。

苏轼听罢，脑袋“嗡”的一声，禁不住一阵眩晕。赴任途中，他反复考虑主政一方该如何施政，孙洙向他传授了“为官之道”，苏轼自知做不到，作《沁园春》词向苏辙吐露心声：“用舍由时，行藏在我，袖手何妨闲处看。身长健，但优游卒岁，且斗樽前。”可是，眼前的四件事，哪一件都不轻松，让他优游卒岁、饮酒养生的美梦破灭了。沉吟良久，才吐了口气道："前三事先放放；捕盗事，照例张贴榜示，发动百姓，提高赏格，悬赏缉盗。"又问："捕蝗之事，为何只字未提？"

刘廷式答："时下已是严冬，蝗虫不捕自亡，故而……"

"不对！"苏轼打断他，口气严厉道，"我一入州境，就看到有百姓用蒿草焚烧蝗虫，特意向老农请教，告曰：如果干旱持续，虫卵明春即生成蝗虫，故而蝗虫无论死活，务必深埋或烧掉。有鉴于此，当鼓励百姓灭蝗，交一斛蝗虫，奖励粮食若干。如此，既可赈济饥民，又可灭蝗，一举两得。"

刘廷式露出钦佩的目光，一歪脑袋道："我这就去起草榜示。"

苏轼又问："有没有上章请求朝廷免秋税？"

刘廷式答："监司早前有奏，说蝗虫不足以成灾，不必乞免税。"

本朝各路非一级官府，所设转运司、提点刑狱司、提举常平司除各有职守外，同时具有监察本路州县官吏之责，统称监司。朝廷为推行新法，多选拥护新法者出任。苏轼对监司早有怨言，此时更是怒不可遏，瞪眼道："我在杭州，亲见蝗虫遮天蔽日，所到之处，寸草不留。蝗虫来自西北，密州只会比淮浙还要严重，竟说蝗不为灾！"他越说越激动，一拍书案道："只说上头爱听的话，不顾百姓死活，都是小人！"又一指刘廷式，"草拟一道免秋税的奏疏。"

刘廷式领命而去，苏轼起身，烦躁地在都厅踱步。手实法是吕惠卿所定，要百姓自报家财，据家财多少课税，财产多者多缴税、多承担徭役；如有隐匿，奖励告发。且不论此法是否可行，仅官府鼓励告发之举，就令苏轼不齿，他不想执行；青苗法争议最大，苏轼在杭州时就写诗讥讽，如今要他实施此法，心有不甘；京东两路本不行食盐专卖，赴任途中他还暗自庆幸，不意刚到任就接到这样的噩耗，禁不住暗骂新党多事。可一州之长拒绝执行朝廷律令，道理上说不过去，一时不知如何应对。做通判时羡慕郡守有支配权；真做了郡守，又羡慕通判不必为施政发愁。思忖良久，理不出头绪，一顿足道："不想了，大不了去阳羡种田！"这样一想，顿觉有了底气，一下子放松了。

"太守，到城南看看?"这天，通判刘廷式笑眯眯地对苏轼道。

苏轼明白刘廷式的意思，骑马出了州城。灭蝗榜示一出，百姓踊跃，诸城令特意在城南挖了几个深坑，用于掩埋蝗虫。出了城门，远远就看见黑压压的人群。到跟前一看，都是来缴蝗虫的百姓。大坑里倒满了蝗虫。苏轼一指道："若不深埋，明年还有庄稼吗?"正得意间，忽有州校来禀：监司派员来巡察手实法实施进展。

"多事！"苏轼抱怨了一句，打马转回州署。不大工夫，刘廷式带着巡察使进了苏轼的直房。寒暄过后，巡察使转入正题，询问手实法实施进展。苏轼漫不经心道："眼下忙于灭蝗赈灾，别的事只能先放放。"

巡察使不悦，拿出司农寺公文，晃了晃道："依照此文，若不按时完成各项事宜，当以违制论罪，判刑二年。"

苏轼勃然大怒："违制？司农寺公文敢称制？这是越权立法，违制的是司农寺。本州要上奏朝廷，辨明是非！"

巡察使被苏轼的气势震慑住了，尴尬一笑道："嘿嘿，太守且从缓。”说完，起身道：“本使还有急事，告辞！”

“太守刚健！”刘廷式望着巡察使的背影，赞叹道。又叹了口气道：“还有一件棘手的事。依照方田均税法，根据土地多少、质量优劣定税额。富人一下子多缴很多税，怨声载道，甚至拒绝缴纳。已经是年底了，税额刚完成一半。”

“都是新党惹的祸！”苏轼喘着粗气，提笔给宰相韩绛上书。当年他考进士时，韩绛是考官之一，有师生之谊；他在凤翔时与太守陈希亮龃龉，远在成都的韩绛听说后，曾致书欧阳修请他设法将陈希亮调离。苏轼铭记在心。时下韩绛做宰相，本是推翻新法的良机，可司马光在西京埋头写史，韩琦、富弼衰病交加，竟没有带头呼吁废新法的旗手了。他只能义无反顾冲上去了。书简先述新法之弊。说到手实法，书言：“独恃告讦……岂吾君敦化、相公行道之本意？”说到方田均税法，书言：“税之不均久矣，而民安其旧。”如今非要富户多缴税，不是制造矛盾吗？说到京东两路食盐专卖，恳请韩绛“救之于未行”。最后吁请韩绛设法说服皇帝，改弦易辙。写毕，连同《乞免密州秋税状》，一并封发。

刚喘了口气，忽有禁军指使送来急件。打开一看，是驻扎青州的禁军三班使写来的。三班使率士卒数十人追击盗匪入密州境，请求协助。苏轼阅罢，一阵兴奋，传令召集州校、逻卒。不多时，他身披斗篷，手提短剑，跨马来到校场，率几十名州校、逻卒先行，由前来接洽的指使带路，直奔牢山方向而去，刘廷式奉命备辎重追赶。

盗匪仗着谙熟地形，神出鬼没，苏轼与禁军在山林里追逐了三四天，也没有见到他们的影子。正说要与三班使谋划方略，得知盗贼已出州境，苏轼只得怏怏而归。一路上，访问士绅、咨询老校，方知密州一带民风剽悍，盗贼猖獗。他着急起来，对刘廷式道："行新法导致盗贼四起，再实行食盐专卖，后果不堪设想。"不待回城，途中写成《论京东河北盗贼状》，先说新法和食盐专卖导致盗贼横行，又结合历史，希望皇帝废除新法，回到清静无为的轨道。写毕，嘱咐刘廷式："回去把数据核对一下，即誊清封发。"

刘廷式阅罢，劝道："听说太守是因谏阻新法被排挤出京的，要上这样的章奏吗？"

"在杭州三年，未向朝廷进一言；如今我主政一方，认为朝廷政策害民的，不得不说。"苏轼以不容置疑的口气道。

刘廷式笑了笑道："说不定官家是希望太守到地方后，看到新法实施效果，能改变立场；而太守却呼吁官家改变立场。"

苏轼不悦道："我不会揣摩，更不会迎合，心里怎么想就怎么说！"

刘廷式微微皱了皱眉，不再说话。

进了州城，苏轼径直回官舍，在门前下了马，大声喊道："秋蝉，抚琴来听！"连唤了几声，秋蝉没有应答，见长子苏迈迎出来，他沉着脸问："秋蝉呢？"

上个月，苏轼刚出了海州城，就有苏州州校追上，带给他一个惊喜：苏州太守王诲特批秋蝉脱籍，送给苏轼。一郡之守都是有几个家妓的，在杭州的两个家妓已退给了黄金屋书坊的禹掌柜，所以苏轼就把秋蝉收下了。他觉得密州荒凉，适合听激越的胡琴，心情烦躁时，就要秋蝉抚琴。

苏迈禀报道："阿娘带人到后厨祭灶去了。"

"我想吃鲈鱼脍，不想吃瓮饭。"六岁的苏迨跟在哥哥身后，嘟哝道。三岁的苏过仰脸看着二哥，又看看父亲，奶声奶气道："吃鲈鱼脍。"

杭州是鱼米之乡，在杭三年，家人享用的是洁白晶莹的大米、河鲜海味、各样菜蔬。饮食考究的苏轼还指导厨娘制作了一道谓之鲈鱼脍的美味。可是，密州乃荒瘠的桑麻之野，物产本就不丰，加上旱灾蝗祸，又是冬季，食材匮乏，只能吃粟米饭就酸酱，最好的伙食也不过粟米下埋些羊肉，以瓮焖熟，谓之瓮饭。苏轼常常难以下咽，更别说孩童了。听了两个儿子的话，他鼻子一酸，拍了拍苏迨的大长脑袋，默默进卧室更衣。

脱掉官袍，忽见上面有血，忙喊："快来人——"

二

除夕夜，窗外寒风呼啸，破旧单薄的墙壁透出凛凛寒气。摇曳的烛光下，两只老鼠在卧室跑来跳去。苏轼盯着看了半天，又把目光转向火盆。唤了一声："老萧——"老萧正倚在屏风旁打盹，听到唤声，猛地惊醒了，身子一歪，把屏风撞开了一条缝。苏轼指着火盆道："老萧，你看我的余生，是不是像埋在灰中尚未烧尽的木炭，就这样默默化为灰烬？"

老萧茫然不知如何回答。苏轼索笔赋诗："龙钟三十九，劳生已强半。……此生何所似，暗尽灰中炭。归田计已决，此邦聊假馆。”

那天追逐盗匪回来，更衣时忽见殷红鲜血，王闰之断定是生了痔疮。传来医官诊治，涂了些药膏，嘱他卧床休息。本就心情烦闷，卧床后越发情绪低落，感到未来一片灰暗，连过年也提不起精神。直到初九这天黎明，看到外面飘起了雪花，才下了床，带朝云、秋蝉到州署后的北台赏雪。来到残破的土台上，挥笔在台壁题诗二首，便命朝云弹琵琶。刚弹了一曲，秋蝉噘嘴问："郎君不爱听胡琴了吗？"

苏轼没有回答，仰天一叹道："后悔啊！"

秋蝉花容失色，含泪跑下台去。苏轼让朝云去唤她，朝云扭动了一下身子，做出拒绝的表示。苏轼忙下了北台，回到官舍，把秋蝉唤到书房，解释道："秋蝉误会了我的意思。我说后悔，是指不该乞朝廷把我差遣到密州来。想想看，远离了湖光山色的美景，来到桑麻丛生的荒野，出行没有了乘坐舟船的舒适，而要承受骑马的劳累；住处没有了雕绘墙壁的华宅，蔽身于粗木建造的简陋屋舍；饮食没有了鲜美的鲈鱼海虾，而以粗糙的粟米充饥。这不是自讨苦吃吗？"

秋蝉抹了一把泪，问："那你喜欢听琵琶还是胡琴？"

苏轼答："我喜欢江南。"

这是搪塞秋蝉的，却也是他的心里话。上元节晚上，抱病与民同乐，填《蝶恋花》词，把"帐底吹笙香吐麝"的杭州上元夜景和"火冷灯稀霜露下"的密州上元之夜加以对比，发出了"寂寞山城人老也”的感慨。或许是把朝云看作是江南的化身了，一连几天，他都没有听秋蝉抚琴，总是让朝云为他弹琵琶。

“郎君，你要是厌倦了秋蝉，就让秋蝉出家吧！”这天晚上，秋蝉找到书房来，抹泪道。苏轼明白了，她是在和朝云争宠，不觉暗自好笑，便道：“不许再说这样的话！”

上元节式假结束，苏轼一到州署，就接到邸报，见上面赫然刊登着在河北路和京东两路实行食盐专卖的敕书。他把邸报“啪”的一声摔在书案上，骂道：“新党祸国！”又自语道：“不能就此罢休！”想到曾对自己寄予厚望的元老文彦博，是当下持重有影响力的人物，遂提笔给他上书，力辩京东民风剽悍，食盐专卖，祸不可测，恳请他提请朝廷收回成命，防大患于未然。封发了书简，苏轼突然觉得疲惫至极，便起身回官舍休息。刚进家门，三岁的苏过跑过来，拉住他的长袍，撒娇道：“爹爹陪，玩磨喝乐。”

苏轼不耐烦道：“去去！”

苏过吓了一跳，“哇”的一声大哭起来。王闰之闻声跑过来，抱起苏过，边走边道：“娘的痴儿，没有看见阿爹正烦吗？”说完，把苏过递给任妈，进后厨用托盘端出一壶酒、几样小菜，送到书房，往书案上一放，嗔怪道：“孩子痴，你比他还痴！愁也是一天，乐也是一天，何必愁眉不展呢？喝盏酒宽宽心吧。”

苏轼不好意思地笑了，看着王闰之道：“你比刘伶他老婆好，刘伶他老婆总怪刘伶喝酒费钱，不让喝，你却主动端酒来。”说着，提笔赋《小儿》诗一首：

小儿不识愁，

起坐牵我衣。

我欲嗔小儿，

老妻劝儿痴。

儿痴君更甚，

不乐愁何为。

还坐愧此言，

洗盏当我前。

大胜刘伶妇，

区区为酒钱。

写毕，解释给王闰之听。王闰之听罢，笑着忙活计去了。望着她的背影，恍然间仿佛看到了王弗。王闰之适才那番话和说话的语气，真像王弗啊！十年了，王弗还是那么年轻吧，而自己已老，真的遇到了，她也认不得了吧？她长眠在故乡，知道我漂泊于此吗？这样想着，他的眼圈红了。

自腊月底患了痔疮，苏轼就独自搬到书房居住。入夜，整座城市寂静得让人读不了几页书，就昏昏欲睡。朦胧中，突然看到王弗正坐在窗前梳妆，他想跑过去找她，却怎么也迈不开腿，忽地用力一蹬，被子被蹬到了床下，苏轼惊醒了，原来是做了一个梦。他坐起身，四周一片漆黑。

“这就是我当下的境遇吧，陷进精神和物质的双重困境里，看不到亮光。”他自语着，心中无限凄凉。又暗自思忖：王弗托梦来，是放心不下我和迈儿吗？或者，长眠于千里之外的她感到了孤独？十年了，没有为她写过一首诗，填过一阕词，她该不会怪我吧？这样想着，一首《江城子》不期然构思出来了。他翻身下床，披上棉袍，点着了蜡烛，提笔写道：

十年生死两茫茫，不思量，自难忘。千里孤坟，无处话凄凉。纵使相逢应不识，尘满面，鬓如霜。　　夜来幽梦忽还乡，小轩窗，正梳妆。相顾无言，惟有泪千行。料得年年肠断处，明月夜，短松冈。

放下笔，又读了一遍，两行热泪“扑簌簌”滚落下来。泪眼迷离中，王弗的身影在眼前晃动了一下，倏地消失了。他把棉袍穿好、扎紧了，感到暖和了许多，起身在室内踱步，自语道：“王弗如果还活着，一定不愿看到我‘暗尽灰中炭’的人生状态。在凤翔时，她就劝导说，要学会从痛苦中解脱出来。或许，王闰之说的‘愁也是一天，乐也是一天’的话，是王弗托梦让她说的吧？”他在火盆旁坐下，托腮沉思起来。

第二天一到直房，苏轼就把通判刘廷式招来，嘱他两件事：第一件，把密州境内历史名人遗迹列出，画出路线图。第二件，派人到安丘、高密山中伐木，整修官舍和北台。考察历史遗迹，从先贤身上获得人生启迪，是他昨夜思考的摆脱困境、解脱自己的对策之一；而治园圃，洁庭宇，使之焕然一新，则是另一个对策，仿佛通过此举，就可以一改“暗尽灰中炭”的灰暗状态。刚布置完这两件事，州吏送来了邮件，是苏辙自齐州寄来的《注华严法界观门》。苏轼一见，激动得嘴唇颤抖。到底是手足，最了解他的心思。昨夜，作为解脱困境的对策之一，就是读《庄子》和佛经，最想读的，正是这部书。他捧在手里摩挲了几下，迫不及待地打开读了起来。

“太守，出事了！”通判刘廷式进来，神色慌张地禀报道。苏轼沉浸在宗密构建的“法界”里，像是没有听到。刘廷式上前几步，提高声调道：“太守，出了人命大事啦！”

苏轼猛地抬起头，问：“怎么回事？”

三

苏轼端坐大堂，高喊一声：“带苦主——”

随着衙役“威——武——”的唱喊声，前来告状的吴明低头进来了，高举诉状，跪地喊冤。书手将诉状接过，捧递给苏轼。苏轼只看了几眼，“唰”地扔到地上，一拍书案，大声道：“岂会有此等事，赶了出去！”吴明大喊冤枉，苏轼向外一摆手：“赶出去！”

两个衙役上前，架着吴明的胳膊就往外拖，吴明大骂：“昏官！狗官！我要晋京敲登闻鼓，连你这狗官一并告了！”

苏轼一笑，向站在旁侧的通判刘廷式使了个眼色。

过了两天，刘廷式禀报：“到了。”

苏轼点了点头，进了都厅。官军头领三班使被领了进来，苏轼大声喝道：“尔可知罪？”

三班使大惊：“不是说太守要请我辈宴饮吗？”

年前追捕盗贼的十几个禁军，几天前重返密州界，声称一个叫吴明的大户人家藏匿违禁兵器，以搜查为名，将值钱物件抢掠一空。吴明率族人要抢回，双方展开打斗，族人死伤多人。事涉官军，如不智取，恐有不测，苏轼遂设下一计，故意说不信有此等事，惹得苦主大骂。官军得到消息，松了口气，刘廷式奉命前去接应，以太守宴请为名把他们带到州署，先把领头的三班使单独请进大堂。

苏轼一看三班使惊愕的样子，得意一笑道："不那样说，贵使会到堂听审吗？"说罢，传苦主吴明上堂诉讼，再带证人前来作证。三班使抵赖不得，只得认罪。苏轼吩咐押进大牢，牒京东东路钤辖，请依军法治罪。

办完了这件事，苏轼带着好心情，赴安丘县寻访盖公遗迹。

盖公是汉初人，笃信黄老之学。曹参为齐相，访求治国策，盖公言："治道清净，而民自定。"曹参纳其言，齐国大治。后曹参入朝接替萧何为相，萧规曹随，清静无为。苏轼正以无为而治对抗朝廷的变法，急于拿盖公做文章。只惜年代久远，在盖公山走访大半天，也未寻访到盖公后人和遗迹。苏轼不甘心，下了盖公山，就与刘廷式商量，决定在州署黄堂之北空地上建座盖公堂，以示尊崇。

披着落日余晖来到西城门，忽见城墙根处有一簇野草，高达两三尺，苏轼好奇地问："那棵野草叫什么？"

跟随在侧的老吏答："杞菊，本地人也叫野蒿。"

苏轼跳下马，快步走过去，弯腰拔了一棵，举在手里道："唐人陆龟蒙有《杞菊赋》，说此草可食，我本不信，今日既遇上了，何不采回去试试?”说着，沿着墙根四处寻觅。

众人也都跟了上来，走出约莫半里路，忽听一簇枯草中传来微弱的嘤嘤声，苏轼慢慢走过去查看，竟是破布包裹着的弃婴。他忙双手托起，抱在怀中，连声道:“作孽啊，作孽!”

老吏走过来，接过弃婴道:“连遭灾荒，不忍看着自己的骨肉死去，只得出此下策。”

苏轼望着奄奄一息的婴儿，心疼道:“抱到城里，找个人家收养了吧。”

老吏摇头道:“自顾不暇，哪有人愿收养。”

苏轼恨恨然道:“万方有罪，罪在新法!”

老吏嗫嚅道:“过去遭了灾荒，也……”

刘廷式瞪了老吏一眼，老吏把后面的话咽了回去。

苏轼问:“用以救急的劝诱米，州仓还有多少?”

刘廷式答:“要修葺官舍、北台，还要建盖公堂，已不足支取。”

苏轼决断道:“修葺北台，先停下;再饬各属县，把仓中劝诱米都集中起来，凡收养弃婴者，每月给米……”顿了顿，问刘廷式:“给多少为宜? 多了没有，少了不足以劝诱。”

刘廷式默算了片刻，伸出大拇指和小拇指比划了一下，苏轼点头道:“每月给米六斗，以一年为期。”

老吏不解地问:“为何只给一年?”

苏轼解释道:“养一年，就与弃婴有了感情，官府不给米，也不忍丢弃了。”又吩咐刘廷式:“明日即发动州县官吏，寻捡弃婴。”

次日榜示贴出，苏轼亲自出面，一边沿城墙采杞菊，一边寻找弃婴。十多天时间，共捡到弃婴四十名，连同劝诱米，分送有意收养的人家。

寻找弃婴的事已了结，可苏轼还不时到郊野采杞菊。这天，他又拉着刘廷式去一个废圃采，刘廷式试探着道："太守此举，必有用意。"

苏轼笑而不答。

这天散班，刘廷式以为苏轼还会拉他去采杞菊，可等到天黑也没有看到他的人影。一连好几天，也不再提采杞菊之事。刘廷式很是纳闷，便到直房去探问。一进门，苏轼就举着一叠文稿道："文章做好了，不必再去了。"

刘廷式接过一看，是一篇《后杞菊赋》。匆匆浏览一遍，笑了笑道："明白了，嘲讽新法和新党的。"

"何以见得？"苏轼故意问。

刘廷式答："太守只是以食杞菊之事作引子，来引出'仕宦十有九年，家日益贫，衣食之奉，殆不如昔者'的境况；又以堂堂太守不得不采杞菊以充饥的事例，辛辣嘲讽新法、新党不顾官吏死活，一味压缩公使钱。"

苏轼收敛笑容道："祖宗旧制：根据州县主官官品之高下、妻孥之多寡，拨付丰厚的公使钱，用于主官与僚友宴饮、款待过往官员甚至馈赠友人、补贴家用。可王安石当国，却不管不顾，大力削减公使钱。我曾在《上皇帝书》中说，士大夫离乡背井到各地做官，治事之余，也想快活，这是人之至情。压缩公使钱，非太平之盛观。当年陶渊明一个县令，以公田二顷种高粱酿酒；如今身为皇宋郡守，只能岁酿百石，何以醉宾客？岂不有悖祖宗厚禄养士初衷？”

刘廷式肃然道：“太守屡次上书无果，只好拿起手中的笔，嬉笑怒骂，予以嘲讽。这篇《后杞菊赋》，便是以自嘲方式以讽新法，以古人重养士衬托当今对官员刻薄寡恩。”

苏轼没有回应，起身道：“去看看盖公堂进展如何。”刚走到门口，差一点与州吏撞上。州吏闪身退到一旁，把新到的邸报递上。苏轼扫了一眼，惊讶地“啊”了一声。

四

苏轼望着门楣上“盖公”二字，仿佛见到了久违的亲人，满肚子话想向他倾诉。伫立良久，一篇文章已构思成熟，遂快步回到直房，只用了半个时辰，七百余字的《盖公堂记》就写成了，吩咐州吏送通判刘廷式，照此刻石，立于盖公堂前。

刘廷式阅罢，神色紧张地找来了，缩了下脑袋道：“宣扬治国之道当清静无为，与官家的革新求治精神背道而驰；且‘三易医’之说，似有讽刺朝廷再起用王安石之嫌。刻石立堂前，合、合适吗？”

写成《后杞菊赋》那天，忽从邸报上看到王安石复相的消息，苏轼吃惊之余，多方打探消息，听到传闻：参知政事吕惠卿野心膨胀，极力排挤宰相韩绛；借办理郑侠案的机会，陷害王安石的弟弟王安国；又兴起李士宁谋反案，试图倾覆王安石。韩绛自知不是吕惠卿的对手，秘密奏请召回王安石。皇帝接受了韩绛的提议，召王安石复相。接到制书，王安石一改往昔三番五次推辞的做派，立即启程晋京，复相视事。这预示着，苏轼寄希望于韩绛说服皇帝改弦易辙的想法落空了。愤懑之下，在《盖公堂记》里，编造一则寓言：一个本无病之人却无病呻吟，胡乱求医用药，三易医的结果，招来的是百病缠身；接着把汉朝遵循盖公"治道贵清净"的主张而天下大治的历史简述一遍；最后略记建堂原因。刘廷式觉得苏轼如此嘲讽朝廷，有些过了，才劝他不要刻石。

苏轼不悦道："难道要我借机为新法歌功颂德吗？"

正说着，州吏送来一道文牒，是京东东路转运使来檄，责密州不执行手实法、青苗法，要求立即纠正。

"手实法不执行！"苏轼断然道。思忖片刻，又道："青苗钱不能配发，谁愿意贷谁贷，最好说服农家，都不要贷青苗钱。"

刘廷式吸口气道："我担心监司……"

苏轼冷笑一声，打断他："老实说，我自知多未行新法，每天都等着罢官的诏旨呢！"

刘廷式摇了摇头，起身辞出了。苏轼坐在书案前发呆，忽然想到提点江淮刑狱的老友晁端彦已经写来两封书简，至今未回复，遂提笔修书，内云："奉行新政，多不如法，勘刻相寻，日俟汰遣耳。若得放归，过淮，必遂候见。"

回书刚写完，州吏送来一封书简，是王安石寄来的两首诗，唱和正月初九他在北台的题壁诗。诗句多佛教典故，充满禅机。但苏轼还是读出来了，王安石在向他示好！他大感意外，捻须自问：

“想必是吕惠卿的反噬对此公刺激很大，终于认识到无知人之明，故而想起要和我修复关系？或者，他认为我这匹恶马经过捶扑，已然帖服？”他突然发出一声冷笑：“想让我帖服，做梦吧！苏某虽遭坎坷，不仅不会帖服；相反，反对新法的意志越发坚定！”想到这里，提笔写下《谢人见和前篇二首》，内云：“也知不作坚牢玉，无奈能开顷刻花。得酒强欢愁底事，闭门高卧定谁家。”写毕，掸掸手，轻松一笑：“无非是不用我，让我四处漂泊罢了。岂不知，在外虽艰苦，却比在朝廷勾心斗角强得多！”这样想着，又给已改知齐州的李常回诗，内云：“为郡鲜欢君莫叹，犹胜尘土走章台。”

写毕，召刘廷式来，吩咐道：“安排到属县巡视。”

本是忧郁而出，想散散心的；可十天后从莒县、胶西回来，苏轼一见刘廷式的面就兴致勃勃道：“得之，和你商量一下推进募役法实施的事。”刘廷式一愣。他知道苏轼对新法是全面否定的，因何突然改变看法，竟要主动推进募役法？苏轼笑了笑道：“过去在书斋，都是凭想象反对，这次到两县实地一看，原来想象和现实并不吻合。”

新法实施前，沿袭历代旧制，农户每年都要服徭役。募役法则是由民户按户等高下缴纳募役钱，财产多者多缴钱，包括官户在内原本拥有免役特权者也不得例外；官府再拿募役钱雇人充役。此番到两县巡视，接触士绅父老，皆言此法可使农夫专力于农，官府也增加收入，最为利国便民。苏轼深受触动，改变了反对募役法的态度。但仍以挑剔的眼光分析了募役法的弊端：募役钱缴纳太多，不少都挪作他用；募役钱只收现钱，钱聚于上，下有钱荒之患。对此，他已思考出对策，对刘廷式道：“可用官田、闲田租给所募衙前役作为报酬，募役钱即可减半收取。这样可大大减轻百姓负担；募役钱可缴现钱，也可以用布帛谷米折纳，既方便百姓，又可救钱荒之弊。”

刘廷式点头道：“嗯，这等于改造了朝廷的募役法。”

“就这么办啦！”苏轼兴奋道，顿时生出了一种解脱感。不仅因为取得了通判的支持，更是因为找到了解开施政难题的路径，打开了心里的死结：不必再拒绝执行新法，而是因地制宜改造新法。

五

秋冬之交，晴空万里，金风送爽。常山黄茅冈，旌旗猎猎，苍鹰展翅，黄犬狂奔，场面壮阔。苏轼一身戎装，头戴锦帽，身披貂裘，腰佩宝剑，手持弓弩，扬鞭催马，驰骋在队伍的最前面。四周的山岗上站满了围观的百姓，欢呼声响彻云霄。

今春持续干旱，苏轼几度到常山祈雨。为表诚心，他承诺整修神祠、掘井筑亭。入夏后果然雨水丰沛，旱情解除。他遂兑现承诺，在常山整修神祠、修筑雩泉亭。秋季粮食获得丰收；又传来吕惠卿被外放陈州、手实法随之废除的消息，苏轼决定借雩泉亭竣工之机，率众狩猎，以娱绅民。

坐骑在黄茅冈疾驰，苏轼的脑海里闪现出东吴孙权射杀老虎的场景，便拉满弓弩，对着惊恐的野兔，“唰”地射了过去，像是要以此报答百姓的热情。

“哎呀，只知太守是大文豪，却不知他还会射箭哩！”众人的议论声、叫好声，让苏轼顿生豪迈之气，恨不能直扑西北，箭射那些侵扰国土的党项人。他抬头向西望去，蓦然想起当年汉文帝遣冯唐持节云中，赦免犯错的名将魏尚，命他继续为国建功立业的故事。因募役法一事，他意识到此前激烈攻击新法失之偏颇，过于意气用事了，对新政的抵触情绪大大减轻。此刻，他把自己想象成犯错的魏尚，盼望着皇帝也能派人来向他宣诏。这样一想，他精神大振，凤翔习武学来的功夫派上了用场，但见他大叫一声：“天狼星——”随即，“嗖”的一声，对着西北的天空射出一箭，箭矢飞向云端，又激起一片叫好声。

眼看天已近午，苏轼命击鼓收兵。他意犹未尽，豪气干云，大声道：“拿笔来！”随从早就预备好了笔墨纸砚，苏轼倚马而立，提笔写下《江城子·密州出猎》：

> 老夫聊发少年狂。左牵黄，右擎苍。锦帽貂裘，千骑卷平冈。为报倾城随太守，亲射虎，看孙郎。　　酒酣胸胆尚开张。鬓微霜，又何妨！持节云中，何日遣冯唐？会挽雕弓如满月，西北望，射天狼。

众人勒马围拢过来，苏轼对着州校、猎户，一挥手臂道：“这首词，当由诸位壮士抵掌顿足而歌，吹笛击鼓为节。”说完，唤来随侍的秋蝉，让她抚琴领唱。她唱一句，众人随着吹笛击鼓的音节，击掌顿足，跟唱一句。演练了几遍，众人就熟练地合唱起来，围观的人群也加入了合唱，歌声响遍山谷，雄浑、豪放中带着几分野性，场面激动人心。

《江城子·密州出猎》很快就在密州传唱开了。苏轼很得意，给利州转运使鲜于侁修书云："近却颇作小词，虽无柳七郎风味，亦自是一家。呵呵！数日前猎于郊外，所获颇多。作得一阕，令东州壮士抵掌顿足而歌之，吹笛击鼓以为节，颇壮观也。"正洋洋自得间，忽听外面有哭闹声，刚要出来查看，王闰之气鼓鼓地闯了进来，情绪激动道："只能留一个，你早点决断吧！"

苏轼起身扶王闰之坐下，问："怎么回事？"

王闰之道："谁让你只带秋蝉去狩猎，这几天朝云一直闹个不停。"

因秋蝉是北方人，她拉的胡琴适合野性风格，狩猎那天就带她去了，想不到朝云接受不了，一直哭闹。王闰之早就知道朝云和秋蝉在争宠，这样下去，家里不能消停，这才要苏轼在两个人中做出选择。

苏轼一笑道："我自有办法。"王闰之一走，他提笔填词一阕。写毕，叫朝云进书房，交到她手里，以此相赠。

朝云蹦蹦跳跳回到她和秋蝉住的房间，抱起琵琶弹唱起来。唱一句，故意向秋蝉瞟一眼。唱罢，又把词稿递给秋蝉，仰着头道："要不要用胡琴伴唱一遍？"

秋蝉把词稿用力甩在地上，起身到书房去找苏轼，抹泪道："奴恳求太守一件事，给奴发张度牒吧！"

苏轼以为她在赌气，便道："莫说气话！"

秋蝉摇摇头，望着窗外，幽幽道：“奴最佩服周韶姐姐，爱而不得，入庵为尼。奴比她强，也曾得偿所愿，于意已足。”

苏轼这才意识到秋蝉不是一时气话，顿时乱了方寸，用力搓着手，却说不出话来。

秋蝉又道：“如今的生活对奴来说就像地狱，奴为何非要在地狱中忍受折磨呢？”

“秋、秋蝉，你真这、这样想？”苏轼支吾着问。

秋蝉语气坚定道：“要么一死，要么出家。走哪条路，端赖太守成全。”

苏轼忙道：“秋蝉、秋蝉，你不要寻短见，我这就修书给驸马都尉王诜，请他帮忙，为你要一道度牒来。”说着，展纸提笔，当着秋蝉的面给王诜修书。

秋蝉看着苏轼将书简封发，才施礼告退。

闺房发生了这样的事，苏轼心烦意乱，由《江城子·密州出猎》带来的豪迈之气荡然无存，好几天都打不起精神。通判刘廷式不知何故，找话题为他解颐，苏轼不是苦笑，就是打哈欠。刘廷式突然想到北台修葺将成，便道：“太守，超然台就要完竣，去看看？”

苏轼眼睛一亮，来了精神，起身就往外走。

北台本是北魏时期所建城墙土台，苏轼想稍作修葺，作为登高望远、会客赏景之所，因资金周转不开，不得不暂停了，直到秋季有了收成才复工。他把此事告知了在齐州的苏辙，苏辙作赋，取老子“虽有荣观，燕处超然”之意，命名为“超然台”。

二人来到工地，刘廷式吸了口气道：“太守，太简易了，与超然台的名字不符吧？”超然台除了一块宽大的平台，就是几间简易南北堂屋、东西庑房。刘廷式就觉得不够大气。

“凡物皆有可观，非必怪奇伟丽者也。”苏轼语调深沉道，“人的欲望是无穷的，而能满足欲望的东西却是有限的。人，不要局限在物之中，而要自由驰骋于物之外。”

刘廷式笑道：“哈哈，太守是庄生再世。”

过了半个多月，超然台修葺完竣。虽然已经入冬，苏轼还是登台大宴僚友。州学教授赵杲卿敬了苏轼一盏酒，一扬下颌道：“怎么样？太守，不能无诗吧？”

苏轼笑了笑，摇了摇头。

他有太多的感悟，不是一首诗、一阕词所能表达的。这天，他早早起床，独自登上超然台，向南望去，马耳山时隐时现，他自问：“有没有隐士住在那里？”再转向东方，卢山遥遥在望，秦人卢敖当年就是在那里隐遁的。向西望，穆陵关隐约可见，城墙上仿佛刻着姜太公和齐桓公的功业。向北俯视潍水，想起了淮阴侯韩信的赫赫战功，又哀叹他不得善终。千古英雄豪杰，都已化为尘埃，惟有山川永在。苏轼的心境豁然开朗，感觉自己进入了淡泊自适、游于物外、无往而不乐的境界。他快步走进南堂，提笔写下《超然台记》，把适才所见所思记录下来，只觉得酣畅淋漓，一时忘记了寒冷，又连抄了几份，寄给文彦博、司马光、文同等师友。

当值的时间已到，不见太守，州吏便到超然台来找，递上一批新到的公牍、书简。苏轼一看，有章惇的诗简，忙打开来看，不觉吃了一惊。章惇因开梅山之功，声望很高，被提调朝廷，去年担任了有“计相”之称的三司使。他因与吕惠卿关系密切，受到台谏交章弹劾，前不久被贬放湖州，来诗提醒苏轼不要忘记当年同归田园之约。想到章惇在仙游潭悬绳书壁时的勇敢，再看看受到挫折后的表现，苏轼暗自好笑：“原来此公胆子天大，内心脆弱。何不回诗刺他一刺？”

六

超然台上，州学教授赵杲卿向苏轼一拱手道：“下官之所以单独来贺，实则是想借此机会，向太守求教。”前天，朝廷颁下告身，苏轼的官阶由太常博士升祠部员外郎，由七品晋为从六品。虽是正常升迁，僚友还是纷纷致贺。州学教授赵杲卿单独设宴超然台，为苏轼庆贺。

“教授想商榷什么？”苏轼问。

赵杲卿道：“词，有那么写的吗？不管是柳永、张先，还是晏殊、欧阳修，词都是描写细微的场景和情感，婉约、缠绵；而太守的《密州出猎》，咏史怀古，夹叙夹议，这样的词，我还是第一次见。”

苏轼答：“一味循规蹈矩、追随前人，没有什么大出息。没有人规定词只能婉约，不能豪放。”

“这倒是。”赵杲卿点头道。又问：“是密州的剽悍民风激发了太守个性中的狂放不羁？”

“也许是吧，”苏轼答，“初到密州，后悔不已；可现在，我欣赏北国苍茫广漠的景色，也喜欢密州剽悍淳厚的民风。”

"随遇而安,知足常乐？就像我,家贫好饮,不择酒而醉。"赵杲卿说着,笑了起来,摇头晃脑道,"薄薄酒,胜茶汤;丑丑妇,胜空房。"

苏轼擦着笑出的眼泪道:"其言虽俚,而近乎达。我不妨延展一下。"说着,提笔赋《薄薄酒》:"薄薄酒,胜茶汤;粗粗布,胜无裳;丑妻恶妾胜空房……生前富贵,死后文章,百年瞬息万世忙,夷齐盗跖俱亡羊,不如眼前一醉,是非忧乐两都忘。"

赵杲卿阅罢,笑道:"安分知足之语。"说着,举盏敬酒。

饮了几盏酒,苏轼一拍几案道:"仅安分知足还不够!"略一思忖,赋《望江南·超然台作》:

春未老,风细柳斜斜。试上超然台上看,半壕春水一城花。烟雨暗千家。　　寒食后,酒醒却咨嗟。休对故人思故国,且将新火试新茶。诗酒趁年华。

"这'诗酒趁年华'一语,堪称名言!"赵杲卿惊喜道,"太守豪放旷达起来了!"

二人正说着,州吏送来一道文牒,苏轼一看,惊喜道:"京东路提刑李清臣要到密州巡按。他是我多年好友,要好好接待他。"提笔写下"快哉亭"三字,吩咐州吏:"速速制成匾额,将'接官亭'的匾额换下。"

清明节一过,苏轼早早就来到城西快哉亭,交了午时,李清臣带着几名随从到了。苏轼迎过去,高兴道:"密州公厨,常常是十天半月不举烟,可见宾客稀少,何况来者还是老友!"

李清臣抬头看看"快哉亭"三个大字，又盯着苏轼打量半天，摇着头道："子瞻与我想象的不一样！"

苏轼笑道："我该一脸苦楚、精神萎靡才对？"他一拍胸脯："邦直请看，在这里一年半，面腴体丰，连头上白发也逐渐转黑了呢！"

李清臣眯起眼睛道："去年夏天你写的《次韵刘贡父李公择见寄二首》，内有'岁恶诗人无好语''何人劝我此间来'等句，全是追悔的牢骚话；而《超然台记》里，'乐'字就出现八次，转眼间像是换了一个人。读《庄子》的效果？我观《超然台记》，通篇贯穿的是庄子的齐物论。"

苏轼笑道："这是本事。"说着，拉住李清臣的袍袖："诗酒趁年华，快上马，超然台畅饮！"

来到超然台，早有州校、官妓在北堂预备好了茶水菜肴，李清臣扫视一眼，问："听说你有位胡琴佳人，超然台听胡琴，可谓绝佳。"

苏轼没有接他的话茬，局促道："邦直，饮茶。"

李清臣嬉笑道："怎么，子瞻怕我把胡琴佳人抢走？"

去年底，驸马都尉王诜寄来了度牒，苏轼派人悄悄将秋蝉送到齐州龙门山尼姑庵。至今想起，心里还隐隐作痛。他恐闺房秘事被人窥出，忙又岔开话题："今日有好酒相待。"

"哦？"李清臣半信半疑道，"我看子瞻的诗，常常抱怨没有酒喝，什么'我今号为二千石，岁酿百石何以醉宾客'；什么'几回无酒欲沽君，却畏有司书簿帐'，你怎会有好酒待我？"

正说着，州校抱着酒坛进来了。苏轼高声吩咐："斟酒！"官妓为二人斟上，苏轼举盏："邦直，来，干了！"

李清臣先用嘴唇沾了沾，一饮而尽，抹嘴问："好酒！哪来的？"

苏轼得意一笑道："驸马都尉所寄。"

去年底，驸马都尉王诜除了度牒，还一并寄了一坛家酿碧香酒，苏轼舍不得喝，留着以待贵客。李清臣一听是王诜所寄，眼睛滴溜溜转了几转："子瞻和王驸马联系很紧密啊。"他用奇怪的眼神打量着苏轼，良久方道："众星捧月，子瞻俨然旧党领袖矣！"

自去年十一月《超然台记》出，司马光、文彦博等旧党名流，文同、鲜于侁等老友，士子张耒等，都纷纷寄来诗文唱和，引起朝野注目。由于司马光埋头修史，不问时事，苏轼不断以诗文讥讽新法，隐然已成旧党旗帜。此番围绕《超然台记》的唱和，更在人们心目中加深了这一印象。听了李清臣的话，苏轼大笑，拿起旁侧的纸笔，嚓嚓写了几行字递过去，笑着道："章子厚外放，来诗提醒我不要忘记早年归田之约，我作《和章七出守湖州二首》，激他一激，这是其中的几句。"

李清臣一看，上写着：

早岁归休心共在，
他年相见话偏长。
只因未报君恩重，
清梦时时到玉堂。

读罢，他盯着苏轼道："他邀你归田园，你却告诉他你做梦都想做翰林学士。这固然是戏章惇的，但也是子瞻的心里话吧？”

苏轼一扬手道：“不说了，喝酒吧，这几年酒量见长了，可饮六盏不醉。”

李清臣不接茬，继续照自己的思路说：“《超然台记》看似是要向世人宣示自己的超脱，实则不然。文中为韩信鸣不平，即是明证。《江城子·密州出猎》，外表豪放，实则是写给官家的自荐书，什么‘鬓微霜，又何妨’，什么‘会挽雕弓如满月’云云，无非是说自己有才华；一句‘何日遣冯唐’，道出了想得到重用的急切。时下变法举步维艰，官家对王安石不像从前那么信任了，王安石也有些心灰意冷；新党内部倾轧，吕惠卿、曾布、章惇外放，已无可用之人了。照此趋势，子瞻大用，已是箭在弦上了。”

苏轼有些激动，伸过脑袋对李清臣道：“王安石和了我的诗，有示好之意。不过，我拒绝了。”

“啊！”李清臣吃惊道：“连王安石都向你示好了？”他像是受了什么委屈，仰脸眨巴了几下眼睛，又用力搓了搓脸，沉默了。

七

中秋的夜空，月色澄明，繁星满布，仿佛上天眨巴着无数只眼睛在俯瞰人间。超然台上，苏轼率僚友在平台宴饮赏月，朝云并几名官妓在旁抚琴奏乐。坐在苏轼左手边的，是一位远道而来的名孔舜亮的客人。太守奉为上宾，众人也不敢怠慢，纷纷给孔舜亮敬酒。

酒过三巡，通判刘廷式见太守情绪高涨，便吩咐州吏端来笔墨纸砚和烛台，请他赋诗填词。苏轼一指天上的圆月道："赏月，饮酒！"

众人说笑着畅饮，不到一个时辰，苏轼有了醉意，起身离座，仰天吟诵屈原的《天问》。吟了几句，感慨道："屈原洋洋一百七十余问，磅礴诗情，激起后人多少遐思！"说完，端起酒盏向空中一举，又吟起李白的《把酒问月》："青天有月来几时？我今停杯一问之。"众人喝彩，苏轼越发兴奋，摇摇晃晃舞了起来，边舞边吟唱李白的《月下独酌》："我歌月徘徊，我舞影零乱。"舞了一曲，坐下饮了盏酒，忽又想起南朝谢庄的《月赋》，又起身吟诵其中的一个片段："美人迈兮音尘阙，隔千里兮共明月。"

孔舜亮也起身吟道："屈指从来十七年，交亲零落一潸然。婵娟再见中秋月，依旧清辉照客眠。"

苏轼落座，拊掌道："好诗！但不知是何人所写？"

孔舜亮边落座边答："家弟宗翰六年前路过密州时写的一首题壁诗。"

苏轼若有所悟，自语道："难怪，却原来孔龙图有密州情结啊！"

"太守此言，何所指？"刘廷式问。

"是这么回……"苏轼话未说完，坐在旁侧的孔舜亮急忙拉了拉他的衣袖。

礼部郎中孔舜亮弃官归乡，未回曲阜，先赶来密州，给苏轼带来了机密消息。早在去年春，天章阁待制、苏轼的朋友李师中就上疏要求起用司马光、苏轼，朝廷未回应。司马光等唱和《超然台记》，起用苏轼的呼声再起，孔子第四十六代孙、龙图阁直学士、知蕲州孔宗翰上疏试探，请郡密州。皇帝批准了他的请求。这表明，朝廷正在考虑苏轼的下一步安排。孔宗翰是孔舜亮的胞弟，此番特来向苏轼通报这些消息，并建议苏轼以某种方式向皇帝传递求用的讯号。此事尚属机密，苏轼差一点透露出来，吓得孔舜亮直冒冷汗。苏轼被他一拉袍袖，才把后面的话咽了回去，举盏道："来来来，为孔龙图的'婵娟再见中秋月'佳句干杯！"

子时已过，州吏送来了丑牌，超然台上也有了寒意，刘廷式提议道："太守，该散了吧？"

苏轼一扬手道："散了！不过，愿意留下的，移至南堂继续欢饮！"

众人多半散去了，苏轼拉着孔舜亮进了南堂，通判刘廷式、州学教授赵杲卿也跟了进来，在南窗下摆桌再饮。说笑间，苏轼指着窗外道："快看！月亮转过了那座朱红色的楼阁，像是低低地挂在雕花的窗户上，照着我们这些没有睡意的人。"顿了顿，突然问："月亮对人们有怨恨吗？"

刘廷式一笑道："怎么会呢？"

苏轼醉眼迷离道："月亮为何总是在人们离别之时才圆呢？"说着，伸开双臂，起身转了两圈："若能乘风飞到月宫，该多好啊！"

州学教授赵杲卿大笑道："太守受道家学说浸淫，又喜欢道教的养生之术，生出出世登仙的想法，一点也不奇怪。"

苏轼也笑了，缩着脖子、抖动着身子回到座位，嘶嘶地吸着凉气道:“哎呀呀,天上太冷,还是留在人间吧!”

众人都笑了。

又饮了一阵,眼看东方发白,苏轼已是大醉,刘廷式要官妓扶他回去,苏轼一甩手,命朝云弹唱李白的《把酒问月》。朝云刚唱出“青天有月来几时”一句,苏轼起身,飘飘荡荡走到室外,高高举起手中的酒盏,大声吟唱道:“明月几时有,把酒问青天。”

“哈哈!”刘廷式大笑道,“太守把青天当做朋友,把酒相问,豪放,超逸!”

苏轼转着身子,又吟唱道:“不知天上宫阙,今夕是何年。”

“太守好像是在追溯月亮的来历、宇宙的起源啊!”州学教授赵杲卿低声道。

“我欲乘风归去,又恐琼楼玉宇,高处不胜寒。起舞弄清影,何似在人间。”苏轼又吟唱道。

众人这才意识到,苏轼是在填词了,于是都安静下来。刘廷式附耳对赵杲卿道:“太守陷在出世与入世的矛盾中,很纠结;不过,最终还是入世念头占了上风。”

苏轼又转了个身,继续吟唱:“转朱阁,低绮户,照无眠。不应有恨,何事长向别时圆?人有悲欢离合,月有阴晴圆缺,此事古难全。但愿人长久,千里共婵娟。”

朝云急忙展纸磨墨,待苏轼吟唱毕,拉着他进了室内,把笔递到他手里。苏轼挥笔写下《水调歌头·明月几时有》:“丙辰中秋,欢饮达旦,大醉,作此篇。”写到这里,他停下了,沉吟良久,才落笔再写:“兼怀子由。”

刘廷式道："太守，不对吧？既然是'兼'，那前面是谁？'赠某人兼怀子由'，这样才说得通啊。"

苏轼像是没有听到，奋笔疾书，把适才吟唱的内容一口气写了下来。刘廷式再问"兼"字如何理解，苏轼仍旧不答，把笔一扔，瘫软在窗前，随之响起了鼾声。

"太守到底写给谁的？"刘廷式问赵杲卿。赵杲卿摇摇头。刘廷式看了一眼站在一旁的孔舜亮，见他露出神秘的微笑，似乎洞察了苏轼用"兼"字的用意，遂向他一拱手道："请孔兄赐教。"

孔舜亮笑而不语。他当然明白苏轼的意图。这阕词很快就会风靡天下，皇帝自然会看到。苏轼是以这种方式向世人、向皇帝表明，经过一番挣扎，他已决定抛弃遁世的念头，为国效力；对于被迫离开朝廷，他没有怨恨，因为这就像月有阴晴圆缺一样正常。很明显，"兼怀子由"前面，是"呈皇帝陛下"或"送天下人"几个字，但苏轼不能也不愿这样直白地写上去，只好留下让人揣度的空间。

过了两天，孔舜亮要走了，苏轼为他送行，上马前，孔舜亮附耳对苏轼道："沉住气，估计很快就会有消息。"

两个多月后，告下密州，苏轼一看，一脸沮丧，暗问："这、这是怎么回事？"

第十章　东园南都

一

熙宁十年二月十二日一大早，苏轼就出了陈桥驿，和弟弟苏辙并马而行，往京城赶去。出门时还是风和日丽，走出不到十里路，天气转阴，刮起了东北风。苏轼顿感寒意，催促车夫速行。交了午时，来到开封外城陈桥门，刚要入城，突然有门官挡在马前，问道："来者何官？"

苏轼答："知河中府苏轼。"

门官清了清嗓子道："有旨，苏轼不得入国门！"

苏轼、苏辙吃了一惊，刚要问，门官从袖中掏出一道圣旨递了过去。苏轼打开一看，上写：尚书祠部员外郎直史馆权知河中府苏轼，改知徐州军州事，不得入国门。

苏轼、苏辙面面相觑。

此前几个月里，新党内讧，朝廷乏人，旧党纷纷推举苏轼，就连宰相王安石也屡屡向他示好。苏轼也通过《江城子·密州出猎》《水调歌头·明月几时有》等词作，向皇帝表达了希望得到重用的愿望。可盼来的却是改知河中府的告敕。他很意外，决计利用赴任之机，到京城了解动向。按照先例，外官赴任途中入京，多半会被朝廷留下。他要以此试探皇帝的真实态度。所以，接到告敕，留给新任太守孔宗翰一首诗作为交代，便带着一大家人冒雪离开密州，打算到齐州与苏辙一起过年。途中为大雪所阻，滞留在潍州过除夕，正旦节一早又继续赶路。知齐州李常派人和苏辙的三个儿子迎于郊外。苏轼这才知道，苏辙离开齐州到京城去了。好在郡守李常是多年好友，苏轼便在齐州一边与李常日日欢宴，一边等待苏辙归来。眼看正月将尽，苏辙还没有回来，苏轼只得辞别李常，继续西行。一路上，知郓州李师中、京东西路转运使鲜于侁，都设宴款待，诗词唱和。行之濮州，苏辙迎于道，苏轼以七年未见不忍猝别为由，不让苏辙回齐州，苏辙遂陪苏轼一路到了陈桥门下。

“一定是出现了意想不到的新情况。”愣了片刻，苏辙以笃定的语气道。

昨夜在陈桥驿，苏辙向苏轼透露了他从齐州入京的动机。王安石复相后，新党内讧不断，甚至互揭隐私，引起了皇帝的不满。自去年九月，王安石多次托病请辞，特别是其长子王雱病故后，王安石极度悲痛，无心朝政，十月获准辞去宰相之职，以镇南军节度使、同平章事判江宁府。皇帝以吴充、王珪出任左右相。此时，在李常等人的努力下，苏辙终于由选人改京官，授著作佐郎的京官衔。正好他在齐州任期已满，却未见任职告敕，便以到吏部注选为由，只身晋京，了解时局。经多方探访，得知首相吴充虽与王安石是儿女亲家，但对新法也不甚认同，当国后一边着手进行适当调整，一边不断举荐旧党的司马光、吕公著、韩维、苏颂、孙觉、李常、程颢等人。虽然皇帝并没有立即起用这些人，但对旧党的态度有所缓和。苏辙以为政局有转变可能，为促使皇帝早下决断，遂上《自齐州回论时事疏》，言："青苗行，而农无余财；保甲行，而农无余力；免役行，而公私并困；市易行，而商贾皆病。"随后，就住进致仕翰林学士、同乡前辈范镇家等待消息。这是他迟迟未返齐州的原因所在。苏辙还向苏轼透露了他探听到的消息：虽然两位宰相没有举荐苏轼，但除了天章阁待制李师中外，先后三任京东路安抚使都曾向朝廷举荐过；苏辙在京遇到京东路提刑李清臣，李清臣推测，苏轼改知河中府，是召其入朝的前奏，一旦赴任途中过阙，就会被留下。苏轼听到这些消息，很是兴奋，万万没有料到，突然之间，皇帝亲自下旨，不许他入国门！

"会不会是看了沈括所呈那些讥讽时政诗，官家耿耿于怀？"苏轼推测说。

苏辙摇头道："没有听到官家和王安石对诗作不悦的消息。"

苏轼烦躁起来："现在怎么办？我不想就这样灰溜溜去徐州。"

"到东园去。"苏辙提议道。

东园是范镇的别业，就在陈桥门外，苏辙先派人前去通报，很快就有范家健仆来迎。范镇又亲自迎于首门，一见面就问："为何不许入国门？"

苏轼强忍屈辱，故意以轻松的语调道："改知徐州，于私计，比到河中为便安。”

范镇以为苏轼会恼羞成怒，听他这样说，略感意外，笑道：“七年不见，子瞻变得旷达了。”说着，引兄弟二人往宴客厅赴宴。

苏轼叫苦道：“范丈有所不知，在齐州，天天被李常灌酒，几乎把脑袋浸在酒坛子里啦！”

范镇故意问：“要不，就不喝了？”

苏轼忙道：“没有酒，怎的吃得下菜！”

三个人都笑了，进了宴客厅。刚落座，范镇就收敛笑容道：“事发突然，必有蹊跷。”

苏辙道：“我反复思忖，会不会是因为旧党拥戴子瞻，王安石也有意笼络，让新党和当国者感觉受到威胁，故设法阻止入都？”

范镇捻须道：“是啊，子瞻在密州所写《江城子·密州出猎》《水调歌头·明月几时有》《超然台记》，风靡天下，据说就连官家也爱不释手。名随之，妒亦随之。莫说政敌，就是朋友，生出妒意，也是人之常情。”又问苏轼：“有谁去过密州又到了京城？”

苏轼道：“密州偏僻，宾客稀少，稍有分量者，只有李清臣。”

“李清臣？”范镇摇头道，“他是韩魏公的侄女婿，可韩魏公物故，他却对外说自己从来没有沾过叔丈的光。此人，你们要防备。”

苏轼以自信的口气道：“邦直乃老友，我了解他。”

范镇若有所思道：“子瞻，在此多住些日子，不要急着走。”

苏辙为难道：“可圣旨不许入国门，久住城外，恐有嫌疑。”

苏轼略一思忖，笑道：“我有借口。”

二

开封外城北门景丽门外十余里处，有座四照亭，达官贵人踏青、秋游时，常在此歇脚休憩。熙宁十年三月初二日，寒食节的上午，四照亭前，骏马金鞍玉勒，仆从穿梭不停，歌妓花枝招展，行帐里飘出阵阵香气，一派豪华气象。交了巳时，苏轼骑马赶到。仆从上前，牵马置凳，侍候苏轼下马，又过来几名歌妓，簇拥着他进了四照亭。

二十天前，苏轼住进范镇的东园。他并没有隐瞒自己的行踪，行事十分高调，消息很快传到城内，不断有人到访。苏轼告诉访客，他之所以需要在东园住些日子，是有两件私事要办。第一件事，长子苏迈十九岁了，要为他成婚。女方是已故吏部侍郎、苏轼的姑父石扬休的孙女，亲上加亲。因女方家在京城，在东园举办婚礼较为方便。第二件事，为次子苏迨看病。苏迨少羸多疾，久治不愈，京城有道士李若之擅长以气功治顽疾，留住东园，便于请李若之为苏迨布气。驸马都尉王诜闻讯，先是派人馈送水果、酒食，又相约寒食节欢聚四照亭。

“哈哈，子瞻，别来无恙啊！”王诜见苏轼走过来，大笑着起身相迎。又一指围在身边的六个佳人：“与周舫所画美人相比，如何？”

周舫是唐代仕女画名家，所画美人令无数男子垂涎欲滴。苏轼打量着王诜身边几位侍姬，他吸了口气，露出惊奇的神情。他听说，公主温婉善良，对王诜的寡母卢氏极孝，且性不妒忌，默许王诜纳妾并广收歌妓。公主的温良大度换来的不是王诜对她的钟情，反而是得寸进尺的放纵，仅侍妾就有六位之多。今日一见，个个貌若天仙，遂"啧啧"道："眼前的几位佳丽，光彩照人，比周舫所画，有过之而无不及，便是在苏杭也见不到如此绝色美人。"

王诜仰脸一笑，请苏轼入座。他一拍手，管弦大作，十几个歌妓抚琴吹箫，轻歌曼舞，令人如入瑶台。酒过三巡，王诜指着旁侧备好的笔墨纸砚道："子瞻既然说没有见过如此绝色的美人，当为她们填词，当场弹唱。"

苏轼起身，提笔赋《殢人娇》一首，内云："密意难传，羞容易变。平白地、为伊肠断。问君终日，怎安排心眼。须信道，司空自来见惯。"王诜阅罢，禁不住又是一阵大笑，命侍姬吟唱、歌妓伴舞。

四照亭奢华的排场引得不少游人前来围观，苏轼有些紧张。待一曲终了，附耳对王诜道："晋卿，是不是太张扬了？"

王诜向后一仰身子道："怕什么？我有圣旨。"

去年初，吕惠卿揭出道士李士宁与宗室赵世居密谋造反案，王诜因与二人都有交往，受到御史弹劾。他诚惶诚恐，上书信誓旦旦向皇帝保证，以后不再与外界交往。皇帝传旨："如交往温良士大夫，也无妨。"王诜将经过向苏轼略述一遍，得意道："子瞻，你说，我还怕什么？"

苏轼打趣道："可我不是温良士大夫啊！"

王诜一惊，问："你知道了？"

苏轼心里"咯噔"一声。本是随口一说的自嘲之语，王诜为何这么问?

王诜屏退左右,压低声音道:“新党那帮人总在官家面前说你的坏话,那年谢景温弹劾你,司马光面见官家为你辩护,官家对司马光说:‘苏轼非佳士。’这话,司马光对你说了?”

苏轼脸色陡变,浑身一紧,摇了摇头。

王诜笑道:“别怕,你就是十恶不赦的坏蛋,我也非与你交往不可。”说完,放声大笑。

苏轼还在为皇帝说他“非佳士”的话而烦闷,王诜拍了拍他的肩膀,安慰道:“此一时彼一时,官家对你的诗文爱不释手呢!待把这匹恶马调教好了,还会让你驾辕的!”

苏轼忙岔开话题,想起为嫁外甥女、宜兴买地,两次借王诜共三百贯钱的事,搓了搓手道:“晋卿,刚娶新妇,欠你的钱暂时还不上。”

王诜早已忘记,苏轼一提,他立即来了精神,沉脸道:“欠债还钱,天经地义,不能总拖着吧?”说完自己忍不住先笑了,向苏轼一扬下颌道:“那你给我写篇《宝绘堂记》,抵债。”

宝绘堂是王诜专门藏画的殿阁,王诜酷爱收藏且嗜画如命,苏轼早就想提醒他了,正可利用写记的机会敲打他,便欣然答应了。

因闻“非佳士”一语,苏轼游兴大减。王诜一看太阳已经西下,也就不再留他,相互道别而去。

回到东园,范镇正在院内候着。他是从城内宅邸特意赶来与苏轼兄弟见面的。酒宴已摆好,三人入座,范镇面色庄重道:“昨得知翰林侍读陈襄上《论荐司马光等三十三人疏》;今观邸报,朝廷已批准王安石辞去一切官职,改任集禧观使,封舒国公。时下朝野都在观望时局走向。我明日即启程往西京会司马光,对外只说到嵩洛一游。”

苏轼兄弟不约而同点了点头。自苏轼住进东园,范镇就多次与他密议如何采取行动扭转时局。这正是范镇留他长住东园的原因。王安石彻底退出政坛的消息一公布,范镇决定游说司马光,请他出面促成局势转变。按照范镇设想,届时司马光出任宰相,苏轼以翰林学士出任参知政事。年过古稀的范镇不辞辛苦为扭转时局奔波,苏轼感动不已,提笔赋《送范景仁游洛中》,内云:“小人真暗事,闲退岂公难。道大吾何病,言深听者寒。”

送走范镇,苏轼伤感起来。自己踌躇满志而来,竟受到不得入国门的羞辱;原以为皇帝只是因政见疏远他,却不知竟有“非佳士”的评价;制科出身的苏辙,进士及第二十年了,才脱离选海,掌书记任期已过,朝廷却没有给他新差遣。兄弟沦落至此,是当年中制科时万万没有料到的。他时而期盼范镇西京之行能够成功;时而又觉得在官场已没有前途,倒不如归田的好。心里有事,连书也读不进去,整日在园中徘徊。这天,驸马都尉王诜派人送来韩幹画马图六轴,请苏轼题跋。望着画中在平沙细草上争驰的十二匹骏马,不禁感慨,作《书韩幹画马》诗,内云:“平沙细草荒芊绵,惊鸿脱兔争后先。王良挟策飞上天,何必俯首服短辕。”

苏辙看罢,心疼道:“九二所有的苦恼,都是因为太纠结。既向往自由,又不能抽身官场,甚至还想受到重用,所以才说骏马不该俯首服短辕。哀马乎？自哀也。”

“是——啊！”苏轼感慨了一声，“只盼时局能有转机。”

三

春天即将过去，天气渐渐热了起来。离开密州已近半年，在东园也住了五十天了。苏轼有些坐卧不安。皇帝不准入国门，自己却在城外迟迟不到徐州赴任，很容易引起非议。但范镇西京之行关乎政局能否发生转折，没有结果之前，他不能离开。

四月初二这天，苏轼一大早就在首门外张望，还不时抬头看看门外的一棵大杨树，分辨一下都是什么鸟在鸣叫。他希望听到喜鹊的叫声，偏偏一只乌鸦飞来，“嘎嘎”叫了几声，气得苏轼弯身捡起一粒石子，“嗖”地投了过去。

“呦，子瞻兄，在做什么？”

听到声音，苏轼转身一看，愣了片刻，认出来了，是欧阳修的三子欧阳棐。他以父荫入仕，时任三司主簿，听说苏轼在东园，特来拜访。苏轼上前拉住欧阳棐的手，边往院子里走边唤苏辙和三个儿子出来拜见。轮到苏迨施礼时，欧阳棐蓦然问：“多大了？”

苏迨答：“八岁。”

欧阳棐扭脸对苏轼道：“家有小女，正与此子年纪相仿，子瞻兄，结亲家如何？”

苏轼大喜，当场定亲。

家人见礼毕，苏轼引欧阳棐进了书房。欧阳修去世六年了，苏轼提到恩师，还是掉下了眼泪。二人沉默了一会儿，欧阳棐道："子瞻兄，你这几年写的诗文，讥讽时政，风靡天下，弟却为你捏把汗。王安石罢相，官家不允许废止新法，可说是官家亲自主导变法了。若再攻击新法，岂不有指斥乘舆之嫌？臣子攻击君父，其罪大焉！望子瞻兄慎之。"

"叔弼提醒的是。"苏轼向他一拱手道，"若让我变志易守，以求进取，固然不可；但再像以前那样，出于狂热意气，喋喋不休，就错上加错了。"

二人谋道忧时，由国事谈到家事，又由家事谈到国事，再由国事谈到诗文，又由诗文谈到世道人心，越谈越有兴致，一直谈到天亮。临别前，欧阳棐又嘱咐道："子瞻兄，保身远祸为上！"

"叔弼说要我保身远祸的话时，那副诚挚的样子，完全和恩师文忠公一模一样。"望着欧阳棐远去的背影，苏轼对苏辙感慨道。

送走欧阳棐，苏轼和衣而眠。直到傍晚，听苏辙在外面说范镇的马车就要到了，他一骨碌爬起来出迎。到了首门外，范镇正好出了轿厢，一见苏轼，便对着他摇了摇头。苏轼已知此行无果，勉强挤出一丝笑容，搀扶着范镇径直进了书房。

"司马光坚不愿出。"范镇边落座，边沮丧道，"一则首相吴充荐司马光等，官家束之高阁；再则，官家富国强兵之念并未改变，不可能同意废除新法。有鉴于此，他认为谋复起不啻自取其辱。"像是要安慰苏轼，范镇又说："子瞻改守徐州，是幸事。西北恐有战事，河中府是后勤保障基地，政事之繁重，可以想象。"

苏轼吃惊道："真要用兵？"

范镇遂把此行了解到的情况，约略说了一遍：王安石推行新法之初，君相就制定了收复河湟，使西夏腹背受敌，最终消灭西夏，再图北伐，收复燕云十六州，奋然雪数世之耻的战略。熙宁五年八月，王韶率军击败吐蕃，置熙河路。王安石罢相后，吐蕃骁将鬼章聚兵河湟，胁迫被招抚的羌人反叛，将谋大举。去年底，皇帝不顾台谏反对，钦命宦官李宪驰驿西北，措置边事，战争随时可能发生。

苏轼一脸焦躁问："没有人谏阻吗？"

范镇摇头道："官家威权正盛，雪耻心切，谏阻不得。"说着，长叹一声："这是在赌国运啊！"

苏轼站起身，抱拳向范镇一揖道："范丈，我明天就启程。"

范镇见苏轼神色有异，便问："子瞻急着走，是去赴任，还是有别的打算？"

苏轼搪塞道："该走了。"

范镇再劝，苏轼不听，吩咐家人连夜收拾行装。范镇只得设宴为他饯行，赋诗相赠，苏轼作《次韵景仁留别》，内云："公老我亦衰，相见恨不数。临行一杯酒，此意重山岳。"

次日一早，苏轼带着全家并弟弟苏辙，到虹桥码头上船，顺汴河南下。

船到南都，苏轼兄弟下船，直奔张方平府第。

张方平虽年过七旬，却精神矍铄，无衰老之相，以宣徽南院使判应天府。他见苏辙也来了，不解地问："子瞻去徐州赴任，子由为何跟来了？"

苏轼答："子由差遣未定，让他随我去徐州。"

张方平道："这样吧，我辟子由为签书应天府判官。"

苏轼抱拳相谢，又道："我兄弟七年未聚，恁老人家还是要放他跟我去徐州住一段。"张方平点头应允。苏轼示意闲杂人等退出，与张方平闭门密谈，把西北将要用兵的事，向他通报了一遍。

"简直是胡闹！"张方平怒道，"都是新党那帮小人，以逢迎为能事，边将又以启衅为功！"

苏轼暗喜。他之所以急匆匆赶来谒见张方平，正是因为他知道此公一向反战，希望他出面向皇帝提出劝告。遂又激将道："自古以来，因为君王好战，致使国家灭亡者，比比皆是。官家年轻气盛，想以开疆拓土证明其雄才大略，证明其富国强兵之策正确。百官明白官家的用意，都不敢谏阻。时下的士风，与庆历间已大不同，都学会明哲保身了，就连关涉国运的大事，也不敢发声。"

"总得有人肯说逆耳之言。"张方平一掀白须道，"我老且将死，无所谓了，便是因此而伏诛，见先帝于地下，也有话说。子瞻，你且留几日，代我拟一道谏用兵疏！"

"自不待言！"苏轼爽快道。途中他已构思得差不多了，只用了半天就写好了。

苏辙一看，只见开头写着："臣闻好兵犹好色也。伤生之事非一，而好色者必死；贼民之事非一，而好兵者必亡。此理之必然者也。……兴师十万，日费千金，内外骚动，怠于道路者，七十万家。内则府库空虚，外则百姓穷匮。"文中还举出秦始皇、汉武帝、隋文帝、唐太宗的例子，说他们发动战争，虽然扩大了版图，但因为兵连祸结，国力凋残，导致的后果都是国家和百姓难以承受的。中心思想就是四个字：好战必亡！苏辙阅罢，拊掌道："句句见血。"随即深吸了口气，又道："九二，官家不许你入国门，分明对你有成见。这篇谏疏言辞激烈，一看就是出自你的手笔，恐官家对你不能谅解，是不是改和缓些？"

苏轼语气坚定道："耸人听闻，才能振聋发聩，或可起到作用。不能改！"

苏辙不再说话，心里却隐隐为他担心起来。

第十一章　黄楼羽衣

一

徐州下辖彭城、沛、萧、滕、丰五县和利国监，为南北襟要，交通孔道，虽比不得杭州的繁华，却也远胜偏僻的密州。州城东墙下有条泗水，出城二里处的河道中有许多嶙峋巨石，河水受巨石阻拦，浪涛飞溅，旋涡连连，绵延数里。州人谓之百步洪，乃徐州一大胜景。

熙宁十年四月下旬的一个午后，苏轼陪弟弟苏辙泛舟泗水，到此游览。小舟刚到百步洪，他就下船带苏辙来到岸边一处坡地，用手一指道："阿同，在此筑亭种柳，跃马于河滨柳下，是何等快意！"

十天前，在南都张方平家中停留数日，封发了《谏用兵疏》，苏轼即启程赴任，于四月二十一日抵徐州。刚到徐州十来天，就突发奇想要在此筑亭养老，苏辙觉得他太易冲动，露出惊讶的神情。苏轼觉察到了，自嘲道："都是少年时代的狂兴在……"话未说完，忽见岸边有快马驰来，高喊："太守，有急事禀报！"

支使孟易翻身下马，气喘吁吁地禀报了一通：邻郡沂州有军士押送人犯至京，中途连同人犯一同逃跑，躲进徐州境内。沂州请求协助缉捕，来人正在州署候着。苏轼闻言，只得辞别苏辙，驰马入城，签署令牌，命厢军差派一指挥使带兵缉拿。

过了四五天，逃兵拿到。苏轼早就听说禁军士卒常逃亡为盗，便亲自审勘，终于明白了逃兵大量出现的原因。他一拍书案道："别处我管不了，徐州境内的禁军、厢军，必须整顿！"他的差遣是知徐州军州事，有指挥地方厢军、监督驻在禁军练兵权责。练兵法作为新法的组成部分，正在实施，朝廷还要定期按阅。苏轼决定借此机会，严明军纪，遂做出四项决定：第一，州署拨出押送人犯经费百余千，凡领命押送人犯兵士，可根据路途远近无息取用；第二，严禁军中有息借贷；第三，严禁军中酗酒赌博；第四，按照练兵法，苦练技艺，定期考校。

苏辙见二哥既要处理政务，又要整顿驻军，有空还要为求文索诗的朋友作文赋诗，如知杭州赵抃要建一座表忠观，来书要他写碑文等，着实太忙，便提出要走。苏轼不允。直到七月下旬，政务军务有了头绪，才抽暇陪苏辙畅游百步洪，登云龙山，观戏马台，吟诗作赋。

这天薄暮，兄弟二人刚出游回来，看到了李清臣的邀帖。

李清臣提点京东路刑狱，开司徐州。因是老友，常相互宴请。兄弟二人打马来到位于城东南角的提点刑狱司署。见过礼，李清臣带二人登上司署南边的城墙，来到一座新筑的亭子前，向上一指道："子瞻，给取个名字如何？"

苏轼脱口而出："快哉亭！"

李清臣皱了皱眉头，旋即做出大度的样子，笑道："也罢，不论到何处，都要快活起来，快哉亭就快哉亭吧。"

三人进亭落座，李清臣道："子瞻在徐州，好像过得不错嘛！"

苏轼一笑道："彭城嘉山水，鱼蟹侔江湖，争讼寂然，盗贼衰少，聊可藏拙。"他打量着李清臣，见他喜滋滋的样子，便问："邦直有喜事？"

李清臣曾在酒后向苏轼吐露过一个秘密：六年前通判海州，对太守兼好友孙洙的三女儿一见钟情。可正房是宰相韩琦的侄女，他不敢下休书，孙家三小姐也不答应做妾，李清臣很苦恼。夜里做梦，他追上三小姐，给她簪了一朵花，还踩住了她的一只绣花鞋。苏轼曾填《失调名》戏弄他，内云："谁教幽梦里，插他花。"所以，一看李清臣流露出难以抑制的喜悦，才故意这么问他。

李清臣道："是有好事，但不是你想象的那件事。"他突然感慨了一句："什么好事也没有子瞻让人羡慕。密州所作，风靡天下，这下连宰相王珪也只能甘拜下风咯！"

"邦直兄怎的知道？"一向沉默寡言的苏辙追问道。他听到一些传言，说王珪一直以文章大家自诩，欧阳修去世后，有意充当文坛领袖的角色；又因为嘉祐二年同知贡举，也算是苏轼兄弟的座师，可苏轼兄弟只认欧阳修，对他缺乏起码的尊重，王珪对此耿耿于怀。李清臣提到宰相王珪，苏辙便警觉起来。

李清臣神色有些紧张，支吾道："猜、猜测。"说罢，转脸吩咐歌妓斟酒弹曲，举盏与苏轼、苏辙碰杯，又暧昧一笑，伸过脑袋问：

“子瞻，你和那个马小娘子进展如何？”

徐州官妓马盼盼美丽聪慧，擅书法，模仿苏轼笔迹到了以假乱真的程度。几次宴饮，苏轼的目光总是在她身上久久停留，李清臣正与孙三小姐苦恋，最能体察男人看女人的眼神，一眼就看出苏轼对马盼盼有爱意，像抓住了他的把柄，不时以此与他打趣。

苏轼红着脸，连连摆手，像是否认，更像是不让李清臣再说下去了。李清臣笑了笑问：“子瞻近来又有何大作？”苏轼刚要开口，苏辙拉了拉他的袍袖。苏轼佯装咳嗽，敷衍过去了。

李清臣歪了一下脑袋，笑盈盈道：“昨日接告，调我回朝，直史馆，编修国史。”

苏轼脸颊上的肌肉跳了两跳。旋即暗自责备自己，朋友有了好事，该高兴才对。但他不愿干巴巴地说声恭喜，便打趣道：“一定是你告了我的黑状，我不能入国门，你却飞黄腾达！”

李清臣脸色陡变，支吾着问：“子、子瞻，何出此言？”

苏轼大笑起来：“看把你吓的。我若怀疑你，就不这样说了。算我犯错，浮一大白！”说着，端起酒盏一饮而尽。

李清臣举袖擦了把额头上的汗珠，畅出口气道：“子瞻，这样的玩笑开不得。”

“我自罚了嘛！”苏轼语带歉意道，“邦直适才不是问我近来写了什么吗，别提了，一篇文章，把驸马都尉得罪了。”

李清臣问：“怎么回事？”

寒食节在四照亭与王诜欢聚，苏轼答应写《宝绘堂记》，直到六月底才写好寄去。文章开头云：“君子可以寓意于物，而不可留意于物。”接着便列举历史上几位因痴迷收藏书画而令人耻笑甚至殒命的事为证。王诜很不高兴，寄回来要苏轼修改；苏轼不同意改，回复说，你不喜欢就把文章扔掉。说完王诜，苏轼又道：“估计司马君实收到《独乐园》诗，也会不高兴。”

就在苏轼留居东园期间，收到司马光寄给他的书简，请他为自己在洛阳营建的一个名为独乐园的小园子写记，苏轼到徐州后才写了寄去，虽有“四海望陶冶”之句，可最后却说：“抚掌笑先生，年来效喑哑。”讥他对时政保持缄默。

正说着，忽有国子博士、徐州通判傅裼匆匆赶来，禀报了一个刚接到的消息：七月十七日，黄河在澶州决口。李清臣举在手里的茶盏“哗啦”一声掉到地上，摔了个粉碎，他胡乱踢了一下碎片，神色慌张道：“得快走，晚了怕汴河要断航。”

苏轼略一思忖，吩咐道：“速派州校快马出城，四处打探！”傅裼领命刚要走，苏轼又道：“召集大小官吏到都厅，会商对策。”

三人又饮了两盏酒，匆匆用了饭，苏轼、苏辙便告辞了。走出快哉亭，苏轼又扭脸对李清臣道：“邦直，明日中午为你饯行。”

回到州署，苏轼径直进了后堂。大小官吏应召赶来。众人正议论纷纭间，奉命打探消息的州校陆续前来禀报。有州校说，汴河仍保持秋季干旱常态，无异样。又有州校禀报，探得水到东平，当地凿开清泠口，导大水流入已废旧河道。苏轼松了口气，决断道：“要未雨绸缪，明日起，组织军民在城中积蓄土石、干草，加固城墙、填补缝隙。”

走出后堂，一道闪电划过，响起一声炸雷，大雨倾盆而下。众人急忙退了回去。州校取来蓑衣、斗笠为苏轼披戴好，他冒雨赶到逍遥堂，一进门便道："此情此景，正合雨夜对床之约。"伸头一看，苏辙正坐在案前作诗，诗题是《逍遥堂会宿二首》，内云："困卧北窗呼不起，风吹松竹雨凄凄。"流露出无限的凄凉。苏辙为人朴实厚重，很少自寻烦恼，因何突然写出这样的诗句？苏轼忙问："阿同，你这是怎的了？"

苏辙幽幽地道："《谏用兵疏》官家并未采纳，可已传遍朝野，都说非苏子瞻不能写，非张安道不能犯颜直谏。官家定然耿耿于怀。如果你从此不再多言，或可免祸；可你易冲动，又毫无防人之心，劝你什么，一时答应了，不几天就抛诸脑后。怎不令人担心！"

"大不了回眉州去种地。"苏轼赌气道。

苏辙沉默良久，压低声音道："九二，听范丈的话，对李清臣还是防备些好。"

苏轼烦躁道："阿同，怎能怀疑朋友呢？要么不来往，来往就不能心存芥蒂。"

苏辙道："朋友之间，你的好事，说不定就是他的伤心事。九二名太高，外人会倾慕，朋友反倒容易生出嫉妒之心。"像是怕苏轼再争辩下去，他一指床铺："我要练功了。"

五月里，以养生修道著称的太常寺太祝王景纯致仕返乡，路过徐州，苏轼留他住了三天，请教养生术，王景纯教了些修炼口诀和动作。苏辙日日照做，苏轼却没有耐心，坚持不下去。见苏辙去练功，苏轼坐到案前，细读《逍遥堂会宿二首》，听着窗外的风雨声，想到二十年前怀远驿备考制科时，还是踌躇满志的惨绿少年，如今白了鬓发，却还是四处漂泊的地方官，不禁也伤感起来，提笔和苏辙的诗，一连写了两首，内云："别期渐近不堪闻，风雨萧萧已断魂。"

早上起来，雨还在下着，苏轼到州署处理了几件公事，便带着苏辙并几名从事，冒雨赶往台头寺，为李清臣饯行。

"诸位，知道邦直为何火急火燎赴任吗？"刚一落座，苏轼就一本正经问。又忍不住笑了起来，边笑边自答："孙洙的三女儿，让邦直魂不守舍，急于相见啊！"

李清臣被他说得脸上发臊，嗔怪道："苏子瞻最无口德。"

苏轼收敛笑容道："邦直，孙洙是你同榜进士，同龄且彼此又是好友，他若不同意，你就要罢手。"说罢，一扬手道："分韵赋诗，为邦直壮行！"

官妓马盼盼端着托盘，让每人抓阄，苏轼抓到忆字和人字韵，提笔作《台头寺雨中送李邦直赴史馆分韵得忆字人字兼寄孙巨源二首》，内云："付君此事宁论晋，载我当时旧过秦。"

送走李清臣，过了中秋节，苏辙也离开了徐州。苏轼觉得心里空落落的，一有空就到逍遥堂去，好像这样就回到了和苏辙在一起的时光。这天午时，苏轼冒雨进了逍遥堂，正在踱步，通判傅裼慌慌张张跑了过来，边跑边大声喊道："太守，不好啦——"

二

苏轼快步登上角楼，手搭凉棚向东南方眺望。通判傅裼用手一指道："滚滚洪流不日就逼近城下。州城三面临山，一旦洪水泄入，后果不堪设想。"

"传令，关闭城门！"苏轼神情紧张，高声吩咐道。说完，一溜小跑下了城墙，快马回到州署，在后堂召集紧急会议。

"守城为上，务必要守住城墙！"

"城墙经不住大水冲击、浸泡吧？"

众人议论着，又不时提出建议。苏轼静静听着，慢慢梳理出了思路：一、选派水性出众者组成救援队，驾船搜寻城外水中百姓，或载入城中，或转移到高地；二、将数百艘公私船只系缆在城下，靠船只的阻挡，减轻洪水对城墙的冲击；三、组织全城百姓，加固城防。

部署完毕，官吏领命分头去落实，苏轼起身往外走，一位老吏走过来，拦住他道："太守，历来洪水灌城，都是自东南方而入。当自州城东南修筑一道高堤至南山，以阻隔分断洪水。"

"来得及吗？"苏轼踌躇道。

老吏道："为保州城，请太守下决心。"

苏轼沉吟片刻，对老吏道："一起登城楼查看。"

刚过十字街，远远就看见黑压压连人带车马，围在城门下。苏轼向前一扬下颌，支使孟易会意，前去查看。须臾，孟易回禀："富户聚集门下，要求出城。"

苏轼重重地吸了口气。放富户出城，民心动摇，城墙无人可守；不许出城，万一守不住，洪水漫城，死伤累累，责任万分重大。可形势危急，容不得反复斟酌，他向前一挥手，州校大声喝道："闪开，太守来了！”众人纷纷向苏轼围来。苏轼骑在马上，高声道：“尔等富民出，百姓皆动摇，我与谁守城？”顿了顿，又道：“我苏轼在此，水决不能败城！”转脸吩咐跟在身后的州校：“速在南城墙上搭建一座帐篷，我就住在帐篷里，直到洪水退去。”

“太守的家眷，大小十几口，都留在城内呢！”支使孟易又补充了一句。

众人将信将疑，有的转头回家，有的留在城门旁观望。苏轼打马来到城门下，疾步登上城墙，与老吏边查看边商议着。不多时，决断道：“筑墙！”下了城墙，吩咐州校：“要抢时间，人手不够，我这就去找雷将军，请他帮忙。”

徐州驻扎着禁军武卫军，共八百余人，由正将统领。苏轼来到正将雷胜的军帐，寒暄了两句，神情庄重道：“洪水就要破城，事态千钧一发，请将军为徐州尽力！”

雷胜喜读书，对苏轼很崇拜。他也在为徐州城存亡担忧，见苏轼一脸倦容登门来商，奋然道：“太守名士，犹不避涂潦，我辈武人当效命！”说罢，传令诸部，听从太守调遣，参与固城筑堤。

苏轼发誓与徐州共存亡的消息，很快传遍全城，有人不相信，特意跑到南城去看，只见城墙上果然搭起了一座帐篷，太守布衣草履，肩扛铁锹，到处巡视，不时与夫役一道干活，挥汗如雨。太守说到做到，身先士卒；禁军八百人也参与筑墙，绅民再也无话可说，有人出人，有力出力，干劲大增，日夜赶工，一道新堤终于抢在大水破城之前筑成。堤成的第二天，洪水翻滚着自东南向城内袭来，被大堤所挡，打着漩涡呼腾腾回转而去。

苏轼站在城墙上，看着这个场面，心嗵嗵直跳。倘若不是筑成这道新堤，徐州城势必不保，万千百姓和自己的命运都会因此改变。那是多么可怕的情形啊！想到这里，他双手合十，感谢上苍护佑。

三天后，十月初五，围城的洪水消退了，徐州转危为安。苏轼这才命人拆掉了帐篷，回到家中。本想洗个热水澡，可一进家门，浑身瘫软，眼睛发涩，只觉得昏天暗地，顾不得洗漱，倒头便睡。

睡了整整一天一夜，起床后一到州署，通判傅裼就向他禀报了一个好消息：十月初二，京东路安抚使上奏朝廷二事：一是请求嘉奖苏轼；二是鉴于徐州遭受水灾，请求朝廷调拨漕粮赈济并免去秋税。苏轼淡淡一笑，又皱起了眉头，叹口气道："水退城全，暂获息肩。然来岁之忧，方未可量，当谋万全之计。"说罢，吩咐州校召集几名老吏到后堂来，商议办法。

几名老吏一见苏轼，纷纷说起城中百姓都在颂太守之功。苏轼摆手道："百姓不说是苏某这个灾星把大水引来的就阿弥陀佛了！"说得众人大笑。

经过一番讨论并实地勘查，议定在城外加造外小城，苏轼即上奏朝廷，请求拨款，创石堤以为御洪水之计。念及施工期当在今冬明春农闲之时，疏中还特意提出，请求朝廷最好能在十二月下旨。封发了奏疏，苏轼心里有些忐忑，叫着通判傅裼的官衔问："国博，朝廷会批准吗？"

傅裼信心满满道："太守带领军民战胜特大洪水，保住了徐州城，如此功劳，必能感动朝廷，等着吧，不日就会降旨。"

三

元丰元年大年初三，苏轼与州署从事在逍遥堂聚饮。通判傅裼一直低着头，不敢直视苏轼的眼睛。他没有想到，请求加筑城外小城的奏疏如石沉大海；京东路安抚使免秋税的请求得到批准，嘉奖苏轼的请求却一直没有动静，参与筑堤的几千夫役眼巴巴盼着奖赏，等了几个月却仍无音讯，私下里议论纷纷，怨声载道。

"朝廷为何如此对待太守？"傅裼突然大叫了一声。

苏轼愣了片刻，吩咐州校："傅国博醉了，扶他回去歇息。"

傅裼被扶走了，逍遥堂里的气氛压抑沉闷，苏轼打破沉默，突然问："人，为何烦恼？"

众人你看看我，我看看你，不知作何回答。州学教授舒焕以试探的口气道："因为有欲望？"

苏轼没有直接回答，笑了笑道："华亭盐监官章窾建一堂，取名'思堂'，说是要牢记'思'字，凡是想要做的事，一定要三思而后行。他来书让我为他写堂记。他真是找错人了。因为，我是天下最不懂得思考的人。"

众人不知太守何意，都不敢接话。

苏轼又道："思考有用吗？如果事情还没发生就思考它，那是无事生非；如果事情已经发生再去思考它，已经来不及了。所以，我就从不思考，心里有话就脱口而出，说出来就得罪人，可不说出来自己会憋得难受。我认为，宁可得罪人，也一定要说出来。人生的穷困显达，获取丧失，死生祸福，都是命中注定的。我年轻时曾遇见一位隐士，他对我说，如果你想得道，就该减少思虑和欲望。他甚至说，思虑比欲望还伤身。他的话对我太有启发了，从此我就做了一个不思考的人。无忧无虑的乐趣，真是不可名状。空虚而澄明，纯一而畅达，心安理得从不感到疲倦，无时无刻不觉得宁静，就像没有饮酒而陶然大醉，没有闭眼而酣然沉睡！”

舒焕笑了笑道：“太守习用道家之说，以爱惜精神为心，故创言无思，非孔孟教人之意也。”

苏轼仰脸一笑：“是啊，自得之趣，诸位姑妄听之吧！”

有了这句话，宴会的气氛才重新活跃起来。

酒宴散席，苏轼回到官舍，径直进了书房，躺在床上，辗转不能成眠。安抚使、转运使接连奏请嘉奖他，朝廷却没有回应，可见君相对他成见之深。政见不同、写诗讥讽时政，会让皇帝不悦，可沈括进呈他讥讽时政的诗作，皇帝和时任宰相王安石并未追究，而且还出乎意料地批准了他到齐鲁任职的请求。说明政见、讥讽时政，并不是导致迟迟不嘉奖他的原因。如果说是因为替张方平代写的《谏用兵疏》激怒了皇帝，可不许入国门的事，发生在上疏之前，与这道上疏无关。他意识到事有蹊跷。突然，李清臣的身影在脑海里晃动了一下。李清臣去过密州，从密州去了京城，随后就发生了不许他入国门的事；近期发生的事，也是在李清臣从徐州提调朝廷后。难道，李清臣从中搬弄是非？这个念头一闪出，李清臣胖乎乎的脸庞和时刻挂在脸上的笑容浮现在眼前，苏轼随即否定了自己的揣测。

“刚说不思虑，一转脸就思虑起来，这不是心口不一吗！”他自嘲道，“与其想烦心事，不如想想如何寻找快乐。”这样一想，马盼盼的身影立即在眼前晃动起来。不知为何，一想到马盼盼，就联想到了崔莺莺。马盼盼与他遇到的所有女子都不同，一直对他敬而远之甚至冷若冰霜，就像张生开始追求崔莺莺时被莺莺所拒。越是这样，越是激发了他的好奇。他披衣下床，点着蜡烛，在书柜里翻找出元稹的《莺莺传》，将烛台移于床头，饶有兴趣地读了起来。边读，边构思出一阕词，遂提笔写下《雨中花慢》，内云：

> 邃院重帘何处，惹得多情，愁对风光。睡起酒阑花谢，蝶乱蜂忙。今夜何人，吹笙北岭，待月西厢。空怅望处，一株红杏，斜倚低墙。　　羞颜易变，傍人先觉，到处被着猜防。谁信道，些儿恩爱。无限凄凉。好事若无间阻，幽欢却是寻常。一般滋味，就中香美，除是偷尝。

正月初七是“人日节”，苏轼置酒十字街鼓楼，邀通判傅裼、彭城令彦复等人宴饮。马盼盼、张英英、卿卿三位官妓，为在座诸人戴上亲手缝制的“人胜”。苏轼将一个诗筒递到马盼盼手里，里面装着唐人元稹所作《莺莺传》和前几天写的《雨中花慢》词。

宴会结束，众人出了鼓楼，彭城令彦复叹了口气道：“太守，看来朝廷是不会批准徐州筑外城了。”

苏轼顿生烦恼，赌气道：“我在徐州不过一两年，不关我事！”

“快看，他戴的人胜多好看呀！”

“哎呀，是五色的呢！”

不远处，几个孩童发出欢快而稚嫩的声音。苏轼看过去，孩童是那样天真可爱，无忧无虑。他心里一软。自己随时会调走，孩子们却要在这里长大。可是，他们能不能长大？一旦再发生去年大水围城的事……他不敢再想象下去了，扭脸对傅裼道：“国博，朝廷之所以没有回音，可能是认为筑石城花费太大，改为木岸如何？你找人核算一下，看看花费多少。”

第二天，傅裼禀报，改为木堤可节省一半费用。苏轼唤来书吏，口述奏疏，请求朝廷允许徐州城外加筑一道木岸。奏疏封发了，心里还是不踏实，担心朝廷磨磨蹭蹭，批下来赶上农忙，还要等到冬季才能施工，万一秋天再有洪水，徐州就危险了。这样一想，顿觉焦躁，捻须思忖对策。突然想到好友刘攽的侄子刘奉世担任中书检正，负责给宰相呈报公文，遂提笔给任开封府推官的刘攽修书，转请他的侄子帮忙，将徐州的奏疏作为急件呈报宰相。

二月初四，有京城公牍到，苏轼以为是朝廷的批复，打开一看，是奖谕他的敕书，内云：“黄河水至徐州城下，汝亲率官吏，驱督兵夫，救护城壁，一城生齿并仓库庐舍，得免漂没之害，遂得完固事……使者屡以言，朕甚嘉之。”敕书还列明，赐二千四百一十万钱，犒奖夫役四千余人。虽然拖了四个月才颁下奖敕，但夫役得到朝廷奖赏，对这些人也算有了交代，苏轼还是感到欣喜。

过了几天，朝廷同意筑城外小城的诏书颁下，发常平钱六百三十四万，准予招募夫役三千零二人，创建木岸。眼看就要农忙，苏轼不敢怠慢，随即召集大小官吏做出部署，只用了五天，工程即正式开工。他脱下官袍，换上粗布长衫，亲临工地督工。

寒食节次日，苏轼正在工地巡视，支使孟易来禀，淮南西路提刑李常来访。苏轼跨马疾驰官舍，李常正坐在逍遥堂饮茶，一见苏轼布衣巾帽，靴子上沾满泥土，一下子愣住了。苏轼大笑道："公择，不识我这个夫役了？"

李常这才回过神儿来，口中啧啧道："想不到啊，你苏子瞻会是这等模样。"

苏轼一歪脑袋，调皮一笑："那就再让你看看另外模样，不过要稍候。"说完，走出逍遥堂，在通判傅裼耳边低语了一番。到官舍沐浴更衣，写了一篇文稿塞入袖中，才重回逍遥堂。

宴会开始，通判傅裼起身宣布："请祠部员外郎直史馆权知徐州军州事苏子瞻致辞。"苏轼正冠束带，站起身，从袖中掏出文稿，一本正经念道："宴提刑学士致语！"一洗书生酸气，全是官场套话。李常听着，哭笑不得。致辞毕，即命伶人演剧。李常又惊又喜，直喝得晕头转向。苏轼也摇摇晃晃，吩咐笔墨侍候，马盼盼把笔递上，扶着他的右臂，写下一首诗。

次日，苏轼陪李常游百步洪，又到云龙山拜访隐士张天骥，为他新筑的亭子题名"放鹤亭"。几个人正在亭下饮茶，忽有一老者近前道："自打去年腊月，徐州没有下过雨啦，太守得去祈雨啊！"

"多谢老丈提醒！"苏轼拱手道。又转向李常，苦笑道："过去有了灾害，就骂是新党造的孽；现在看，是我命苦，到哪就给哪带来灾害。不是蝗灾就是旱灾，不是旱灾就是水灾，灾害连连，苦了百姓。”

李常以为他说的是玩笑话，但看他的神情，又像是出自真诚，想到苏轼刚到密州就遇蝗灾、旱灾；到了徐州，先是大水，接着却是久旱，顿觉他的那些话有些瘆人，忙劝他去办公差，不必时时陪同。苏轼留通判傅裼作陪，自己跨马赶往州署，撰写《徐州祈雨青词》，又作《起伏龙行》诗，率众赴石潭祈雨。

祈雨回到城内，州吏交给他一封书简，是大名府府学教授黄庭坚所寄，拆开一看，满篇尽道倾慕之情，随函还寄来《古风二首》，托物引喻，赞苏轼乃冰雪高超之士，应位列宰辅，今虽不被重用，却遵士人立身根本，保持风骨。黄庭坚是老友孙觉门婿、李常外甥，二人多次提到过他，只是神交，这还是黄庭坚第一次投书献诗。虽然他只比苏轼小九岁，字里行间却用晚辈礼。苏轼阅罢，啧啧称奇，忙写诗回赠，复书赞之。晚上一见李常的面就道：“令甥黄鲁直的文才，兼得韩愈与孟郊之长，直叫我辈避席啊！”

李常自得道：“我推荐的人错不了。在齐州时我让你看过一个叫秦观的士子的诗文，他家就在高邮，过些天我让他来拜谒你。”

四

元丰元年的重阳节到了。去年今日大水围城、生死未卜，不能过节；今年自太守石潭祈雨后，风调雨顺，秋季有了好收成，所以这个重阳节格外热闹，满城绅民，或扶老携幼，或呼朋唤友，纷纷到城外登高望远，郊游野炊。凡从东门出城者，无不被城墙上新起的一座雄伟建筑所吸引，纷纷驻足仰头观望。

“哎呀，这当是徐州最高建筑。”

“说是为了镇水，所以取名黄楼。”

在路人的议论声中，苏轼身穿官袍，带着特邀的徐州名流和州署从事，足足有三十来人，从子城拾级而上，要借欢度重阳节之际，为黄楼正式落成举行庆祝仪式。

鉴于徐州没有观赏山川美景的楼阁，苏轼决定在城东门上建造观景楼。之所以选择东门，是因为这里是挡水要冲处，水受制于土，而黄色代表土，故涂以黄土，取名黄楼，以镇水患。有了这层含义，建造黄楼便赢得了广泛支持。黄楼虽只有两层，因筑于城墙之上，尖顶距地面高达十丈，从城中仰望，高耸入云，巍峨壮观。苏轼带众人先到一座石碑前驻足。石碑上刻的是他所撰《奖谕敕记》，记去年抵御洪水大略，连同皇帝嘉奖敕谕，志于碑上。观赏了志碑，即率众人登上顶层，俯瞰徐州城，再望云龙山，不时发出爽朗的笑声。

“诸公知道太守何以如此高兴吗？三喜临门啊！”傅裼掰着手指道，“第一喜，长三百丈、拱卫徐州城的木岸筑成；第二喜，黄楼落成；第三喜，八月十二日黄楼竣工当日，太守喜得长孙！”

彭城令彦复道：“中秋节举办黄楼之会就好了，说不定可得《明月几时有》的姐妹篇呢！”

“我中秋节卧病。”苏轼笑着说。突然改用恶狠狠的声调道：

“还因为一个‘恶客’!”

众人愕然,只有站在苏轼旁边的一个年轻人会意地笑了。苏轼刚要解释,楼下传来悠扬的琴声,是酒宴摆好的讯号。他一扬手,大声道:“下楼,入席!”

支使孟易引导众人依序落座,官妓马盼盼、张英英、卿卿三人为每人头上簪上一朵鲜艳的菊花。簪花毕,苏轼指着坐在主宾位置上的年轻人道:“这就是我说的那位‘恶客’,名王巩,字定国。”

王巩因与被定为谋逆罪并处斩的宗室赵世居交往密切,遭削官闲居处分。苏轼记挂这个失意的好友,便邀他前来散心。王巩勉强答应下来,相约重阳节到徐州。苏轼担心他变卦,其间写诗催他。王巩回诗自称“恶客”,还故意刁难说他不喝外酒。苏轼回诗云:“子有千瓶酒,我有万株菊。”王巩果然带来了一车自家酿的好酒。苏轼赋诗与他打趣:“但恨不携桃叶女,尚能来趁菊花时。”此时,他把二人打趣的事约略说了一遍,引得众人捧腹大笑。

引介了主宾,又向王巩引介在座诸人。说到一个面色冷峻的年轻人时,他故意以惊奇的语调道:“这位才俊可不得了啊!陈师道,字无己,徐州书生,曾巩的门生。因抗议科举以王安石《三经新义》取士,拒绝赴考,闭门读书写作,无以养家,只得将妻儿送到在成都为官的岳父家。”说完陈师道,又指着坐在末座的两个年轻人道:“这两个徐州书生是兄弟,王适、王遹。”说着,举起酒盏,邀众人饮酒。

众人饮酒听曲,观舞赋诗,直到日头暗淡了光线,宴席方散。苏轼已是大醉,被人搀扶着跌跌撞撞往回走。

因公务在身，苏轼不能常陪王巩游览，便安排僚属轮流陪同。这天，彭城令彦复与马盼盼、张英英、卿卿三位官妓陪王巩乘小舟往游泗水。下午，苏轼忙完公务，在黄楼置酒。他换上一身羽衣，凭栏俯瞰，看到王巩乘坐的小舟南下百步洪，舟行渐近，他挥了挥手，正与马盼盼打了个照面，刚想喊她一声，却见马盼盼已转过脸去，和王巩说笑起来，苏轼怅然若失。几个人乐不思归，直到月照水上，才笑容满面地上了黄楼。一见苏轼道士装扮，众人先是吃了一惊，继之都笑了。苏轼感慨道："我观几位泛舟泗水情形，心想，自李太白死，世间无此乐事，已三百年矣！"

王巩道："一郡之守，身着羽衣，夕阳下凭栏而立，自老子骑牛出函谷关，一千五百年，无此风流人物！"

苏轼大笑，马盼盼也掩面咯咯笑出了声。

王巩留十日而归。临别，叮嘱苏轼："子瞻兄，那件事，千万别忘了。"他随身带来了岳父张方平诗稿集，要苏轼题跋。可苏轼一边忙公务，一边陪王巩，静不下心来写。王巩一走，苏轼忙秉烛夜读《乐全堂杂咏》，赋长诗以为跋，寄张方平交差。办完这件事，正思忖为黄楼写记，忽接苏辙自南都寄来的《黄楼赋》，自己想写的内容，苏辙都恰如其分地写出来了，遂决定抄写一遍，以苏辙文、苏轼书刻石立碑。

这天，苏轼来到黄楼文星阁写碑文，他屏退左右，召马盼盼在旁侍候。有心仪的佳人在侧，起首落笔，显得格外潇洒。马盼盼一边研磨，一边歪着头用心观察，苏轼突然放下笔，盯着马盼盼问："读《莺莺传》了吗？"

马盼盼喃喃道："张生对莺莺始乱终弃，元稹还为他辩解。太守那首词说，男女爱恋，若是顺利如意，不逢到阻碍，就平淡无奇；最香艳刺激的是偷尝。但偷尝过后呢？男人心满意足，再去寻找下一个女人；女人却会在无限的思念中老去。"

苏轼这才意识到，盼盼是一个痴情女子，因为害怕受伤害，把自己的痴情严密地包裹起来了。这样一想，对她的爱恋中又多了几分同情，自责道："我不能也不敢做张愔，有何理由让你做关盼盼。"

张愔在唐代贞元年间镇守徐州时，与官妓关盼盼两情相悦，娶她做了侍妾，特在官舍建燕子楼供其居住。张愔死后，关盼盼矢志不嫁，在燕子楼中度过了凄凉的后半生。燕子楼尚在，张愔和关盼盼的爱情故事还在徐州流传。唐代节度使常驻一地，可纳官妓为妾；而本朝郡守随时会被调走，也不允许与本郡官妓有染，故苏轼才说他做不了张愔的话。

"可我羡慕关盼盼，她是幸福的，没有白来人间走一遭。"马盼盼嘤嘤道。

苏轼愣了一下，正不知该如何回应，忽有州吏来禀，有一位从杭州来的和尚求见。说着，递上一张稿笺。苏轼一看，是题为《临平道中》的诗文。他离开杭州路过临平镇时在一座寺庙的墙壁上看到过这首诗，询问作者是何人，却无人知晓，没想到多年后作者找上门来了。

五

苏轼不认识来访的僧人，略一交谈，方知他是於潜县人，法名昙潜。他请昙潜住进虚白堂，以斋宴招待。二人畅聊一个多时辰，已无生疏感，不时相互打趣。临散席时，苏轼道："我观法师行止，倒像是道徒，当改名道潜，号参寥。"

昙潜欣然接受，又拿出一封书简呈上，是秦观所写。夏天，秦观晋京参加开封府取解试，持李常引荐函到访两日，给苏轼留下了很好的印象。临别呈《别子瞻》诗："我独不愿万户侯，惟愿一识苏徐州。"苏轼大喜，赋诗回赠，相约中举后到徐州同登黄楼，可等到今天也未见其人影。读了此函方知，秦观未考中，无颜见师长，因而爽约，但随函寄来他写的《黄楼赋》，苏轼作诗为谢。

次日，苏轼陪道潜泗水泛舟。他刻意走王巩上次的游览路线，先到圣女山，再下百步洪。小舟一叶，在激流乱石中穿梭，四山旋转风惊耳，但见流沫生千涡。险中得乐，不禁让他想到自己的人生，忽生感慨，便指着岸边石上蜂巢般密密麻麻的篙眼对道潜说："人生千灾百劫，总要过去，只要此心无所执着，造物也奈何我不得。"

道潜笑言："可我看子瞻的心有所执着。"

苏轼蓦然想到了马盼盼，仿佛看到了当时她在此与王巩同舟游览的情景，遂作《百步洪二首》，一以送道潜，一以寄王巩。送道潜诗感慨人生有限，宇宙无穷；送王巩诗云："佳人未肯回秋波，幼舆欲语防飞梭。”道潜看罢，打趣道：“我没有说错，子瞻心中的执着，即此佳人也！”说得苏轼的脸一下子红了。

回到城内，苏轼又迫不及待请道潜登黄楼赏月。道潜问：“子瞻没有楼记吗？”

苏轼道：“家弟子由有赋寄来，正书碑文。”说着，带道潜进了文星阁，来到案前，突然惊叫了一声，指着案上的文稿道：“稿上忽多出‘山川开合’四字。”话一出口，就明白过来了，转脸问道潜：“看得出不是我所书吗？”

道潜端详良久，颔首道：“果然可乱真。可谁有这么大胆子，敢擅自代太守写碑文？”

苏轼笑道：“官妓马盼盼。”

道潜睁大眼睛道：“娇宠如此？”

苏轼连连摇手。

当晚，苏轼宴请前来按阅练兵的敕使，道潜不茹荤，只得把素斋送至虚白堂。酒宴上，众人分韵赋诗，热闹了一阵。雷胜陪同敕使前往驿馆，苏轼要寻乐，顺便也让众人见识一下诗僧的本事，便带着一干人等来到虚白堂。他向马盼盼递了个眼色，马盼盼用托盘端着笔墨纸砚，走上前去向道潜索诗。道潜接过，提笔写道：“寄语巫山窈窕娘，好将幽梦恼襄王。禅心已作沾泥絮，不逐春风上下狂。”

“不得了啊！”苏轼赞叹道，“我也见过柳絮落泥中，心想可以入诗，还未来得及，不想让这个和尚抢了先！”

“太守，那前两句呢？也给讲解一下呗。”有人打趣道。

苏轼急忙向外摆手："散了吧！"

众人散去，苏轼对着马盼盼的背影道："乐师留步，再让我看看那首诗。"说着，向门外挪了两步，迎上马盼盼，低声问："参寥子把我比襄王，那个窈窕娘，又是谁呢？"

马盼盼没有回答，紧紧盯着苏轼的眼睛，良久才道："奴愿做薛希涛，太守敢做祖无择吗？"

祖无择是杨绘之后的杭州郡守，到任不久就与官妓薛希涛有枕席之欢，被人检举，时任宰相王安石派人前去查核，薛希涛一口咬定她与祖无择并无奸情。钦差下令严刑拷打，薛希涛仍不改口，不久就因伤重而死，祖无择却免受处分。苏轼一听马盼盼愿做薛希涛，吃惊之余，有些不敢相信。

苏轼的心怦怦乱跳。女子有时比男子更大胆，更有魄力——周韶如此、秋蝉如此、盼盼也如此。苏轼不想在女人面前做懦夫，更何况恩师欧阳修当年也有过这样的风流韵事。遂一咬牙道："明晚，燕子楼见。"

在兴奋和紧张中度过了一个白天。入夜，苏轼屏退左右，悄悄来到燕子楼。马盼盼迎过来拉住了他的手，苏轼顿觉血脉偾张。

这一夜，苏轼想了很多，有的说给盼盼听，有的却无以用言语表达，遂点上蜡烛，提笔赋《永遇乐》，小引云："彭城夜宿燕子楼，梦盼盼，因作此词。"内云："古今如梦，何曾梦觉，但有旧欢新怨，异时对，黄楼夜景，为余浩叹。"

马盼盼低声吟唱了一遍，问："新怨，指的是奴吧？"她摇摇头：

“可奴无怨无悔!”

苏轼搂着她,掉下了眼泪。

听到四更鼓声,苏轼穿衣下了燕子楼,回到官舍,困倦乏力,便在书房和衣睡下了。刚睡了一个多时辰,朝云进来把他推醒,说支使孟易有急事相催。苏轼这才蓦然想起,朝廷所派敕使今日要按阅徐州驻军,查考练兵成果,忙一骨碌从床上爬起,匆匆用了早饭,跨马直奔校场。

“嗯,军容整齐,技艺熟练,等第可为诸郡之冠!”检阅尚未结束,敕使就满意地对苏轼道,“想不到大文豪苏太守,于兵事也是行家!”

苏轼得意一笑。

当晚,饯别敕使的酒席一散,苏轼带着笑意来到虚白堂。

道潜吃惊道:“子瞻有何喜事? 窈窕娘与你……”

苏轼打断他:“和尚,你写诗犯绮语戒,说话也犯绮语戒,该罚!”言毕大笑。笑了一阵,才把朝廷遣敕使按阅,徐州等第为诸郡之冠的事说了。

道潜连连点头:“难怪苏子瞻不想出世了,抗洪获朝廷嘉奖,练兵为诸郡之冠,风生水起嘛!”

苏轼得意地笑了。

过了大半个月,道潜提出要走。这些日子,二人谈禅论诗,相聚甚欢,苏轼又强留他住了几天,直到眼看水路要断航,才不得不送他出城。

送走道潜,苏轼走到迎恩门外不远处的草市观察市面,见一个老丈用一条被子去换一捆柴，卖柴人却不允。苏轼不解，正值雪天，怎肯拿被子换柴？他上前探问，老丈道："官人看看，满山的树都砍光了，没有柴烧啊！"

听到老丈的话，呼啦啦围上一群人，七嘴八舌说个不停，苏轼听出来了，因为山上树木砍伐殆尽，眼下百姓做饭、取暖成了难题。他皱了皱眉头，思忖片刻，对众人道："父老暂且忍耐，本州想办法！"

六

一大早，苏轼踏着积雪来到州署首门外，焦急地四处张望着，口中默念道："已是腊月中旬了，派出去的人怎地还不回来！"

半个多月前，苏轼在草市向围观百姓承诺，会想办法解决他们的缺柴难题。可徐州利国监专事冶铁，常年砍伐树木烧炭；今春为筑木岸，又有大量树木被砍伐，解决难题的唯一办法就是找到替代品。苏轼早就听老吏说起，徐州辖境内蕴藏石炭，遂派出几组人马，分头到各处查勘。半个多月过去了还未有消息，他坐不住了，每天都要到州署门外徘徊张望。先是傍晚出来，近日索性一到州署，先到门外张望。

"太守，好消息！"

苏轼抬头一看，一匹快马向这边驰来，马背上的人老远就喊了起来，到得苏轼跟前，滚下马来，把一块黑黝黝的石炭递到他手里。

“哪里找到的?”苏轼惊喜地问。

“萧县白土镇。”来人禀报道。

苏轼吩咐备马,叫上通判傅裼,随同使介往州城西南的白土镇赶去。到现场一看,黑压压的人群在围观,他上前一问,得知所藏甚为丰富,激动不已,当场写下《石炭歌》,表达喜悦心情。当日,苏轼留宿萧县,部署开采事宜。第二天没有回州城,径直赶往利国监。

利国境内盘马山产铁,冶铁制造兵器的即达三十六冶,冶工三四千人。苏轼将冶户召集到监署大堂,宣布决定:今后冶铁,以石炭代替木炭。冶户正为树木越来越少、木炭火力不足而苦恼,闻此消息,群情振奋。突然,一个冶户跪倒在苏轼面前,自报家门后,声调哽咽道:“太守是贤能官,我辈就有指望了。太守有所不知,利国监紧邻的沂蒙山区,盗匪出没,强盗敢在光天化日之下来打劫,半个月前,有伙强盗闯入敝宅,殴伤家丁数人,抢去金银财宝数千,太守要为小民做主啊!”

“是啊太守,我辈只盼着能过上安稳日子啊!”众冶户纷纷附和道,争先恐后上前哭诉自己的遭遇。苏轼转脸看了一眼利国监令,知监莫志明面带尴尬,苦着脸道:“只有几十号老弱病残厢军,不是盗贼的对手啊!”

苏轼本想出言相责,听了这番话,便忍住了,问众人:“朝廷律法明定,缉盗有赏,哪位愿意出头,缉拿抢劫李姓冶户的强盗?”都厅里顿时鸦雀无声。苏轼皱了皱眉头,一扬手道:“诸位放宽心,本州定有对策!”

冶户散去后，苏轼表情严肃道："李姓冶户被劫一案，务必侦破，将盗贼绳之以法，不然盗贼会越发猖獗；如何强化利国监防卫，也要采取措施。这两件事，贵监有何高见？"

莫志明禀报道："利国监去州七十里，土豪百余家，金帛山积，盗贼于是觊觎。因驻军力量微薄，盗贼来袭，往往望风而逃，盗贼既得财帛，足以啸聚无赖，壮大其势。监境又有精良兵器，盗贼每每一并劫掠，其势遂不可挡。"

苏轼听出一身冷汗，追问："有何对策？"

莫志明叹气道："盗贼出没于沂州深山，只能悬赏，民间畏于盗贼势重，无人愿意出头。至于强化防卫，端赖多驻厢军。"

苏轼摇头道："厢军调配，朝廷有明文规定，利国监非重地，只能调配那么多，故不可指望厢军防卫。"

莫志明知苏轼反对新法，踌躇良久方道："保甲法规定，凡家有两丁以上者出一人为保丁，农闲时集训，夜间轮差巡查，维持治安。下官觉得，行此法似有助本地防卫。"说完，低下头去，准备接受苏轼的严厉训斥。

苏轼并没有发火，反而点了点头，语气平和道："当因地制宜变通实行保甲法。每冶不妨选出有材力且忠谨冶夫十人，组成民团，每月两次到监署报到，接受检阅，以示有备，使悍盗奸贼知所戒惧。"

强化防卫的事有了头绪，侦破案件的事却束手无策。回到州城，苏轼便将去年建议在城东南修外墙的老吏请到直房，向他问计。老吏道："此事，不妨找囚犯商量，谁愿缉拿盗贼，就放他出去。”苏轼眼前一亮，命老吏到州牢与囚犯交谈，以便从他们那里探知捕盗高手。

不多时，老吏回禀，一个叫张德蔺的囚犯说有人可荐。苏轼忙到牢中亲自去见张德蔺。隔着铁栅栏一看，张德蔺躺在草铺上，病的奄奄一息。苏轼吩咐狱卒请医士为他治病。

狱卒手一摊道：“无此费用。”

苏轼转脸对通判傅裼道：“囚犯也是人，有病也该治。从募役钱剩余或坊场钱中抽出若干，作为医治囚犯费用，如何？”

傅裼为难道：“地方岂可擅专？”

苏轼想了想道：“先照此实施，我这就给朝廷上《医治病囚状》，请朝廷怜悯囚犯，设专人、拨专款为囚犯治病。”又嘱狱卒：“叫医士给张德蔺医病，费用先从公使钱里出。”

张德蔺感念太守厚恩，禀报说，沂州葛墟村人程棐，家富且胆大有谋，又有冤情在身，可供驱使。

苏轼问：“他有何冤情？”

张德蔺答：“程棐的胞弟程岳与盗贼头目有往来，被人诬为同伙，发配桂州。程棐一心想为程岳洗刷冤情却得不到机会，若答应帮其弟洗冤，他必效命。”

苏轼点头，即命支使孟易前去召程棐来见。

三天后，孟易带着程棐到了。苏轼在都厅接见，对他道：“尔当自效以刷门户垢污，如真能把抢劫李姓冶户的盗贼缉拿到，本州必奏请放免你的弟弟。”

程棐叩首道：“愿效命！”

苏轼大喜，当即写下密帖交给他，亲自送出都厅。

回到直房，看到书案上摆着新来的邸报，苏轼随手翻阅，忽见有文同知湖州的消息，盯着看了半天，自语道："我当乞请到江南守一州，与他为邻。"可提起笔来又犹豫了。贸然请郡，说不定适得其反。他把在位的大老梳理一遍，只有知枢密院事薛向有些交情，便给他修书，先检讨了这些年疏于问候的过失才转入正题，请他帮忙将自己调到江南守一郡，最好是宣州。自此，他留心打听江南州府郡守缺员情形，得知明州郡守明年四月会调走，苏轼又给范镇三子、秘书省正字范百嘉修书，请他私下向大老推荐自己守明州，若明州已有人选，江南其他州皆可，以宣州为宜。

发出两封请托函，苏轼喜滋滋地给文同修书："轼欲乞宣城，若幸得之，当与公为邻国。真是一段奇事。"想象着明年到江南去与文同欢聚的情形，脸上流露出期盼的、欣喜的神情。

七

见苏轼拖着沉重的步履低头往书房走，眼睛里闪着泪光，王闰之一惊，忙问："这是怎的了？"

苏轼摆手道："不要打扰我。"

适才接苏辙女婿文务光寄来的书简，告知其父文同赴任途中，在陈州染病不治，于正月二十日病逝。苏轼如五雷轰顶，浑身瘫软。自熙宁初京城一别，二人书简往返、诗词唱和，从未间断，还不时相互打趣。文同所寄双钩着色《筼筜谷偃竹》，让他爱不释手。与文同的交往，带给他很多快慰，所以才不惜放下自尊，求人转圜，好到江南与他一聚。谁知天不遂人愿，文同竟遽然而逝了。这些天来，他常常想象与文同相见的场面，有很多话想对他说，却再也没有机会了。越想越悲痛，只想躲起来大哭一场。进了书房，盘腿坐在床榻上，两眼发直，泪流不止。一连三天三夜，他就这样在床榻上默坐，实在困倦了，才躺下打个盹，蒙眬中又会被梦惊醒。醒来一看，枕席上全是泪痕。

王闰之、朝云、苏迈借倒茶送饭之机，轮番劝慰，都未奏效。正焦急间，忽见驸马都尉王诜的书简到了，苏迈忙送了进去。苏轼拆开阅看，尚未看完，露出了笑容。

今年正旦节刚过，武卫军正将雷胜投帖邀苏轼到城南会猎。苏轼自知写不出密州狩猎时那阕《江城子》了，便婉拒了。正月初七，雷胜又邀他检阅练兵，苏轼不便再推辞，率几位从事去观看。事毕，九人各写了一首诗，苏轼则以雷胜之名写了一首，共十首，汇集成册，还在前面写了引言，寄给王巩并请他转交王诜一阅。自那次因为《宝绘堂记》闹出不愉快，苏轼就再未直接与王诜联络。一见王诜有书简来，他自是惊喜；再看内容，竟是王诜以他府中十一个歌妓之名写的诗，合计十一首寄来，还问："这次到底谁输了？"正是看到这句话，沉浸在悲痛中的苏轼为之启齿，起床沐浴斋戒，写下《祭文与可文》，念及文同清贫，又修书苏辙，商量资助文务光以便料理乃父后事。忙完这些事，苏轼走出书房，来到院中。

院内春光明媚，弥漫着桃花的香气。见此情景，苏轼又难过起来，默念着："与可，与可，这样明媚的春光，你再也沐浴不到了！"站在院中发了会儿呆，一顿足道："走，登泉山！"

泉山位于萧县境内，以多怪石闻名。登山途中，但见沿途怪石嶙峋，或卧或立，形状奇异，令人生出无限遐思。爬到半山腰，见一棵枯树孤零零地立在那里，苏轼驻足凝视，仿佛在向它发问："你的生命已然终结，为何还站在那里？"良久，又感叹道："树木寿长数百年，终究有枯槁的一天，何况人呢！"离开枯树，来到隐士窦沔隐居读书的承恩堂。窦沔带众人观怪石、赏老木、品泉茗，摆上笔墨纸砚请众人题诗。苏轼研墨挥毫，画了一幅《枯木怪石图》。收笔后，久久盘旋于胸口的一股郁气，才悄然散去。

回到州城，忽接告敕：尚书祠部员外郎直史馆苏轼知湖州军州事。看到"湖州"二字，苏轼心里一沉。本来，这个任命满足了他守江南一郡的愿望，应该高兴才是；如今文同已逝，到江南去的动因已然消失；何况到湖州，难免时时勾起对文同的思念，还是不去的好。可这些理由，对朝廷又说不出口，一时不知如何是好，起身在直房踱步。

"太守，知利国监莫志明求见。"支使孟易禀报。

根据苏轼部署，利国监三百六十人的自卫民团业已组成，过两天要到监署接受检阅，莫志明特来邀请太守莅临训示。苏轼把告敕递给他，莫志明一看，着急道："哎呀！利国监治安事刚理出头绪，太守这一走……"

苏轼叮嘱道："利国监地产精铁，民皆会打造兵器，数千人之仗，可以一夕而聚。利国监稳定，则徐州无事，而京东无虞。故贵监责任重大，好自为之。”

莫志明苦笑道：“小小监令哪里承担得了如此重大责任，太守再守徐两三载，局面就不同了。”

苏轼蓦然生出在徐州建功立业的冲动。待莫志明退出，便提笔给皇帝上书。先从利国监的重要性说起，再说如何达至徐州乃至京东的稳定。首先是缉盗。他把自己到徐州后拨专款、严军纪的做法略述一遍，写道：“等第为诸郡之冠，陛下遣敕使按阅，所具见也。臣愿下其法诸郡，推此行之，则军政修而逃者衰，亦去盗之一端也。”其次是选有才干的郡守。他写道：“责以大纲，略其小过，凡京东多盗之郡，自青、郓以降，如徐、沂、齐、曹之类，皆慎择守臣，听法外处置强盗。颇赐缗钱，使得以布设耳目，蓄养爪牙。”再次是以特殊政策取士。他告诉皇帝“京东、西，河北，河东，陕西五路，盖自古豪杰之场，其人沉鸷勇悍，可任以事”，但考试赶不上吴、楚、闽、蜀，故应特为五路之士，别开仕进之门。最后说：“今臣于无事之时，屡以盗贼为言，其私忧过计，亦已甚矣。陛下纵能容之，必为议者所笑，使天下无事而臣获笑可也，不然，事至而图之，则已晚矣。”

奏疏封发了，苏轼觉得已从失去文同的哀伤中走了出来，精神大振，兴冲冲地嘱咐王闰之、苏迈，不急于收拾行装，等待朝廷对他复守徐州三年请求的答复。

州政依例已由通判权摄，苏轼在书房整理文稿，突然觉得自作多情了。近年来屡次上疏，诸如反对京东实行食盐专卖、特许利国监组建民团并配发兵器、辟专款为囚犯治病，等等，无一不是石沉大海；此番自告奋勇再守徐州三年以绥靖地方的请求，大体逃不脱同样的命运。这样一想，只得嘱咐王闰之："还是收拾行装吧。"

权摄州政的通判傅裼在黄楼设宴，为苏轼饯行。马盼盼强颜欢笑，殷勤侍候，泪珠却止不住一直在流。自从燕子楼夜会，马盼盼就与苏轼不再私下来往了，没有人看出来他们之间曾有过亲密关系。此刻，苏轼见她泪光闪闪，想到离别后今生今世就再也见不到了，他的心隐隐作痛，提笔赋《江城子·别徐州》："天涯流落思无穷，既相逢，却匆匆。携手佳人，和泪折残红。……回首彭城，清泗与淮通。欲寄相思千点泪，流不到，楚江东。"

马盼盼含泪吟唱了一遍，泣不成声问："太守舍得走吗？"

"我不想走，可……"苏轼支吾道。他没有把请求再守徐三年的事说出口，提笔赋《减字木兰花·彭门留别》，递给马盼盼："乐师，留作纪念吧。"

马盼盼读懂了。苏轼此词是向她倾诉：离别的酒，犹如佳人的眼泪；我一念之差，身陷官场，失去了江湖散人的自由之身，如今也很无奈；你就听我一句开导的话吧，权当我不曾来过，把我忘了吧！

离别之痛，让苏轼神色黯然，酒宴早早就散了。

回到官舍，忽有一个书生躬身施礼。原来是晋京赴考的眉州书生张厚师，转道前来看他。苏轼即吩咐在官舍的一棵大杏树下置酒，邀王适兄弟作陪。张厚师带来许多家乡的消息，苏轼很感慨。酒酣，王适兄弟吹箫助兴，苏轼提笔赋《月夜与客饮杏花下》，内云：

洞箫声断月明中，
惟忧月落酒杯空。
明朝卷地春风恶，
但见绿叶栖残红。

王适看罢，一脸错愕，蓦然生出不祥之感。

第十二章　魂飞汤火

一

湖州乃两浙西路十四州之一，下辖乌程、归安、安吉、长兴、德清、武康六县。州城为苕溪等河渠四面围绕，风景秀丽，山水清远。东晋谢安、唐代颜真卿和杜牧，都曾主政于此；苏轼的友人章惇、孙觉、李常，也曾先后来此守郡。

因文同去世后湖州郡守空缺已久，吏部札谕苏轼当在四月底前到任。离开徐州后，他还是先到了南都，一则与苏辙团聚；再则万一朝廷纳其言，他即可从南都返徐州复任。在南都停留了半个月，名义上是养病，实则是等待朝廷对他复守徐州三年请求的答复，可最终还是落了空。自己一腔热血贡献绥靖地方之策，甚至情愿在徐州做出示范，朝廷却置若罔闻，苏轼很伤感。拜谒恩公张方平时，张方平忧心忡忡地告诉他，两年前所上《谏用兵疏》，皇帝不仅不听，还加紧了用兵准备。去年底，皇帝赋诗示群臣，表达富国强兵，收复幽燕旧疆之志。苏轼听罢，越发郁闷。恰有远亲石幼安从京师来见，年过花甲的石幼安状貌比苏轼还年轻，问其养生之道，石幼安答："不做官。"苏轼深受刺激。赴任途经灵璧镇，受邀到张氏庄园游览，他羡慕张氏父祖为子孙计，修造了令人赏心悦目的庄园，使得后代有了仕与不仕的选择余地。想到自己归乡无计，还要迫不得已宦游各地，作《灵璧张氏园记》，表达感慨与羡慕。船到高邮，秦观、道潜迎于码头。因秦观要去探望随在越州做官的叔父居住的祖父母，便与道潜一起上了苏轼的官船。苏轼与道潜谈禅，秦观发现他有些重听，苏轼感慨道："色、受、想、行、识，这五蕴是人生的贼病。现一病先去，只怕此心未了，即使不见不闻，还是障碍。"出世的念头又在他脑海盘旋。途经扬州，郡守鲜于侁设宴平山堂，热情款待。苏轼填《西江月》，追忆恩师欧阳修。船到润州，苏轼偕道潜、秦观往金山寺访宝觉长老。至无锡，到惠山寺赋《赠钱道人》诗：

书生苦信书，
世事仍臆度。
不量力所负，
轻出千钧诺。
当时一快意，
事过有余怍。
不知几州铁，
铸此一大错。
我生涉忧患，
常恐长罪恶。

静观殊可喜，
脚浅犹容却。
而况钱夫子，
万事初不作。
相逢更何言，
无病亦无药。

秦观以为先生是嘲讽王安石，苏轼却说是慨叹当年迫于母亲压力承诺要结婚、入仕，入仕后又过于天真，故才有今日身不由己、漂泊宦途的窘境。船到秀州，亲往白牛村哭祭故友陈舜俞，洒泪写了一篇祭文。仁宗朝四十余年，中制科者十五人，陈舜俞是其中之一，还是那一科的头名；可直到熙宁初，还困于仕途，只是一个知县，又因上疏抗拒青苗法，被贬为监南康酒税，郁郁而终。苏轼在祭文里向天发问，以陈舜俞的才能，为何得不到重用？看似哭陈舜俞，实则是搔首问天的自伤。正是带着这样的情绪和怀念文同的伤感，苏轼踏上了湖州的土地。

元丰二年四月二十日，苏轼抵达州城，摄州政的殿中丞、通判祖无颇率同僚迎于城门外，一应礼仪毕，苏轼照例写谢表。长子苏迈见父亲情绪不对，把谢表看了一遍，见有“知其愚不适时，难以追陪新进；察其老不生事，或能牧养小民”几句，吓了一跳，急忙拿着文稿去找秦观。秦观也大吃一惊。尽管他还没有入仕，但在京城赶考期间，也听到过不少新名词：“新进”是旧党对新党的蔑称；“生事”是旧党对变法的惯常表达。苏轼在谢表里用这两个名词，等于公开表达了对自己不受重用的不满，以及与朝廷不合作的态度。

“谢表就是例行公事，先生何必说这些话?”秦观劝道。

苏轼情绪激动道：“世人畏祸，故严口舌之戒。我也畏祸，但祸之端在邪贪妒，我深戒之。不贪不妒思无邪，相信可以免祸；至于口，天生使言，想说的话闷在肚子里，不是要憋死吗!”这样说着，坚持把谢表原封不动地发出了。

照例祭拜了孔庙和城内的各大寺庙，苏轼就迫不及待去访隐士贾收。不巧的是，贾收带着娇美侍妾“双荷叶”外出了，其子贾添丁以鲜鱼嫩藕待客，苏轼酒酣，提笔在水阁墙壁作怪石古木画一幅，题诗三首，内云：“得意诗酒社，终身鱼稻乡。乐哉无一事，何处不清凉。”又陪秦观、道潜四处游览，分韵赋诗。道潜看了他的《南歌子·湖州作》，感叹道：“湖州风物秀美，所以词中满是雨水、小桥、花园、月光、小舟、霜花、江湖等景物，可细读之，到底还是借景物抒发哀伤情感。”苏轼只是苦笑。端午这天，苏轼和通判祖无颇带秦观乘肩舆游览城内佛寺，又设宴荷叶堂欢饮，为秦观送行。

湖州的秀美山水，足以疗伤，苏轼的心情有了好转，忽见邸报赫然刊载着：御史中丞蔡确任参知政事；知谏院李定为右谏议大夫、权御史中丞；知审官院张璪兼知谏院。蔡确比苏轼小一岁，中进士晚一科，如今已位列宰执；李定是熙宁初被群起而攻之的不孝之人，如今摇身一变，成为御史中丞；张璪是同年，如今已是天子近臣、炙手可热的谏官领袖。苏轼的情绪又低落下来。随来的王适看出来了，拉上他绕湖州城墙赏荷花，再到城南五里外的砚山游览，夜宿飞英寺。同僚又邀他赴王羲之曾游览过的乌程县法华山，以山泉濯足。散了几天心，苏轼的情绪渐渐平复下来。

入夏后就阴雨连绵，直到初秋，天气一直没有放晴。苏轼写了青词，到卞山黄龙洞祭祀，祈望天晴。七月二十七日午后，突然云开雾散，太阳火辣辣地照射下来。苏轼忙回官舍，指挥王适兄弟和苏迈把书画、文稿搬出来曝晒。刚把书画摊开，忽见文同所赠双钩着色偃竹图，不禁悲从中来，放声大哭。王闰之走过来问："好好的，哭什么呀？"

苏轼拍拍胸口道："这里堵得慌。"

王闰之还要问什么，忽听有急促的马蹄声传来，众人齐刷刷地把目光投向首门外，只见一个满身尘土的男子翻身下马，边抹汗边语调急切地问："苏学士在吗？"

"你从哪里来？"苏轼举袖擦了擦泪，迎过去问。

"南都苏子由差派！"来人道。说着，上前拉了苏轼一把，向里一指道："借一步说话。"

苏轼把来人引进书房，刚进门，来人就压低声音道："苏子由让转报学士，钦差前来湖州拿你！"

苏轼惊恐地"啊"了一声，双腿发软，站立不稳。来人急忙伸手相搀，把他扶到座椅上。苏轼想镇定下来，可心慌得厉害，喘息时只觉得气短，良久才声音颤抖道："可、可知，为了何事？"

"苏子由只说，要学士有所准备。"来人答。又慌慌张张道："我这就走，以免走漏风声。"

二

元丰二年七月二十八日，太阳刚一露脸，就被厚厚的乌云遮蔽得严严实实，没有一丝风，闷热得令人喘不过气来。湖州通判祖无颇一进州署，苏迈就迎上前，递给他一个告假帖。祖无颇很纳闷。昨日听说太守在官舍大哭，今日便来委托他摄州政，不知出了何事，便前去官舍探望。一进门，就听到激越的琵琶声。

昨日接到苏辙派人送来的消息，苏轼惊恐不已。冷静下来，突然意识到，时下的政治气候与以前已大不同，朝廷对官员的监察越来越严厉，皇帝不惜动用雷霆手段整顿官场，以树权威。五年前，追查郑侠所上《流民图》事件，先后有王安石的弟弟、秘阁校理王安国等八人遭到贬放。因"陈世儒弑母案"请托、错判之事被揭出，皇帝下令重审，百余名官员受到审讯，原审官、知开封府苏颂下狱，请托和干预审判的一批官员被降级或贬放。官场的气氛，陡然紧张起来。苏辙所派使者语焉不详，不知道这次到底是因为什么要拿他。他仔细梳理了这几年自己的所言所行，推断因言获罪的可能性大。事到临头，与其陷入恐惧中不能自拔，不如像苏辙交代的那样，做些准备。先提笔给苏辙修书；再把苏迈和王闰之叫到书房，通报了出事的消息，并交代后事：无论是赐死还是押解入京，家人都要到南都投靠苏辙，侍妾和家妓、仆从，准其自便。一家人哭作一团，直到天亮也未合眼。朝云红着眼睛默默地为他梳头、洗脸，又坐下来为他抚琴。看到通判祖无颇进来，苏轼摆手让朝云退下，颓然道："殿丞，我命休矣！"

祖无颇愕然道："太守何出此言？"

苏轼道："拿我的钦差这一两日必到。"

祖无颇又是一惊："此朝廷机密，太守远在湖州，何以知之？"

这倒把苏轼问住了。朝廷拿人，为防人犯逃匿或自杀，一向是秘密而快速进行。如此机密之事，身在三百里外的南都的苏辙是怎么知道的？为什么他的使者比钦差还先到？正疑惑间，忽有州校大喊："钦差到，在都厅候着！"说着，气喘吁吁地跑过来，递上一张名帖，祖无颇一看，钦差乃太常博士、御史台推直官皇甫僎。

尽管早有思想准备，可听到拿他的钦差到了，苏轼还是紧张得浑身抖个不停，上下牙发出"喳喳"的磕碰声。祖无颇起身相扶，请他一起去面见钦差。苏轼连连摇头："你、你摄州政，你去，我不去。"

祖无颇劝道："事已至此，躲着也不是办法，不如一起去见见。"

苏轼镇定片刻，只得起身往外走，腿脚有些不听使唤。祖无颇见他穿着道袍，驻足道："太守，还是穿上官袍出见为好。"苏轼茫然地摇头。祖无颇劝道："时下还不知道发生了什么，朝廷也未罢去太守的差遣，见钦差，还是穿官袍为宜。"苏轼这才转身回到内室，冠带整齐，跟在祖无颇身后，战战兢兢地往州署走去。

二人从后门进了都厅，只见皇甫僎傲然而立，身后站着一个酷似他的年轻人，像是他的儿子，两位捕快手持哨棒，面目狰狞，夹立在两侧。苏轼一眼望去，瞥见一名捕快的怀里鼓鼓囊囊，像是揣着匕首之类的凶器。他的脑袋“嗡”的一声，身子微微摇晃了一下。见皇甫僎打量着他，久久不说话，便试探着问：“太博，轼自来惹恼朝廷甚多，今日必是赐死。死无怨言，只是，能不能允我回去……回去与妻儿诀别？”

皇甫僎瓮声道：“不至如此。”说完又沉默了。

祖无颇问：“太博此来，必有拿人文字吧？”

皇甫僎不耐烦地问：“你是何人？”

祖无颇答：“权州祖无颇。”

皇甫僎向后摆了下脑袋，一名捕快从怀里掏出文书递了上去。原来鼓鼓囊囊的东西是官文书，不是匕首。苏轼松了口气。皇甫僎清了清嗓子，高声宣读：“奉圣旨：御史台选牒朝臣一员，乘驿追摄，其罢湖州朝旨，令差去官赍往。”宣读毕，把罢苏轼知湖州军州事的告敕和御史台追摄台牒，一并递给祖无颇。

苏轼一听是御史台的台牒，圣旨也只说是追摄，放心了许多，刚畅出口气，皇甫僎一摆脑袋，两名捕快“嗖”地跨到苏轼身边，一人架着他的一只胳膊，不由分说就往外拉。苏轼没有挣扎，只是步伐有些轻飘凌乱。

王闰之带着一家老小在门外焦急地候着，一看苏轼被两名捕快挟持着出了都厅，顿时大哭小叫起来。当着家人的面，苏轼想展示出自己的坦然，忽然想到一个故事：当年真宗寻访天下贤者，隐士杨朴被举荐入京。觐见时，真宗问，你出发前有人写诗送行吗？杨朴答，只有老妻送诗一首，遂吟诵一遍。真宗大笑，明白了杨朴的心思，遂放其归。苏轼曾对王闰之讲过这个故事，此时正好可以借用，便挤出一丝笑容，对王闰之道："你就不能像杨朴的老妻那样，作首诗送我吗？"

王闰之闻言，忍不住凄然一笑。

苏轼向她一扬下颌，以命令的语气道："都回去，不许送！"说完，夸张地挺了挺腰板，迈步往外走。

出了城门，回头一看，祖无颇和大小官吏都不见了人影，忽见掌书记陈师锡大步上前，对苏轼抱拳一揖道："学士珍重！下官会尽力安辑学士家眷。"

苏轼颔首称谢，又看了一眼跟在身后的王适兄弟和长子苏迈，凄然道："就此别过，回吧！"

王适走上前去，深揖施礼，含泪道："生死祸福，都由上天注定。先生不要多想，顺从天意吧！"

苏轼点了点头。

苏迈上前道："儿放心不下，已与母亲商量过了，随侍大人。"

苏轼摇头。

王适忙道："先生请放心，我们兄弟护送家眷去南都。"

苏轼这才点头："也好。"又向皇甫僎求情，皇甫僎不说话，算是默认了。

驿站已备好五匹马，皇甫僎命苏轼上马，他的儿子打头，两名捕快将苏轼夹在中间，皇甫僎殿后，打马往码头而去。苏迈身背包袱，小跑着紧随其后。到了码头，两名捕快押着苏轼上了一艘驿船，进了后舱。皇甫僎父子进了前舱。等候片刻，苏迈气喘吁吁地赶到了，独自在两舱之间的过道里栖身。

驿船开行不久，苏轼沉沉睡去。不知过了多久，忽听外面人声嘈杂，细听片刻，方知是船舵破损，需要修理，只能暂停。当夜，月色如昼，风涛震耳。苏轼走到甲板上，面对万顷波涛，心中纷乱如麻。一眼瞥见“鲈香亭”三字，心里一动。不知为何被逮，也不知罪名多大，生死未卜，到京受审，势必受辱，还会连累朋友，倒不如闭眼一跳，死在这个有美感的地方，一了百了。扭头一看，两名捕快就站在身后，眼睛紧紧盯着他的一举一动，只好放弃了这个打算。

死，还是苟且偷生？他的脑海里为此纠结着。死，一了百了，免于受辱，只是尚有二子未成人，一大家人的生计也未有着落，弟弟苏辙本就儿女众多，官俸微薄，怎忍心让他独自承担……他动摇了；可是，即使能苟活，也没有能力照顾家人了，这样一想，死的念头渐渐占了上风，接下来的全部注意力，就是寻找机会。

船过长江，风浪中，驿船不停地颠簸着，苏轼觉得这是最后的机会了，便起身东倒西歪着往舱外走，刚出舱门，两名捕快挡在了他前面，苏轼只得把身子缩了回来。正在为求死不能而叹息，忽听岸上有人向船上喊话：“我是扬州守臣，想上船见见苏学士。”苏轼隔窗望去，是老友鲜于侁。自从落难，一路上那些曾经的朋友都避之唯恐不及，想不到鲜于侁还这样重情重义，他的眼睛湿润了。

“苏某是钦犯，任何人不得见他！”是皇甫僎强硬的回答声。苏轼只能泪眼模糊地望着老友惘然离去，连一声感谢的话也不敢说。船过平山堂下，苏轼隔窗仰望，看到了友人杜介家的纸窗竹屋，想象着他在家中悠闲地下棋饮茶，而自己却成了失去自由的罪人，顿生无限感慨，只觉自己与杜介的生活，已是天壤之别了。

行之宿州，忽有御史台所派急足上船，向苏轼宣读一道台符：命所在州县查抄苏轼家，搜索文稿。苏轼只得如实相告，自己没有地方安家，家眷此时在去往南都的船上。说完，闭上眼睛，想象着自己的家眷皆妇女童稚，受此惊吓，是多么可怜，泪水止不住淌了下来。

“又是拿人，又是抄家，苏某到底所犯何罪？”待镇静下来，苏轼鼓足勇气，问捕快道。

捕快答：“我等只是奉命拿人，至于你所犯何罪，到京后，自然就知道了。”

三

元丰二年夏的一天，天气炎热，已升任中书舍人的李清臣，借休沐日到开封资圣门逛书市，忽见一个书摊前围满了人，似乎是在争购什么书，便吩咐随从去查看。过了片刻，随从怀里抱着一摞书册回来了，是雕版印制的四册《元丰续添苏子瞻学士钱塘集》。李清臣匆匆翻看一眼，跨马回到家里，闭门浏览，不时发出“天理何在”的自问。

李清臣对报考制科时被叔丈劝退以便为苏轼兄弟让路一事，耿耿于怀；王安石推行新法，李清臣内心里是支持的，只是碍于叔丈韩琦持反对立场，他不敢亮明自己的态度。故而，虽然表面上与苏轼诗词唱和，像是投缘，实则却把他看作自己仕途和文坛上的障碍。从密州回京后，即谒见宰相王珪，把苏轼被旧党众星拱月的情形说了一遍，又把《盖公堂记》呈上，本就对苏轼不满的王珪遂在皇帝面前，把龙颜震怒的《谏用兵疏》为苏轼代张方平所写、《盖公堂记》讥讽皇帝无病乱投医、旧党推崇苏轼图谋推翻新法等，陈奏一遍。最后还说，旧党是不是密谋夺权，就看苏轼在赴任河中府途中会不会入京。王珪派人秘密探查苏轼行踪，得知苏轼果然要晋京，急忙面奏皇帝。皇帝一怒之下，颁下不许苏轼入国门的手诏。这预示着，苏轼此生只能宦游各地了。李清臣大大地松了口气。可是，看到《元丰续添苏子瞻学士钱塘集》大受欢迎，妒意再次像棉花团一般堵在胸口。就因为欧阳修、梅尧臣的抬举，苏轼一举成名，如今俨然文坛宗师，为天下读书人追捧。李清臣先是发出“天理何在”的追问，继之咬牙切齿道：“挡我路者，死！”

他之所以说出这句话，是有原因的。韩琦去世后，李清臣对正妻韩氏态度大变，把梦中追着孙三小姐簪花、踩鞋的事一股脑儿说给她听。韩氏大哭道：“簪花象征定亲；鞋，是协和之意，你们注定会成夫妻。看来我是活不了几天了。”自此，韩氏郁郁寡欢，不久就去世了。一个挡路者就这样被扫除了。李清臣随即向同僚孙洙提亲，已升任翰林学士的孙洙却一口回绝了。谁知过了几个月，孙洙暴卒。李清臣借祭奠之机向孙三小姐求婚，孙三小姐欣然应允。这件事让李清臣深信，凡是他的挡路者，只有一个结果：死！

当晚，李清臣带着四册《元丰续添苏子瞻学士钱塘集》，登门拜见宰相王珪。王珪天资过人，文采出众，以文学进用，文章气魄宏大华丽，典内外制十八年，朝廷大典册多出其手。欧阳修去世后，以为理所当然会成为文坛宗师，却不料这顶桂冠被晚辈苏轼夺去，而苏轼对他这个座师形同陌路。所以，他对苏轼耿耿于怀久矣。但王珪宽厚沉稳，处世圆滑，从未表露出对苏轼的不满，只有在他刻意提携的李清臣面前，才一吐怨气。一看摆在面前的《钱塘集》，王珪就猜到了李清臣的来意。正要商议对策，监察御史舒亶求见。王珪和李清臣对视一眼，会意一笑，吩咐传请。

"丞相，要变天吗?"舒亶一进门，就大声嚷嚷道。台谏官一向强势，而舒亶又以刚猛著称。当年他进士高第，授临海县尉，有弓手醉呼于大堂，舒亶命杖之，弓手大呼："你只会吓唬人，有种斩了老子!"舒亶拿起短剑，当场将其斩杀，投檄自劾，留诗云："一锋不断奸凶首，千古焉知将相才。"州人壮之。虽然被贬官，但在监察御史张商英一再保举下，舒亶到西北戍边，单骑与西夏争边界，立功受奖。后张商英亲属犯法，押御史台受审，张商英修书请托，舒亶谓："事涉干请，不敢隐默，将各件缴进。"张商英因此被外放。加之舒亶其人壮貌甚伟，博学有辩才，提起他来，上至宰相、下至孔目，没有人不害怕的。所以，王珪见他吵吵嚷嚷着进来，赶紧笑脸出迎，叫着他的字道："信道，莫激动，喝盏茶，慢慢说。"

舒亶旁若无人，边落座边问："为什么调沈括回朝?"

沈括本是变法的支持者，鞍前马后做了很大贡献，升任号称计相的三司使；但王安石罢相后，继任者吴充有意调整王安石的政策，沈括两次上疏，建议调整募役法，侍御史蔡确以依附大臣、越权言事、前后态度不一等理由弹劾他，沈括由翰林学士降为起居舍人，外放宣州。日前，吴充奏请皇帝下旨，任沈括为龙图阁待制、知审官院。得到这个消息，舒亶特来谒王珪，一探究竟。可是，不管他怎么问，王珪都笑而不答。舒亶哼了一声道："吴相见直接推翻新法行不通，就通过往朝廷掺沙子来达到目的，是这样吗？"吴充当国两年多来，屡次要调整新法，都被皇帝制止了。前两天的朝会上，吴充又提出调整饱受非议的青苗法、均输法，试图在群臣支持下，给皇帝施压。参知政事蔡确辩驳说，新法本是陛下所立，王安石协相而成之，吴充却挟怨而坏之，让百姓何所措手足？吴充无言以对。舒亶怀疑吴充调沈括晋京，是想通过调整人事，达到推翻新法的目的，故格外警觉。见王珪依然沉默，他提高声调道："时下是决定新法能不能继续实施下去的关键时刻，关乎国运，丞相岂可袖手，再不站出来说话，恐怕接下来，司马光、苏轼之流也要被请回来了！"

一听舒亶提到苏轼，李清臣故意把《钱塘集》向他面前推了推。舒亶漫不经心地拿在手里，随意翻看了两眼，"啪"地摔在地上，声色俱厉道："哼，任凭他这么煽惑下去，富国强兵的目标，如何能够实现！"

王珪笑了笑："御史言重了吧？诗可以怨，这是传统。你看《诗经》，看唐人的诗，有的讥讽、有的揭露、有的抨击，很正常嘛！"

"情况不同！"舒亶脖子一梗道，"那时候写首诗，有几个人能读到？可时下发明了印刷术，雕版刻印，天下人都可购而阅之，影响力巨大；再说，苏轼什么身份？直史馆，天子文学侍从；郡守，一方大员。有不同意见可以上疏，为何像怨妇一样骂街？历朝历代，有身为天子文学侍从写诗骂朝廷、讥天子的吗？”他越说越激动，忽地站起身，边往外走边继续说着：“他是名流，就可以为所欲为吗？为皇宋国运计，为富国强兵国策不被动摇计，舒某就是豁出这条命来，也要惩治这不忠不义、不知天高地厚的小人！”

王珪追上去，劝道：“御史可知，几年前沈括就将苏轼的诗贴黄进呈过，官家说什么了吗？沈括落了骂名，苏轼却毫发未损。请御史三思。”

“此一时彼一时！”舒亶驻足道，“再说，沈括那是为自己升官而出卖朋友；舒某是为维护变法大局，怎可同日而语？”

四

元丰二年六月二十七日下午，监察御史何正臣来到垂拱殿。施礼毕，皇帝问：“卿非时请对，所为何事？”台谏官定期面君奏事，但平时有急事要参奏，也可请求召对，谓之非时请对。

何正臣一举朝笏，奏道：“陛下，臣昨在进奏院看到知湖州苏轼所进《湖州谢上表》，不胜骇异！”

皇帝看了何正臣一眼，没有说话。

何正臣又道：“苏轼说什么不能追陪新进，分明是公开宣布与朝廷不合作；又借机攻击推行新政是生事。愚弄朝廷，妄自尊大，莫此为甚，当予严惩！”说着，从袖中掏出弹章，向上一举道：“臣进呈弹劾苏轼的札子。”

内押班上前接了，呈到御案上，又一甩拂尘，示意何正臣退下。

皇帝翻看几眼何正臣的札子，提笔批道：“送中书。”

宰相吴充接到御批札子，匆匆浏览一遍，顺手扔进“停阁”的一摞文牍中。坐在对面的参知政事蔡确伸手拿过去一看，质疑道：“官家批的，不覆奏吗？”按制，皇帝降中书的文书，是要宰相拿出处理意见后呈报，谓之覆奏。但宰相不同意办的事，故意拖延或索性不覆奏，也时有发生。吴充觉得何正臣纯属无事生非，决定停阁。蔡确新入中书，尚不熟悉惯例，问了两遍，见吴充不理会，只得作罢。

五天后的七月初三，宰执大臣刚进政事堂，通进银台司就送来了各地和朝廷百官的奏章。按制，凡上奏文书，除台谏官直接进呈外，都要先由中书阅看，再决定哪些呈报御览。王珪抓起一叠文书道：“国子博士李宜之提举淮南西路常平，苏轼知湖州，不在他监察范围，他却上章纠举苏轼写的《灵璧张氏园记》废为臣之道、乱取士之法。这不妥吧？”

“停阁！”吴充怒气冲冲道。话音未落，内押班带着两个小黄门，抬着文书箱进来了。打开一看，都是台谏的弹劾札子。七月初二是台谏官到崇政殿进呈弹章的日子，皇帝御览后，除留中不发者外，都要送到政事堂。吴充翻看片刻，皱了皱眉头道：“怎么回事？是不是商量好的？”说着，把两道文书向王珪面前一推。王珪一看，是御史中丞李定和监察御史舒亶弹劾苏轼的札子。他故作惊诧道："哎呀，连同何正臣和李宜之，五天之内，四道弹章，而且御史中丞亲自出马。"

参知政事蔡确闻言，脸上露出惊喜的笑容，把李定和舒亶的弹章细细阅读一遍，大声道："舒御史从苏轼诗文里挑出一些句子加以引申，认定苏轼讥讽时政，指斥乘舆，其诗文要么雕版印刷，要么刻成碑文，广泛传播，已犯下大不敬罪，当置于刑典。"

政事堂里的气氛顿时紧张起来。蔡确又把御史中丞李定的弹章概述一遍："台长指控苏轼四大罪：一是变法之初，就大加攻击，陛下优容，望其改过，苏轼却不知悔改，攻击不止。二是教而不从。陛下对苏轼可谓仁至义尽，可苏轼却越发狂悖。三是以诗文煽惑天下人反新法；为官又不执行新法，其表现正是古人所说的'行伪而坚'，依圣贤之法，所当首诛。四是指斥乘舆，明知故犯。苏轼熟读史传，并非不知事君有礼、讪上有诛的道理，却放肆嘲讽君父；他过去多次呼吁革除积弊，可当陛下除旧布新时，他又怨恨自己没有受到重用，转而对陛下所行之法一概诋毁。弹章最后说：'罪有四可废，而尚容于职位，伤教乱俗，莫甚于此。伏望断自天衷，特行典宪。'"

"官家御批是？"吴充闭目问。

蔡确翻看一眼，答："全是'送中书'三字。"

吴充沉吟良久，方道："好了，议别的事吧。"

蔡确质问道："相公的意思是，搁置不理？"

吴充捻着长须，冷笑道："那些诗句，当年沈括贴黄进呈，君相置之不理。这次,就不必再渎扰圣聪了。”

“相公此言差矣!”蔡确辩驳道,“第一,沈括进呈时,介甫相公在位,新政由他主持,苏轼讥讽新政,可以理解为攻击政府,指斥宰相,置之不理可也;苏轼身为郡守,应该知道,现在的新政是皇上亲自主导,仍不收敛,只能说他是有意指斥君父,大失为臣之道。第二,沈括不是台谏官,而今弹劾苏轼的是台谏官。记得当年苏轼给皇帝的上疏说:‘台谏代表公论,言及乘舆则天子改容;事关廊庙则宰相待罪。’既然苏轼都是这么认为的,如今政府却要搁置台谏的弹章,这压制公论的罪名,谁担得起?”

吴充争辩道:“台谏有风闻而奏的特权,他们说苏轼诗文指斥君父,那是他们的看法,政府岂可照他们的说法行事?”

王珪嘿嘿笑了几声,试探道:“二公所言都有道理。不过,台谏纠弹苏轼指斥君父,罪名不轻,可否把苏轼召回,一一辨明?”

吴充长叹一声道:“也罢,照此覆奏。”

蔡确亲自动笔,拟了一道奏状。吴充一看,内有“御史台差官追摄”之语,蹙眉道:“不是说召苏轼回京辨明吗?怎的要御史台去拿人?”

蔡确眼一瞪道:“召回?万一苏轼得到什么风声出现意外,谁担其责?苏轼是官员,官员犯事,自然由御史台出面。”

王珪打圆场道:“目的是让苏轼安全回京,不要计较细节了吧。”

吴充摇着头,在奏状上押了字。

次日下午,内押班就将御批送到了政事堂,只见上写着:“送御史台根勘闻奏。御史台选牒朝臣一员，乘驿追摄，其罢湖州朝旨，令差去官赍往。”吴充无奈，只得嘱中书舍人起草罢苏轼知湖州告敕，命检正公事起草送御史台札子。

第二天，七月初四下午，御史中丞李定接到中书札子，并台官的三道弹章、李宜之的一道奏状，另有四册《元丰续添苏子瞻学士钱塘集》。粗粗浏览一遍，喜滋滋地物色前去湖州追摄苏轼的台官。约见多人，不是家中有事，就是身体有恙，人选迟迟未能确定，气得他在直房大叫：“为国除害的事，竟无人愿意去做吗？”太常博士、御史台推直官皇甫僎正好从走廊路过，闻听此言，进门禀报道：“下官愿偕犬子前往！”李定大喜，即命台吏取来台牒一道交给他，另选捕快两名，驰驿火急赶往湖州。

文书往返、物色台官，前后已达十多天，逮苏轼回京的消息已外泄。就在两个月前，江东转运判官何琬劾奏知润州吕嘉问，河南府军巡判官华申甫以私函报之，事泄，皇帝命御史台严查，包括知谏院张璪在内的近十名涉事官员受革职、罚铜不等的处分。殷鉴不远，虽消息传出，却没有人敢向苏轼通风报信，只有驸马都尉王诜，仗着公主对他情切爱深，悄悄派心腹赴南都密报苏辙。

苏辙闻讯，大惊失色，来不及多想，连夜派健仆疾驰湖州。

此时，皇甫僎率台卒走陆路已过了南都，两路人马几乎同时在官道上飞奔。苏辙的使者需要不时停下喂马，而皇甫僎每到一个驿站就换乘备好的快马，所以早一天到达润州。因儿子突然肚子疼，不得不在润州求医，延迟了两天，苏辙的使者这才先一天到了湖州。

苏轼对朝廷发生的这些事一无所知。当八月十八日驿船通过开封东水门驶入城内时，他想起了两年前在陈桥门听到不得入国门的圣旨时的情形，以为自己此生与京城无缘了，万万没有想到，仅仅过了不到三年时间，他会以这种方式回到京城。隔窗看去，见一个卖活鸡的摊贩，挥刀在一只大公鸡的脖子上拉了下去，顿时血流如注。苏轼下意识摸了摸自己的脖子，脑海里闪出“魂飞汤火命如鸡”的诗句来。

第十三章　柏台森森

一

京城开封东澄街北段，有一座坐南朝北的大院落，是具有谏诤皇帝、纠察百官的最高监察、议政兼司法机构的御史台所在地。院落四周遍植柏树，柏树高大茂密，成为乌鸦的栖息地，故御史台又有“柏台”“乌台”之称。按制，凡官员犯法，大案下御史台，小案交大理寺或开封府关押、审讯。为此，御史台院内单设监狱，谓之台狱。提到御史台，无论是其职权还是别称，都让人生出望而生畏、阴森可怖之感。

元丰二年八月十八日午后，御史台知杂南庑一间囚房的铁门“哐啷”一声打开了，一高一矮两个狱卒用力一推，苏轼踉踉跄跄进了囚房，跌坐在一堆稻草上，眼前一片黑暗。过了一会儿，眼睛慢慢适应了里面的光线，这才看清楚了，囚房没有窗户，屋顶开着一个不大的天窗，整个房间就像一口深井。他坐的稻草就是床铺，除了一张矮脚小几，就再也没有别的设施了。他挪动一下身子，蜷缩在稻草铺成的床铺上。高个狱卒转身出去了，不多时，端来了笔墨纸砚，放到矮脚几案上。苏轼像是见到了亲人，伸手抚摸了一下，高个狱卒瞪了他一眼，用力点着他的额头，恶狠狠道："苏轼，老子警告你，这是让你写供状的，不是让你写骚诗的！"矮个狱卒大笑。见苏轼不语，高个狱卒骂道："你个老小子，不屑搭理老子？"苏轼闭上眼睛，继续沉默着。高个狱卒恼羞成怒，抬脚向苏轼胸口踢去。矮个狱卒拦了一下，飞起的脚只踢到几根稻草，忽地落在苏轼头顶。两个狱卒骂骂咧咧走了，苏轼顶着稻草一动不动，像一尊泥塑。

"便是不判死刑，也要受虐辱至死；与其受辱而死，何不早早了断？"苏轼心里向自己提问道。不知过了多久，囚房铁门上的小窗打开了，传来长子苏迈的声音，他是来送饭的。苏轼没有起身，对着小窗问："安顿下来了？"

苏迈答："借住榆林巷岳父家。"

苏轼又道："那就好。饭菜拿回吧，吃不下。"

苏迈劝了几句，见父亲不松口，只好提着食盒走了。

囚房外响起乌鸦此起彼伏的聒噪声，令人毛骨悚然。柏树梢的暗影透过天窗投进囚房的地上，像是游动的鬼魂。苏轼闭目沉思，忽而是少年时领着玩伴游山的情形，忽而是怀远驿与苏辙风雨对床的场景，欧阳修府上的雅集，登进士第、制科高中时的豪迈，外放杭州时的失落，密州、徐州时对建功立业的渴望……他把四十四年的人生都回顾了一遍，想到了三个儿子，还有蹒跚学步的孙儿，想到了王弗、王闰之、朝云，最后定格在了苏辙身上，哽咽着自语道："阿同，对不住了，一大家人交给你了！"泪水潸然而下，感到不舍。又过了不知多久，乌鸦也安静下来了，苏轼向矮脚几案前挪了挪，用发烛点着了油灯，提笔赋诗，与苏辙诀别："圣主如天万物春，小臣愚暗自亡身。百年未满先偿债，十口无归更累人。是处青山可埋骨，他年夜雨独伤神。与君世世为兄弟，更结来生未了因。"写到"与君世世为兄弟"时，已是泪如雨下，哭出了声。镇静下来，突然想到死后葬在哪里的事。回眉州吗？他摇了摇头，觉得无颜见蜀中父老。葬京城吗？这是非之地、伤心之所，活着就想躲开。突然想到杭州寿星院，前生即此山僧，死后也葬那里吧。于是，提笔再写一首："柏台霜气夜凄凄，风动琅珰月向低。梦绕云山心似鹿，魂飞汤火命如鸡。眼中犀角真吾子，身后牛衣愧老妻。百岁神游定何处，桐乡知葬浙江西。"

诗写好了，还不能让家人知道，免得他们伤心；放在自己身上又怕被搜去。正犯愁间，铁门打开了，一位头发花白的男子手提木桶进来了。他把木桶放在苏轼跟前，掸了掸手道："老卒名梁成，打扫房间、倒便桶、侍候学士洗漱，都是老卒的活计。"又一指木桶："苏学士一路劳顿，这里是热水，烫烫脚，解解乏吧。"

苏轼见他面善，说话这般和蔼，很是感动，抱拳对他一揖道："有劳梁丈。"说着，把刚写好的诗稿捧递过去，恳求道："梁丈，此是我写给家人的诀别诗，托梁丈代为保存，待我死后，家人来收尸时转交。"

梁成摇手道："学士不要多想，哪至于死呢！"

苏轼又是一揖："以防万一吧，如果不死，出狱时梁丈再还给我不迟。"

梁成点点头:“既然学士这么说,老卒就替学士先收着。”

苏轼刚把诗稿递给梁成,又要了回来,一脸歉意道:“待我写个诗题。”说着,提笔为两首诗冠以长题:“予以事系御史台狱,狱吏稍见侵,自度不能堪,死狱中,不得一别子由,故作二诗授狱卒梁成,以遗子由。”

次日,苏迈又来送饭。苏轼还是以吃不下为由拒绝。苏迈这才意识到,父亲是要绝食求死了。他把脸贴在小窗上,哭着说:“大人万一有个三长两短,让儿如何向母亲、叔父和弟弟们交代?”苏轼不为所动。苏迈又道:“大人,你还没有听楚老叫声爷爷呢!”楚老是苏轼为长孙苏箪取的乳名,苏迈是想用他打动父亲。苏轼坐在墙角,泪流不止,却不搭话。

“哐啷”一声,高个狱卒打开了铁门,大叫道:“苏轼,有公公来看你,快起来行礼!”

苏轼睁开眼睛,眼前站着一个手持拂尘的小黄门,他挣扎着站起身,向小黄门抱拳一揖。小黄门回了礼,扭脸对狱卒道:“苏学士才高,岂可直呼其名?”

狱卒躬身称是。

苏迈乘机道:“大人,还是吃点饭吧!”

小黄门“哦”了一声道:“苏学士,饭还是要吃的,吃饱饭,好把事情说清楚嘛!”

苏轼暗忖:一定是御史台把押他到京的事奏报到御前,皇帝派内侍来查看情形。听小黄门的口气,事情没有想象的严重;小黄门要求狱卒呼他苏学士,想来狱卒此后不敢再横肆。这样想着，也就放弃了绝食的打算。

第二天，八月二十日上午，苏轼被带出囚房，来到一间宽敞的房间。只见四名捕快手提哨棒，凛凛而立，坐北朝南摆放着一张长条几案，两把座椅，对面五步远有一把束腰杌凳，杌凳前置几案，上面摆着笔墨纸砚。当是审讯之所了。狱卒押苏轼刚在杌凳坐下，主审官沉着脸进来了。苏轼一看，走在前面的是知谏院张璪，身后跟着的是御史中丞李定。他又喜又忧。喜的是，张璪不仅是同年，还曾在凤翔做过同事，张璪离开凤翔时，他作《稼说》为之送行，想来张璪念及旧情，会高抬贵手吧；忧的是，当年李定因替新法说好话被群起而攻，他也作诗讥讽李定不孝，王安石不明。李定势必耿耿于怀，或许会借机报一箭之仇。

“苏轼听宣！”张璪威严的喝叫声，打断了苏轼的思绪。他应声站起身，垂手而立。张璪清了清嗓子，宣读中书札子。听到“奉圣旨，知谏院张璪、御史中丞李定推治以闻”一句，苏轼方知此案是钦定大案；又听圣旨命在御史台组建根勘所，以张璪、李定领之，他心里一紧。谏院、御史台联合调查，掌管台谏的主官亲自上阵，足见案情重大。他的额头上，忽地冒出一层虚汗。

札子宣读毕，各自落座，审讯正式开始。张璪咳了一声，开口问道：“苏轼，你家五代以下，有无誓书铁券？”

“没、没有。”苏轼神情紧张地答道。誓书铁券是皇帝赐给功臣的免死牌，张璪上来就这么问，说明此案是照死罪程序开审的。看来是凶多吉少了，这样一想，两条腿禁不住颤抖起来。

张璪举起条案上的四册《元丰续添苏子瞻学士钱塘集》，晃了晃道:“这都是你写的诗文吧?”

苏轼答:“乃逐利之徒自行搜集刻刊,我并不知情。”

张璪把书册放下,又道:“苏轼,御史、监司交章弹劾你文字毁谤朝廷,你可知罪?”

“果然是以言获罪。”苏轼心里说。他早有准备,从容道:“汉儒解诗时提出‘美刺’之说,‘刺’与‘美’平分秋色,从《诗经》到杜甫、白居易,揭露弊病、讥刺缺失、抒发哀怨,构成了作诗历史上最耀眼的一道光辉,这也正是诗的价值所在。”

“胡说!”御史中丞李定一拍条案,厉声道,“你苏轼还知道自己的身份吗?新政之初,你两次给皇帝上疏,言辞激烈,近乎诅咒,朝廷追究你了吗?你有怨,可以上疏表达。以天子文学侍从,却写诗讥讽时政,讪谤朝廷,指斥乘舆,居心何在?”

张璪向站在一旁的台卒一招手,命把舒亶等人的弹章副本拿给苏轼,黑着脸道:“先把弹章中摘出的文句,如实招供明白,或可宽贷,不然的话……”他冷笑了两声,不再说下去了。

苏轼低下头去,悟出来了:乘舆是皇帝的代称,指斥乘舆就是指斥君父,乃大不敬罪。心里有了底,他不再惶恐,也有了对策,遂一挺胸脯,高声道:“说我讪谤朝廷,指斥乘舆,是诬陷!”

张璪大怒:“苏轼,我警告你,不要心存侥幸!”

苏轼分辩道:“我承认,有些诗确有讥讽时政之意;可说我讪谤朝廷,指斥乘舆,我是断断不能承认的!”

李定道:“那好,先供述你承认的。”

苏轼道:“在杭州时,曾作《山村五绝》,托事以讽。‘赢得儿童语音好,一年强半在城中’,便是讥讽青苗法和募役法的。意思是说,发放青苗钱、免除劳役的结果,只是让农家子弟高兴,可以拿着钱跑到城里去吃喝嫖赌。”

李定问:“还有呢?”

苏轼道:“其余文字,并无干涉时事。”

李定问:“《八月十五日看潮》里有‘东海若知明主意,应教斥卤变桑田’,你如何解释?”

苏轼不语。

张璪大声道:“苏轼,你以为别人都是傻子吗?连这样的诗句都看不懂?御史台问案,依律可以用刑。还是老实招供为好!”

苏轼心里一沉,这才意识到,张璪不仅不会维护他,甚至有意把他置于死地。还是当年王弗说的对,这种嫉妒心强的人,不可结交。可现在为时已晚,只能面对现实,万万不能跳进这些人挖好的坑里。他咬紧牙关,沉默不语。

李定拍着文稿问:“《戏子由》诗里说:‘读书万卷不读律,致君尧舜知无术。’难道不是表达对朝廷改革贡举的不满吗?”

苏轼道:“没有这个意思,只是要家弟多读律法。”

李定皱了皱眉头,耐着性子又问:“这首诗里的‘劝农冠盖闹如云’‘平生所惭今不耻’等句,又作何解释?”

苏轼答:“诗题就是《戏子由》,说些戏谑之言罢了。”

李定强忍着怒火,再问《次韵答章传道见赠》和《径山道中次韵答周长官兼赠苏寺丞》中的“梁窦”“燕蝠”何所指。苏轼把历史典故说了一遍,最后说:“至多算借古喻今,无讥讽之意。”

张璪与李定交头接耳了几句，抬头对苏轼道："苏轼，恐你一时紧张，不知如何供述，回囚房后好好想一想再说。"

二

太阳透过天井照进囚房，带来了几分暖意。苏轼换上一件苏迈昨日送进来的蓝色长衫，梳理了一下胡须，顿感精神了许多。前天的审讯让他了解了自己的罪名，经过一天两夜思考，他打定主意：明显托事以讽的诗文，不妨供述一二，但绝对不能承认指斥皇帝；不到万不得已，不说及朋友。所以，当八月二十二日第二次提讯时，苏轼神情镇静。

审讯一开始，张璪就问："苏轼，你毁谤朝廷的诗文，除了刻刊的，还寄给什么人？他们有无与你唱和的？"

苏轼不假思索道："无与人往复诗等文字。"

"记录在案！"李定吩咐书吏。又冷笑道："你当明白，虚假供述构成犯罪！"接着，继续追问前天提到的那些诗文。苏轼依然重复已说过的话。从上午巳时一直到下午申时半，足足三个半时辰，张璪、李定轮流审问。苏轼口干舌燥、精疲力尽，靠着几案支撑才勉强没有倒下。在李定的一再追问下，他供述道："观潮诗'东海若知明主意，应教斥卤变桑田'之句，乃讥讽盐法之为害。"

李定摇头道："你这样解释，谁会相信？分明是指斥乘舆，你却避重就轻，想蒙混过关。"

苏轼声音微弱道："体力不支，思路混乱。"

张璪恶狠狠道："你若想蒙混过关，下次对你可就没这么客气了！"

又过了一天，八月二十四日，第三次提讯。主审官换成了李定和舒亶。只见舒亶怒目而视，久久不语，看得苏轼浑身发冷。这样僵持了许久，舒亶才一拍条案，大声道："老实招供！"

苏轼翻开舒亶的弹章，供述道："御史所引'若对青山谈世事，当须举白便浮君'之句，出自《赠莘老七绝》，是时转运使檄调我到湖州考察水利，湖州守孙觉设宴款待，我说如有言及时事者，罚一大盏。我这首诗的意思是谈时事多不便，更不可说，说也说不尽。"

舒亶又追问《戏子由》和《八月十五日看潮》中的那些诗句到底何所指，苏轼把前天的话重复一遍。舒亶忽地站起身，大步走到苏轼身后，一把抓住他后背的长衫，用力向上一提，又猛地向下一撴，苏轼没有坐稳，连同机凳一起滚倒在地。舒亶转身回到座位，露出得意的笑容。苏轼慢慢从地上爬起来，又将机凳扶起，重新坐好，不等舒亶再问，就供述道："主上好兴水利，不知利少而害多，我便以'东海若知明主意，应教斥卤变桑田'之句，讽刺朝廷水利之难成。"

"《戏子由》里那些诗句，也是毁谤主上的，对吗？"舒亶紧追不舍问。苏轼怕连累苏辙，一旦两兄弟都身陷囹圄，两家妇孺无人照顾，真就妻离子散，家破人亡了，所以他坚持说，只是戏谑之语。

"'梁窦''燕蝠'的用意，你抵赖不掉吧？"李定问。苏轼知道，李定之所以抓住这几句诗不放，是要坐实他的大不敬之罪。但一味回避，反倒容易陷入被动，便供述道："'马融既依梁，班固亦事窦'，所引梁冀、窦宪，都是后汉人，因时君不明，让这两个小人得势，作威作福，而马融、班固皆儒者，却去依附他们。此诗便是诋毁时宰王安石，并宣示我不能效班固、马融，苟容依附。"

李定又问："'梁窦'之句乃诋毁大臣；'燕蝠'之说乃诋毁主上，是不是？"

苏轼语气坚定道："绝无此意！"接着，把熙宁六年巡视临安时苏舜举所讲被训狐押出之事叙述一遍，供道："听了他的讲述，正好周邠作诗一首赠我，并无讥讽，我便次韵和答，兼赠苏舜举，其意以讥讽押苏舜举出城的转运副使王廷老，如训狐般不分是非。"

舒亶又一拍条案，大声道："苏轼，你丧尽天良！"

众人皆惊，不知舒亶为何这么说，都把目光向他投去，舒亶沉痛道："皇宋强敌环伺，靠向契丹和西夏输送岁币以求暂安；汉唐旧疆燕云十六州迄未收回，稍有良知，谁不赞同富国强兵？只因新法触及富家利益，群起反对。主上宵衣旰食，励精图治，苦苦支撑，你苏轼却百般嘲讽，肆意诋毁，诚非人类也！"

"说的是！"李定接言道。又一指苏轼："'燕蝠'之说诋毁主上，你是赖不掉的。你说百鸟之王的凤凰不在其位，由猫头鹰代掌其权，分明是说当下主上不明，皇权旁落，奸臣专权，导致朝政黑暗，是非颠倒。因过于恶毒，所以你不敢承认。如此而已！"

苏轼拍着胸脯道："轼忠君爱国之心，天日可昭！但我不能把有的说成无，无的说成有。我招供，还有一些诗是讥讽时政的，御史的弹章里没有摘录。"

“说！都有哪些！”舒亶吼道。

苏轼答：“《吴中田妇叹》有‘龚黄满朝人更苦，不如却作河伯妇’二句，讥讽执政大臣实行新法，把百姓逼上绝路。《雨中游天竺灵感观音院》中‘农夫辍耒女废筐，白衣仙人在高堂’二句，讥刺新法致使民生凋敝，而执政大臣不恤民情。”

李定对照《元丰续添苏子瞻学士钱塘集》翻看良久，没有查到这两首诗，抬头问道：“这两首诗没有刻刊，是否送他人阅看？”

“未送他人。”苏轼答。

李定道：“没有寄给他人，也未刻刊，等于没有发生影响，故不构成犯罪，此类诗文，以后不必涉及。”

苏轼又道：“《钱塘集》里有一首《和述古冬日牡丹四首》，当时杭州一寺庙冬日开牡丹花数朵，杭州守陈襄作绝句，我和之云‘化工只欲呈新巧，不放闲花得少休’，此诗以化工比执政，以闲花比小民，讥讽执政只是出新意生事扰民，使得小民不得安宁。”

“苏轼，你就是想避重就轻！”舒亶又吼叫起来，“你先把‘燕蝠’之说解释清楚！”

苏轼又把前面说过的话重复一遍。李定见问不出所以然，转而又问《戏子由》一诗。他似乎揣摩出了，苏辙是苏轼的一个软肋。苏轼也猜到了李定的用意，还是照以前的供述回答。

舒亶嘟嘟囔囔骂了几句，又要苏轼招供与他诗词唱和的人，苏轼仍然回答没有。舒亶提醒道：“比如司马光，你没有赠过诗，彼此从未唱和过？”

苏轼悟出来了，锻造这桩文字狱，不仅是针对他一个人的。

自从王安石去国，新党内讧，时下的朝廷已经没有足以领袖群伦的强有力人物了，他们担心反对派借机复起，才如此疯狂。正因为新党变得虚弱，神经也格外脆弱，所以才不再宽容，不惜以文字狱把反对派的领袖人物置于死地。司马光在洛阳闭门修史，不谈时事，没有把柄可抓，才把矛头对准了他。明白了这一点，苏轼不再把李定的言行视为公报私仇，对他的恶感也减少了许多。

李定见苏轼在沉思，换了张笑脸问："苏学士，想起来了吗？"

苏轼自知与司马光有过唱和，心里发虚，但还是摇着头道："无与人往复诗等文字。"

舒亶端起茶盏，"哗"地向苏轼泼去，苏轼缩了一下脑袋，茶水从他头顶飞过。

天已经黑了，审讯还在继续，苏轼感觉自己要虚脱了，可脑子却还清醒，咬牙坚持着。

"小人，不忠不义的小人！"夜半，舒亶突然情绪失控，声嘶力竭地大喊大叫起来。边喊叫边走到苏轼跟前，照他坐的杌凳狠狠踢了几脚，苏轼一闪身，杌凳被踢倒在地，舒亶推搡着苏轼，骂道："丧尽天良的小人！不忠不义的小人！自私自利的小人！"

苏轼闭上眼睛，任凭他叫骂。此人做县尉时敢当庭手刃与他叫板的弓手，想来就令人毛骨悚然，苏轼生恐刺激到他，不敢出一语。

此后的几天，每天一大早，狱卒就把他押到根勘所审讯室，却没有人来审讯，只要他写供状，直到天黑。狱卒轮番看管，不许他擅自走动半步。一连三天下来，苏轼不时会感到一阵眩晕。

八月二十八日上午，张璪、李定主审。一开审，就要他供述《戏子由》这首诗是如何讥讽朝廷的。苏轼意识到，再硬抗下去，说不定反会把苏辙牵涉进来，只好说："我供述。诗中'读书万卷不读律'两句，是时朝廷改革贡举，要以考律法代替诗赋，我认为选拔出来的都是俗吏，没有致君尧舜的学问；'任从饱死笑方朔'两句，言苏辙家贫官卑而身材高大，比其为东方朔，而以新进之人比为侏儒；'劝农冠盖闹如云'两句，乃讥讽朝廷新开提举官，到处挑官员的毛病，只有苏辙担任的学官清静无为；'平生所惭今不耻'两句，是说私卖食盐的被捕者多是穷人，鞭笞此等贫民，本是我平生所不齿，却迫不得已做了，以此讥讽朝廷盐法太急；'道逢阳虎呼与言'两句，是时张靓、俞希旦作监司，我不喜其人，不敢与之争，故毁诋之为阳虎。"

张璪冷笑道："苏轼，你的本意，不只是毁诋监司吧？"

苏轼答："所供俱是实情，不敢再隐瞒。"

李定道："回囚房后，再好好想想。"

两天后，八月三十日上午，一进审讯室，张璪就把一叠文稿摆在苏轼面前，得意道："苏轼，看看这是什么？"苏轼翻看一眼，都是在杭州时与人唱和的诗作。必是御史台有牒到杭州，搜取来了留在杭境的诗文。粗略翻看，不下百首，有他赠友人的，有友人与他唱和的，都是《钱塘集》里未收录的。眼见隐瞒不下去了，苏轼只好说："我供认，与人有诗等文字往来。"

"这就对了。"李定和颜悦色道，"都是哪些人，诗文中是如何毁谤朝廷的，都一一招供了吧。"

苏轼想了想，把在杭州赠诗的一些人的名字供出，最后道："虽有诗文往来，并无毁谤朝廷。"

又审了一个时辰，苏轼索性趴在案上，沉默不语。张璪不得不宣布结束。苏轼浑身无力，摇摇晃晃着被押回囚房。见苏迈正提着食盒在囚房外候着，矮个狱卒去开囚房门，高个狱卒站在旁侧监视着，苏迈不便说话，用力咳了两声，向父亲递了个眼色，又拍了拍食盒。

三

苏迈送晚饭的食盒里，放着一叠文稿，是苏辙的奏疏副本。只见上面写着："轼居家在官，无大过恶。惟是赋性愚直，好谈古今得失，前后上章论事，其言不一。陛下圣德广大，不加谴责。轼狂狷寡虑，窃恃天地包含之恩，不自抑畏。顷年，通判杭州及知密州日，每遇物托兴，作为歌诗，语或轻发。向者曾经臣僚缴进，陛下置而不问。轼感荷恩贷，自此深自悔咎，不敢复有所为，但其旧诗，已自传播。臣诚哀轼愚于自信，不知文字轻易，迹涉不逊，虽改过自新，而已陷于刑辟，不可救止。……臣窃哀其志，不胜手足之情，故为冒死一言。……臣欲乞纳在身官，以赎兄轼，非敢望末减其罪，但得免下狱死为幸。"

泪水模糊了苏轼的眼睛，他忍不住抽泣起来。过了半个时辰，情绪才渐渐平复。匆匆用了凉了的饭菜，秉烛再读，慢慢悟出来了：苏辙是在提醒他。第一，要承认写诗讥讽新法；第二，时间点限定在王安石罢相前，因这之后的新政已由皇帝亲自主持，讥讽新政就是讥讽皇帝；第三，此案是照死罪来办的，要设法保住性命。

“阿同！阿同！”苏轼在心里呼唤着，伏枕痛哭起来。

第二天一大早，苏迈就来送早饭，透过小窗，看见父亲脸色憔悴，眼睛红肿，为了安慰他，贴着窗口向内道：“不少人在论救。”

自苏轼下狱，苏迈除了送饭，把全部的精力用于四处打探与案情有关的动向；王诜、王巩也不时派人向他通报消息。苏迈得知，致仕翰林学士范镇率先上疏论救；七月刚致仕居于应天府的张方平写了论救疏，南都主事官员不愿替他上奏，他命儿子张恕晋京，到登闻鼓院呈递。王安石的弟弟、中书舍人王安礼也在设法营救。苏迈趁送饭的机会，把得到的这些消息禀报父亲一二，让他不要绝望。

苏轼虽未绝望，却已到了精神崩溃的边缘，无力再抗衡。自八月三十日至九月二十七日，招供自来与人有诗文往还者的姓名，还供述与驸马都尉王诜有财物往来，当年在四望亭，王诜将探得的宫中机密转告给他等事，也招供出来。

“苏轼，国家待你不薄，本应报效国家，却故意败坏国事，你因何这么做？”李定问。

苏轼答：“中制科、入馆阁，本以为会飞黄腾达，不料自王安石当国，自己得不到进擢，反而是少年新进得到重用；我又与这些人政见不合，故愤而撰写诗赋文章，意图让天下人传看，都赞成我的主张。”

李定“哼”了一声，不再追问。

十月十三日，根勘所结束了审讯，苏轼也写成了供状。除承认诗文讥讽时政、诋毁大臣，还供述讥讽诗文曾寄王诜、张方平、司马光、范镇、李清臣、曾巩、王巩、黄庭坚、钱世雄等三十九人。

十四日，御史中丞李定在垂拱殿向皇帝奏报：“臣等奉旨根勘苏轼，对御史札子所指控罪状，苏轼供认不讳。”说完，呈上苏轼的供状。

皇帝翻开供状一看，却见文繁意复，不像苏轼所写，蹙眉问：“果是苏轼手笔？”

李定奏道：“千真万确。陛下请御览，凡有涂改处，都一一画押于下，每页上端还盖有本台大印。”

皇帝又问：“可曾用刑？”

李定答：“苏轼名高当世，辞能惑众，为避人言，不敢用刑。”

皇帝没有再说话，待李定刚退下，即吩咐一个殿中小黄门前去台狱查访。次日上午，小黄门复命，根勘苏轼时，并未用刑。皇帝这才展开苏轼的供状细细阅读。读了不到一半，喘息声变得粗重起来，当看到苏轼供述与王诜诗文往复时，已是怒不可遏。王诜仗着公主爱之甚深，肆无忌惮，所纳侍妾就达八人，歌妓无数，当着公主的面与侍妾、歌妓亲昵，公主因常生闷气，病倒了，皇帝早就看不下去了；皇亲本不可随意与外界交往，王诜却与苏轼私下有如此密切的往来，甚至替苏轼探听宫中机密，真是目无王法。越想越气，遂提笔在供状上批道：“见勘治苏轼公事，应内外文武官曾与苏轼交往，以文字讥讽政事，该取会验问看若干人闻奏。”

接到御批，宰相吴充连连叹气。可苏轼有招供，皇帝命按问与他有诗文往来的人，中书也不好封驳，只得札送御史台根勘所。张璪、李定接到中书札子，当即将圣旨牒送苏轼招供的王诜、司马光等三十九人，勒令他们交出与苏轼往来诗文，并随时接受御史台按问。

苏轼对这突然的变化并不知情，只是对连续好几天无人问津感到纳闷，便问来送饭的苏迈外面发生了什么事，苏迈这才禀报说，御史台正在按问王诜等人。苏轼的脑袋"嗡"的一声，眼前一黑，趴在铁门上，半天才缓过来。过了一天，苏迈又来禀报说，他从王诜那里得到消息，王诜、王巩接到台牒，并未缴出诗文；王诜还知会他，太皇太后病重，皇帝要大赦天下，太皇太后说："不要官家大赦天下，赦苏轼一人即可。"苏轼听罢，感动得流下泪来，提笔赋诗，内云："汉宫自种三生福，楚客还招九死魂。"又过了几天，传来太皇太后去世的消息。太皇太后是仁宗皇后，随着她老人家的去世，那个曾让他一举成名、踌躇满志的时代，彻底结束了；生死存亡关头，太皇太后出面替他说话，让他看到了生的希望，突然间，希望之火熄灭了。苏轼很难过，却又不能表达，遂提笔写道："十月二十日，恭闻太皇太后升遐，以轼罪人，不许成服，欲哭则不敢，欲泣则不可，故作挽词二章……"

又过了几天，苏轼被押至根勘所审讯室。张璪先让他阅看圣旨和司马光等人缴出的诗文，讯问他寄赠司马光《独乐园》诗有无毁谤朝廷之意。苏轼坚决否认。又说给张方平诗稿所写题跋讪谤朝廷，他还是否认。纠缠了一天，苏轼紧咬牙关，只是否认。李定不甘心，夜里继续审讯。苏轼精神已然恍惚，有气无力道："我招供。《独乐园》诗中'四海望陶冶'等句，是说司马光众望所归，就连小孩子也认为他该做宰相，而朝廷的执政大臣不得其人；'年来效喑哑'等句，是劝司马光不要再沉默，站出来一起推翻新法。给张方平《乐全堂杂咏》题跋的长诗里，把朝廷比作'荒林蜩蚻乱''废沼蛙蝈淫'，并讥讽时下的朝政不堪问闻。"

李定紧追不舍，又问《送范景仁游洛中》诗中"小人真暗事，闲退岂公难"是何意，苏轼供称是讥讽当今在朝的小人，小才做了大官，以升官为荣，不懂事理；诗中另外两句"道大吾何病，言深听者寒"，是赞范镇昔日反对新法的激烈言论让新进闻之胆寒，以此鼓动他继续发声。

经过十多天审讯，王诜、司马光、李清臣等人缴出的一百余首诗文中，认定讥讽者四十首。至十一月二十八日，第二轮审讯结束，苏轼重新书写供状，分别按照"与某人往来诗赋"成篇，共四十篇两万余字，涉及的讥讽文字共有诗八十三题一百一十七首，叙记、书札十五篇，表启一篇，关涉官员三十九人。

十一月三十日下午，狱卒又将苏轼押往根勘所审讯室，只见一个陌生人端坐在审讯条案前。苏轼坐定，台卒递给他一道文书，方知是皇帝接到御史台根勘奏状后，命三司度支副使陈睦前来录问。陈睦让苏轼阅看《御史台根勘结按状》，只见上面写着："八月二十日，轼供状时，除《山村》诗外，其余文字并无干涉时事。轼八月二十二日在台，虚称'东海若知明主意，应教斥卤变桑田'言盐法之为害等情由，逐次隐讳，不说情实。又虚称更无往复诗等文字。八月二十四日，再勘方招，讽刺朝廷水利之难成……三十日，却供通自来与人有诗赋往还人数姓名……”

篇幅很长，苏轼花了半个时辰才看完。

陈睦道：“苏轼，你若有异议，可以翻供。”

苏轼答：“别无翻异。”

陈睦从御史台出来，直接到垂拱殿回奏。皇帝听罢，遂在御史台奏章上批了一个“可”字，送往政事堂。吴充即命堂吏向御史台移送札子，内称：“御史台根勘所，今根勘苏轼、王诜情罪，于十一月三十日，结按具状申奏。差权发运三司度支副使陈睦录问，别无翻异。奉旨依奏。”

第二天上午，苏轼在囚房呆坐，铁门打开，御史台推直官皇甫僎进来了，向他宣布：苏轼公事移大理寺；人犯仍拘禁台狱，等候法司检法断案。

苏轼默默听完，低头沉思。本朝实行鞫谳分司制，官员犯罪，由御史台审讯，审讯结案后，即移大理寺检法断案；大理寺量刑后，再移审刑院覆审。可他的案子是钦定大案，掌管大理寺和审刑院的，都是他所讥讽的新进，他们能推翻御史台的结论吗？他摇了摇头，自语道：“不可能，不可能！”

四

散班时分，中书舍人王安礼走进垂拱殿。皇帝问：“卿急急递帖请对，所为何事？”

王安礼施礼奏道："家兄安石给臣修书，嘱臣转奏陛下：'圣朝不宜诛名士。'"

皇帝愣了一下，似乎有些意外。苏轼不仅上疏攻击王安石，言辞激烈；而且诗文中不遗余力诋毁他，王安石却为他求情，真有古圣贤之风，遂感慨道："与令兄相比，某些人就显得不堪了。"

王安礼一惊，意识到长兄论救之举，反倒加深了皇帝对苏轼的恶感。忙奏道："自古大度之君，不以言罪人。苏轼乃文士，本以才自奋，以为爵位可立取，不料多年过去，还碌碌如此，难免有怨气，故赋诗发泄不满，一旦治罪，恐后世谓陛下不能容才，愿陛下宽贷之。"

皇帝道："法司自有公断，卿可待之。"

王安礼辞出，正遇宰相吴充、王珪进殿。他抱拳一揖道："丞相当国，若名士受诛，如何向后世交代？"

吴充悚然。议事结束，内押班刚要甩拂尘，吴充向他摆摆手，举笏道："陛下以为，曹操何如人？"皇帝答："何足道！"吴充笑了笑说："陛下动以尧舜为法，薄魏武理所当然。然史载魏武好猜忌，犹能容祢衡。陛下以尧舜为法，而不能容苏轼，这是为何？"皇帝面露尴尬之色，回应道："朕无他意，只欲召他对狱，考核是非尔，法司定可秉公而断。"

吴充、王珪退下后，皇帝沉思良久，低声向侍立在侧的小黄门嘱咐了几句，小黄门匆匆出了殿门。

当夜，寒风呼啸，台狱囚房里，苏轼早早睡下了。自断定必死无疑，经过几天的煎熬，承受力达到极限时，反倒释然了。既然没有了余地，也就不再考虑回旋。所以，睡得格外安稳。朦朦胧胧间，听到有开门的声音，正在怀疑出了幻觉，忽听“嗵”的一声，像是一个包袱丢在了他旁侧的地上。苏轼这才抬了下头，揉了揉眼睛，黑暗中，看到一男子打开包袱，铺展开来，蒙头便睡。可能是新来的囚犯吧？苏轼低声念叨了一句，向被子里缩了缩身子，很快又睡着了。清晨醒来，夜里进来的人不见了。他用力晃了晃脑袋，觉得那是一个梦。

到苏轼囚房过夜的，是奉旨前去的殿中小黄门。回到宫中，即向皇帝奏报。皇帝一听苏轼睡得很香，像是心中无事，遂吩咐：“到大理寺传朕的口谕，苏轼一案加快判决，年内了之。”

判大理寺崔台符听完宣谕，即召集两名判官催问。御史台移送的案卷，列苏轼罪状四条：与驸马都尉王诜存在不正当钱物往来；在谢表中诋毁朝廷；作诗赋等文字讥讽朝廷及谤讪中外臣僚，并寄送王诜等人，甚至镂板印行；根勘时，累次虚妄不实供通。大理寺两名判官在审阅案卷并查对法条后已拟出判词。判官之一戚介禀报道：“其一，苏轼与王诜钱物往来，无判罪依据。其二，苏轼到台后屡次不从实招供，依律：报上不实，徒一年。其三，苏轼以诗赋等文字讥讽朝政缺失，诋毁中外臣僚，人犯供认不讳。依敕：作匿名文字谤讪朝政及中外臣僚，徒二年；但依《刑统》，人犯在问案时主动交代并招供他人者，减罪二等；再依敕：九品以上官当徒者，或以官，或以职，褫夺其一，可换抵一年。由此，合并执行徒刑二年。其四，苏轼所犯之罪，历经多年，其间朝廷多次发布大赦令，苏轼之罪均在可赦之列，故判决为：当徒二年，会赦当原。

崔台符见判官所言都有律法依据，也就不再多说，决断道："呈奏！"

奏状刚送走，御史舒亶突然现身大理寺。崔台符闻报，忙正冠束带，出门迎接。舒亶拱手道："本御史有监督审判之责，特来看看苏轼一案，法司有没有徇私枉法。"

崔台符躬身道："欢迎御史监察。"

舒亶边往直房走边问："苏轼一案，有判词了吗？"

崔台符答："当徒二年，会赦当原。"

"什么！"舒亶一惊，驻足大叫道，"苏轼毫发无损？"

崔台符答："也不是，取旨后，当褫夺其直史馆的馆职。"

舒亶喘着粗气道："这可是钦定大案，贵寺就这样枉法判决，不怕龙颜震怒，摘了你的乌纱帽？"

崔台符回敬道："身在法曹，只知依法量刑，余概不知。"

舒亶沉吟片刻，笑了笑道："寺长，你是王荆公一手提携，在苏轼之流眼里，就是新进、小人！"王安石的爵位已由舒国公晋封荆国公，故舒亶有此称。

崔台符正色道："荆公乃大德君子，他提携台符，一定是希望台符秉公执法，我若根据个人好恶枉法裁判，岂不辜负了荆公？"

舒亶一甩袍袖，转身而去。回到御史台，即到李定直房禀报。

李定愕然道："若如此裁判，以后那帮小人岂不更嚣张？"

舒亶急了："紧急请对吧！"

请对的禀帖送出，二人分头写札子。当天下午，召对的帖子就送到了，二人疾步赶往垂拱殿。皇帝正在御览大理寺的奏状，待二人施礼毕，问："二卿非时请对，为苏轼的事吧？"

"陛下！"李定唤了一声，奏道，"苏轼起于草野，朝廷待以郎官、馆职，不可谓不厚，本应竭诚报国，却怨恨未得显位，肆无忌惮谤讪朝廷，讥讽时政。自熙宁以来，凡陛下所立新法，苏轼全盘否定。新法一旦颁布，即朝廷之律、陛下之令。法令未成之前，臣僚自可畅所欲言；法令一旦颁行，臣僚不当肆意攻击。古之臣僚，敢非议成法政令者，死而无赦！况苏轼所著文字，讪上惑众，罪远大于只是非议法令者。苏轼之奸状罪孽，他已供认不讳。若不屏之远方则乱俗，再使之从政则坏法。大理寺却以'会赦当原'为其开脱，臣断难接受！恳请陛下将苏轼特行废绝，以释天下之惑。"说着，从袖中掏出札子举在手里："臣有札子进呈。"

"臣也有札子进呈！"舒亶接言道。

内押班上前，把二人的札子接了，呈于御案。

"陛下！"舒亶以近乎哽咽的声音奏道，"陛下宵衣旰食，励精图治，苏轼身为臣子，却肆意谤讪，天理不容！不仅苏轼依法当诛，便是王诜、王巩、司马光、张方平、范镇等人，也当诛！"

皇帝"哦"了一声，露出惊讶的神色。

舒亶向上举了一下朝笏，激愤道："先说王诜。身为驸马，收受苏轼讥讽朝政文字，馈赠其钱物，与之燕游，甚至泄露朝廷机密，通风报信。试想，苏轼那些谤讪君父的文字，就是路人听了，也要堵上耳朵，不忍闻之；身为皇亲的王诜却悠然读之而不报官。王诜朋比匪人，原情议罪，实当诛之！"顿了顿，又道："再说王巩。本来，他因牵涉谋逆案，业已坐废，仍不思悔改，收受苏轼谤讪文字，拒不缴出，态度强硬，且与王诜关通，得到消息，即转知苏轼。死不悔改之人，留着何用？至于司马光、张方平、范镇等，位列公卿士大夫，陛下以君臣之义望之；可他们收受苏轼谤讪君父文字，却不报官，甚或助其传播，有失君臣大义，顾可置之而不诛乎？”

皇帝道：“二卿只说苏轼等人当严惩，却未就大理寺判词依律辩驳，朕怎好采纳？此案并二卿札子，一并降中书，札移审刑院。”

李定、舒亶对视一眼，施礼退下。

“看来，还是要在律法范围内做文章。”李定叹了口气道。回到御史台，即命台卒到大理寺取来判词副本，与舒亶一起细读。

“台长，看这里！”舒亶突然一拍书案道。

李定顺着舒亶手点之处一看，上写着：“所犯事在元丰二年十月十五日德音前，准赦书：官员犯入己脏不赦，余罪赦除之。苏轼合该上项赦恩并德音，原免释放。”

“当再审苏轼，找出其不在赦免之列的‘入己脏’罪证！”舒亶提议道。

“立即再审苏轼！”李定决断道。

苏轼被押进根勘所审讯室，满脸狐疑地问：“御史台根勘状早已奏上，官家也特派陈睦问录，因何还要审？”

“王诜的供词，要与你核实。”李定敷衍道。又一拍书案，提高了声调：“苏轼，我可以告诉你，大理寺判案，你的第一条罪状就是不如实招供。望你不要重蹈覆辙。你把与王诜的往来，一一招供明白！”

苏轼没有抗拒，除已供述的，把当年大相国寺思法师托请赐紫衣所赠七幅画，他与王诜分了一事，以及一柳姓亲戚向他借钱，他请王诜借钱给他一事，都如实供出。

李定如获至宝，当即又呈报了一道根勘状，内称："苏轼说与王诜道：'你将取佛入涅槃及桃花雀竹等，我待要朱繇、武宗元所画鬼神。'王诜允肯言得……熙宁三年以后，至元丰二年十月十五日德音前，令王诜送钱柳秘丞，后留僧思大师画数轴，并就王诜借钱三百贯……"奏状送出，忽有杭州补报最新收集到苏轼《王复秀才所居双桧》诗。李定阅罢，急召舒亶来议。

舒亶反复读了几遍，捻须沉思片刻，诡秘一笑道："交给我来办！"

五

崇政殿里，一向沉稳的宰相王珪显得心神不宁，欲言又止。议事即将结束，他鼓足了勇气，奏道："陛下，臣这里有苏轼所写《王复秀才所居双桧》诗二首，臣读后甚觉不妥，请陛下御览。"

这两首诗是御史舒亶交给王珪的。从大理寺判词可以看出，苏轼一案的结果是不了了之。按制，臣僚认为法司判案不公，可奏请皇帝宸断。也就是说，能推翻判决的，只有皇帝一人。所以，说动皇帝才是关键所在。舒亶恳请宰相王珪相助。王珪反复斟酌，如不能说动皇帝，几个月来的努力就会前功尽弃。事已至此，也只能走上前台。待皇帝将诗御览毕，王珪又奏道："诗中'根到九泉无曲处，岁寒惟有蛰龙知'之句，令人不解。龙本应在天飞腾，苏轼却要到九泉去寻，不知其是何用意。”

“陛下，不可听信王珪之言！”

王珪扭脸一看，是翰林学士章惇。四年前，三司使章惇因受吕惠卿牵连被外放，出知湖州。次年十月，西南发生骚乱，朝廷急调章惇前去招抚。章惇到任后，很快平息了事端。朝廷命他改知杭州，尚未到任，即被召回任翰林学士。他前天刚到京，就写了营救苏轼的奏疏呈上；今日上殿议事，又遇到这个场面，遂挺身而出，辩驳道：“龙并非专指人君，人臣也可被称为龙。如诸葛亮就被称为‘卧龙’。故苏轼此诗并无不妥之处。”又趁机进言：“当年苏轼中制科，君相都视为国士，如今他却被关进大牢，恐后世会说陛下喜欢听阿谀逢迎之言而厌恶忠直之士。”

皇帝虽对“九泉寻蛰龙”之类的字眼很是不悦，可章惇所言也无可辩驳，遂道：“苏轼咏桧，不关朕事。”

卷班出了崇政殿，章惇紧走几步追上王珪，抱拳一晃道：“相公在官家面前那样说，是想灭苏轼九族吗？”

王珪尴尬一笑道：“是舒亶说的。”

章惇露出鄙夷的冷笑，不客气道：“舒亶的口水你也吃吗？”说完，撇下目瞪口呆的王珪，昂然而去。

“这个章惇，真是没有立场，猪脑子！”回到御史台，李定气得顿足大骂道。

“章惇坏了大事，当上弹章赶走他！”舒亶恨恨然道。

李定摇头道：“不可。章惇是吾党中难得的干才，推行新政，以后还要靠他。现在要考虑的是，下一步该如何行动。”

舒亶略一思忖，起身道：“我去找邓绾。”

邓绾以集贤院学士判审刑院，是新党中的活跃人物，对苏轼屡屡攻击他为小人耿耿于怀。舒亶希望他设法推翻大理寺判决。邓绾面露难色，还是把主审判官郑仁和胡发召到直房，先是一套忠君报国的说辞，继之拐弯抹角提示说，一旦照御史台定下的基调重新判决，飞黄腾达指日可待。

“吾辈身为判官，忠君报国，体现为忠实于朝廷法令，非揣摩上意。”判官郑仁回应道。

胡发接言道：“若院长认为我辈能力不足，可以撤换。”

邓绾碰了钉子，缓和了口气道：“御史台最新审讯苏轼的补充奏状看到了吗？苏轼有没有入己脏？若有，那就不在赦令所允许的赦免之列。这一点，希望注意。”

郑仁道：“官员私人间借贷，律法不禁；苏轼文士也，与僧道互赠书画，不可深究。故御史台补上的根勘奏状，不足以改变大理寺的判决。”

邓绾叹了口气道：“再仔细复核，不可有疏漏！”

三天后，判官将复审判词呈邓绾核签。但见判词结尾处写着：“苏轼合该上项赦恩并德音，原免释放。”邓绾看了一遍又一遍，每一判语皆引用法条，历历有据，难以辩驳，只得提笔签署。

十二月二十五日，审刑院奏状呈达御前，御批降中书。宰相吴充阅罢，即召集宰执到政事堂会商。参知政事蔡确抢先道：“依律，主上对法司判决有宸断权。今主上将审刑院判词降中书，是因为台官认为法司枉法，主上要宸断，命政府先拿出意见。我意，当尊重法司裁判，同时尊重言路屏之远方以正风俗之请。”

“嗯，可照此意，拟处分意见覆奏。”吴充赞同道。

商议了一个多时辰，宰执达成共识：褫夺苏轼馆职，官阶由六品祠部员外郎降为从八品检校水部员外郎；为示贬谪，加团练副使这一责授官衔，贬放黄州。

次日，中书上奏，皇帝御批：“可。”

十二月二十八日上午，牢门打开，宣赞小黄门手持拂尘，向他宣旨。先宣读敕书：

> 祠部员外郎直史馆苏轼，责授检校水部员外郎、黄州团练副使，本州安置，不得签书公事，令御史台差人转押前去；绛州团练使、驸马都尉王诜，追两官勒停；著作佐郎、签书应天府判官苏辙，监筠州盐酒税务；正字王巩，监宾州盐酒务，令开封府差人押出门，趣赴任；太子少师致仕张方平、知制诰李清臣，罚铜三十斤；端明殿学士司马光、户部侍郎致仕范镇、知开封府钱藻、知审官东院陈襄、京东转运使刘攽、淮南西路提点刑狱李常、知福州孙觉、知亳州曾巩、知河中府王汾、知宗正丞刘挚、著作佐郎黄庭坚……各罚铜二十斤。

小黄门喘了口气，接着宣读告敕：

> 祠部员外郎直史馆苏轼，稍以时名，获跻显仕。列职儒馆，历典名城。报礼未闻，阴怀觖望。讪毁国政，出于诬欺。

致言职之交攻，属宪司而辨治。诐辞险说，情实俱孚。虽肆宥示恩，朕欲从贷；而奸言乱众，义所不容。黜置方州，以励风俗。往服轻典，毋忘自新。

苏轼躬身听宣，脸上热辣辣的。宣旨后，苏轼低头跨出囚房，仰脸望了望长空，冬日的眼光格外刺眼，他忙又把头低下，深深吸了一口冰冷的空气，感觉是那样清凉、新鲜，沁人心脾。

“苏学士，恭喜你啦！”狱卒梁成向苏轼一拱手道。从怀里掏出替他代存的诗稿，递过去，笑了笑：“完璧归赵。”

苏轼接过，塞进怀里，对梁成拱手道谢。苏迈先一日已听到父亲要释放的消息，租了两匹好马在御史台首门外候着。

父子正要上马，一名狱卒追来，问：“苏副使，御史台差我辈转押你去黄州，照规矩，不可停留。”

苏迈抱拳一揖道：“解差，明日就是除夕，过了除夕再走？”

苏轼接言道：“解差也要过年吧？大年初一一早启程吧。”

狱卒想了想，默认了。

父子二人策马前行，先到兴国寺洗了个痛快的热水澡，换上新衣衫，前去亲家兼表亲石康伯宅院。

“当写诗以纪。”刚进了石康伯家，苏轼就急不可耐道。又歉意一笑：“我知平生为文字所累，可此刻不写诗，憋闷得慌。”石康伯摇摇头，把他领进书房，苏轼提笔写道：“百日归期恰及春，余年乐事最关身。……此灾何必深追咎，窃禄从来岂有因。”

石康伯道：“这首诗写得好，好就好在写出了态度：过去的对错都不必再细究，如何度过下半生才是最重要的。”

苏轼自得一笑道：“坐牢百日，诗笔如神！”突然，举笔看了一眼，“啪”地丢在砚台上，长叹一声道：“怎的还不长记性？自己受难不说，还连累了那么多人！”

石康伯问：“子由何以被贬？”

苏轼神色黯然道：“狱事起，驸马都尉王诜向子由通风报信，子由又派人密报我，朝廷以子由不将王诜泄密事报官，却又泄密于我为由降黜之；驸马都尉王诜以泄密、频繁与外界交往、不主动缴出讥讽文字，被削去一切官爵。最可怜的是王巩，因拒不缴出讥讽文字，被发配到岭南，受的惩罚比我还要重。我很愧疚。”

石伯康劝道：“子瞻，正如你诗中所说，过去的就让他过去，不要再想了。”

苏轼沉吟片刻，又提笔赋诗一首：“平生文字为吾累，此去声名不厌低。塞上纵归他日马，城东不斗少年鸡。休官彭泽贫无酒，隐几维摩病有妻。堪笑睢阳老从事，为余投檄向江西。”

“最后一句，看似戏谑，实则是表达连累子由的沉痛啊！”石伯康叹息道。又读了一遍，抬头盯着苏轼问：“子瞻，你今后的打算是皈依佛门，做维摩那样的居士？”

苏轼呆呆地坐着，像是没有听到。

第十四章　寂寞沙洲

一

元丰三年正月二十五日午后，天气阴沉，初春的西北风里带着凛凛寒意。苏轼骑马走在麻城通往黄州的官道上，不时缩一下脖子，鼻孔里淌出两行清水鼻涕。他夹了一些肩膀，“嘶哈”着道：“好冷啊！”

“坚持会儿，前面不远就到岐亭了。”年龄稍大的解差道。

“快看！”苏迈突然叫了一声，惊悚道。苏轼抬眼望去，一男子骑着白马，张着青盖，向这边驰来。两名解差“嗖”地抽出朴刀，神色紧张地准备厮杀，却听骑马男子喊道：“竟是苏子瞻吗？”

苏轼大惊。这荒山野岭，怎会有人认得他？他用力挤了挤眼，但见骑马男子身穿道袍，戴一顶古怪的方帽，手持竹杖，眉宇间颇有侠义之气，讶然问：“竟是……”话未出口，又咽了回去，生恐认错了人。

男子已勒马停在苏轼面前，下马问：“子瞻，你何以到了这里？”

大年初一，苏轼在两名解差押送下，冒着严寒离开京城。没有饯别、没有送行，有的只是与京城诀别的惆怅和凄凉。正月初四到达陈州。一年前，好友文同在此染病离世，至今尚未归葬，苏轼到灵堂哭祭，恨不能把一肚子无处诉说的苦楚，都向亡友一吐；可在晚辈面前，他需要表现出自己的坚强，只得擦干眼泪，和侄女婿文务光携手到柳湖散步，听他讲述文同生前故后的轶事。离京前，已请石家派人到南都知会苏辙到陈州会面，所以苏轼就暂住文家，等待苏辙到来。过了几天，苏辙从南都赶来，劫后余生，兄弟感慨之余，商定苏辙晚些日子到筠州赴任时，将两家几十口家眷带上，到湖口后再送苏轼家眷去黄州。兄弟二人又帮文务光筹定了文同归葬事宜。为了不让苏辙为他担心，临别赠诗云：

此别何足道，
大江东西州。
畏蛇不下榻，
睡足吾无求。
便为齐安民，
何必归故丘。

可当在新息渡淮河时，雨雾茫茫中，站在岸边，回首眺望京城，不禁涌出万里投荒的悲凉。倒是二十二岁的苏迈神情淡定，双眼放射出坚毅的光芒，仿佛有一副铁石心肠。苏轼稍获安慰，赋诗以纪。正月二十日翻越关山春风岭，正值早春，岭上梅花盛开，在料峭的寒风中，花瓣纷纷飘落。苏轼鼻子一酸，掉下泪来。等待开在这野岭的梅花的，就是寂寞飘落的命运。这不正是自己下半生的预兆吗？他翻身下马，走到一棵梅树前，久久伫立，诗句不期然涌出："何人把酒慰深幽，开自无聊落更愁。"正是怀着这般惆怅，苏轼踏上了黄州的土地。

"怎么，子瞻不认识我了？"男子见苏轼一脸疑惑，追问道。

"是不敢相信。"苏轼擦擦眼睛道，"真是陈季常吗？"

"正是在下。"陈慥一拱手道。

苏轼跳下马来，上前拉住陈慥的手，惊呼："季常，季常，你怎的在这里？怎的这身打扮？"

陈慥没有回答，反问道："子瞻要到哪里去？"

因解差在侧，苏轼不敢多言，苦笑道："我现在是罪人了。因诗文讥讽朝政，下狱百余日，流放黄州。"

陈慥仰天大笑一声，似乎是说，就知道你会有这一天；又像是说，这算得了什么！他一挥手里的竹杖："走，到寒舍一叙！"

苏轼转脸看着解差，又一指陈慥，引介道："此乃江湖上饮酒击剑的大侠陈慥陈季常啊！"

两解差一听，跳下马来，伏地叩头，不敢阻拦，随陈慥进山。走了一二里路，来到岐亭山顶一座木屋茅舍前，一个看上去风风火火的三十多岁的女子笑容满面地迎了出来。陈慥只说她名柳秀英，也不知是妻还是妾。苏轼见她英姿飒爽，热情大方，暗自赞叹。陈慥上前拉住他的袍袖，将他引进室内，两个女使殷勤奉茶。不多时，外面响起了追鸡逮鹅的声音。

“说来话长啊！季常兄，在凤翔相识时，可曾想到十八年后我会有牢狱之灾？”苏轼感慨道。

陈慥摆手道：“此事不必再提。”

“季常何以到了此地？”苏轼问。

陈慥点了点自己高耸的方帽道：“我因戴了这顶帽子，众人皆呼为方山子。”接着，把他的近况约略说了一遍。

苏轼听罢，不禁感叹。今日的陈季常，已不是当年携妓浪游的游侠了，而是隐居岐亭山、不与世相闻的隐士。在凤翔初识陈慥时，苏轼就听说，陈家在河北良田万顷，在洛阳的园林邸第，富丽不亚于王公之家，足以使他生活富裕安乐，可他都抛开不去享用，偏偏来到穷僻山中，住在简陋的木屋里；陈慥出身世代功勋之家，依恩荫之制可以做官，若置身官场，到现在也该声名显赫了，他却宁愿做隐士，也不愿做官。奇士，是不能以常理推度的。相比之下，自己未免太俗了，竟然还为贬官而感伤，实在好笑。想到这里，他突发感慨道：“人是不能没有朋友的，朋友多了，烦恼就少了！”说完这句话，向陈慥抱拳一揖道：“我欠令尊一个道歉。”

陈慥道：“那就有劳子瞻为先父作传。”

苏轼先是摇头，随即笑道：“我发誓要封笔的，不过当为季常兄破例，不仅要为令尊写传，还要为奇人方山子写传。季常兄也要为我破例啊，要到黄州看我，我那里没有朋友。”

陈慥点头应允。

在陈慥家流连了五天，不得不启程了。

随着黄州越来越近，从陈慥那里获取的温情，倏忽消散了。

一个罪官，一脚踏进冰冷的现实世界，在一个陌生环境中，没有朋友，没有事业，俸禄又少得可怜，他不知道，未来漫长无际的日子，该如何度过。

二

黄州地处长江之滨，辖黄冈、黄陂、麻城三县，州治与黄冈县同城。城郭依江而建，西为浩瀚长江，东、南、北三面围以矮墙，城墙并不连贯，不时可见缺口。城内居民十之八九是农家或渔夫，市面萧条，了无生气。

二月上旬的一天深夜，州城在沉睡，靠近东城墙的定慧院里一片寂静。一个黑影从静室里闪出，漫无目的地在院内徘徊，像是患上了夜游症，又像是出没野地的鬼影。突然，黑影在一棵高大的梧桐树下停住了，抬头望着夜空，弯月像是挂在梧桐的树梢，从稀疏的枝丫间透出清辉。恍惚间，仿佛看到有只缥缈的孤雁被惊起，回过头来看了黑影一眼，似是怨恨他不能理解自己内心的孤寂。孤雁飞来飞去，寻找落脚之处，可挑遍了寒枝，不肯栖息。黑影久久伫立，想象着孤雁飞到了冰冷的沙洲，正忍受着寂寞和凄凉。夜色渐淡，东方发白，远处传来了早起者的咳嗽声，黑影闪身缩回静室去了。

“苏轼，你这是顾影自怜啊！”回到室内，他默念了一句，摸索着点着了油灯，提笔填《卜算子·黄州定慧院寓居作》：

缺月挂疏桐，漏断人初静。时见幽人独往来，缥缈孤鸿影。　　惊起却回头，有恨无人省。拣尽寒枝不肯栖，寂寞沙洲冷。

写毕，读了一遍，泪水禁不住滴落下来。

他是二月初一到达黄州的。一进城，即到州署谒告。知黄州陈轼以礼相待，温言安慰。按制，责降罪官不得住官舍，陈轼命州校带苏轼到定慧院借宿。定慧院住持腾出间静室给父子居住，还答应他们搭伙用斋。接下来要做的，就是写谢表。他是因湖州所上谢表惹出麻烦的，这次写谢表就格外用心，除了感谢皇帝不杀之恩，就是表达悔过自新诚意。一道谢表，让他不得不回顾入仕近二十年来的点点滴滴，仿佛尚未愈合的伤口被狠狠揭开，出狱以来忘掉过去的努力顷刻间化为泡影。什么名流才俊、文坛宗师，人家尊重你、宽容你，你就光芒四射；一旦人家厌弃你，你连普通人也不如！他责怪自己身在官场却不能自控，出言任性、偏激，回想起来，就连自己也感到厌恶。

一首卜算子词填好了，读了一遍，他又流起泪来。那只暗夜里被黑影惊起的孤鸿，心怀惊惧与幽恨，却不肯随便栖身寒枝，宁愿到寂寞沙洲忍受孤寂，这般孤傲自许、高旷绝俗的境界，哪里是常人所能理解的！

“大人，你怎的又填词了？”苏迈不知什么时候醒了，见父亲呆坐书案前流泪，便嘟哝了一句。到黄州后，苏轼几次发誓要封笔，苏迈信以为真，一看父亲又写起来，便提醒了一句。

“嗯，以后不写了！”苏轼拭去脸上的泪痕，发誓似的说。

“城南安国寺有浴室，我们去洗澡吧。”苏迈试探道。

自住进定慧院，已经十多天了，苏轼总是白天睡觉，趁夜深人静才外出游荡。苏迈知他爱洗澡，就想以这个借口，让父亲调整黑白颠倒的作息，早日进入正常状态。苏轼摇了摇头。或许是曾为名士现成罪人，巨大的反差让他愧于见人；也可能是还未从恐惧中恢复过来，生恐言行举止惹出什么麻烦；又或是觉得无人理解自己，倒不如关起门来，独自忍受孤寂。苏迈理解父亲的心情，只得放弃努力，把《金刚经》递到他手上。

出狱后在亲家府上，石康伯见苏轼诗中有“隐几维摩”之语，问他是否要入佛门，他没有说话，但思来想去，也只有修炼佛、道，才能解脱痛苦。所以，随身所带书籍，都是佛、道经典。苏迈知道父亲有一个习惯，睡前必须读书，没有书就睡不着觉，所以才拿《金刚经》给他读。

天黑后，苏轼醒了，苏迈提议道：“大人，儿在安国寺看到有人在打坐，大人读了佛经，也去打坐吧。”

苏轼不想负了儿子的好意，也有意尝试做些改变，便点了点头。

次日上午，父子出了定慧院。走在大街上，苏轼低头而行，不时突然驻足，紧张地东张西望一番。总觉得有人在盯梢，又感到街上的人在对他指指点点。进了安国寺，拜见继连长老，双手合十道：“弟子愿洗心归佛祖。”

继连长老微微一笑，并未多言，让苏轼在殿内随众打坐。苏轼在蒲团上闭目坐定，脑海里却一刻不停地在胡思乱想着。他觉得已经洞穿了自己的未来：作为一个幽人，在放逐的孤独中被岁月的凄风苦雨所销蚀。这样的胡思乱想，只能带来更多的烦恼，倒不如洗个热水澡清爽一下身子。所以，他只坚持了两天，第三天时，打坐片刻，就从大雄宝殿进了浴室。泡澡的当口，闭目构思起诗来，脑海里涌出“尘垢能几何，翛然脱羁梏”等句，又担心便是这样的诗句也会被人误解，又想出以“默归毋多谈，此理观要熟”结尾。

沐浴出来，顿觉浑身清爽，远远看见十字街那里有一群人在围观什么，苏轼忙凑了过去。只见一个卖艺人手持一根棍子，在表演吞火苗。苏轼很好奇，往前挤了挤，一个满身酒气的壮汉骂道：“滚一边去！”另一个矮个男子附和道：“是啊，这么大个子，还往前挤，让不让后面的人看了？”苏轼愣了一下，突然笑了起来。原来这里的人并不知道他是谁，没有人会对他指指点点，以后不必昼伏夜出，白天可以放心大胆地到处逛逛了。

从当天下午起，他便手持一根从陈慥那里讨来的竹竿，到处闲逛起来。不管是私家花园还是庙院，只要里面有竹林、花草或怪石，他就会敲门而入，观赏一番。尚氏园的聚枳花和柯氏园的老枳树，让他流连忘返。

这天傍晚，苏轼漫步翻过定慧院东边的一座小土山，眼前是一个开满杂花的篱笆院。近前一看，忽见花丛中有一株海棠，不觉吃了一惊。偏僻之地，怎会有蜀地的名花？他以为看错了，擦了擦眼睛仔细观看，确是海棠无疑。难道是天上的鸿鹄把海棠花的种子从蜀地衔来？望着在风中轻轻摇曳的花朵，苏轼鼻子一酸。可怜被蜀人视为空谷佳人的海棠，落入荒僻之地，无人欣赏，没有朋伴，只能在杂花里孤独地自开自落。这不正是自己当下的境遇吗？这样一想，脑海里不期然涌出一连串的诗句："江城地瘴蕃草木，只有名花苦幽独。……天涯流落俱可念，为饮一樽歌此曲。"他抚摸着海棠树的枝杈，像是拉着故交的手，动情道："我会常来看你的！"

回到静室，苏轼提笔把构思的诗写下。苏迈本想劝他不要再作诗了；可读了此诗，明白了父亲以海棠自比，伤感的同时，也在苦苦寻求解脱之道，便把到口的话又咽了回去。

三

苏轼出了定慧院，正要去看海棠，一个官员迎面走来，老远就向他拱手，大声道："是苏学士吧？在下是黄州酒监乐京。"苏轼不认得他，不敢多言。乐京一指身后的挑夫："给学士送些酒囊。"

正店酿酒，向以酒囊盛之，倒出分装后，酒囊里还会剩下少量余存。苏轼一听"酒"字，顿时兴奋起来，拉住乐京的袍袖，请进了他住的斋舍。略一交谈，得知乐京是因反对新法被贬，以著作佐郎来监黄州酒务，都是因为反对新法的失意之人，一见如故，当即吩咐苏迈到外面买些菜肴，从酒囊里倒出些剩酒，与他对饮起来。

"出汉川门，步行三四里路，沿江边北上，有座山陡峭如壁，因山石颜色赤红，故名'赤壁'。当地人说那里就是当年赤壁之战的古战场，学士闲来无事，不妨到那里走走。”乐京推介道。

苏轼两眼放光，追问：“真是周郎赤壁?”

乐京不好意思一笑：“我说不好，当地人都这么说。”

苏轼急不可待，乐京一走，就策杖往游赤壁。到地方一看，并不是他想象的样子，有些失望。正要往回走，见一群孩童在比石子。石子红、绿、黑、黄，颜色各异，奇形怪状，却个个晶莹如玉。苏轼好奇地问：“哪来的?”一孩童指着江面道：“下水摸的。”苏轼脱了芒鞋，撩起长衫，试探着走到水里，摸起了石子。他不敢往深水里走，并没有摸到像样的石子。突然灵机一动，拍了拍身边的一个孩童：“我拿饼饵换你的石子，怎样?”孩童流出了口水，点头答应。苏轼蹬上芒鞋，手持竹杖，往一个卖吃食的小摊走去，几个孩童叽叽喳喳跟在后面。他拿铜钱买了几个饼饵，换了几十颗石子，高高兴兴地回到定慧院。

这天，苏轼又到赤壁的沙滩上捡石子，苏迈带着一位年过花甲的长髯老者找来了。老者名王齐万，本是嘉州犍为人，寄寓对岸的车湖五十年了，得知苏轼贬放在此，特过江看望。苏轼大喜，忙带他回定慧院饮酒交谈。王齐万讲述了自己的身世：他的父亲王蒙正是真宗朝的皇亲，后来因故被发配编管，王齐万和兄长齐愈带着家人寓居武昌车湖。乡人异地聚首，苏轼不禁感慨万端，拉着王齐万的手道：“老兄以后要常来常往啊，就像至亲一样!”王齐万欣然应诺。由于寒食节临近，王齐万要回车湖，苏轼依依不舍，打破自设的禁忌，作诗一首相赠，还冒着细雨送到江边渡口，待王齐万上了小船，苏轼又登上夏澳之尾的高丘目送，直到小船已抵江南，才怅然若失地回转。

结识了王齐万，苏轼心里陡然踏实了很多。人家皇亲巨富之家流落此地，尚且安然度日，自己为何不能？城外群山上有连绵不断的竹林，滔滔江水里养育着食不尽的鲜鱼，有笋有鱼，鲜美无比，还有什么不满足的呢？想到这里，提笔赋《初到黄州》一首：

自笑平生为口忙，
老来事业转荒唐。
长江绕郭知鱼美，
好竹连山觉笋香。
逐客不妨员外置，
诗人例作水曹郎。
只惭无补丝毫事，
尚费官家压酒囊。

写罢，丢下笔，畅出了口气。

过了十来天，王齐万果然又来了，邀苏轼到车湖做客。二人来到樊口坐船。到了岸边，看到一家酒坊，掌柜潘丙与王齐万搭话，王齐万把苏轼引介给他。潘丙是不第举子，早就读过苏轼的诗文，想不到在自家门口遇到了，激动得唤他的兄弟子侄都出来相见。侄子潘大临要跪地叩首，被苏轼拦下了。潘丙请苏轼品尝自酿的酒，苏轼饮了一盏，咧嘴道："此酒可叫'错著水'。"说得潘丙、大临叔侄不好意思地笑了。

要登船了，苏轼又踌躇起来。虽一江之隔，可对岸属鄂州。贬谪罪官，未经允准不得出州境。王齐万催他上船："苏学士，要起大风了，快走吧。"苏轼大笑道："大风把小船刮到了对岸。"说罢，跳上船去，高声道："走！"

车湖在武昌城东三十里处，王家在湖滨有座宽大的宅院，其中一所房子专门用于藏书。苏轼羡慕不已，流连忘返。齐愈、齐万兄弟邀他到车湖居住。苏轼动心了，回到定慧院即修书陈慥，兴奋地向他通报自己在黄州交到了朋友，待家眷来后，或在车湖购地造屋，或借住王家。

几天后，收到回书，陈慥建议他搬到车湖王家居住。苏轼遂吩咐苏迈收拾行装，准备搬家。苏迈刚动手整理衣物，忽有州校送来两封书简，一封来自京城，是好友章惇写来的；另一封来自岭南，是被贬到那里监盐酒的好友王巩写来的。岭南瘴疠之地，苏轼担心自幼就养尊处优的王巩不能活着回来，很内疚。提心吊胆先拆开了王巩的来书，准备接受他的严厉责怪甚至断交之语。谁知王巩函中无一字抱怨，反而安慰苏轼要放下，像他一样修炼道家养生之术。苏轼的眼泪涌了出来。再看章惇来书，劝他不必灰心，找机会给皇帝认错，他会在皇帝面前为老友转圜。苏轼读罢，心里涌上一股暖流。系狱时，章惇一到京就当面驳斥宰相王珪，又往囚房送去不少药品；如今章惇已升参知政事，不避嫌疑，记挂着他这个投荒罪人，怎不令人感动？他先给王巩回书，告知他自己的现状，安慰他要有耐心，又建议王巩用"摩脚心法"对付瘴气，每日饮少酒，调节饮食。再给章惇回书："一旦患难，无复相哀者，子厚平居遗我药石；及困急，又有以救恤之，真与世俗异矣！”又对自己讥讽新法的偏激态度表达了悔悟之意：“追思所犯，真无义理，与病狂之人蹈河入海者无异。”封发了回书，苏轼吩咐苏迈：“去车湖居住的事，不必再提了。”章惇和王巩的来书，让他不得不再次面对现实，内心的惶恐压倒了对车湖的向往。人心难测，一旦有人检举他擅自离开安置地，又会惹出大麻烦，还是谨慎为宜。说罢，独自策杖来到江畔，久久伫立，仿佛站在时间的岸边，逝者如斯的江水，就像是一幕幕往事，在他眼前流过。

“是苏学士吗？”一个州校打扮的男子凑上前问。见苏轼茫然地点头，州校指着两个食盒道：“小校是武昌太守朱寿昌所派，来给苏学士送些酒和果品。”

当年，王安石要重用为新法说好话的李定，引发激烈反对。为了攻击不服母丧的李定，反对者推出刺血写经、辞官寻母的大孝子朱寿昌。苏轼写诗赞颂其孝行，朱寿昌遂声名鹊起，皇帝诏复其官，时下就在大江对面的武昌任郡守。苏轼与他并无交游，想不到在自己落难时，朱寿昌却来关照他。

过了几天，王齐万来邀苏轼过江饮酒，苏轼借机到州署拜见朱寿昌致谢。朱寿昌已是年近七旬的老者，以家人礼款待苏轼，与他说起了悄悄话：“要想寻找俗世的快乐并不难。子瞻风流倜傥，长时间无丝竹管弦之娱，未免太过寂寥。”说着，神秘一笑：“今夜留宿江风堂，有歌姬侍奉。”苏轼想要推辞，摆了摆手。朱寿昌道：“失意者追逐醇酒美人，是人之常情。古之圣贤何能免？今之大老名流，不沾声色之好者，又有几人？”

苏轼道："我所目睹的三朝人物，无声色之好者，只王安石一人。"

朱寿昌道："这就是了，食色性也！"说罢，亲自带苏轼进了江风堂，安顿下来，才放心而去。

在车湖住了两天，方回到定慧院。几天后，王齐万、潘丙一道来访，苏轼又随二人过江，再访朱寿昌。这次，朱寿昌又安排一名歌姬侍奉。苏轼禁不住有了写艳词的冲动。可提起笔，又放下了，担心为人诟病。转念一想，记录一段人生体验，也是有价值的，便用了他两个侍妾的名字，写下《皂罗特髻·采菱拾翠》，内云："采菱拾翠，称使君知客，千金买。……绣衾下，抱着俱香滑。"

他把词稿藏起，不时拿出来赏读、回味。可过了不几日，再读时已觉得索然无味，自责起来："人失意无聊时，以声色自遣，固然情有可原；但这只是一时的麻醉，短暂的享乐之后，依旧是无边的空虚，何故沉浸其中？超越感官的精神救赎，才是真正的自新之路。"这样一想，他燃上一炷香，盘腿默坐，深自省察起来。一连好几天，他都没有再出门，在斋舍默坐。静观默照中，反思这场牢狱之灾，乃是犯了佛家所说的绮语戒，口业太盛。他又反思因何犯此戒，渐渐悟出来了：当年中进士，又贪得不已，非要考制科，其科既号为贤良方正敢言极谏，于是就诵说古今，考论是非，妄论利害，擅说得失，以应其名。就像树木长赘瘤、石头上有晕圈、犀角中间相通，用这些特性来使人觉得它美而喜欢它；其实，害它们不能长久的，正是这些特性。回顾自己三十年来的所作所为，也是受此类毛病之害。总想炫耀自己的才华，生恐被埋没。殊不知，才华外露，又怨不被重用，所发之言既任性又偏激，才导致了如今的局面。他觉得自己想通悟透了，顿感一身轻松，仿佛背在身上的一个沉重的大包袱蓦然卸下了，再出去闲逛，脚步轻快了许多。

这天，苏轼刚要出门，有一陌生人来访，是沂州程棐的使介。去年三月苏轼离开徐州，被委以捕盗重任的程棐骑马追到宿州，说如太守多留两个月，他就可将盗贼头目捉拿归案，如今太守调走，此事该如何？苏轼嘱程棐只管尽力捕盗，他会兑现诺言。前不久，程棐已将盗贼拿获送官，可现任太守以不知情为由，不愿奏请朝廷释放其弟程岳，他这才派人来向苏轼求告。苏轼听罢，不假思索道："此事我承诺过，不可失信于人。"

苏迈扯了一下他的袍袖，低声道："大人现在不能签书公事，如何兑现承诺？"

苏轼着急道："可我承诺过的事，就不管了？"

苏迈道："不是不管，是朝廷不允许你管。"

苏轼思忖片刻，一扬手道："我给章惇修书，详述经过，请他过问此事。"说着，提笔埋头疾书。用了半个时辰，写成一封长函，让苏迈到州署投递了，才打发程棐的使介回去复命。

送走使介，苏轼独自来到江边，自语道："这些天的省察，都是囿于卑琐的小我，忘记了儒家所说的道德人格的大我。当下我虽老且穷，而道理贯心肝，忠义填骨髓，虽遭逢坎坷，但遇事有可尊主泽民者，务必忘躯为之，祸福得丧，付于造物！"

"大人，家书。"苏迈不知何时来了，从背后唤了一声，递上一封书简。拆开一看，是苏辙所寄，告知他，家眷将于五月下旬到黄州。

“唉——”苏轼叹息道，“盼他们来，又怕他们来。”

四

出黄州南门朝天门一里许，有道突兀的江矶，矶头临江高昂，上有一座石亭，名临皋亭。亭后瘠地一亩余，官府在此建有供卸任官员临时居住的回车院。这里离大江只数十步，风景甚美，空气清新、视野开阔。但因紧邻江边，浪涛很大，室内潮湿，已多年无人住过了。

元丰三年五月二十九，近乎荒废的回车院里，突然热闹起来。监筠州酒税的苏辙借赴任之机，护送二哥家眷十几口到了黄州，苏轼一家得以团圆，就居住在回车院里。

还在三月间，听到家眷要到黄州的消息，苏轼便为住处发愁。微薄的俸禄难以维持一大家人日常开销，出资赁屋未免太破费。好在武昌太守朱寿昌出面向知黄州陈轼说情，陈太守冒着风险允许苏轼一家住进回车院。站在临皋亭，可看到大江浪花奔涌，像巨大的雪堆在滚动，让苏轼联想到家乡的峨眉山雪景之美。所以他对有这样的安身之所很是满意。为了避嫌，说到住所，只提临皋亭，不说回车院。

这是苏轼自去年七月从湖州被押走后，与家眷第一次见面。从王闰之口中得知，御史台下达搜查令后，逻卒将驶往南都的船围住，老幼惊恐，王闰之将苏轼的文稿烧毁，所留不过十之二三；在京城所纳侍妾拾翠、在杭州所纳侍妾采菱，因不愿来黄州，被王闰之遣去。苏轼听罢，苦笑而已。

刚安顿下来，两名州校各挑着一副担子进来了，是朱寿昌所送粮食、羊肉、美酒、水果，一家人尽情享用，吃了一顿丰盛的团圆饭。

饭后，兄弟二人不顾暑热，到江边漫步。苏辙向二哥说起朝廷动向：皇帝变法之志甚坚，蔡确、王珪、章惇、张璪、李定这些新党骨干掌握了中枢，局面在可预知的将来，是不可能逆转的。苏轼沉默良久，拉住苏辙的袍袖道："阿同，走，我带你去看个地方。"

来到柯氏园枳树林下，苏轼指着一片空地道："阿同，要不然你我凑些钱，在此林中建所宅子，我们兄弟就在此终老吧。"

苏辙问："你的积蓄够养一大家人多长时间？"口气明显是提醒他不要太冲动了，苏轼听出来了，低头不语。苏辙又道："不知将来会发生什么事，先在回车院住着再说吧。"

苏轼轻叹一声，只得放弃了购地建屋的打算。

苏辙急着要走，苏轼不允，陪他游赤壁，逛西山，有时兄弟二人就坐在江边发呆，十天后才放苏辙到筠州赴任。

送走苏辙，苏轼把王闰之叫到他临时充作书房的西斋，问："二十七娘，手头还有多少积蓄？"

王闰之报了个数。核算下来，只能勉强坚持一年。责降官俸禄发实物，苏轼官阶从八品，实物折支变卖后，每月可得四千五百钱，敞开用，不足支撑一个月的开销。苏轼突然想起在湖州访贾收时所见铜钱挂起的事，眉毛一挑道："这样吧，每月月初，取四千五百钱，分成三十串挂在房梁上，每天用画叉挑取一串使用，若日有剩余，就放入一个竹筒中，以备有宾客来时款待之需。"

王闰之笑道："这个法子是不错；可画叉要藏好了，不然有人免不得偷取一串买酒。"

苏轼嘿嘿笑了："那你就把画叉藏起来。"

吃晚饭时，苏轼端坐，郑重道："我是贬谪罪官，有人巴不得我死，更别说保护了；黄州人地两疏，难免有些泼皮无赖，见我们是外地人，生出歹心。有鉴于此，家里的女子，不可外出；男子外出万万不可惹事，遇到泼皮无赖，能躲便躲，不能躲便忍！"

一家人战战兢兢，都默默点头。

小心翼翼过了一个多月，忽接陈慥来书，要到州城造访。这本是件高兴事，可住处却让苏轼犯愁。回车院只有西斋可腾出来住，酷暑季节，西斋闷热难耐，又怕陈慥适应不了。正为难之际，酒监乐京带着一个叫古耕道的四十来岁的男子来见。一见面，古耕道就粗声大气道："苏兄，听说方山子要来，能不能让兄弟我招待？"

苏轼见此人粗鲁，有些反感。乐京觉察到了，忙道："古兄古道热肠，喜欢四处奔波，揽些地方公益，市井人头很熟，江湖人称古老大。"

古耕道得意一笑道："苏兄，街面上谁敢找苏家人的麻烦，提俺的贱名就是了！"又嘿嘿一笑："不过，街上的人知道你是方山子的朋友，谁还敢招惹？"

苏轼打量了他一眼，觉得此人果然带些侠气，便笑着问："古老大，你何以知方山子？”

古耕道一脸惊艳道：“方山子乃江湖大侠，虽然他老人家已入山隐居，但是英名还在江湖流传。想不到苏兄竟和他是朋友，哎呀呀，羡煞人也！”

苏轼笑了起来，热情地和他一起商议接待陈慥事宜。

陈慥到黄州之日，古耕道带着一帮江湖弟兄在城门迎接，有的请他到自家住宿，有的邀他赴宴。陈慥一概婉言辞谢，宁愿住进回车院蒸笼似的西斋里，和苏轼对酌，谈天说地。

“子瞻的状态，比我想象的要好。”陈慥欣慰道。

苏轼道：“一家人团聚，虽然生计窘迫，但毕竟比黄州的普通百姓还是好过一些。我每天都会迎着晨风披着明月，拄着竹杖踏着草鞋，钓鱼、采药、闲逛，回到家里听朝云抚琴，还能喝到清冽新鲜的长江水，有什么发愁的呢？”

陈慥摇头道：“子瞻虽热衷释道，但毕竟是儒者，终归还是要淑世，我不信你会甘心做一个闲人。”

“季常知我。”苏轼向陈慥一拱手道，“自入台狱，我就只读佛经；但慢慢觉得佛经终究满足不了淑世精神未死之人，所以近来从王齐万家里借了不少史书来读。”说着，起身拿来刚写的《商君说》和手抄王安石《商鞅》诗交陈慥过目。王安石《商鞅》诗写着：“今人未可非商鞅，商鞅能令政必行。”苏轼的《商君说》则说，商鞅之法使其民见刑而不见德，知利而不知义，秦卒以此亡。

陈慥看罢，盯着苏轼问：“子瞻分明和王安石唱反调，所持者还是儒家的义利之辨，看来是不想妥协咯？”

苏轼没有回答，继续按照自己的思路说：“我打算写一部《论语说》，以正古今之误，也算做些有价值的事吧。”

二人由读书，又说到养生，交流起了修炼方法。一听苏轼说他闲来无事时就用道书方士之言，厚自养炼，静坐、吐纳、练内丹，陈慥摇头笑道：“哈哈，我不信子瞻坐得住。”

苏轼也笑了起来。

陈慥在黄州住了十天，每天都有不少慕名来访者，就连郡守陈轼也以探望苏轼的名义前来拜会，出游时更是引来不少人围观。苏轼大为得意，作诗云：“汝家安得客孟公，从来只识陈惊坐。”把陈慥比作汉朝投辖留宾的陈遵。陈慥离开州城那天，倾城相送，古耕道、潘丙陪苏轼一直送到十里外的禅智寺。临别，苏轼拉着陈慥的手道：“季常，你要常来看我。下次来，带上你那位热情好客的柳佳人来。”

陈慥打趣道：“你身边有那么美艳如云的琵琶仙，还不够吗？”

五

朝云正在麻利地整理西斋，苏轼微笑着进来了。自六年前进到家门，她就承担了帮苏轼整理书房的事务。陈慥离开后，她要把西斋用心清理一遍。一见苏轼走过来，随主母对苏轼的称呼，唤了声“郎君”，为他斟上茶，又忙碌起来。

“子霞——”苏轼唤道。朝云停下手中的活计，扭脸看着他。苏轼却不说话了。自从秋蝉出家后，他心怀愧疚，对朝云多少有些怨气，冷淡了她。原以为自己遭受大难，朝云无名无分，一定不会再留；想不到她不仅义无反顾地来到黄州，而且一如既往地活泼欢快，带给他莫大慰藉。这些日子，他只知沉浸在自己的天地里，对她竟没有任何表示。陈慥临别时的一句话点醒了他，心里有很多话想说给她听，但见到她后，却又说不出口了。

朝云似乎猜透了他的心思，盯着他的眼睛问："郎君心里有什么话，说出来呀！"

"没、没有什么。"苏轼支吾道。低头沉吟片刻，坐到书案前，提笔疾书起来。写毕，笑眯眯递给朝云。

朝云一看，是模拟她的口气填的《虞美人》，上写着：

冰肌自是生来瘦，那更分飞后。日长帘幕望黄昏。及至黄昏时候、转销魂。　　君还知道相思苦，怎忍抛奴去。不辞迢递过关山。只恐别郎容易、见郎难。

读了一遍，她的脸上泛起红晕，低声吟唱起来。

苏轼突然感慨道："难怪我觉得自己老咯，原来是因为你！"

朝云一晃脑袋道："才不是呢！"

苏轼指着她道："看，十二岁的小丫头，转眼长成大美人了。我能不老吗？"

朝云没有回答，甩了甩手，撒娇道："郎君何时出去采药，带上奴好不好？"

"不好！"苏轼故意沉着脸，断然道。见朝云失望的样子，他笑了起来："山路崎岖，怕你吃不消。"

朝云抿嘴笑了，又问："那，晚上出去逛街，带上奴好不好？"

"嗯……"苏轼故作思忖。

朝云突然一本正经道："苏学士，奴请教一个学问。"

"哦？说来听听。"苏轼盯着朝云道。

"明天是什么日子？"朝云问。

苏轼被她猛地一问，一时回答不上来了。朝云调皮一笑："那就认罚吧！"

"怎么罚？喝酒？作诗？"苏轼试探着问。

朝云又改用恳求的口气道："明天七夕节，带奴登城楼好不好？"

"这个惩罚，接受！"苏轼爽快道。可话刚出口，忙补充道："不过，得主母同意方可。"

次日，苏轼从早饭一直到晚饭，几次想开口，又都咽了回去，眼看已是入夜，再不说就来不及了，只得硬着头皮去找王闰之，吞吞吐吐道："老媳妇，这个……我想、我想……朝云想、想出去看看夜景。"

王闰之盯着苏轼上下打量着。苏轼低头用手掸了掸长衫，又吹了吹，吹起了一根草屑。王闰之看他局促的样子，不禁笑了，一语双关道："别磨蹭了，到时候了。"

苏轼急忙转身，像被家长准许外出游玩的孩童般欢快，向站在院子里的朝云一挥手，二人匆匆出了院门。

朝云高兴得蹦蹦跳跳，苏轼也扔掉了竹杖，步履轻快。一会儿工夫就来到朝天门下。苏轼伸出手，朝云毫不迟疑地把自己的手伸了过去，苏轼轻轻握住。二人携手登上城楼，凭栏而立。

上弦月弯弯，斜挂在西边的天际，几片云朵悠悠地朝着月牙靠拢。苏轼抬手指向那弯月牙，问："乞巧良夜，子霞有何心愿？"

朝云微微一愣，紧接着，喉咙像是被什么东西噎住，声音也不自觉地带上几分哽咽："奴只想永远陪在郎君身边。"

苏轼沉默了，一时间千言万语在心头翻涌，却又不知从何说起。良久，他缓缓开口，口占《菩萨蛮·七夕》一曲，内云："佳人言语好，不愿求新巧。此恨固应知，愿人无别离。"

吟罢，又轻声说道："若带琵琶来就好了……"

朝云轻轻摇了摇头，喃喃低语道："今夜不需琵琶……"说着，盈盈靠在苏轼肩头。

二人就这样站着，谁也没有再说话，过了小半个时辰，起风了，乌云遮住了月牙，要下雨了。苏轼一抚朝云的脸颊，轻声道："该回了。"

六

苏轼带着朝云从朝天门城楼回到住所，一进院门，王闰之从正房迎了出来，叹了口气道："乳娘病了，怕是熬不了几天了。"

苏轼一惊，快步进了东厢房。任妈正躺在床上痛苦地呻吟着，见苏轼进来，哽咽道："不想再拖累二郎了。"

苏轼安慰道："一定是舟船跋涉，水土不服所致，老人家不要多想。”说罢，拉着王闰之的衣襟出了卧室，伸手道：“拿画叉来。”

王闰之问：“做甚？”

苏轼声音低沉道：“乳娘虽是随嫁女使，可她老人家曾乳育过八娘和我，任劳任怨，又跟着我担惊受怕，如今时日无多，该买些好吃的孝敬她老人家。”

王闰之皱了皱眉头道：“可是，老人家牙口……”

苏轼道：“我有办法！”

第二天一早，苏轼怀揣王闰之给的一串铜钱，到西市一家肉铺割了一块肥瘦相间的猪肉。黄州人多养猪，却不大会烹饪，所以猪肉十分便宜。苏轼割了一大块肉，切成方块，浇上酱油，放入焖罐用旺火烧沸后，转小火焖炖。过了一个时辰，肉块入口软而不烂，他才取出让乳母食用。两天没有吃饭的任妈吃了两块，精神好转了不少。家人分食后，就连本想看他笑话的王闰之也赞不绝口。苏轼很得意，赋《猪肉颂》一篇，内云：“净洗铛，少着水，柴头罨烟焰不起。待他自熟莫催他，火候足时他自美。”

过了些日子，任妈咀嚼困难，只能喝汤羹了。苏轼又琢磨做鱼羹给乳母吃。他用新鲜鲫鱼做食材，配以各种佐料，待半熟时再放入生姜、萝卜丝及酒少许，临熟再放入些橘皮丝，一道鲜美的鱼羹就熬成了。怎奈乳母已年过七旬，吃了苏轼亲自烧制的猪肉、鱼羹，又坚持了一个来月，于八月二十日去世了。有乳母在，好像与母亲、与故乡还没有割断联系；乳母过世了，这根纽带像是倏忽飘走了。苏轼很难过，在城北荒坡觅得一处空闲地，将乳母安葬了。

办完乳母后事不久，接苏辙来书，他的一个女儿夭折了；半个月后又接眉州来书，堂兄苏不欺去世了。秦观也来书禀报说，他本打算到黄州一行，科考又一次落第后身染重病，只得作罢。接二连三的坏消息，让苏轼深受打击。焚香静坐了两天，情绪得不到舒缓，只得到城北天庆观向道长求助。

“我已找到了修炼方法，自冬至这天起，我要谢客入天庆观，面壁燕坐四十九天。”从天庆观回到家里，苏轼郑重地向家人宣布。又给王巩、黄庭坚、秦观等人修书，告知他们自己的这个决定，建议他们也照做。

十一月底的一天，下了一场大雪。王闰之正带苏过和楚老在院中踏雪，抬头一看，苏轼出现在面前。王闰之含笑问：“不是说四十九天吗，怎的不到十天就回来了？”

“嘿嘿嘿，”苏轼不好意思地笑了笑，“太守请我赴宴，不好不去。”

王闰之讥笑道：“太守真是你的知己啊！”

苏轼脸红了。虽然他信誓旦旦要谢客修炼，可日复一日地面壁打坐，实在太枯燥，不啻苦役。正想找什么借口中断，新任郡守徐大受邀他到栖霞楼赏雪，苏轼暗喜，忙回家换装。

接替陈轼的徐大受是九月到任的。苏轼赴州署谒告时，徐大受对他礼遇周至，重阳节又邀他登栖霞楼宴饮。徐大受虽年过花甲，身边却有不少美姬；他不饮酒，却以觥筹交错为乐。如此风雅、好客的人物，很合苏轼的趣味。

一进栖霞楼二层远眺阁，徐大受的家妓阎姬、庆姬、妩卿就一起缠着苏轼，要他填词来唱；他的侍妾胜之却要和苏轼掷骰子。第一回合，苏轼赢了，胜之翩翩起舞。一曲终了，接着来第二回合。这次苏轼输了，填《减字木兰花》一曲，描写胜之舞后娇姿。胜之接过，动情吟唱，阎姬、庆姬、妩卿伴舞，场面令人陶醉。歌舞毕，几位佳丽争相给苏轼敬酒，苏轼喝得大醉而归。

回到回车院，苏轼没有进门，脚步踉跄着走到矶头临皋亭下，恍惚间好像看见黄庭坚、秦观等人在江雾中向他恭恭敬敬行礼。他哑然失笑，自语道："汝辈所见，皆故我，非今我也！今我就是鲜笋肥鱼以饱口福、醇酒美人以娱身心的俗人！"话一出口，又自问："做个混迹人群中的俗人，你真的甘心吗？"

"不怕冷吗？"身后传来朝云的声音，一件棉斗篷披到了他的身上。苏轼扭脸看了她一眼，摇头道："不觉得冷，只觉得迷茫。"

朝云讥笑道："是呀，昨天研读《论语》，今天去寺庙参禅，明天去道观修炼，后天醉卧红裙，任谁也得迷茫。"

苏轼本在思考人生，神情凝重，听了朝云的话，禁不住笑了。

因为在江边吹了冷风，苏轼病倒了。正意兴阑珊间，族兄惟简派人来探望，带来了成都画家蒲永升二十四幅临摹画。苏轼爱不释手，作《书蒲永升画后》长文，阐述对画的见解，总算打发了病中的无聊时光。

大年初一，用过早饭，苏轼病后初愈，浑身乏力，刚想钻进被窝读书，樊口酒坊掌柜潘丙兴冲冲赶来了，苏轼以为他来拜年，谁知潘丙一到，就神神秘秘道："紫姑要降于郭氏之第，去不去看？"

苏轼精神一振，催促道："走，快走！"

二人快步到了西市郭家，但见院子里已挤满了人，透过缝隙，看到一个用草木绑扎而成的女子立在香案上，案上摆着一个灰盆，盆上插着一双筷子，两个小童子在旁边扶持。

“闪开闪开，苏学士来了。”潘丙边喊边往前挤。自从陈慥到黄州一行，举城百姓都对苏轼刮目相看，一听他的名字，众人闪出一条道，苏轼得以来到香案前，主人郭遘搬来机凳请他落座。刚坐定，从屋里走出一个黑纱罩面的女子，众人嘀咕道：“她就是紫姑附体的传语者。”但见女子舞蹈一阵，用筷子在灰中写出几句乱语。苏轼迫不及待地问：“请问仙姑，某欲弃仕路，做一黄州百姓，可否？”

紫姑吟诗以答：“只待修成云路稳，皇书一纸下天河。”

苏轼又问：“余欲置一庄，不知如何？”

紫姑答：“学士功名立身，何患置一庄不得。”

苏轼抱拳相谢，敬上腊茶一杯，又求教神仙鬼佛变化之理，紫姑皆从容答之，并请苏轼作诗。苏轼摇头道：“轼不善作诗。”

紫姑道：“但作无妨。”

苏轼一笑，当场作《少年游并叙》一首相赠。

“怎么样学士？”回去的路上，潘丙问。

“有意思，有意思！”苏轼兴奋道，“我这就写文以纪。”

回到住处，苏轼还沉浸在紫姑扶乩的神秘氛围里，脸上挂着好奇的笑容，一头钻进书房，手脚忙乱地展纸、研墨。朝云轻手轻脚进来了，嘲笑道：“哼！还说自己老了，一看就像个孩子！”

苏轼刚要搭话，王闰之咳嗽着进来了，向朝云摆了摆手。朝云向苏轼吐了吐舌头，闪身出去了。王闰之走到苏轼跟前，向外一指道："她十九了，迈儿比她还大几岁，你不收了她，留在家里，算怎么回事？"

朝云进苏家七年了，苏轼与她并无肌肤之亲。七夕夜朝云向他倾诉衷情，苏轼有意收拢她。先是乳母病逝，后又想修炼养生，此事就拖了下来。王闰之早就看出来了，特意过来提醒他，也是让苏轼放心，她不会对朝云心生妒意。

苏轼向王闰之拱了拱手，转移话题道："积蓄快花完了吧？"

王闰之没有接话，剧烈咳嗽起来。苏轼摸了一下她的额头，有些发热，忙扶她进了卧室，又吩咐女使煎药侍候。

王闰之高烧了一夜，清晨时竟陷入昏迷。苏轼慌了手脚，亲自跑到西市的郭家药铺去挑选药材。药铺掌柜郭遘闻讯，到回车院为王闰之诊治、煎药。直到过了正月初十，王闰之才康复。苏轼这才松了口气，决定去岐亭拜访陈慥，散散心。

一听说苏轼要去岐亭，古耕道、潘丙、郭遘不约而同赶来，请求陪他同去。苏轼没有同意。正月十二这天，三人送他到城北十里处的女王城，在东禅院饯别。想到去年此时，他正在押解路上的关山野岭为梅花落泪，遂赋诗一首，内云："去年今日关山路，细雨梅花正断魂。"

到了陈慥隐居的木屋，柳秀英吩咐杀鸡招待。苏轼忙道："一看到鸡，就让我想到在台狱时'魂飞汤火命如鸡'的恐怖场面；听到杀鸡，就像是刀架在我的脖子上了。"柳秀英大笑，没有杀鸡，宰了一只鹅招待。

陈慥夜里陪苏轼聊天，白天陪他闲逛。一日，来到一所破庙，苏轼一眼看见一尊破损的罗汉塑像，大惊道："哎呀，他在这里！"

"谁？"陈慥茫然问。

苏轼解释道："我做过一个梦，梦见一个脸上流血的僧人走到我面前，像是有满腹委屈要向我诉说。不知为何，梦突然醒了。梦中的僧人，与这罗汉一模一样。我得把这罗汉运回黄州，让安国寺的继连长老找人修复了，供奉于寺中。"

陈慥见苏轼一脸虔诚，忙雇了艘船，叫上几个帮手，把罗汉塑像沿举水运往黄州。到了安国寺，郑重拜托给了继连长老。

"知道吗，我救了一个罗汉的命！"回到家里，苏轼迫不及待地把运回罗汉的事向朝云讲述一遍。

"能救罗汉命的，一定不是凡人。"朝云撇嘴道。

苏轼笑问："我不是凡人？难道是仙人？"

朝云脸一红，低声道："郎君不是凡人，否则为何……"

苏轼会意，借五代后蜀国君孟昶与他的妃子花蕊夫人之典，提笔填《洞仙歌》一曲。朝云轻声吟唱，不知不觉，夜已三更。

第十五章　东坡雪堂

一

接到州校送来的一道公牍，苏轼心里怦怦乱跳，暗忖：会不会是官家不忍将我久置闲散，又要起用我？他净手焚香，打开一看，竟是一道免罪敕书。再看内容，说他在徐州犯下对盗贼失察之罪，鉴于他已无官可削，奉圣旨免罪。苏轼大吃一惊。难道李定这些人还在四处搜罗"罪证"？再细看所附淮南路转运司牒和刑部牒，原来是去年底揭出徐州百姓李铎、郭进等谋反事，根据人犯口供，早在苏轼主政徐州时，这些人已相互串联，招兵买马，密谋行事。郡守没有发现，依律当追究失察责任，刑部立案审查后，建议由皇帝赦其罪，遂有了这道赦罪敕书。他叹息一声，战战兢兢写成《谢失觉察妖贼放罪表》，检讨过失后说："感愧终身，论报无地。布衣蔬食，或未死于饥寒；石心木肠，誓不忘于忠义。"写毕，担心有失，又让苏迈细读一遍，直到父子都觉得不会惹出事端，才放下心来。他掸掸手，感叹道："做官有什么好？若不是为了生计，我早就归田了。"

苏迈低着头道："阿爹，要不，我出去谋个私塾之类的差事吧。"

十几口人全靠苏轼微薄的俸禄度日，不免捉襟见肘，二十四岁的苏迈坐不住了，想为父母分担家计。

苏轼不语，翻出去年给章惇回书底稿递给他。苏迈一看，回书除感谢章惇的关心外，细述了到黄州后的困窘，却又说："所谓水到渠成，至时亦必自有处置，安能预为之愁煎乎？"他明白了父亲的意思，默默退出了。苏轼轻叹一声，脑海里蓦然涌出两句诗："若问我贫天所赋，不因迁谪始囊空。"刚提笔录下，忽听门外响起一个熟悉的声音："子瞻，子瞻——"

"哎呀，是正卿吧！"苏轼惊喜道，小跑着出门去迎。

果然是马梦得。

自到黄州以来，不断有亲朋故旧前来探望，杭州僧俗旧友辩才、王复等人凑钱定期派人来探视；好友李常利用赴任之机到访。但苏轼最欣喜的还是马梦得的到来。在他面前，不需要丝毫掩饰，尽可袒露一切。因马梦得丁忧，二人分开好几年了，此时一见面，叙了契阔，苏轼便把家计陷于困顿的状况说了一遍。

次日一早，马梦得不见了，直到傍晚才回来，兴冲冲道："我在东门外找到一片荒地，据说原是禁军营地，估摸有五十来亩，已废弃多年，何不开垦出来自家耕作？"

苏轼摇头道："那是官地，贬谪罪官怎好私用。"

"子瞻不必操心！"马梦得一拍胸脯道，"我去找官府说话。"

第二天午时，马梦得带着一脸快意回来了，兴奋道："妥！"说着，拉住苏轼的袍袖就往外走。

两人出了城东门，走出不过几十步，到了一个小山岗上，马梦得向前一指道："就是这块地。"

苏轼看过去，但见山岗之下，有一片地势平坦的荒地，四周被土冈环绕。他兴奋起来，顺坡跑过去，低头一看，心里凉了半截。荆棘荒草之下，满是瓦砾，土地生硬，即便是花大工夫开垦出来，也不知能不能长庄稼。

马梦得打气道："闲着也是闲着嘛！"

苏轼被这句话打动了，苦笑道："像我这样的天罚之人，也只好做这十分耕耘一分收获的事了。"

稍做准备，苏轼、马梦得就带着男丁进了地，先放火烧荒，再用镰刀、铁锹、镢头清理荆棘。古耕道、潘丙、郭遘听说后，也赶来帮忙。天气炎热，人人挥汗如雨。只干了两天，苏轼的手上就磨出了血泡。他扔下手里的镢头，抹了一把汗，自问："苏轼，你登进士、中制科，名满天下，因何做起了农夫？"良久，又自我安慰道："读书人做了农夫，也是一个识字的农夫。"

半个月后，荆棘杂草清理完了，开始集中捡拾瓦砾。苏轼换上短衣短裤，戴着斗笠，一手拿铲，一手提篮，俨然农夫。这天，他正汗流浃背地蹲在地里捡瓦砾，古耕道走过来问："苏兄，打算种什么？"

苏轼起身道："一起踏勘一下，看看能种些什么。"

二人从西头走到东头，又从东头走到西头，看了个遍，古耕道吸了口气道："怕是只能种些耐旱的庄稼，缺水。"

话音未落，忽听苏迈惊喜道："看，这里有口井！"

二人忙跑过去，果然是口暗井。苏轼激动道："天罚之人，天也佑之！"随即口占道："一饱未敢期，瓢饮已可必！"古耕道向他招招手，指了指一条小水沟，苏轼一看，水沟里正流淌着一股清泉，遂兴奋地沿着水沟探源，向东翻过一道山岭，有一口十亩见方的水塘，似是暗井水源。古耕道道："清理一下水沟，再在暗井下游筑个小坝，用水的事，就妥帖啦！"

苏轼迫不及待地想象开了："种稻清明前，乐事我能数。毛空暗春泽，针水闻好语。分秧及初夏，渐喜风叶举。月明看露上，一一珠垂缕。秋来霜穗重，颠倒相撑拄。但闻畦陇间，蚱蜢如风雨。……行当知此味，口腹吾已许。"

因为瓦砾太多，又值酷暑，只有利用早上和傍晚或者阴天没有太阳时才能干活。所以，直到入秋，还没有把瓦砾捡拾干净。这天，苏轼正在地里干活，一名州校赶来，送给他一封书简，是淮南转运副使李琮所写。李琮乃王安石门生，属新党中人。突然接到他的来书，令苏轼颇是意外，忙埋头阅读。书中告知他一件事：在金陵赋闲的王安石读到他写的《胜相院经藏记》，赞不绝口。这篇文章是去年应惟简法师所请而作，是偈语式的论禅之文。没想到王安石这么关注，还特意让门生通报此事。他思考了半天，倾向于是王安石向他释放和解善意。既如此，他也不能拒人于千里之外，正好秦观因屡试不中陷入绝望，王安石若能夸赞他几句，或许秦观的人生会有转机。这样一想，遂给李琮回书，内云："知荆公见称《经藏》文，是未离妄语也。……秦太虚维扬胜士，固知公喜之，无乃亦可令荆公一见之欤？”

马梦得笑他道：“既然做了农夫，外面的事就少操些心吧。”

苏轼笑道：“怎奈我不能自控。”

二

苏轼迎着朝霞，策杖出了城东门，站在土冈上，手搭凉棚向东望去，恍惚间，仿佛白居易再世。唐宪宗时，白居易任言官，因屡屡谏诤皇帝、纠弹权臣，遭到诽谤，贬为江州司马，后调任忠州刺史。到忠州后，在州署东坡栽树种花。苏轼觉得自己此时的境遇、心情，与当年因言事被贬的白居易颇相似，脑海里蓦然涌出他的一首诗：“朝上东坡步，夕上东坡步。东坡何所爱，爱此新成树。”吟诵一遍，拊掌一笑，转身回家，问王闰之要了一串铜钱，嘱老萧到西市肉铺买了一大块肉，他亲自下厨烧好，把古耕道、潘丙、郭遘和酒监乐京请到家里品尝。待众人坐定，苏轼起身道：“从今日起，城东那块地，命名为‘东坡’，本人自号‘东坡居士’！”

“祝贺祝贺！”众人举盏道。

“哈哈哈！”乐京大笑道，“‘东坡居士’横空出世，意味着子瞻随缘自适，把士大夫出世入世的理念合而为一了。”

郭遘接言道：“既然苏学士号东坡居士，这烧肉就该命名为‘东坡肉’。”

乐京举盏道：“为‘东坡肉’干杯！”

苏轼大笑。

酒足饭饱，古耕道咂巴着嘴道："待东坡的瓦砾捡净了，我借头牛，拉犁耕地，这样能快些。"

过了几天，古耕道果然牵着套好的耕牛来东坡耕地。犁到东边坡地边，苏轼忙招手喊停，解释道："有机会想在这地方造几间茅屋。"

古耕道哈哈大笑："好啊，有房有地，东坡居士就成地地道道的黄州人啦！"

苏轼也笑了，有几分苦涩。下午，他躲到西斋，迫不及待地给苏辙和陈慥修书，把取别号东坡居士、想在东坡造屋的想法告知他们。书简尚未封发，马梦得突然慌慌张张地进来禀报："子瞻，耕牛突然倒地不起！"

苏轼焦急道："快去请牛医啊！"

马梦得答："请牛医看了，说没见过这种病。古老大说，趁牛有口气杀了吃，等病死了就不敢吃了。"

"哎呀，一头耕牛，如何赔得起啊！"苏轼叫苦道。

"我去看看！"王闰之搭话道。

苏轼想阻拦，王闰之却已风风火火地出去了，他只能跟在后面往东坡赶去。到了田间，王闰之把病牛查看一番，以笃定的口气道："这是发豆斑疮，熬一锅青蒿粥喂下去就好了。"

众人半信半疑，马梦得跑到野地采了一捆青蒿，回去伴些麸子一起煮了，端到地里给牛喂下。过了一夜，病牛果然好了。苏轼正给章惇写回书，闻报很是惊喜，特在书中写道："昨日一牛病，几死。牛医不识其状，而老妻识之，曰：'此牛发豆斑疮也，法当以青蒿粥啖之。'用其言而效。勿谓仆谪居之后，一向便作村舍翁，老妻犹解接黑牡丹也。言此，发公千里一笑。"

东坡的地耕好了，但已错过种水稻时节，古耕道带马梦得到街上买了一袋麦种，又请农夫老张帮忙，只用两天就播种完毕。苏轼烧了东坡肉，又拿出所剩半坛酒款待。有东坡肉佐酒，半坛酒很快就喝光了。家里已无藏酒，苏轼尴尬道："下次请老张喝够！"

古耕道和老张一走，苏轼就翻箱倒柜找出些糯米，自学酿酒。经反复实验，终于酿出一坛酒。他请古耕道和老张来品尝。古耕道喝了一口，咧嘴道："这酒又苦又硬，我是不喝的。"马梦得也只尝了一口，就把酒盏放下了，只有老张咬牙喝了几盏。

"东坡居士，自酿的好酒，客人很喜欢吧？"古耕道和老张一出回车院，朝云就做着鬼脸问。

苏轼叹息一声道："穷人做事，就是难成啊！"遂提笔作《饮酒说》："予虽饮酒不多，然而日欲把盏为乐，殆不可一日无此君。州酿既少，官酤又恶而贵，遂不免闭户自酝。曲既不佳，手诀亦疏谬，不甜而败，则苦硬不可向口。慨然而叹，知穷人之所为无一成者。然甜酸甘苦，忽然过口，何足追计！取能醉人，则吾酒何以佳为？但客不喜尔。然客之喜怒，亦何与吾事哉！元丰四年十月二十一日书。"

东坡耕种事毕，苏轼过江拜访王齐万。正饮酒聊天间，古耕道和马梦得赶来了，送来陈慥的一封来书。苏轼打开一看，大声道："斟酒！"

“何事欢喜?”王齐万问。

“官军大捷!”苏轼高举双臂,欢呼起来。

本年春,西夏内乱,边臣纷纷向朝廷进言,当借机收复西夏。七月,诏以入内省副都知李宪节制五路,大举伐夏。苏轼得到消息,忙修书陈慥,托他打探战况。陈慥来书向他通报战况:九月初二日,李宪部攻克兰州,设帅府于城内;十月初四日,种谔部沿无定河西进,先后攻取米脂寨、石州、夏州、银州,破杀西夏六万余人,获马五千匹。在凤翔时,苏轼一度想投笔从戎,边塞立功;但因反对以富国强兵为目标的变法,他一度又强烈反对战争;可仕途受挫后,他又生出希望到边塞立功的想法。如今听到有记忆以来从未有过的大捷,他抑制不住地跳跃欢呼起来。

众人一听,也都欢呼起来,各饮一巨觥,以为庆贺。苏轼难抑兴奋,提笔赋《闻捷》《闻洮西捷报》两首,表达喜悦心情。

回程路上,苏轼不停地和古耕道、马梦得谈论兵法,一副摩拳擦掌、跃跃欲试的样子。船一靠岸,忽听有人唤道:“九叔——”

苏轼没有认出来,站在旁侧的苏迈引介道:“他是安节啊!”

安节是苏轼二伯父苏涣长孙的乳名。他到开封府参加取解试不中,特绕道来看堂叔。苏轼激动道:“安节,十三年不见,你也不认得九叔了吧?”半年来整天在田间劳作,日晒雨淋,他已变成一个又黑又瘦的农夫了。想到族人晚辈曾为自己而骄傲,如今自己沦落至此,他拉住安节的手,老泪纵横。

晚饭后,叔侄在西斋对坐,问到家乡的熟人,多半已故去了,苏轼叹息不已。怀乡感旧的思绪与失意的萧索,就像漂浮在江面上的一团浓浓的寒雾，包围了叔侄二人。外面下起了雨，涛声阵阵，油灯忽明忽暗，叔侄沉浸在凄然的氛围里，沉默了好久。苏轼提笔作《侄安节远来夜坐三首》，内云："嗟予潦倒无归日，今汝蹉跎已半生。免使韩公悲世事，白头还对短灯檠。"

安节见九叔伤感，又看到九叔家计困顿，不愿多打扰，住了两天就要走。苏轼不允："安节啊，眉州，九叔是回不去了，你就留下陪九叔过个年吧。"

"可是，九叔……"安节声音低沉，说了一半，哽咽起来。

苏轼忙劝道："安节啊，你从诗里只读出九叔颓唐一面，没有看到九叔克服颓唐的豪气吧？你细读最后一诗的尾联：'梦断酒醒山雨绝，笑看饥鼠上灯檠。'是'笑看'嘞！人生在世，难免遇到挫折，但任何时候都不要对生活失去希望。"

三

今冬多雪，麦苗长势喜人，苏轼几乎每天都带着马梦得到东坡查看。这天，正望着疯长的麦苗喜笑颜开，忽听有人道："麦苗不能疯长，不然的话到时候收不到麦子，只是一把麦草。"

苏轼抬眼一看，是为东坡播麦种的老张，吃惊地问："这样啊，那怎么办？"

老张道："改天叫羊倌赶羊群到地里啃一啃就好了。"

苏轼又是一惊："叫羊群来啃？还有这等事？"

老张笑道："苏学士，你这就不懂了吧？羊群来啃麦苗，那不是糟蹋你的庄稼，是替你打理庄稼哩！”

苏轼不禁感慨起来。人，对世间万事万物各自蕴含的道理，所能了解的，是极其有限的；凭个人认知去推理，认为是对的，可能恰恰错了。以后，再不能那么偏激、执拗了。这样想着，突然觉得自己的身段不再那么僵硬，而是柔软了许多。晚上给知安州滕元发修书：“吾侪新法之初，辄守偏见，至有异同之论。虽此心耿耿，归于忧国，而所言差谬，少有中理者。今圣德日新，众化大成，回视向之所执，益觉疏矣。”可他还是不忍看羊群啃食麦苗，好几天都没有到东坡去，在西斋围炉读书。这天上午，忽听古耕道在外面呼叫：“苏兄，看看家伙卸在哪里。”苏轼莫名其妙，边往外走边问：“古老大，我不明白你的话。”

古耕道笑道：“你不是想在东坡造房子吗？有人给你把木料备好送来了。”

苏轼惊问：“谁？”

古耕道以艳羡的语调道：“还能有谁？大侠方山子呗！”

苏轼心头一热。他向苏辙和陈慥通报在东坡建房的想法，确有化缘之意。苏辙已经寄来五十贯，陈慥又送来了木料，眼看筑屋东坡的愿景就要实现了，喜滋滋吹着口哨随古耕道往东坡赶去。

卸完货，古耕道掸掸手道：“土坯、茅草，有现成的可买，就趁着农闲，开工吧！”

苏轼抬头看了看天，皱了皱眉头。

“下雪不影响造房子的。”古耕道说。又一拍胸脯：“放心，我和马正卿来给你操持。”

腊月十一，天上飘着雪花，东坡的建房工程开工了。十二天后的腊月二十三，祭灶之日，大雪纷飞，东坡响起了爆竹声，苏家的新房上梁了。庆贺仪式结束，眼看正旦节将近，该准备年货了，苏轼和古耕道商量，工程暂停，待来年上元节后复工。

正旦节，苏轼情绪高涨，下厨为家人烧东坡肉、蒸鱼羹，过年的气氛格外热烈。初二上午，老友王齐万带着侄子王天麟来拜年。王天麟年过半百，曾在皇宫做过站班殿直，见识远在本地人之上，让苏轼如遇知音，边饮酒边侃侃而谈。话题从京城的习俗，转到了本地。王天麟突然叹了口气道：“鄂、岳、黄三州，溺杀婴儿的陋习，真是可骇可怪！”

苏轼大惊：“还有这等事？”

王天麟遂将自己所见所闻细细讲述一遍。原来，鄂州、岳州、黄州民间风俗，一对夫妻皆愿养育两男一女，过此数则将初生婴儿放入水盆中溺死。苏轼丢下筷子，长叹一声：“可惜，苏某是责降官，无权签书公事。”呆坐良久，不再动箸。王齐万叔侄见状，便起身告辞了。送二人上了船，苏轼回转，嘴里念叨着：“稚子无辜，怀胎十月，一朝分娩，却是赴死之时。可怜哪，可怜！”

“苏兄，低头念叨啥呢？”

苏轼抬头一看，是古耕道，上前一把拉住他的手道：“古老大，你是古道热肠的侠义之士，你得管管这件事啊！”

古耕道眼一瞪道：“谁敢给苏兄过不去，我收拾他！”

苏轼把溺婴之事约略说了一遍。古耕道盯着苏轼道：“苏兄，这是地方上的习俗，你这身份，管这闲事做甚？”

“不忍啊！老古，那也是条命啊！”苏轼抓住古耕道的手抖了抖道。

“也罢！”古耕道半是下决心半是无奈道。又向前一指：“过年了，朋友聚聚。俺和潘、郭二位请你喝酒，酒桌上商量商量。”

随古耕道来到十字街扬子酒楼，与潘丙、郭遘见过礼，酒还未喝一盏，苏轼就迫不及待地把溺婴之事说了一遍，又把他在密州时救弃婴的事也说给三人听。几个人议论了一番，最后商定：由古耕道出面主持，在黄州组织“育儿会”，向本地富户劝募钱米，每年每户定出钱十千，买米、布、绢、絮，对家有孕妇、贫不能自养者予以实物救济，条件是不许溺婴。为保证公信力，聘请安国寺继连长老掌管所募财物。苏轼这才转忧为喜，敬三人一盏酒，抹了抹嘴道：“苏某虽贫，不可做缺口镊子，我带头捐十千！”

散席后，四人结伴来到安国寺，苏轼把救溺婴的前因后果给继连长老说了一遍，继连长老欣然答应掌管财物。出了山门，几个人拱手道别，苏轼拉住古耕道，摆了摆脑袋道：“跟我去，把十千钱取来交给继连长老。”

古耕道笑道：“苏兄是个急性子嘛！”

回到家里，苏轼把捐钱的事对王闰之说了，王闰之拿出十串铜钱递给他，苏轼转身交到古耕道手里，掸了掸手，像是完成了一件大事。古耕道前脚走，他又叹息起来。仅凭一个民间“育儿会”，救助溺婴毕竟有限，更难短期内改变风俗，遂提笔给鄂州郡守朱寿昌修书，请他下令鄂州境内禁止溺婴。

“写完了吗?”王闰之不知何时进来了,带着气问。

苏轼放下笔,讨好一笑道:“嘿嘿,写得有点长。”

王闰之敲了敲书案道:“你捐了十千,下月别吃饭了。”

苏轼正色道:“如果一年能救下百来个小儿,也是我闲居的一件乐事。这比喝酒吃肉快乐多了。以后我每顿饭只饮一盏酒,吃……”

不等他把话说完,王闰之上前抓住他的手腕道:“写下来,贴墙上,不然过不了三天你就忘到脑后了。”

苏轼就像听话的孩童,果真写了篇《节饮食说》贴到墙上:“东坡居士自今日以往,早晚饮食不过一爵一肉,有尊客盛馔则三之,可损不可增。有召我者预以此告之,主人不从而过是,乃止。一曰安分以养福,二曰宽胃以养气,三曰省费以养财。”贴好后,他后退几步,又细细看了一遍,颇是自得,像是发明了一个持家兼带养生的秘方,不可独享,便抄写一份寄给李常,修书云:“口体之欲,何穷之有,每加节俭,亦是惜福延寿之道。此似鄙吝,且出于不得已;然自谓长策,不敢独用,故献之左右。住京师,尤宜用此策也。”

晚饭时,苏轼见安节眼睛盯着《节饮食说》在看,笑了笑道:“安节不会笑话九叔吧?你看九叔一家人团团圆圆、和和睦睦,每天有饭吃,不是很好吗?”

“是。”安节道,“这一个月来相处,侄儿越发敬佩九叔了。不仅因为九叔诗词文章,还因为九叔的生活态度。”

苏轼笑了笑道:“安节,老叔告诉你,人得有几个朋友。如果老叔在黄州没有朋友，会是什么样的日子，真不好说。”说这话时，他脑海里闪出陈慥的身影。

随后几天里，苏轼埋头撰写《方山子传》《陈公弼传》，过了初十，即携稿访往陈慥，答谢他的慷慨相助。

陈慥展读《方山子传》，笑道：“子瞻心里埋藏着出世意念，借给我写传，表达的是不要富贵、不随流俗，在太平盛世弃冠服、绝仕进，任侠山居的人生态度。”

苏轼大叫一声：“拿酒来！”

柳秀英听到喊声，指挥女使端来了酒具，用于佐酒的菜肴，只有豆腐和鸡蛋。陈慥指着菜肴道：“子瞻，莫说我慢待。”

苏轼笑了。自听到溺婴的事，他便对杀生心生怜悯，赋诗云：“我哀篮中蛤，闭口护残汁。又哀网中鱼，开口吐微湿。刳肠彼交病，过分我何得。相逢未寒温，相劝此最急。”诗成，寄给陈慥，嘱他以后不可杀生待客。所以，这次用于佐酒的，都是素菜。

“不信子瞻能戒荤，只是一时心软才戒杀生的吧？”陈慥笑问。

苏轼苦笑道：“可恨我这老饕，不能忘味，但从今而后，吃自死物尚可，为口腹之欲杀生，不忍也。再说，吾辈老矣，要注意养生嘛！”

陈慥问：“子瞻有何养生妙方？”

苏轼答：“正多方收集养生方。听说王巩贬谪的宾州出上好的丹砂，我让他给我寄了一些，准备炼丹。”

二人边谈养生边饮酒，直到午夜还没有停下的迹象，柳秀英熬不住了，打发女使进来探头探脑了几次，二人却毫无察觉，继续兴趣盎然地谈论着。眼看东方发白，柳秀英疾步闯进来，大喝一声："陈季常，还睡不睡觉！"陈慥没有防备，吓得浑身一抖，拿在手里的竹杖啪的一声掉在地上。

苏轼嘲笑道："龙丘居士也可怜，谈空说有夜不眠。忽闻河东狮子吼，拄杖落手心茫然。"

陈慥哈哈大笑，摆摆手道："睡觉睡觉！"

次日起床，陈慥拿出珍藏的《朱陈村嫁娶图》让苏轼鉴赏。朱陈村在徐州丰县深山里，以长寿村闻名天下。该村只有朱、陈二姓，世代互为通婚，过着男耕女织的田园生活，历代文人雅士比为桃花源。苏轼看罢，提笔赋诗云："我是朱陈旧使君，劝农曾入杏花村。如今风物哪堪画，县吏催租夜打门。"

陈慥摇头道："子瞻，你又犯老毛病了！"

苏轼把手指竖在嘴边，低声道："不可让外人知之。"

陈慥感叹道："子瞻钻研老庄、禅宗，总想摆脱尘世的纷扰；可另一方面，这淑世情怀，到底是放不下。所以，表面上洒脱，实则内心纠结，滋味不好受嘞！"

四

上元节一过，东坡的建房工程就复工了。正月二十日这天，暖风和煦，艳阳高照，苏轼忽然想起去年今日，古耕道、潘丙、郭遘送他去访陈慥，在女王城饯别，相约来年今日再聚，便丢下手头的活计，让老萧胡乱备了些酒菜，叫上在场帮忙的潘丙、郭遘，像是逃课的孩童，结伴到东边的山岭郊游。

走了半个时辰，三人在一块石头上摆下酒菜野炊。三盏酒下肚，苏轼口占道："东风未肯入东门，走马还寻去岁村。……已约年年为此会，故人不用赋招魂。"喝完了酒，三人口渴难耐，便到附近的村子叩门讨热水喝。刚走到村边一户人家的门口，一位中年男子急匆匆走出来，向外一指道："西头汪家要降紫姑神了，快去看吧！"苏轼一听，忘记了口渴，跟在男子身后小跑着赶到汪家，挤进人群一看，紫姑神正在扶乩，在一大张纸上写下三十个篆字，自称"天篆"。苏轼伸头看去，一个字也不认识。他舔了舔嘴唇，嘿嘿一笑道："大仙，神字可否赐鄙人珍藏？"

潘丙不失时机地引介道："此乃方山子朋友苏学士。"汪家人一听，躬身将"天篆"捧递给了苏轼。

"苏学士，你真信吗？"返程的路上，郭遘问。

苏轼笑道："姑妄言之，姑妄信之，何必追究真假。"回到家里，埋头细细琢磨起"天篆"来，虽然还是没有认出到底是什么字，却连赋两首诗，又作《天篆记》，以录其闻。

月底，五间茅屋盖成。房屋西向，正对东坡，正房只有一间，甚为轩敞，用作客厅；南北各两间围正房相对而建，卧室、书房、厨房俱全。众人又在苏轼指挥下疏浚了暗井，在屋前挖了条水沟，沟上架起一座石板小桥。马梦得又带着苏迈、安节等人，在院中栽上柳树，屋后种上梅树和墨竹。早前，外地友人听说苏轼在东坡躬耕，有的寄来橘树苗、有的送来枣树和栗子树苗，苏轼又作诗送给大冶长老讨要茶树种子。这些树苗和种子，一开春也陆续栽种田间。苏轼喜滋滋地在房前屋后转了几圈，对众人道："此屋开工于雪天，上梁之日大雪纷飞，当以雪堂为名。"说罢，提笔书"东坡雪堂"四字，制匾榜于门上；又吩咐马梦得买来画笔、颜料，在正堂四壁画满雪景，起居偃仰，环顾睥睨，眼中皆雪。

这天，苏轼独自在雪堂徘徊，耳边响起陈慥说他纠结的话，突然陷入了迷茫中。筑堂乃为养性，可自己内心，偏偏又有一股汹涌澎湃的豪情。他不停地自问自答："你是不缠机务、任性逍遥的散人，还是注重名利、拘于条条框框的拘人？散人天机浅，拘人嗜欲深。人想摆脱束缚，像庄子那样逍遥，是要摆脱势利、名誉、阴阳、道德这些藩篱吗？摆脱这些藩篱固然不易，可真摆脱了就能逍遥吗？照道家之见，智，是人生的真正藩篱。智存在于躯体之内，从口中发出就成了语言，语言一定是有所指的；支使着身体就是行动，行动一定是有所趋向的。它使人想沉默又不能沉默，想休息又不能休息，如同醉汉的怒骂，如同狂徒的胡闹，即使捂住他的嘴，揪住他的胳膊，他还唔哩哇啦地叫个不停。这样看来，对于人来说，藩篱是很坚固的，不易冲破。道家认为人最根本的祸患在有心，老子主张绝圣弃智，无身、无心；庄子强调心斋、坐忘，进而做到无为而随任自然。雪本来是会消融的，四壁绘雪，雪就一直存在着，岂不违背自然本性？况且，见雪不能不心动，心动不能不绘之丹青。这样一来，散智、无心便不可能了，也就不可能彻底摆脱人生藩篱。"想到这里，他一顿足："墙壁上的雪，铲掉！"说着就往外走。走到门口，又站住了，自问："作为儒者，为何要照着道家的教条去做？况且，我不过想借雪堂把远景收到近处，把近景收到堂中，睁眼就能领略天下四方的神趣罢了。人是有知觉的，进了这间雪堂，肌肤会感到凄寒，烦闷会被洗刷，既不会受到权门的讥蔑，又免去了忧愁的疾患，适然而已，与道家所说的有心何干？”这样一想，他改变了主意，捻须在雪堂踱起步来。突然，他双手猛地向上一举，大声道：“对，我要以全新的人生态度——适意，来取代道家的无心和无身！”说罢，吟唱起来：“雪堂之前后兮，春草齐。雪堂之左右兮，斜径微。雪堂之上兮，有硕人之颀颀。考盘于此兮，芒鞋而葛衣。挹清泉兮，抱瓮而忘其机。负顷筐兮，行歌而采薇。……是堂之作也，吾非取雪之势，而取雪之意。吾非逃世之事，而逃世之机。吾不知雪之为可观赏，吾不知世之为可依违。性之便，意之适，不在于他，在于群息已动，大明既升，吾方辗转，一观晓隙之尘飞。”

唱罢，喝了口茶，又自语道：“苏轼，你之所以纠结、彷徨，缘于被流放此地，转而以佛老的人生态度来安慰自己。老庄、禅宗的思想在你的心灵中震荡。但仔细想来，佛老的避世与你一贯的积极入世精神相违背，因此内心才矛盾重重。‘适然’二字，是破解这个矛盾的钥匙。今后，你要追求的是，既不做嗜佛习道的方外散人，也不做趑趄于利害之途的儒家拘人；而是一种既不脱离现实，又不拘泥于现实，既不傲睨万物，又不汲汲于功名利禄，性之便、意之适的自由的人生境界！”想到这里，他顿觉神清气爽，像是获得了新生，不禁发出爽朗的笑声。

“苏学士——”门外响起唤声。苏轼歪着脑袋向外一望，见潘丙的侄子潘大临与人抬着一个刻花大瓮进来了。他不觉一惊，叫着潘大临的字问:“邠老,你怎么回事?”

“嘿嘿,给学士送个瓮来,盛酒用。”潘大临答。

苏轼摇头道:“我是问你,你去年取解试得中,时下不该在京城参加春闱吗?”

潘大临缩了下脖子道:“怕考不取,没敢去。”

“哎呀我的大侄子啊,个子不小,胆子不大。”苏轼责备道。搭手把大瓮卸下,掸掸手道:“送此瓮,倒是正合我意。”

潘大临被墙上的雪景所吸引,盯着看了良久,转脸问:“学士,画雪景有什么讲究吧?”

“哈哈!”苏轼突然拊掌大笑道,“潘邠老,你这一问,让我找到了思路! 适才我在构思一篇雪堂记,内容倒是琢磨好了,只是不知如何下笔,何不用主客问答的形式来写? 就叫《雪堂问潘邠老》。”

潘大临咧嘴一笑道:“晚生之名,可传后世矣!”

苏轼大笑,送走潘大临,提笔作《雪堂问潘邠老》。

晚饭时,安节提出要走,苏轼没有阻拦,饭后就躲到卧室,一直写着什么。临睡前,到西斋把一叠诗稿交给安节:“安节啊,当年你三爷下第,我二伯父也就是你爷爷为他赋诗送行,其中有‘人稀野店休安枕,路入灵关稳跨驴’之句。我就将这十四字,一字一韵,写了十四首小诗送你。希望你传给子孙;但万一揭不开锅了,或可换几斗米救急。”

安节捧在手里,躬身施礼道:“谢九叔,侄儿一定珍藏。”

展读十四首诗,安节掉下泪来。最后一首末句竟写着:“应笑谋生拙,团团如磨驴。”像拉磨的驴一样原地团团转的日子,是何等悲苦。他以为九叔已放下了，可从诗句看，九叔内心并未真正放下。临别，安节戚然相劝："九叔，要放下啊！"

苏轼流着泪，勉强露出一丝笑容，挥手道："放心吧安节，九叔已经不纠结了，自今而后，适然而已！"

第十六章　一蓑烟雨

一

元丰五年三月初一清晨，回车院西斋，睡梦中的苏轼被一阵“啪啪”的敲门声惊醒。抬起头来细细查看，却是东南风夹着雨点在敲打木门。他睡意全无，索性披衣下床，走到窗前，怔怔地站着。窗外风雨交加，一棵手腕粗的柳树不停地摇曳着。他“唉呀”一声，匆忙套上长衫，蹬上芒鞋，披上蓑衣，戴好斗笠，策杖出了回车院，冒雨走到定慧院东边的小土山下，在杂花丛生的篱笆院前驻足，目光搜寻着那株海棠。但见风摇枝丫，雨打花瓣，满树的海棠花纷纷飘落，被雨水打进泥土里。他打了个寒战。这横遭苦雨摧折而凋落的海棠，不正是自己当下的境遇吗？他不忍再看下去，转身往回走。出了朝天门，远远望去，雨雾朦胧间，只见雨势凶猛，江水暴涨，仿佛要冲入回车院里，几间破旧的小屋，就像一叶扁舟，飘荡于云水之中。正观望间，忽听“扑棱”一声，一只乌鸦从他身边飞过，嘴里叼着一叠黄纸，像是要叼进窝中为雏鸟遮风挡雨。苏轼蓦然想起，今日是寒食节。寒食节是一年中的第一大祭日，当年在眉州过寒食节，一族人同到先祖坟地致祭，添土、挂纸钱，将子推燕、蛇盘兔撒于坟顶滚下，再用柳枝穿起，置于各家房中高处，以沾先祖德泽。在这个风雨交加的寒食节，不知有没有人到双亲坟前挂上一串纸钱。又想，子由住的破屋，经得起风吹雨打吗？他刚得知，筠州监盐酒者本三人，苏辙到后，其他二人先后调走，只剩他一人，整天手忙脚乱，不得喘息；太守又故意刁难他，让他一家人挤在北岸一所破旧不堪的宅院里，每天要渡江去江南市场履行监盐酒的职责。每念及此，他都心怀愧疚。

两辆张盖马车从他身旁驶过，男男女女在车中说笑着。大抵是豪富之家相约带着歌妓雨中出游吧。恍惚间，脑海里闪出熙宁十年寒食节与王诜四望亭欢聚的场景。真是恍如隔世。由四望亭，又想到不许入国门的圣旨，自那时起，就被皇帝厌恶、抛弃了吧？想到这里，耳边仿佛响起皇帝的声音："畏吃棒邪！"

前几天，以国子监直讲贬为蕲水令的李婴来访，说起他在京城时听到的一则消息：他的《谢失觉察妖贼放罪表》呈上后，皇帝对这等例行公事的文字却逐字逐句阅读，读到"无官可削，抚已知危"这句话时，笑着说："畏吃棒邪！"在苏轼听来，这句话表现出皇帝对惩治他感到洋洋得意。好不容易结痂的伤疤，又被无情地掀开了，竟比初受创伤时还要疼痛。此刻，伫立在这寒食节的风雨中，他的内心被绝望情绪所充斥。想到遥远的蜀川双亲孤零零的坟墓，想到再也回不去的京城，苏轼真想学魏晋名士阮籍，穷途一哭。

"哎呀——"朝云惊叫着举着一把油伞跑了过来，嗔怪道，"老大不小的人了，怎的这么任性呀！”说着，拉住苏轼的手往回走。进到东厢房卧室，把被雨水打湿的长衫脱了，甩掉芒鞋，替他把脚擦干，让他钻进被窝里取暖。

须臾，王闰之端来了一只面做的蛇盘兔和一碗寒食浆。这都是昨天准备好的寒食节食物。冷雨凉食，苏轼没有胃口，王闰之半是劝导半是要求：“俗语说‘蛇盘兔，必定富’，不能不吃！”

苏轼撇嘴道：“家家都吃蛇盘兔，可还是穷者多，富者少。可见这俗语信不得。”

王闰之叹息道：“你这个人，说你什么好呢？就是爱抬杠。你富不了，就是因为总抬杠。”

苏轼悚然，连道：“老媳妇说的是，说的是。”勉强吃了几口蛇盘兔，很想喝口热茶，可寒食节是不能烧火煮茶的，只得忍住了。几口冰冷的寒食浆下肚，浑身忽地一下凉透了。

外面的雨还在淅淅沥沥地下着，他又钻进了被窝，闭上眼睛，海棠花凋落于地被泥水所污的情形，不断在脑海闪现。雨中的海棠花就像是一位患病的少年，病愈时双鬓斑白，已然老去。他摸了摸自己的鬓角，扽下一根发丝，举在眼前细细观看，银光闪闪，如海棠花般雪白。手中捻动着白发，胸口越来越堵得慌，感觉快要窒息了，便掀开被子，跳下床去，穿上夹衫，顺着回廊走到充作书房的西斋，展开一纸素笺，提笔赋《寒食雨》：“自我来黄州，已过三寒食。年年欲惜春，春去不容惜。……何殊病少年，病起头已白。”看了一遍，意犹未尽，再写一首：“春江欲入户，雨势来不已。……君门深九重，坟墓在万里。也拟哭途穷，死灰吹不起。”

写毕，胸中的郁气像是宣泄出来了，额头上竟冒出汗珠。可惜眼前没有人一起切磋。忽然想到马梦得住在雪堂，他虽不会写诗，但毕竟也是举子出身的读书人，特别是追随自己多年，耳濡目染，也能搭得上话，遂把诗稿揣进怀里，穿上蓑衣，戴上斗笠，策杖到了雪堂。

“子瞻，你不是放下了吗，怎的这么绝望啊？”马梦得读罢《寒食雨》二首，愕然道。

苏轼摇头道：“看似绝望，实则还是放下了嘛！你看‘死灰吹不起’一句，那是反向用韩安国之典。汉朝名臣韩安国被武帝疏远，却寄希望于死灰可以复燃，重回朝廷，结果却被贬往更远的地方，郁闷而死。我用此典，固然有忧谗畏讥的意思，但也表示我不再热衷，没有死灰复燃的奢望。”

“嗯嗯，”马梦得随口应着，却盯着素笺看了许久，以惊喜的语调道：“诗的内涵我不敢说，可这书法让我惊叹，堪称名帖。千百年后，世人若见此寒食帖，必视为稀世珍宝！”

苏轼露出笑容，也来了酒兴，吩咐道：“老萧，取酒来喝！”自他作《饮酒说》抱怨黄州的酒不好喝、自酿酒又苦又硬后，太守徐大受和邻郡官吏给他赠送了一些外地好酒，他都贮存于潘大临送的刻花大瓮里，谓之“雪堂义樽”。老萧打开大瓮，舀出一壶酒，端来一盘炒豆，苏轼即与马梦得对饮起来。

“子瞻，下雨心情不好，可以理解。”马梦得劝道，“想想下雨的好处嘛，常说春雨贵如油，有了这场雨，秋天会有好收成嘞！”

“这话对，这话对！”苏轼连连道，敬了马梦得一盏。

马梦得又道："我常见子瞻一遍遍抄写《归去来兮辞》，想必你是倾慕陶渊明的。那你何不想想陶渊明？有官不做，躬耕南山下，写诗饮酒，优哉游哉；虽说子瞻来此非自愿，可有几十亩地种，你就当自己是陶渊明不就行了。"

"说的好，说的好！"苏轼兴奋起来，连饮了两盏，已有醉意。他向马梦得招招手，二人头抵到一起，苏轼神秘道："正卿，我告诉你个秘密，其实我在宜兴买了块地，我的同年兼外甥女婿单锡替我收租钱，嘿嘿！"

"哦？"马梦得微微一惊，吸了口气道，"东坡毕竟是官地，子瞻既然说'死灰吹不起'了，便是要在黄州终老了，还是在黄州买块自己的地，那就真的可做陶渊明了。"

"就这样定了！"苏轼拊掌道。作《寒食雨》前后那股难抑的痛苦、郁闷的情绪，不知不觉间消散了。

第二天早起，风停雨住，晴空万里，苏轼手持竹杖，信步来到东坡，尚未跨过石板桥，雪堂前柳树上传出喜鹊的叫声，水沟里清泉潺潺，他驻足南望，亭台丘壑错落有致，再向北望去，北山仿佛受到召唤，展现出倾斜的身姿。天气澄和，风物闲美。再放眼东坡，新植的树木郁郁葱葱，大麦快泛黄了，蔬菜因被雨水冲洗过，格外油绿。他驻足沉吟："草木有情，土地仁厚，一片绿意，让人想到盎然生机；一阵清风，一片月光，几声鸟鸣，即可拂去缭绕在心头的愁云。就像这四季生长不同的庄稼一样，人生的每一段经历，都是有价值的。"想到这里，他呼了口气，大声唤道："正卿，正卿——"

马梦得揉着眼睛出来了。

苏轼兴奋道："当年陶渊明曾与二三邻曲同游斜川，赋诗云：'中觞纵遥情，忘彼千载忧。且极今朝乐，明日非所求。'你看这东坡雪堂，像不像陶渊明所游斜川之日的景致？"

马梦得笑道："东坡居士要进入返璞归真的境界了？"

"正是！"苏轼说着，疾步进了雪堂，提笔作《江城子》：

> 梦中了了醉中醒。只渊明，是前生。走遍人间，依旧却躬耕。昨夜东坡春雨足，乌鹊喜，报新晴。　　雪堂西畔暗泉鸣。北山倾，小溪横。南望亭丘，孤秀耸曾城。都是斜川当日境，吾老矣，寄余龄。

马梦得看罢，不解道："陶渊明是子瞻的前生？"

"可以这么说！"苏轼决然道，"渊明少时乃抚剑行游的侠客，我少时也倾慕侠士，屡有游侠之举；渊明好饮酒，自言偶有名酒，无夕不饮，我同有此好，且知他在梦中或醉中实际上都是清醒的，因为我就是如此；走遍人间，依旧却躬耕，这不又与渊明偶合吗？固然，渊明是因不满现实拂袖而去的，我是以罪官身份在贬所躬耕，好像是不同。其实，我少时就想做隐士，身在官场，却时时想着归田，只是迫于家计身不由己；如今被放逐到此，归田的愿望被外力促成，外人看我是被迫流放，可我何妨当成是朝廷帮我达成了回归的愿望？躬耕田亩，优哉游哉，我与渊明，命运何其相似！"

"好！"马梦得高兴道，"转换视角，找到维持身心平衡的支点，以逆为顺，随遇而安，适意自乐，这是东坡居士的人生智慧啊！”

“哈哈哈！”苏轼大笑起来，“求田问舍去！”

二

元丰五年三月初七一大早，苏轼、马梦得、古耕道三人，在蕲水县尉潘鲠的引导下，出了朝天门，向东南三十里处的沙湖走去。老萧牵着一匹马，驼着蓑衣、斗笠和一坛酒，在后面跟随。

昨日，前来拜访的蕲水县尉潘鲠听说苏轼正在求田问舍，提到他路过沙湖时，看到那里土地肥沃，风景秀美，引起了苏轼的兴趣，今日一大早就约上古耕道，让潘鲠带路，前去实地查看。

来到沙湖，放眼望去，土地平坦，水源充足，到处是稻田。可一问价格，苏轼尴尬地摇了摇头。一连问了多处，即便是旱地，凭他的实力还是买不起。

潘鲠歉疚道：“都怪我，事先没问清楚。”

苏轼摆手道：“不关你事，是我太穷。”像是为调节气氛，他一指马梦得：“看到此公了？与我同年同月生，还有一同：穷！不过比起穷来，他第一，我第二。”说得众人笑了起来。他又一扬手：“既来之则安之，到处走走吧！”

几个人沿沙湖转了一圈，在一个黄姓人家饮酒用餐。临走时，苏轼醉眼迷离中，见八仙桌上放着一个沉泥砚，端详良久，趁着醉意对主人道：“我、我给你写纸字，换此砚台，如何？”

蕲水县尉潘鲠忙道：“哎呀，黄掌柜赚大了，苏学士可是当今第一书家嘞!”黄掌柜一听,爽快道:“成交!”说着,吩咐伙计拿来笔墨纸砚,苏轼提笔书白居易《步东坡》诗四句。写毕,迫不及待地把沉泥砚捧在手里,急忙告辞。出了村子,上了返程的小路,苏轼像是怕黄掌柜反悔,抬头看了看天,一指带着雨具的老萧:“这么大太阳,不会下雨,你先走吧!”又叮嘱道:“小心些,别碰坏了砚台。”

老萧一走,几个人越发放松了,走路夸张地东倒西歪,你碰我我挤你,还轮流说起了笑话,忘记了三十里回程路的疲劳。眼看离城不远了,突然“噼里啪啦”落下雨点,古耕道惊叫一声:“哎呀下雨了,快跑吧!”说着,抱着头向前跑去。雨点越来越密集了,马梦得、潘鲠边“糟了糟了”地叫着,边抱头向前冲去。

苏轼淡定地策杖悠然而行。似乎是为了盖过“哗哗”雨点的穿林打叶声,他高声吟唱起陶渊明的《归去来兮辞》:“归去来兮,田园将芜胡不归?”吟唱一句,吹一声口哨,再吟唱一句,接着再吹口哨。走了不久,一阵西北风吹过,雨住了,苏轼的酒也醒了。手搭凉棚望去,太阳像捉迷藏的顽童,调皮地钻出了云层,阳光越过前方的山岭,迎面照来,苏轼顿觉有了暖意。回头看了一眼适才走过的路,自问:“下雨了吗?”再转脸望着前方,又问:“天晴了吗?”心想,这场突然而至的阵雨,不就是人生处处无法预知的逆境吗?只要自己不恐慌,无论是下雨还是晴天,都可以一样地悠然漫步嘛!低头看了一眼湿漉漉的芒鞋,又晃了晃手中竹杖,自语道:“竹杖芒鞋,虽不如骑马快,但是轻便、自在啊,我想走就走,想停就停!”

“子瞻，怎的不躲雨?”是马梦得的惊问声。他和古耕道、潘鲠跑进前面的一个亭子里避雨，才发现苏轼居然没有跟上来，三人狐疑地摇摇头。待雨住了，马梦得急忙回头来接。苏轼摇摇手，示意他不要打扰。马梦得见他口中念念叨叨，像在构思什么，便不再说话，转身小跑着追上古耕道和潘鲠，嘱咐他们不要打扰苏轼。

过了约莫一刻钟，苏轼走了过来，三人静静地站在道旁，等他过去了，又悄悄跟在他身后，一直走到东坡雪堂。苏轼顾不得把淋湿的长衫换掉，就径直进了书房，提笔填《定风波》，先写小引：“三月七日沙湖道中遇雨，雨具先去，同行皆狼狈，余独不觉。已而遂晴，故作此词。”词云：

莫听穿林打叶声，何妨吟啸且徐行。竹杖芒鞋轻胜马，谁怕？一蓑烟雨任平生。　　料峭春风吹酒醒，微冷，山头斜照却相迎。回首向来萧瑟处，归去，也无风雨也无晴。

写毕，得意地笑出声来。

马梦得正煮姜汤，听到笑声，抓起一件长衫、一顶方巾，快步进了书房，先让苏轼换上，这才道：“看来对大作很满意啊！”

“都来看看，写得如何?”苏轼兴奋地大声道。

古耕道、潘鲠应声进来了，与马梦得一起，头抵头看了一遍，齐声叫好。

苏轼掸着手问：“好在何处?”

马梦得道:“展现了东坡居士的潇洒、旷达。”

古耕道粗通文字,看不大懂,皱了皱眉问:“竹杖芒鞋在雨中行路,拖泥带水,比起骑马的便捷来差远了,苏兄怎说胜过骑马呢?”

苏轼笑道:“竹杖芒鞋,乃世间闲客所用;马,则是官员或忙人的坐骑。闲人一身轻松,想走就走,想停就停,岂不轻胜马?”

古耕道又问:“明明是蓑衣被老萧带走了,苏兄却说‘一蓑烟雨任平生’,这不是骗人吗?”

潘鲠拍了拍他的手臂道:“古老大理解错了吧? 苏学士的意思好像是说,如果披着蓑衣,在风雨里过一辈子,也可以处之泰然。”

苏轼微微摇了摇头:“唐代张志和写了曲《渔歌子》,内有‘青箬笠,绿蓑衣,斜风细雨不须归’之句,我甚喜之。想想看,渔夫面对斜风细雨,会躲避吗?”

马梦得“嗯嗯”两声,颔首道:“明白了,子瞻的意思是,一个身披蓑衣的渔夫,是不怕风雨的。”

潘鲠还在盯着诗稿看,吸了口气问:“下片是写实的,可分明是先下雨,后天晴,学士为何说‘也无风雨也无晴’呢?”

苏轼道:“淋雨的人盼着天晴,可既然‘一蓑烟雨任平生’,不怕风雨了,就不必盼晴了。雨也好,晴也好,都无所谓了。”

“好啊,好啊!”马梦得感慨道,“中途遇雨,事极寻常,东坡居士却能于此寻常事中写出平生学养。读上半阕,可见东坡居士修养有素,履险如夷,不为忧患所摇动;下半阕则显示东坡居士对人生经验的深刻体会，表现出忧乐两忘的胸怀。看来，东坡居士的身份，由幽人转换成野人了。”

苏轼笑道：“既如此，正卿也该回去了吧？再跟着我，这辈子要想发财，就像想在龟背上采毛织毯一样难咯！”

众人大笑。苏轼却突然严肃起来，指着马梦得道：“正卿追随我多年，没得到任何回报；如今我混成了穷农夫，还要拖累他，于心何忍！”

马梦得摇头道：“马某因跟了苏东坡，可垂万世。三生有幸啊！”

苏轼心里宽慰了些，提笔赋诗：“马生本穷士，从我二十年。日夜望我贵，求分买山钱。……可怜马生痴，至今夸我贤。众笑终不悔，施一当获千。”写毕，郑重递给马梦得：“正卿，以此诗为你送行！”

三

清泉寺山门前，苏轼突然惊叫一声，指着脚下的小河问：“溪水竟是自东向西而流吗？”

“正是。”蕲水县尉潘鲠答。

沙湖道中淋了雨，苏轼第二天早起就浑身酸沉，右臂麻痹。潘鲠向他推介了蕲水县麻桥镇聋医庞安时。因东坡的大麦要收割，水稻也该插秧了，苏轼没有带仆从，一个人随潘鲠骑行前来就医。庞安时虽听不见，却可以通过指头写字与人交流。苏轼比划着诉说病症，庞安时为他做针灸，只用三两天，病就治好了。苏轼作文赞其医术，庞安时回赠一方李廷珪墨相谢，又和潘鲠陪他来游本县名刹清泉寺。一到寺前就看到西流的河水，苏轼突发感慨，提笔赋《浣溪沙·游蕲水清泉寺》一首，内云："谁道人生无再少？门前流水尚能西，休将白发唱黄鸡。"

潘鲠读罢，讶然道："哎呀，学士变了。"他知道，文士惯用"白发""黄鸡"比喻世事匆促，光景催年；他看过不少苏轼的诗词，知他通判杭州时常写诗说自己是"老人"，前不久作《江城子》中，还有"吾老矣，寄余龄"之句。可"休将白发唱黄鸡"一语，不啻不服老的宣言，令潘鲠颇是惊讶。

"是变了，做了野人嘛！"苏轼笑道，"做了野人，就不必整天为岁月流逝、仕途蹭蹬而发愁啦！"

潘鲠道："学士快成仙人啦！不知学士是如何做到的？"

苏轼仰脸一笑道："'吾老矣，寄余龄'，是承认人生悲苦；'休将白发唱黄鸡'，是力求超越悲苦。"

潘鲠似懂非懂，吸了口气，细细琢磨着。

在蕲水治病、游玩了近十天，饯行宴后，苏轼独自回返。一路上慢悠悠骑行，傍晚路过一个村庄，看到一家小酒馆灯火通明，酒瘾再起，遂下马入内，饮了几盏，在店小二搀扶下勉强上了马。

走出不远，来到一座木桥边。但见清溪在辽阔的旷野流过，月光下，小溪里春水涨满、水波涌动。白马叫了一声，扬了扬前蹄，好像是提醒主人要渡水了。苏轼急忙勒住缰绳，仿佛是怕马蹄踏碎溪中的月亮。醉眼朦胧中，抬头一看，天空中云气弥漫，恍惚间如仙气升腾。一阵睡意袭来，他下了马，把马鞍卸下，往地上一丢，便在桥头草丛中躺下，枕着马鞍入了梦乡。不知过了多久，忽听杜鹃在身旁的杨树上鸣叫，像是在唤他起来。苏轼睁眼一看，晨光已在溪水里闪烁，原来自己从月夜睡到了春晨。一种物我两忘、超然物外，与造化神游的畅适愉悦充溢心头。他从照袋里摸出笔墨，席地而坐，在桥柱上题写《西江月》一曲。先写小引，略记经过，才进入正题："照野弥弥浅浪，横空隐隐层霄。障泥未解玉骢骄，我欲醉眠芳草。　　可惜一溪风月，莫教踏碎琼瑶。解鞍欹枕绿杨桥，杜宇一声春晓。"写毕，吟诵一遍，拊掌一笑，自语道："苏轼，你从精神困境中解脱了，也超越了，重归生命本真，很好！"说着，跨上马背，打马西行。

一炷香工夫，来到了东坡，苏迈正带家人收割大麦，连门童也来了。苏轼下了马，把缰绳递到门童手里，接过他手里的镰刀，弯腰干起活来。不到一刻钟，就腰酸腿疼，坚持不下去了。再一看苏迈、苏迨，不时直起身拍打着腰窝。他丢下镰刀，低头在地上找出一根竹枝，走到牛车旁，用竹枝敲击着牛角，把陶渊明的《归去来兮辞》中的句子打乱，重新组合，用当地民歌小调，边敲边吟唱起来。

田间传出笑声，众人在歌声、笑声中，忘记了疲累。

收割、晾晒、打场，收获大麦二十余石。到街市上一问价格，卖不出几个钱，正好家里的大米吃完了，就以大麦充当全家人的主食。

"这大麦饭，实在不好吃。"这天午饭时，苏迨抱怨了一句。十一岁的苏过伸出脑袋，夸张地嚼了几下，问父亲："听到了吗？就像嚼虱子！"

"自家种的粮食，吃起来不一样嘞！"苏轼安慰了一句，心里却在思忖如何改进。想到在凤翔时吃过的浆饭，就吩咐厨娘把蒸熟的大麦饭在浆水里过一下。厨娘照做了，可吃了几顿，五岁的孙子苏箪咧嘴叫酸，朝云也吃一口皱一下眉头。苏轼琢磨了两天，又想出一个新做法：大麦里掺些红小豆一起蒸了，戏称这是"新样二红饭"。家人吃了，不再抱怨。见大麦饭太硬，苏轼又琢磨做羹下饭。他将蔓菁、芦菔、荠菜揉洗去苦汁后，放入涂油的碗中，加上些许生姜，放在锅中与新样二红饭一起蒸，做出了一道美味菜羹，命名"东坡羹"，特作《东坡羹颂》以纪。

自把谪降黄州视为外力促成他实现了自己的归田之梦，苏轼就觉得自己走出了精神困境，不仅兴趣盎然地为家人改善伙食，《论语说》的写作进度也明显加快，赶在入夏前完成了。这天晚上，他把苏迈叫到西斋，拍了拍厚厚的文稿道："这五卷《论语说》，是我的第一部经学著述。杂采众说，打破成见，疑经改经，自出新意。"

"要刻刊吗？"苏迈问。他知道父亲好持异论，便有些担心。

苏轼摇摇头，突然伤感起来。台狱初起，有司抄家，当年的文稿十之七八被王闰之付之一炬，万一再出事，花了两年写成的文稿，只有化成灰烬的命运了。反复斟酌，决定将文稿寄给为人持重的元老文彦博，遂提笔写了一封长函，内云："穷苦多难，寿命不可期，恐此书一旦复沦没不传……念新以文字得罪，人必以为凶衰不祥之书，莫肯收藏；又自非一代伟人，不足托以必传者，莫若献之明公。”书稿寄出了，又给滕元发修书，告知他《论语说》完成，内云：“颇正古今之误，粗有益于世，瞑目无憾也。”

《论语说》完成了，虽说还有遵亡父遗愿撰写《易传》的事，但因卦象推演需数字验算，他不精通此道，也只好先放下；东坡大麦收割、水稻插秧后，农活也不多了。如此一来，白天和晚上的空闲时间就多起来了。偏偏这段时间没有远道朋友来访，当地的朋友又各自忙自家事，雪堂显得格外安静。苏轼只好跑到地里找人闲谈。这天，见帮他种麦的老张正在锄草，就蹲在旁边与他搭话。老张不善言辞，总是沉默不语，苏轼讨好道：“老张，要不，给我讲讲鬼怪故事吧。”

老张苦笑道：“我、我没有听过鬼怪故事。”

苏轼恳求道：“编一个也好啊！”

老张很为难，便喊正在不远处割草的一个老者过来，给苏轼讲鬼怪故事，苏轼听得津津有味，直到太阳落山，几个人才分手。谁知第二天还是没人到雪堂聊天，他只好又出去闲逛。沿着一条小道溜达进一个村子，一股香气扑鼻而来，循着香味找去，是一农家饭馆，专卖米粉煎饼。苏轼凑过去，买了一张品尝，边吃边问：“此饼叫甚名？”主人摇头：“没名。”苏轼又问：“此饼为甚酥？”主人边忙活计边解释了一番，苏轼笑道：“那就叫‘为甚酥’吧。”主人高兴道：“方山子的朋友取的名，定能叫响。你啥时想吃就来吃，不要钱。”苏轼咽下最后一口煎饼，口齿留香，仰脸一笑，心满意足地到村内闲逛去了。

五月中旬的一天傍晚，苏轼闲逛回来，悄无声息地进了西斋。朝云送茶来，见他无精打采的样子，忙问："病了吗？"伸手摸了摸他的额头，额头是凉的，又问："发愁东坡的庄稼受灾？"

苏轼轻轻推开她的手，像是受了委屈的孩童，诉苦道："一大天，没人去雪堂找我聊天，出去找聊天的人也没找到。"

朝云噘嘴问："奴不是人吗？"

苏轼低下了头，不敢与她对视。他常与人交流养生经验，把节欲奉为金科玉律，为此尽量躲着朝云。一心想做母亲的朝云难免会生出怨气。苏轼心里明白，却只能佯装不知。

正尴尬间，忽听门外有人唤："苏子瞻——"

"我在我在！"苏轼"腾"地站起身，连声道，眼睛里顿时有了烁烁亮光。

四

圆月挂在夜空，一艘小舟划至矶窝湖，这里与长江相连，为一大回湾，水流平缓，远离江中激浪，小舟在此停下，苏轼郑重道："季常，你说吧。"

就在苏轼为无人陪他聊天苦恼时，陈慥突然单骑造访。他知苏轼牵挂着西征之事，经多方打探，终于了解到了最新进展，特来向他通报。苏轼雇舟置酒，夜游赤壁，意在到传说中的古战场谈论战事。

陈慥故意说："东坡居士以农夫野人自居，还这样关心国事？"

“虽废弃，未忘为国家虑。”苏轼语调深沉道，“杜甫在困穷之中，一饮一食，未尝忘君，苏某虽不肖，庶几仿佛于此也。”

陈慥叹口气道：“不忍言！”他猛地饮干了一盏酒，向苏轼讲述了西征进展：官军围攻灵州城，十八日不克，反被夏军引决黄河水贯营，以致全军溃败，将士民夫死伤达三十余万，不得不放弃攻城，五路大军伐夏严重受挫。

苏轼闻此，悲从中来，愤愤道：“当年在凤翔，我就有效力疆场之愿；在密州所写出猎词中，又向朝廷表明心迹；到黄州的谢表里，我也向官家言明，废弃罪官，无以报效，若获尽力鞭棰之下，必将捐躯矢石之间。可人家宁愿用宦官，也不用你！”他一指鬓角：“季常看，华发如霜，真是人生如梦啊！”说着，双手举起酒盏，把一盏酒洒向江中飘忽的月影：“就用这一樽浊酒，醉此江月吧！”

陈慥沉默了片刻，问道：“京城的消息，子瞻知道吧？”

苏轼答：“不敢问。”

陈慥道：“知道你心里挂着呢，我替你了解了。时下官制恢复唐代的三省制了，王珪、蔡确、章惇分领三省，张璪、蒲宗孟几个人为副。”

苏轼猛地挥动船桨，把小舟划向江心。

突然起风了，江水翻涌，一二尺长的大鱼纷纷跳跃出水面，惊涛撞击赤壁，浪花飞溅，山上夜栖的鹘鸼被惊起，“扑棱棱”乱飞。苏轼张开双臂，对着夜空大声道：“坐念孟德、公瑾，如昨日耳！”

风浪越来越大，小舟剧烈颠簸着。陈慥忙接过船桨，艰难地将小舟划到岸边，二人跳下船，往东坡而去。

回到雪堂，安顿陈慥睡下，苏轼进了书房，坐在书案前，脑海里全是西征受挫的场景。他叹了口气，自语道："可惜，当今已无谈笑间就让强敌灰飞烟灭的豪杰周公瑾了！"又一掀花白的长须："便是周郎在，他们也不会用！"说这话时，胸中涌出无限感慨，提笔填《念奴娇·赤壁怀古》：

大江东去，浪淘尽，千古风流人物。故垒西边，人道是，三国周郎赤壁。乱石穿空，惊涛拍岸，卷起千堆雪。江山如画，一时多少豪杰。　　遥想公瑾当年，小乔初嫁了，雄姿英发。羽扇纶巾，谈笑间，樯橹灰飞烟灭。故国神游，多情应笑我，早生华发。人生如梦，一尊还酹江月。

写毕，吟诵一遍，激动不已，大声唤道，"季常——"

陈慥正睡意朦胧，听到呼唤，翻身下床，进了书房。

苏轼拿着词稿，声调颤抖道："心中块垒，无以浇除，填词以为宣泄，请季常过目！"

"哎呀，不得了！"陈慥刚看了开头，就惊叹道。读罢，一拍书案道："借古抒怀，雄浑苍凉，大气磅礴，足以使人撼魂荡魄！"

苏轼得意一笑。

陈慥因为激动，声调亢奋，继续说："此作，借对古战场的凭吊和对豪杰之士才略、气度、功业的追念，表达了怀才不遇、功业未就、老大无成的忧愤，同时抒发了对轻启战端导致将士殒命、国格受辱的悲痛。”又一笑：“如此豪放的词中，子瞻也不忘把佳人写进去。”

苏轼摇头道：“写二乔，为的是以美人烘托英雄；同时也使人联想，若没有周瑜这样的豪杰做统帅，难免出现如杜牧《赤壁》诗中所写的‘铜雀春深锁二乔’的悲剧。说实话，这是对官军灵州之败的暗讽，故而紧接着以‘故国神游’陡然转折，从慷慨激昂到低沉哀叹。”

“我就知道子瞻写诗作赋，都是意有所指的。”陈慥点头道，“题是赤壁，心实为己而发。结句‘人生如梦，一尊还酹江月’，既感慨当今无豪杰之士，又哀叹自己壮志未酬，只能将一杯浊酒洒在江心的月影之上。”

“洒在月影之上，是为脱离苦闷，从有限中寻找无限，让精神获得自由。”苏轼解释道。说着，把词稿收起，叮嘱道：“季常，我心有余悸。此词不作小引，不记年月，仅为一抒胸臆而已，不可为外人知。”

陈慥点了点头。

天不亮，陈慥就悄然启程了。苏轼送出雪堂，回屋蒙头大睡。午后醒来，在雪堂用了饭，正要外出找人聊天，外面下起了小雨，只好打消了出门的念头，坐在书房玩味自己的《念奴娇·赤壁怀古》。过了一个多时辰，书房的光线暗淡下来，已是傍晚了，他刚要点灯，忽听雪堂外有人唤道：“苏学士——”

苏轼隔窗望去，院子站着一个年过半百的道士，背着沉重的行囊，浑身淋得湿透。他不认得此人，但有道士来访，他求之不得，忙出门相迎，带道士到客房，拿出自己的道袍让客人换上，这才问起道士来历。道士刚说出自己的名字，苏轼就惊喜道："啊！早闻大名，不意今日在此相见！"

道士名杨世昌，蜀地绵竹人，自幼即在武都山严仙观修道。苏轼早就听文同提到过他，知他多才多艺，通音律，会酿酒，一幅《崆峒问道图》，被称为五代以来唯一一张道士名画。苏轼很激动，吩咐老萧上酒。杨世昌摇手道："贫道特意带上一壶自酿蜜酒来看学士，请学士品尝。"说着，解开行囊，拿出一壶酒放到几上。苏轼迫不及待地打开酒壶喝了一口，咂巴着嘴道："浓淡适宜，好酒！"

老萧端来了佐酒小菜，二人对饮，说些蜀地近况、养生话题，直到深夜。

早上起床，一看是个大晴天，苏轼兴致勃勃地带杨世昌去郊游，酒壶里装着被他称为"错著水"的潘家自酿酒。走了一里多地，又想起被他称为"为甚酥"的刘家煎饼，遂就地作诗，内云："已倾潘子错著水，更觅君家为甚酥。"写毕，派老萧送到刘家。不一会儿，老萧就提着一盒煎饼回来了。杨世昌惊奇道："东坡居士与三教九流打成一片，难怪看上去这么洒脱。"

此后十几天里，苏轼带杨世昌逛了青草亭、韩家圃，又拜了天庆观，还渡江游览了西山，却没有带他游赤壁。杨世昌不解地问："居士，听说赤壁乃古战场，何不带贫道一游？"

苏轼不愿游赤壁，是怕勾起听陈慥讲述西征时的悲愤记忆，便以农忙为由敷衍过去了。初秋的一天傍晚，苏轼和杨世昌坐在柳树下，边品茶边闲谈。稻田旁几棵桑葚树上的果子红了，苏过带着侄子苏箪边摘边吃，满嘴红紫。苏轼看在眼里，脸上露出欣慰的笑容。杨世昌感慨道："黄州的山水安顿了居士的身心。"

苏轼向前一指道："此情此景，和陶渊明悠然见南山，有异曲同工之妙也！"

杨世昌赞叹道："苦难会让庸人沉沦，对豪杰来说则是磨砺。贫道看，东坡居士就是豪杰。"

苏轼一笑，突生豪情，起身道："走，夜游赤壁！"

夜空朗朗，月华倾泻，苏轼和杨世昌泛舟江上，一张矮几上摆着酒菜，二人隔几而坐。清风阵阵拂来，水面波澜不起。杨世昌指着赤壁山问："学士相信此处就是三国古战场吗？"

苏轼随口答："只要能让人联想到历史上龙争虎斗的场景，可借景抒怀、托物言志，不妨就相信吧。"

"哈哈哈！"杨世昌笑道，"此正合东坡居士放荡不羁的性格与超绝非凡的想象力。"

苏轼仰天大笑，放声吟诵《诗经·陈风·月出》："月出皎兮，佼人僚兮。舒窈纠兮，劳心悄兮……"吟了首章，与杨世昌对饮一盏，忽见东山后的圆月像是在星斗间缓步而行；江面上白雾横贯，水光连天，苇叶似的小舟随意漂浮着，仿佛在和圆月、白雾互动。不知是酒的作用还是因为小舟的飘荡，恍惚间，苏轼感到自己越过了茫茫江面，浩浩淼淼乘风凌空飘飞，羽化成仙，进入了瑶台仙境。他斜倚船头，扣舷而歌："桂棹兮兰桨，击空明兮溯流光。渺渺兮予怀，望美人兮天一方。"

杨世昌拿起洞箫，为他伴和。苏轼却停止了歌唱，闭目静听。箫声呜咽，如怨如慕，如泣如诉，余音袅袅，不绝如缕。听着箫声，一幅幅画面在脑海里展现，忽而是深谷中的蛟龙在起舞，忽而是战死沙场的将士的母亲在饮泣。他听不下去了，坐直身子，神色愁惨问："道长箫声为何如此哀怨？"

杨世昌放下洞箫，答道："居士所思的'美人'，当是自己的理想。可是，居士望美人而不得见，流露出失意和哀伤，让我想到曹孟德的诗句：'月明星稀，乌鹊南飞。'"

苏轼感慨道："无论曹孟德还是周公瑾，世上多少英雄，都如小小尘埃，归于大地。平凡如我辈，只能哀叹人生之短暂，羡慕江水的长流不息，希望与神仙相交，与明月同在。可这都是不切实际的幻想，只能把悲伤愁苦托遗响于悲风了。"说到这里，突然生出人生空漠之感，盯着杨世昌问："孔子说'逝者如斯夫'，道长看，这江水真的逝去了吗？"

杨世昌答："事物有变有不变。从不变的角度看，物和人都是无穷尽的，也就不必哀吾生之须臾了。"

"是啊！"苏轼赞同道，"将一己之磨难置于天地间审视，个人的遭际在绵延不绝的人世与寥廓亘古的宇宙中，实在微不足道。"说着，高声吟诵李白的《襄阳歌》："清风朗月不用一钱买，玉山自倒非人推。"吟毕，慨叹道："天地万物，各有其主，若不是自己应该拥有的，一分一毫也无法获取，可江上清风和夜空明月却是例外。临风可闻其声，赏月便见其彩。愉快地享受青山绿水和清风明月，便不必担忧生命短暂，也用不着羡慕江水永恒。把自己的身心都交给自然，就是永恒地拥有。”

杨世昌点头道：“正是因为东坡居士能从多角度看待世界，故而身处逆境也能保持随缘自适的精神状态。”

“哈哈！”苏轼大笑道，“忘怀得失，超然物外，开怀畅饮吧！”

饮了一盏酒，抬头一看，东方已经发白了。二人划舟靠岸，回到雪堂。杨世昌倒头便睡，苏轼却兴奋起来，文思如泉涌，遂快步走进书房，提笔写下《赤壁赋》：“壬戌之秋，七月既望，苏子与客泛舟游于赤壁之下……”

这篇《赤壁赋》，不再像《念奴娇·赤壁怀古》那样保密，抄写多份分寄友人。不久就有消息传来，《赤壁赋》风靡国中，到处都在传抄。苏轼很是欣喜，与杨世昌对饮，借着酒劲儿道：“我决计从此抛弃功业幻想，再不做拘人；但也不做道家所说的散人，而是率由本性，以文字为安身立命之本！”

大声说出了这样的想法后，豪迈感充溢了他的全身。此后的日子里，他走起路来虎虎生威，竹杖点地声铿然作响。这天晚上，自雪堂穿过东门往回车院走，守卒向他投来诧异的目光，苏轼昂头吹了声口哨，挺胸而过，大声道：“你们莫笑我，自来贤达之士，谁不走过贬谪的患难之路？千百年后，黄州人会常常说起我的！”

走到回车院，正要叩门，旁侧杨树后忽地闪出一个黑影。苏轼吓了一跳，定睛一看，认出来了，惊喜道：“啊！这不是巢谷巢元修吗？”被叫做巢谷的人神情紧张，摇头摆手，又竖起两根手指贴在嘴上，示意苏轼不要说话。

五

一阵风吹过，杨树叶子哗啦啦掉落下来。巢谷蓦然一惊，警觉地四处张望着。苏轼拉着他的袍袖边往西斋走，边吩咐厨娘置酒。

“子瞻，你是罪官，我是被通缉的罪犯，今天来看看你，连夜就走，浪迹天涯。”巢谷开口便道。

“啊？怎么回事？”苏轼惊问。巢谷是眉山人，苏轼少年时代就对比自己大九岁、任侠尚义的巢谷很崇拜，结为忘年交。他先是中举，后参加进士考试落第，便浪迹天涯。过了几年又改考武举，虽擅长剑术，但武举未能考中。失意之下，浪游于与西夏接壤的秦凤、泾原一带。自此，苏轼再未听到过他的消息了。不意再见时，他竟成了被通缉的罪犯。

巢谷喝了口茶，道出了原委。他在浪游前线时，投身于熙河名将韩存宝军中，做了他的幕僚，朝廷以贪污军饷、贻误战机之罪逮捕韩存宝，搜查其住所时却一无所获。韩存宝供认已托巢谷将积存的银两紧急运走，朝廷遂颁下通缉巢谷的敕牒。巢谷将财宝运到韩存宝老家后，便隐姓埋名，在江淮间逃亡了一年多。

苏轼听罢，故作轻松道：“任侠尚义，名不虚传。”见巢谷浑身草屑，脸颊塌陷，瘦骨嶙峋，顿生怜悯，抓住他的手道，“元修兄年近花甲，总这样东躲西藏也不是办法。留在我这里教我的儿子们读书习武，岂不更好？”

巢谷摇了摇头："你自身难保，还要庇护我这个罪犯？"

苏轼道："正因为我是罪官，别人都以为我不敢收留你；我是眉山人，请家乡一个落魄老书生来教儿子，不会引起怀疑。所以，你在我这里才是最安全的。"

巢谷拱手道："往者即知苏家有侠风，今日在子瞻身上看到了。"

苏轼一笑，与巢谷对饮。饭后，陪巢谷到雪堂与杨世昌见了，三个蜀人在黄州聚在了一起，苏轼不禁感慨，又吩咐老萧上酒，直喝到深夜。本想住下，可客房的床上只有一条破被，为了让巢谷睡个安稳觉，他只好回回车院去住。

半醉半醒中到了大门外，举杖在门外敲了半天，里面没有一点动静，贴在门缝听了听，听到的是门童的鼾声。苏轼摇摇头，策杖走到江边，伫立江岸，但见夜空寂寥，繁星仿佛在低语："苏轼、巢谷，你们本为眉州人，为何来到黄州？如果你不一心追求功名，若巢谷安于田亩，会有这一天吗？这是上天的安排，还是自身所造孽障？"

"汝生非汝有！"苏轼以《庄子》中的话回答，"庄子认为，人的形体和精神是天地所赋予，此身非人所自有。既然我身非我有，为何不能忘却功名利禄？"说着，抬头对着闪烁的群星，再诵《庄子》中的话："全汝形，抱汝生，无使汝思虑营营。"吟毕，豁然有悟："为人当守本分，保其生机；不要因世事而思虑百端，随其周旋忙碌。"他笑了笑，把目光投向江面。但见夜阑风静，水波不兴，耳边蓦然响起孔子的声音："道不行，乘桴浮于海。"他一惊，陷入了遐思："若能趁此美景，驾一叶扁舟，随波逐流，任意西东，该有多好！"想到这里，他闭上眼睛，仿佛真的驾舟而去，在烟波中唱出一曲《临江仙》来："夜饮东坡醒复醉，归来仿佛三更。……长恨此身非我有，何时忘却营营？夜阑风静縠纹平。小舟从此逝，江海寄余生。"口占毕，甩掉竹杖，高举双臂，大声吟唱："小舟从此逝，江海寄余生——"

"是谁啊？要想开些啊！"江面一艘渔船上，传来劝慰的声音。

苏轼这才注意到，天已经亮了，早起的人们或驾舟打鱼，或出门拾粪，雾霭升腾中，江边、路上都有人影在晃动。他大笑几声，吟唱着"小舟从此逝，江海寄余生"，转身回家睡觉。

朦朦胧胧中，传来嘈杂的声音，苏轼被惊醒了，以为是来拿巢谷的，忙翻身下床，胡乱套上长衫，慌慌张张地往外走，正与太守徐大受撞了个满怀。

"哎呀子瞻，你要吓死我啊！"徐大受拍着胸口，说完大笑起来。原来，听到苏轼在江边吟唱"小舟从此逝，江海寄余生"，街面上哄传他挂冠服于江边，坐舟长啸而去。徐大受闻报，既惊且惧，以为州失罪人，急匆匆赶来查看。

苏轼听罢大笑，拿起《临江仙》词稿给徐大受看。

徐大受畅出了口气，转身告辞。刚走到门口，迎面遇上正在教苏迨、苏过习武的巢谷。徐大受一愣，盯着巢谷的脸直勾勾地看着。

苏轼忙凑过来道："此乡人巢三。"

徐大受拉住苏轼的手回到西斋，神色严峻道："此人与通缉令上的画像一模一样，他是巢谷。”

苏轼点点头，向徐大受一拱手道：“听凭太守发落。”

徐大受沉吟片刻，咳了一声，转身出了房门，问巢谷道：“巢三，你可认识巢谷？”

巢谷一怔，苏轼忙替他答道：“巢三并不认得巢谷，若得知巢谷行踪，即刻报官。”

徐大受“嗯”了一声，快步出了回车院。

苏轼和巢谷相视而笑。

有了巢谷和杨世昌两个家乡来的高人，苏轼不再为没有人聊天而发愁。更让他喜出望外的是，巢谷还是烹调好手，教书练武之余，就下厨做菜。吃着巢谷做的煮猪头灌血精、姜豉菜羹，苏轼笑道：“当年孔融戏弄杨修，指杨梅说，此是君家果。照此推理，这煮猪头灌血精、姜豉菜羹该叫‘巢菜’了。我不妨写首《巢菜》诗相送。”

十月十五日傍晚，用过晚饭，苏轼和巢谷到雪堂去。回车院至雪堂，有一条不到一里远的村道，路面是黄泥结坂。苏轼朝出暮归，常走这条近道。下雨有泥泞之苦，晴天有飞尘之忧。今日带巢谷沿着黄泥坂策杖而行，忽生感慨，向路旁一指道：“上天所造一草一木、一丘一壑，都有其各自妍美处，只是人们没有慧眼灵心，体味不到罢了。就如这条黄泥坂路，你我走在上面，没有逻卒清道，没有车马奔驰，可悠然漫步，欣赏沿途的野生草木，是何等美妙！”说着，突然加快了步伐，一到雪堂就直奔书房，提笔作《黄泥坂词》，内云：“出临皋而东骛兮，并丛祠而北转。走雪堂之陂陀兮，历黄泥之长坂。大江汹以左缭兮，渺云涛之舒卷……”写毕，请巢谷过目。

“此歌把子瞻的天真和野性展露无遗矣！”巢谷笑道。

正说着，古耕道进来了。听说雪堂住进两位高人，他一有空就跑来凑热闹。几个人在雪堂闲谈到午夜，巢谷睡觉去了，古耕道、杨世昌陪苏轼沿黄泥坂往回车院走。霜露已经降下，树叶都飘落了。苏轼低头一看，三人的身影倒映在地上，再抬头望望天空，明月高悬，星斗闪闪，心中顿生喜悦，指着夜空道：“月色皎洁，清风吹拂，如此美好的夜晚，岂可浪费！”

古耕道忙道：“午后我撒网捕到一条鱼，大嘴巴、细鳞片，形如吴淞鲈鱼。”

苏轼叹息道：“可惜有客无酒。”因经常招待客人，家里的酒喝光了，自酿酒还没有出锅，深更半夜，街上的酒肆早已打烊，故而发出此叹。

古耕道挠着鼻尖道：“到哪里能弄到酒呢？”

苏轼略一思忖，指了指古耕道：“古老大，你回家烤鱼，道长去雇船，我回家找酒，汉川门外碰头。”说完，急匆匆往回车院赶去。

回到家，王闰之已睡下了，苏轼上前唤了两声，王闰之醒了，苏轼嘿嘿一笑道：“两个朋友，有好菜，就是没有酒，你看……”

王闰之起身走到厨房，抱出一个罐子递到苏轼手里，以嗔怪的口气道：“拿去！我特意藏了这罐酒，就是为了应付你不知啥时突然想喝酒。”

苏轼作揖相谢，抱起酒罐兴冲冲而去，边走边嘀咕道：“女人比男人更有韧性，男人落魄了，当家的女人如果能安贫乐道，这个家就败不了！”为有王闰之这样的贤妻生出几分自豪。到了汉川门，杨世昌已等在那里。过了片刻，古耕道捧着油纸包裹的烤鱼气喘吁吁地赶到了，三人走到岸边，上了一条小船，向赤壁划去。

小舟划到赤壁矶南面的第一个矶头。江水拍打着石壁，发出“啪啪哗哗”的响声，江岸陡峭，高峻直耸，令人生畏。苏轼突然想到章惇在万丈悬崖挽绳书壁的情形，壮了壮胆，“腾”地跳下船去，撩起衫襟掖到腰间，踏着险峻的山岩，拨开纷乱的野草，蹲在形如虎豹的怪石上，拉住虬龙般的树枝，攀上了猛禽做窝的悬崖，俯视为祭祀水神冯夷而筑的宫殿，“嗷”地一声长啸，深谷响起回声。这时，突然刮起一阵大风，但见江中波涛汹涌，浪花飞溅，石缝里发出如同鬼哭般的怪叫。他回头一看，杨世昌和古耕道没有跟来，顿感恐惧，急忙下山。回到船上，用力把船划至江心，在颠簸中举盏畅饮。不多时，苏轼就醉了。朦朦胧胧中，好像看到一只鹤横穿江面从东边飞来，翅膀大如车轮，尾部的长羽如同黑裙，身上的毛羽像洁白的衣衫，“唳唳”地拉长声音叫着，擦过他们的小舟，向西飞去，转眼不见了踪影；忽有道士穿着羽毛编织成的衣裳，轻快地走来，向他拱手道：“夜游赤壁快乐吗？”苏轼问他的姓名，道士低头不答。苏轼笑道：“我知道你的底细了。你就是边飞边叫着掠过小舟的鹤吧？”道士也回头笑了起来。古耕道见苏轼半睡半醒间，嘴里嘟嘟囔囔，伸手拍了拍他的肩膀。苏轼蓦然惊醒，迷迷糊糊问：“道士何在？”

杨世昌答：“是问我吗？”

苏轼这才醒过来，歉意一笑道："做了个梦，梦见一只鹤变成了道士。"

夜游回到回车院，苏轼脑海忽而是似梦非梦时的飞鹤，忽而又是梦中与道士的对话，提笔再写《赤壁赋》："是岁十月之望，步自雪堂，将归于临皋。二客从予，过黄泥之坂……"写毕，又把前一篇《赤壁赋》也翻出来，一并拿在手里，自语道："嗯，若不是放逐于此，而是在京做官，恐怕写不出这前后两篇《赤壁赋》吧！"这样一想，顿感畅快，倒头便睡。

"子瞻，子瞻！"一阵激动的喊叫声把苏轼惊醒了。睁眼透过窗户一看，院子里明媚的阳光下站着一群人。揉眼细看，一个身穿五品官服的人正在唤他。苏轼应了一声，急忙穿衣下床，出了西斋。

"还认得我吗，年兄。"着五品官服的人问道。

"集贤校理、淮南转运副使蔡公，按临本邑，特来看望苏学……苏团练。"徐大受恐出现尴尬场面，遂引介道。

苏轼记起来了，是王安石的同乡、自己的同年蔡承禧。想不到他会来看自己，激动地叫着蔡承禧的字道："多谢景繁来探视我这个罪人。"

蔡承禧环视四周，皱了皱眉头："住处嘛……"说着，大步出了首门。又回头对苏轼道："四周看看。"

苏轼吓了一跳，暗忖：按制，责降罪官不得住官舍，他是不是要赶我搬出去？

六

这天午后，苏轼正兴冲冲地在临皋亭北侧迈步丈量着，忽听有人大声问："可是苏前辈？在做甚？"

苏轼转脸一看，一个三十出头的男子带着一个书童，昂然站在临皋亭下。他并不认识，便问："足下是何人？"

男子傲然道："我先问前辈，该前辈先回答我。"

苏轼摇摇头，但还是回应道："正在测量地基，打算造屋。"

那天，淮南路转运副使蔡承禧在回车院四周查看一圈，觉得苏家人口众多，提议由众人集资，在临皋亭和回车院之间的一块高坡为苏轼造几间房子。徐大受欣然响应，请他绘制图纸。苏轼感动之余，便着手丈量地基。

男子一拱手道："在下米芾字元章，恕晚生对任何人皆不执弟子礼，特敬前辈而已。"

苏轼不冷不热问："因何事前来？"

米芾答："晚生持马梦得引介书一封。"说着，向书童摆了下脑袋，书童慌忙掏出书简，上前一步，捧递给苏轼。

苏轼打开书简浏览。书中说，米芾的母亲是今上生母高太后的乳娘，他由此得荫官入仕，但米芾对做官一无兴趣，却痴迷于书画，书法技艺精湛；此人自视甚高，不肯随人俯仰。读罢，苏轼才仔细打量起米芾来，见他眉目轩昂，神情英迈，透出一股高傲不羁的劲头。苏轼心生欢喜，笑着伸出手臂，请米芾进了西斋。刚坐定，就问："元章此来，可有大作让我一饱眼福？"

米芾向书童一扬下颌，书童忙从行囊中取出一幅字帖，恭恭敬敬捧递给苏轼。苏轼一看，是米芾抄录他沙湖遇雨时写的《定风波》一词，以行草书成。难怪此人傲慢，这书法技艺真是无人可及，遂夸赞道："放逸天真，无拘无束，笔墨秀劲圆润，有云烟舒卷之姿。"又向米芾一伸手："画作可否一赏？"

米芾摇头道："晚生藏画、评画，不画画。"说着，把手伸向苏轼："前辈的书艺，可否供晚生鉴赏？"

苏轼道："我非书家。倒是有一寒食帖，可供元章批评。"

"快快！"米芾兴冲冲道。

苏轼打开柳条箱，翻捡出寒食帖，请米芾过目。

米芾审视良久，双目放光，向苏轼一抱拳道："此帖笔法真实自然，正是苏前辈一向倡导的'书为心声'的境界。落笔之处，还有禅宗的'空'与道家的'无'的意味在里面。"顿了顿，又道："我观苏丈的书法与前人最大的不同，就在于表现自我的意趣、情感和个性。"

苏轼点了点头，笑道："元章不愧鉴赏大家！吾书虽不甚佳，然自出新意，不践古人。"说着，收起寒食帖，又道："书法，初无意于佳乃佳尔。"

"高论！"米芾拊掌道。又道："前辈的画，可否拿出几幅鉴赏？"

苏轼摇手道："醉后兴起，才会画一二幅，多被人索去，偶有得意之作，即送友人，我自己从来不存。前不久王巩来书索画，我也未能给他。"说着，翻出给王巩回书底稿让米芾看，只见上面写着：

“画不能皆好，醉后画得一二十纸中，时有一纸可观，然多为人持去。于君岂复有爱？但卒急画不成也。今后当有醉笔，嘉者，聚之，以须的信寄去也。”

米芾这才相信苏轼的话，叹息一声，露出遗憾的神情。

女使端来了酒菜，二人同饮了一盏，苏轼放下酒盏，起身将前年惟简所赠蒲永升的二十四幅临摹画拿出来，请米芾品评。

米芾问：“此何人所画？”

苏轼答：“成都人蒲永升。这是他临摹的寿宁院壁画中的水。”

米芾一听是无名之辈，又是临摹的，不屑一顾道：“何值一观！”

苏轼摇头，一点蒲永升的画道：“元章请看，画面上的水有股奔腾倾泻、急促跳跃之势，波涛汹涌，仿佛房屋要被画中之水冲塌。从前董羽、近时戚氏画的水，世人视为珍宝。岂不知，董、戚一类人画的水，可以说是死水，不能和蒲永升画的水相提并论。”

米芾悚然道：“死水活水之论，足见前辈鉴赏力之高妙，令晚生有醍醐灌顶之感。”说着，连敬苏轼两盏。

苏轼饮下去，已有醉意，便侃侃而谈，说起了自己的画论：“诗画一律。文以达吾心，画以适吾意。诗重抒发情志、写景状物；而画不仅可以刻画景致、因物象形，也可以寓兴会心、寄性抒情。”

米芾笑道：“前辈的画论，归根到底一句话，就是从悦人变为悦己。”说着，又举盏敬酒。

苏轼摇手道：“不胜酒力，元章自饮。”

米芾暗喜，耍赖道：“这一盏，前辈务必饮下。不然，我就认为前辈不想让我喝你的酒。”

苏轼只得又饮一盏，放下酒盏，坐在椅上左右晃悠起来。

米芾趁机道：“前辈说每醉时作画，此时何不画竹以飨晚生？”

苏轼环视室内，见阳光透过窗棂投到东墙上，明晃晃的，他摇摇晃晃起身，拿出一张观音纸递到米芾手里，一指东墙道：“你、你贴墙高、高举！”

米芾忙不迭接过，举到墙上，侧过身去，腾出地方。苏轼提笔濡墨，只一笔，从下端画到纸顶，作竹竿状。

米芾叫好道：“是直率气，是凌云气！”

苏轼放下笔，坐下打盹。

米芾问：“前辈，画好了？”

苏轼不答。

米芾嘀咕道：“为何不画出竹节？”

苏轼大笑，起身道：“竹生时，何尝逐节生？”说着，提笔悬肘，画上几片竹叶，把笔一丢道：“送元章以为订交之礼！”

米芾把画纸举在手里看了又看，又铺在书案上欣赏，赞叹道：“以浓墨为竹面，以淡墨为竹背。一竿竹，见性情。”说着，抬起头打量苏轼，像是自言自语：“嗯，此公肇启了文人画之正脉。”

苏轼听到了，为之一振。

第十七章　卧看千帆

一

元丰五年十二月十九日，正是大寒节气，虽然已是严冬，但天气晴朗，没有一丝风。午时许，苏轼、古耕道、郭遘三人下了小船，登上赤壁矶。一块大石头上，已然摆好了酒菜，三人围石落座，古耕道举盏道："来来来，给苏兄祝寿！"

苏轼举盏，一饮而尽，一副满足的样子。上月米芾来访，相差十五岁的两个人成了忘年交，一连十余天，废寝忘食，品书论画，切磋技艺，苏轼很高兴。送走米芾，突然想起四十七岁生日快到了。以往过生日，他不敢声张，只是和家人一起吃饭喝酒。今年他心情好，春天的《寒食雨》诗、《定风波》词，再到写赤壁的一词二赋，篇篇出彩，足可青史留名，他想犒劳一下自己了。碍于身份，不便请官场的朋友，也不便太过张扬，杨世昌和巢谷、潘丙都比他大，不好让他们为自己祝寿，只请了古耕道和郭遘在赤壁矶小聚，以示庆贺。

三人酒兴正浓时，忽听江面上传来悠扬的笛声。郭遘粗晓音律，惊奇道："这笛声有新意，可不是普通乐工吹奏的。"说着，起身去查看。不多时，就带着一个年轻人回来了。苏轼一看，原来是本地秀才李委。他听说今天是苏轼生日，特谱写《鹤南飞》笛曲为庆。苏轼大喜，请他入席。李委又吹了几首曲子，苏轼边饮酒边听曲，不知不觉间有了醉意。李委趁机从袖里掏出一张上好的素笺捧递过去，恳求道："晚生别无所求，只想得学士亲手题一绝句足矣。"苏轼稍一思忖，随手写了四绝句，李委捧在手里，深揖致谢，寿宴尽欢而散。

从赤壁回来，苏轼意犹未尽，策杖到雪堂找巢谷，围炉回忆家乡。二人正说着，门外有人唤道："苏学士在吗？"

苏轼出门一看，是一位须发尽白的道士，乃庐山道人崔闲。苏轼忙引进室内，见过礼，崔闲说明了来意：当年欧阳修谪守滁州，作《醉翁亭记》，风靡天下。崔闲的老师作有《醉翁吟》曲谱，此来是想请苏轼为曲谱配词的。

"你为你的老师，我为我的老师，没有不允的道理！"苏轼爽快道，"道长且住些日子，慢慢切磋。"

崔闲在雪堂住了下来，一有空，两个人就闭门切磋。崔闲一遍又一遍弹曲，苏轼边听边写，几天后，词成。二人又配曲吟唱，稍有不合处即加修改，终于在正旦节前夕定稿。词的末尾云："思翁无岁年，翁今为飞仙。此意在人间，试听徽外三两弦。"

"《醉翁吟》词曲，堪称大曲。子霞奏来我听！"除夕夜，苏轼把朝云叫进西斋，兴奋道。朝云用心弹唱，苏轼越听越觉得美妙，抚掌大笑道："词与曲妙相契合，欧公地下有知，也会夸赞的！"

朝云巧笑嫣然，轻声道：“苏学士如今之造诣，当真是青出于蓝而胜于蓝了。”

苏轼面露得意之色，笑道：“我认为‘青出于蓝而胜于蓝’之说，实难成立。但你此番赞誉之意，倒也不算过分。”

朝云双眸含情，凝睇于他，面上泛起一抹嫣红，娇柔动人。苏轼心下触动，将朝云轻轻抱到床上。久未有这般炽热之情，二人很是享受。“说不定，会有小生命悄然降临呢！”朝云低声呢喃。苏轼轻抚朝云的脸颊，道：“若能有一个像你一样娇俏可人的女儿，真是妙极。”二人相拥着喁喁私语，纵是冬夜湿冷，也不觉一丝寒意。

出了正月，天气转暖，苏轼对巢谷道：“听说蕲州天柱峰出产团黄茶，很是特别，去那里采新茶吧。”

巢谷问：“记得子瞻年轻时不爱喝茶，怎的现在对茶情有独钟？”

“是啊，年轻时耐不住性子，不好喝茶；可自通判杭州，受人点拨，就爱上茶了。”苏轼答。他眯起双目，一副陶醉的样子：“能于睡足一个好觉后，有一瓯好茶喝，我就感到非常满足。”

到天柱山采茶，来回用了四五天，苏轼回到家就发起烧来，在雪堂卧病月余还未痊愈。病中无聊，兴趣还在茶上，便写了一首《寄周安孺茶》的长诗，概述自周朝以来的茶史，把本朝煎饮茶的方法也收录诗中，交代了具体过程。巢谷看罢，赞叹道：“只有杰出诗人与地道茶客，方能写出这样诗化的茶史之作。看来，子瞻是地道的茶客了。”

二人正说着，一个熟悉的声音从外面传来，苏轼一阵惊喜，大声唤道："参寥子，是你啊！"

道潜从派来黄州探视的使者那里得到苏轼生病的消息，急急忙忙从杭州赶来了。苏轼一见道潜，忘记了病痛，吩咐摆酒款待。巢谷劝道："子瞻，你戒酒月余，眼看病情见好，还是不喝酒了吧。"

苏轼笑道："我突然发现，这次病为何拖这么久？是因为我没有服用热药，还戒了酒。如果常服热药又喝酒，就没事了。"

道潜摆手道："子瞻，我不喝酒，你不必为我破戒。"

苏轼不听，吩咐为道潜煮了枣汤，便畅饮起来，苏轼大醉。结果旧病未愈，又发疮疖。约好四月要拜访陈慥的，也只能作罢；潮州游侠道人吴复古千里迢迢来看他，苏轼因为病痛难忍，拖了好几天才勉强见了一面。

入了五月，回车院南坡建起了三楹轩敞的瓦房，面对大江，最宜消夏，苏轼命名为南堂，一时高兴，病情有所减轻，连赋《南堂》诗五首，内云："南堂独有西南向，卧看千帆落浅溪。"写毕，突然惊叫一声："哎呀，我的眼睛，我的眼睛！"

"眼睛怎么了？"道潜忙跑过来问。近前一看，吃惊道："呦，右眼红肿，怕是疮疖的风火之毒上侵了。"

"好疼，好疼啊！"苏轼呻吟道。

道潜忙喊来苏迈，嘱他请医士来诊治。果然是疮疖的风火之毒所致。卧病月余，才慢慢好起来。这天午后，苏轼有了精神，正和道潜在南堂闲谈，忽听门外传来男子的大哭声："苏学士啊——"

道潜快步出了南堂，只见一个身背包袱的壮汉站在临皋亭下，头上缠着一条白布，边哭边跪地叩头："苏学士啊，你咋就死了呢——”

二

巢谷正在门前教苏迈兄弟舞剑，苏轼在书房大声唤道：“元修元修，快来！”巢谷提剑进了书房，苏轼指着一个包裹道：“发生了件怪事，你和参寥子一起帮我分析一下。”

适才，苏轼接到副相蒲宗孟从京城寄来的包裹，内有药品、布匹等礼物，内附书简一封，表达问候之意。蒲宗孟是阆州人，他的堂姐嫁给了苏轼的堂兄苏不欺；苏不欺的女儿又嫁给了蒲宗孟之子。苏蒲两家是亲戚，过去常来往。可自诗案发生后，蒲宗孟就断绝了与苏轼的联系。苏轼到黄州后修书给他，他也未回复。蒲宗孟家底殷实，传闻其生活十分奢华。苏轼讥他是“缺口镊子，一毛不拔”。又作《大寒步至东坡赠巢三》诗，描写自己的困窘，与“故人千钟禄，驭吏醉吐茵”的奢华相对比，以讥讽蒲宗孟。官居副相的蒲宗孟突然来书问候，令苏轼颇是意外。他重重吸了口气，问：“二位说说，蒲宗孟何以这个时候有此举动？”

道潜摆手道：“官场上的事，我说不明白，也不感兴趣。”

巢谷道：“一定是听到子瞻故去的传闻，过意不去，方有此举。”

苏轼前后卧病近半年，四月里，丁母忧的曾巩突然去世，传言苏轼也同日病故了。在许州养老的范镇闻讯大哭，吩咐家人准备吊丧之物到黄州祭奠。有家人劝道：“传闻真假难辨，莫如先修书问安，如真故去了，再吊恤不迟。”范镇修书一封，派健仆星夜赶来黄州。下船后问本地人，说近半年不见学士人影，八成是像李长吉一样被玉皇大帝召到玉楼修文去了。健仆遂在门外哭丧。有了这个先例，巢谷断定，蒲宗孟与范镇一样，听到传闻又拿不准，以书简问候的方式了解真假。

“蒲宗孟为人圆滑，他才不会关心我的死活。”苏轼摇头道。捻须思忖良久，像是自言自语：“这或许是一个讯号？”

“什么讯号？”巢谷问。

苏轼不答。

只隔了一天，忽接老友陈襄的胞弟陈章的来书，苏轼读罢，眼睛放光，心“突突”乱跳，自语道：“果然如此，果然如此！”忙把巢谷、道潜请到南堂书房商议。

巢谷一看，陈章来书说，皇帝有意起用一些过去被贬放的人，劝苏轼找一下门径，或可复起守一郡。阅罢，不假思索道：“子瞻不妨托蒲宗孟帮忙，不为自己，也为三个儿子想想嘛。”

道潜撇嘴道：“我还以为子瞻真的超脱了呢，却原来还是热衷。”

苏轼这才意识到，其实自己并没有真正放下，希望起复的念头还深深埋在心底。可除了好友章惇，皇帝和执掌中枢的那些新党，会谅解自己吗？这样想着，他叹了口气：“我是死里逃生的人，至今仍为当道所忌，不可弄巧成拙，自取其辱。”

巢谷点头道：“也是，子瞻这些年在黄州，佳作频出，名望比放逐时还高，嫉妒你的，大有人在。”

苏轼一扬手道：“算了，就在黄州做老农吧。”说罢，提笔给陈章回书："所谕四望起废，固宿志所愿。但多难畏人……切望怜察。"写好了回书，仿佛又放下了一个包袱，一伸懒腰，唤道潜、巢谷："参寥子，元修，酿道酒！"

"道酒？"道潜不解地问。

苏轼道："五月初杨道士临走前，把酿道酒秘方抄给了我。说不定喝了酿出的道酒，真能成仙呢！"

三个人兴致勃勃在雪堂忙了好久，酿制出了一坛"道酒"。苏轼先尝了一口，甜得直咧嘴："这不是酒，是蜜。"又叹了口气道："修炼不到家的凡人，岂能酿制出道酒？算了，算了，不指望成仙了。"

话音刚落，古耕道突然闯了进来，神情紧张道："苏兄，黄州怕是要发瘟疫。城外好几个村子，一天死几十口。我来报个信，最近不要出门，也别让人来串门。"

苏轼一惊，忙问："什么症状？"

古耕道把听到的情形说了一遍。巢谷以笃定的口气道："是寒湿疫。"

"哦？元修也懂医术？有方子吗？"苏轼急切地问。

巢谷走到苏轼跟前，附耳道："我有一祖传秘方'圣散子'，合药让全家喝了，保准安然无恙。"

苏轼惊喜道："那就快把'圣散子'秘方拿出来，救命要紧嘛！"

巢谷摇头道："不可。家规明定，不得传于外人。"

苏轼不以为然道："什么家规，不要当真嘛！"

巢谷沉脸道："国有国法，家有家规，怎能不当真呢？"

道潜忙打圆场："哈哈，侠以武犯禁，子瞻以文犯禁，都是侠客之流，所以才那么说。”

苏轼抱拳向巢谷一揖道：“元修，我的意思是人命关天，救人要紧。你还是把‘圣散子’拿出来救人吧！”

巢谷这才松口：“我可以把秘方传给你，你我二人一同合药；但你要起誓，不把秘方传给他人。”

苏轼起身道：“走，到江边去。”

到了江边，苏轼双手合十，发誓道：“巢谷传我‘圣散子’祖传秘方，我苏轼若再传他人，就让大江把我带到海里去！”发誓毕，拉住巢谷的袍袖道：“快到雪堂合药吧！”

到了雪堂，巢谷把“圣散子”秘方抄给苏轼，二人连夜合药。自结交聋医庞安时后，苏轼就对医药产生了浓厚兴趣，尤其热衷收集验方，推五行运行之理，研究治病用药诀窍，所以对合药也是轻车熟路。

忙碌了一夜，苏轼未觉疲倦，提笔写了一张榜示：“祖传秘方，济世之具。平旦于大釜中煮之，不问老少良贱，各服一大盏，即时气不入其门。状至危急者，连饮数剂，即汗出气通，更不用诸药连服取差，其余轻者，心额微汗，止尔无恙。”写毕，吩咐老萧取一剂合好的药，连同告示，一并送给古耕道。

消息很快传出，下午就有不少人前来雪堂求药。家里所存药材有限，很快告罄。苏轼一咬牙，密派健仆疾驰麻桥镇，将“圣散子”秘方传给聋医庞安时，嘱他合药救人。

过了二十多天，疫情过去了，苏轼松了口气。这天中午，他特意在雪堂请巢谷小酌。敬了巢谷一盏酒，放下酒盏，吞吞吐吐道：

“元修兄，我、我向你赔罪，我违背了誓言，把秘方抄给麻桥名医庞安时了，不然也不会这么快就缓解了疫情。”

巢谷大怒：“苏子瞻，我看错你了！”说着，起身往外走。

苏轼忙拉住他的衣襟，抢先一步挡住他的去路，揖道：“元修兄啊，发明药方不就是为了治病救人吗，你看这回救了多少人的性命！”

“小心，千万别往江边去，今后也不要再坐船。否则，大江会把你收走的。”巢谷冷笑着道。说着，迈步出了雪堂。

苏轼紧追几步，拉住他，嘿嘿一笑道：“收走就收走吧，但是届时你还是要哭我几声的。因为什么呢？我把你的秘方交给庞先生，他正在写医书，把你的秘方收进去，为你传美名。”

巢谷转过身来，叹了口气道：“苏子瞻啊苏子瞻，叫我说你什么好呢！”

苏轼笑了起来，刚要说什么，忽有州校来禀，太守昨接告敕，调知潭州，今晚宴请从事，特请苏团练参加。

“都走了，都走了！”苏轼神色黯然道。前年底，鄂州郡守朱寿昌致仕而去；如今徐大受也要离开了，苏轼很失落。但他知道自己的身份，不便参加公宴，便写了邀帖，约期在安国寺竹林设宴，为徐大受饯行。当日，为感谢徐大受的庇护，还特意带上巢谷参加。

“巢三，你知会巢谷，今年四月圣诞节，朝廷颁赦令，赦免军旅人犯，巢谷属于赦免范围，不必再东躲西藏，隐姓埋名了。”徐大受一见巢谷，就笑着道。

巢谷对徐大受抱拳一揖道：“在下就是巢谷。”

徐大受故作惊诧道："是吗？我此前不知道。"

苏轼大笑。

说笑间，开始烹茶饮酒，几个人都流露出不舍的神情。苏轼敬了徐大受一盏酒，语气郑重道："政声人去后，民意闲谈中，这就是古人所说的'遗爱'。徐公知黄州，从不迁怒百姓，百姓也不违背太守意旨；从不苛责官吏，官吏也不欺瞒太守。太守终日无事，在公署吟诗作赋而已。可听说太守要调离的消息，百姓都感到难过。所以，徐公是好官。"

徐大受摇摇手，笑了起来。

继连长老指着亭子道："此亭虽小，可见证了今日之会，苏学士给此亭取个名字吧。"

苏轼随口道："那还用说，就叫'遗爱亭'了！"

徐大受兴奋道："有亭不能无记，子瞻……"他停了下来。本想说要苏轼写记的，蓦然想起他是本州看管的罪官，由一个自己看管的罪官写记赞颂自己，显然不妥，踌躇片刻，一指巢谷道："就请巢三给遗爱亭写一篇记吧！"

"我？"巢谷吃惊地问。

苏轼会意，拍了拍巢谷的肩膀道："就你了。不过你别担心，我代你写。"

徐大受一笑，盯着苏轼道："临别说几句感想。子瞻到黄州几年，变得柔软了。但这种柔软，前提是自己想通了，不是委曲求全。这种柔软，是一种自我觉悟，是活在当下的通透。我为你高兴。"说着，举盏敬酒。

苏轼感动不已，改称呼叫着徐大受的字道："君猷兄，承蒙你关照，我才有今日。"说着，皱起了眉头，脸上掠过一丝阴翳，叹了口气道："不知新太守到任后，会不会把回车院和东坡收回。"

三

东坡雪堂书房里的气氛，还从来没有像今晚这样压抑过。灯光摇曳中，苏轼的眼睛里闪着泪光。他提起笔，语调沉痛道："芸叟，给你带来麻烦的那首诗，我想录下来。"

被称为"芸叟"的男子点点头，缓缓吟诵道："青铜峡里韦州路，十去从军九不回。白骨似沙沙似雪，将军休上望乡台。"

苏轼边记边落泪，把素笺滴湿了一片。

下午，苏轼正带家人在东坡忙秋收，一个三十多岁的陌生男子来访。原来是徐州士子陈师道的姐夫张舜民。他进士及第后以选人身份在州县任幕职官，几年前被环庆帅高遵裕辟为节度掌书记。在徐州时，陈师道曾以张舜民的诗画相呈，苏轼觉得诗文议论雄迈，书画功夫不凡，留下了很深的印象。见他突然造访，很是惊喜。交谈后方知，张舜民作为西征大将高遵裕的幕僚，却作诗讽刺西征，被御史所劾，贬为监郴州酒税，赴任途中特来拜访。自从陈慥那里听到官军围攻灵州惨败的消息，苏轼心里一直牵挂着西征之事，却又不敢打探，忽有亲历者送上门来，他喜出望外，用过晚饭，就与张舜民闭门密谈。张舜民向苏轼详述了西征最新进展：灵州惨败后，朝廷对要不要继续西征踌躇难决，鄜延帅沈括和他麾下的大将种谔上章请战，给事中徐禧素以边事自任，上章呼应。皇帝遂决定以徐禧、沈括为主帅，继续西征伐夏。徐禧等人率军一举攻破横山防线，直逼夏都兴庆府。是时，徐禧和种谔就下一步军事行动发生分歧，最后朝廷纳徐禧之议，在永乐川筑永乐城。去年九月，夏军围困永乐城，截断流经城中的水源；沈括、李宪等部救兵受阻，种谔因怨恨徐禧也未去援救，永乐城终为夏军所破，徐禧等人死难，损失士卒、役夫二十余万。张舜民讲述的许多细节，令苏轼深受刺激。录到张舜民"十去从军九不回""白骨似沙沙似雪"两句诗，让他想起了唐代陈陶《陇西行》中"可怜无定河边骨，犹是春闺梦里人"的诗句，不禁潸然泪下，哽咽道："战争就是杀人啊！"

张舜民宽慰道："西征失败是坏事，但也会促官家清醒，想必从此不会再用兵了。"

"但愿永远不要再有战争。"苏轼边举袖拭泪边道。说罢，扭脸去端茶盏，无意间看到自己的身影被油灯的亮光投射到墙壁上，忙唤张舜民："芸叟，快拿画笔描摹此影。"张舜民提笔正要画，苏轼又嘱咐道："莫画眉毛眼睛，看看人能不能认出来是谁。"张舜民几笔就勾勒出了一个轮廓，苏轼看罢，赞叹道："栩栩如生！"

张舜民在黄州盘桓了五天，苏轼白天陪他游览，晚上切磋书画技艺，渐渐驱散了西征之败引发的悲愤情绪。

送走张舜民，苏轼嘀咕着要去访陈慥，王闰之劝阻道："这都啥时候了，还要外出？"

苏轼拍了一下脑门，歉意一笑道："不去了，不去了。"说完，来到南堂书房，提笔写了一首诗，又拿起张舜民为他画的剪影，一并揣进袖中，去看朝云。

“奴怕！”朝云一见苏轼，就抓住他的手，带着哭腔道。

除夕那夜之后，朝云有了身孕。女人生孩子如过鬼门关，以头胎最危险，不少女人因此丢命。苏轼也替朝云捏把汗，但他不能表露出来，从袖中掏出画笺，往朝云面前一举道：“猜猜这是谁?”

朝云一眼就认出来了，惊喜道：“呀！画家真会抓特征！”

苏轼又掏出诗稿在她面前晃了晃。朝云怀孕后，他以《红梅》为题写诗，以花为寓，描写朝云的情态，已经写了两首，适才所作是《红梅》之三。朝云很高兴，伸手去接。手刚伸过去，便“哎哟”一声捂住了肚子。苏轼慌了，喊道，“老媳妇，老媳妇——”

王闰之闻声跑过来，挽起袖子，充当接生婆。

苏轼被赶出卧室，便到南堂书房，提笔给新生儿取名。他已有三个儿子，很想要一个女儿，各取男女两个名字。清晨，女使来禀，朝云诞下一子，母子平安。苏轼轻叹一声。但他知朝云是想要儿子的，自己的失望之情也就转瞬即逝了，提笔写了一首诗，揣进袖中，轻手轻脚进了朝云的卧室，一眼看见一张红扑扑的小脸，胖嘟嘟的，他刚要伸手去摸，朝云把他的手挡开了。苏轼笑了笑，从袖中掏出一张稿笺给朝云看。是给新生儿取的名，乳名幹儿，学名苏遁。

“这是什么意思呀?”朝云问。

苏轼解释道：“遁，隐也，又是《周易》第三十三卦，意谓谨言慎行，待机行事。”

王闰之听到了，讥笑道："自己管不住嘴，总惹祸，盼儿子不要学你。算你活明白了。"

"老媳妇说对了！"苏轼苦笑道。又拿出刚写的《洗儿戏作》，吟诵给王闰之、朝云听："人皆养子望聪明，我被聪明误一生。惟愿孩儿愚且鲁，无灾无难到公卿。"

朝云听罢，泪水从眼角淌了下来。一个心高气傲的旷世才子，竟然发出希望儿子愚且鲁的慨叹，是多么无奈和悲凉啊！苏轼看到了，以为她是为别的事伤感，便拉了拉王闰之的衣袖，出了朝云的卧室。

"老媳妇！"来到西斋，苏轼唤了一声，拱手道，"朝云可谓有情有义的女子。她入家门这么多年，如今诞下一子，依照律法，可升为侍妾。老媳妇，你看如何？"

王闰之问："要办什么仪式吗？"

苏轼答："择日朝云给你跪拜、奉茶，你领受了，也就礼成了。"

王闰之道："等孩子满月之日就办了吧。"

苏轼抱拳向王闰之晃了晃，忙去知会朝云。刚进卧室，七岁的苏箪口中唤着"小叔叔"进来了，上前道："我看看小叔叔。"

听着长孙满口黄州口音，苏轼一惊。冥冥之中，真有天意吗？当年为何给长孙取了一个"楚老"的乳名？难道祖祖辈辈，就在黄州终老了吗？这样想着，他摸了摸苏箪的脸颊，转身出去，唤苏迈随他到南堂去。

"家里添丁增口，要为以后的生活做长远打算了。"一进南堂的书房，苏轼就开口道。

“大人有何打算，儿去做。”苏迈应道。

苏轼以决断的口气道：“你到京城去一趟！”

四

南堂正房里，苏轼脱去棉袍，吹灭了油灯，正要生出睡意，看到从门缝挤进来几缕澄明柔和的月光，像是月亮在向他发出邀请。这样美好的月夜，怎能睡大觉呢？他把棉袍重新穿好，又加了件斗篷，拿上竹杖，悄然出了南堂。抬头望去，月亮挂在东南方的夜空，还有一块缺口，像是张嘴向他微笑。苏轼漫无目的地走了几步，自语道：“这样的月夜，有人同游同乐才好，找谁呢？”脑海里闪过一个个人影，巢谷回眉州老家去了，道潜必是在呼呼大睡……突然，一个人影在他眼前一晃，苏轼露出一丝笑容，快步往承天寺走去。进了山门，径直来到一间静室前，轻声唤道：“怀民，怀民——”

怀民是黄冈县主簿张梦得的字。他四个月前坐事贬来黄州，暂寓承天寺。苏轼与他一见如故，所以才敢夜半来邀。

门开了，张梦得走出来，一见是苏轼，惊问：“子瞻这么晚怎么没有睡觉？”

苏轼笑道：“我就知道你也未睡！”又向夜空一指：“怀民，你看这月亮，毫无势利之情，在寂寥的寒夜里，欣然来邀，怎可辜负？”

张梦得笑了，回身披上斗篷，陪苏轼一起到院中漫步。

走出不远，苏轼向前一指道：“怀民看，这月光就像积水那样清澈透明。”又低头向地面一看，惊喜道：“快看，还有水藻、水草纵横交错嘞！”

张梦得细细查看，笑道：“那是竹子和松柏树枝的影子。”

苏轼感叹道：“哪一个夜晚没有月亮？哪个地方没有竹子和柏树呢？只是缺少像你我这样清闲的人罢了。”

“呵呵！”张梦得凄然一笑道，“闲人二字，固然展现了子瞻安闲自适的心境，但也透出对被弃之不用的无奈和抱怨。”

苏轼轻叹一声：“那些追名逐利的小人，趋炎附势，整天算计奔走钻营，何曾得暇领略这清虚冷月的仙境？所以，知足吧！”又一指眼前的月光道：“怀民，你体会到没有？无论境遇如何，只要你闲下来，静下来，超脱出来，各种美好就会不期而遇。”

张梦得笑道：“黄州四年，子瞻襟怀已超尘。”

苏轼仰脸深深吸了几口气，像是要把月光贮存到自己的五脏六腑内。随即感慨道：“江山风月，本无常主，闲者便是主人。”

二人在承天寺内走了几个来回，寒气越来越重，快被冻透了，才很不情愿地散去。回到南堂，苏轼径直进了书房，提笔写成《记承天寺夜游》，才心满意足地回卧室睡觉。

第二天早上，苏轼还在睡梦中，被一阵哭声惊醒，忙唤老萧外出打听。不多时，老萧回禀，是前太守徐大受故去了，家人扶柩归乡，路过此地，灵船停在江边，很多人围在那里哭祭。苏轼听罢，长叹一声。前不久，他先后接到了前任太守陈轼和发起为他建造南堂的转运副使蔡承禧的讣闻，想不到徐大受也去世了。吩咐家人准备祭品，饭后前去祭奠。

“君猷，君猷啊——”来到江边，一看到徐大受的灵柩，苏轼就大哭起来，徐大受胞弟徐大信带着两个侄子过来相谢，苏轼拉住徐大受长子的手道：“十三郎，乃父不在了，不能为你们荫官了，你们要好好读书，将来考上进士，乃父九泉之下也就安心了。”说罢，看了一眼女眷，见徐大受生前最宠爱的侍妾胜之身穿孝袍，一副心神不宁的样子，不禁替她感到难过，眼泪又不由自主地流了下来。

“面对亲友之死，一味伤感，是会折寿的。”回来的路上，苏轼对陪他的老萧道，“要想长寿，非修炼不可。打今日起，我要安心修炼了。”

回到南堂书房，他把以往收集的养生文字、药方都翻拣出来，细细研读，当夜就开始静坐。过了十来天，神神秘秘地对老萧道：“我发明了一套‘中夜危坐’法，试行了几天，精神与从前已不同，常觉脐下实热，腰脚轻快，面目有光。照此修炼下去，去仙不远矣！”说着，兴奋地提笔写成《养生诀》，给好养生术的前辈张方平寄去，特意嘱咐他：“深加宝秘，勿使浅妄者窥见，以泄至道也。”又恳请张方平寄些金丹来服用。

“子瞻，神神秘秘，在做甚？”这天苏轼一到雪堂，道潜就盯着问。

道潜不好养生术，苏轼修炼“中夜危坐”法的事还瞒着他，见道潜一脸狐疑地问他，便岔开话题，以惊悚的语调道：“参寥子，你说怪不怪，昨夜我做了一个梦，梦见你拿着一卷诗轴前来看我。内有这样的诗句：‘寒食清明都过了，石泉槐火一时新。’我很纳闷，槐火换新好理解，每年过了清明节，照例须将家中火种调换成新火；可‘石泉’怎么新法？”

道潜想了想道：“杭州俗以清明节掏井，也许可以说换新了吧。”

“好像不是这么回事。”苏轼蹙眉道。

二人还要继续探讨，州校送来了一叠书简。苏轼翻了翻，举着两封书简问道潜：“沈括族弟沈辽、同年蒋之奇，断绝往来多年，致书问候，索求诗文。难道他们听到了什么风声了？”

道潜摇头道：“这种事别问我，等长公子回来就知道了。”

初秋，苏轼命苏迈入京，找门径荫补入仕，再把南园卖掉，用于在黄州买地造屋。苏迈赶在正旦节前风尘仆仆地回来了。苏轼迫不及待地要他禀报此行见闻。苏迈先向父亲禀报了一个好消息：南郊大礼，已升任枢密使的章惇把荫子名额转赠于他，并帮他到流内铨注选。他已经通过了考试，如不出意外，年后就会有授官告敕颁下。

皇帝三年一度于冬至日在开封南郊祭天，谓之南郊大礼；南郊大礼时，高官照例可获得荫子名额，既可荫补子孙入仕，经批准后，还可将名额转赠亲友。正因元丰六年将举行南郊大礼，苏轼才遣苏迈晋京活动的。他揣度，章惇会伸出援手，果然让他猜中了。长子终于要做官了，苏轼很高兴，更感激章惇的情谊，感慨道：“听闻章子厚素不肯以官爵私所亲，四个儿子都课以举业，不肯为他们荫官，却肯关照我这个落难友人。救急救难，义薄云天！”

苏迈点了点头，又道：“听说，去年误传大人物故，官家听到后忙召蒲宗孟垂问，蒲宗孟也说不清楚；大人所作《大寒步至东坡赠巢三》诗传到京城，蒲宗孟以为诗中所讥讽的‘故人’是指他的，又见官家关注大人，便请示官家说，想寄些礼物周济苏某，官家说，你们是亲戚，以自家富裕出的东西帮助亲戚，我会恼怒吗？蒲宗孟遂致书问候，寄了礼物。”

苏轼冷笑道：“我说他也不会无故寄礼物来。”又问：“听没听到要起复我的传闻？”

苏迈答：“百官皆知蒲宗孟很圆滑，得知他往黄州寄礼物，纷纷猜测，说蒲宗孟此举可能得到官家许可，说明官家对苏某的看法在改变，可能起用他。”

“原来如此。”苏轼嘀咕了一句，摇头道，“官家不会谅解我，不然不会让我在黄州一待就是四年。”

苏迈突然站起身，向父亲鞠躬道：“大人，儿二十六岁了，没有向大人提过要求，今日有句话想对大人说：儿正在注选，当此紧要关头，请大人牢闭口，莫提笔。”

“记下了，记下了。”苏轼苦笑着道。

五

黄冈县官舍西南，新建了一座临江亭，主簿张梦得亲赴雪堂，请苏轼前去观景。二人刚下马，已有县吏端着笔墨纸砚迎上前，请苏轼为临江亭题名。

苏轼提笔写下三个字：“快哉亭。”

张梦得摇头道：“非快哉亭，乃临江亭。”

苏轼解释道："我辈不以贬谪为忧，在大自然中释放身心，即使用蓬草编门，以破瓦罐做窗，都没有觉得不快乐，更何况在清澈的长江中洗涤，面对西山的白云，尽享美景以自求安适呢？就是要让那些看笑话的人知道，我辈在黄州，畅快着呢！"

张梦得这才点了点头，又道："有名当有记，就有劳子瞻了。"

苏轼摆手道："怀民有所不知，我在密州写过《快哉亭记》，你这篇亭记，我让子由来写。"

进到亭下，饮了几盏酒，苏轼诗兴大发，当场填《水调歌头》一曲，内云："一点浩然气，千里快哉风！"

"好！"张梦得激动道，"面对逆境泰然处之，大气凛然，快哉，快哉！"

沉浸在千里快哉风的豪情里，苏轼喝得大醉，趴在石桌上发出鼾声。张梦得只好请县吏用马车把他送回雪堂。

到了雪堂门口，苏轼醒了。一眼看见樊口酒坊潘丙的侄子潘大临心事重重地站在门外，便问："邠老有何心事？"

潘大临吞吞吐吐地说明了来意：家人要他提前晋京，以便参加明年省试，可他担心考不取，不知该怎么办，特来求教。

苏轼笑道："邠老，你顾虑太多啦！"本想把考取进士于公可报效国家、于私可光宗耀祖的话说给他听，又觉得这样的套话未必能打动他。思忖片刻，突然有了主意，表情神秘地向潘大临招招手，带他进了书房，故意压低声音道："你到京城看看，哎呀，美女如云！一旦进士及第，青楼佳丽都想一睹风采，你若在她的花牌上题名，她就拿来炫耀呢！"说着，一拍胸脯道："当年我可是风流帅啊，青楼的花牌上，也曾题下大名。”

潘大临咕咚咽了一口涎水，两眼发出艳羡的、向往的光芒。

苏轼见状，提笔道：“我填词为你送行！”不一会儿，一首《蝶恋花·送潘大临》就写成了，内云：“回首长安佳丽地，三十年前，我是风流帅。为向青楼寻旧事，花枝缺处余名字。”写毕，把词稿交给潘大临，又笑道：“邠老，此词一出，尽人皆知，你若想变卦，就把它撕了。”

潘大临忙用手护住，口中道：“不不不，我去，一定去。”

苏轼大笑。

潘大临刚辞出，苏轼正想躺下睡觉，一个陌生人来见，原来是在杭州时的上官杨绘的弟弟杨庆基。杨绘从杭州提调朝廷后，又坐事被贬，得了一个提举江州太平观的寄禄官差，前不久起用守兴国军。他派胞弟来，是和苏轼商量一起买地做邻的事。苏轼很高兴，请古耕道带上老萧，前去兴国军查看杨庆基已相中的两处田产。

次日傍晚，古耕道和老萧就回来了。两处田产不是太贵，就是有纠纷，只能无功而返。自去年初到处求田问舍以来，快两年了，还没有着落，苏轼叹息不止。正烦恼间，忽接陈慥来书，告知他户部郎中任其孚的儿子要卖掉荆南头湖庄子，这庄子离州城五十里，田地可年产五百来石，时值六百贯，只要先付二百贯即可交地，余下四百贯可分年偿付。苏轼忙请古耕道带老萧前去接洽。

过了两天，二人又失望而归。那个庄园家族内部意见不一，买了是个麻烦，只得放弃。

“我就不信了!”苏轼赌气似的道,“到车湖去看看!”说着,拉着古耕道就往外走。一出门,正遇几名州校簇拥着太守杨寀往这边走来。苏轼迎过去与他见了礼,笑了笑道:“正要去求田问舍。”

“不必去了。”杨寀一摆手道。

去年初秋,徐大受离任,接替他的杨寀到任后,像徐大受一样,对苏轼优礼有加,苏轼心里这才踏实下来。今日杨寀以太守之尊,亲自到雪堂来,又阻止他求田问舍,苏轼感到奇怪,抱拳一揖道:“请太守吩咐。”

杨寀拿出一道公牍递给他,苏轼一看,只见上面写着:“苏轼黜居思咎,阅岁滋深;人才实难,不忍终弃,量移汝州。”

“这……”苏轼支吾了一声,敷衍着说了句谢恩的话。

“量移汝州,固然由戴罪安置转为赋闲待用,可到那里一切都要重新开始,没有地种,没有住处,莫如留在黄州。”杨寀走后,苏轼向道潜说出了自己的想法。

道潜点着告敕道:“这‘人才实难,不忍终弃’八字,耐人寻味嘞!我猜,量移汝州,只是第一步。”

苏轼摇头道:“帝王是敬畏历史的。官家知我的名气,不愿在历史上落个弃用贤才的骂名,故而有这样的表示。我知今上是不可能重用我的,故而已绝意仕路,就想在东坡做一农夫。”

道潜提醒道:“若乞留黄州,会不会被误解为不感念君恩?”

苏轼悚然,只得放弃了乞留黄州的打算,照例写谢表,内云:“疾病连年,人皆相传为已死;饥寒并日,臣亦自厌其余生。”

四月初一日这天,苏轼在雪堂设宴,留别众友。陈慥、王齐万、古耕道、潘丙、郭遘都到了。王齐万含泪问："子瞻，这次走了，还回来吗？"

苏轼动情道："我的儿孙满口楚语吴歌，黄州就是我的家！"又抱拳向潘丙郑重一揖："潘家人丁兴旺，东坡雪堂和乳母坟墓，就拜托潘兄照看了。"说着，起身从书房拿出事先书写好的前后《赤壁赋》交给潘丙："作个留念吧！"

潘丙双手接过，激动道："放心吧，学士放心吧！"

古耕道见气氛有些感伤，笑道："雪堂先后留住过道士、和尚、隐士、琴师、画家、亡命徒，足见苏兄的血管里，流淌着豪侠的热血！"

此言一出，苏轼大笑，热血上涌，挥笔赋《满庭芳》一曲：

归去来兮，吾归何处？万里家在岷峨。百年强半，来日苦无多。坐见黄州再闰，儿童尽、楚语吴歌。山中友，鸡豚社酒，相劝老东坡。　　云何，当此去，人生底事，来往如梭？待闲看，秋风洛水清波。好在堂前细柳，应念我、莫翦柔柯。仍传语，江南父老，时与晒渔蓑。

过了两天，太守杨寀在栖霞楼设公宴为苏轼饯行。酒酣耳热之际，几个官妓叽叽喳喳一阵，推了推一个叫李琪的官妓，怂恿道："这是最后一次机会，错过就没有了呀！"黄州的官妓，每人都得到过苏轼的墨宝，只有李琪胆小腼腆，未敢乞字，此时便有些着急。同伴们的怂恿让她鼓足了勇气，从身上取下一条白绢领巾，走到苏轼面前，施礼道："奴李琪，也想乞学士翰墨。"

苏轼一看，李琪长得娇小明艳，一副羞怯的样子，很是可爱，便提笔在领巾上写道："东坡五载黄州住，何事无言及李琪。"

"你们都有苏学士的墨宝吗？"杨寀问几个官妓。

苏轼听到了，搁笔笑道："哎呀，说起来我也有些吃惊。前几天车湖王齐万来，说到他的儿子禹锡，总是乘我酒酣之际索字画，如今累积起来，可到牛肚子高。"谈笑间，竟忘记为李琪写诗的事了。

"看这两句，平淡无奇，是不是学士才思枯竭，写不下去了，故而才搁笔？"几个官妓嘀咕道。直到宴席将散，李琪脸颊彤红，鼻尖上渗出了细细的香汗，举着领巾向苏轼再拜续请。苏轼大笑，提笔续写道："恰似西川杜工部，海棠虽好不题诗。"

众人传观，皆为李琪庆贺。通判孟议道："子瞻在黄州赠歌妓诗词颇多，但没有谁比得过李琪所得褒扬之佳。"

李琪抿嘴笑着，向苏轼施礼拜谢。

"佳话！"杨寀拊掌道，"足可流传后世。"

连日宴饮话别，正准备顺流东下到筠州去见苏辙，兴国军郡守杨绘特遣举子李翔来邀。苏轼决定改变线路，前去与老友一聚，便将家眷托付给苏迈，约好在九江会合，他带着道潜，先行于初七日离开黄州。

送行的人群簇拥着苏轼来到岸边，正要登船，忽然狂风大作，江中波浪翻滚，舟船不能开行。苏轼心里一沉，难道这是不祥之兆？

苏东坡

下

郭宝平 著

凤凰出版社

第十八章　身在此山

一

一条窄窄的野道上，几匹快马自瑞昌向东南方疾驰着。道潜打马追上苏轼，吸了口气道："子瞻，你有痔疮，还是不要这么着急赶路吧。"

苏轼摇头道："务必于明晚赶到，不然就来不及了。"说着，又举鞭在空中甩了两下，催马快行。

苏轼四月初七自黄州启程时，因突遇大风，傍晚才冒险过江，留宿王齐万在车湖的宅院。大风一连两天不息，苏轼又留住两日，潘丙一家三代、古耕道、郭遘等，皆赶来与他惜别。陈慥则坚欲送他至九江。苏轼遂偕道潜、陈慥一起往兴国军。杨绘在富池迎候，陪他游历了净教寺等名胜古迹后，又设宴饯行。苏轼大醉，耽误了行程，未能赶到前方的驿站，只得找一户农家住下，灯下赋《自兴国往筠宿石田驿南二十五里野人舍》。陆行至瑞昌，苏轼劝陈慥回去，陈慥非要送到庐山不可，苏轼打趣道："季常若为山神留住，柳秀英必怒我，我怕河东狮吼啊！"陈慥这才答应。回顾在黄州五年间，陈慥到访达七次之多，就像暗夜中的一束亮光，带给他温暖和希望。苏轼感动之余，赋诗抒怀，又将五年来写给陈慥的另四首诗通编为《岐亭五首》，加上长长的引言，送陈慥留为纪念。辞别酒宴上，苏轼又醉了，误了半天行程，出了瑞昌，不得不快马加鞭了。

四月二十四日傍晚，总算赶到了甘泉口石耳峰下的圆通禅院。苏轼下了马，浑身酸疼，腿脚发麻。当年苏洵游庐山，就住在圆通禅院里。明天就是他的十八周年祭日了，苏轼紧赶慢赶，就是为了赶上这个日子。不仅如此，恩师欧阳修当年游庐山，也曾在此留宿，诗赠居讷禅师。一看到禅院的门额，苏轼想到先父、恩师也曾仰望过，不禁感慨，潸然泪下。

“子瞻，进去吧，有事要办。”道潜从旁劝道。苏轼举袖拭去眼泪，进院拜会住持可仙长老，施礼道：“眉州苏轼，特来为先父祈冥福。”说完，递上手书“宝积菩萨献盖”颂佛一偈、彩幡一对，恭敬献于可仙长老。

“哦，昨夜老衲做了一个梦。”可仙长老道，“梦见宝盖飞下，着处出火，岂非今日之兆?”苏轼很是惊喜，赋诗一首相赠。次日祈冥福仪式毕，苏轼要走，可仙长老拦住他道：“爱佛之人，是不能不谒东、西林寺的。东林寺常总长老是老衲的师傅，老衲愿陪居士往见。”

“常总?”苏轼眨巴几下眼睛问。他对天下名僧多有印象，却没有听说过此人。

可仙道：“常总禅师是禅宗临济宗黄龙派传人，他的师傅是开创黄龙派的慧南禅师。就在去年，皇帝下诏，请常总禅师往京城智海院做住持，常总禅师拒诏不往，仍在东林寺做住持。”

苏轼虽礼佛，但对僧人却有些成见，觉得很多僧人也和俗世之人一样热衷名利，一听常总禅师居然拒绝皇帝提拔他担任皇家寺院住持的诏命，顿生敬意，双手合十道：“常总禅师，真乃僧中龙也。待我从筠州归来，必去参谒。”

辞别可仙长老，道潜先往九江相候，苏轼带着两个仆从赶往筠州见苏辙。到了奉新，迫不及待赋《将至筠先寄迟适远三犹子》长诗一首，派老萧先行送苏辙。

五月初二上午，苏轼到达筠州城南二十里处的建山寺，苏辙和一个僧人在此迎候。苏轼鼻子一酸，差点掉下泪来。不仅仅因为心疼苏辙受自己连累，还因为陪他来迎候自己的，只有僧人，可见胞弟在此交游寥落，处境不佳。苏辙却神情泰然，将僧人云庵引介给兄长。三人在寺中坐下喝茶，云庵和尚笑道：“前些天老衲做了一个梦，梦见老衲和子由及聪禅师一起出城迎接五祖寺的戒禅师。一大早，老衲便去访子由，正在说此梦，聪禅师到了。子由道：‘我们正在说梦，你也是来说梦的吗？’聪禅师道：‘夜来，梦到我们三人去迎接五戒和尚。’正觉怪异间，接到了东坡居士要来筠州的消息。”

苏轼大惊，一脸严肃道：“我八九岁的时候，常常梦见自己是个和尚，往来陕右一带。听先妣说，她在孕我时，曾梦见一个和尚来我家投宿。还记得那个和尚身材瘦长，瞎了一只眼。”

云庵和尚“噌”地站起身，以惊异的语调道：“戒禅师就是陕西人，瞎了一只眼。晚年弃五祖寺来高安远游，在大愚山真如寺圆寂。从现在倒数上去，正好五十年了。”

苏辙道：“子瞻今年四十九。”

苏轼睁大眼睛问：“云庵法师，戒禅师真是我前身吗？”

“世上哪有如此巧合的事，必是无疑。”云庵和尚语气坚定道。

“我信，我信！”苏轼声音颤抖道。

“参见二伯父——”苏辙的三个儿子徒步来迎，赶到了，列队向苏轼施礼。苏轼这才从禅宗玄幻世界回到现实，微笑着一指老二苏适、老三苏远道：“你二人该叫章惇岳舅爷吧。”

苏辙在陈州做学官时，与章惇的外甥黄寔交好，黄寔把长女许配给苏适。前不久，十八岁的苏适与黄氏成婚。正担任淮南西路转运副使的黄寔，又借机把另一个女儿许配给了苏辙的幼子苏远。章惇就成了他们二人的岳舅爷了。

几个人说笑着启程往州城走，午间到了苏辙在江北的住所。苏辙已嫁出三个女儿，娶回两房新妇，一大家人拥挤在东倒西歪用木棍支撑着的破宅里，苏轼心里一阵酸楚。好在苏辙刚建了一间新屋，命名东轩，苏轼总算有个住处。弟媳、侄媳、侄子、侄女对苏轼的到来都很高兴，女眷们忙着做眉州水饼招待他，苏轼见困顿中的一家人和睦快乐，很是欣慰。

晚上，苏轼和苏辙在东轩对坐交谈。一向沉稳的苏辙突然发起了感慨：“九二，虽然放逐黄州是灾祸，真应了因祸得福那句话。你在黄州驰骋翰墨，文风一变，皆有奇气。当下都议论说，《念奴娇·赤壁怀古》一改风气，由婉约向豪放转变；前后《赤壁赋》超越楚辞汉赋，向文赋转折。外人所不知的是，九二还有《论语说》五卷，其中的‘一不可执’论，足以抗衡王安石的‘一道德以同天下之俗’为核心的新学，可称当今大儒了。”

苏轼一笑道：“或许正因如此，才不得不将我量移汝州的。”接着便说起下一步打算。只有兄弟二人，不必遮遮掩掩，苏轼把内心所想和盘托出：官家正值壮年，且富国强兵之志不移，故对仕途不可再抱希望，只想在江淮求田问舍，买到合适庄园就乞致仕，兄弟二人到那里躬耕田亩，诗词歌赋，了此一生。

苏辙沉默不语。苏轼理解他的顾虑，叹口气道：“阿同要为儿女着想，一时不愿隐退也罢；我已然被弃用赋闲，索性彻底解脱。”

“九二，你真的能解脱吗？”苏辙微微摇头道，“我知入世和出世的念头，一直在兄长心中纠缠着。眼下自身漂泊无归，退隐之念遂占了上风；可兄长自幼受儒家熏陶，怎能灭掉求为世用的抱负？又怎能放弃拯物济时的责任？”

苏轼答：“我的诗文，也是有益于世的。”

苏辙摇头道：“后世或许以诗文论成败；可当世的眼光不是这样的。李白在世时，不认为自己的人生是成功的，他孜孜以求的还是显达，为不能做高官而痛苦。况且，你曾想以诗文干预时政，承担起济时的责任，如今还能那样做吗？要想拯物济时，非要做高官不可。所以，兄长看似解脱了，其实内心还是纠结的，之所以转而热衷释家禅说，何尝不是这个原因呢！”

苏轼沉默了。

苏辙因公务缠身，白天不能陪兄长，就让两个成年的儿子陪伯父四处游览；晚上兄弟二人在东轩对坐，家事国事儒释道，无所不谈。

端午节这天，苏迟、苏适陪二伯父专程到大愚山真如寺凭吊戒禅师。晚上，苏辙拿出自己不久前作的《景福顺长老夜坐道古人搐鼻语》诗给苏轼看。只见上面写着："中年闻道觉前非，邂逅仍逢老顺师。搐鼻径参真面目，掉头不受别钳锤。"

苏轼近年研读佛家典籍，知道"搐鼻"是《华严经》里所讲"因缘"；"真面目"是指禅宗的真意。他从诗中读出，苏辙在顺长老的启发下，参悟了禅宗真意。他既吃惊又羡慕，忙问："阿同，你悟道了？"

苏辙缓缓道："高安本禅门重镇，这些年我在公事之余，只与云庵和尚、聪禅师、顺长老几位禅门中人参禅说法而已，对佛法略有参悟。顺长老认为，我这首诗即是与禅门的因缘，有意让我做他的法嗣。"

"顺长老是禅门哪一宗？"苏轼问。

苏辙道："临济宗黄龙派。顺长老与东林寺常总禅师是同门。"

"啊！"苏轼惊喜道，"这就是因缘了。我正要去庐山拜谒常总长老，想不到他的同门顺长老是你的禅门师傅。你参透了真面目，我也要去庐山参透它！"

二

江南西路江州辖境的庐山，七重大岭，连绵起伏，层峰插天，峦影山光，乃天下胜景。山中佛寺道观共处，又是参禅修道者心目中的圣地。元丰七年五月中旬的一天，山南正面一条幽僻的山道上，三顶肩轿一前一后向山中进发。

“参寥子！”坐在中间一顶肩轿上的苏轼喊了一声，感慨道，“仰望形胜名山，深感这造物主的杰作，非人类文字所能描摹。你做个见证，此行，我绝不作诗！”

道潜哈哈一笑，没有说话。

最前面的一顶肩轿上坐着的中年男子插话道：“子瞻兄此行不作诗，不知山神会不会答应。”

苏轼道：“山神念我虔诚，会答应的。”

五天前，得知胞弟参悟了禅宗真面目，苏轼便急于上庐山了。他分别赋诗给苏辙和三个侄子留别，匆匆赶往九江，和等在那里的道潜会合。九江籍的老友刘恕的幼弟刘格得知消息，特意前来做向导。三人先在庐山东南麓的白塔铺歇马，苏轼难抑对这座名山的渴慕，赋诗一首，内云：“望眼尽从飞鸟处，白云深处是故乡。”道潜笑他尚未进山就把这里当故乡，苏轼蓦然想到此行旨在参透禅宗真面目，加之李白那首写庐山瀑布的诗无人可及，所以此刻才发誓不再写诗了。

三顶肩轿正徐徐上行，忽听前面有人喊叫：“东坡居士来啦——”边喊，边向这边跑来。

苏轼一惊，大声问：“你们怎的知道我？”

打头的僧人道：“我辈是归宗寺的僧人嘞！”

苏轼颔首道：“明白了。”刚到黄州那年，庐山归宗寺住持了元长老派人到黄州看他，苏轼把收集的几百枚小石头带给了元法师，从此二人常有书简往来。了元法师曾邀苏轼游庐山，但碍于规制，未能成行。去年，了元调往金山寺做住持，改法名佛印。不用说，佛印与寺中僧人还常有联系，所以僧人们知道了他游庐山的消息。

“当然不只是了元长老的缘故，东坡居士的大名，天下谁人不晓呢！”另一位僧人道。

“是啊是啊！”又一位僧人接言道，“东坡居士的诗文中，常有佛门用语，《后赤壁赋》中‘耳得之而为声，目遇之而成色’之句，就是例证。所以东坡居士每有新作，佛门中人争相传抄嘞！”

“不止佛语吧？《后赤壁赋》是以道人入梦结尾的嘞！”几个道士不知何时也凑了过来，一位须发尽白的老道自豪道，“东坡居士那句有名的‘也无风雨也无晴’，其实就是我道家‘无’的境界嘛！东坡居士许多诗词贯穿着道家思想。所以呢，东坡居士诗文一出，道门中人也是如获至宝嘞！”

“尽管如此，东坡居士终归是佛门中人！”有僧人不服气道。

“该是我道门中人！”有道士争辩说。

“诸位不必争！”道潜大声道，“东坡居士对儒道释三家，都有极深的造诣。他的诗文，是融汇三家的。”

苏轼哈哈大笑，兴奋道：“拿笔来！”老萧拿出笔墨纸砚递上，苏轼在肩轿上赋诗云：“芒鞋青竹杖，自挂百钱游。可怪深山里，人人识故侯。”

道潜暗笑。他知苏轼在黄州寂寞多年，到庐山不免心动，所谓不写诗，不过说说罢了，作不得数的。果然，刚一进山就破戒了。再看这四句诗，首句和尾句都是用的典故，以西晋名士阮修和秦朝东陵侯自比，既可表明自己的处境，同时又为自己名满天下而得意。

苏轼一扭脸，正看到道潜的表情，忙笑了笑道："对了，我不是说好不写的吗？"说着，一指刚写好的诗稿道："撕了？"

道潜故作神秘道："吘，撕不得。东坡居士来庐山不写诗，山神会发怒。"

苏轼见道潜为他打了圆场，嘿嘿一笑道："如此说来，必要时还是要写嘛！"

走了一段路程，但见迎面岗峦突兀、怪石峥嵘，苏轼觉得与自己想象中的庐山大不一样，视觉上颇为不适。转念一想，可能是因为自己来的太少，很难有亲近感。或许，参禅悟道也是如此，要参透真面目，非一朝一夕之功。这样想着，又来了诗兴，赋诗一首："青山若无素，偃蹇不相亲。要识庐山面，他年是故人。"

轿夫的喘息声越来越重了，五老峰遥遥在望，云雾缭绕，瞬息万变。苏轼像是在做梦，问道："参寥子，真的已身在庐山了吗？"道潜大笑。苏轼遂又赋诗一首："自昔怀清赏，神游杳蔼间。如今不是梦，真个在庐山。"

来到五老峰下，下轿歇宿。午间，苏轼独自游逛到白鹤观，忽有一僧人拦住了去路，捧着一册书道："东坡居士，送册书给你看。"苏轼接过一看，竟是他赴任湖州时哭祭过的陈舜俞所撰《庐山记》，当即翻阅起来。只见书中列出的前人写庐山诗作，一首是李白的《望庐山瀑布》，另一首是徐凝的《庐山瀑布》。他撇了撇嘴，把书合上了。

第二天来到开先寺，一眼望见飞瀑直下，想到有了李白的庐山瀑布诗，徐凝不自量力还敢写，不禁火起，一下轿就索笔墨。众僧见苏轼要作诗，都围了上来。但见他挥笔写了一个长长的诗题，才进入正题："帝遣银河一派垂，古来惟有谪仙词。飞流溅沫知多少？不与徐凝洗恶诗。"

众僧见苏轼骂徐凝的诗是恶诗，都露出惊讶的神情。道潜在旁解说道："东坡居士的意思是，徐凝的诗怎能和李白的诗并列？白居易怎么可能看得上徐凝这首烂诗？所谓白居易说徐凝此诗'赛不得'的话，肯定是后人编造。"

苏轼气鼓鼓道："当年李白游黄鹤楼，一见崔颢所题《黄鹤楼》诗，自己不敢再写，直说'眼前有景道不得，崔颢题诗在上头'。他徐凝何许人也，没有自知之明！"

住持维文长老皱了皱眉头，暗忖：东坡无凭无据，就断定白居易不喜欢徐凝的诗，又说其'赛不得'之言是后人编造，未免轻率。难怪他在官场上难以立足。遂连声道："见识了，见识了。"

苏轼早已被寺旁的飞瀑所吸引，转身来到漱玉亭下，流连忘返，直到月出飞桥，望着月光映照下的瀑流，陡然生出脱离尘世，手持白芙蕖，飘然跃入清凉而又迷茫的银色旋涡中去的念头。这个念头久久在脑海里盘旋，遂作《开先漱玉亭》一篇，把自己的内心所思记录下来。过栖贤寺，看见清澈的涧水汤汤东流，流至寺东数百步处，忽遇巨石，惊波飞溅，鸣声震天。苏轼让寺僧找来一个瓶子，跑过去接了一瓶水，喝了一口，嘶哈着咧嘴道："冰冷刺骨，进到嘴里，只能赶紧咽下，不敢用于漱口。"遂作《栖贤三峡桥》

一首，内云：“玉渊神龙近，雨雹乱晴昼。垂瓶得清甘，可咽不可漱。”次日来到黄龙灵汤院，苏轼迫不及待下水泡澡。泡了不到一刻钟，额头冒汗，便拉着道潜出水更衣，到处转悠起来。走到一面墙壁前，忽见有题壁诗，驻足品读，觉得“直待众生尘垢尽，我方清冷混常流”两句颇有意味，对道潜道：“以汤泉自比，表达出愿为普度众生而献身的无私精神；只是‘我执’太重，尚有可议之处。菩提自性，本来清净，万缘皆空，故汤泉也无寒温之分，哪里谈得上‘清冷混常流’呢？我不妨和他一首，翻了此案。”说罢，唤老萧拿来笔墨，挥笔题壁，内云：“若信众生本无垢，此泉何处觅寒温？”离开灵汤院，正往庐山西北侧的东林寺方向前行，忽听一僧气喘吁吁地唤道：“东坡居士，请稍候！”苏轼下轿相候，待此人来到面前，方知是在温泉写题壁诗的可遵禅师。可遵在圆通禅院听到苏轼唱和他的题壁诗的消息，惊喜不已，急急忙忙追来了。尚未站定，就抹了把汗道：“老衲追赶途中，听人传诵东坡居士新作《栖贤三峡桥》，边走边构思了一首和诗。”说罢，吟道，“君能识我汤泉句，我却爱君三峡诗。道得可咽不可漱，几多诗将竖降旗。”

苏轼听罢，顿觉此人轻狂、恶俗，不是真正的诗僧，后悔之前赏识有误，落笔轻率；又听左右的僧人低声讥笑道：“嘻嘻，不愧‘遵大言’之名。”苏轼听到了，即知可遵在僧人中没有威望，便没有理会他，一甩袍袖上了肩轿，吩咐轿夫快走。可遵尴尬地愣在原地，呵呵笑了几声，指着苏轼的背影道：“苏子瞻自护其短，见我的诗写得太好，心生嫉妒，所以赶紧溜了。”说得围观的众人哄然大笑。

这天下午，肩轿落在东林寺前。但见这座建于东晋年间的古刹傍依瀑布，林木葱郁，烟云出没，苏轼顿感肃穆。他顾不得赏景，直趋常总长老精舍，恭敬拜谒，请求为他说法开悟。常总长老带苏轼走到虎溪边，相挨着坐下，问道："东坡居士听说过'无情话'公案吗？"

佛法称无生命、无情识之物，诸如日月星辰、草木花卉等为无情物，与有情的众生相对应。唐代，有人问南阳慧忠国师，无情之物也能传达佛法吗？国师答：它们一直在说。这就是禅门所说的"无情话"。对此，苏轼是知道的。他点了点头，双手合十，求教道："众生能听到'无情话'吗？"

常总答："能听到无情之物在说法，就意味着你不再是'众生'，而是悟道者了。"

苏轼急于检验自己有没有悟道，晚上早早就躺在床上，屏息听着窗外的溪水声、风声、树木的摇曳声，想从中听出它们传扬佛法的声音。可是，听了半天，还是没有听出门道。正沮丧间，蓦然想起《法华经》中"心能转物，即同如来"这句经文。既然物可由心而转，心中觉得是，那就是了。再侧耳细听，感觉溪水声就像释迦牟尼的化身之一"广长舌"，正在循循善诱，为人说法；而清净山色，正是如来佛的真身。这样想着，朦朦胧胧睡去，不知是做梦还是真的听到了大自然中四面八方、争先恐后的颂偈声，多达八万四千偈。

"当"的一声，晨钟敲响，苏轼蓦然惊醒，心下豁亮，提笔赋《赠东林总长老》偈语："溪声便是广长舌，山色岂非清净身。夜来八万四千偈，他日如何举似人。”写毕，先拿给道潜阅看，一脸兴奋地解说道：“当人的心念达到一定境界，各种声音，无论是赞叹声、毁谤声，都像是颂扬神明的声音；当心境纯净到一定境界，眼目所触，不管什么人，无论长相美丑，出身贵贱，也都是神明的体现，需要加以尊敬。这种境界和感触，是无法说给别人听的。”

道潜觉得苏轼并未真的悟道，又不好点破，便笑道：“子瞻是离不开‘声色’的。偈语上来就是‘溪声’‘山色’。当然啦，子瞻作为尘世的诗人，必然不能舍弃‘声色’。只不过，这‘声色’，是无尽藏的声色，不是声色犬马的‘声色’。”

苏轼眼珠转了几转，分不清道潜说的是好话还是贬损他的。他顾不得追问，疾步走到常总长老的精舍，恭恭敬敬地将偈语呈上。常总长老一看，四句偈始终隐含了主语“我”，充斥着“便是”“岂非”这样的判断词，好像真理是由“我”来判定的。他蔼然一笑道：“悟透真面目，见山只是山，见水只是水，山水本来就现成，不必是什么。不过，这些都不重要，只要此心平和，此身清净，就是最好的禅。”

苏轼有些失望，却又觉受益匪浅，正想请教如何才能参透禅宗真面目，常总长老笑着道：“今日老衲陪东坡居士游东西两禅寺。”

用罢早饭，常总长老先领苏轼一行游览了东林寺，再游不到一里处的西林寺。游览毕，出了山门，常总长老向东南方一指道：“东坡居士请看，那就是香炉山。孤峰独秀起，氤氲笼其上，白云映其外，炳然与众峰殊别。”又一笑：“历代名僧高贤、学者骚人多会于此，览景流连，含英咀华，留下许多吟咏。东坡居士到此，岂可无诗?”

游览期间，苏轼脑海里一直在思考自己未参透真面目的原因，已有所悟，正想赋诗表达，听常总长老一说，爽快道：“拿笔来!”早有寺僧端着笔墨纸砚侍立在侧，苏轼走到墙壁前，挥笔写下《题西林壁》一首：“横看成岭侧成峰，远近高低各不同。不识庐山真面目，只缘身在此山中。”写毕，把笔一丢，掸手道：“苏某庐山诗，尽于此矣!”

众人看罢，发出一片惊叹声。

常总长老高声吟诵一遍，感慨道：“此诗质朴无华，却展示出前人未曾道的意境，闪烁着荧荧的妙理之光。庐山诗，前有李太白，后有苏东坡，无人可及矣!”

“嗯，不得了!”道潜接言道，“李太白写景，苏东坡说理。语浅意深，因物寓理，寄至味于淡泊。此诗可谓开创了以言理为特色的新诗风。”

苏轼笑了笑，感慨道：“跳不出尘世，所以未能参透真面目!”

三

江州湖口县境内，长江与鄱阳湖交汇处，有两座由石灰岩构成的山头，两山相距二里，南山濒临鄱阳湖，北山濒临长江，下部皆有洞穴，形如覆钟，面临深潭，微风鼓浪，水石相击，响声如洪钟，故得名石钟山。

元丰七年六月初九夜，一叶扁舟借着月光朝石钟山划来。船上坐着苏轼、苏迈父子。船近北山，划到一块巨大的悬石下，苏轼探出脖子道："我非要探究个明白不可！"

五月底，苏轼下了庐山，和道潜住在九江慧日院内，等候家眷的间歇，游览天庆观，唱和当年李白贬谪途中过此观时的诗作，抒发寥落无依之情。六月初，苏迈带家眷到了，道潜要回杭州，二人赋诗相别，苏轼带一大家人到了湖口。他早就知道湖口有座石钟山，而且对为什么会发出钟声，说法不一。郦道元《水经注》里说，是微风振动波浪，水、石互相拍打，故而发出像大钟一般的声音；唐代李渤实地考察后说，他在深潭边找到两块山石，敲击它们，鼓槌停止，声音还在传播。苏轼很好奇，一到湖口就到此考察。当地寺院派一小童，用斧头在乱石中敲打，"硿硿"地发出声响，苏轼只觉好笑，并不相信，才和苏迈乘夜色雇舟再来探访。

小船划到断壁下，仰脸一看，巨大的山石倾斜而立，似有千尺之高，仿佛凶猛的野兽和奇异的鬼怪，阴森森地想要攻击人；山上夜宿的老鹰，听到人声响动，惊飞起来，在云霄间发出磔磔声响；忽而，又听到像老人在山谷中咳嗽并且大笑的声音，令人毛骨悚然。苏轼汗毛竖立，心"怦怦"乱跳。摆摆手，刚说快回，突然，从水上发出巨响，声音洪亮，像有人在不断地敲钟击鼓。船夫吓得一哆嗦，船桨差点落到江中。苏轼拍了拍胸口，让自己镇静下来，慢慢观察起来。月光下，可见山下都是石穴和缝隙，不知有多深，细微的水波涌进里面，水波激荡间发出响亮的声音。苏轼一阵惊喜，忙吩咐船夫把船划回两山之间，将要进入港口时，忽见有块可坐百来人的巨石，正对着水的中央，中间是空的，有许多窟窿，把清风水波吞进去又吐出来，发出“窾坎镗鞳”的声音，像在奏乐。苏轼呵呵一笑，对苏迈道：“迈儿，你知道有关典故吗？那噌吰的响声，正是周景王无射钟的声音；“窾坎镗鞳”的响声，则是魏庄子歌钟的声音。古人诚不我欺也！”说着，吩咐船夫划船回返。坐在船上，望着夜空，苏轼为终于探究出真相而自得，感慨道：“任何事情，不用眼睛看耳朵听，只凭主观臆断去猜测它的有或无，那是不行的！郦道元看到听到的，大概和我一样，但是描述不详细；士大夫终究不愿用小船在夜里出没于悬崖绝壁下，所以没有谁能知道真相；渔人和船夫，虽知真相，却不能用文字记载。这就是世上没有流传下来石钟山得名由来的原因。浅陋的人竟然用斧头敲打石头来寻求其原委，还自以为得到了命名的真相。我要写篇游记，记下这次探访的经过，叹郦道元之简略，笑李渤之浅陋。”

回到住处，苏轼文思泉涌，秉烛作《石钟山记》，一气呵成，才踏踏实实睡下了。

次日，苏迈要赴任，与家人告别。就在苏轼离开黄州不久，苏迈接到告敕，授德兴县尉。苏轼既高兴又有些不舍。他拿出早已备好的一方砚台，指着砚底道：“此乃阿爹亲撰，送迈儿。”苏迈一看，只见砚底以遒劲楷书铭诗一首：“以此进道常若渴，以此求进常若惊。以此治财常思予，以此书狱常思生。”他理解父亲的良苦用心。办公事就要动笔，动笔必先问砚，见砚就会记起父亲的勉励与期许。苏迈接过，郑重道：“儿记住了。”

载着苏迈一家的船只启动了，苏轼站在岸边，不忍离去。想到二十六年了，苏迈一直生活在他身边，如今父子要天各一方了，泪水模糊了他的双眼。朦胧中，仿佛听到王弗在他耳边道："郎君，你把迈儿养大成人，又帮他谋了差事，不要再操心了。"苏轼颔首道："不操心了，不操心了。"这样自言自语着，回到载着家眷的大船上，向金陵方向进发。

一路经彭泽、舒州，过池州、芜湖，六月将尽时，抵达当涂。

"哈哈，子瞻，哦对，东坡居士，可把你盼来啦！"岸上响起爽朗的招呼声。

说话的是诗友郭祥正，曾被梅尧臣誉为"太白后身"，早在欧阳修宅邸雅集席间，苏轼就与他相识。郭祥正无意仕途，很早就致仕回老家当涂诗酒自娱了。听到苏轼要过境的消息，早早在码头迎候。苏轼一见，叫着他的字道："功甫，还是你洒脱啊！"

说笑间，郭祥正带苏轼来到清和门外姑孰堂品茗闲谈。苏轼拿出在湖口所写《石钟山记》，得意道："请功甫批评。"

郭祥正阅罢，笑道："东坡风格，好翻案。此文也是翻案文。不过，游记写得如此奇致，可谓古今绝调。"说罢，拿出一册他刚刊印的《李白姑孰十吟》给苏轼阅看。

苏轼翻看了几眼，用力向几案上一丢，嫌弃道："伪作败露，白费银子！"

郭祥正不悦道："子瞻，你凭什么说是伪作？"

苏轼道："我没有凭据，就凭感觉。岂有李太白作这等诗！"

"呵呵，凭感觉……呵呵！"郭祥正气得言不成句。二人争得面红耳赤，互不相让，酒菜已上桌，还在争论。郭祥正以前人所编李白集都收录了这些诗为据，苏轼只说那都是误编入。郭祥正摇头道："只凭感觉说话，没办法辨明。去问问李太白？"李白墓就在当涂，郭祥正这样说，是想结束争论，也是想留苏轼多住一日。

苏轼不假思索道："明天就去！"

次日一早，二人骑马驰至李白墓前，焚香祭拜了一番。苏轼看看天，万里无云，没有一丝风，便让老萧拿出《李白姑孰十吟》，置于墓前，双手合十，祷告道："太白仙翁，若这些诗是你写的，你就让风翻开。"

郭祥正忙道："若是谪仙所作，就不要翻开。"

苏轼"嘘"了一声。等了片刻，书册纹丝不动，苏轼得意道："怎么样？"

郭祥正摇摇头，刚想争辩，见苏轼的目光已被《李太白碑阴记》所吸引，只得作罢。

苏轼把碑阴记读了一遍，摇头道："毕世安做宰相尚可，做文章不敢恭维。这碑阴记没有写出太白仙翁的特点。"

郭祥正问："特点是什么？"

苏轼答："气盖天下！"

郭祥正连连颔首。

苏轼一搓手道："我重写一篇！"

"要不说你好翻案呢！"郭祥正笑道，"不过，子瞻写李太白碑阴记，只'气盖天下'四字，就比毕世安这篇好百倍。"

回到姑孰堂，酒菜已备好，二人举盏畅饮。不多时，苏轼就有了醉意，睁大眼睛盯着墙壁看了又看，突然一扬手臂，大声道："笔墨侍候！”

郭祥正早就听说苏轼有醉后作画的癖好，已经备好了笔墨。苏轼摇摇晃晃走到墙壁前，濡墨挥笔，画出一幅竹石图。画毕，把笔一丢，倒地便睡。郭祥正吩咐仆从将他扶到间壁的睡榻上。安顿好苏轼，反身回来欣赏画作，但见醉墨淋漓，大气磅礴，他兴奋地连道：“绝佳！绝佳！”提笔赋诗两首，又找出家藏的两把古铜剑作为谢礼。

过了小半个时辰，苏轼醒了，郭祥正以诗、剑相赠。苏轼歉意一笑道：“我有醉后作画的毛病，还喜欢往人家墙壁上乱画。功甫不怪我把墙壁弄脏了，还赠我重礼，我得写首诗还礼。”索笔作《郭祥正家，醉画竹石壁上，郭作诗为谢，且遗二古铜剑》一首，内云：“平生好诗仍好画，书墙涴壁长遭骂。不嗔不骂喜有余，世间谁复如君者。一双铜剑秋水光，两首新诗争剑芒。剑在床头诗在手，不知谁作蛟龙吼。”

“好！”郭祥正拊掌道，“东坡的醉酒，是一种心态，是灵感的冲动，是进入一种借醉得全的天真境界。”

苏轼哈哈大笑。

笑声未落，忽听外面有人唤道：“苏学士——”随着唤声，进来一位陌生人，趋前递上一张邀帖。苏轼一看，邀帖署名张恕。张恕是张方平之子，以父荫入仕，由德庆军节度判官转任郓州通判，赴任途经此地，听到苏轼也在当涂，便派仆从前来相邀。苏轼辞别了郭祥正，赶往张恕住的驿馆。

“子瞻，赔罪了。”张恕一见苏轼，就抱拳道。

苏轼一惊，忙问其故。张恕一脸歉意地解释了原委。当年诗案发生后，张方平因南都官员拒绝接受他论救苏轼的奏疏，特派张恕携往开封，以布衣身份敲登闻鼓。可张恕胆怯，徘徊很久未敢去敲，奏疏竟没有报上去。他拿出疏稿递给苏轼："此疏至今还在我这里。"

翻开一看，疏稿开头就说："轼实天下之奇才。"苏轼突然发出笑声，向张恕拱手道："幸亏老兄胆小，不然我怕是要多遭些罪了。"又解释道："子由说我之所以有牢狱之灾，根子就是名太高；令尊此疏夸我是'奇才'，那些人怕是越发要穷治我了。"

张恕听罢，不好意思地笑了。二人又叙了会儿家常，张恕起身请苏轼赴宴。进了宴客厅，张恕一拍手，几名女子应声而出。他一指走在最前面的女子道："此乃在舒州新纳之妾胜之。"

苏轼听到"胜之"二字，当即想到故太守徐大受的宠妾，又觉得天下同名者甚多，不可能是她。可抬眼一看，确实是她！苏轼一脸错愕。

"来来，喝酒！"张恕举盏道。

苏轼猛地饮干了一盏，胜之又给他斟上，撒娇道："奴要学士填词来唱。"苏轼又饮干了一盏，把盏一丢，大声道："拿笔来！"当年胜之在徐大受面前的娇态、宴席前轻歌曼舞的场景，历历在目。他略一思忖，写下《西江月》："别梦已随流水，泪巾犹浥香泉。……蛾眉新作十分妍，走马归来便面。"丢下笔的瞬间，脑海里蓦然闪出马盼盼的身影。

第十九章　长风万里

一

七月中旬的金陵，酷热难耐，停靠在府城北侧秦淮河白鹭亭下的一艘大船上，苏轼手拿蒲扇，边在船舱里踱步，边不停地扇着，要驱散暑热，更像是要挥去心中的烦躁。朝云怀抱幼儿，走过来问："病不是见好了吗，郎君怎的还这样焦躁呀？"

自当涂驶往金陵途中，王闰之和苏轼双双患病。经调治，苏轼已然痊愈，王闰之也不再发高烧，稍能进食了。可苏轼的情绪却越来越不稳定了。从当涂一启航，他就添了一块心病：过金陵时，要不要拜谒王安石。王安石自八年前辞相职，判江宁府，随后索性辞去一切官职，皈依佛门，不问世事。皇帝诏赐他建宅邸，王安石便选择城外一处叫白塘的地方，请人开渠泄水，培土造屋，命名为半山园；随后又在下定林寺内建了一个供休憩的书斋，取名昭文斋。一病翁、一瘦驴、一老仆，随性而游，寄情于山水间。去冬今春，王安石得了一场大病，皇帝派御医前来诊治，病愈后他上书皇帝，请求以自己的住宅连同周围自家土地捐为佛寺，皇帝钦赐额“报宁寺”，他和家人搬回城内的老宅居住。尽管对他推行的变法议论纷纭，看法不一，但朝野对王安石的道德文章充满敬佩；尽管他早已不问世事，但当政的新党人物仍视他为精神导师。因此之故，退隐后王安石在世人心目中，仍具有不可替代的影响力。苏轼非常希望能与他一晤。在常人看来，王安石无疑是他的政敌甚至仇人。当年受庆历士大夫推崇，声名鹊起时，王安石讥讽他趋炎附势；此后自己仕途受挫，王安石难辞其咎。可是，黄州五年，反思以往，苏轼变得平和了。特别是，诗案突发，风声鹤唳之际，王安石和胞弟王安礼挺身而出，积极论救，让苏轼深受感动。前不久，听到王安石捐出赐建的半山园和四周田地的消息，正为求田问舍而殚精竭虑的苏轼，觉得王安石面对权、利、色不动心的定力和境界，是自己所远不及的，对他陡然增加了几分敬意。可是，越是这样，他的自尊心越是敏感。当年，名流巨公都待自己如国士，唯独王安石讥讽他；变法初起，王安石提携了多少无名之辈，已成名流的自己等了三个月，王安石不仅没有作出重用他的任何表示，反而说他学术不正，这是苏轼心中的隐痛。更重要的是，他早就意识到了，一向自负的他，即使在欧阳修、司马光面前，从来都保持着从容自信；唯有在王安石面前，却有几分自卑。当年王安石不得已到朝廷为官，屡屡请求外放，而自己初入仕后念兹在兹的是如何才能回到京城；王安石早年多次拒入馆阁，而当年自己因得入馆阁而欣喜不已；欧阳修有意让王安石充当新一代文坛领袖，被他视如敝屣；而自己却因为有望成为欧阳修的传承人而自得、自负。当年赌气般地反对、攻击王安石，何尝没有这种自卑情绪作怪的因素。不过，如今不同了，王安石已是不问世事的退休老人，而自己在黄州几年的作品已誉满天下；《论语说》对儒家的诠释，也足以和王氏心学匹敌。可以说，已经有资格、有理由除却自卑，与王安石平起平坐了。他想让王安石认可他、尊重他。固然，王安石曾多次主动伸出和解之手，可在黄州他给王安石的门生李琮回书，希望王安石能荐扬秦观，却没有得到回应。所以他不愿主动登门拜访。到金陵的次日，江宁郡守陈睦就来陪他游蒋山，他还两次在白鹭亭柱上题诗，王安石不可能不知道他在金陵的消息。苏轼等了好几天，王安石那里毫无动静。他正是为此而烦恼。

朝云猜透了他的心思，一撇嘴道："嘁，不就是想会诗友吗，你还怕谁？"

苏轼大笑两声，向朝云一抱拳，疾步回到舱间，展纸提笔，就要赋诗。可刚要落笔，又放下了。固然，按照朝云的说法，他可以把王安石作为诗友对待，诗友往来，理当赠诗；可主动给王安石写诗，难免有讨好之嫌，有伤他的自尊心。思忖良久，想出一个折中办法，把近来所作几首无关紧要的诗文抄写一份，又写了引言："元丰七年七月十一日，舟行过金陵，亲录此数篇，呈丞相荆公，以发一笑而已，乞不示人。"写毕，命老萧送乌衣巷附近的王宅。

站在岸边，望着老萧远去的背影，苏轼自言自语道："抄给他几首诗，不能算我主动。早在密州时，他就给我寄过和诗；三年前，他还通过弟子李琮表达和解之意。所以，和解之手是他伸出的，我不过响应而已。"

“苏学士——”次日一早，苏轼刚放下饭碗，忽听岸上有人呼唤，向外一望，是一个老仆在唤他，老仆身后，有一骑着毛驴的老者，定睛一看，正是王安石。苏轼惊喜不已，来不及冠带，出舟恭迎，深揖施礼道：“轼今日敢以野服见大丞相！”

王安石洒然笑道：“呵呵，礼岂为我辈设者！”说着，翻身下驴，把缰绳丢给老仆，用手向东一指道，“老夫陪子瞻蒋山漫步。”

苏轼笑着走上前去，与王安石并肩而行，开口道：“轼近读《华严经》，内云：‘佛身充满于法界，普现一切众生前，随缘赴感靡不周，而恒处此菩提座。’这节话，还请荆公为轼开解。”这是苏轼早已准备好的话题。王安石皈依佛门后，已为《金刚经》《维摩经》作注，并对《楞严经》进行了校正，还著有《楞严经要旨》。鉴于政见不同，不便谈论时政，而禅和诗是他们共同兴趣所在，所以苏轼决定和王安石谈禅论诗。

王安石道：“子瞻听说过‘无情话’公案吗？大体就是这么个意思。”

苏轼以一笑表示自己已然理解了，又道：“后人推崇‘诗佛’王维以禅语入诗，以禅趣入诗，以禅法入诗。可我总觉得，王维以禅语作的诗并不好。只是用禅语讲道理，如同偈语。”

王安石道：“王维的禅语诗过于呆滞了。比如他的《过香积寺》诗，结语用‘制毒龙’的典故，做安禅的说教，可谓败笔。”

“甚是，甚是！”苏轼拊掌道，“不过，王维《鹿柴》诗，‘空山不见人，但闻人语响。返景入深林，复照青苔上’，写空旷、暗淡的景物，却给人淡而愈浓、近而愈远的印象，是首好禅诗！”

王安石接言道："很对。联系到他写的《山居秋暝》，'空山'显然不是空无所有的山，而是心灵的感受，显示出内心的空寂清静。"

"正是！"苏轼附和道，"王维的《辋川集》中，时时有这等绝句。诸如'涧户寂无人''夜静春山空'等。"

二人越说越投机，忘记了酷热，忘却了时间，时而倚树对谈，时而席地而坐，初见时的拘束感连同多年来的个人恩怨，都瞬间消失了，剩下的只有人之常情，历经风波后回归自然的生命。苏轼眼中的王安石，不再是令人望而生畏的宰相，而是悠悠林下、满腹经纶的一位可敬长者。他同时感觉出了，在王安石的眼里，他不再是偏激、任性、喋喋不休的批评者，而是值得推崇的一代才俊。他为彼此都以不同的方式步出了阴浊的小天地而欣慰。

"快慰平生！快慰平生！"回到船上，一见朝云的面，苏轼就兴奋道，"正好老媳妇需要诊治，在金陵多住些日子。"

朝云轻叹一声："在船上两个月了，又潮又热，幹儿这两天总哭闹。"

苏轼轻描淡写道："大热天住船上还凉快些。幹儿哭闹，你多哄哄他。"说罢，吩咐老萧："雇头驴来，明日去谒荆公。"

次日一早，苏轼就依约来到下定林寺的昭文斋。王安石已候在那里，煮好了茶。刚一坐定，王安石就道："子瞻，诵首你写的诗，我照录，送你留念。"

苏轼想了想，吟诵起初到密州时所作《雪后书北台壁二首》，这两首诗因用典生僻，至今无人读懂，王安石唱和过，但苏轼认为他未得要领，所以特意选了这两首。

王安石边听边写，脸上露出一丝笑容。写毕，指着“冻合玉楼寒起粟，光摇银海眩生花”两句道：“道家以两肩为玉楼，以眼目为银海。子瞻是用的这典故吧？”

苏轼颔首道：“荆公博学，非常人能及。”

王安石展开一张素笺向苏轼面前推了推，微微一笑道：“来而不往非礼也。老夫吟拙诗一首，子瞻抄录送我，以为留念。”说完，闭目吟诵《游钟山》：“终日看山不厌山，买山终待老山间。山花落尽山长在，山水空流山自闲。”

苏轼抄录毕，恭呈王安石，又品评道：“此首禅诗，短短二十八字之内，重复出现了八个山字。古人有诗避重字之说，荆公此诗，八用山字，既有参差，又有对称，堪称一绝。”

王安石为之莞尔，缓缓道：“缘起性空，因为性空才能缘起，无空便无有，有从空中生，山若不存，山花何在？与此同时，缘起才知性空，正是见证了山花的生生灭灭，才知山的不移不乱。”

“高论！”苏轼大赞道，“荆公‘山水空流山自闲’之句，更是绝妙。山间流水潺潺，无有尽时不明始日，但一动不如一静，流是空流，唯有闲，才是洒脱自性！”

二人由诗说到禅，由禅说到诗，滔滔不绝，兴致勃勃。累了就在斋内小憩，饿了就用斋饭，直到光线暗淡下来，才不得不分手，相约明日再聚。

第二天一早，苏轼如约而至。一进昭文斋，见多了两个年轻人，王安石引介一番后笑道：“昨日子瞻走后，我问他二人动、静二字如何解释，二人拖拖沓沓说了上百言，也未解释明白，我便说，待明日问苏子瞻。”

苏轼随口答道：“静出于动，守神为静，动静即精神。”

王安石拊掌道：“妙极！”

正说着，知江宁府陈睦贸然闯了进来，躬身施礼毕，大声道：“两大名士金陵相会，身为江宁守，不可不见证，所以不请自来了。”又道，“我当尽地主之谊，请二位名士游蒋山。”

王安石沉默不语，陈睦见状，对他抱拳一揖道：“朝廷告下，下官就要离开江宁，由王益柔接任。荆公还是给下官一个机会吧！”

跟随在陈睦身后的江宁府司理参军周穜向苏轼抱拳一揖道：“苏学士，荆公待学士一言而决。”

苏轼不忍驳了陈睦面子，转脸对王安石拱手道：“荆公，还是去吧。”王安石这才点了点头。

出了昭文斋，周穜照应王安石、苏轼上了备好的两顶肩轿，向蒋山徐徐而去。用午餐时，陈睦感叹道：“看到酒壶，想起了扬雄的《酒箴》赋，水瓶朴质有用，反而易招损害；酒壶昏沉，倒常为国器。”

王安石似是怕引起苏轼的联想，忙道：“我怀疑，扬雄因符命案受牵连跳阁自杀，是史家编造的。扬雄这等人物，怎会自杀？”

苏轼笑道：“关于扬雄，我也怀疑一件事。”

王安石问：“子瞻怀疑什么？”

苏轼故作高深道：“汉朝真有扬雄这个人吗？”

众人大笑。

游览结束，苏轼见王安石有些疲倦，想让他休息两天再聚。王安石摇摇头，约他明日还到昭文斋聚谈。苏轼求之不得，次日又如约前往。刚坐定，王安石把一叠诗稿递给他："老夫拙作，请子瞻批评。"

苏轼一看，是《寄蔡氏女子二首》，吟诵一遍，品评道："这'积李兮缟夜，崇桃兮炫昼'二句，乃《离骚》句法。自屈原、宋玉死后，一千多年无人这样写作，今荆公光大之。"

"嗯，我也觉得如此，只是从未与凡俗之辈说起过而已。"王安石欣喜道，"子瞻这样夸老夫，真是知音。"

苏轼也有棋逢对手的快慰。自熙宁初被迫出京，就没有再遇到过这样的学问高手了。像是要把这些年的损失都补偿回来似的，他不再计较行程，不是到昭文斋聚谈，就是一起出游，几乎每天都和王安石朝夕相处。不知不觉，已到了七月下旬。这天下午，苏轼正在昭文斋与王安石谈禅，忽有老萧匆匆赶来，神色慌张道："不、不好了……"

二

天还未亮，江宁外城上坊门外的一片树林里，就有两个人影在晃动。十五岁的苏迨和老萧挖好了一个南北向的方坑，手扶锹把，默默地站在方坑两边。不多时，苏轼怀抱一个包裹，步履沉重地来到方坑前，轻轻地把包裹放置在坑内，哭道："幹儿，都是阿爹造了恶业，连累你不能长大。你投生到好人家去吧！"说完，起身向苏迨和老萧一摆手，示意他们封土。

七月二十七日下午，苏轼被从昭文斋叫回，连日发烧的幼子苏遁已陷入昏迷。苏轼明知已无力回天，还是请来了两位医士，请求他们做最后的努力。延至深夜，出生十个月的苏遁停止了呼吸。苏轼为失去幼子而悲痛，更担心朝云挺不住。掩埋了幼子，他不敢停留，急忙赶回去安慰朝云。

朝云视苏遁为命根子，承受不住这沉重打击，哭得死去活来，非要一死去陪幼子，王闰之和两个女使寸步不离地守着她。待苏轼回到船上去看她时，朝云的力气已在痛哭中耗尽，像失去知觉的僵尸躺在床上。苏轼焚上一炷香，坐在她的床边，安慰道："佛说，死是往生，舍此投彼而已。譬如从麻出油，从酪出酥。你不要难过，幹儿投生到好人家去了。"

劝慰良久，朝云才喃喃道："奴活不下去了。"

苏轼忙道："以后礼佛向禅，可解脱痛苦。"

朝云虽未回应，但已被他的话所打动。她不再寻死觅活，也不再拒绝进食。苏轼松了口气，赋《哭子诗》一首，抒发心中的哀伤。过了两天，雇轿带她到清凉寺拜师礼佛。

见朝云的丧子之痛得到些许缓解，生活慢慢恢复了正常，苏轼又急不可耐地递帖拜会王安石。

王安石得知苏轼丧子，开导道："贪生怕死和厌生寻死，皆属人为造作；人为造作即丧失自性，故禅者不为也。六祖惠能知大限来临，告众僧曰：'吾灭度后，莫作世情悲泣雨泪。'死亡也是修行。故而修禅之人对生死，不可以寻常人之心待之。"

由这个话题引入，二人又谈起了佛家的生死祸福观，悟六祖惠能的偈语。见苏轼的情绪好转，王安石突然道："子瞻，有件事你应该去做。"

苏轼愣了一下，问："荆公有何吩咐？"

王安石道："欧阳文忠公作《五代史》而不重修《三国志》，实在可惜。作为文忠公最赏识的弟子，子瞻该来做这件事。"

苏轼连连摆手："作史我不内行，刘恕倒适合做此事。"

王安石没有再劝下去，感叹道："《三国志》里许多内容，该翻案，比如刘玄德对许汜的态度。"说着，拿出他写的《读蜀志》诗让苏轼阅看，但见上写着："千载纷争共一毛，可怜身世两徒劳。无人语与刘玄德，问舍求田意最高。"

苏轼愕然。《蜀志》载，汉末人许汜去看望老友陈登，陈登很冷淡，自己上大床躺下，让许汜睡下床。刘备得知此事，说许汜胸无大志，只是求田问舍，就该被冷落。还说，要是我，就要高卧百尺高楼之上，让许汜睡地下。此典常被人用来抒发忧国忧民的豪气，鄙视许汜的求田问舍。苏轼惊诧的是，一向以天下为己任的王安石，竟然为许汜翻案，而在这件事上，他与王安石不谋而合。在徐州时，他作《水调歌头》，就有"一任刘玄德，相对卧高楼"之句。欣喜之余，苏轼悟出来了，经历了人生大风大浪的王安石归于平静，更喜欢悠闲安宁的生活，所以才有此翻案诗作。也可能是，王安石听说了他求田问舍的事，故意以这首诗来宽慰乃至鼓励他。无论从哪方面说，都让苏轼感到温暖，他呵呵一笑道："不瞒荆公说，这些年我心里始终想着求田问舍。"遂把一心想买地安家的事说了一遍。

王安石笑了笑道："子瞻不妨在金陵买块地，建所宅子，然后可以安心读书治学。"

苏轼的脑海里，顿时浮现出与王安石为邻，每日在一起谈诗论禅的情形，是一幅令人向往的温馨画面。人最孤独时不是独处，而是置身芸芸众生间，因没有默契的交谈对象而不得不封闭自己的心房。所以，他乐意接受王安石的提议，着手在金陵访求田宅。

忙碌了好几天，没有找到合适的地块。正巧新任知江宁府王益柔到任了，一来就陪他游蒋山，苏轼本想托他帮忙，谁知王益柔到任只一天，就接到移知应天府的告敕，约苏轼八月十四日联舟北上，苏轼只得放弃在金陵购地的打算，去向王安石辞行。

这次，王安石在乌衣巷附近的住所接待他。用过晚膳，又邀苏轼登上一艘小船，同赏秦淮月。八月十三月未圆，却很明亮。王安石仰望长空，诵起苏轼的《水调歌头·明月几时有》。诵毕，突然问："子瞻，你在密州豪情满怀，屡以诗词表达报国之志，老夫有意接引，你因何冷淡以对？"

苏轼如实相告："因政见不和，不敢奔走门下。"

王安石摇摇头，语调低沉道："当时我有意新旧兼用，毕竟党争对国家不利。"

苏轼一惊，抱拳向王安石一揖道："荆公老成谋国，只是轼一时未能体悟荆公的一片苦心。倘若十年前轼有现在的觉悟，或许情况就不一样了。"

王安石又道:“西征受挫,对官家打击甚大。以老夫观察,官家有意造就在总体实施新法前提下弥合新旧的格局。子瞻名高,当助成此事,国家经不起党争内耗啊!”

苏轼激动道:“轼也希望有此局面。通过这些年的反思,深感当年反对新法过于意气用事;观察现实,觉得新法也有便民之处,不可一概否定。”

王安石转移了话题:“有一年我在政府,突发偏头痛,官家派人用一剂偏方,很快就治好了。子瞻长期用脑,若有头痛病,可用此偏方。”随即,把抄好的药方和调制方法递给苏轼。

苏轼心里涌上一股暖流,同时又生出无限感慨。昔日炙手可热的拗相公,经过岁月的磨砺,变成了风烛残年的蔼然长者,那么可亲、可敬。

夜渐深了,苏轼下船告辞。走出一箭远的路,回头看了一眼,王安石还站在岸边向他这里张望着。苏轼回身深揖,眼睛湿润了,脑海里构思出一首诗来:“骑驴渺渺入荒陂,想见先生未病时。劝我试求三亩宅,从公已觉十年迟。”

回到船上,王闰之交给他两封书简。一封是苏辙所寄,告知二哥他已升调绩溪令;另一封是王巩所寄,告知老友他接到了自宾州放归的告敕。两个好消息印证了王安石的判断:皇帝有意调和新旧、造就新局面。这是好兆头。他一阵激动,没有睡意,提笔给从筠州赶来湖州上任的老友滕元发修书。本想把王安石希望调和新旧的想法告知他,又恐说不清楚,只可暗示,遂写道:“某到此,时见荆公,甚喜。时诵诗说佛也。……余非面莫能尽。”

次日一早，船离秦淮河，与王益柔的官船联舟驶往长江。苏轼坐在船上，迫不及待地给王安石修书，内云：“某游门下久矣，然未尝得如此行，朝夕闻所未闻，慰幸之极。”写毕，连同“从公已觉十年迟”的诗作一并封好，只走了一程，即派老萧回返，将书简和诗作给王安石送去。

老萧驾舟而去，苏轼站在岸边，望着滔滔江水，暗暗萌生出一丝希望。

三

一艘小船在京口瓜洲渡附近停靠了一个多时辰，坐船的人却一直没有下来，两个男子在倾心交谈着。

苏轼是三天前抵达仪真的。他本来只打算在此停留一天，可真州郡守袁陟热情挽留，说仪真商贾云集，有捐资助学遗风，学舍富余，家眷可下船住进空闲的学舍里。苏轼便暂住下来。江淮荆浙诸路制置盐矾发运副使蒋之奇开司仪真，得知同年到了，设宴款待，忆起当年的黍稷之约，提出帮他牵线买地，苏轼便决定在仪真多留些时日，一来求田问舍，二来等待与滕元发会面。滕元发知开封府时被外放，辗转数州，去年因家人牵涉刑事大案，由知蒲州贬为监筠州酒税，他不断上疏诉冤，苏轼也曾代他写过诉状，拖了一年没有结果，才不得不去赴任，刚到筠州就接到起用为知湖州的告敕，遂一路东进，沿途收到苏轼约他见面的书简，加快了行程。苏轼在仪真停了半个月，接滕元发来书，约在金山寺会面。

今日一早，乘船往金山途中，滕元发已乘小舟破浪来迎，二人便在滕元发的小舟上密谈。苏轼把他在金陵与王安石的谈话大略说了一遍，又笑道："我派使介给荆公送诗，荆公竟说：'不知更几百年，方有苏子瞻这般人物！'"

"他早认识到这一点就好了。"滕元发半是遗憾半是嘲讽道。

苏轼又道："蒋之奇答应帮我在常州或仪真买地，我不想到汝州去，又担心激怒官家。达道兄替我拿个主意。"

"你把从前刻印诗文的雕版找来，公开烧毁，以此向官家表明悔罪的态度。"滕元发一脸郑重道，"然后再上表请求到常州闲居，以此试探官家。如果官家允准了，那就说明官家真如荆公所说，有消弭党争、调和新旧之意，起用你是早晚的事。"

苏轼沉默不语。虽然他承认自己对新法的攻击太意气用事，过于偏激；对朝廷以诗案责罚他也安然接受，但公开销毁书版以示悔罪的举动，未免屈辱。承认错误、接受惩罚，是君子坦荡荡的表现；公开销毁书版，就等于屈膝投降，他做不出来。沉吟良久方道："吕公著老成持重，不妨到扬州听听他的意见后再说。"

滕元发点点头，吩咐舵工起航。二人上岸，润州郡守许遵已在岸上迎候，众人欢聚一场，同游金山寺。

苏轼与金山寺住持佛印常有书简往来，此时得见，分外惊喜，游完金山寺，苏轼也就留住下来，向佛印倾诉自己的苦恼：想买地养老而不得。佛印道："子瞻当在京口与本寺田产比邻处买地，以后老衲可代为照管。"苏轼大喜，游蒜山时，见山在江上，江面风帆可尽收眼底，颇似黄州临皋亭，有意在此筑屋卜居，忙赋诗送佛印云:“蒜山幸有闲田地,招此无家一房客。”

在京口盘桓了三四天,买地筑屋事没有谈成,苏轼辞别佛印,回仪真找蒋之奇问消息。蒋之奇尚未觅得合适的庄园,但为他在仪真街面找到一处门面房。苏轼到现场查看后,付款买下,用于出租。

回到住处,忽见秦观在候。秦观因屡试不中,很苦闷,听到苏轼在仪真,特持近作多首从高邮赶来拜谒。苏轼安慰秦观良久,见他仍眉头紧锁,不能释怀,遂道:“我将大作寄荆公,请他荐扬,或可有转机。”说着,提笔写道:“轼顿首再拜特进大观文相公执事。近者经由,屡获请见,存抚教诲,恩意甚厚。别来切计台候万福。轼始欲买田金陵,庶几得陪杖履,老于钟山之下。既已不遂,今来仪真……向屡言高邮进士秦观太虚,公亦粗知其人,今得其诗文数十首,拜呈。……愿公少借齿牙,使增重于世,其他无所望也。”

封发了书简,正与秦观对饮,蒋之奇派使者来告:宜兴曹姓地主有意出售庄园。苏轼甚喜,放弃了在仪真买地的打算,次日即启程赶往常州,留家眷在此等候,只带次子苏迨和家仆老萧赶往宜兴。外甥女婿单锡的侄子带苏轼与曹姓卖主接洽,受到曹家款待,买下了曹家二百余亩田地。苏轼算了算,觉得还是不够,又由闸口永定里邵民瞻牵线,在塘头买得另一处带有住宅的田庄。他嫌房屋不够一大家人居住,又在蜀山购得几亩官地,以备筑堂。

终于买到了每年可收获七八百石粮食的田地,还有可供居住的房屋,苏轼很高兴,在宜兴令的宴席上,提笔写下《楚颂》:“吾来阳羡，船入荆溪，意思豁然，如惬平生之欲。逝将归老，殆是前缘……”

“前缘？”县令李去盈好奇地问，“苏团练何出此言？”

“别提啦！”苏轼笑道，“当年自密州西行，路过郓州，差一点在汶水买地；守徐州时，想在泗水岸边的尔家川买地；到黄州开始想买柯氏园，后又到沙湖看地，友人还推荐到车湖、荆南头湖庄子、定襄胡家田；到江宁，荆公邀我金陵买地；在京口，想在蒜山买地；在仪真，更是看了许多地。可偏偏在宜兴买到了地，这是不是缘？”喝了口茶，又补充道，“对了，还不止这些呢！范镇老前辈知我在江南求田问舍，来书要我到许州买地，我写诗给他说，那地方达官贵人太多，周旋不起；刚放归京城的好友王巩也来书，要我在扬州买地，我写诗知会他，扬州是好，可非适合我居住之地。”

众人都笑了。笑他买地的曲折，也笑他太易冲动。

在宜兴盘桓了一个月，苏轼才回常州与家眷会合，直发扬州。醉意朦胧中，闭目想象今后隐居宜兴的日子，湖州隐士贾收和他的美艳侍妾双荷叶的身影，不期然闪现在眼前。多年来，他常常修书给湖州为官的朋友关照贾收，前不久又特意向滕元发一再托付，不知他现在的日子过得如何？一想到双荷叶那么美丽可爱，总是跟着贾收受苦，他心里很不是滋味，遂提笔画了一幅怪石古木画寄贾收，修书云：“念贾处士贫甚，无以慰其意，乃为作怪石古木一纸。每遇饥时，辄一开看，饱人否？莫若吴兴有好事者，能为君月致米三石、酒三斗、终君之世者，当便以赠之。不尔，可令双荷叶收掌，须添丁长，以付之也。”想象着双荷叶那顾盼生波的眼睛看到这幅画时的情形，他兀自笑了起来。

船近扬州，苏轼心里七上八下。地买好了，可要不要奏请由汝州改常州的事，他踌躇难决；他想听听吕公著的意见，可吕公著会不会帮他拿主意，却在未知中。他了解吕公著的为人。此公乃仁宗朝名相吕夷简第三子，因关涉陈世儒杀母案，由宰执大臣外放，时下以资政殿大学士知扬州。他为人谨慎，对人对事，一向不轻易表态。苏轼当年在京城时虽与他有过交往，但毕竟交情不深。所以，下船后规规矩矩，按礼数先投帖请谒。

上午投帖，次日接到吕公著回帖，邀他午时到官舍见面。

苏轼如约来到州署官舍，两人见过礼，吕公著请苏轼赴宴。他面无表情，沉默不语，只是让几名官妓歌舞陪酒。苏轼拘谨地喝了几盏酒，伏在桌上打起盹来。吕公著向官妓使了个眼色，几名官妓围在苏轼跟前大声齐唱："夜寒斗觉罗衣薄。"苏轼蓦然惊醒，茫然问："夜来走却罗医博？"众官妓哄然大笑。吕公著起身，苏轼跟着他来到后圃。一个官妓手持团扇走过来，请苏轼题诗。苏轼唤着吕公著的爵位道："申公看……"吕公著驻足不语，苏轼只得提笔在团扇上赋《广陵后园题申公扇子》一首，官妓喜滋滋地拿给吕公著看，吕公著一言不发，策杖缓行。

"申公，轼……"苏轼鼓足勇气道，"轼家贫，连去汝州的盘缠都没有了，全家又都生了重病，幼子已夭。便是去了汝州，那里无田地可养家，幸而常州有几亩地可种……"他紧张地咳了几声，这才说出了请求："故而想上表乞常州居住，不知申公以为妥否？"

"子瞻是何时接到移汝告敕的？"吕公著转过身问。

“四月初。”苏轼答。

吕公著问：“半年过去了，你不去汝州，在江南到处跑，意欲何为？”

苏轼一惊，解释道：“求田问舍，所以……”

“那就是了。”吕公著打断他道，“既然买地江南，就乞居江南嘛，这样拖着，不怕引起非议吗？”

苏轼躬身道：“多谢申公，轼受教！”

四

泗州地处淮河下游，汴河之口，为南北交通要冲，有水陆都会之称。元丰七年十二月十八日晚上，苏轼正在船舱灯下小声诵读刚写成的《如梦令》小词，忽听岸上传来唤他的声音：“苏团练——”声音越来越大，越来越急。他听出来了，是泗州郡守刘士彦的声音。郡守大黑天跑来岸边焦急喊他，必是有急事，苏轼忙披上棉斗篷，迎了出来。

“苏团练，我求你啦！我这顶乌纱帽，就攥在你手里了！”一见苏轼的面，刘士彦一脸苦楚，连连作揖道。

苏轼愣住了，不知道发生了什么，茫然地看着刘士彦。

在扬州谒吕公著后，苏轼于十月十九日上《乞常州居住状》，把自己写得凄惨无比，乞求皇帝允许他闲居常州，稍获全济。既已上表请求不去汝州，他便在扬州等候消息。等了一个多月，寂无声息，他只得顺运河北上。在高邮，秦观殷勤接待，留住多日，诗词唱和。行之泗州，水路结冰，通航不畅，苏轼便泊船在此，一边休息，一边打探来自京城的消息。泗州郡守刘士彦热情款待，昨日陪他游览了都梁山，苏轼有些疲劳，加之明日就是他的五十大寿，今日便到雍熙塔下的浴池洗澡，回到船上，即兴作两曲《如梦令》，描述洗澡情形，自己觉得有趣，正吟诵间，刘士彦突然找来了，听他那番话，似乎发生了令人恐惧的大事。

“苏团练哪，昨日游南山归来，你是不是填了《行香子》?”刘士彦哭丧着脸问。

苏轼一脸狐疑问:“有不妥之处?”说着，吟诵了一遍:“北望平川，野水荒弯。……望长桥上，灯火乱，使君还。”

刘士彦顿足道:“哎哟，苏团练，你名满天下，此词一出，很快就会传到京城。可苏团练有所不知。朝廷有律:泗州夜过长桥者，徒二年。你词中说我在灯火乱中过长桥，这不是说我知法犯法吗?”

原来如此！苏轼大笑道:“我一生罪过多了，随便一开口，罪责都不止两年徒刑。”说着，拍了拍刘士彦的肩膀，安慰道，“太守放心，词稿我藏好，不外传。万一有人来问，我就说那是我的想象，郡守并未夜过长桥。”

刘士彦这才舒了口气，拱手告辞。望着他的背影，苏轼暗笑，自语道:“一州之长，这么胆小怕事。”又一想，此公敬畏律法如此，相比之下，自己可谓胆大包天、疏狂至极了，难怪前有台狱之劫，现在又进退失据，不知所往。

“切莫张罗庆寿事!”回到船上，苏轼大声嘱咐王闰之道。男人生日，过九不过十，王闰之正张罗为他庆五十大寿，一听这话，吃了一惊。苏轼解释道："朝廷不回复乞状，不是好兆头，哪有心思贺寿！"

五十大寿生日，就这样无声无息地过去了。随后几天里，他不时到码头或驿馆走走，希望打探到一点消息。

腊月二十四是立春日，郡守刘士彦来邀，再游南山。午间来到祥符观，道长为二人煮了一壶清茶，又端上山间嫩绿的蓼芽蒿笋制成的春盘素菜。苏轼望着窗外细雨蒙蒙，淡烟疏柳的景色，感叹道："清雅恬适之乐，最有味道！"说罢，提笔赋《浣溪沙》一曲，内云："雪沫乳花浮午盏，蓼茸蒿笋试春盘，人间有味是清欢。"

刘士彦拊掌赞叹："这'人间有味是清欢'一语，堪称名句！"

到了山下，临分手时，刘士彦才悄悄告诉苏轼："我听到有北来客人议论说，苏团练的乞状，在银台通进司那里压下了，说是文中有些瑕疵，不便上呈。"

苏轼心里"咯噔"一声。回到船上，独坐舱间沉思：有司拘执文书瑕疵，不肯上奏，必是揣摩上意，怕官家责怪。由此推测，今上到底是不肯谅解了。他用力一拍几案，自语道："去汝州，不信会困死那里！"

可是，睡一夜起来，他又改变了主意。吕公著一向持重，富有经验，既然他认为可以上乞状，说明此事还有余地，何必自己难为自己呢？这样一想，提笔再写乞状，内云："臣漂流弃物，枯槁余生，泣血书词，呼天请命。……自离黄州，风涛惊恐，举家重病，一子丧亡。今虽已至泗州，而赀用罄竭，去汝尚远，难于陆行。无屋可居，无田可食，二十余口，不知所归，饥寒之忧，近在朝夕。与其强颜忍耻，干求于众人；不若归命投诚，控告于君父。”写毕，命老萧雇马赶往京城，直接到进奏院投递。

忐忑不安中迎来了除夕，天上飘着雪花，船舱里阴冷潮湿。一家人坐下来吃饭，朝云思念亡子，垂泪不愿进食；十三岁的苏过不适应船上过年的冷清，总是噘着嘴；王闰之不时念叨苏迈一家。苏轼心里烦闷，喝了两盏酒，放下碗筷，策杖出了船舱，到岸边漫步散心。不多时，忽见对岸有艘官船，灯火通明，照出一叶小舟向这边驶来，远远就喊：“苏学士——”苏轼一惊，应了一声。小舟驶到，一男子跳到岸上，对苏轼躬身道：“我家主人得知苏学士在此，命小的给送来些礼物。”说着，反身从小舟上搬下两个食盒，挑在肩上。

苏轼一看名刺，是提举淮南东路常平黄寔。他是章惇的外甥、苏辙的亲家。想不到寂寞冷清的除夕有人雪中送炭。他露出笑容，忙带来人回到船上，大声道：“子由的亲家黄提举，送好吃的来了！”打开食盒一看，有扬州厨酿二樽、雍酥一奁。他拿起一块雍酥递给苏过，兴奋道：“快尝尝！”又一手抓一块，递给王闰之和朝云：“都尝尝，尝尝！”家人吃着香甜的雍酥，船舱里响起了欢笑声。黄寔的仆从要告辞，苏轼没有礼物回赠，提笔赋《泗州除夜雪中黄师是送酥酒二首》相赠。有了黄寔送的酒食，这个年总算过得有了点喜气。他在乞状中已奏报皇帝，要到南都去等候朝旨，遂于正月初四启程北上。

船过灵璧，忽有州校持徐州郡守贺铸的一首诗来见。苏轼展开一看，诗题下注云：“盼盼马氏，善书，染死葬南台，即凤凰原也。生赋诗十篇，因和其一，甲子四月望。”他“啊”了一声，忙问原委。州校按照贺太守的交代，禀报了一通：元丰五年，马盼盼因思念苏轼而染病，赋诗有“行不得也哥哥”之句。痴情无由传达，挨了一年多，于几个月前去世。苏轼听罢，潸然泪下，心中涌上几分内疚。马盼盼无燕子楼专房，却与关盼盼一样忧郁而死，实在可怜。

站在甲板上的苏过听到“徐州”二字，眼睛一亮。那是他最早记事的地方，很想去看看，便跑过去央求父亲道：“阿爹，到徐州看看好不好？”

苏轼摇摇头，抚摸着他的脑袋，声音低沉道：“都是阿爹的错！”

五

元丰八年三月初一，朝廷告下南都：“苏轼仍以检校尚书水部员外郎、黄州团练副使，常州居住，不得签书公事。”苏轼一阵激动，提笔赋《满庭芳》，内云：“船头转，长风万里，归马驻平坡。……群仙笑我，千缕挂烟蓑。”写毕，拿去吟诵给张方平听。

张方平沉吟片刻，语调平静道：“子瞻，不必急着走，再等等看。”

苏轼愣了一下。自正月初四离泗州，到南都后，一家二十口人就住进了张方平府上。张方平患眼疾几近失明，与苏轼每天谈些神仙鬼神、修炼养生的话题，又让自家所聘医士为苏轼治眼病。住进张府近两个月了，苏轼早就坐卧不安了，告敕已下，张方平还要留他，苏轼不解，拱手道："轼还是早日去常州吧。"

张方平摇手道："子瞻不要急，再住些日子。"

苏轼从张方平的神态，觉察出他的挽留似有深意，也就安心住了下来。一块石头落了地，心里格外踏实，遂赋《春日》以纪："鸣鸠乳燕寂无声，日射西窗泼眼明。午醉醒来无一事，只将春睡赏春晴。"

这天，苏轼正悠闲地在花园散步，门公带一个人进来了。是徐州商人梁先，路过南都，听说苏轼要到常州去，特来拜访，送程仪绢十匹、丝一百两。苏轼不收，梁先作揖道："当年洪水围城，若不是苏太守，哪有我今天？表达点心意，不收就是看不起我辈商贾。"苏轼只得收下，梁先才高高兴兴地辞去。

过了几天，又有禹州书生李廌来访。他赴京赶考，省试不中，无缘参加三月举行的殿试，听说苏轼在南都，特来谒见。李廌前年曾专程去黄州拜谒，苏轼方知他和李廌之父李惇是同年，可惜李惇不幸早逝了；又读李廌文章，笔墨翻澜，有飞沙走石之势，甚为欣赏。今日一见，问及近况，李廌道："家祖母、前母、生母和先君的棺柩，皆悬而未葬。恁便怎么贫困，晚生也不敢沮丧，然四丧未举，真是死不瞑目。"

苏轼听罢，眼圈红了，提笔作《李宪仲哀词并叙》，内云："推衣助孝子，一溉滋汤旱。谁能脱左骖，大事不可缓。"写毕，叫着李廌的字道："方叔，有此哀辞，认识令尊的仁者，必解囊相助。"说完，又把梁先所送程仪转送李廌："我家无余赀，权且以此带头响应自己的呼吁。"又嘱他不要灰心，务必参加下科考试，入仕途以养家糊口。

送走李廌，苏轼情绪陡然低落下来。原来只有一个期盼，就是朝廷允许他到常州闲住；可此时一想到"不得签书公事"一语，心里就隐隐作痛。想到当年的奋励当世之志，再看反对新法的朋友李常、孙觉、刘恕等，都一一起复，唯独自己被弃之不用，他心里不禁涌上一股悲凉。看来，皇帝到底是不肯宽恕了！皇帝才三十八岁，意志坚定，不会改弦易辙，还是不要再等下去了吧！这样想着，起身去见张方平。刚进张方平的书房，忽见知应天府王益柔神色肃穆赶来了，抱拳向上一举道："皇上、皇上驾崩了！"

"啊！"苏轼惊叫一声。

张方平缓缓道："正月里立太子之举，已是不祥之兆。所以，这个消息不意外。"

苏轼恍然大悟：难怪张方平要他不急于走，原来如此！

王益柔忧心忡忡道："太子才九岁，遵遗诏权且处理军国政事的太皇太后是英宗皇后，多年闲居深宫，缺乏治国……"

张方平夸张地咳了一声，打断了他。

王益柔一向以敢言著称，不顾张方平暗示，继续议论道："太皇太后当年就反对变法，朝政必有大变。"

张方平叫着他的字道："胜之，甫闻国丧，要办的事情很多，你还有心闲谈？"王益柔这才躬身告辞。

"子瞻，不要说话，静观其变！"张方平叮嘱道。又一指自己的眼睛:“老夫失明,你代写一篇《先皇帝功德疏》上奏。”

直到从张方平书房出来,苏轼尚未从震惊中缓过神儿来。自入仕以来,先后经历了仁宗、英宗之死,当时也没有感觉到与自己有什么直接关系。唯独这一次,深感皇帝的死,与个人的命运紧紧联系到了一起。先帝在位十八年,宵衣旰食、励精图治,正值壮年,却突然辞世,固然令人惋惜;可回顾这十八年国家和他自己的经历,痛惜之意便渐渐消退了。他第一次如此清晰地意识到,皇帝也是人,活生生的生命个体。原以为自己没有出头之日了,可随着先帝的死,机会也就随之而来。这样想着,不由生出些许快意,提笔给王巩修书:“先帝升遐,天下所共哀慕。而不肖与公,蒙恩尤深。固宜作挽,少陈万一。然有所不敢者耳,必深察此意。无状罪废,众欲置之死,而先帝独哀之。而今而后,谁复出我于沟渎者?归耕没齿而已矣。”读了一遍,不禁暗笑。说他和王巩“蒙恩尤深”,显系反话。谁都知道他们二人一个被放逐黄州、一个被放逐岭南,九死一生;“谁复出我于沟渎者”一语,表达的正是对先帝将其弃之于沟壑的幽怨。他反复读了几遍,觉得这些反话说出来,宣泄了自己的情绪,别人也抓不住什么把柄,遂封发了,顿觉轻松,仿佛一道枷锁,哗啦一下从他脖颈上解去了。

新旧交替的国丧期,京城忙着为先帝治丧、新皇帝登基,群臣为先帝上庙号神宗;改明年为元祐元年;司马光上万言疏,要求废除新法,恢复旧制,诏司马光知陈州等,各种消息满天飞。苏轼清闲无事,给潘大临修书,问他省试成绩如何;去在杭州时结识的王廷老家赏画赋诗,又作《荐诚禅院五百罗汉记》,打发时光。这天,徐州士子陈师道来谒，苏轼兴致勃勃地陪他游览南都名胜，路遇一队骆驼，苏轼追着驼队走了好久，感慨道："在南方多年，没有见到骆驼，听到驼铃声，真是亲切啊！"

陈师道一笑道："用不了多久，先生就可以常常听到驼铃声了。"

六

四月中旬的扬州，水碧柳绿，花红鱼鲜。大行皇帝丧期未过，扬州郡守吕公著不便设宴，特意请苏轼在官舍品尝河豚。苏轼正吃得津津有味，吕公著开口道："子瞻，河豚不能白吃。"

苏轼未接话，待把一只河豚吃完，一抹嘴道："笔墨侍候！"两个官妓麻利地展纸研墨，苏轼挥笔写道："竹外桃花三两枝，春江水暖鸭先知。蒌蒿满地芦芽短，正是河豚欲上时。"

吕公著阅罢，摇头道："作诗不算。"

苏轼正要问，一个官妓依偎过来，娇滴滴道："这'春江水暖鸭先知'一句，真真令人叫绝！不知苏大才子是如何想出来的？"

苏轼一本正经道："哦，你不知道吧，我通鸟兽语呢，是江里的鸭子告诉我的呀！"说完，放声大笑。

半个多月前，虑及朝廷已颁敕批准他常州闲住，一直滞留南都恐遭非议，苏轼便带家眷南下了。临行前，张方平托他带上《禅月罗汉》十六轴，择合适的寺庙施舍。三天后到灵璧，苏轼让人将《禅月罗汉》带给徐州开元寺住持法明长老，嘱他为马盼盼超度，了却了一桩心病。过高邮，又听到秦观进士及第的消息，高兴得连喝了三盏酒。一路上不断与人书简往来，诗词唱和，心情大好。到扬州后，吕公著得到消息，主动邀他到住所晤谈，态度比上次见面时亲和了许多。政治气候的转暖，恰恰是他这个被放逐的罪官最先感受得到的，所以才会有"春江水暖鸭先知"之句。他不能把这个秘密公开，就只能以戏谑之语搪塞了。

用罢午饭，吕公著带苏轼转往书房，压低声音道："太皇太后已派内侍来密告，即召老夫回朝。"这是苏轼能够预料得到的，倒是一向谨慎的吕公著为何把这个重大机密说给他听，让苏轼有些疑惑。吕公著微微一笑道："时下需要有论治道的进言上呈，特请子瞻代笔。"

苏轼瞪大眼睛道："此即新朝政纲，轼何敢置喙？"

吕公著不语，向书案一摆脑袋，起身出去了。苏轼提起笔，重重地吐了口气，庄严感油然而生。几个月前来扬州时还是漂泊无归的戴罪之身，提笔所写的是戚戚哀哀的乞状；仅仅过了几个月，却是下笔起草新朝政纲，真是恍如隔世啊！边沾墨汁边构思着，在"论治道"总题下，分《道德论》和《刑政论》两篇。前者还是他当年谏阻变法时所持之论，国家存亡，在道德之浅深，不在乎强与弱；朝代长短，在风俗之薄厚，不在乎富与贫。要旨是希望放弃富国强兵国策。《刑政论》提出君王当"临下以简，御众以宽"。晚饭前，两文写成，呈吕公著过目，吕公著未置可否，神神秘秘道："扬州乃交通孔道，消息灵通，子瞻不必急于去常州。"

苏轼明白吕公著的意思，便留在扬州，等待着京城的消息。

这天早上，他正要出门，一年轻人风尘仆仆来访，是王巩派来报信的，告知苏轼，朝廷即将起用他。

“这是真的吗?”苏轼问，眼睛里放射出惊喜的光芒。

七

扬州东门外月明桥北的竹西寺，由隋宫改建，自唐以来，就是诗人流连之处。元丰八年五月初一这天，苏轼接到王巩送来的消息，难抑激动，下船入城，叫上当地友人杜介，到竹西寺游览。

一进山门，苏轼就兴奋地索笔墨，赋诗一首:“十年归梦寄西风，此去真为田舍翁。剩觅蜀冈新井水，要携乡味过江东。”游览了一个时辰，在寺中僧楼小憩。藤席瓦枕，甚为清凉，又勾起了诗兴，提笔赋诗，内云:“暂借藤床与瓦枕，莫教辜负竹风凉。”藤席上打了一个盹，顿觉身心舒泰，策杖回城，刚到山门外，老萧送来一简，是宜兴外甥女婿单锡所写，禀报他冬春虽有干旱，但春末雨水多起来，今秋会获丰收，要他宽心。苏轼大笑，返回寺内，赋诗一首:“山寺归来闻好语，野花啼鸟亦忻然。此生已觉都无事，今岁仍逢大有年。”

“此何时，子瞻‘闻好语’而‘忻然’，不怕引起误会?”杜介提醒道。

苏轼想了想，索性把三首诗合在一起，冠以《归宜兴留题竹西寺》之名，又把最后一首变为“此生已觉都无事，今岁仍逢大有年。山寺归来闻好语，野花啼鸟亦忻然”，一并题写在僧舍墙壁上。题毕，一指道：“怎么样？我敢题壁，说明心里没有鬼。”

杜介摇着头，不再说话。

当夜，苏轼躺在船舱里，辗转难眠。黄州五载，以为自己已经解脱了，因何听到被起用的消息，还是这样兴奋？到底是出来做官好还是悠游江南好？考虑了半夜，还是没有理出头绪。忽然想到一江之隔的金山寺住持佛印，何不找他一谈，遂题诗一首：“稽首天中天，毫光照大千。八风吹不动，端坐紫金莲。”一大早就吩咐书童过江送佛印。

午间，书童回来了，交给苏轼一封书简。苏轼满心欢喜，急忙打开来看，阅罢，怒气冲冲道：“备船，我要找佛印问个明白！”

小舟过了江，尚未靠岸，就见佛印已出迎。苏轼跳下船，劈头就问：“和尚，为何羞辱我？”

书童带回的佛印回书，是在他送去的诗稿背面批注的两个字：“狗屁！”文雅人从不会使用“屁”字，而是以出虚恭或泄气代之，佛印身为高僧，居然鄙俗如此，令苏轼大为恼火。

佛印见苏轼一脸怒容，故意问：“此话怎讲？”

苏轼拿出诗稿，用力抖了几下，指着“狗屁”二字道，“污言秽语，不堪入目！”

佛印讥道：“居士满腹经纶，以《大智度论》中所列‘称、讥、毁、誉、利、衰、苦、乐”这影响人的八种情绪为八风，号称‘八风吹不动’，真是了不得啊！可是，怎么一个‘屁’字，你就怒气冲冲过江来了呢？我送你两句诗：八风吹不动，一屁过江来！”

苏轼听罢，哈哈大笑，擦着笑出的眼泪道：“我说大话了，修炼不够，修炼不够。”

佛印收敛了笑容，郑重道：“患得患失之人，何谈修炼？东坡居士号称超然洒脱，要学陶渊明唱着归去来兮躬耕田园，实际上呢？既然自己乞请到常州闲住，朝廷也批准了，照理说该迫不及待欣欣然赶过去，可你为何不去，反而久留扬州呢？”

“这……”苏轼语塞，面颊发烧，向佛印一揖道：“正要找高僧求教。”说完，上前拉住佛印的僧袍，往金山寺走。

二人来到佛印的静室，苏轼请他说禅，以便使心情平静下来。听了不到两刻钟，他突然大发感慨：“人是很可怜的，常常为虚名薄利忙碌不停，实在不值得。名利得失，自有因缘，失者未必弱，得者未必强。就拿我来说，赶紧趁着闲散之身未老之时，抛开束缚，放纵自我，逍遥自在，才是正道。细细想来，人一生要有一半日子被忧愁困扰，与其再入官场，一天到晚拼命地说短道长，倒不如闲居江南，面对清风皓月，以青苔为席，以白云作帐，潇洒度日，喝千盏美酒，唱一曲《满庭芳》！”说着，挥笔赋《满庭芳》一曲。

佛印微微一笑：“子瞻要在江南高唱《满庭芳》？我看你是在为出仕还是归隐而纠结。”

“不纠结！”苏轼断然道，“悠游江南，躬耕阳羡，做野人。”

“苏太守——”门外有人唤道。苏轼出去一看，是吕公著派来的扬州州校，奉命来告知苏轼一个消息：朝廷授其朝奉郎、知登州的告敕已颁下，正在送往常州途中。

“哎呀，糟了！”苏轼惊叫道，“朝廷三月告下，准我到常州闲住，我到常州后照例该上谢表。可我迄未到常州，也未写谢表，岂不是罪过吗?”说着,抹了把汗,起身快步往外走。

佛印追到岸边,笑道:“子瞻,你是不纠结了,但不是要在江南唱《满庭芳》。”

苏轼大笑着,抱拳向佛印一晃,撩起长衫,脚步轻快地跳上船去。

第二十章　不合时宜

一

冒雪踏进王巩家门的那一刻，苏轼就在酝酿情绪，定要和王巩抱头痛哭一场。

“子瞻，子瞻!”站在院中迎候的王巩满面笑容，一见苏轼进来，就大声呼唤，上前拉住他的手，并肩进了他的书房清虚堂。边示意苏轼入座，边笑着问，“听说有‘东坡赴任，殆似小儿逃学’之言?”

今年五月，听到朝廷要起用他的消息，苏轼把家眷安置到仪真，只带老萧赶往宜兴，为朝廷允许他闲住常州上谢表。两天后就接到了知登州的告敕，却盘桓了一个月才离开宜兴，路过润州、扬州，又停留多日，到仪真接上家眷，一路上游山玩水，访贤会友，诗词唱和，经楚州、海州过密州，直到十月十五日才到达登州，友人戏称他赴任“犹如小儿逃学”。故王巩才这样问他。

苏轼听罢，露出一丝笑容。

“都安顿好了吧?”王巩又问。

苏轼点头。就在他游山玩水赴登州途中，宰相吕公著举荐孙觉、李常、苏辙等六人；副相司马光举荐李常、孙觉、苏轼、苏辙等十四人。苏轼上任仅五天，就接到了提调朝廷任礼部郎中的告敕。他又在登州盘桓了一个月，终于目睹了海市蜃楼奇观，这才启程，于腊月中旬抵开封，住进了马梦得在内城阊阖门外白家巷为他租好的一座大宅里。到京后，他听到一个悲伤的消息：王巩流放岭南三年间，幼子夭于贬所，留在家中的一个儿子也殇了。几年来与王巩书简往来不断，却从未听他提起过，苏轼的负罪感陡然增加了一层。安顿下来，第一个要拜访的，就是王巩。

一个女子上前斟茶。苏轼眼前一亮。女子眉目娟丽，微笑着注视他。苏轼问："你是定国的歌儿柔奴吗？"他记得当年赴任杭州通判前，王巩买了一个名叫宇文柔奴的歌姬，不仅会做点心、写诗，还能自创歌曲。可从小生活在京城的女子，陪王巩去岭南，经烟瘴之地的三年风霜侵袭，万里归来，却没有任何粗糙、衰萎之相，笑容里分明焕发出一股青春气息，身上仿佛还带着岭南梅花般的芳香，令苏轼大为惊诧。他想象，一向锦衣玉食的宰相之后王巩，遭此大难，一定憔悴不堪；谁知一见面，依然如玉雕般丰神俊朗，看不出一点落难痕迹；柔奴的脸上，也没有丝毫沧桑感。苏轼觉得这是一个谜，急于破解，遂问柔奴："岭南穷山恶水，离乡背井，这些年吃了许多苦吧？"

柔奴淡然一笑："此心安处是吾乡。"

苏轼仿佛被雷击了一下，猛地向后仰了下身子，嘴巴张了张，竟说不出话来。白居易曾有"我生本无乡，心安是归处"之句；柔奴的"此心安处是吾乡",意境要在白居易之上。一个娇柔细弱的女子,说出如此智慧、豁达之言,令人震撼。他顿时找到了谜底,感叹道:"定国,我羡慕你,上天怜惜你,赠予你如此柔美聪慧的佳人与你相伴。所以能够真正做到随遇而安,不被苦难所摧折。"说着,大喊一声,"拿笔来!"

柔奴正在用铁钳轻轻拨弄火盆里的炭火,听到苏轼索笔,麻利地备好了笔墨纸砚,苏轼略一思忖,挥笔赋《定风波》:

> 常羡人间琢玉郎,天教分付点酥娘。……试问岭南应不好?却道:此心安处是吾乡。

写毕,他畅出了口气,先前要与王巩抱头痛哭的想法,被这一口气吹散了,露出轻松欢快的笑容。

二人叙了契阔,话题转到了王诜身上。这些年,王诜给苏轼很多资助,又馈赠不少名贵礼物,结果反倒被连累,苏轼对他同样心怀愧疚,很想当面向他致歉,便问王巩:"听说晋卿也回京了,很想去看看他,不知合适否?"

诗案中,王诜受追夺两秩、宣告停废处分;因公主庇护,得以留在京城。不久公主染病卧床,有女使在旁侍候,王诜一时冲动,竟当着公主的面与女使交欢。女使背后说公主装病,王诜不但不制止,还随声应和。别的女使将此事告发。神宗盛怒之下,把与王诜交欢的女使发配,又下旨将王诜流放均州。可公主对王诜爱意不绝,病危之际,对前来探病的皇兄说,只有驸马回来,她的病才能好。神宗只好将王诜召回。不料王诜尚未到京，公主就去世了，神宗移怒王诜，褫夺他驸马都尉名号，勒令他仍到均州闲住。新皇登基后，太皇太后顾念亡女对王诜感情深厚，下旨将他赦回，复驸马都尉，前几天刚回京。王巩一听苏轼要去看他，忙摇头道："结交臣僚本是他的一桩罪，还是不要去了吧，让他安静点为好。"

"我就不安静，你拿我怎样？"

王巩、苏轼抬头一看，王诜突然出现在清虚堂门口。他听说苏轼到京了，派人去探访，得知他来访王巩，便悄悄赶来了，不许门公通禀，径直来到清虚堂外，听到二人正在说他，晃着肩膀闯了进来。

"晋卿！晋卿！"苏轼起身，拉住王诜的手连声唤道，却一时不知该说什么好。柔奴忙上前为王诜看座、斟茶。三人围炉而坐，闲谈了片刻，苏轼、王巩你一言我一语劝起王诜来，神宗和长公主都去世了，太皇太后一定很伤心，劝王诜不要惹岳母生气云云。

"别光劝我了，你以后也得长个心眼啦！"王诜指着苏轼道，"这些年，李清臣和王珪，私下里不少给你作梗。前不久王珪去世，他的一位门客偷偷告诉我不少这方面的事。"

苏轼两眼发直，口中喃喃道："原来如此，明白了！"

"也不必放心上吧？"王诜劝道，"一大把年纪了，以后为人处世不要太冲动就是了。"说着，提高声调道，"定国，拿好酒来！"

喝了几盏酒，苏轼怕被王诜灌醉，急忙起身告辞。刚进白家巷，就见马梦得正在巷子里焦急地张望，一见苏轼回来，忙上前牵住马缰绳，禀报道："李清臣正在客厅候着。"

李清臣以堂堂副相，降尊纡贵登门拜访，让苏轼感到意外。仔细一想，又觉在情理之中。自从他被起用以来，从未联系过的一些同年、同乡，稍有渊源者，纷纷来书致贺。到京后更是访客盈门，应接不暇。这就是世态啊！更何况，李清臣心虚，所以才主动登门，探探口风，联络一下感情。临到家门口时，苏轼突然紧张起来，手心出汗，不知该如何面对李清臣。暗忖：要是没有发生过王诜说的事多好。在首门外徘徊了一阵，顿足道："是他对不起你，你为何紧张？"说完，吐了口气，挺了挺胸，迈步进了院子。

"哎呀，子瞻，子瞻！"李清臣听到动静，迎了出来，亲热地唤着，"这些年，无一日不思念你啊！"

"是吗？"苏轼冷笑道，"我到黄州给你投简，怎未收到回书？"

李清臣愣了一下，像是在回忆，拍拍脑门道："有这事？那一定是寄丢了。"

"已经无所谓了。"苏轼说着，向他一拱手道，"你一心想娶孙三小姐，我当时觉得几无可能。可先是韩氏夫人故去；接着是孙洙暴卒，邦直终得如愿。你想入玉堂、登政府，王珪老相公大力提携，一一实现，我得恭喜你啊，邦直老友！"

李清臣听出话音不对，抱拳向苏轼一晃道："我也恭喜子瞻！如今你终于回朝了，不自量力与你争夺文章宗伯地位的王珪死了，你就是欧阳修再世，下一步，苏子瞻既是文章宗伯，又是执政大臣。"

苏轼摆手道："我都做不得。因为眼拙，分不清好坏人。"

李清臣沉默了片刻，踮脚把脸凑到苏轼耳边，低声道："蔡确、章惇、韩缜、张璪这些新党人物，势必被逐；司马光、吕公著都已年迈，该由你和子由我们几个好友联手执政了。”他一掀苏轼花白的长须，“年过半百，终于等到了遇合，机不可失啊！”

“那就等着吧，等子由到了再说。”苏轼意味深长道。

二

垂拱殿里，低垂的纱帘后，少年皇帝和太皇太后分左右端坐。宰相吕公著、司马光、韩缜，枢密使章惇，副相张璪、李清臣等列班毕。章惇宣读熙河路急报：西夏军队突然出兵攻占安疆寨，熙河路守臣急请朝廷示战守之策。听完章惇奏报，太皇太后道：“此事关乎对夏战略，特召卿等商议。”

一听关涉战守大事，坐在殿角的苏轼顿时紧张起来。他去年腊月抵京，尚未到礼部办事，就接到任为起居舍人的告敕。起居舍人职掌宫廷记注和皇帝机要事宜。由贬谪罪官接连得到提升，苏轼生恐引起非议，便谒见时任首相蔡确，荐友人林希自代，蔡确不允，劝苏轼接受。苏轼没有再谦辞，愉快上任。作为记注官，今日他轮值记录两宫召对宰执的御前会议。

太皇太后话音刚落，司马光抢先奏道：“王安石为邀边功，轻启战端，夺得西夏、吐蕃大片土地，增设熙河路；如今人家要夺回失地，势所必然。臣以为，当把熙和路还给西夏、吐蕃，以换取和平。”

“嘁！天下奇闻！”章惇冷笑一声道。

“开边之举祸国殃民!”司马光没有理会章惇,继续说。他似乎早已深思熟虑过了,在列举了五大理由后,总括道:“熙河路还给西夏、吐蕃,既彰显圣朝以德服人的天朝上国之风,又可免于战争,何乐而不为?”

苏轼专注地听着,不时颔首。

章惇情绪激动,奏道:“开边所得土地,本就是中国旧疆,因故被吐蕃、西夏侵占,先朝励精图治,用鲜血和生命夺回。如今夏戎以为圣朝主少国疑,乘机挑衅,理当痛击,以示我皇上坚守祖宗基业之决心,岂可夏戎一出兵,便要退还土地,弱国威而开取侮于四夷之端?”又冷笑一声:“一听夏戎出兵,就吓得六神无主,这等宰执大臣,与村夫何异!”

“你……”司马光喘着粗气,却说不出话来,憋得满脸通红,猛地一阵咳嗽,瘫倒在地。太皇太后隔帘看到了,忙道:“传御医,为司马卿家诊治!”须臾,两名御医赶到,观察片刻,将司马光扶出了垂拱殿。太皇太后叹了口气,问吕公著:“吕卿家,当如何?”

吕公著道:“兹事体大,当集思广益。可命两制并台谏官各抒己见,以为采择。”

“就依卿议。”太皇太后宸断道。内押班一挥拂尘,发出了卷班的讯号。众人施礼,退出了垂拱殿。

苏轼急忙起身,在殿门外追上章惇,拱手道:“子厚,我有话说。”

到京后,苏轼本打算去拜访章惇,却得知他正遭受围攻。事情的起因是太皇太后降手诏,直接任命范纯仁、苏辙、朱光庭为谏官。章惇抗旨道，谏官依例当由两制举荐，再由政事堂拟定名单呈奏；可现在几位谏官却由太皇太后降内旨任命，不知太皇太后从哪里知道这几个人适合做谏官？太皇太后说，都是大臣所荐。章惇辩驳道，大臣为何密荐而不按规矩办？太皇太后不得不收回成命，重新按程序任命这几个人为谏官。听政之初就遭此挫折，本就痛恨新党的太皇太后对章惇越发厌恶，台谏官遂交章弹劾他。苏轼闻讯，也就打消了登门拜访的念头。谁知章惇毫不示弱，力言不可尽废新法，眼看章惇与司马光势同水火，旧党对他恨之入骨，新选用的台谏官正酝酿驱章，苏轼想提醒他一下，以尽朋友之义，便利用卷班的机会拦住了他，拉他走到平台东侧，低声劝道："时下的局面，谅子厚心知肚明。劝子厚一句话：奏对时，不要当面折辱司马君实。"

章惇道："我见了怂人压不住火。"

苏轼微微摇了摇头，又道："蜀汉时许靖虚名无实，为刘备所轻。法正劝谏说，许靖虽无真才，但虚名播于四海，若不礼遇，会被人怀疑主公贱视贤者。刘备纳其言，任许靖为司徒。许靖尚且不可轻，何况人望如日中天的司马君实？"

章惇不语，向苏轼一拱手，昂然而去。

苏轼望着章惇的背影，摇了摇头。他心里记挂着对夏战略，但他不在两制、台谏官之列，一散班就径直赶到已任谏官的苏辙家，把太皇太后命两制、台谏就对夏战略进言一事说了一遍，问道："阿同以为，该如何？"

苏辙由绩溪令一跃升为炙手可热的谏官，接到告敕就日夜兼程往京城赶，于正月中旬抵京。马梦得在白家巷附近的竹竿巷为他另租了一座宅子。一到京，苏轼即把李清臣的事说与他听，苏辙随即上《乞选用执政状》，要求将宰相蔡确、韩缜，副相张璪、李清臣，枢密副使安焘这五人罢斥。弹章上达，诏罢首相蔡确、枢密副使安焘。新党活跃人物邓绾、舒亶、何正臣等，也被他连章劾去。一时间，苏辙被视为绞杀新党的头号杀手。听了二哥的话，他沉吟片刻："不打仗，老百姓安居乐业，比什么都重要。"

苏轼点了点头，脸上露出欣慰的笑容。他为兄弟二人对朝政的见解总是高度一致而欣喜，不像王安石和王安国、韩维和韩绛，亲兄弟却站到了对立阵营。

苏辙以亢奋的语调道："谏官同僚，感戴司马相公知遇之恩，誓言为拨乱反正开道，凡是新党，一个不留！"说着，递过一张稿笺。

苏轼一看，是一串长长的名单，都是新党分子，章惇的名字赫然列在首位。他踌躇片刻，叮嘱道："对章子厚，你不要出手。"

五天后，两宫在垂拱殿召对宰执，枢密使章惇将两制、台谏所提对夏战略归纳奏上："御史中丞刘挚、右司谏苏辙等，主张退还熙河路给西夏、吐蕃；知谏院范纯仁等，主张只退还安疆等四寨给西夏。"

两制和台谏中多支持司马光，竟无支持章惇主张者。看来，战争可以避免了。坐在殿角作记注的苏轼刚舒了口气，却听章惇又道："夏戎欺人太甚，贪得无厌，退还土地，只会启其侵侮之心。臣以为，当夺回安疆寨，以示国威。"

司马光愤然道："章惇欲把国家拖入战争泥潭，其心可诛！"

章惇情绪激动，提高声调道："司马光执一己私见，欲尽废先帝所定新法，扰乱天下；又主张向夏戎示弱，退还土地。误国残民，莫此为甚。他日臣不愿奉陪吃剑！"

苏轼一惊。章惇分明是说，任凭司马光这样做下去，很快就会亡国，他是不愿陪葬的。看来，上次劝他的话，章惇没有听进去。

"章惇无礼！"太皇太后被章惇的话激怒了，厉声道。

章惇躬身道："臣不敢！"

太皇太后很快平静下来，问一直沉默着的吕公著："吕卿家有何良谟？"

吕公著答："臣以为，天子嗣守先帝境土，岂宜轻易予人？似可遣使向夏人晓谕，命其从安疆寨撤军，夏人必提出条件，届时再与之商谈，或可两全。"

"无非又要花钱买和平！"章惇辩驳道，"割肉饲虎，伊于胡底？"

太皇太后决断道："此事，就依吕卿家之议。"

章惇又奏道："臣以为，若要遣使西夏，当同时组建征讨大军随之西进。不然，不啻自取其辱。"

太皇太后怒气冲冲道："不必再说！"

几天后，苏轼就在宫中看到几道弹章。御史中丞刘挚劾章惇大失君臣之义，亟应罢斥；谏官朱光庭、王觌，侍御史王岩叟劾章惇乃祸国四凶之一，阴险狡诈，专横跋扈，目无君上，当予严谴。

可是，太皇太后并未将弹章降出，一概留中不发。这天，散班回到家，苏轼正吩咐老萧去叫苏辙来，一起分析此事，一抬头，却见苏辙进来了，从袖中掏出一叠文稿放到书案上。苏轼一看，是苏辙写的《乞罢章惇知枢密院状》，吸了口气道："非要你亲自出面吗？"

苏辙道："刘挚、朱光庭等同僚，天天在我耳边鼓噪，都说太皇太后之所以迟迟没有罢斥章惇，就是在等待苏氏兄弟的表态。"

"事到如今，为拨乱反正计，只能对不住章子厚了。"苏轼叹了口气道。

三

暮春的一天清晨，苏轼身穿紫色官服，腰束排满方圆相间的银銙的革带，挂着特赐金鱼袋，威仪庄严地出了家门。王闰之、朝云和苏迨兄弟，都出门相送。苏轼跃身跨马，回头对家人道："都记住，我从此不再是野人，而是朝廷大臣了。"

就在苏辙论劾章惇的弹章呈上一个月后，任起居舍人三个月的苏轼，突然接到免试升任中书舍人、知制诰的告敕。中书舍人官阶正四品；知制诰负责审核中外章奏、起草中书省公文、替皇帝起草诏旨。因职责重要，历来要经考试方可充任。开国百余年，免试任职者只有陈尧佐、杨亿、欧阳修三人，今苏轼又得此殊荣。这一天他等得太久了，可来得又太突然了。他不敢贸然接受，接连上章请辞。虽言词恳切，太皇太后御批不允。苏轼遂拜表上任。今日是第一次穿上紫色官服上朝，家人特意隆重相送。

黎明的街道上行人稀少，腰间环佩和坐骑脖子上挂着的铜铃发出的叮咚声，清脆悦耳。苏轼怀着喜悦的心情进了位于政事堂后的舍人厅。元丰改制后，取消了舍人院，中书舍人当值之所，便以舍人厅称之。入职的一应礼仪毕，苏轼刚在一张书案前坐下，堂吏就送来了贬谪司农寺少卿范子渊的词头。他一撸袖子道："该清算了！"

范子渊当年推行农田水利法甚积极，御史吕陶弹劾他为兴修水利工程浪费公帑，牺牲民命，诏贬范子渊知峡州。苏轼想起当年在杭州被监司派去督工的痛苦经历，一腔恼恨倾泻而出："汝以有限之财，兴必不可成之役；驱无辜之民，置之必死之地。横费之财，犹可以力补；既死之民，不可以复生。"

只过了一天，同任中书舍人的老友刘攽向他道贺："不愧大师出手，《范子渊改知峡州敕》，一夕间百官传诵，引为名言。"

苏轼得意一笑，顺手拿起书案上的文牍，是起用沈起知鄜州的词头。他冷笑道："无事生非之辈安可起用？驳回！"沈起在新党中以知兵事著称，熙宁中，交阯兵侵广南，沈起上疏言："南交小丑，无不可取之理。"遂被委以经略广南重任，后因坐事受贬。想到沈起，不禁又勾起对张舜民讲述西征细节的回忆，苏轼的脑海里，仿佛有万千战死的将士在哭诉，当即将满腔忧愤诉诸笔端，《缴进沈起词头状》很快写成了。内云："臣伏见熙宁以来，王安石用事，始求边功，构隙四夷。王韶以熙河进，章惇以五溪用，熊本以泸夷奋，沈起、刘彝闻而效之，结怨交蛮，兵连祸结，死者数十万人。"

“反对起用沈起，为何扯上那么多人？”另一中书舍人刘安世提醒道，“起草公文要援引成例，遵循前人办类似事的典故，不可任情挥洒。”他是司马光的门生，为人端正严谨，一有余暇就抱着典章故牍钻研，对政务上的成例、典故，如数家珍。

苏轼义形于色道：“就是要借机把先朝视为大功的熙河开边和开梅山之功一并否定，以使欲以开疆拓土立功者戒！”

刘安世摇头道：“办文自有办文的规矩，当守规矩。”说完，起身往外走。

苏轼对着他的背影一挥拳头，扭脸对刘攽道：“何处耙上曳得一个刘某人来，知得许多典故！”

刘安世在门外听到了，转过身来，一脸严肃道：“任何人凭才气任意变乱常故，总不可以！”

苏轼缩了下脖子，抱拳对着刘安世晃了晃，确认他走远了，又向刘攽一撇嘴道：“什么是成例？我写的，就是后人的成例！”

刘攽拿起《缴进沈起词头》晃了晃道：“记得子瞻曾写诗盛赞章惇开梅山之功；在黄州时也有《闻捷》诗贺西征之捷，今日又将其一概否定，自相矛盾吧？”

“此一时彼一时也！”苏轼答，“自听到西征惨败的消息，我就对征战充满厌恶；况且，新党以开疆拓土、征服蛮夷来证明变法的正确，要清算新党，就不能不把他们的这些所谓功绩一概否定。”

正说着，忽有政事堂孔目奉司马光之命，召苏轼到崇政殿议事。

“崇政殿议事？”苏轼一脸茫然，口中嘀嘀咕咕往崇政殿赶去。

进崇政殿一看，司马光并不在场，吏部尚书孙永手捧圣旨宣读了一遍。苏轼这才明白：太皇太后下旨，于崇政殿设详定所，由吏部尚书孙永、谏议大夫范纯仁、中书舍人苏轼等十余人兼差，详议役法。孙永宣读毕，随即开议。他先转达了司马光的话："青苗法、募役法、将官法，连同开边衅，乃圣朝四患。今青苗法、将官法已废，开边衅者受到罢斥，募役法亦当早日废除。"

太皇太后垂帘听政不久，即任司马光为副相，开始废除当年的新法和新政措施。废除募役法时，枢密使章惇与之激辩，谏议大夫范纯仁等也主张缓行。苏轼守密州期间，已了解到募役法优于原来的差役法，去年从登州抵京后即上《论给田募役状》，列募役法五利，请朝廷慎重抉择。一听司马光把募役法列为大患，他忍不住了。孙永话音刚落，苏轼就抢先道："更张政事，所系生民利害甚重；募役、差役之法，关系天下百姓，影响面极大，新旧两法各有利弊，相比之下，募役优于差役。"

孙永愣了片刻，吸了口气道："记得舍人当年上皇帝疏中说，青苗、募役之法行，则农不安；怎的今日废除你所反对的恶法，你又反对起来了？"

"当初是意气用事，甚轻率。"苏轼坦诚道，"而今已知其利害，所以反对轻率废除。"

二人争论了半天，谁也未说服谁，孙永只得宣布散会。

回到舍人厅，苏轼把崇政殿争论一幕说给刘攽听。刘攽沉吟不语，过了片刻，突然一笑道："子瞻，今晚请你到寒舍吃'皛饭'如何？"

苏轼从来没有听说过这种饭，顿时两眼放光。可他知道刘攽喜戏谑，怕被他戏耍，咽了口涎水问："这皛饭，有何出处？"

刘攽郑重道："当然有出处。"

苏轼一听有出处，放下心来，散班后兴冲冲赴刘攽家宴。刘攽把苏轼请进书房，喝茶等候。约莫两刻钟工夫，女使把饭菜端来了，苏轼一看，就是一人一碗白饭、一撮盐，一碟白萝卜条，顿时恍然大悟。当年他和苏辙在怀远驿备制科试，吃的就是这三样伙食。他曾和刘攽说起过，戏称为"三白饭"。没想到今日被刘攽所戏，拱手道："这次我认输。"

刘攽笑问："子瞻，我没骗你吧？皛字由三白组成；出处就是苏子瞻所说的'三白饭'。"

"没骗我，没骗我。"苏轼咬牙道。说着，大口吃了起来，一边吃，一边思忖该如何报复他。

四

今日没有早朝，苏轼按照他发明的养生术，梳洗后在睡榻上又躺了两刻钟才出门。紧赶慢赶，还是最后一个进的舍人厅。刘攽见他进来，一脸笑意道："子瞻，听说了吗？王安石捐馆了。"

"啊！"苏轼惊叫了一声，跌坐在椅上。两年前在金陵相处的一幕幕，顿时浮现在眼前。

"死有余辜！"刘安世咬牙切齿道。

苏轼尚未从震惊中缓过神儿来，没有接刘安世的话。过了许久才抬头问刘攽："贡父，若不是新法被一个个废止，荆公会这么快就离开人世吗？"又自答道："荆公皈依佛门，佛学造诣很高，可他真的超脱了吗？人，很难真正超脱啊！"

"是啊是啊！"刘攽边说边往外走，要去政事堂轮值。

苏轼追着他问："在太皇太后眼里，荆公怂恿神宗变法，是贻害国家的罪魁祸首，会不会借机清算他？"

"唉呀，来不及啦！"刘攽摆手道，说着往政事堂跑去。

苏轼背手在院子里踱步，走到舍人厅后面，见一个堂吏正指挥几个夫役栽篱笆，遂上前问："栽了篱笆，岂不是挡住六曹通往政事堂的路？"

堂吏禀报："近来政事堂公事常有泄漏，吕相公吩咐筑篱笆，禁止六曹人等从后门随意出入。"

苏轼转身回到舍人厅，不多时举着一个条幅回来了，上写着："诸公应须简要清通，何必栽篱插棘。"他把条幅交给堂吏，吩咐道："撤回去吧，谁要还让你来栽篱笆，你就把这条幅送给他。"

堂吏一脸茫然地带着夫役离开了，苏轼的思绪又转到了王安石去世一事上。按制，担任过要职的重臣去世，有一系列丧仪，他急切地想知道司马光对王安石去世是什么态度。不用说，政事堂里必是商议此事的。他没有再进舍人厅，一边在院中踱步，一边不时向政事堂方向张望。过了半个时辰，刘攽回来了，苏轼上前拉住他的袍袖问："贡父，如何定调的？"刘攽不语，盯着他上下打量，像是不认得了。苏轼被他看得心里发毛，问："贡父为何这么看我？"

“可以啊苏子瞻，宰相让干的事，你擅自就拦下了？”刘攽撇嘴道，“堂吏持你写的条幅呈吕相，吕相的脸顿时就黑下来了。”

“这有什么！”苏轼不以为然道，“读过白居易的文集吗？里面说‘西省北院，新筑小亭，种竹开窗，东通骑省’。人家唐朝特意开窗使两省互通，皇宋这么不自信吗，本省内部还不能自由往来？”

刘攽摇头道：“子瞻，你觉得这么做合适吗？”

“别扯这些琐事！”苏轼急了，催促道，“快说对荆公后事是如何商议的？”

刘攽道：“还是司马相公一锤定音。”

苏轼问：“司马相公不是卧病告假了吗？”

刘攽道：“司马卧病，大事小事还是及时禀报他的。估计他生恐太皇太后和旧党中人对荆公反攻倒算，便先发制人，给吕相写了一道短柬，力言荆公文章节义过人，不幸故去，宜优加厚礼。据此，中书以辍朝三日、赠太傅、下礼仪院议谥号等奏闻。”

苏轼颔首道：“老成谋国啊！”

刘攽又道：“盖棺论定，要靠一篇制书。可惜子瞻不是内翰，不然由你来写最合适。”宰相、王公、后妃的制书起草，是翰林学士的职责，所以刘攽才这么说。

朝野都急于看到王安石的最后一道制书，可等了二十多天，直到入了五月，还不见动静。这天早上，苏轼刚到舍人厅，刘攽就举着一道圣旨说：“子瞻，这是命你撰《王安石赠太傅制》的词头。必是内翰写的制书令司马和太皇太后不满，才破例让你来写的。”

这些天，苏轼脑海里一直萦绕着该如何评价王安石的思绪。

看罢词头，稍加思忖，提笔写道："敕：朕式观古初，灼见天命。将有非常之大事，必生希世之异人……"写毕，来不及誊清，交刘攽过目。

刘攽读罢，一脸惊异道："此制，对荆公人格操守高度赞美；对他的政治修为寓贬于褒。很对司马相公的口味。高手，高手！"

苏轼得意一笑，向刘攽挤挤眼道："今晚你到我家赴宴，我请你吃'毳饭'。"

刘攽猜到苏轼是想报复他，可他想看看苏轼到底有何花招。散班后，二人结伴来到白家巷，在书房喝茶闲聊了半个时辰，还没有开饭的动静。又等了半个时辰，饭点早已过了，刘攽饥肠辘辘，催苏轼快点开饭。

苏轼一本正经道："盐也毛（冇），萝卜也毛（冇），饭也毛（冇）。谓之毳（冇）饭。"

刘攽笑了："算你赢了。"他突然收敛了笑容，拍了拍苏轼的肩膀道，"司马相公待你不薄，你在详定所对募役法独持异议，与他的主张尖锐对立，听说他很恼火，你还是不要固执己见了吧。"

五

迈进这座熟悉的院落，苏轼夸张地挺了挺胸，像是在给自己打气。

那天听了刘攽的话，苏轼觉得有必要谒见司马光，向他面陈募役法利害。他知道，说服司马光改变看法不是件轻松的事。司马光受到太皇太后无条件信任，掌控着全局，在废除新法一事上，他态度激进、决绝，包括范纯仁在内的不少旧党僚友，与他争论几次之后也就偃旗息鼓了。可苏轼不想放弃，便以探病为由递帖来谒。

“丞相回朝以来的施政，上合天意，下顺民心，朝野颂扬。只有这役法一事，尚需慎重考虑。”见了司马光，苏轼问候了两句，便转入正题。

司马光不耐烦道：“你说，该怎么做！”

苏轼没有直接说出自己的主张，而是绕了个弯子，从军制的历史说起，以府兵制改为募兵制，来说明募役法类似于募兵制，是进步的表现。接着，把募役法存在的弊端分析一遍，又陈述了他当年在密州改进募役法的情形，最后得出结论：对募役法不应废除，而是适当改进，这样于国于民都有利。

“你在密州的那套做法，行不通！”司马光直截了当道，“王安石推行青苗法，也说他在鄞县实行过，结果怎么样？”说着，捂嘴咳嗽起来，身子向下滑了滑，做出已无精力谈话的样子。

苏轼只得告辞。可他不甘心，过了两天，得知司马光已到政事堂处理政务，便前去谒见。

一见面，司马光就沉着脸道：“若还是说役法的事，免开尊口。”

苏轼义形于色道：“丞相做谏官时，因陕西抽壮丁事曾与首相韩魏公数度抗争，韩魏公不得不让步。这是丞相当年亲口说于我的。莫非你做了丞相，就不容苏轼进言了吗？”

司马光闻言，尴尬一笑道："你说，你说。"

苏轼苦口婆心，不厌其烦，把保留募役法的必要性陈述一遍。司马光闭目不语。苏轼以为他被自己说动了，这才起身告辞。

两天后，崇政殿里详议役法的会议一开始，孙永先宣读司马光写来的便笺："罢募役钱，行差役法，不可动摇。详定所不必再争可行与否，只议行差役法大纲即可！"

苏轼愕然道："既如此，我只好乞罢此一兼差！"说完，拂袖而去。回到直房，提笔写乞状云："臣既不同，决难随众签书。伏乞依前降指挥，早赐罢免。"又给三省上申状云："所议不同，理当黜责。若朝廷察其愚忠，非是固立异论，即乞早赐罢免详定役法差遣，所贵议论归一。"

奏状呈上后，御批不许。苏轼却不想放弃自己的主张，参加详定所会议时，仍坚持先讨论募役法存废，与吏部尚书孙永激辩，致使会议总是不欢而散。

这天午后，堂吏送舍人厅一叠文书，苏轼拿起一看，有吏部尚书孙永的奏疏，专门驳斥他保留募役法的主张。刚要提笔上疏辩驳，忽然想到该他到政事堂轮值，忙起身往政事堂赶。进大堂一看，宰执大臣边窃窃私语，边候着司马光。不多时，司马光进来了。他面色苍白，身体虚弱，双目却炯炯峻厉，高挺的鼻梁、阔厚外向的耳轮、雪白稀疏的长须，越发显得神态坚毅有力。他刚一落座，就语气坚定道："不能因为对王介甫优加厚礼，废除新法的脚步就慢下。募役法不可再拖，当尽快废除。"

"当下有司专欲变熙宁之法，不复校量利害，参用所长！"苏轼情绪激动道。

宰执大臣面面相觑。一则当年苏轼反对新法最为卖力；二来他是轮值舍人，负责禀报舍人厅对各地和有司呈报公文的初审意见，并无对人对事的发言权。首相刚说要全面废除新法，他却针锋相对说出那样一番话来，就连司马光也愕然失色。苏轼像是没有看到，举着一叠文牍道："刑部、大理寺呈文，一口气删去熙宁以来约束官员的条贯数十条，下官拟的批语是：'先帝于此盖有深意，不可尽改。'望诸公采纳，把刑部、大理寺的文书退回。"

吕公著问："舍人，记得当年你反对新政，公开指责约束官员过严，主张'临下以简，御众以宽'，怎么现在又变了？"

苏轼脸一红，答道："下官不善思考，心里怎么想就怎么说。"

吕公著摇了摇头，不再说话。司马光决断道："增删律令，当尊重有司意见。"

"有司意见不合时宜，就该驳回！"苏轼辩驳道。

司马光像是没有听到，转移话题道："据闻开封府奏报役法事，怎么说的？"

"哼！"苏轼冷笑一声。翻捡出知开封府蔡京的奏状，向上一举道："蔡京当年攀附荆公得用，如今又攀附起司马大丞相来了，竟说新旧役法，五日内即可完成转换。"

司马光沉着脸道："既然开封府可在五日内完成转换，就应速罢募役法，行差役事。"他扫视吕公著等人一眼，问："诸公以为如何？"

"赞同！"吕公著、张璪、李清臣异口同声道，只有韩缜不语。

“舍人草敕，恢复差役法，限各府州五日内完成新旧转换。”司马光以命令的口气道。

苏轼噌地起身，大声道：“重新恢复以差代雇的旧法，限五日完成，其害是在旧法弊端基础上再加上新法的弊端，可谓害上加害！”

司马光勃然大怒：“天下无有不言募役之害者，你苏子瞻却固执己见，意欲何为？”

苏轼面色通红，脖子上青筋直跳，赌气道：“相公辩不过我，便这么说，犹如鳖厮踢！”

司马光一愣，咂巴着嘴问：“何谓鳖厮踢？鳖何能厮踢？”

“是谓鳖厮踢！”苏轼瞪眼道。

“子瞻，暂且退下。”吕公著厌烦地一摆手道。又吩咐堂吏：“叫刘安世来值守。”

苏轼向司马光抱拳一揖，起身而去。回到舍人厅，提笔上《再乞罢详定役法状》。内云：“臣愚蠢，终执所见。近又窃见吏部尚书孙永奏，驳臣所论。盖是臣愚暗无状，上与执政不同，下与本局异议，若不罢免，即执政所欲立法，无缘得成。”写完奏状，又写《申省乞不定夺役法议状》，内云：“轼自今月已后，更不敢赴详定所签书公事。”

封发了两状，早已散班，苏轼喘声粗气，跨马往回走，一进家门，见苏辙正候着。他余怒未消，对着苏辙喊道：“司马光今后可改称司马牛！”

苏辙连忙摆手道：“九二，这可使不得！”

苏轼"哼"了一声，把和司马光的争论说了一遍，问苏辙："阿同看，他这牛脾气，该不该叫他司马牛？"

苏辙悚然，责怪道："司马相公道德高尚，自律甚严，不该对他不恭。"劝了一句，这才说明来意：接黄寔来书，言其舅章惇刚到汝州，按道法修习行气，忽有大风刮倒门板，章惇受到惊吓，致左右手足麻痹。苏辙特来禀报此事，建议二哥修书问候。

苏轼摇了摇头："以后莫再提他了。"

苏辙弹劾章惇的奏状进呈后，诏罢章惇枢密使，出知汝州。苏轼既未为其辩护，也未为他饯行；章惇到汝州后，来书致意，苏轼只是敷衍了两句客套话。故听了苏辙的话，他才这样说。喝了口茶，突然一拍书案道："蔡京真乃投机小人，阿同当上章弹劾他！"

六

苏轼乞罢详定役法兼差的两状呈上后不几天，重行差役法的敕书就颁发了，详定役法所自动解散。他正满腔怨怒无处发泄，忽接李定分司南京的词头，怒气冲冲道："李定小人，罪重罚轻，不可放过！"

前不久，右司谏苏辙第七章攻倒了宰相之一的韩缜；再弹劾刑部尚书崔台符断狱冤枉过半，诏崔台符出知潞州；苏辙、朱光庭又弹劾户部侍郎李定冒荣自欺，诏李定落职，分司南京。苏轼恨朝廷对李定过于宽大，提笔写成《缴进李定词头状》，除正文外，又贴黄云:“准律:诸父母丧匿不举哀者,流二千里。今定所犯,非独匿而不举,又因人言遂不认其所生,若举轻明重,即定所坐,难议于流二千里已下定断。”

刘安世看到了,愕然道:“这是欲置李定于死地吗? 难怪朝士间有言,闽蜀同风,腹中有虫。”

因新党骨干蔡确、吕惠卿、章惇等皆福建路人,朝野遂对闽人抱有成见,一听刘安世说朝士有“闽蜀同风”之论,苏轼恼了,忿然道:“岂有此理! 难道不知《尚书》有‘立贤无方’之论吗?”

刘安世冷冷道:“求贤固然不必分地域,可须是贤者方可;若是中人以下者,安得不受出生地风土人情的影响?”

苏轼正不知如何辩驳,忽听刘攽惊喜道:“大捷!”说着,将一道文牍递给苏轼。是河东路经略使吕惠卿的捷报,奏报西夏突袭边寨,他派步、骑二万人在聚星泊伏击,斩敌首六百级。

“什么大捷,是大祸!”苏轼沉脸道,“斩敌首六百级,党项人一定会报复。吕惠卿这是故违圣旨,破坏对夏战略,可恨!”

一散班,苏轼就到竹竿巷见苏辙,把吕惠卿的捷报转述一遍,恨恨然道:“如不严惩吕惠卿,那些贪功之辈必再启边衅!”

苏辙会意,写成《乞诛窜吕惠卿状》。几经周折,吕惠卿被贬建宁军节度副使,建州安置,不得签书公事。词头送到舍人厅,正赶上刘攽轮值,苏轼以羡慕的口气道:“贡父平生做刽子手,今日方剐得一有肉汉!”

“哎哟哟!”刘攽捂住脑袋叫道,“犯了头疼病。”他仰脸看着苏轼:“子瞻,你救救急?”

苏轼求之不得，一把拿过词头，兴冲冲坐回书案前，一道洋洋洒洒的《吕惠卿责授建宁军节度副使本州安置不得签书公事敕》不到一个时辰就一气呵成了。一连读了好几遍，都觉得酣畅淋漓，如同享受了一道美食大餐，口齿留香，回味无穷。他想象着，此敕一颁，朝野必是一片叫好声。

可是，吕惠卿告敕正式颁下两天了，就连刘攽也只字不提。苏轼忍不住问："贡父，吕敕，过瘾吧？"

刘攽敷衍道："嗯嗯，一看即知出自苏子瞻手笔。"说完便起身走开了，像是有意回避。

苏轼纳闷，正要追过去问，忽有吏部侍郎孙觉派亲吏来请。随其来到孙觉的直房，不等苏轼开口，孙觉就一脸严肃道："子瞻，听到外面议论了吧，都说假若吕惠卿他日得志，必杀苏子瞻无疑。也有人说，你明是责吕，实则责先帝。"苏轼刚要辩，孙觉扬手制止，继续说："子瞻啊，写制敕是代皇帝说话，要慎之又慎，免得授人以柄。"说完，起身送客，走到门口才笑道："我知子瞻好辩，只好送客。"

苏轼憋了一肚子气，晚饭后正要找苏辙一诉，正巧苏辙找他来了，拿出一叠文稿请他过目。苏轼一看，是道《务全大体诏》，上写着："罪显者已正，恶巨者已斥，则宜荡涤隐疵，阔略细故，不复究治，以累太和。"他一惊，忙问："这是怎么回事？"

苏辙解释道："吕公著、范纯仁反对对新党穷追猛打，力主新旧调和。据此，朝廷起草了《务全大体诏》，担心台谏反对，先征询台谏意见。"

苏轼忿忿不平道："先帝在位、新党当国时，我是期待新旧调和的；可时下不同了，按照司马君实的说法，当严君子小人之辨，不可使新党再起。"

苏辙点头道："我和朱光庭、吕陶都是这个想法。"

"唉——"苏轼长叹一声道，"阿同，你想得到吗，吕惠卿的责词竟然引来非议。"遂把孙觉的话转述一遍，又把缴进李定词头的事也一并说了。

苏辙沉默片刻，劝道："撰写制敕，谨慎些为好。"说着，边起身边道，"李定的事和这道《务全大体诏》，我联络台谏抗争。"

七月十一日，要散班时，忽见邸报登出《务全大体诏》，苏轼细细阅看，比起征询台谏意见稿，只是删除了"言者勿复弹劾"六字。再一看，因苏辙、朱光庭等谏官抗争，李定由分司南京改为责降滁州安置，不得签书公事。他"哼"了一声，抓起邸报，直奔苏辙府上。

苏辙一听二哥是为《务全大体诏》和李定事而来，语调轻松道："九二不必烦恼。"

原来，吕惠卿对有功而遭严谴很不服气，上章自辩，说他伏击夏兵是以两道中书札子为凭信的，并非擅为。苏辙却从他引用的两道札子看出了回击的把柄，上章说，颁这两道札子时，三省、枢密院臣僚七人，内蔡确、韩缜、章惇、张璪四人皆惠卿之死党，惠卿虽在外，欲有所为，则四人者合谋一意而莫之逆。由此可证，中书颁此两道札子，恰是新党欺君擅为罪证。苏辙此疏一上，吕陶、朱光庭、刘挚、王觌等台谏官也交章论劾。说完这些，苏辙得意道：

“这样说，就可以激起太皇太后对新党的恶感，如此一来，《务全大体诏》也就形同具文了。调和新旧之论，也就随即破产矣！”

苏轼点点头，旋即一咬牙：“李定罪大恶极，不把他流放岭南，难解心头之恨！”

苏辙道：“李定已废弃，不宜再纠缠，否则会给人以我兄弟挟怨报复的口实。”说着，抓起书案上的一叠文稿递过去。

苏轼一看，一道是弹劾副相李清臣、张璪的札子，一道是弹劾吕惠卿堂弟、吏部员外郎吕升卿和章惇之侄、宝文阁待制、嘉祐二年状元章衡的札子。他皱了一下眉：“迈儿是德兴尉，吕升卿之弟吕温卿守饶州，德兴县归其管辖，迈儿会不会吃苦头？”

苏辙诡秘一笑：“莫急，好事快来了。”

七

仲秋，开封的夜晚已不再酷热，可苏轼却还拿着一把蒲扇在院子里焦躁地扇着。见老萧领着苏辙进来了，他把蒲扇一丢，带苏辙进了书房，将诏书递到他手里，赌气道：“我不去。”上午，接到命他出任贺契丹皇帝生辰使的诏书，苏轼不愿去，特让老萧把苏辙叫来，商议办法。

“无故拒绝出使，恐引起非议。”苏辙吸了口气道。自澶渊之盟后，两国相互遣使不断，富弼、欧阳修、苏颂、沈括、陈襄等都曾出使过，苏辙想不出推脱的理由。

苏轼满脸愁容道：“出使契丹，跋山涉水，辛苦万分；且契丹一向盛气凌人，我担心管不住嘴、压不住火，酿成外交事件，重蹈陈襄覆辙。”去年，老友陈襄使辽，契丹违制设小席招待，陈襄以礼争之，契丹却反咬一口，发国书要求惩治陈襄，朝廷畏契丹如虎，只得顺从，把陈襄贬知明州。奔波半年，受尽屈辱，还落得贬官的下场。

苏辙皱眉不语，似乎在思忖对策。

苏轼又道：“我在舍人厅看了陈襄写的《使辽语录》，详细介绍了出使每一天所经历的事情，顿顿都用牛角喝酒，我就以没有酒量为由推辞。”

苏辙起身道：“我来想办法，放心吧！”

过了几天，左司谏朱光庭奏称，苏轼诗文擅天下，契丹人知其名、爱其诗，此去恐为其所扣，乞改他人出使。御批：枢密院另选使臣奏闻。苏轼阅罢，悬着的心放了下来，自语道：“阿同了不得！”

前不久，苏辙抓住吕惠卿自辩中所引两道中书札子大做文章，太皇太后果然被激怒，当即派内侍把章惇移知扬州告敕追回，仍回知汝州；副相张璪罢知郑州、李清臣罢知河中府。新旧调和之论，无人再提起了。弹劾吕升卿的札子报闻后，贬吕升卿通判海州。苏辙随即上章，说他弹劾吕惠卿、吕升卿，二人之弟吕温卿知饶州，家侄苏迈任县尉的德兴县为其所辖，吕温卿势必报复，乞将苏迈他调。在吏部侍郎孙觉的关照下，苏迈被调到开封府下辖的酸枣县任县尉，方便一大家人团聚。如今，苏辙稍加运作，又免去了自己使辽的苦差事，苏轼对苏辙的智谋，自叹弗如。

苏轼心情大好，次日一进舍人厅，就笑着对刘攽、刘安世道："京城秋高气爽，让人心情愉悦啊！"

"你心情愉悦，二府大臣却愁眉不展。"刘安世不冷不热道。

苏轼刚要问，刘攽举着一道词头道："国库空虚，枢相范纯仁病急乱投医，建议以常平钱放贷，司马大丞相也上札子赞同。喏，让子瞻起草敕书。"

苏轼一惊，忙接过阅看，冷笑道："这不就是恢复青苗法吗？难怪打发我使辽，原来有阴谋。"他把词头往书案上一摔，高声道："驳回！"说着，提笔拟写《缴进散常平钱词头状》。

刘安世瓮声道："枢相提议、首相赞同，一个中书舍人，因何阻挠？时下国库空虚，连军饷都欠发了，总要想些办法。与其放任豪富之家放高利贷，不如拿出常平钱低息放贷，与民方便，一举两得。青苗法之弊在摊派，敕书里写明严禁摊派就是了。"

苏轼抬起头，瞪着刘安世，语气强硬道："官府开课场之事，不管谁赞成，我坚决反对！"

刘安世摇摇头，不再辩驳。

苏轼气鼓鼓写完缴进词头状，仍觉意犹未尽，又写了一道《乞不给散青苗钱斛状》。他没有直接上奏，而是带回家里，命老萧唤来苏辙，交他过目。

苏辙一看，只见上写着："臣伏见熙宁以来，行青苗、募役二法，……细数其害，有不可胜言者。"

"九二，前些日子你反对废除募役法甚力，怎么章奏里突然又连带说募役法其害不可胜言？"苏辙不解地问。

“此一时彼一时。”苏轼答，“现在是担心新党再起，务必把新法一概否定，不能给他们提供任何复起借口。”又一笑：“当然，为了求得司马牛的支持，顺着他说一句募役法的坏话也无妨。”

“恐阻止不了。”苏辙眨巴着眼睛道。

苏轼眼一瞪道：“范纯仁主张调和，司马光卧病，受其蒙骗。你这就回去写札子揭穿之！”

苏辙点头，刚要告辞，苏轼摆手道：“我写了首诗，你带给朱光庭。”苏辙接过诗稿一看，诗中称颂左司谏朱光庭因在废新法、逐新党方面的贡献受到朝野赞誉。他当即明白了，二哥此举，意在壮大力量，推翻首相和枢相的决策，遂道：“我和朱光庭联袂上章。”

“哈哈！”苏轼大笑道，“只要台谏发动起来，不信拼不过那帮大老！”

八

元祐元年九月初一，百官齐集坐落于朱雀门大街左侧的景灵宫，举行明堂大礼。这是从商周时代传下来的祭天并配祀祖宗、宣明政教的重大典礼。大礼最后一项，宣读大赦天下的赦书。赦书宣读毕，百官照例唱贺，场面欢腾。

礼毕，恭送御驾后，百官正要依序上马，忽有内宣赞来到两制班前，尖声喊道：“太皇太后有旨：今日辰时，司马相公薨于位。两制官即往吊唁。”

苏轼闻讯，并不吃惊。前不久，司马光得知苏轼缴还散青苗钱的词头，又见苏辙、朱光庭等台谏官的上疏，抱病请对，当面向太皇太后检讨说，未能详细考校常平钱放贷一事，是他的重大疏漏。说到激动处，似乎忘记了正是他上札子赞同枢相范纯仁的提议，政事堂才出词头给舍人厅的，竟大骂提议复行常平钱放贷者是奸佞。由于情绪过于激动，当场昏厥。缠绵病榻五六天，终至撒手人寰。但司马光是公认的大德君子，当国以来废除新法、驱逐新党不遗余力，可谓鞠躬尽瘁，受到多数官员的拥戴，忽接讣闻，百官都现出沉痛的神情，刘安世等弟子当众抽泣起来。所以，一听太皇太后传旨前去吊唁，翰林学士、中书舍人这些两制官，急忙跨马。

"且慢!"路旁突然传出一声喝叫。众人望去，但见崇政殿说书程颐站在台阶上，高声道，"《论语》云：'子于是日哭则不歌。'岂可贺赦才毕，便去吊丧?"

刘攽高声诘难："孔子只说'哭则不歌'，没有说歌则不哭嘛!"

程颐坚持说："今日吊丧不合古礼，故请明日再往吊。"

洛阳人程颐是刚故去的程颢之弟，乃当今大儒。他屡试不中，隐居山中发愤著书，成就斐然；又因屡次拒绝出仕，早已享誉国中。今春，司马光、吕公著联袂荐他出任崇政殿说书。这是帝师角色。程颐认为少年皇帝的教育关系国家未来，遂仆仆就职，以成君德。他恪守节操，言必忠信，动遵礼义，对皇帝要求甚严。苏轼对他的那套儒学并不认同，又厌其迂腐，很鄙视他。此时一看程颐拦路，便大声嘲笑道："你那是枉死市叔孙通所制之礼!"

此言一出，众人忍不住哄然大笑。程颐气得一顿足，跨马而去。

苏轼一挥手道："别理会他，往吊大丞相！"

两制官策马来到司马府第前，但见其养子司马康拦在门口，不许众人进门，说出来的理由，正是程颐适才说过的话。众人只得讪讪而去。苏轼不甘心，回头一看，程颐昂然立于司马康身后，一副完胜对手的样子。他冷冷一笑，指着程颐道："鏖糟陂里叔孙通！"

鏖糟陂是城西倾倒污水的沟渠，乃污秽不堪的代名词。京城泼妇常用鏖糟陂骂人。程颐没有想到苏轼在大庭广众之下竟以骂街泼妇之语骂他，愕然失色。

"子瞻，你有些过了。"刘攽提醒道。

苏轼解气道："这种人，就是要让他当众出丑才好！"

刘攽摇头道："你没听说过程门立雪吗？他的弟子很多，又是吕相最推崇的大儒，你这样让他当众出丑……"他摆摆手，"不说了，你自己当明白后果。"

苏轼一晃肩膀，露出不以为然的神情。

司马光饰终之典非常隆重，太皇太后和皇帝都亲临祭奠，辍朝三日，赠太师、封温国公、谥号文正。百官多次分批前往祭奠。程颐奉旨主办丧事，皆遵古礼。司马光遗体以锦囊为敛。瞻仰遗容时，苏轼嘲笑道："还欠一物！当写信物一角，送上阎罗大王。"

众人都在哭泣，一听苏轼这样说，无不瞠目结舌，一道道愤怒的目光，"唰"地投射到他身上。

“子瞻，你身临丧家，谑笑嘲弄，未免有欠庄敬。”司马光葬礼后不几日，刘攽一脸严肃地把苏轼叫到他的直房，责备说。

“其实，说完后，我也有些后悔。”苏轼面带愧色道。

刘攽盯着他问：“朱光庭是你朋友吧？”

苏轼不解，反问道：“你想说甚？”

刘攽叹了口气道：“他对我说，苏子瞻乃司马温公门下士，闻其捐馆，不见有悲戚之容，悼惜之意，反而轻浮谑笑。无非是他想主持温公的丧仪，结果朝廷委任了程伊川，他因嫉妒方如此怪诞。”

苏轼嘁了一声：“我嫉妒程颐？笑话！”又神秘一笑：“知会你一个秘密吧，我在黄州写了部《论语说》，比二程对儒家的诠释，不知要高出多少，只是异论多多，不敢示人。文稿寄给了文潞公，我回京后他托人带给了我，我压在箱底了。”

“子瞻的意思是，其实你也是大儒？”刘攽半是认真半是嘲讽道。

“可以这么说！”苏轼一挺胸道。

“中书舍人苏轼接旨——”舍人厅外传来喊唱声。

苏轼一惊。难道是因为在司马光丧礼上有欠庄敬，下旨训诫？有可能。毕竟，宰相吕公著是程颐的后台，彼此关系密切；或者，范纯仁因常平钱放贷的主张被打掉而恼羞成怒，借机惩治？这样想着，鼻尖上冒出一层冷汗。

九

坐落在皇城东南角的翰林院，雅称玉堂，共有十间建筑组成，包括两座御书楼和八间直房。正中大殿的内壁上，绘着巨幅壁画，令人有置身仙岛之感。

正值隆冬，京城一片冰天雪地。入夜，翰林院里格外寂静，将圆的月亮挂在清冷的夜空，澄明的月光照得院中如同白昼。苏轼步履沉重地在院中徘徊着，似遇大事，一时踌躇难决。

在升任中书舍人几个月后的九月十二日，忽有阁门使到舍人厅宣旨，苏轼升翰林学士、知制诰。翰林学士位列三品，又是宰执大臣的后备人选。是故，士大夫间凡听到有人获翰林学士之任，便称“一佛出世”。依例：宰相以下不行宣召礼，翰林学士则必宣召。回朝十个月，扶摇直上，跻禁林、入玉堂，如在梦中。苏轼在《谢宣召入院状》里直言：“里巷传呼，亲临诏使。……伏以朝论所高，禁林为重。非徒翰墨之选，乃是将相之储。”接到告敕之日，他就暗自发誓，要有意识统揽全局，报答太皇太后的知遇之恩。如今，尽废新法后，朝政重新回到了无为而治的轨道。仁宗朝奉行清静无为，他屡次呼吁变革；神宗朝是变革时代，他又呼吁回归清静无为的轨道；前不久，在苏辙的主导下，又取得了打消新旧调和、防止新党复起之战的胜利。当下的官场，重新回到了他期盼近二十年的仁宗时代的状态。可是，冷静下来，苏轼突然被深重的忧虑情绪所困扰。一方面，驭吏之法渐宽、理财之政渐疏、备边之计渐弛，励精图治精神荡然无存；另一方面，朝廷虽广开言路，可台谏攻击的，不过变法派臣僚；所非议的，不过神宗朝推行的新政，正是以水济水，不仅不能除弊救时，反而阻遏了革新之路。长此以往，国将不国。近来，他一直在思考该以何种方式感动圣意，触动宰相，思振作以有为。

“子瞻，我的题目已出好，你再出一道即可。”东御书楼内传出翰林学士承旨邓润甫的声音。

本朝以馆阁储才，对才俊经考试授馆职。苏轼自任中书舍人起就连上荐疏，举荐黄庭坚、张耒、晁补之、张舜民等人入馆阁。散班前接到诏旨，命他与邓润甫一起主持馆试。为防泄密，照例锁院，今夜他和邓润甫留院出题。听到邓润甫唤他的声音，苏轼抬头望着夜空，终于下定了决心，疾步进了直房，略加斟酌，提笔写道：“欲法仁祖之忠厚，则患百官有司不举其职，而或至于偷；欲法神考之励精，则恐监司守令不识其意，而流入于刻……”

“这……”邓润甫看罢，吸了口气道，“还是不要把本朝的事牵涉进来吧？”

苏轼自知这样的策题不合惯例，却还是故作轻松道：“三题选其一，由宫中点定，如太皇太后以为我出的题不妥，不点就是了。”

邓润甫摇摇头，不再辩驳，将三道题密封后交入内省供奉官呈达御前。次日一早，宫中送回了考题，点中的正是苏轼所出题目。他紧锁的眉头，终于舒展开来。

题目点定，随即开考、阅卷，只用了三天就发榜了。录取的九人中，黄庭坚、晁补之、张耒、张舜民、毕仲游，都是苏轼所荐，令他很是欣喜。

发榜当晚，黄庭坚、晁补之、张耒、张舜民、毕仲游相约来到苏宅，拜谢馆师。苏轼设宴招待。尚未开席，他拿出秦观寄来的一首词让众人过目。秦观进士及第后授定海主簿，他不愿赴任，经苏轼与吏部侍郎孙觉努力，改授蔡州州学教授，秦观才奉母上任，常有诗词寄来向苏轼求教。

“秦少游的词，太柔媚了。”黄庭坚评论道。秦观因仰慕汉朝伏波将军马援，便改用了他的字。

“有自己的风格就好。”苏轼不以为然道，“文字之衰，未有如今日者，追根溯源，皆缘于王荆公。荆公之文未必不善，而患在于好使人同己。这样下去，千人一面，没有个性，何谈文学繁荣？诸位做了我的门下士，不要模仿我，这是我对你们的要求。”

众人喏喏。黄庭坚觉得场面太严肃了，一敲桌子道：“听说先生有位琵琶女，何不唤来助兴？”

苏轼仰脸一笑，吩咐道：“朝云出来侑酒！”说着，眼睛盯着黄庭坚的腰间，伸手去摸。自今年正月黄庭坚调任秘书省校书郎，二人第一次相见后，多有往来，相处很是随意。苏轼知道黄庭坚和他一样好墨，而且习惯把佳墨放在一个古锦囊里，随身携带，以便随时与朋友共赏。苏轼为调节气氛，摸着锦囊道，“这里有半锭李承晏墨，我如猜对了，鲁直当拿出来送我。”

黄庭坚护住锦囊道：“先生家藏好墨七十丸，还来要我的？”

苏轼指着锦囊道：“拿出来，不然你也别想听曲。”

“算先生猜对了。”黄庭坚说着，把半锭李承晏墨掏出，送给苏轼。

苏轼接过，对众人道：“人与人相处，彼此拘谨，就想远离。所以我们之间，要随意些才好。”

晁补之、张耒等人，顿时放松了。朝云进来弹唱，众人与她调笑起来。宴席上欢声笑语，插科打诨，不知不觉一个时辰过去了。酒足饭饱，众人要散去，苏轼自创养生法，晚餐后都会拍着自己的肚皮来回走动。他已微醺，敞开怀，拍着肚皮问：“你们且说，此中所装何物？”

“满腹经纶！”众人异口同声道。

“才不是呢！”朝云一撇嘴道，“一肚子不合时宜。”

苏轼捧腹大笑：“知我者，朝云也！”

正说笑间，一眼看见苏辙出现在门口。众人与他见过礼，忙辞别而去。苏辙拉住苏轼的袍袖进了书房，叹口气道：“九二，朱光庭上章弹劾你，弹章降中书了。”苏辙时下担任中书舍人，得到什么机密消息，随时都会向二哥禀报。

“朱光庭？”苏轼惊诧道，“朋友啊，他弹劾我？”

“他是程颐的弟子。”苏辙提醒道，“他弹劾你的罪名不轻，说你馆试策题讪谤仁宗、神宗二圣。”

苏轼突然情绪失控，喊叫道：“来吧，再押进台狱！”

苏辙道：“就是怕你着急，才预先知会一声。莫急，看太皇太后如何处置再说吧。”

隔了一天，苏轼接到了朱光庭弹章副本并太皇太后御批：“苏轼特放罪。"放罪就是有罪，只不过太皇太后特加赦免。他一顿足，不服气道："苏某何罪之有？"说罢，提笔写自辩疏，除了说自己没有贬损二圣外，还特意强调试题是宫中钦点。

辩疏呈上只一天，诏下：收回放罪之旨。苏轼舒了口气，散班后一进家门，就对王闰之道："可以过个安稳年了。"

话音未落，一个小黄门出现在门外，大声喊唱："有旨——"

苏轼接过一看，不禁长叹一声。

第二十一章　如在樊笼

一

开封内城光化坊都亭驿，是专门接待契丹使者的驿馆。元祐元年腊月底，苏轼怀着紧张、烦乱的心情来到这里。

临近过年，苏轼突然接到诏旨，要他出任契丹使臣馆伴使。他叹息良久，本想推辞，可得知是契丹使臣点名要他伴馆，苏轼只能咬牙接受。自澶渊之盟后，双方以南北朝互称，贺节、祝寿、吊丧的使臣频繁来往。契丹兵强马壮，咄咄逼人；圣朝处于守势，只能小心翼翼地应对，以不打仗为目的，尽量满足其要求。秋天时，苏轼出使北朝的消息已传出，后来又另遣他人，辽使就拿这个借口，点名要苏轼做馆伴使，朝廷也只能答应，苏轼更不敢推辞。

“哈哈！苏内翰！”契丹贺节副使刘霄一见面，就用带着浓重草原口音的中原官话，大嗓门喊道，“今日要一醉方休！”

“敝使不胜酒力。”苏轼拱手道，“不过，敝国有的是美酒，贵使可开怀畅饮！”

“嗌——何必这么客气呢？”刘霄说着，一晃脑袋，吟诵出两句诗,“痛饮从今有几日,西轩月色夜来新。”

苏轼一惊。这是他所作《闻乔太博换左藏知钦州以诗招饮》里的诗句,想不到契丹使臣竟随口诵出。虏人喜欢他的诗,可怪。这样想着,就有几分兴奋,自信心瞬间充溢周身,一笑道:“敝使喜酒,但没有酒量;然见善饮者痛饮美酒,我为之酣适。”

契丹正使耶律永昌大笑道:“那就开怀畅饮吧!”

苏轼举起酒盏,说了一番外交辞令,与众人同饮了一盏。酒过三巡,刘霄故作高深道:“敝国有一对,上联曰:三光日月星。下联迄未有对者。敝使知苏内翰乃南朝文章宗师,想必手到擒来吧?”

苏轼略一思忖,微微一笑道:“四诗风雅颂,不知可否对上?”

“风、雅、颂。”耶律永昌掰着手指头嘀咕着,像是发现了大秘密,高声道,“分明是三诗,哪来四诗?”

刘霄谙熟中原文化,知《诗经》中的“雅”分大雅与小雅,苏轼所对甚绝,耶律永昌却当场露怯,忙向他递眼色,举盏道:“喝酒喝酒!”

苏轼见刘霄果然有些文墨,便想戏他一戏,放下酒盏道:“还有一联,也可凑数:四德元亨利。”

《易经》所说四德,分明是元亨利贞,苏轼却只说了三个,刘霄终于抓住了他的把柄,得意道:“内翰这就说起醉话了?”

苏轼从容道:“敝使当然知道少说了一德;但那一德,是敝国仁宗的庙讳,怎敢不回避?”

刘霄张了张嘴,无以辩驳,猛地饮了一盏酒,把酒盏一撴道:

“饮酒怎能无诗，敝使愿与内翰即兴各赋一诗，如何？”

北朝一直暗中与国朝争正朔，由“辽”改为契丹，就是以“大中国”自居。刘霄的这个提议，暗含北朝文教不输南朝之意。一个贺节副使就可与南朝文章宗师平起平坐赋诗，一旦响应，就输了。苏轼心知肚明，遂一笑道：“赋诗，亦易事也；观诗，稍难耳。”此言一出，满座皆惊。识字的人谁没有读过诗，可会写诗的有几人？苏轼何以出此怪论！

“如若不信，不妨当场见证。”苏轼说着，示意随侍端来笔墨纸砚，他提笔勾画出十二个字：“亭、景、画、老、拖、筇、首、雲、暮、江、蘸、峰。”其中，“亭”字写得很长，“景”字很短，“画”字缺笔，“老”字稍大，“拖”字横写，“筇”字稍瘦，“首”字反写，“雲”字中“雨”“云”分开，“暮”字的“日”是斜着的，“江”字的“工”有些弯曲，“蘸”字倒写，“峰”字的“山”是歪着的。

写毕，递给刘霄：“此诗，请贵使一读。”

刘霄颠过来倒过去，怎么也看不明白，更是读不出来。

苏轼掸掸手道：“此谓之神智体诗，妙在不将全诗写出，以意写图，令人自悟。”

刘霄又看了几遍，摇着头道：“悟、悟不出来。”

苏轼拿来诗稿，边点着上面的字边吟诵：“长亭短景无人画，老大横拖瘦竹筇。回首断云斜日暮，曲江倒蘸侧山峰。”

刘霄盯着诗稿又看了一遍，恍然大悟：“哈哈，看懂啦！”话一出口，又觉得失了分寸，忙举盏向苏轼敬酒。

随后的几天里，刘霄收敛了傲慢之气，也不再提赋诗之事，倒是应苏轼之请，说了不少草原上的趣事。

正月十三，苏轼结束了馆伴使使命，当晚一进家门，就兴致勃勃喊道："快来快来，都来，我给你们说些契丹国的趣事！"

王闰之从正房走出来，向书房指了指道："子由在等你，好像有事。"

"是吗？那有空再给你们说。"苏轼说着，快步进了书房。

苏辙见二哥进来，面色凝重道："九二，事情要闹大了。"

年前，同为蜀人的御史吕陶上章，替苏轼所出策题辩护，指朱光庭弹劾苏轼，是因为他是程颐的弟子，因苏轼曾嘲讽程颐，朱光庭公报私仇。消息传出，御史中丞傅尧俞、侍御史王岩叟分别上章，弹劾苏轼出题不当，应予治罪。右正言王觌也上札子，一说程颐弟子朱光庭弹劾苏轼，苏轼同乡吕陶弹劾朱光庭，有朋党之疑；再言苏轼的策题有失轻重之体。太皇太后降诏："傅尧俞、王岩叟、朱光庭以苏轼撰策题不当，累有章疏，今看详得非是讥讽祖宗，只是论百官有司奉行有过。令执政召诸人面谕，更不须弹奏。"苏辙在舍人厅看到太皇太后的御批，多方打探，了解到了事情原委，忙来向二哥禀报。

"他们不就是想赶我走吗？我还不想待在这樊笼里呢！"苏轼一顿足道，说着，提笔写乞外放状，边写边道，"上了乞状，我就不再到翰林院当值了！"

第二天，苏轼将乞状呈上，闭门不出，在家候旨。政事堂里，宰执大臣奉旨把傅尧俞、王岩叟、朱光庭请到。首相吕公著宣谕毕，沉着脸道："苏轼所出策题，有失轻重，既然宫中已放罪，台谏就不必纠缠了。”韩维、吕大防、刘挚也随声附和。傅尧俞正色道：“诸公皆知苏轼有过，却顺从上意，不敢主持公道，恕尧俞不敢奉诏！”说完，离席而去。王岩叟、朱光庭也起身走了。随后，三人又各上札子，继续要求治苏轼之罪。苏辙探得消息，又向二哥通报。苏轼再上一状，恳请外放，继续在家候旨。

宰执大臣未能说服台谏，苏轼又坚请外放，太皇太后只得亲自出面疏解。正月十八，上元节尚未收灯，太皇太后和皇帝即在延和殿召对御史台正副长官傅尧俞、王岩叟。傅尧俞奏道：“汉、唐以来，多少策题，没有将祖宗与前代帝王比较长短者。”太皇太后道：“此小事，不消得如此，且休。”傅尧俞辩道：“关系朝廷大体，非小事。”太皇太后道：“苏轼不是讥讽祖宗。”王岩叟奏道：“若是讥讽祖宗，则罪当死，臣等也没有那么说，只是说苏轼言词失轻重，有伤事体，应略施薄惩。执政于政事堂对臣等皆言苏轼不是，既知不是，为何强令台谏要休？臣等为朝廷持风宪，若凡所论奏，动辄令且休，莫如把台谏裁撤！”太皇太后道：“策题经宫中点定。”傅尧俞对曰：“听说呈进三题，陛下爱苏轼虚名，故点其所撰，定然不曾反复详览。虽是钦点，于陛下何伤？今既分别得事理明白，陛下已知其虚名，不欲加罪，是惑也。”彼此辩论良久，互不相让。退殿后，傅尧俞、王岩叟联名上札子，请求辞职。次日起，傅尧俞、王岩叟家居候旨，不再到御史台供职。宫中遂将二人的札子降出，命三省覆奏。

看到宫中降出的傅、王二人的札子，苏辙当晚就到苏轼家里，叹息道：“这件事，太皇太后出面也未能化解，难办了。”

“我走开就化解了。”苏轼赌气道，“小人恨我，归根结底，是我不依附司马温公。”说着，把写给老友杨绘的书简递给苏辙看，上写着：“昔之君子，惟荆是师；今之君子，惟温是随。所随不同，其为随一也。老弟与温相知至深，始终无间，然多不随耳。致此烦言，盖始于此。”

“九二把事情想简单了。”苏辙叹口气道，“近两年，募役法之争，把旧党僚友得罪了；因贷常平钱一事，范纯仁对你多有不满；司马光丧礼上戏谑程颐，把程门弟子得罪了。吕公著也很不满，他已命将舍人厅北边的篱笆筑起来，还说，不要听那些浮薄之辈的。据说还有不少论劾你的，太皇太后都留中了。当下都说朝廷有三党：司马光弟子结成的朔党；程颐弟子结成的洛党；以我兄弟为首的蜀党。朔、洛合起来围攻你，新党对我兄弟更是恨之入骨，才出现今日局面。”停顿片刻，像是给二哥打气，又道：“不过，太皇太后是保护你的。若她不放你走，你千万不要固执，以免让太皇太后为难。”

苏轼冷冷一笑道：“我这就修书问问东坡雪堂怎么样了，大不了还到那里去。”苏辙摇摇头，心事重重地走了。苏轼未起身，提笔给潘丙修书，内云：“东坡不可令荒废，终当作主，与诸君游如昔也。”

过了两天，苏辙又来了，压低声音道：“太皇太后已传话给吕公著，要把你和弹劾你的台谏官一起外放，吕……”

“要贬我？”不等苏辙说完，苏轼就一跃而起，大声道。虽然他已四次上章请求外放，可一听太皇太后要外贬他，还是感到委屈。

苏辙伸手向下压了压，示意他落座，继续说："吕公著、范纯仁劝太皇太后大事化小，太皇太后改变了主意，照吕公著、范纯仁的意见，促你和台谏官照旧供职。"

苏轼松了口气。苏辙一走，提笔给张方平修书，内云："几至有所行遣，而诸公燮和之。数日有旨，与言者数君皆促供职，明日皆当见。"

次日午后，两名院吏来到家里，送给苏轼一道诏书，上写着："苏轼所拟策题，即无讽刺祖宗之意。然自来官司试人，亦无将祖宗治体评议者。盖一时失于检会，札付学士院知。苏轼、傅尧俞、王岩叟、朱光庭依旧供职。"

苏轼嘴角挂着一丝冷笑，心里说："哪里是失于检会，我是故意的。可惜我的一片良苦用心，付诸东流。只能再找机会了。"

二

京城顺天门外的金明池，规模巨大、布局完备、景色优美。虽为皇家园林，但每年二月开池一个月，供游人观赏。元祐二年三月十四日，苏轼偕集贤校理黄庭坚、监在京市易务宋肇，同游金明池。

一个多月前，诏促苏轼和弹劾他的台谏官俱照旧供职，苏轼奉旨到院当值，可傅尧俞、王岩叟还是不依不饶，继续上章，要求治苏轼之罪。太皇太后一再下诏安抚，又将替苏轼辩护的左司谏吕陶外放，总算平息了试题风波。黄庭坚几次去谒，觉察到苏轼还未从这场风波的阴影中走出来，便请他的朋友宋肇安排了这场出游，好让苏轼散散心。

三人从金明池北门而入，泛舟池中。但见沿岸垂杨蘸水，烟草铺堤，一群轻衫小帽的少年公子，正在比赛骑马；三三两两结伴的执扇女子，披着凉衫，抹胸内衣外穿，袒露胸颈，在旁欢呼惊叫。黄庭坚一指道："此情此景，先生无诗吗？"

苏轼摇头道："我想作诗，可像是习武之人被捆绑个结实，施展不得。"

说话间，小舟到了仙桥。忽听有人在桥上喊道："快看哪，戴子瞻帽的，不是苏内翰吗？"话音刚落，众人欢呼起来："苏学士！苏学士！"听到欢呼声，两岸游玩的男女，都向这边涌来，一睹当今文坛宗师的风采。黄庭坚调侃道："为何这么多人都想看苏学士？因为苏学士只言片语，就能换钱花。"

自宣召入翰林，苏轼的文坛宗师地位正式确立，身价陡增。他给司马光写的《温公神道碑》刚一出手，街面上就有雕版刻本出售，售价达一万钱。无论是出售文章还是书画，都是商人所为，既非苏轼授意，他也未从中获利。所以，听了黄庭坚的话，他佯装生气道："言利非君子！"

黄庭坚笑问："先生认识韩宗儒吧？"

苏轼答："他是中书省检校官，我做中书舍人时与之相熟，到现在他还经常送书简来向我求教。"

黄庭坚笑道："先生上当啦！"笑了一阵，才说明原委：韩宗儒官微俸薄，却爱吃羊肉，常去姚麟家开的肉铺买羊肉，苦于囊中羞涩，常常赊账。姚麟酷爱苏轼书法，便对韩宗儒说，得苏轼一纸，可换三十斤羊肉。韩宗儒便隔三差五修书向苏轼讨教学问，苏轼复书给他，他就拿去换羊肉。说完，黄庭坚又笑了起来，边笑边道："王羲之以字换鹅，人称他的字是'换鹅书'；先生的字可称'换羊书'矣！"

"有这样的事？"苏轼吃惊地问，说完大笑起来。

桥上的人越聚越多，黄庭坚忙吩咐艄公："调头，去临水殿。"

临水殿本是皇帝赐宴群臣之所，但每年开池的一个多月里，百姓可借此宴饮。宋肇已在殿中预订了包间，舟船驶至岛旁，一行弃舟登岸，进了临水殿。在此宴饮的富豪听说苏轼来了，纷纷提着酒壶前来敬酒。宋肇为眼前的场面所震撼，赋诗一首。黄庭坚按捺不住，接过笔赋《次韵宋懋宗，三月十四日到西池，都人盛观翰林公出遨》，内云："人间化鹤三千岁，海上看羊十九年。还作遨头惊俗眼，风流文物属苏仙。"

苏轼大笑："我由幽人变野人，如今一夕间又成仙人了！"

黄庭坚、宋肇也笑了起来。三人痛饮了一场，苏轼喝得大醉。

不几日，黄庭坚写苏轼游金明池的诗就在京城传抄开了。驸马都尉王诜派人送给苏轼一道便笺，邀他召集一批文士，端午节到西园聚会。自欧阳修去世后，京城的文人雅集少了很多，苏轼早就想恢复起来了，遂给黄庭坚等弟子和米芾发去了邀帖。端午节这天，他乌帽道服，与苏辙、黄庭坚、张耒、晁补之等前后脚来到安远门外王诜的西园。王诜邀请的高僧圆通，道士陈碧虚，画家李公麟、郑嘉会、王钦臣、蔡肇、刘泾，已在此恭候。众人见过礼，苏轼问："秦少游呢？"

“来了，弟子来了——”秦观小跑着赶到了。前不久，朝廷颁旨开制科，苏轼荐秦观应试，秦观为备考已来京，昨日拜谒他时，苏轼补了一道邀帖给他。

人已到齐，王诜带众人游西园。漫步游览了一圈，见侍童正在松树林下的石桌上摆设酒具，众人就先散开了。王诜请苏轼在一张宽大的石案前落座，又一指笔墨纸砚：“子瞻不能无诗。”

苏轼摆手道：“人到了京师，诗兴留在了黄州。”

王诜把笔递到他手上：“不行，不能白来一趟！”

苏轼忽然想到前年到筠州看望苏辙时，写过一首《端午游真如》诗，遂落笔抄录。王诜、李之仪、蔡肇三人专注地看着，两个云环翠饰的歌妓静静地侍立在侧。王诜抬头向四周扫视一眼，但见秦观和道士陈碧虚独坐在盘虬卧龙的老树上，一人弹奏，一人静静聆听；一片郁郁葱葱的蕉林之间，李公麟正在一张矮石桌上作画，黄庭坚等在旁围观；米芾像是被假山所吸引，提笔正在壁上留墨，王钦臣站在他身后，拢袖静观；竹林深处，刘泾和圆通大师脱靴盘坐，像是在打坐问禅；苏辙独坐于石磐旁，道帽紫衣，右手倚石，左手执卷而观。

过了小半个时辰，酒宴已摆好，王诜请众人入席，等了许久，李公麟才举着画作走了过来。众人一看，是幅《西园雅集图》，描摹的正是宴前各自书写、弹奏、论禅、读书的场景。景物逼真，人物栩栩如生。苏轼大喜，举盏敬李公麟道：“伯时，待会儿给我来一幅写真。”

宴罢，苏轼坐到一块怪石上，左手执藤杖，斜置膝前。张耒上前为他整理了一下黄道袍，又把高筒帽扶正。李公麟盯着苏轼，凝神沉思片刻，提笔画了一幅《扶杖醉坐图》。

“眉疏目朗，颧骨高耸，两颊清瘦，胡须稀少，醉意朦胧。酒后醉态，跃然纸上矣！”黄庭坚看罢，啧啧道。

众人正要散去，米芾突然大笑道：“人间清旷之乐，不过如此。汹涌于名利之域而不知退者，岂易得此哉？”

苏轼心头一震。可转念一想，若不是在京城做官，哪里会有这样的场景？他哈哈一笑道：“只要诸位都在京城，此清旷之乐，得之不难！”

三

京西醴泉寺是皇家寺庙，建有供皇帝、后妃临时休憩的殿阁和优人演出的戏台。元祐二年五月的一天，两制官陪皇帝到此游览，休息时，教坊使丁仙现带着几名优人表演滑稽戏。

“方今天下，我的文章写得最好！”优人甲道。

“何以见得？”优人乙问。

“连中三元，谁人可比？”优人甲得意道。

优人乙“嘁”了一声道：“那还是我的文章写得好，就连翰林诸公都赞不绝口嘞！”

这时，教坊使丁仙现戴着一顶高帽出场了，伸手将优人甲和优人乙拨拉到一边，趾高气扬道：“你们的文章算什么？敢在我面前夸口！”

优人甲和优人乙齐声问:“呦呵,你凭什么这么牛?”

丁仙现一指头上的高帽道:“难道你们没有看见?我头上戴着子瞻帽嘞!”

苏轼设计并由朝云缝制的乌纱高筒短檐帽,京城士子谓之“子瞻帽”,纷纷模仿,就连教坊司优人,也拿它打趣。皇帝听罢,启齿一笑,回头看了苏轼一眼。

与皇帝的目光相遇的瞬间,苏轼看得真切:少年天子的目光是那样纯净、明亮,还透着几分稚气。他的心颤了一下,低下头去,当即做出了一个重大决定。

过了两天,苏辙一散班,就被老萧叫到了白家巷。苏轼神色庄重道:“阿同,我要把出策题的真实想法奏陈两宫。”说着,递给他一叠文稿。

苏辙一皱眉头道:“事情好不容易平息了,又要挑起来?”

苏轼指着疏稿道:“看了再说。”

苏辙一看,疏稿先说他出的策题没有失于检会,接着把他与司马光争论募役法存废及反对刑部、大理寺尽废神宗朝所定约束官吏之法等详述一遍,又写道:“臣所撰策问,似实亦有罪,若不尽言,是欺陛下也。撰上件策问,实以讥讽今之朝廷及宰相、台谏之流,欲陛下览之,有以感动圣意,庶几兼行二帝忠厚励精之政也。台谏若以此言臣,朝廷若以此罪臣,则斧钺之诛,其甘如荠。”

苏辙摇了摇头:“前面说‘无罪可谢’,后面又说‘实亦有罪’,这不自相矛盾吗?况且,主动承认是为讥讽今之朝廷,不是授人以柄吗?”

“冒险出这道题，引起一场风波，却是围绕是不是讪谤二帝争论不休，出题的目的并未达到。”苏轼解释道，“我上此疏，把出题的真实目的向太皇太后奏明，希望治道有所改变；同时，我自己心里也踏实了，否则总觉得有蒙骗两宫之嫌。”

苏辙揣度这样的奏疏太皇太后必留中不发，秘不示人，便不再劝阻，转移话题道：“这次诏两制举荐台谏官，九二又得罪人了。”

苏轼问：“你是说张商英？”

蜀人张商英比苏轼小五岁，弱冠进士高第。当年苏轼兄弟扶父柩还蜀，张商英仆仆百里拦路哭祭，有《挽老苏先生》长诗。但苏轼对他不冷不热。章惇识其才，一力提携。后因私事求他举荐过的舒亶转圜，舒亶将他的书简上缴，张商英被贬。前不久，担任开封府推官的张商英上疏反对尽废新法，得知苏轼对新法态度发生变化，又闻朝中有蜀党之说，就投书苏轼，希望举荐他出任台谏官。苏轼见他用语鄙俗，轻蔑一笑，顺手把书简丢到书案上，不料被访客偷偷拿去，转交给了宰相吕公著，吕公著认为张商英浮薄，将其外放。苏轼很懊恼，特意设宴为张商英饯行，连写两首诗安慰他。

“听说张商英不能释怀，把账记在了你头上。”苏辙苦笑道，“那帮小人说什么‘蜀党’，九二要会结党，怎会得罪张商英。”又叹了口气，“赵挺之被朔党举荐，三省已列名奏上。此人做了台谏官，很可能报复，九二要谨慎些。”

去年初，赵挺之应馆试，黄庭坚禀报苏轼说，当年他监德安镇,请求缓行市易法,遭到通判德州的赵挺之严厉训诫。苏轼遂在评议时说赵挺之是聚敛小人,学行无取,不能入馆阁。此后,苏辙又将赵挺之岳父、西蜀提刑郭概劾罢。因这两件事,赵挺之恨二苏入骨,苏辙不得不提醒二哥小心。

苏轼烦躁道:"官场人际关系太难处了,这也要小心,那也要谨慎,倒不如在东坡做个野人的好!"

四

初秋的小雨淅淅沥沥地下着,为京城平添了几分凉爽。白家巷苏宅里,响起了欢声笑语。秦观顺利通过了制科"阁试",苏轼特将黄庭坚、晁补之、张耒招来一起欢聚。朝云边抚琴,边深情地吟唱着秦观在蔡州时赠营妓陶心儿的《南歌子·玉楼迢迢尽》。秦观盯着她,嘴唇随着她的节奏动着。

"什么'销魂当此际',这与柳永的词何异?"苏轼以责备的口气道。

秦观"哦"了一声,看先生脸色不对,忙低下头去。

苏轼见秦观有点紧张,笑着问众人:"我的词与少游的词比,如何?"

"少游的诗写得近词,先生的词写得近诗。"黄庭坚答。

苏轼笑道:"这是抑我以诗为词,不合规矩;扬少游词才是真正的词。难怪朝云唱得这般投入。"说着,向朝云摆手道:"退下,以后不能让你见秦少游,免得你被他的词所吸引。"

“哈哈，少游，你要当心啦！”黄庭坚起哄道。

秦观脸一红，连连摆手。

黄庭坚又调笑道：“少游乃白面书生，只是胡须太多。”

秦观捋了捋胡须道：“君子多乎哉？”

苏轼接言道：“小人樊（繁）须。”

“哈！恰如现成对子。”晁补之拊掌道，“先生之机智，令我辈叹服。”

“叹服！叹服！”众人附和道。

黄庭坚扯了扯苏轼的袍袖道：“听说近来收了几个虞侯，让她们出来热闹热闹嘛！”

“未能免俗。”苏轼道。又故作神秘，压低声音道：“我告诉你们一个秘密：养几个家妓，是替我解围的。有好友来，不用她们；有俗客来，我懒得应酬，才让她们出来应付。”

四个弟子都笑了。

“先生，那个……”张耒支吾道，“先生在黄州写的《黄泥坂词》，弟子很喜欢，能不能、能不能把手稿赐给弟子？”

“找找看。”苏轼答。翻捡了半天，好不容易找出来了，却见字甚潦草，半数已不能辨认。他搜索记忆，补齐了全文，顺手一推，推到张耒面前。张耒喜滋滋地拿在手里，小心翼翼叠好，装进诗筒里。

“有旨——”门外传来喊唱声。

苏轼急忙出迎，小黄门捧着一道圣旨递了过来。展开一看，是太皇太后手诏，命他撰写《沿路赐奉安神宗御容礼仪使吕大防银合茶药诏》。

黄庭坚觉得扫兴，讥讽道："两宫对苏内翰须臾难离啊，休沐日还要传旨撰诏。"

苏轼不语，研墨展纸，提笔写道："于赫神考，如日中天。"写毕，抬头问四弟子道："下面该写甚？"众人或摇头，或沉思，一时想不出词句来。苏轼挥笔续写道："虽光明无所不临，而躔次必有所舍。"

"哎呀，真乃神来之笔！"黄庭坚感叹道。秦观、晁补之、张耒连连点头，异口同声道："心悦诚服！"

众人欢聚到夜幕沉沉方散去。苏轼有些累了，正要上床休息，苏辙匆匆赶来了。二人进了书房，尚未坐定，苏辙就兴奋道："程颐危矣！"

前天，轮到程颐为皇帝讲读，到了迩英殿，小黄门传旨：皇帝疮痛，罢经筵。程颐怀疑皇帝是找借口逃课，便气鼓鼓地到政事堂去见宰相吕公著，问他是否知道皇帝患病的事；又提醒说，两宫临朝，皇帝不御殿，太皇太后不可独自听政。吕公著入宫请安，将程颐的话如实奏报一遍，太皇太后恼怒地"哼"了一声，命吕公著等人退出。消息传出，台谏哗然，胡宗愈、孔文仲上章弹劾程颐邀君索价。

苏轼兴奋道："胡宗愈是御史中丞，孔文仲是谏议大夫，二人是台谏领袖。他们上章弹劾程颐，宫中又将弹章降出，显然有意罢程颐了。墙倒众人推，我也上章论劾他！"

苏辙劝道："你非言官，不说话为好。"

苏轼瞪眼道："不吐不快，为何不吐？"遂提笔撰成《乞罢程颐状》，内云："臣素疾程某之奸，未尝假以辞色……"

"子瞻，你不该凑这个热闹。"过了两天，中书舍人刘攽散班后找到苏轼家里，一见面就责备道，"程颐以处士身份出仕，不为追求功名富贵，志在成就君德，意甚明显。你攻击他'奸'，未免过了。"

苏轼一撇嘴道："他那些迂腐之见，能成就什么君德！"

刘攽还要说什么，老萧在门外禀报，驸马都尉使者来了。苏轼正想避开刘攽的话题，忙吩咐传请。来人递上一封书简，苏轼打开一看，笑了起来。

王诜很喜欢收藏苏轼的书法，他知道苏轼喜欢藏墨，就送他二十六丸佳墨，让苏轼每种墨都试写一幅字，写出来归他。二十六丸墨试写完了，他不便予取予求，凡在街面上发现有苏轼的书画，就高价买回，还对苏轼戏称是为他"托市"。听说张耒得了《黄泥坂词》的真迹，便派使者来投简，内云："吾日夕购子书不厌，近又以三缣博两纸。子有近书，当稍以遗我，毋多费我绢也。"苏轼笑着把便简递给刘攽："贡父，你看看。"

"不想听我说话？"刘攽起身道，"程门弟子的话你想听否？"

苏轼忙拦住他问："他们又要弹劾我？"

刘攽道："右司谏贾易是程颐弟子，他预感老师保不住了，上章说事由苏轼、程颐交恶而起，如朝廷真欲澄清党争，当并逐苏、程。"

"呵呵，呵呵！"苏轼怪笑两声道，"我正想回东坡雪堂呢！"

刘攽摇摇头，拱手告辞。苏轼送他出门，回到书房，展开王诜以往所赠澄心堂纸一张，用那天从黄庭坚囊中夺来的墨，草书一幅《黄泥坂词》，让王诜的使者带回。

夜已深了，苏轼想起刘攽传递的消息，倦意全无，不停地在书房踱步，自问："走，还是留？"

五

坐落在崇政殿西南方的迩英殿，前槐后竹，气象幽深，为皇帝讲读的经筵，就设在这里。元祐二年八月下旬的一天，翰林学士兼侍读苏轼，迈步来到迩英殿前。阳光穿过两棵高大的古槐，在他紫色官袍上投下一片斑驳的影子。

夏季，听到谏官贾易上章要求将他和程颐一起外放的消息，苏轼又生离开京城之念，上章乞外任。乞状呈上，并无回复，却有命他兼侍读的圣旨下。成为帝王师，乃儒臣极大荣耀，苏轼打消了乞外放的念头，赋诗一首，自注云："仆射吕公、门下韩公、左丞刘公，皆自讲席大用。"指时任宰执大臣中吕公著、韩维、刘挚皆以翰林学士兼侍读后擢为执政，苏轼暗暗生出宰辅之望。

为皇帝讲读的经筵，每年分两期，春二月至端午为春期；八月至冬至为秋期。逢单日皇帝御迩英殿，讲官轮流主讲。苏轼接到兼侍读的诏书不久，程颐就在众人围攻下被罢去崇政殿说书一职，贬到西京国子监去了，他轮讲的内容，就由苏轼取代。

进了迩英殿，行礼如仪，苏轼翻开《三朝宝训》开始讲读。读了澶渊之盟一节，延展讲道：“真宗自澶渊之盟后，十九年不言兵，百姓安居乐业，天下富庶。神考时，边臣贪功，轻启边衅，臣曾代张方平拟《谏用兵疏》，神考未纳，结果西征大败，神考深受打击。”讲到这里，他用余光瞥了十二岁的皇帝一眼，见他露出不悦的神情，苏轼略显紧张，又道，“臣闻陛下仁孝发于天性，见昆虫蝼蚁，不忍踩踏，臣愿陛下无忘此心，以广好生之德。就如近来擒鬼章事，臣屡次上章，与众议异，其源盖自此也。”

鬼章为吐蕃大酋，桀黠有智谋，数为边患，神宗时曾率军数万出河州，大败官军。近来与西夏解仇，筑洮州居之，相约夺回河湟。熙河路经略使与边将抓住时机突袭洮州，将其生擒。捷报到京，举朝欢庆，苏轼却上章反对庆贺，不纳；再上章请节制边臣，以免其贪功生事，不报。他知道自己的主张惹得宰执大臣甚为不悦，所以借此机会讲说此事，以便影响皇帝的态度。可是，当他再次将目光投向皇帝时，看到的是一副不以为然的神态。苏轼意识到，阐述自己对时政的主张太多，可能引起皇帝的反感，只得把话题回到原文上去。

讲读毕，赐宴受赏，回到翰林院，几件撰制的词头压在案上。苏轼自任中书舍人起，就给自己立下规矩，凡有词头来，绝不拖延到来日，遂不顾疲倦，提笔撰制。刚写了开头，韩宗儒派堂吏送来一封便简。苏轼想到黄庭坚说过的以字换羊肉的话，对来人道：“回去传语本官，今日断屠，没有羊肉卖了！”说完这话，他自己也忍不住笑了。

过了几天，轮到苏轼在翰林院宿直。入了亥时，他命值守的四名院吏把酒菜摆上，一起饮酒闲聊。酒过三巡，他问一善歌的院吏："我的词和柳永的词相比，如何？"善歌的院吏答："柳词只适合十七八女郎，执红牙板，歌'杨柳岸晓风残月'；学士的词须关西大汉，铜琵琶，铁绰板，唱'大江东去'！"苏轼笑得前仰后合。笑罢，端起酒盏，与四人每人干了一盏，醉意朦胧中，吩咐笔墨伺候。

院吏大喜，忙展纸磨墨。苏轼提笔写下陶渊明诗句："平畴交远风，良苗亦怀新。"小楷、行书、草书，各体皆有，连写八张，掷笔道："痛快！"又一指写好的字，"拿去，换羊肉吃。"说罢，又是一阵大笑。

四人如获至宝，举盏相谢，苏轼又饮了一盏，摇着头道："说起来气人。昔人求字，往往拊心呕血而不获，裸雪没腰仅乃得之。可子由却把我的字轻易送人，气煞我也！"说完，向前一栽，趴在案上打起鼾来。四院吏相视而笑，搀扶他到官舍歇息。

夜里宿直，白天即可回家休息。苏轼醉酒，睡到上午巳时半才起床，正要往家走，翰林学士承旨邓润甫拦住他，递给他一叠公牍："子瞻，这件事你最知根底，还是你来拿主意。"

苏轼揉了揉眼睛，回到直房把公牍匆匆浏览一遍，不禁倒吸了口凉气。原来，兵部员外郎叶祖洽升礼部郎中，给事中赵君锡封驳，认为叶祖洽科考时讥讪祖宗，不应提升。太皇太后御批翰林学士、中书舍人、谏议大夫共同参定。十七年前，担任科举编排官的苏轼抓住叶祖洽殿试策问卷中"祖宗多因循苟简之政，陛下即位，革而新之"这句话，反对点他为状元，神宗钦点叶祖洽为状元后，苏轼一气之下，拟了一篇策问试卷进呈，让神宗大为恼怒，成为他仕途一路下滑的转折点。叶祖洽也因为背着媚上的恶名，多年来仕途蹭蹬。如今赵君锡又翻出这桩旧事，倒让苏轼进退失据。他又把叶祖洽的策问试卷印本看了一遍，提笔写道："臣愚，今详君锡所驳，极为未允。臣取祖洽印本试策寻究，即无讥讪之言，不知君锡何以见其讥讪。"

"子瞻，你当年坚称叶祖洽讥讪仁宗，如今赵君锡重复你当年的话，怎么你又指责起赵君锡来了？"邓润甫不解地问。

苏轼尴尬一笑道："我当年是意气用事。"

"子瞻，还是不要这样写吧。"邓润甫劝道。

"要这样写！"苏轼语气坚定道，"从文章中寻章摘句，罗织罪名，对政风危害甚大。所以，我要为叶祖洽正名。"

二人正说着，忽有诏旨到，命苏轼主持馆试，即日锁院。他很是意外。冷静一想，当是那道实话实说的奏疏起了作用，太皇太后明白了他的良苦用心，以再命他主持一次馆选的方式，变相收回对他"失于检会"的责备。苏轼会心一笑，暗暗叮嘱自己，这次出题要小心些，不能再惹无谓的风波了。

六

朱雀门外的太学院内，有座朝集院，科举考官锁院后，就住在这里。元祐三年二月中旬的一天，苏轼燃上一炷香，背手站在宽敞的庠斋里，眉头紧锁，感慨万千。

三十一年前，恩师欧阳修知贡举，那时自己还是赴考的士子；

如今以知贡举身份住进这间庠斋，主持皇宋开国以来的第五十七次进士科考试，真有天道轮回之感。当年，受欧阳修、梅尧臣两位文坛大老的赏识，继之又得到韩琦、富弼、张方平等庆历士大夫提携，苏轼曾幻想，不久的将来，自己就会获得主持抡才大典的机会。不料王安石推行变法，打断了这个进程。可即便在最艰难的岁月里，他也多次梦到在贡院主持科考。如今梦想真的实现了，他却没有了想象中的激动，反而生出几丝悲凉。这悲凉，既源自他对国是的担忧，又来自他自身处境的微妙。三十一年过去了，如今的朝政又回到了当年的轨道。当年，有识之士无不认为圣朝已积弊丛生，应当变革；三十一年后的今天，却在为重新回到当年的局面而庆幸。去冬京城出现雪灾，朝廷求直言，他上《大雪论差役不便札子》，建议恢复募役法，立即招致非议。谏议大夫王觌上疏说："苏轼长于辞华而暗于事理，若使久在朝廷，则必立异妄做，宜且与一郡，稍为轻浮竞躁之戒。"在这些人的眼里，谁要主张振作、革新，谁就是轻浮之辈。国是如此，个人的际遇，更是到了动辄得咎的境地。去年再次主持馆试，出题时小心翼翼，借王莽得以代汉、曹操功盖天下却未能得天下，让考生"考其政、察其俗，悉陈其所以然者"。不料馆试刚结束，御史杨康国就论劾他说，苏轼出的策试题，竟然是要考生回答王莽、曹操攘夺天下的难易，令人惊骇；御史赵挺之弹劾他以王莽、曹操篡汉之术为问，考其设心，罪不可赦。好在太皇太后袒护，此事最终不了了之。前不久，命他知贡举的敕书刚颁下，左司谏贾易就上章抗旨，认为朝廷选用不当，苏轼逞才使气，让他知贡举，必任意取人。台谏论劾他的札子，太皇太后虽留中不发，苏轼从不同渠道还是听到了，写给刘攽的便简云：“某江湖之人，久留辇下，如在樊笼。”可是，太皇太后信任他，命他主持抡才大典，他不能辜负期许，遂举荐黄庭坚、秦观、晁补之、张耒、李公麟等分别出任参详官、编排官、点检试卷官，朝廷照单全收。苏轼决计忍辱含垢，尽心办好这次贡举。不巧的是，去冬大雪封路，交通遇阻，礼部提供的报到名单与各州所报贡生人数相差达三分之一，苏轼即上章请求将考期延展半个月，又顾全三月发榜定例，采取御试将初考与复考合并，同时增加辅助官人数，以便保证如期发榜。朝廷采纳了他的建议。开考前夜，苏轼将考官和辅助官召集在一起，拜托大家小心行事，不要被台谏抓住把柄；同时念及遇到酷寒，宜宽放不必要的禁约，使得考生可从容答题。今日开考，苏轼暗自祈祷开考大吉，不要出什么事端。

正祈祷间，参详官黄庭坚急匆匆进来，禀报道：“内翰，快去看看吧，巡铺官要将两名贡生押出。”

苏轼一听，抓起棉斗篷披在身上，跟着黄庭坚往巡铺赶去。

“这两个贡生，口传作弊，应予扶出。”巡铺指挥使郑永崇见苏轼赶来，昂着头道。点检试卷官晁补之忙禀报道：“二人试卷已然逐字点对，只有十九个字相同。”

“依朝廷条贯，进士科考试，只有夹带小抄者方令扶出。因此，当速送二子回考场。”苏轼决断道。

郑永崇冷笑道：“我说不许，谁敢送回去？”

苏轼大声道：“呈札子乞太皇太后裁夺！裁夺未到前，贡生先去考试。”说完，转身出了巡铺。

“哼哼，你等着！”身后传来郑永崇恶狠狠的声音。

苏轼听到了，边走边嘱咐黄庭坚：“拟札子，加上一个请求，更换巡铺指挥使，不然的话，任凭他这样挟情罗织，举子无由存济！”

札子进呈，当天就有了回复，准二生继续考试；撤换指挥使郑永崇，以陈慥代之。

苏轼松了口气。

第二场刚开考，贡院里响起一阵吆喝声。苏轼一惊，正要出去查看，黄庭坚跑来禀报，巡铺抓到三个夹带考生，依法扶出，指挥使陈慥令士卒大声吆喝。苏轼怒道：“这还了得！”边说边往外走。黄庭坚拦住道：“算了吧。上次的事，内官觉得没面子，发泄一下，不要与他们纠缠了吧！”

苏轼正踌躇间，忽有院吏慌慌张张跑来禀报：“不好了，孔舍人呕血了！”孔舍人，名文仲，是孔子四十七代孙，刚升中书舍人，此次受命同知贡举。苏轼闻报，忙到他住的斋舍探视。进屋一看，地上一片鲜血，便叫着他的字道：“经父，我这就奏请送你回家，以便诊治。”孔文仲连连摆手：“律法明定，考官锁院，不发榜不得出，岂可中途出院？”苏轼再劝，孔文仲还是不答应，苏轼只得吩咐院吏好生侍候。

第二场考试结束，试卷誊录毕，即开始阅卷。次日午后，参详官张耒拿着一份试卷来谒，兴奋道：“此文甚佳，似是模仿先生的《醉白堂记》写成。”

苏轼忙接过阅看，惊喜道：“嗯，好文章，置该场第一。”又问张耒，“这当是李廌写的吧？”

李廌虽有文才，却屡试不第，家境贫寒，苏轼很希望他这次能够考中，黄庭坚、晁补之、张耒等弟子知道老师这份心思，也都很留意此事。过了两天，张耒禀报："置于第一的卷子不是李廌的，是一个叫刘焘的举子。"

苏轼叹了口气，叮嘱道："留意下一场吧。"

第三场开考，苏轼正巡视考场，忽听震天动地的呼喊声，忙疾步前去查看，远远就看见四五十号士卒押着一个举子，边往外走边高声喊叫着。苏轼伸出手臂向下压了又压，示意众人停止。巡铺指挥使陈慥佯装没有看到，继续指挥士卒呼喊，直到苏轼大步跨到他面前，陈慥才止住喊声，向苏轼一拱手道："此生夹带，被当场缴获。前天刚扶出三人，还有敢犯者，为震慑考生，本使特召集士卒呼喊。"

苏轼气得说不出话来，转身往回走，一进庠斋，提笔写奏札："朝廷取士之法，动以礼义举人，怀挟自有条法，而内臣陈慥，乃敢号令众卒，齐声唱叫，务欲摧辱举人，以立威势，伤动士心，损坏国体。本院无由指约，乞赐行遣。"写毕，交监门供奉官进呈。不多时，宫中送来御批："送内侍省挞逐之。"苏轼一笑，亲自到巡铺宣旨，又指挥两名士卒，将陈慥押出。

贡院终于安静下来。

"鲁直，闲极无聊，又不能作诗，莫如说说鬼神故事吧。"二月二十一日这天夜里，苏轼踱步来到黄庭坚所住的庠斋，一进门就道。

苏轼考进士那年，因欧阳修将太学体文章一概黜落，引发落榜举子闹事，闹事者举劾欧阳修在锁院期间与众考官诗词唱和，心思全不在考务上，仁宗颁旨，禁止考官锁院期间唱和诗作。苏轼担心被台谏纠举，不敢破此禁令，可锁院近一个月了，他耐不住寂寞，只得以说鬼故事来打发时光。

“好主意！”正在黄庭坚庠斋闲坐的点检官李公麟赞同道。

“鬼仙所作诗词、我辈凡人梦中所作诗词，二位听到过吗？”苏轼边落座边问。不待二人回应，又道，“当年我进京赶考途经骊山华清宫旧址时，夜里在客栈梦见杨贵妃穿着只有六铢重的薄裙在宫中漫步，唐玄宗命我作《太真妃裙带词》，我当场写出。次日起床，还清晰地记得梦中的诗句，便提笔记了下来。”说着，闭目诵了出来。

李公麟问：“梦中作诗之事，或可理解；神鬼如何作诗？”

苏轼神情诡秘道：“鬼不仅会作诗，且其诗亦有佳者。”随口吟了一首，像是有了本钱，对黄庭坚和李公麟道，“该你二人一人说一个鬼故事了。”

夜半说鬼，沉浸在神秘玄幻氛围里，黄庭坚和李公麟不禁有些毛骨悚然，苏轼却觉得很是过瘾，只是怕误了公事，才不得不告辞。

这天，众人都忙考务去了，苏轼一个人呆坐庠斋，实在无聊，提起评点试卷的朱笔，在一张素笺上一扫，画了一幅竹图。正在自我欣赏，点检官秦观抱着一叠试卷进来了。一见书案上红色竹图，好奇地问：“世上竟有红色竹子？”

苏轼反问：“平常都以墨色画竹，难道竹子是墨色的吗？”

秦观道："画谱里从此可加上'朱竹'一格。"说着，把试卷放在书案上，抓起一份递到苏轼手里："先生先看一份再说。"

苏轼只看了几眼，就放下了，又拿起一份，突然一拍书案，生气道："时下的举子，都不识字吗？"

第三场考试，苏轼出的题是："出而难任，蛮夷率服。"（注：任，佞也。）这里的"难"字，当读去声，拒之使不得进之意。可两份考卷里，举子都将"难"读为平声，理解为"难于任人，则得贤者，可服四夷"，故而引得苏轼发火。

秦观道："王安石在《三经注义》里把'难'字注为去声，解释为拒之使不得进。举子们皆知苏内翰以反对王安石新经闻名，揣摩主考官的意思必与王安石有异，所以才出现了这种状况。阅卷官不知该如何处理，特来请示。"

苏轼把卷子往秦观面前用力一推，决断道："这类试卷，一概黜落！"说罢，长叹一声："时下的士风这么不堪了吗？考试还要揣摩主考官的心思。"又问："有没有文章像李廌写的？"

秦观拿起一份考卷道："这篇文章颇有李廌风格。"

苏轼阅罢，惊喜道："当是李廌所作，置第一！"

待成绩登录毕，拆开弥封一看，不是李廌，是葛敏修，黄庭坚喜滋滋道："可贺内翰得人。这葛生乃我做太和令时相从的一个学子。"

苏轼苦笑道："李廌之才，谁人可比？最后一场务必格外留意。"

第四场考试结束后，黄庭坚、张耒、晁补之、秦观，一人挑出一份试卷呈苏轼阅看。苏轼对黄庭坚选的卷子玩味良久，晃了晃道："这必是李廌之作。"说着，提笔批道："笔墨滥翻，气魄不凡，堪魁多士。"可待拆开弥封，方知不是李廌，是一个叫章援的举子所作。苏轼失望之余，叹息道："章惇正走霉运，若此子得中，对他也是个安慰。"章惇拒绝为四个儿子荫官，让他们走科举正途。两个儿子已进士及第，今科又有章援、章持二子赴考。举子报考要填家状，苏轼看到过，记在了心里。只是三次没有猜对李廌的卷子，让他很不甘心，又从被黜落的遗卷中挑出两份，纳入录取名单。待开启弥封一看，一个是章贡，章惇的族侄；一个是他通判杭州时曾从学其门下的孙勰。

三月十一日发淡墨榜，孙勰名列第五，刘焘、章援、章持、葛敏修也位在前列，李廌却榜上无名。苏轼正惋惜间，忽听院外人声鼎沸，出门细听，原来是落榜举子闹事，说孙勰已被阅卷官黜落，苏轼特意检出，分明是舞弊。他苦笑着对黄庭坚道："搜检遗卷，既是主考官特权，也是惯例，安得诬我作弊？"说罢，提笔上章，请朝廷明是非、示公道。过了一个多时辰，内官传旨："有无弊案，殿试毕再论。"闹事者只好散去。经过殿试，三月二十二日正式放榜，孙勰仍名列第五，此事也就不了了之。

解锁回到家里，苏轼昏昏沉沉地睡了一天一夜。起来后向朝云大倒苦水："知贡举看似风光，实则战战兢兢。一遭大雪阻路；二遭巡铺内官捣乱；三遭作弊诬谤。可我没有欧阳文忠公的运气，可以选到传承自己衣钵的人，本来寄希望于李廌的，结果他还是……"

话未说完，吏部侍郎孙觉派亲吏来禀：孔文仲从贡院一回到家就吐血而死。苏轼忙赶去孔家祭奠，拊柩哭道："当今推崇圆滑而厌恶峥嵘，求劲直如吾弟经父者，无有矣！"

"咱家承受不起啊，苏内翰。"孔文仲夫人闪身出来，用冰冷的声调道，"他就是太傻了，受人利用，致有今日。"

苏轼愕然，本想问受何人利用，可话到嘴边又咽了回去。孔文仲夫人带有敌意的神情，已告诉了他答案。当晚，命老萧将苏辙叫到家里，把到孔家祭奠时发生的一幕说了一遍，蹙眉问："阿同，你知道是怎么回事吗？"

苏辙道："孔文仲和程颐都是周敦颐的弟子，去年他却攻击程颐不遗余力。其死讯报到政事堂，吕公著当众说，孔文仲个性亢直，没有心机，受浮躁之辈利用以害良善，后来觉悟被人欺哄，呕血而死。"

"我找吕公著问个明白！"苏轼起身道。

苏辙拦住他道："吕公著提你的名字了吗？"

苏轼顿足道："京城，我是待不下去了，这就上表乞守郡！"说完向外一扬手，示意苏辙退出。不待苏辙出门，就提笔写乞状。

乞状进呈好几天，没有得到回复，他又上一状，再申前请。

"卿家何故屡人文字乞郡？"三天后，太皇太后在垂拱殿召对，开口问苏轼道。

"臣患眼疾且精力衰退，不宜在翰林院供职。"苏轼奏道。

太皇太后道："是因台谏屡屡纠弹之故吧？你兄弟自来孤立，向来进用，皆是皇帝与老身主张，不因他人。今来但安心，勿恤人言，不用再进文字求去。”

苏轼只得喏喏告退。散班回到家，也不与家人说话，径直进了书房，提笔写着什么。几次请用饭，他都无动于衷。

朝云觉得奇怪，忍不住问：“郎君在埋头写什么？”

苏轼把太皇太后召对情形约略说了一遍，叹口气道：“太皇太后恩德高厚，外放一言，再难出口。可我自知不容于时者，皆因宠禄太过，遭人嫉恨。我反复斟酌，乞罢学士，做国子监祭酒之类的闲慢差事，或可两全。”说着，把刚写成的《乞罢学士除慢闲差遣札子》递给她看。但见札子先把他近年受到的攻击略述一遍，再说这都是缘于他秉性刚拙，观点不随大流，却升官太快、俸禄太厚。最后说本想请求外放，又恐辜负圣知，上违恩旨；如仍担任现职，则是与台谏为敌，不避其锋，势必不安。

“唉——”苏轼长叹一声道，“笼中之鸟，总羡慕天空飞翔的苍鹰，不好受嘞！”

七

宣佑门西廊之北内东门，有一座精致的殿阁，俗称小殿子，是撰麻之所。依例，凡封后、建储、命相，皆用麻纸，谓之撰麻。凡要撰麻，皇帝亲御小殿，召翰林学士面谕旨意，随后锁殿草制，当夜撰就进呈。元祐三年四月四日将要散班时，中使到翰林院传宣：翰林学士苏轼入小殿子。

苏轼到了宣佑门，两名红衣吏挑灯引导，缓步进了小殿。殿内红烛高照，纱帘低垂。苏轼即知太皇太后也到场了。行过礼，帘内传出除目。苏轼一看，吕公著罢相，以元老备顾问；吕大防升首相，范纯仁升右相。这二人道德高尚、处事温和、不植党羽，由他们出任宰相，表明太皇太后对党争感到厌倦。苏轼想问一句，五天前所上《乞罢学士除慢闲差遣札子》是否御览，可否允准。但朝廷礼仪森严，利用撰麻之机奏请他事，必被御史纠弹，他还是忍住了。

“官家在此。”帘内传出太皇太后的声音。

“适才已行过礼了。”苏轼恭谨答道。

“有一事要问内翰，前年官居何职？”太皇太后突然问。

苏轼答：“团练副使。”

太皇太后又问：“现官居何职？”

苏轼不知太皇太后为何明知故问，心里怦怦跳着，奏道：“备员翰林，充学士。”

太皇太后接着问：“何以至此？”

苏轼答：“幸遇陛下。”

太皇太后道：“不关老身事。”

苏轼不解，但还是奏道：“皇上的恩典。”

太皇太后道：“也不关官家事。”

苏轼越发疑惑了，又奏道：“莫非是大臣论荐？”

太皇太后道：“并非如此。”

苏轼慌了，奏道：“臣虽无状，但不敢请托。”

“久待要内翰知道。”太皇太后语气沉重起来，“这是神宗皇帝的遗愿。神宗皇帝在时，饮膳中常看文字，看得停下筷子时，内侍们便知，必是在欣赏苏轼的作品。他又常称道：奇才，奇才。不幸未及起用内翰，就上仙了。”

仿佛神宗在位的十八年间自己所受的委屈、曾经的怨恨，瞬间都得到了释放，苏轼失声痛哭起来。

帘内传出太皇太后和皇帝的抽泣声。

“内翰，内翰！”太皇太后哽咽道，“直须尽心奉事官家，即是报答先帝的知遇。”

苏轼止住哭声，答道：“臣谨记！”

太皇太后和皇帝起驾，内侍要把御前金莲烛一并撤去，太皇太后道：“留给内翰照明。”

苏轼恭送两宫出殿，心潮久久难平。眼看金莲烛就要燃尽，才提笔撰麻。

解锁后回到家里，苏轼睡了一天，傍晚命老萧把苏辙叫来，向他讲述了东小殿的对话后，情绪激动道：“阿同，太皇太后以国士待我，我也只能不顾一切，报答知遇之恩了。”

“太皇太后为何说那样的话？”苏辙像是自言自语，又像是在和苏轼探讨，“我揣度，太皇太后那样说，目的有二：一来，化解你心中对先帝长期弃而不用难免产生的怨恨；二来，让外间知道，重用你是先帝的遗愿，不要因为你骤居高位而攻击你。”

“不管怎么说，只能以死相报了。”苏轼激动道。

苏辙提醒道：“不要招惹台谏，太皇太后也约束不了他们。”

苏轼听进去了。此后整整一个月，他没有上疏言事，即使是在经筵上，讲读时也不再关涉时政。依例，皇帝定期轮流召对四品以上官员，轮到召对苏轼，他奏陈三事：一是广耳目。二是严取士。三是抑荫官。这三条，都是从庆历时代起就有的老生常谈，没有人站出来指责他。

“子瞻，你要给我写送行诗。”这天朝会散后，给事中顾临追上苏轼，一拱手道。说着，伸手拉了拉他的袍袖，走到一个僻静处，压低声音道，“吕相找我商量，要差我出任河北路都漕，负责为开回河提供保障。”

“开回河？”苏轼瞪眼道，“这不是胡闹吗！”

三十年前，黄河在商胡埽决口，河水转头北上，经卫河入沧州之北的乾宁县一带出海。元丰初，黄河在大名府一带决口，分出一条水道向东而去，形成了黄河东、北二股入海局面。但东河道在数十年的时间里渐渐淤积，黄河有彻底北流之势。神宗朝投入大量人力物力疏通东河故道，改北向东，效果不彰。一听如今又要实施回河工程，苏轼顿时来了气，大声道：“我要上章谏阻！”

回到翰林院，提笔写了一道札子，极言黄河不可回夺，务必取消回河工程。写毕，派亲吏送到户部，交给已升任户部侍郎的苏辙过目。

“这道札子，还是不要上了。”当晚，苏辙来到二哥家，劝道。

苏轼语调深沉道：“我刚说过要誓死以报知遇之恩，认为朝廷做了错事，就该不顾个人安危谏阻。”

苏辙蹙眉道：“对错不能只凭个人主观判断。元老文彦博、吕公著，宰相吕大防、范纯仁和工部、都水属官、河北路安抚使，都支持此事，台谏也未提出异议，只你一人认为是错的。”

“人都爱随大流，清醒者是少数。”苏轼辩道。

正说着，老萧进来，递上一封开封府推官毕仲游的书简。苏轼一看，毕仲游劝他说，老师的职务不是台谏官，却喜欢多言，屡触他人忌讳，因而每每卷入是非之中，犹如抱着石头去抢救溺水的人。苏辙晃着书简道：“散朝时你当众说要谏阻，当是传到了毕仲游耳中，特来书相劝。他说的对，你不要再做抱着石头去抢救溺水人的事了。”

苏轼叹了口气：“谏阻札子可以先放放，但我要上章请求把顾临留在朝廷。更换人，势必拖延兴工时日，这期间说不定有人会醒悟过来，取消回河工程。”

八

南薰门外、南山亭内，知开封府钱勰做东，邀请翰林学士苏轼、吏部侍郎孙觉、中书舍人刘攽和御史中丞胡宗愈，为顾临饯行。

几天前，得知顾临出任河北转运使的消息，苏轼多方打探，方知他请留顾临的札子被中书省压下了，只得无奈地赋诗送顾临：“上书苦留君，言拙辄报已。”本想设宴为顾临饯行，却让钱勰占了先，苏轼过意不去，扫视众人道：“明晚，我做东，到镇河楼为子敦饯行，诸位不可缺席。”

钱勰笑着道：“子瞻主持的饯行宴，谁舍得缺席！”

众人推杯换盏，酒宴迟迟未散。顾临肥胖，行动迟缓，有“顾屠”的诨号，因嗜睡，又称“嗜睡顾屠”。此时，因喝多了酒，便趴在酒桌上假寐。苏轼已是微醺，有了诗兴，提笔赋《送顾子敦使河朔》一首。写毕，见顾临还在睡，坏笑着挪开碗碟，手蘸茶水，在酒桌上写下“顾屠肉案”四字。众人捂嘴偷笑。苏轼越发兴奋，掏出三十个铜钱猛地丢到酒桌上，对钱勰道：“钱掌柜，且片批四两肥肉来！”

众人大笑。

铜钱丢在桌子上的响声，已把顾临惊醒，苏轼的话他听到了。在众人的哄笑声中直起身，揉了揉眼睛。苏轼把送行诗递给他。顾临一看，竟有“磨刀向猪羊，酾酒会邻里”之句，喘息声明显加快，呼出的粗气吹起了胸前的长须，他把诗稿往桌子上一丢，起身向众人一拱手，转身走了。

“子瞻，顾子敦真生气了。”孙觉望着顾临的背影道，“明天的饯行宴，你还是不要去了，我接办吧。”

苏轼尴尬一笑，提笔写了首诗，递给孙觉，“莘老，届时带给子敦。”

孙觉一看，是首道歉诗，内云：“善保千斤躯，前言戏之耳。”

“顾临素知我好戏谑，竟然恼了，不该啊！”第二天晚上，想象着镇北楼为顾临饯行的场景，苏轼自言自语着，既懊恼又不解。次日一进待漏院，就拉住孙觉到门外僻静处，低声问：“昨日在镇河楼，顾子敦有没有骂我？”

孙觉道：“我终于明白是怎么回事了。顾子敦本不愿离京，提前知会你消息，有意让你出面谏阻回河工程；你说要谏阻，却没有行动，他心存怨气；又见你拿他的肥胖戏谑不止，方拂袖而去。”

“明白了，明白了。”苏轼低声道，像做错事的孩子，低头溜边回到待漏院。早朝一散，他就翻出早已写好的《述灾沴论赏罚及修河事缴进欧阳修议状札子》，当天就上呈了。

九月初五，轮到苏轼讲读，将要结束时，他突然道：“陛下即位近四年来，水旱天灾迭见，阴阳失和，都是朝廷赏罚不明，举措失当造成的。”

半个月前呈送的《述灾沴论赏罚及修河事缴进欧阳修议状札子》又被中书省压下了，苏轼耿耿于怀，便不顾禁忌，借讲读之机，向皇帝当面陈情。在先列举了三个赏罚不当的例子后，接着说：“黄河回夺，更是荒唐！河决而北，先帝时曾兴工导之向东而不果；如今又要兴工，难道他们比先帝还要高明？当年，欧阳修有议状反对兴工，如采纳其进言，何至白费那么多人力物力？如今还不汲取教训，臣实痛心。”

皇帝和侍经筵的大小官员，被苏轼的举动惊得目瞪口呆，迩英殿里寂寂无声。内押班愣了半天才缓过神儿来，宣布散席。

“九二，看来你捅马蜂窝了。”两天后的晚上，苏辙找来，一脸焦躁道，“宰执大臣很生气，说天子年幼，你不该在他面前诋毁臣僚和朝廷施政措施。传闻台谏官已纷纷上疏论劾你。”

苏轼凛然道：“太皇太后对我知遇至深，像这样的事，我不言之，谁更言之？”

苏辙摇头道：“可你说了，不仅不起作用，反倒引火烧身，何必呢？”

苏轼冷笑了两声："阿同，我意已决，请郡！"

苏辙劝道："太皇太后含泪对你说出那番话，安得轻言离开？如果弹章留中不发，你也不要提外放的事。当年弹劾王安石的少吗？只要官家信任他，他就义无反顾。"

苏轼默然。

等了几天，只是听说弹章盈筐，却并未降出，苏轼只好硬着头皮照旧当值。几天后，因《神宗实录》修成，参与编修的黄庭坚升中书舍人，御史赵挺之弹劾他"操行邪秽"，黄庭坚竟被降回原职；右司谏贾易又弹劾秘书省正字秦观，说他填词秽污，过于柳永，秦观被发回蔡州继续担任州学教授。

"是我连累了他们，是我连累了他们。"苏轼痛心疾首，不停地自责，一连四五天都闷闷不乐，唉声叹气。王闰之看不下去了，故意问："都说你旷达洒脱，为何做了高官却时常唉声叹气？"

"老妻说的是！"苏轼挤出一丝笑容道，"与其独自烦闷，何不找朋友谈诗赏画？"说完，吩咐老萧备马，去找宗正寺丞王巩。

一到王巩家，尚未进清虚堂，就大声道："定国，有新画吗，拿出来观赏！"

王巩拿出王诜送他的设色画《烟江叠嶂图》请苏轼观赏。苏轼细细观看，恍惚间觉得图中勾勒了一座桃花源，遂提笔于空白处赋《书王定国所藏〈烟江叠嶂图〉》。内云："江山清空我尘土，虽有去路寻无缘。还君此画三叹息，山中故人应有招我归来篇。"

王巩问："子瞻，你相信世间真有桃花源？"

苏轼摇头道："避世也逃离不了生活的烦恼，只是通过想象，求得暂时解脱罢了。”

王巩笑了笑道：“暂时解脱总比一直郁闷要好。”

临别，王巩问：“子瞻，朝廷明年要开制科？”

苏轼“嗯”了一声，跨马欢快而去。回到家里，才琢磨出王巩问话的意思，提笔写了一道举状，荐王巩参加“节操方正可备献纳科”考试。不几日，忽见侍御史王岩叟的弹章，弹劾王巩奸邪，谄事苏轼以获其荐举。王巩竟由宗正寺丞，贬为西京通判。

“欺人太甚！欺人太甚！”苏轼顿足道，提笔写了一道《辨举王巩札子》，举出司马光生前如何夸赞王巩，回击王岩叟的指责，最后说：“痛司马光死未数月，而所贤之士变为奸邪，又伤言者本欲中臣而累及巩，诬罔之渐，惧者甚众。”次日将札子呈上，愤懑难消，到同院好友范祖禹的直房大倒苦水：“纯夫，我过去很天真，以为台谏代表公论；现在才明白，台谏官都有自己的私欲。如果朝廷再是非不分、赏罚不明，简直就让君子无以立足了。我现在只盼赶紧出此樊……”

话未说完，院吏送来一道文牍。苏轼一看，是御史赵挺之弹章副本，弹劾他在给吕大防命相的麻词里引用《诗经》中“民亦劳止”四字，是将神宗比为周厉王，诽谤先帝，其心可诛。他“啪”地把文牍摔在书案上，咬牙道：“他这样深文周纳，才真是其心可诛！”

范祖禹捡起弹章浏览一遍，劝道：“子瞻，宫中降出此疏，意在让你辩白，你还是上章给太皇太后解释一下吧。”

苏轼气冲冲回到直房，提笔写《乞郡札子》，不具体反驳赵挺之的指责，而是先将他自回朝以来受到攻击的缘由、与赵挺之结怨的原因都详述一遍，然后说："二年之中，四遭口语，发策草麻，皆谓诽谤。未出省榜，先言其失士。以至臣所荐之士，例加诬蔑。"既然动辄得咎，自己又左臂麻痹，两目昏暗，坚请一郡。封发了乞状，又写了一道告病假一月的申状，便回家候旨了。

白家巷苏宅前，隔三差五响起赐药赐膳的呼号声，中使一遍又一遍传口谕，问他何日朝参，苏轼不为所动。

这天，苏轼正在院子里烦闷地徘徊着，忽有陈慥的一个仆从出现在面前，禀报说陈慥晋京来看他，已到陈留驿。苏轼大喜，次日亲自到东水门码头去迎。一见面，就拉着陈慥的手道："季常，我如在樊笼，身不由己，很羡慕你啊！"

陈慥笑道："在黄州，常为沦落江湖而伤感；入朝廷，又为身不由己而烦恼。要怎么样才能令子瞻满意呢？"

苏轼嘿嘿一笑道："我还是留恋江湖。"

陈慥摇头道："真到了江湖，你又要向往庙堂。"

苏轼不知如何回答，请陈慥上马。一进家门，就大声唤道："陈大侠光临，都出来见礼！"与家人见过礼，酒宴已备好，苏轼即请陈慥入席，陪他畅饮，久违的欢笑声在院中回荡。

宴罢，苏轼请陈慥到东斋休息，陈慥摇头道："子瞻，你现在的身份到底不同了，与江湖之人打交道，要适可而止。我还是到兴国浴室去住的好。"

"这是什么？"苏轼一抖身上的道袍道，"我是决然不会再留京城的。"

话音刚落，忽听门外有传旨声。苏轼迎出接旨，是他的请郡乞状批出了，却是“不允”二字。与诏旨一起送来的，还有宫中赏赐的官烛、法酒。苏轼抚摸着法酒，眼睛里闪出激动的光。陈慥见状，悄然而去。苏轼浑然不觉，脑海里构思出两句诗来：“分光御烛星辰烂，拜赐宫壶雨露香。”

九

一个月没有上朝了，走进翰林院直房，苏轼先翻看朝报。只看了几眼，突然一拍书案，自语道：“这还了得！”拿起朝报去找间壁范祖禹，一进门就以惊悚的语调道：“纯父，这是大阴谋啊！”

范祖禹一看，是郓州州学教授周穜的上疏，请求让王安石配享神宗宗庙。一个微官的建言，并未引起宰执大臣和台谏的重视，不知苏轼因何如此敏感。范祖禹以疑惑的、不以为然的眼神看着他，一言不发。

“这是新党在试探朝廷，他们开始行动了！”苏轼焦急地说，一副痛心疾首的样子。因太皇太后赏赐官烛、法酒，苏轼感动之余，打消了坚请外放的念头，陪陈慥在京城游览了几天，便销假到翰林院当值，没想到会发生这样的事；更让他焦急的是，宰执和台谏对此都置若罔闻。

范祖禹笑了笑道：“周穜不是你举荐的吗？”

去年，苏轼想起当年在湖州被押解出城时，官员中唯有幕职微官陈师锡为他送行，德行追踪于古人；在金陵遇到的江宁府司理参军周穜，为人热情、周到，便写了两份荐表，举荐此二人。谁知周穜出任郓州州学教授后，会如此张狂。听了范祖禹的话，他“噌”地站起身，边往外走边道：“我这就上章自劾!”

回到直房，提笔上《论周穜擅议配享自劾札子》，请求太皇太后特敕有司严惩周穜，并议他的妄举之罪。过了好几天，没有听到任何动静。多方探听，方知札子被中书省压下了。他火冒三丈，提笔写成第二道《论周穜擅议配享自劾札子》，因内容敏感，先封送苏辙过目。

“九二，你怎么总是前后不一?”当晚，苏辙冒雪找来了，一见面就抱怨道。第一道自劾札子里，苏轼已暗示王安石为奸人；第二道札子则明确写道：“或首开边隙，或兵连祸结，或渔利榷财，为国敛怨，或倡起大狱，以倾陷善良，其为奸恶，未易悉数。而安石实为之首。……昔安石在仁宗、英宗朝，矫诈百端，妄窃大名。”苏轼在金陵会王安石后，有“从公已觉十年迟”的诗句；王安石故后，苏轼起草制书，对他褒扬有加。这是尽人皆知的。只过了两年，突然大骂王安石是奸佞，苏辙对此很是不解，不能不责备他自相矛盾。

苏轼解释道：“阿同没有看出苗头吗？遭罢黜的新党人物跃跃欲试，崔台符等人已重新起用，王安礼也在四处活动，就连吕惠卿也提出量移苏州安置的请求了。周穜州县小吏，敢提出大议，背后必是受人指使，如不反击，早晚一天新党会复辟。新朝开局以来，我辈只说王安石好话，现在看，其腹心羽翼布在中外，怀其私恩，其党甚坚，其心甚一，而主上不知。因此，只有彻底否定王安石，才能阻止新党复辟。”

“没有人这么认为，只有你。”苏辙不满地说，又一皱眉头：“既如此，你专攻王安石和新党就是了；可你在札子中说：‘但使执政之中有如富弼、韩琦，台谏之中有如包拯、吕诲，或司马光尚在，此鼠辈敢尔哉？’这不把宰执和台谏都得罪了吗？”

苏轼凛然道：“我所忧者，一则新党复辟；二则是非不分。自吕大防、范纯仁当国，力主新旧调和，看似公道无私，实则是做老好人。我既誓言报知遇之恩，就不能瞻前顾后了。”

苏辙叹了口气，起身告辞了，临出门，又道：“劝九二三思。”

苏轼没有听苏辙的劝告，还是把第二道自劾札子封发了。过了两天，朝旨下，只是将周穜由学官改为户曹，此事也就不了了之。苏轼大失所望，等年后经筵一开，也就不再顾忌，轮讲时抛开正题，讲起了《易经》：“象曰：大君有命，以正功也。小人勿用，必乱邦也。”解说了一通后，又道，“臣之所以说《易经》，是因为国之本在于明赏罚、辨邪正，二者不立，乱亡随之。”说完《易经》，又列举实例，力言“当下纪纲颓驰，偷惰成风，天下之乱，可坐而待”。

“子瞻，你明知宰执大臣对你讲读时每每抨击时政感到不满，为何还我行我素？”这天早朝后，中书舍人刘攽把苏轼拉到一旁，责备道，“据闻宰执大臣怒不可遏，台谏更是纷纷上章论劾你。”

苏轼淡定道：“只盼弹章降出，我好请郡。”

刘攽压低声音道：“不知何故，御史王彭年弹章内容已经传播出来了，说你是蛊惑皇帝的奸人，断不可再留为近侍。”

苏轼冷笑道：“定然是政事堂里的大老们对我恼羞成怒，故意把王彭年的弹章内容外泄。看来，苏某已为执政诸公所不容了。”

果然，三月十六日告下：“苏轼罢翰林学士兼侍读，除龙图阁学士充两浙西路兵马钤辖、知杭州。”颁敕的同时，赏衣服一对、金带一条、御马一匹。

“收拾行装，全家去杭州！”回到家中，苏轼吩咐王闰之，又哈哈一笑，提笔赋诗一首，内云：“堪笑钱塘十万户，官家付与老书生。”

“让迨、过二子留京吧。”当晚，苏辙到家里劝道，“与告敕同下赏赐，表明太皇太后依然信任你，只是迫不得已临时外放，估计很快还会召你回来。”

“都走，以示决绝！”苏轼断然道。

正忙着收拾行装，黄庭坚带李廌来谒。一见面，李廌施礼道：“下第后无颜见师长。此番晋京，给先生送点墨丸。”说着，把一个照袋放到书案上。打开一看，墨二十八丸，香气袭人。苏轼惊喜道：“哎呀，近岁虽贵人造墨，亦未有用尔许麝香！”又抬眼看着李廌，“方叔苦寒，哪来的这些宝墨？”

“家传。”李廌答。

苏轼感叹道：“方叔，受之有愧啊！”略一思忖，又道，“宫中赐我一匹天厩马，送方叔代步吧。”说着，提笔写了一张马券递给李廌，“若要卖此马，当有此马券为凭。”说罢，唤来老萧，把李廌安顿到东斋，留他多住几日。

李廌刚走出书房，黄庭坚低声道：“我听李廌说，去年落第，他回到家里，乳母说，苏公知贡举你都没有考中，还指望以后吗？说完自缢而死。李廌悲痛欲绝，对科举已经绝望。他这次来，是想让二丈荐他入仕的。”

苏轼叹息良久，摇头道：“还是劝他走科举正途。”说着，提笔作《余与李廌方叔相知久矣，领贡举事，而李不得第，愧甚，作诗送之》。

黄庭坚接过笔：“我和一首。”提笔赋《次韵子瞻送李廌》。写毕，笑道，“这两首诗加上御马、马券，李廌售出，可成富翁。”

苏轼笑了。

当晚，苏轼正与黄庭坚、李廌宴饮，苏辙匆匆赶来了，把苏轼拉到书房，压低声音道：“先别急着走，发生了一件大事！”

第二十二章　月明千顷

一

元祐四年七月下旬的一天上午，西湖的一艘画舫上，官妓正为太守苏轼、通判袁毂唱秦观的《满庭芳・山抹微云》，忽听不远处一艘乌篷船上，传来一个女子的声音："是'画角声断谯门'，不是'画角声断斜阳'，秦少游的词，用的是'门'字韵。"

"哦？这是何人，对少游的词如此谙熟。"苏轼惊喜道。

艄公像是体会到了太守的心思，用力把官船向乌篷船划去，"哐"的一声，把乌篷船撞得就地打了一个转。苏轼对乌篷船上的女子拱手道："让佳人受惊了，致歉致歉！可否请佳人到画舫来，切磋少游的词？"

女子听罢，将裙裾向上一提，跨上了官船甲板，施礼道："奴名琴操，虽是歌妓，但卖艺不卖身。"

苏轼一来就听说了琴操的芳名，知她是文学造诣极高的才女，今日一见，原来是一个十五六岁、国色天香的少女。他心里一颤，问："琴操，少游的诗是'门'字韵，你能不能改用'阳'字韵吟唱一遍？"

琴操略一思忖，随口吟唱起来。

苏轼侧耳细听，虽然韵脚全变了，内涵和意境却与旧词相似，这才不得不叹服。他盘腿坐定，对琴操道：“我作长老，佳人试参禅。”

琴操一提裙裾，双手合十，在苏轼对面坐下。

苏轼问：“何谓湖中景？”

琴操答：“落霞与孤鹜齐飞，秋水共长天一色。”

苏轼眼前一亮，用这句出自王勃的《滕王阁序》来形容湖中景是再合适不过了。他微微一笑，又问：“何谓景中人？”

琴操答：“裙拖六幅湘江水，鬓耸巫山一段云。”

苏轼露出惊讶的神情。想不到就连唐代不知名的李群玉的诗句她也顺手拈来。这两句诗用了湘江神女和巫山神女两个典故，显然琴操是想以这两位痴情的神女自喻，表达出自己要做一个敢于追求真爱的女子。苏轼心生爱怜，继续问：“何谓人中意？”

琴操答：“随他杨学士，鳖杀鲍参军。”

杨学士，当是指欧阳修之前的文坛领袖杨亿；鲍参军当是指南朝文学大家鲍照。苏轼心想，她该不是向我表达爱意吧？自从发生周韶和秋蝉削发为尼、马盼盼之死这几件事后，他就决计不再招惹女人。动情也好，同情也罢，他不想再让一个女子为他误了终身。琴操年纪还小，当让她早日认清残酷的现实，遂又问：“如此究竟如何？”琴操眨巴着眼睛，在斟酌词句，苏轼突然一拍小几，声调凄凉道：“门前冷落车马稀，老大嫁作商人妇。”

琴操的身子摇晃了一下，神色黯然道：“醒黄粱，世事升沉梦一场。”说完，起身向苏轼施了一礼，含泪回到乌篷船上。

“龙图为何那样说？做个红颜知己不好吗？”袁毂不解地问。

袁毂是苏轼同年袁宠之子，擅填词，接到知杭州告敕后，苏轼荐他来做通判，二人无话不谈。望着远去的乌篷船，苏轼摇了摇头：“我不想再害一个痴情女子。”又轻叹一声道：“巾帼才女，越有才情，命运越是悲惨；我辈须眉，真不该抱怨世道对自己不公。”

“龙图，到岸了。”艄公喊了一声。

苏轼问：“这就到岸了？湖面是不是缩小了？”

话音未落，忽见一匹快马向这边驰来，离有一箭远，就听马背上的州校大喊道：“太守，出事了，州署被围啦！”

苏轼一惊，嘀咕道：“刚到二十来天，就有人围州署？”

三月十六日接到出知杭州的告敕，正收拾行装准备离京时，突然发生了一桩堪比“乌台诗案”的“车盖亭诗案”。神宗朝末代宰相蔡确被苏辙攻倒，先贬陈州再迁安州。他在游览安州名胜车盖亭时，写了十首绝句，被人告发，台谏又交章弹劾，说“矫矫名臣郝甑山，忠言直节上元间”之句，是借唐上元年间郝甑山谏高宗传位于武后事影射太皇太后；又质问“睡起莞然成独笑，数声渔笛在沧浪”之句，方今朝廷清明，不知蔡确所笑何事？从苏辙那里得到消息，苏轼吃惊之余，又有几分快意，遂写了一封密奏，建议皇帝先下诏设狱勘问，治蔡确之罪；太皇太后在皇帝降诏后，下旨赦之，就说那些诗未必是蔡确所写，以显示太皇太后的宽仁；这样一来，如果蔡确还知道君臣大义，就该羞愧自杀！对苏轼如此表态，太皇太后深感满意，在他离京时，特遣中使赐龙茶、银盒。这是宰执外放时才能得到的礼遇。在蔡确被发配岭南的告敕颁下后，苏轼才于四月中旬离京南下。船到南都，谒张方平，在他家里住了一个多月，一面与张方平探讨养生，一面为去年底去世的范镇作墓志铭。到润州，被贬放于此的沈括把他从鄜延路前线带回的石墨相赠，苏轼赋诗相谢。在金山寺拜会佛印，以玉带相赠。一路上，州县官设宴款待，友朋迎于岸，直到七月三日才到杭州。安顿好一家老小，即首访孤山寺、智果寺，召在天目山的道潜到智果寺做住持。除了孤山，西湖就是他魂牵梦绕的地方了，只是忙于公私杂务，今日才得以畅游，不料湖面比十五年前缩小了很多，正要探问究竟，却接到了州署被围的消息。

"怎么回事?"苏轼从后门进了州署，顾不得擦汗，就焦急地问。

"为了和买绢的事，闹起来了。"法曹毛滂禀报道。

杭州一带产丝绢，每年年初，官府向养蚕户付钱预购，谓之"和买绢"。苏轼在京时常听到议论，说杭州的丝绢质量越来越差，他到任后就向僚属了解情况，得知近年官府姑息成风，蚕户就用轻疏湖药织成的劣绢蒙混缴纳。苏轼责令收纳官严格把关，不得收纳劣绢。结果，被拒收的民户聚集闹事，二百余人一路呼喊口号，游行到州署前，齐声高喊要面见太守诉冤。

苏轼大怒："此必有凶奸为首者组织，不然何以至此?"遂将州校集合起来，手持剑戟，呼啦啦冲出首门，挡成一道人墙，苏轼随后走了出来，站在首门外台阶上，大声道，"本州初到，今日之事，待查明后，当有一个交代。朝廷律法昭昭，冲击官衙者，流配。尔等不可为锱铢小利铸成大错!”说完,一挥手,众州校抖了抖手里的刀戈剑戟,向人群逼去。众人遂哄散而去。苏轼转身回到后堂,签发令檄,命收纳场所在地的仁和县迅疾查明闹事的组织者。

过了两天,仁和县丞、收纳官陈皓上申状,禀报闹事的组织者乃本县颜章、颜益兄弟,并详细描述了二人组织策划的过程。颜氏兄弟系第一等豪户,低价大量购买劣绢,再卖给绢户,从中赚取差价,故被拒收后便扇摇众户,意图以众多之势,胁制官吏,必欲今后常纳恶绢,不容大革前弊。苏轼阅罢,大喊一声:“捉拿颜氏兄弟,枷送司理院禁勘!”

过了几天,是太守升堂审案之日。苏轼端坐大堂,条案上摆着司理院对每个案件拟好的判词,事前已送苏轼审阅。判词均引用具体法条,他没有理由驳回。

第一个被带进大堂的是颜章、颜益兄弟。颜章脖子一梗道:“太守凭何律抓我兄弟?”苏轼被问住了。因颜氏兄弟并未触犯刑律,判词是“放停”二字。颜章见苏轼答不上来,越发嚣张,咆哮道,“你还是乖乖送我兄弟出去的好!”

苏轼一拍条案道:“尔兄弟作恶多端,不可轻饶,本州要法外刺配尔等!”说着,提笔重写判词:“颜章、颜益家传凶狡,气盖乡闾。故能奋臂一呼,从者数百。欲以摇动长吏,胁制监官。蠹害之深,难从常法。刺配本州牢城!”又一举判词,吩咐道,“以此晓示乡村城郭人户,今后不得以劣绢纳官,庶几明年全革此弊!”说完,把一枚令签向地上一丢,高喊一声,“押下去!”

“你这个胡乱断案的狗官!”颜益扭过脸来骂道。大堂里响起

“威武——”的喊声，把颜益的叫骂声淹没了。

“小生冤枉啊——”随着喊冤声，一个二十多岁的男子被押进大堂。

“有何冤枉？”苏轼问。

人犯哭诉道：“小生以制扇为业，不幸父亲卧病，三个月后故去了，影响了事业，到了秋天，扇子又一时卖不出去，并非故意欠钱不还。羁押小生在牢，债还不上，家里人也要饿死。”

苏轼扫了一眼判词，提笔划去，重新判道：“情有可原，放停还债。”又道，“你且拿白色夹绢团扇二十柄来，我来替你发个利市。”

接下来的一个案子，是冒名欺诈、逃税案。查看罪证，但见两个包裹的封帖上写着：“杭州苏轼封至京师苏侍郎。”苏轼顿时火气，抽令签要用刑，人犯吓得浑身颤抖，连连叩头。苏轼心软了，问他因何假冒太守之名。人犯答，他是穷贡生，乡人集资助他赴京赶考，他买得建阳小纱二百端，欲晋京贩卖，赚取些盘缠，因担心沿路抽税，便假冒太守之名。苏轼听罢，提笔改判词：“苦寒子弟，求学不易，可悯。”判毕，写了一道新封帖：“龙图阁学士知杭州苏轼至京师竹竿巷苏学士收。”写毕，笑道：“你却不知，苏子由已不是侍郎了。”因车盖亭诗案中力主严惩蔡确，苏辙不久前已升翰林学士兼侍读。苏轼方特意改之。贡生一见封帖，叩头再三，抹泪退下了。

苏轼拿起惊堂木，刚要宣布退堂，见适才释放的男子抱着一摞扇子站在门口，正向里面探头，苏轼放下惊堂木，向他一招手，男子抱着扇子进了大堂，苏轼提起判笔，在团扇上各写行书、草书，顷刻写就，一掸手道：“拿去，换钱还债！”男子叩头泣谢，抱扇退出了。

“法外刺配罪人，当奏明朝廷请罪，写道奏疏来。”苏轼边往外走边吩咐跟在身后的法曹毛滂道。

“太守，出人命啦！”一名州校慌慌张张地跑过来禀报道。

二

州署后堂里，通判袁毂拿起笔，却迟迟没有落下，转脸看着坐在旁侧的苏轼，突然笑了起来，边笑边道：“《谢罪表》里有一句话，我觉得说到点子上了。”

“哪句话？”苏轼好奇地问。

“临事不能自回。”袁毂答。

因法外刺配彦氏兄弟，左司谏贾易弹劾他断案只凭己意，无视律法。朝廷下旨，命释放彦氏兄弟，苏轼放罪。他在《杭州谢放罪表》里，抱怨郡守权力太小，也检讨说：“早缘刚拙，屡致忧虞，用之朝廷，则逆耳之奏形于言；施之郡县，则疾恶之心见于政。虽知难，每以为戒，而临事不能自回。”一听袁毂提起此事，苏轼苦笑道，“是啊，总是控制不住自己。”

“这不，临事又犯老毛病了。”袁毂点着要他副署的《乞赐度牒修廨宇状》中的一节道。

上月，鼓角楼突然坍塌，压死鼓角匠一家四口。苏轼接报，急命巡查廨宇情形。查得州城内官署、城门、楼橹、仓库，有二十七处大量损坏，急需抢修。僚属都说，杭州官署是当年吴越国皇宫建筑，规模高大，皆珍材巨木构成，修缮起来破用钱数浩大，故历任太守都回避此事。苏轼力排众议，写成《乞赐度牒修廨宇状》，请求朝廷赐度牒二百道，多支公使钱五百贯。奏状中说："孙沔作中和堂，梅挚作有美堂，蔡襄作清暑堂之类，皆务创新，不肯修旧；其余率皆因循支撑，以苟岁月。"袁毂以为这些话把前任太守都得罪了，故不肯副署。

苏轼解释道："不这么说，太皇太后必有疑问，守杭州的那么多名臣，没有谁提出需修缮官署，为何苏某要提？"

"可一下要二百道度牒，恐朝廷不允。"袁毂又提出了异议。度牒是出家人的身份证明。因一旦出家，就不必再服劳役、兵役，也不再纳丁钱和其他杂税，一些人为避税逃役，争相购买，每道度牒官价一百三十千，实际要卖到三百千，杭州一带甚至可卖六百千。这是朝廷的一项重要收入，所以对发放度牒相当谨慎。

"我这是一举两得。"苏轼又解释说："我观今秋天旱，来年青黄不接怎么办？依例是放官贷。官府放贷，成何体统？从今日起，浙西七州一律严禁放贷。这样一来，就只剩平籴一个办法。如朝廷颁下度牒，即可征召七州富户纳米购牒，然后将这批米平价卖于缺粮县，一进一出，虽官府在米价上略微吃些亏，但可平抑粮价；所得款项，可挑紧要处修缮官廨。既赈灾荒，又修官廨，一举两得。"

袁毂笑道："既然龙图这么说，我就签了吧。"副署毕，叹了口气道："时下干旱，加之淤塞严重，运河快不能通航了，这件事不能不抓紧做了。"

苏轼决断道:"疏浚运河有专款,临濮县主簿苏坚谙熟水利,你带他实地踏勘,拿出方案。"

袁毂带苏坚一番踏勘,制定了一套方案,苏轼遂调集捍江士卒并厢军千余人,兴工疏浚茆山河、盐桥河。

冬至这天,苏轼到工地巡视,又以浙西路兵马钤辖、知杭州双重身份,由通判袁毂作陪,设宴钤辖司,宴请两浙兵马都监刘季孙、督工苏坚等人。刘季孙虽是武将却喜作诗,席间赋诗一首赠苏轼。苏轼当场回了一首,内云:"一年好景君须记,最是橙黄橘绿时。"放下笔,扫视众人问:"诸位以为,州政还有何紧要处?"

众人七嘴八舌说了一通,苏轼边听边梳理,心里有了底。回到州署,对袁毂道:"浙西七州冬春积水,夏秋又遭干旱,原打算二百道度牒一举两用的,可三个多月过去了,朝廷迄未回复,只能上表请求赈济了。"

袁毂为难道:"监司认为这不算灾荒,至多算不够风调雨顺,不同意奏请赈济。"

苏轼一扬手道:"不要理会他们,上道《乞赈济浙西七州状》,请求将上贡米留一半用于赈济。我再给八宰执逐一修书,恳请各位大老高抬贵手,早允所请。"

可是,到了腊月中旬,《乞赐度牒修廨宇状》《乞赈济浙西七州状》都如石沉大海。苏轼突然兀自发出几声冷笑,自语道:"朝廷得过且过,让郡县如何施政!"一气之下,以患寒疾为由,将州政委于袁毂,告假在官舍养病。

官舍高斋里，住着从眉州来的妻弟王箴和他的朋友仲天贶，前来问学的秦观之弟秦觏、老友钱勰之子钱蒙仲。苏轼时而与王箴、仲天贶一起回忆家乡，时而与秦觏、钱蒙仲并苏迨、苏过论学，还不时亲自动手制作美食，尽量忘却因受朝廷冷落而带来的烦恼。眼看已是岁暮，朝廷还没有回复他的两道奏状，苏轼在家里也坐不住了，便带上四个客人，往游寺庙。

这天，一行来到落星寺，茶道名手谦法师为苏轼"设茶"。苏轼虽好茶，但对茶道还不甚了了，便请谦法师传授。谦法师道："此事得之于心，应之于手，非可以言传学道者。"苏轼眯起双目，细细体味，点了点头，提笔赋诗一首，赠谦法师相谢。众人正在品茶，忽有小沙弥气喘吁吁地送来一简，是一首过润州诗，苏轼阅罢，问："甚清丽，不知何人所作？"

小沙弥道："乃承天寺僧仲殊所作。"

提到仲殊，众人都笑了。此人本是安州进士，因风流成性，其妻在其饭中下毒，亏得一老医用蜂蜜解毒，救他一命。从此看破红尘，削发为僧。入寺后长期辟谷，只食蜂蜜，人称"蜜殊"。苏轼也喜食蜂蜜，又见仲殊会作诗，兴奋道："知会仲殊和尚，明日同游西湖。"

次日，天上飘起了雪花，仲殊如约来到西湖，一上游船就连写了两首诗，苏轼步韵和了两首。仲殊所备午饭，有豆腐、面筋，皆用蜂蜜浸泡，王箴等人摇头不愿下箸，苏轼却吃得津津有味，作《安州老人食蜜歌》。仲殊笑道："这首诗，看似浅显，实则是人生感喟：俗世朋友间的交往，总有是非爱憎，关涉利害；不如方外之交，超脱凡尘浊障之外，纯情欢快。”

“纯情欢快！纯情欢快！”苏轼高兴地重复着。

三

“岂有此理！”苏轼“噌”地站起身，用力把一道公牍摔在地上。

“是有些过分。”袁毂边弯身捡起文牍，边附和道。

去年腊月底，朝廷颁敕，准浙西留贡米三分之一用于赈灾。苏轼闻报，销假视事。他嘱州吏算了一笔账，留贡米三分之一不能满足赈济需要，尚缺三万余石；加上所请修官署的度牒迄未颁下，遂于二月四日又上了一道《乞降度牒召人入中斛斗出粜济饥等状》，请求朝廷颁给二百道度牒，先济饥殍之民，后完久坏官署。奏疏刚封发，接到户部符，告知他朝廷鉴于浙西、淮南报灾荒，并成一案办理，已于正月二十六日赐度牒三百道，命转运使与提刑、钤辖洽商后分配。身兼钤辖的苏轼准备好了说辞，以便在商洽时争取尽可能多的度牒。不料今日一到直房，收到转运司牒，转运使叶温叟竟在出巡途中擅自把三百道度牒分配了，杭州只分得三十道，而润州就分了一百道。

“不行！”苏轼一顿足道，“牒转运司，要求依照朝廷敕令，会同提刑、钤辖司依公重新分配。”说完，叫来书吏，口述牒文。第二天一进直房，又把袁毂找来，皱着眉头道：“夜里我反复斟酌，虽已牒转运司要求重新分配，深虑叶温叟不听，纵肯听，不过再给杭州添三二十道度牒，还是不足支用。当上章控告叶温叟，让朝廷下旨，多给杭州度牒。”

“叶公手握监察我辈的大权，龙图与他又是同年，还是不要与他撕破脸吧。”袁毂劝道。

“赏罚不明、是非不分，乃当下大患。我岂可随此恶俗！”苏轼义形于色道。说完，提笔写成《论叶温叟分擘度牒不公状》，控告叶温叟任情专制，出巡途中擅自分配度牒，分配又极度不公。正文又外贴黄：“杭州元奏缺米三万石，乞度牒二百道。今来转运使只与三十道。润州元不奏缺米，显是常平钱米足用，今来却与一百道，深骇物听。……杭州若得一百五十道，犹未足用，乞自圣旨分擘施行。若只下本路，其转运使叶温叟，必是遂非，不肯应副。”

封发了控告状，苏轼余怒未消，烦闷至极，吩咐州校备马，驰出州署。过了祥符寺桥，转身向州校一挥手道：“不必跟随！”说完，打马直奔寿星院而去。

寿星院住持清顺是苏轼通判杭州时的诗友，他正在盘络着满满的凌霄花的两棵古松下打瞌睡，苏轼踏着满地落花走过来，清顺睁开眼睛道：“学士来晚了，错过了花期。”

“落花也有落花的景致嘛！”苏轼答。

“是啊！”清顺笑了笑道，手指落花，“盼学士作一韵语。”

“没有心情！”苏轼摇头道，说着盘腿在清顺对面坐下。

清顺望着他道：“一腔入世情怀，却又想洗涤尘俗，于是不时跑到寺院来，以求取心情轻松。”

“长老说对了一半。殊不知，我的前身就是山僧。”苏轼双手合十道，“我有一事想向长老讨教：我原认定前生即此院山僧；可六年前在筠州，有高僧说大愚山真如寺戒禅师是我前身。不知怎么回事？”

“或许，戒禅师先在寿星院，后来云游四方，落脚在大愚山真如寺了吧。”清顺说着，笑了起来，“转世入了凡尘，还是坐不住的性子！”

苏轼笑了。

“平时少胡思乱想。”清顺道。他知道苏轼是来纾解心绪的，便缓缓说起禅来。苏轼专注听着，郁结于胸的一股怒气渐渐消散了，提笔作《减字木兰花》一首。

在寿星院盘桓了一天，傍晚才回到州署。刚进首门，通判袁毂就迎上去，焦急道：“哎呀龙图，你可回来了，杭州要出大事啊！”说着拉着他的袍袖进了通判厅，把仁和县的申状递上。苏轼一看，仁和县发生了瘟疫，已有大批民众死亡。他吸了口气问：“州库还有结余官钱吗？”

袁毂答：“尚有两千贯。”

苏轼略一思忖，道：“我在黄州时得一祖传秘方‘圣散子’，遇瘟疫，于天明时用大锅煎煮，不管老少，各服一大盏，就能使疫气不入其门。拿出这两千贯，我捐五十两银子，在众安桥那座籍没入官的宅子设病坊，牒各大寺院遴选僧人前去合药，救治百姓。”说着，把“圣散子”秘方录下，交给袁毂速办。

忙乱了一阵，瘟疫控制住了。苏轼找袁毂商量：“安乐病坊不可撤，以后每年从田赋中留出病坊所需费用，以医治患病百姓。”

袁毂点点头，又叹口气道：“此番发生瘟疫，皆因饮水不洁所致，若不尽快疏浚六井，恐城内百姓饮水要发生困难。”

州城吃水全靠六井，苏轼当年通判杭州时，太守陈襄就曾主持疏浚，他还特意写了《钱塘六井记》详述工程始末，遂吃惊问：“不到二十年就要重修？”

袁毂道：“淤塞严重，六井里快没有水了。”

六井疏浚、维护，照例由寺院负责。苏轼记得当年主持六井疏浚的几个僧人名字，吩咐州校将他们召集到州署来。结果只有年过七旬的子珪一人到了，禀报道：“当年主持者都故去了，只剩老衲一人还活着。”苏轼唏嘘良久，问子珪：“长老，六井何以又坏了？”

子珪答：“六井引西湖水，毛竹做管，时间一长，变坏腐烂，再加上一些杂草泥沙堵塞，所以坏了。”

苏轼又问：“能不能不用竹筒做管，以利长久？”

子珪答：“用瓦筒引水，外加石槽固定，必可长久。”

苏轼不假思索道：“既然要做，就要做利长久的，就照长老说的办！”

子珪捋了捋雪白的长须道：“只怕瓦筒未坏，却已无水可引。”

苏轼一惊，忙问：“此话怎讲？”

子珪叹息道：“六井之水出自西湖；再过二十年，西湖存不存在未可知啊！”

苏轼愣住了。他已了解到，西湖湖沼沉积严重，不加浚治，容易被淤泥藻草侵占，湖面便越来越小。他通判杭州时，西湖葑田约占湖面十分之二三，不过十五六年时间，葑田几乎占据了半个西湖。听了子珪长老怀疑再过二十年西湖会不会存在的话，他心里一沉。可疏浚西湖工程浩大，他已请求修缮官署，再呈请疏浚西湖，恐朝廷不会允准，也会引起非议。所以，钱塘县尉许敦仁几次建言开西湖，他都未置可否。这些情形，不便在子珪长老面前说起，沉默了片刻，一拱手道："长老，上紧筹备修六井事，待竣工，本州上表，请朝廷赐长老法号、紫衣，以酬两度修六井之功。"

子珪拜谢，施礼而去，州吏闪身进来，呈上一道朝廷敕书，加赐两浙和淮南二路度牒六百道，其中杭州一百道。

"加上上次分得三十道，共有度牒一百三十道。虽未达到所请之数，可也不是小数目了，用于开西湖……"苏轼嘀咕了几句，怦然心动，吩咐州校，召苏坚和钱塘县尉许敦仁来见。

过了几天，运河疏浚完竣，苏轼在有美堂宴请执事人等庆功。兵马都监刘季孙抱拳道："恭喜龙图！河工不到半年即告完竣，河床受水深度在八尺以上，客货船运得以畅通。杭州父老一致赞颂，曰三十年来，开河未有如此之深、之快者。"

"呵呵，皆诸位赞襄之功！"苏轼举盏道，脸上露出自得的笑容。

"太守若把西湖疏浚了，那才是千秋之功！"钱塘县尉许敦仁举着酒盏道。前天，苏轼将他和苏坚召到州署，商议开西湖之事，密咐二人在庆功宴上提出这个话题，以为试探。

"若西湖当开，圣朝那么多名臣曾守杭州，因何不开？"通判袁毂摇头道。

许敦仁辩驳道："议者欲开西湖久矣！唐代白居易为刺史，方是时，湖溉周边之田千余顷；吴越国更置撩湖兵士千人，日夜开浚；圣朝开国之初，稍废不治，水涸草生，渐成葑田。自庆历元年郑戬知杭州以来，凡心中有百姓者，莫不以此为急，然皆无功效而已。”

“开西湖非急务！”法曹毛滂大声道，“若顺其自然，让西湖慢慢变成水田，我看也不是坏事。”

“使不得！”苏轼忙道，“杭州之有西湖，如人之有眉目，人若没有了眉目，会如何？”

“还不止于此！”苏坚接言道，“如西湖不存，则杭城百姓就要吃带着海潮的钱塘江水。”他是僚属中最谙水利者，此时便掰着指头细数西湖对杭州的重要性。

“钱哪里来？”袁毂瞪眼问，“听说时下新政积累的财富已然耗光了，国库空虚，要办的事很多，朝廷不可能出钱办此不急之事。”

“是啊！”法曹毛滂附和道，“监司督查甚严，花三千钱都要经过其审核。我看监司未必支持开湖。况且，州城绅民，并无开湖之请。”

都监刘季孙向仁和县尉许敦仁挤了挤眼：“末将听说，绅民正准备陈请，县尉知道吧？”

许敦仁会意，忙道：“有这回事。”

四

苏轼住进钱塘门外万松岭石佛院内的十三间楼已经七天了。端午之日，凭栏远眺，见钱塘门外人山人海，西湖之上游人如织，脸上不禁露出欣喜的笑容，提笔作《南歌子》词。写毕，正要唤住在间壁的朝云前来弹唱，忽见道潜领着一位道士出现在门口。

“道士程杰，相面之术冠于江南，缙绅无不引为座上宾。”道潜引介道，“今特来为学士相面。”

苏轼打量程杰一眼，果然仙风道骨，气度不凡，忙延请入内。

程杰摇晃着脑袋，盯着苏轼的脸看了又看，重重吸了口气道：“恕贫道直言，学士火色上腾，非吉兆。今每做一事，皆助火势也，故学士当急流勇退，不可迟疑。”

苏轼心里“咯噔”一声。他一向尊崇道家，对数术相面之技，也是宁可信其有的态度。可听了程杰的话，他却警觉起来。既然程杰被缙绅引为座上宾，今日他来劝退，会不会是那些反对开西湖的人施展的伎俩？

就在为疏浚运河举行的庆功宴次日，钱塘县尉许敦仁上申状，极言开湖之利；又过了一天，一百七十多位士绅代表到州署请愿，吁请开西湖。苏轼召见请愿代表，佯装为难道：“本州深感惭愧，想如绅民所请，可惜费用之资无从出。”一位老者大声道：“窃闻朝廷近赐度牒一百道，若支用开湖，足以济事。”苏轼暗喜，即命苏坚、许敦仁先行勘测，测得湖上葑田二十五万余丈，需用二十余万工。四月十五日，他召集僚属讨论开西湖事，仍遭多数人反对。苏轼不为所动。许敦仁又提出，梅雨期葑根浮动，易拔除；六七月间秋雨连绵，利以杀草，使不复滋蔓；八月断葑根则死不复生。良时兴工，事半功倍。这样算下来，且不说朝廷会不会批复，即使等到批复，也错过了良机。好在春荒比预计的要轻，朝廷所赐度牒并所留贡米余额，共计钱一万贯、米一万石可用，都监刘季孙又表态督率兵丁全力参与，苏轼即决定抓紧筹备，于四月二十八日先行动工，次日才上《杭州乞度牒开西湖状》，请求朝廷再赐度牒五十道；并敕监司，于此前所赐两路度牒六百道内再分给杭州五十道，共计一百道。如此，则半年之间，可见西湖复唐时之旧。开工当日，苏轼便搬到石佛院，以十三间楼为临时办公场所，便于现场督工，及时解决遇到的难题。兴工不到十日，道士程杰却要他急流勇退，苏轼便对他的动机产生怀疑。思忖片刻，提笔赋《赠善相程杰》云："书中苦觅原非诀，醉里微言却近真。"再作《观开西湖·此诗为道潜作》云："伟人谋议不求多，事定纷纷自唯阿。"

道潜一看，苏轼讥讽程杰身为道士却来往于缙绅之间，说的那些话未必有酒后胡言乱语更可信；又说大人物做事，不求人人支持，只要做成了，人们自会纷纷赞扬。他尴尬一笑，拉上程杰辞出了。

二人一走，苏轼早忘了要朝云唱曲的事，提笔写《申三省起请开湖六条状》，把为何开西湖、具体工程、所需经费、为何急于开工等，都详述一遍，再起请六事，逐一敷奏，请求立为本州条贯。

申状写成已是夜半，苏轼便和衣睡下了。朦朦胧胧间，听到门外有说话声，睁眼一看，天已大亮。再细听，外面像是都监刘季孙的声音。刘季孙督率的兵丁是开湖主力，他来谒见，必有要事，遂一骨碌从床上爬起，打开门唤道："有请将军！"

刘季孙大步进来，施礼毕，开口道："龙图，船只不足，影响工程进度。请龙图发檄，征调浙西诸州舟船。"

苏轼带兵马钤辖衔，有节制本路禁军、统帅厢军之权。可为开西湖发军令征调船只，未免耸人听闻。他踌躇片刻，想到章惇之侄章衡时下知秀州，不妨请他帮忙，遂提笔写成一简，嘱刘季孙派校尉驰送秀州。

“还有一大难题。”刘季孙又道，“清理出的淤泥、葑草，堆积沿岸，不仅占用田亩，而且有碍观瞻。”

为抢工期，工程仓促上马，没有考虑到这件事。听刘季孙这么一说，苏轼也觉棘手，忙拉住他的袍袖：“走，去看看！”

来到左近的工地，站在一大堆淤泥和葑草前，苏轼嘀咕道：“葑草如云，放置哪里好呢？”徘徊观望良久，突然大笑道，“有了！湖上东西有堤，但南北往来要绕湖三十里，何不用湖中废物来筑一道南北长堤？”

“妙计！”刘季孙赞同道。

苏轼命州校将监工苏坚、许敦仁唤来，说出了自己的打算，二人无不惊喜。苏轼突然一捂肚子，对刘季孙道：“找点吃的来。”刘季孙见苏轼饿得脸上出虚汗，只好命校尉到工地灶上去取。须臾，校尉取来一碗陈仓米，上面放着几根腌萝卜条。苏轼接过，狼吞虎咽，把一碗饭吃得精光，一抹嘴道：“肚子饿时能吃到的食物，才是最好吃的食物！”

众人都笑了起来。

苏轼来了诗兴，提笔作《南歌子》：“古岸开青葑，新渠走碧流。会看光满万家楼。……更有月明千顷一时留。”

“好词！”众人欢呼。

苏轼捶了捶腰，向众人拱手道："诸位辛苦，我要到祥符寺小憩。"

来到祥符寺，穿过山门，径直进了琴僧惟贤的斋舍，脱巾褫衣，露两股于榻上，大声唤道："虞侯何在？"

寺仆闻声，端着茶水进来了。放下茶盏，便去给苏轼抓痒。苏轼闭目呻吟道："舒坦舒坦。"

"太守，听说了吗，净慈寺长老圆照法师，请丛林中有名的高僧善本来，设堂讲经。"寺仆边为苏轼抓痒边闲聊道，"善本是禅宗，却戒律森严。听说，信众若不斋戒沐浴就不许进禅堂。有人说，他就是丛林中的程颐嘞！"

苏轼翻身坐起，瞪大眼睛道："禅宗讲究的是明心见性，所谓放下屠刀立地成佛，哪来那么多清规戒律？我倒要访他一访！"

过了半个月，苏轼终于抽出时间，特意带上一名官妓，一同来到净慈寺。圆照长老一见苏轼带歌妓访善本，愕然失色。苏轼一扬下颌，示意他带路。圆照战战兢兢地引苏轼来到善本的斋舍，善本一见，满脸怒容，一言不发。苏轼指着他手中的门槌道："法师若将此法器借官妓一用，轼当以韵语向法师致歉。"善本无奈，随手将门槌递给了官妓。苏轼一笑，提笔作《南歌子》一曲。写毕，示意官妓吟唱。

善本听明白了，前两句分明是批评他条条框框太多，失去了禅宗的自由精神；后面看似道歉的话，实则是讲道理的：佛不是说众生平等吗？不是要普度众生吗？为何见了歌妓就面带愠色？善本不得不佩服苏轼的机智，遂睁开双目，破颜一笑。

苏轼自得道："今日参破老禅也！"

正高兴间，忽见一名州校匆匆赶来，呈上一道札子，苏轼打开一看，脸色陡变。

五

"龙图，怎么办？"通判袁毂晃了晃手里的文牍问。脸上流露出幸灾乐祸又有几分同情的神色。

"监司可恨！"苏轼喘着粗气，咬牙切齿道。

苏轼在净慈寺接到州校送去的户部札子，大惊失色。原来是淮西路和两浙路监司分别奏报朝廷，说本路丰熟，不需赈济，请收回此前所赐六百道度牒。尚书省遂命户部颁札，将度牒收回。苏轼忙赶回州署找袁毂商量。谁知袁毂却反问他该怎么办，情急之下，他便把一股怨气撒到监司身上。

袁毂不以为然道："神宗朝理财重在开源；当下只是节流，故监司的政绩体现在如何为朝廷省钱上。主动请求收回度牒之举，也是可以理解的。"

见袁毂不急不躁甚或有些幸灾乐祸，苏轼忽有所悟，冷笑道："我明白了，他们请求收回度牒，目的是阻止开西湖。"

对开西湖一事，袁毂有保留，转运使叶温叟、提刑马中玉更是明确反对。一旦收回度牒，西湖工程势必下马。苏轼不想服从，遂喘着粗气道："杭州一百三十道度牒，一道也不许缴回！我还要上疏控告监司，请太皇太后宸断。"

“还是不要和监司太对立了。”袁毂劝道，“先拜访监司，沟通一下为好。”

“要去你去，我不去！”苏轼没好气道。

袁毂又劝道：“两路监司都说无灾荒，现在看至少灾荒没有说得那么严重，请求收回度牒也是为国家着想。杭州要留度牒开西湖，就该登门向监司解释一下嘛。”

苏轼想了想，一脸委屈道：“为开西湖计，就照你说的办吧。”

隔了一天，苏轼偕袁毂前去拜访转运使叶温叟、提刑马中玉。虽事先已约好，可到了提刑司，还是被告知马中玉今早出巡了。分明是避而不见。苏轼怀怒转往转运司，为拉近距离，特意叫着叶温叟的字道：“淳老，我来请求支持。”

叶温叟先发制人道：“苏太守，朝廷用于赈济的款项，大抵就是那样一个盘子，没有灾情的地方受到救助，真受灾的地方就得不到救助。”顿了顿，又道：“记得当年你曾写诗讥讽宋庠开许州西湖，怎么轮到你做了郡守，又学起他来了？”

苏轼见他没有以字相称，而是称官衔；再听他说的话，即知已无商量余地，强忍着闲谈了片刻，便告辞而去。回到州署，提笔写《奏户部拘收度牒状》。先控告尚书省未取圣旨就命户部收回度牒；再讥刺监司无意恤民，专务献谄；又说浙民收到度牒群情感戴圣恩，忽听又要收回，不胜骇愕。为维护朝廷信誉，当撤销户部札子。正文之外，又贴黄，先说杭州正开西湖，为不使前功尽弃，请求不收回所赐杭州度牒，还要再加赐五十道。最后请求太皇太后：“今者上忤执政，下忤户部、监司，伏望圣慈愍臣孤忠，不避仇怨，特乞留中不出，以全臣子。”

“龙图，监司来檄，要求速缴还度牒。”过了两天，通判袁毂拿着一道公牍请示苏轼道，又提议，“西湖工程还是先停下吧。”

“度牒不能缴，工程不能停！”苏轼态度强硬道。

“万一龙图的奏状朝廷置之不理呢？”袁毂问，“届时如何收场？”

“我早就想好了，”苏轼眯着眼睛，情绪激动道，“朝廷不回复或回复不允开西湖，我即刻挂冠而去。”

忐忑不安等待了一个月，圣旨颁下：各州度牒收回，但准许杭州留所赐度牒，并加赐五十道，用于开西湖。苏轼畅出了口气。正高兴间，州吏送来湖州申状，禀报大雨连绵，太湖泛滥。苏轼蹙眉道：“看来，又要向朝廷报灾荒了。”

袁毂吸了口气道：“查灾、报灾、赈灾，是提刑的职责，还是摸摸提刑的态度再说吧，不然又要起冲突。”

苏轼正沉吟间，都监刘季孙来禀：“末将即到苏州按阅驻军，龙图有何吩咐？”

“景文，”苏轼叫着刘季孙的字道，“沿路秘密体访，看看灾情如何，速去速回。”

半个月后，刘季孙回禀：“末将沿路秘访，见苏州、湖州等地不独淫雨为害，且因大风掀起浪潮，堤堰圩捍倒塌破损严重，湖州水入城中，民家皆尺余，此往年所无。”

苏轼不再踌躇，提笔上《奏浙西七州灾伤状》，言浙西七州水灾严重，对灾伤之民，当救之于未饥之时，故应敕监司相度灾情，早日筹措赈灾粮，仅杭州一地即需二十万石。奏状封发不几天，又连续下了四天大雨，遂再上《奏浙西七州灾伤状第二状》，力言若朝廷不早作擘画，来岁必有流殍之忧，请求迅疾实行他在前一状中所提建议。

九月初二这天，苏轼正在西湖督工，州校送来一道户部符，朝廷依苏轼奏灾两状中所提建议，下转运使、提刑、钤辖司相度灾情，限半月内完成。苏轼转忧为喜，因早有准备，于九月七日以浙西路钤辖名义写成《相度准备赈济状》，奏报灾情严重，请宽减上供额斛一半，截拨上供米三十万石。除呈奏朝廷外，又关牒转运、提刑二司，以便二司参照，统一口径。

“龙图，看来监司不认同你的看法。”几天后，通判袁毂拿着两道公牍进了苏轼的直房，一进门就叹息道。

苏轼一看，转运司、提刑司上奏的相度状，轻描淡写，更无迫切恳至之语，遂一顿足道：“监司只知迎合宰执，不恤百姓疾苦，可恼！”

袁毂道：“提刑马中玉不认为浙西有灾，我本想约他一见，为其所拒。”

“不要再理会他们了，奏请太皇太后做主！”苏轼沉着脸道。说着，提笔再上《相度准备赈济第二状》，言今年灾伤实倍去年，但官吏上下都想瞒报；又建议朝廷指挥发运司于江东、淮南丰熟州县购买五十万石粮食储备起来，以备来年赈饥之用。

一个月过去了，朝廷没有回复。苏轼正焦急间，接提刑司牒，命各州以常平钱购买储备粮，每石需在七十贯以下；令苏州拨常平米五万石给湖州，秀州拨十万石给杭州。

“胡闹！”苏轼一拍书案，命通判袁毂和户曹道，“提刑马中玉专务省惜买粮价，却不想想，如果现在不多储备粮食，明年青黄不接时粮价该有多贵。不理睬他，杭州依旧按照七十贯收籴！”说着，提笔写成《浙西相度准备赈济第三状》，控告提刑司胡乱指挥，必误储粮救灾大事；建议按照他此前所奏，由发运司购买附近丰熟州县粮食五十万石储备。

袁毂见苏轼一副不屈不挠的样子，不到四个月连上了五状，忍不住问：“龙图该不会是与监司赌气吧？”

苏轼生气道：“我是为民请命，何来赌气？”

“我不过随意一说罢了。”袁毂笑道，“双喜临门，龙图怎不作诗以庆？”

因知秀州章衡大力相助，调来民船四百艘；刘季孙、苏坚等用心做事，开西湖工程于十一月中旬完竣。此前，在由袁毂主持的乡试中，二十岁的苏迨和十八岁的苏过双双中举。不知是因忙于备粮赈灾，还是因与监司对灾情看法不同而闹心，苏轼既未设宴庆贺，也未赋诗填词，袁毂很是不解。

“没有心思写诗。”苏轼叹口气道，“马上就到十一月底了，朝廷再不速施行我的赈灾建议，恐明年开春饿殍遍野、死人无数！”又问袁毂，“万一朝廷听监司的，届时还有什么办法赈济灾民？”

“范仲淹当年在杭州实行的荒政三策，似可借鉴。”袁毂提议道。

“招募饥民兴土工、水利之类，有出无入，反而消耗存粮。”苏轼摇头道，“不仅浙西不可实行，还要提醒朝廷不许别处这么做。”

袁毂只得把户曹叫来，商量了半天，终于想出一个办法，苏轼遂提笔写成《相度准备赈济第四状》，请求来春青黄不接时将义仓储存三年以上的常平米贱价出粜，以救济灾民。

奏状刚封发，接到朝廷敕书，命发运司兑拨常平钱一百万贯籴买粮食，以备来年赈饥。苏轼阅罢大笑：“哈哈！太皇太后到底还是相信我的话的！”说完，吩咐州校备马，往龙井访辩才。

辩才已八十高龄，退居寿圣寺十多年。苏轼在龙井盘桓两天，与他谈禅论诗。辩才赋诗一首，苏轼用草书和了一首。临别，二人还有说不完的话，边走边谈，不知不觉过了虎溪。随从惊呼：“过虎溪啦！”辩才笑曰：“杜子美云：‘与子成二老，来往亦风流’。”原来辩才曾定下规矩，送客不过虎溪，这次却破了例。苏轼得知原委，指着他站立处道：“当在此处建座过溪亭，以示纪念。”

回到州城，为感谢刘季孙、苏坚、许敦仁等襄助开西湖之功，苏轼又邀他们同游七宝寺，并在一棵最高大的竹节上题诗：“结根岂殊众，修柯独出林。孤高不可恃，岁晚霜风侵。”

刘季孙本已挽起了袍袖，要唱和一首的，待看了诗作，又把袖子掸下了。他听说，当年苏轼送别杨绘时填《醉落魄》，有“天涯同是伤沦落”之句，结果不久就有诗案之兴，杨绘也坐事被贬，故杨绘说《醉落魄》是诗谶；再看竹上“孤高不可恃，岁晚霜风侵”之句，刘季孙暗自嘀咕：“这会不会又是诗谶？”

六

元祐六年二月中旬的一天，新筑成的西湖长堤上，苏轼陪着即将离任的转运使叶温叟漫步。时值仲春，堤上杨柳摇曳，芙蓉花开，望之如画。

“淳老，怎么样？”苏轼向前一指，得意问。

“嗯，子瞻为杭州添一景致！”叶温叟勉强一笑道。

苏轼听出来了，叶温叟语含讥讽之意，知他对自己几次告他的御状尚未释怀，便拍了拍他的肩膀道：“淳老可知，我最钦佩的是庆历士大夫。你看范仲淹与富弼、韩琦诸公，在殿庭上每为国事争得面红耳赤，下殿却不失和气，欢好如初。”

上元节后，邸报刊出消息，叶温叟由两浙路转运使调回朝廷任主客郎中，苏轼考虑到毕竟是同年，为公事结怨，实在不值得，便主动赋《浣溪沙》小令赠之，内有“西湖知有几同年”等句；今日又设宴西湖为他饯行，借机陪他看看一个全新的西湖，以化解心结，同时防止他晋京后散播不利消息。

叶温叟义形于色道：“岂可因公事之争影响年谊？”又压低声音问：“听说朝廷要召子瞻出任吏部尚书？”

“有此传闻。”苏轼答，又摆手道：“老病有加，不堪此任，只愿守一闲郡足矣。”

叶温叟仰脸一笑，继续往前走。刚走出不远，伸长脑袋、手搭凉棚往湖心望去，口中道：“那是何物？”

苏轼知他问的是三座瓶形石塔，答道："为确保后续有固定资金用于西湖疏浚修葺，便将部分湖面租给民众养菱，三个石塔就是内外界线，石塔之内不得种植。谁知每当月圆，好事者点烛于塔心，水月交映之象甚有意味，遂有'三潭印月'之说，立塔的本意，倒是无人知晓了。"

叶温叟点了点头，没有说话。

苏轼又道："淳老，浙西灾伤其实是很严重的，不信的话，赴京途中不妨到苏州、湖州看看。"

去年因浙西灾情及赈济事，苏轼与监司尖锐对立；朝廷虽命发运司兑拨一百万贯收储粮食，发运司却奏报说灾情并不严重，且此时粮价较高，明春未必比此时粮价更高，故拒绝实施。开春后，浙西灾情并没有苏轼所奏严重，一时非议声四起。苏轼想借机争取叶温叟的理解。

"子瞻，浙西乃鱼米之乡，雨水多些少些，本不必大惊小怪。你连上六七状，坚持说灾情严重，与监司看法对立，让朝廷很为难，有人说你不是真为百姓着想，而是为博得浙西百姓赞誉。"苏轼刚要辩驳，叶温叟摆了摆手，又道："你的两个儿子乡试一同得中，有人议论吗？没有嘛！因为他们是苏子瞻的儿子，中举名正言顺。"

"前知信州侯临，拜见苏龙图、叶郎中。"一个身着孝服的中年男子突然出现在面前，躬身施礼，打断了二人的谈话。侯临说着，捧递上一叠文稿："下官往来江滨，知浮山之险，写成《开石门河利害事状》，献于苏龙图。"

“哦？不妨先说说看！”苏轼接过文稿，边翻阅边道。

侯临道：“钱塘江潮水从海门上溯，而屹立江中的浮山正好挡住海潮而形成漩涡，凶险万分。这是浙东诸州通往杭州的必经之路，每年在此溺没的人货，难计其数。当在石门开凿一条二十二里的运河，引入江水及鸡谷诸水，通至大江。”

苏轼点头道：“若能避开浮山，使运输畅通，实在是件大好事。”

叶温叟笑道：“记得子瞻通判杭州时，奉命到湖州考察水利，曾赋诗说‘作堤捍水非我事’，怎么突然主动要作堤捍水？”

“不当家不知柴米贵啊！”苏轼脸一红道，又决断说：“过几天即到实地踏勘，以便奏报朝廷，争取早日开工。”

从石门回来，就是寒食节了。听说智果寺发现一泉，苏轼遂于次日往访道潜。一到智果寺，见有一泉自山岩石缝间汩汩流出，清澈甘冽，道潜撷了新茶，钻火煮泉。苏轼忽然想起七年前在黄州梦中与道潜吟诗，有“石泉槐火一时新”之句，惊喜道：“当年在黄州，我与参寥子不能解说泉如何新法，不料这个梦兆，竟应验于今日！”遂提笔写下“参寥泉”三字，又作《参寥泉铭》相赠。

回到州署，见直房书案上摆着一摞文牍，打开最上面一道，竟是命他出任翰林学士承旨的告敕。苏轼很感意外。再看新到的邸报，赫然刊登着苏辙出任副相的消息。他明白了，弟为执政，兄为天官，总有不便，所以才改了职位。吏部尚书也好、翰林学士承旨也罢，都是在京为官，他的愿望是在外守一郡，遂提笔写辞状：“兄居禁林，弟为执政，在公朝既合回避；于私门实惧满盈……伏望圣慈除臣一郡，以息多言。”

告敕既下，只能依例向通判袁毂交卸州政。苏轼一边到寺院游览，一边等待朝廷的答复。这天，他正在祥符寺煮茶，忽有州校奉袁毂之命来请，要他速到有美堂参加宴请钱勰的酒宴。

前年，钱勰因虚报政绩被御史纠弹，由知开封府贬知越州，前不久诏命再知开封府，晋京赴任途经杭州。苏轼一听老友来了，驰马赶往有美堂。席间，填《临江仙》相送。内有“人生如逆旅，我亦是行人”之句，钱勰皱了皱眉头道：“子瞻，该不会又是诗谶吧？”

苏轼心里一沉，又想起了道士程杰的话，脸上掠过一层阴翳。

第二十三章　逆旅浮云

一

京城开封甜水巷兴国浴室东堂里，苏轼正在灯下为一幅临摹画题诗，苏辙进来了，一落座就劝道："九二，还是到东府去住吧。"

苏轼摇摇头，举着诗稿晃了晃道："阿同，我终于知道因何做了那个破琴梦。"

今年三月初九，苏轼离杭赴京，因奏报浙西灾情一事受非议，他决定沿途考察诸州受灾情形。十八日夜泊吴淞江，做了一个怪梦：好食蜜的仲殊和尚在弹奏一张十三弦的破琴，弦音异常奇怪。他问琴为何是十三弦，仲殊答之以诗，内有"此生若遇邢和璞，方信秦筝是响泉"之句。醒来后，苏轼将诗录下，却不解其意。带着疑惑继续北上，四月初抵润州，见到接替他知杭州的林希，拜托他务必把开石门河之事办好。至扬州，接到朝廷对他《辞免翰林学士承旨状》的答复，不允所请。他随即上辞免第二状，并奏报朝廷，要暂缓赴京，到南都候旨。五月初抵南都，住进张方平家，不久接到三省同奉圣旨札子：苏轼不允所请。苏轼再上第三状，强调胞弟任执政，自己不宜在朝廷任职，依例当回避，诏不允。苏轼又上第四状，详述自己的仕宦经历，倾诉曾经的遭遇和苦衷，最后说："再三辞逊，实非矫饰。……衰老之余，耻复与群小计较短长曲直，为世间高人长者所笑。"太皇太后依然不允。苏轼不得不晋京，受诰命后再上札子，恳请七月中旬为太皇太后庆祝六十大寿后得外放守一郡。六月一日到翰林院视事，四日又受命兼侍读。可苏轼不愿留京意愿甚坚，为示只是临时在京，索性暂住兴国浴室。回到京城后，从已任副相的苏辙和一些故旧那里得知了当下的时局：吕公著已去世，吕大防虽为首相，实权已被右相刘挚为首的朔党所把持。刘挚主导中枢，一言九鼎；刘安世领谏院，声威赫赫；加上王岩叟掌枢密院、礼部尚书梁涛管领文教，而原属洛党的贾易、朱光庭、杨畏等台谏官也归附于刘挚门下，朝廷要津尽被朔党占据。苏轼赋诗发出"鬓须白尽成何事，一帖空存老遂良"之叹，表达了对时事和自身命运难以掌控的无力感。刘挚虽出司马光门下，当国后却要调整当年尽废新法、尽逐新党的做法，提出了调停论，把当年在朝廷用事的新党骨干稍加引用，以消弭积怨。苏辙坚决反对刘挚的调停论，上疏请太皇太后"谨守元祐之初政，久而弥坚；慎用左右近臣，毋杂邪正"。了解了这些情况，苏轼悟出，原来那个破琴梦，是说刘挚就是唐朝用人失误的宰相房琯，把被驱逐的新党"秦筝"视为"佳琴"。于是，便在小二娘丈夫柳仲远送他的《邢房悟前生图》上，题写了一首《破琴诗》；今日又作《题破琴诗后》，用小引记录他的破琴之梦，又引唐朝宰相房琯和道士邢和璞的故事解梦。诗共十二句，内云："此身何物不堪为，逆旅浮云自不知。偶见一张闲故纸，便疑身是永禅师。”诗中大量引用典故，讥讽刘挚做了宰相，就以为自己了不起，只能发人一笑。

苏轼正在给苏辙说他的破琴梦，秦观和张耒相偕来见。

苏门弟子中，黄庭坚回乡丁忧；晁补之外放扬州通判；秦观则因御史中丞赵君锡举荐，由蔡州教授任秘书省正字；张耒已升任史馆检讨。自苏轼回朝，在京的秦观和张耒就常来看他。今日一进门，见苏辙也在，秦观缩了下脖子道：“执政公在，必有要事，告辞了。”说着，向张耒使了个眼色，转身辞出了。

苏轼皱了皱眉头道：“阿同，你看，他们都怕你了，你不该弹劾黄庭坚。”今年春末，宰相吕大防奏请黄庭坚升为中书舍人，为苏辙所阻，黄庭坚升职未成，接到其母去世的讣闻，郁郁南归。苏轼得知这个消息，很是不解，便借机责备了一句。

苏辙道：“黄庭坚自视甚高，放荡不羁，把家搬到城郊蒲池边，做起了隐士，却忘记了自己是朝廷官员；你一离京，他就自以为是京城文坛老大了，动辄以‘苏黄’并称，忘乎所以。”似乎是怕二哥再纠缠此事，转移话题道：“九二，还是快搬到东府去住的好。”

东府是神宗时为宰执专门修建的官邸，每位宰执大臣一座独立院落，甚为宽敞。苏辙升副相后获得一座院落，就退掉了竹竿巷的赁屋，把家搬了过去。

“不搬！”苏轼赌气道，“让那些小人知道，我不打算长留，就不要找我的麻烦了。”

苏辙再劝：“时下局势复杂微妙，你住进东府，我兄弟可随时通气。”

“又有什么新动向吗？”苏轼问。

苏辙沉默了片刻，叹口气道：“贾易升侍御史了。”

贾易是程颐弟子，几年来一直紧盯苏轼的一举一动，不时上章弹劾他。一听贾易升任御史台副长官，苏轼神情紧张起来，点头道：“也罢，搬去东府同住。”

就在搬进东府的次日，忽接宜兴县民曹某诉状，控告苏轼强买其田地，分文未给，恳求官府做主，索回自家田产。苏轼一脸错愕，又急又气。想了大半天，揣度是新党或贾易之流背后挑唆，越发警觉起来。散班回到家，就拿给苏辙看。

“小民无知，意在得财。”苏辙轻描淡写道。

苏轼的气顿时消了，轻蔑一笑道：“既如此，我堂堂师保，岂可与小民计较曲直！”又问：“该如何应对呢？”

苏辙略一思忖，提议道：“牒两浙路转运司，详述当年买卖田产经过，寄去合同副本，请依公核查审理；再状申尚书省备案。”

“就这么办！”苏轼终于露出了笑容。旋即又一皱眉头：“我反复思忖，贾易不会放过我。与其坐等攻击，莫如先发制人。”

“先发制人？”苏辙不解地问。

“我继续上《再乞郡札子》，把当年因逐程颐而与贾易结怨的经过，以及贾易一直盯着我不放，对我弹劾不止等情形，奏明太皇太后；再说如今贾易升为御史台副长官，手握雄权，升沉进退，在其口吻。朝廷以安静为福，人臣以和睦为忠，为了避免引起事端，恳请外放守一郡。”

“也好。”苏辙点头道，“明是乞外放，暗是参贾易。”

见苏辙赞同，苏轼不再踌躇，乞郡札子一挥而就。誊清后，还觉意犹未尽，又用三纸贴黄，内云："今臣若更少留，必须捃拾。似此等事，虽圣明洞照有无，而党与既众，执奏不已，则朝廷终亦难违其意，纵未责降，亦须出臣。势必如此，何如今日因臣亲嫌之请，便与一郡，以全二圣始终之恩。"

封发了《再乞郡札子》，忽接晁端彦邀帖，请他到府赴宴。苏轼吸了口气，踌躇起来。

晁端彦提点淮南东路刑狱时被劾枉法，受到追夺两官的处分，知徐州的苏轼写诗安慰他；可苏轼贬黄州后，晁端彦没有一字问候，二人中断了联络。晁端彦多年来一直在外任微官，去年才起用为江淮荆浙等路发运使。他一上任，就拒绝执行朝廷兑拨一百万贯用于赈灾的诏旨。苏轼念及旧情，强忍着没有参奏。听到朝野对他报灾不实的非议后，晋京途中特意到苏、湖实地查看，目睹水灾造成的破坏，深恨自己的救灾请求被监司所阻，遂在苏州上《再乞发运司应副浙西米状》，描述目睹的受灾惨状，控告发运司官吏拒不执行圣旨，这等于告了晁端彦御状。此次晁端彦利用晋京公干之机邀他到家中一聚，会不会是为了兴师问罪？可晁端彦是欧阳修亲自引介下最早订交的朋友，苏轼也不便拒绝，决定还是见面后向他做出解释。

散班后，苏轼径直赶到晁府，进门一看，侍御史贾易也在。他不觉一愣，神态颇不自然。晁端彦只顾与众人寒暄，没有觉察到，起身请众人入席。酒过三巡，苏轼一直不说话，晁端彦不解地问："宴席中有苏子瞻，必定热闹，今日怎的了，魂被哪位佳人勾去了？"

苏轼一本正经道："昨日上朝路上，遇到一醉汉，躺在东衢路上挡道，我有些恼火，即命随从将醉汉绑了。谁知那醉汉大叫道：'你又不是台谏，为什么要胡绷乱绷？'"

众人大笑，这分明是讽刺台谏胡言乱语，便齐刷刷地将目光转向贾易。贾易把筷子往桌子上一拍，冷笑道："有人就喜欢辩白，明明错了还喋喋不休，台谏只好奉陪咯！比如，浙西不够风调雨顺，某人却说灾情严重，监司不同意他的夸大其词，他越发起劲儿，连上了七八道奏章。"

"喂喂，今日这道黄河鲤鱼烧得地道，诸位快尝尝看。"晁端彦忙岔开话题。众人明白他的意思，举箸吃鱼，夸赞厨娘的手艺。晁端彦又唤来家妓，唱曲弹琴，总算把场面维持下来了。散席后，晁端彦单独把苏轼留住，赔罪道："恕我不知子瞻与贾御史有隙。"

苏轼苦笑道："人为刀俎，我为鱼肉。"

晁端彦笑道："哪有子瞻说的那么夸张。不过呢，我要劝子瞻一句：做高官，就要有承受力。当年子由做台谏，骂倒多少高官？"见苏轼不说话，又道："子瞻，我听说你和子由反对刘相的调停论？"

苏轼道："当年的刘挚，可谓铁骨铮铮，反对新法、新党不遗余力；如今做了宰相，却要援引新党群小，是何道理？"

晁端彦摇头道："子瞻，刘相深谋远虑啊！且不说章惇等人是难得的干才，就说官家的年龄，亲政在即了，他真的同意把神宗朝都否定了吗？神宗朝重用的人，重新起用一批；神宗朝的政策，恢复一些，这样做，于公于私，都是有利的。记得你在元祐初也是主张保留一些新法、新政措施的。”

苏轼辩驳道：“此一时彼一时。谨防新党复起是当务之急。刘相说什么要起用新党中的人才，怕他们被摒弃在外有怨言。可笑！当年新党贬我到黄州，何曾怕我有怨言？”

晁端彦露出失望的表情，又道：“子瞻，浙西的灾情没有你说得那么严重，你何必没完没了？”

苏轼脸一沉道：“本来要向你解释的，可你这么一说，我也不必客气了。所谓百闻不如一见，端叔并未到苏、湖看过，却轻信监司所言，拒绝执行圣旨。我为百姓请命，不得不告你的御状。”

晁端彦摇头道：“我原以为子瞻易变，比如出世与入世，比如对王安石的评价、对新法的态度；可现在才知道，在有些事情上，你又格外执拗。我看这是逞才使气，也是自命不凡、不愿从众的心理在作祟。”

苏轼悚然一惊，旋即叹了口气：“端叔，我不是变来变去，也非执拗，而是刚拙，心里怎么想就怎么说，不会隐藏。”

二

正是京城的酷暑季节，天气闷热难耐。苏轼手持蒲扇，边在院子里散步，边焦急地等待苏辙回来，额头上不时有汗珠滚落。

在晁府的聚会上，贾易、晁端彦又提到浙西报灾事，分明是指责他谎报灾情。苏轼一气之下，又写了一道《乞将上供封桩斛斗应副浙西诸郡接续粜米札子》，言熙宁中浙西之灾，杭州死五十余万、苏州三十余万，这次水灾比那一次还要严重，两浙路监司却熟视无睹，发运司官吏又不执行赈灾诏旨，朝廷也不问责，令人寒心。建议朝廷照他此前所上奏状中所提建议，迅速采取补救措施，救民于水火。札子当夜写成，次日就送到了内东门拜表处。因七月十六日是坤成节，太皇太后六十寿诞，他要赶在这之前上达，太皇太后为了讨吉利，必下令赈济。果然，坤成节一过，就得知他的札子太皇太后于坤成节当晚批下，诏赐浙西米百万石、钱二十万贯。苏轼正高兴间，听到传闻，台谏抗旨，太皇太后的御批被搁置了。吃惊之余，急切地想弄清楚到底是怎么回事。

交了亥时，苏辙才进门。苏轼忙迎上去问："谁抗旨？政府是何态度？"

苏辙向里摆了摆脑袋，进了东斋的书房，边落座边道："侍御史贾易，联名监察御史杨畏、安鼎上章，说你所报浙西灾伤不实，乞行核查。宫中降旨，命三省复核灾情。"

"命复核？"苏轼着急道，"那是不信我而听贾易的了？三省该把复核的圣旨封驳了！"

"两浙路监司、发运司都认为灾情不重，你坚持说灾情严重，台官要求核查，也在情理之中，怎好封驳？"苏辙叹息道。他突然敲了一下书案，埋怨道："你说浙西水灾会死百万人以上，未免太耸人听闻了。一旦核查下来，就是奏报不实之罪。莫如上章承认是为引起朝廷重视才夸大灾情的，免得坐罪。"

"我不怕坐罪！"苏轼一扬手道，"可没有人信我的话，比受严谴还难受。"

苏辙低头沉思。过了好大一会儿，起身道："我找范祖禹，就说救灾事大，即便是奏灾虽有夸张，亦当略而不问；若因此责罚，以后官员必以此为戒，坐视百姓受难而不敢奏报灾情。请他以此为由封驳核查灾情圣旨。"

范祖禹是同乡范镇的侄孙、已故宰相吕公著的女婿，时下以翰林学士兼任给事中，有封驳之权。他与苏轼兄弟交好，前天还做媒，让范镇长子范百嘉的女儿与苏轼三子苏过定了亲。苏辙找他帮忙，范祖禹不会拒绝。可苏轼心有不甘，嘀咕道："非要说奏报不实吗？"

苏辙不说话，起身辞出了。

几天后，苏辙散班回到东府，径直来到苏轼的书房，蹙眉道："范祖禹照那天所说，上了《缴还考验浙西灾伤词头状》；我又请谏官郑雍、姚勔上章反对复核。宫中很为难，又降旨三省覆奏。吕大防、刘挚认为，台官的建议，自来不敢不行，还是坚持要复核。"

苏轼烦躁道："这么说，非要复核了？"

"只能这样了。"苏辙答，起身把门关上，压低了声音："贾易又出手了，上章弹劾秦观。"

"可恨！"苏轼咬牙道，"欲砍大树，先断其枝，贾易还是对着我的。"又问："弹章里说些什么？"

苏辙把弹章内容说了一遍，叮嘱道："此事尚属机密，只能佯装不知。近来以安静为宜。"又问："宜兴田产案怎么样了？"

苏轼答："证据确凿，事实清楚，当然断给我所有。不过为了避免以后的麻烦，我已牒两浙路转运司，许姓曹人原价赎回田产。"

苏辙“哦”了一声，辞出了。

苏轼起身在书房踱步，自语道：“曹某是小民，愍见其无知，不与计较；贾易是手握大权的风宪官，欺人太甚，我不能不反击。”这样一想，提笔写《乞外补回避贾易札子》，刚写了开头，秦观火急火燎地赶来求见。

“少游，京城很复杂，谨慎些才好。”一见面，苏轼就提醒道。

秦观一愣，忙问：“先生也听到风声了？”

苏轼把贾易弹劾秦观的事转述一遍，又叹了口气：“连带攻击我结交浮薄之辈。”

秦观慌了，抱拳一揖道：“先生，求执政公替弟子说话！”

苏轼摇头道：“本来人家就指责我们结党，子由怎好出面替你说话？”

秦观急得满屋子乱转，带着哭腔道：“这可怎么办？”

苏轼心一软，提示道：“赵君锡是你的举主，他或许可替你缓颊。”

秦观眼前一亮，抱拳一揖，急匆匆辞出了。

苏轼叹了口气，继续写札子，先把贾易弹劾他法外刺配彦氏兄弟、指控他奏灾不实的经过详述一遍，再说贾易威势已成，执政大臣也被其慑服，宁违太皇太后圣旨，不敢违贾易意旨。他苏轼更不是贾易的对手，若不早去，不过数日，必为贾易等所倾。苏轼明白，自己的身份是近侍、帝师，不宜主动与台谏官论争，所以又在文末特意加上“赐留中省览，以保全臣子”之句。写毕，又起身踱步，突然觉得自己很可怜，仿佛受人欺负的生徒，只会向老师告状。为何不能找好友一起对付欺负自己的人呢？这个念头一闪出，便大声唤道："子敏何在？"

王遹和其兄王适在徐州时就追随苏轼问学兼带打理家务，娶苏辙次女为妻的王适前两年故去了，王遹还留在东府。他听到呼唤，应声跑了过来。苏轼吩咐道："你这就去御史中丞赵君锡家一趟，转告我的话。"说着，向王遹招招手，示意他近前来，低声嘱咐了一番。

四年前，赵君锡曾引苏轼当年反对点叶祖洽状元的话，阻止为后者升官。虽然苏轼改变了看法，反过来指责赵君锡文字罗织，但赵君锡没有因此怨恨他，他外放杭州的告敕颁下，赵君锡上疏说苏轼是不世出的才俊，应留在朝廷。苏轼甚感动，目为佳士。前不久，二人在崇政殿门相遇，已升任御史中丞的赵君锡对他道："老缪非才，当此言责，切望朋友教诲。"此后赵君锡还两次到兴国浴室访苏轼，相谈甚欢，赵君锡又有手简云："车骑临过，获闻诲益，谆谆开诱，莫非师保之训。铭镂肝肺，何日忘之。"因此之故，苏轼坚信赵君锡是会帮忙的。如果身为御史中丞的赵君锡挺身而出，贾易弹劾秦观和要求复核浙西水灾两事，或可化解。

过了小半个时辰，王遹回来了，苏轼忙问："台长怎么说？"

王遹答："一言不发。"

苏轼低头思忖，猜不透赵君锡为何无一言回应。良久，他抬起头来，叮嘱道："此事，不可让子由知之。"

三

入了八月，京城夜晚已有了凉意。一向喜欢饭后到院中散步的苏轼却好几天都躲在书房不出。将机密泄于秦观，还分别让秦观和王遹去找赵君锡，都是瞒着苏辙的，他有些心虚，有意躲避着。

“九二，你派人找过赵君锡?”这天晚上，苏辙突然满脸愠怒地闯进书房，口气严厉地问。

苏轼尴尬一笑道：“你、你知道了？谁知会你的?”

苏辙蹙眉道：“九二，你惹祸了，连我也不得不递辞呈了。”

苏轼一惊：“怎么回事?”

苏辙这才落座，略述其事：上午，忽有小黄门到尚书省，交给苏辙三道札子。第一道是御史中丞赵君锡乞撤回举荐秦观的自劾状，上写：“昨日傍晚，臣从台回家，秦观来见，谢臣荐他为秘书省正字；又云：‘贾御史章奏中说邪人在位，引其同类，此意在倾中丞，中丞宜速补进一状，其事可解。’前荐秦观，因知其文学辞章之长，现知此人品行浮薄，特撤回此前荐状。”第二道是赵君锡弹劾苏轼的札子。言苏轼差其亲戚王遹继秦观之后来见，说两件事，一，秦观为公所荐，近被弹劾，特请关注；二，两浙灾伤如此，侍御史贾易却说奏报过当，要朝廷察其虚实，而给事中范祖禹，谏官郑雍、姚勔上章反对复核，与台官议论不一，中丞岂可不为之一言？苏轼仗势唆使御史中丞与侍御史相互攻击，阴险已极。第三道是侍御史贾易弹劾苏轼的札子，在引述了赵君锡所揭之事后说，臣僚皆云苏轼奸恶，如今又离间台官，似此奸邪之人，不可一日令其处朝廷。苏辙说完这些，抱怨道："太皇太后之所以将三道札子转给我看，必是不敢相信，让我核实一下。我当时就揣度必有其事。你为何派人去找赵君锡关说？这不是授人以柄吗？"

"赵君锡小人！可恨！"苏轼咬牙切齿骂道。又长叹一声："我要上章自辩，不然太皇太后还真以为我离间台官，是奸邪小人呢！"

苏辙问："弹章并未降出，你如何自辩？"

苏轼道："你找我核实，我知道了弹章内容，有必要向太皇太后解释清楚。"

苏辙沉吟片刻，边叹气边写了一道引咎辞职的札子："昨见赵君锡章，言臣兄轼交通言语事，晚间臣兄言：实有此，然非有所干请，已居家待罪。臣兄所以知朝廷文字，实缘臣退朝多与兄因语次，遂及朝政，臣非久当，亦引咎请外。"写毕，递给苏轼，叮嘱道："照此基调来写吧。"

苏轼点点头，提笔写《辨贾易弹奏待罪札子》，先说苏辙找他核实派人找赵君锡关说事，方知贾易又弹劾他。接着说："臣愚蠢无状，常不自揆，窃怀忧国爱民之意。自为小官，即好僭议朝政，屡以此获罪。然受性于天，不能尽改。"然后陈述他和秦观、赵君锡相熟经过，再说他让秦观找赵君锡，是为朝廷惜才；让王遹去找赵君锡，是因为台官贾易要求核查浙西灾情，谏官郑雍、姚勔反对核查，台、谏主张不一，自己为浙西受灾百姓着急，盼赵君锡能主持公道，以救浙西受灾百姓。最后说：“臣既备位从官，弟辙以臣是亲兄，又忝论思之地，不免时时语及国事。臣不合辄与人言，至烦弹奏。见已家居待罪，乞赐重行朝典。”

次日，兄弟二人呈递了待罪状，在家候旨。午后，二人坐在书房交谈，苏轼叹息道：“我反思一夜，觉得之所以出现时下的局面，归根结底是自己不适合做官。”

苏辙道：“过去，九二常为怀才不遇而惆怅，对被弃之不用而怨怒；如今做了高官，又认为自己不适合做官，为不能解脱而苦恼。这不是很悲哀吗？”

苏轼苦笑道：“是悲哀。”

正说着，外面传来内官的尖嗓声：“圣旨到——”苏轼、苏辙忙出门接旨，是命他们速到职视事的诏书。

内官一走，苏辙就提醒道：“弹章并未降出，不要再上辞章，不然反倒闹得尽人皆知。”

苏轼叹口气道：“我预料，贾易不会善罢甘休。”

就在苏轼说这话时，御史中丞赵君锡、侍御史贾易正在御史台直房里，撰写弹劾苏辙、苏轼的札子。弹章先说苏辙厚貌深情，险于山川，诐言殄行，甚于蛇豕。具体涉及两类事，一是泄密，二是荐人不当。所举例子，皆与视为蜀党的吕陶、王巩、张耒数人有关。接着又弹劾苏轼：“轼既立异以背先帝，尚蒙恩宥，全其首领。先帝厌代，轼则作诗自庆，曰：‘山寺归来闻好语，野花啼鸟亦欣然。’后于策题又形讥毁，言者固尝论之。及作吕大防制，尤加悖慢，其辞曰：‘民亦劳止，庶臻康靖之期。’识者闻之，为轼股栗。先朝行免役，则以差役为良法；及陛下复行差役，则以免役为便民。其在杭州，务以暴横立威，故决配税户颜章兄弟。累年灾伤不过一二分，轼则张大其言，以甚于熙宁七八年之患。又尝建言以兴修水利者皆为虚妄无实，而自为奏请浚治西湖，虐使捍江厢卒筑为长堤于湖中，以事游观，于公私并无利害。”八月初六上午，二人相偕到延和殿进呈。太皇太后阅罢，大吃一惊，弥封交吕大防、刘挚二相，叮嘱他们先行研议，不得遍示三省官。吕大防读罢，愕然失色，摇头道：“贾易论人，未免太刻薄。”

刘挚抬头问：“大丞相，与把蔡确的‘矫矫名臣郝甑山，忠言直节上元间’之句解读为讥太皇太后为武则天相比，贾易对苏轼‘山寺归来闻好语，野花啼鸟亦欣然’之句的解读，不算过分吧？”

吕大防叫着刘挚的字道：“莘老，我辈当国，力主宽缓调和，不可再有诗案发生。不妨将苏轼外放，以解纷争。”

次日上午，三省宰执奏事延和殿，依次论及弹劾二苏事，宣赞舍人宣读弹章，苏辙听罢，大汗淋漓。受弹劾照例该回避，但“山寺归来闻好语，野花啼鸟亦欣然”之句，关涉身家性命，他顾不得那么多了，脑子快速转动了片刻，奏道：“臣曾听臣兄苏轼言，元丰八年五月在竹西寺道旁，见十数父老说话，内有一人合掌加额曰：‘闻道好个少年官家！’臣兄见有此言，心中实喜，遂作诗记之于寺壁，如此而已。今赵君锡等加诬，以为大恶；当时神宗上仙已月余，岂是山寺归来所闻之语？伏望圣慈体察。”

吕大防奏道：“臣窃知贾易与王安石之弟王安礼所善，安礼屡荐之。今新党那批失意之人皆在江淮，贾易实江淮之士，今日之疏，不惟摇动朝廷政事，还暗中替失意的新党发泄怨愤。”

太皇太后道：“贾易排击人太苛刻，当予责降。”

“陛下圣明！”吕大防忙道，“但苏轼在朝，台谏论劾不止，终难平靖，不如将苏轼和贾易一起罢去。”

良久，太皇太后方道：“但贾易责降不能太优。”

刘挚奏道：“两罢甚为公平，且可息事。容臣等商议二人去处后呈请宸断。”

太皇太后又道：“苏辙不必因言请辞，照旧供职。”

苏辙深揖谢恩。回到政事堂，吕大防问苏辙：“外放令兄知应天府如何？”

苏辙抱拳向吕大防致谢：“多谢大丞相护佑！”

回到家里，苏辙径直到了苏轼的书房，语含责备道：“你七上封章、四上札子，请郡而不得，这次朝廷批准了。”他不能理解，乌台诗案栽了那么大跟头，二哥为何不汲取教训，写诗还那么任性而不顾忌后果。人人都知道他是被神宗弃用的，神宗崩逝刚一个月，他就赋诗“山寺归来闻好语，野花啼鸟亦欣然”，若不是太皇太后宠信，仅凭这一条，就有性命之忧。苏辙不免生出怨气。

苏轼见苏辙神态有异，又说出这样的话，忙问：“又出事了？”

苏辙把赵君锡、贾易的弹章约略转述一遍，苏轼听罢，脸上汗珠直淌，神情紧张道：“要责降？贬到哪里闲住？”

“不责降，只是外放应天府。”苏辙烦躁地答道，又将延和殿奏对情形说了一遍。

苏轼紧绷的神经松弛下来，摇头道：“我不去应天府，你去和吕大防说，我愿意去颍州。”

“为何？”苏辙问。

苏轼答：“王巩就在应天府赋闲，弹劾罪状里就有一条是举荐王巩不当，我到应天府，难免要和王巩酬酢，说不定那些小人又要拿来说事。颍州是欧公晚年养老之地，我还是去那里吧。”

苏辙心有余悸道：“你那句‘闻好语’诗，我当时灵机一动辩解了一番，可事后想想，还是容易让人误解为作诗自庆，你赶紧上章解释一下，但要把我的解释也一并用上，不然人家会说我们兄弟解释不一，必是临时编造。”

苏轼略一思忖，以试探的口气问：“除了你说的听到‘好个少年官家’之语外；再说朝廷恩准我归耕常州，又听到当年淮浙间风调雨顺，故作了那样的诗，如何？”

苏辙叹口气道：“也只能如此了。”

苏轼抓起笔，写《辨题诗札子》：“臣今月七日，见臣弟辙与臣言，赵君锡、贾易言臣于元丰八年五月一日题诗扬州僧寺，有欣幸先帝上仙之意。臣今省忆此诗，自有因依，合具陈述。”接着把与苏辙商量好的理由列出，最后说：“臣若稍有不善之意，岂敢复书壁上以示人乎？”

次日，苏轼派老萧将《辨题诗札子》送往内东门拜表处。

此时，早朝后的延和殿里，太皇太后从帘内传出一道札子，是赵君锡昨日所上。一曰贾易无罪，不当外放；二曰蔡确车盖亭诗无礼于太皇太后，苏轼“闻好语”诗无礼于先帝，其罪相当，乞正典刑。

听罢弹章，苏辙的脸上冒出虚汗。

“赵君锡御史中丞之职，当罢去！”太皇太后怒气冲冲道，“苏轼和蔡确全然不同。蔡确一向奸邪为恶，恐官家奈何不得此人，将来必为朝廷大患，所以才贬岭南。作诗亦是小事。”

刘挚奏道：“赵君锡旧为吏部侍郎，还让他回去做此官如何？”

太皇太后道：“还他旧官甚好。”

吕大防道：“苏轼诗，亦须取一文状。”

太皇太后道：“不消如此了吧？”

刘挚奏道：“当令苏轼解释明白。”

“苏轼必须作出解释！”很少说话的皇帝恨恨然道。

“也罢，尚书省颁札子，命苏轼上文字。”太皇太后决断道。

散朝后，尚书省即颁札子：“苏轼元丰八年五月一日于扬州僧寺留题诗一首，八月八日，三省同奉圣旨，令苏轼具留题因依，实封奏闻。”

苏轼接到札子，心里一紧。看来，“闻好语”诗到底是让两宫起疑了。他不禁打了个寒战。

第二十四章　世事缠绵

一

颍州城西北二里处，小汝河南岸的西湖，是颍河、小汝河、清河、白龙沟四水汇流处，吞浊水吐清流，为郡境一大奇观。

元祐六年九月上旬的一天，一艘豪华画舫在西湖缓缓游动。苏轼坐在主位，脸上挂着轻松的笑意。坐在他对面的是刘季孙。他在杭州协助开西湖最为得力，前不久申请以武将改文官获准，知隰州，赴任途中特来拜访。苏轼邀州学教授陈师道、从高邮来颍州问学的秦观之弟秦觏，一同陪他游西湖。

“颍州郡小政简，苏丈只管悠游湖中，便可了郡事，该多写诗才是。”州学教授陈师道提议道。

苏轼大笑，提笔赋诗，内云：“我性喜临水，得颍意甚奇。到官十日来，九日河之湄。吏民笑相语，使君老而痴。使君实不痴，流水有令姿。”

“哈哈，好诗！”刘季孙拊掌道，“我还以为龙图被人论劾，到此小郡，会失落呢。”

苏轼一笑道："乐得到此逍遥，何来失落！"

今年八月初八，接到尚书省让他解释"闻好语"一诗的札子，苏轼上《奏状》，说明写该诗的缘由。当日，朝廷颁敕：苏轼解翰林学士承旨之任，除龙图阁学士知颍州军州事。随告敕而下的，还有赐对衣一袭、金腰带一条、银鞍御马一匹的诏书。苏轼细读告词，有"不为朕留"之语。这是向外界宣示，不是朝廷主动外放苏轼，是他不愿留朝廷，可谓维护周至，给足了面子。此番赴任，他已决计再也不回京城，所以整理行装、辞别友人，盘桓了一个多月，以《感旧诗》别苏辙后才启程，闰八月二十二日抵颍州。恩师欧阳修中年时曾主政颍州，觉得此地风俗淳厚，即购地建房，在此终老。苏轼一到任，即身着缁衣，至西湖之滨的会老堂设供，祭奠恩师和前年辞世的薛太夫人。读着祭文，苏轼潸然泪下。想到恩师当年论事切直，人视之如仇；平生与人相处，以诚相待，言而无隐，却因而招怨，遭人围剿，甚至以乱伦摧辱之。盛德如欧公者尚如此下场，令苏轼深感宦海凶险，故而对得以躲到颍州感到些许庆幸。

"可惜，颍州遇旱灾，西湖东池的水越来越浅，鱼鳖窘甚。"陈师道叹息道。他早年师事曾巩，曾巩故去多年，苏轼欲收门下，陈师道以"向来一瓣香，敬为曾南丰"诗相赠，婉言推辞。苏轼不仅不以为忤，反而更器重他，与孙觉等联袂举荐其以"逸贤"入仕。

听了陈师道的话，刘季孙向东池张望，果然几近干涸，便问："龙图，何不开西湖？"

苏轼摇摇头，苦笑道："杭州开西湖，贾易者流攻击我为游赏劳民伤财；初到颍州即开西湖，徒增话柄。可怜那些鱼鳖，要骂就骂赵君锡、贾易之辈吧！”

众人大笑。刘季孙提议道：“别委屈了那些鱼鳖，让渔民用大网将大的鱼鳖迁至西池嘛！”

陈师道和秦觏捂嘴偷笑，苏轼却两眼放光，大声道：“好主意！”

送走刘季孙，苏轼立即部署实施。网师迁鱼之日，他亲到现场观看。看着鱼鳖在网中挣扎，忽生感慨。人有辽阔的天地可生存，何苦困在狭窄的官场里争相厮杀？早日脱网，回归江海，才是正道。这样想着，脑海里闪出两句诗来：“明年春水涨西湖，好去相忘渺淮海。”

回到州署，签书判官赵令畤来禀：“龙图，颍州旧出恶贼，横行一时，朝廷派兵缉拿，众头目落网伏法，只有叫尹遇的贼首得脱，又结集陈兴等数人，不时惊劫人户。百姓慑于其残暴，纵被劫杀也不敢报官。近日寿州界内，也有一伙强盗出没，大白天骑马于街市中杀人越货。尹遇闻之，派人与之联络。若两股盗贼勾连到一起，恐颍州不得安宁矣！”

赵令畤是太祖次子燕懿王赵德昭的玄孙，虽是宗室子弟，却精明干练，苏轼颇器重他。听罢禀报，叫着他的字道：“德麟，你督促捕盗官吏，将尹遇等头目，责限收捕！”赵令畤施礼辞出，苏轼追了两步，嘱咐道：“支些公使钱，犒劳捕盗官吏，再转告他们，有拿到贼首者，升赏！”

赵令畤领命而去，州吏送来一个包裹，是江州郡守寄来的一部《陶渊明诗集》。翻开一看，字大纸厚，很适合他这个患眼疾者阅读，不禁大喜，吩咐亲吏前去知会欧阳棐，明日上午到维摩陀院晤面。亲家欧阳棐因丁母忧暂住颍州，他喜读陶诗，苏轼引为知音。得了陶渊明诗集，便想与他分享。

次日上午，二人如约来到维摩陀院，苏轼一见面就笑道："访客如云，不躲起来，总被打扰。"又一拍手中的《陶渊明诗集》："陶渊明隐居柴桑时，穷得连饭也吃不饱；昨读《唐史》，看到代宗朝宰相元载酷好聚财，至获罪赐死时，籍没其家，仅胡椒就达八百石。读至此，不禁感慨系之，写了首诗。"说着，拿出诗稿递给欧阳棐。

欧阳棐读罢，点评道："子瞻此诗，以渊明的廉介淡泊和元载的贪婪相对照，印证人以宝贵的生命殉于物欲的悲哀。"

"渊明以无事自适为得此生，凡役于物者，人生便无意义。"苏轼感慨了一句。说着，翻开诗集，指着《饮酒·其九》道："叔弼以为，这首诗如何？"

"吾甚爱之。"欧阳棐答。又一笑道："我知子瞻为何爱此诗。渊明刚直的性格，说话率直而不支吾的脾气，让子瞻引为同调。"

苏轼颔首道："是。言发于心而冲于口，吐之则逆人，不吐则逆己。我是宁愿逆人，不让自己憋得难受，所以屡受顿挫。"

正说着，州吏伸着脑袋禀报："太守，朝旨到！"

苏轼苦笑道："我不如渊明潇洒，世事缠绵。"接过圣旨一看，不禁皱起了眉头。

二

州署聚星堂里，签书判官赵令畤和几名老吏应召到齐了，苏轼眉头紧锁，开言道："现有一事，要集思广益。"说着，向赵令畤抬了抬下颌，示意宣读公牍。

上午在维摩陀院接到圣旨，朝廷将派官员偕知陈州李承之等及本路提刑、转运官员，到颍州与苏轼商议开八丈沟利害。赵令畤刚宣读完圣旨，苏轼就道："那么多官员来颍州，公使钱已竭，无余钱招待！"

府州本有公使钱，供主官支配，用于接待、馈赠。颍州公使钱比杭州本来就少三分之一，前任陆佃拖欠小吏差役钱物尚未兑现，苏轼一到，便用公使钱把积欠兑付了，前不久又拿公使钱为捕盗官吏额外补贴，公使钱很快告罄。为此，他写了首《到颍未几，公帑已竭，斋厨索然，戏作数句》诗，有"梦饮本来空，真饱竟亦虚"之句。除宣泄对公使钱太少的不满外，也提示访客，不要嫌他招待不周、馈赠不厚。此时，一想到要接待那么多官员，他就为接待费而发愁，也就不顾场合，牢骚话脱口而出。

赵令畤笑了："以公使钱不足阻止众官来颍，恐不是理由。"

苏轼也笑了，示意赵令畤继续。赵令畤又将陈州户曹李义修的札子大略说了一遍：鉴于近年京师连遭大雨，大水无以宣泄，为确保京师安全，自下蔡县界以东，南达淮河，沿八丈沟这道低洼沟道，平地筑岸，不纳众流，泄水入淮；首尾三百余里，往来道路除建桥外，可在县镇济要处立津渡，适当收费，作为今后维修堤岸费用。

苏轼冷笑道："未开河而先言利，令人齿冷！"

老吏石广谙熟风土，皱眉道："八丈沟是古陂塘，穿过万寿、汝阴、颍上三县，这些陂塘早已开垦为农田，有的属于私产，有的属于官田，租佃耕种，已有五六十年以上历史，一旦开八丈沟，三县之民失业者众，为害不小；再则，八丈沟不许河渠往里泄洪，如此，开八丈沟对颍州有百害而无一利！这是开封府和陈州以邻为壑，太守当为颍州百姓做主。"

"不仅如此。"另一老吏接过话头道，"一旦八丈沟通航，恐商贾舟船不复过州城。"

苏轼听罢，决断道："既如此，上章反对开八丈沟就是了。"

赵令畤向苏轼使了个眼色。苏轼会意，命几名老吏退出了。赵令畤这才道："龙图，第一步先阻止众官来颍，下一步再说反对开八丈沟的事。"说着，提笔拟奏状："臣到任之初，未知利害之详，难以会议，寻申尚书省乞指挥诸官未得前来，候见得的确利害，别具申省，方可指挥诸官前来会议。"

苏轼以欣赏的目光看着赵令畤，笑着道："回去把给尚书省的申状也拟出来。"

不多时，赵令畤把申状稿送来了。苏轼阅罢，恨恨然道："李义修首倡开八丈沟，竟建议不许沿途用于泄洪，太狂妄了；又提议置津渡、立课额，以网小利，其建议猥下，无足观采。"说着，提笔将这些话加进文稿里，命书吏抄写誊清，派州校驰送京城。

不几日，州校回来复命，带回了朝廷准奏的诏旨，苏轼松了口气。

因给朝廷奏疏中有“候见得的确利害，别具申省”之语，过了半个月，赵令畤拟出了《申省再论八丈沟利害》稿。苏轼一看，文稿先说一旦开八丈沟，颍州三县之民失业者众，人情骚动，为害不小；然后得出结论：“其事决难施行。”他一字未改，提笔签署，即命州校再去京城投递。

这次，尚书省没有回复，而是让州校带回副相胡宗愈提议开八丈沟的奏疏。苏轼阅罢，对赵令畤道：“若不能拿出过硬的理由，恐难以阻止。”

赵令畤轻松一笑：“我已实地看过，就地势而言，开八丈沟达不到预期目的。可派人实地测量，拿出数据，开八丈沟之议自然就会打消。”

“好！”苏轼高兴道，“即命教练使史昱带人测量。”

教练使史昱领命，带人从蔡口到淮上，每二十五步立一竹竿，每根竹竿都用水平器记下高低尺寸，共立竹竿五千八百一十一根，测量出所涉地形高低，最后得出结论：淮河涨汛时，八丈沟入淮口的水位高于上游蔡口水位八尺五寸，淮水势必倒灌。拿到数据，苏轼即上《奏论八丈沟不可开状》，以数据证明开八丈沟有害无益；又驳斥胡宗愈等人开八丈沟之议是“儿童之见”。

刚封发了奏状，赵令畤带汝阴县尉李直方来见。引介道：“李县尉乃进士出身，素有才干，得龙图缉盗之令，便自出家财，募人告缉，已获重要线索。”

“哦？那快说说看！”苏轼兴奋道。

李直方禀报道：“下官探得诸盗头目田亩窟穴所在。陈兴等三头目现居寿州霍丘县开顺场；尹遇在比开顺场远二百里的成家步。众贼之中，尹遇最为桀黠难捕，窟穴离州界最远，下官要亲自去捉拿他。”

苏轼蔼然问：“家中还有何人？”

李直方答：“家母年九十六，只有下官一子。”

“要格外小心。”苏轼嘱咐道。又走上前去拍了拍他的肩膀：“待拿到尹遇，本州为你奏功，请朝廷升赏！”

李直方施礼辞出，苏轼对赵令畤道：“拿出五十千公使钱，存问县尉老母。”

赵令畤为难道：“公使钱已经没有了。”

苏轼沉吟片刻，决断道：“作院和酒务都有收入，拿出些用于奖赏。”

“恐遭监司纠弹。”赵令畤提醒道。

“不怕！”苏轼断然道，“只要不入己，用到当用处，怕什么？”

阻止了开八丈沟一事，捕盗也有了进展，苏轼轻松下来。十一月一日这天，他从张龙公祠祈雨回来，天上飘起了雪花，即邀赵令畤、陈师道、欧阳棐到聚星堂赏雪。席间，苏轼深情回忆欧阳修，并提议步其四十年前赏雪诗之韵，每人赋诗一首。众人响应，正要赋诗，忽有州校来禀，汝阴县尉李直方拿获贼首尹遇，前来复命。苏轼大喜，吩咐道：“请李县尉直方来见！”

“县尉辛苦！”李直方一进直房，苏轼就离座迎上去，掸了掸他帽翅上的雪花道。

九月底，李直方泣别老母，带着百十号弓手前往寿州霍丘县。他命节级带大批弓手到开顺场去捉拿陈兴等三贼首，自己则亲领弓手五人，径往成家步去捉拿尹遇。自州城到成家步二百余里，李直方骑的马中途病死，只好徒步百余里，到了尹遇藏匿的村子。六人装作贩牛的小客，拿获了尹遇。返程路上又得到消息，陈兴、郑饶、李松三人已在九天前被他所派的弓手捕获。

听完李直方禀报，苏轼夸赞道："忠勇可嘉！"又嘱咐道："你快回家去，以免老母牵挂，改日为你设宴庆功！"

回到聚星堂，兴致勃勃地把李直方擒拿尹遇的经过绘声绘色地说了一遍，吸了口气道："我有些后怕嘞！李直方老母近百岁，只他这一个儿子，因我的督迫，泣别而行，万一为贼所害，使其老母失所，我岂不愧见僚吏？"又吩咐赵令畤："即写奏状，为李直方请赏。"

赵令畤一皱眉头道："按朝廷编敕，可能不合赏格。"

苏轼一扬手道："我有承诺，不能失信于人。"

三

元祐六年腊月十九，外面刮着北风，飘着小雪，寒气逼人。颍州官舍正厅里，却是热气腾腾，一派喜庆场面。苏轼指着挂在北墙上的古画《松鹤图》，喜滋滋道："此乃隰州郡守刘季孙所寄，随画还寄来一首祝寿诗，我和了他一首，诵于诸位。"遂清了清嗓子，将二十八句长诗一口气吟毕。

“好！好！”众人欢呼。

“今日苏龙图五十六岁寿诞，我辈都要赋诗上寿！”赵令畤举起酒盏，提议道。

“是啊！”州学教授陈师道附和道，“双喜临门，一醉方休！”

“还有哪一喜？”坐在末座的苏过好奇地问。

“开西湖啊！”赵令畤眉毛一挑道，“你小子不知道吧，明日就正式动工啦！”

去年秋末，接到《奏论八丈沟不可开状》，朝廷放弃了开八丈沟的计划。继之，有旨征调颍州夫役一万人治理黄河。苏轼在朝时就坚决反对治黄工程，便上了一道《乞罢黄河夫万人开本州沟渎状》，请求将工役挑夫一万人留颍州用来开挖本州沟渠水道，兼带疏浚西湖。朝廷下诏允准后，苏轼即与赵令畤制定了开西湖规划。时下东池已枯，又值农闲，正是挖掘积淤的有利时机，遂决定腊月二十正式动工。一听赵令畤提到这个话题，他举起酒盏，兴奋道：“为西湖兴工干一杯！”

赵令畤一饮而尽，抹嘴道：“龙图此前告病假二十余日，说是‘从来颇识长年养生妙理，欲论述之’，不知论述得怎么样了？可否把养生妙理传授我辈一二？”十月初，苏轼因臂痛告假二十多天，想集中精力把这些年的养生心得梳理出来，整理成文。其间还多次登门拜访八十高龄的荐福禅寺月长老、年已九旬的致仕官员张朝奉，向他们请教长寿养生秘诀。赵令畤了解这些情况，今日祝寿，便把话题转到养生上。

“二丈时时不忘对生命真谛和人生乐趣的寻觅。”陈师道突然站起身，感慨道，“作儒、作仙、作佛、作臣、作风流韵士，聚为一东坡，参悟济度，解脱明通。便是衣食住行这等琐事，饮有饮法，食有食法，睡有睡法，行游消遣有行游消遣法。直令我辈望尘莫及！”

苏轼摆摆手，突然伤感起来，声音低沉道：“说到养生，想起了张老丈。”

这几年，师友范镇、刘敞、孙洙、李常、孙觉、刘攽、刘恕、滕元发等都先后故去。腊月初八，又接到张方平去世的讣闻。寿年八十五的张方平作为庆历士大夫的一员，识拔苏轼兄弟最早，是苏家两代的恩公。闻讣当日，即在荐福禅寺举哀祭奠，三日后再祭，用唐人服座主丧之礼成服。随着张方平的故去，苏轼最为敬仰的庆历士大夫凋谢殆尽，想到这些，不禁垂泪，口中念叨着：“先是梅直讲，后是欧公，韩丞相、富丞相、范老丈、张老丈……”

“哎呀呀，过寿的大喜之日，怎的说这些呀！”王闰之从里间出来，打断了苏轼的话，“高高兴兴作诗、饮酒、听曲，多好呀！”说着，向内唤道：“快来吧，唱些喜兴的曲儿！”

朝云领着十来个歌妓，各持乐器，翩翩而出，祝寿厅里的气氛顿时活跃起来。赵令畤手臂向上一举，大声道：“哎哎哎，我的诗兴来了，笔墨侍候！”

众人赋诗饮酒，听曲观舞。苏迨、苏过也各献诗一首，为父祝寿。寿宴一直热闹到申时半才尽欢而散。

次日上午，苏轼率僚属来到西湖，登上事先搭好的一座高台，向黑压压的人群喊话："此番疏浚西湖，非仅为颍州造景观。要建三座水闸，沟通焦陂、清河，遇洪水时排泄，小水时积蓄，保障沿岸六十里内农田用水；还要疏通西湖与泉河、淮河航道，以利交通。因此之故，开西湖，是造福百姓的大善事！"

"嗷！嗷！"人群里响起欢呼声。

西湖兴工后，苏轼每天到工地巡视，又与赵令畤筹划，开春沿岸广植绿树菱荷，增益亭台阁堂，好与杭州西湖媲美。他被自己勾画的美景所陶醉，沉浸在兴奋中。

腊月二十四这天，下起鹅毛大雪，巡视完工地，赵令畤邀苏轼登女郎台赏雪。高台远眺，白茫茫一片银色世界，忽见东门外一片黑影在晃动，苏轼揉了揉眼睛问："是不是逃荒的人群？"

赵令畤伸长脖子观察片刻，答道："好像是。"

苏轼吩咐："你派人好生打探仔细，看看哪里有了饥荒。"

傍晚散班时，赵令畤回禀了一通，苏轼叹息一声，没有说话。晚上吃饭时，突发感慨道："我们一家人围炉吃喝，我脑海里却不时闪出另外一个画面。"

苏过问："阿爹，甚画面？"

苏轼道："相邻三州庐、濠、寿，今秋都闹饥荒，最近有不少百姓到颍州逃难。冰天雪地的，他们该怎么活？"说着，突然紧紧盯住王闰之："拿一百两银子出来，买些粮食做炊饼，施舍给饥民过年。"见王闰之不说话，他沉下脸来："我做翰林学士时，俸禄优厚，赏赐不绝。一篇千余字的《上清储祥宫碑》就得赏银一千两。要那么多钱做甚？"

“不是这么个理儿。”王闰之回应道，“你把家底都拿出来，才能救济多少人呀？听说赵令畤是有办法的人，你找他商量一下再说吧。”

苏轼这才转怒为喜，颔首道：“老妻说的是。”

第二天一进州署，苏轼就吩咐州吏把赵令畤请来，说出了自己的心事。赵令畤道：“流民所缺，无非食与火。不妨动用义仓中的数千石积谷，免费发给等米下锅的下民；再拿出作院木炭数万秤、酒务柴草数十万秤，原价卖给有饭吃但缺火烧的中民。”

苏轼高兴道：“吾事济矣！”说着，提笔签发令牒，令所属各县及作院、酒务立即实行。赵令畤拿上令牒刚要走，苏轼拦住他：“我担心明春青黄不接时，流民会大批涌入本州，当向朝廷申请度牒以备赈灾。”

“到底会有多少流民来颍州还不好说。”赵令畤摇头道，“龙图别忘了，奏报浙西灾情一事，给你引来多少麻烦！”

苏轼沉默了。赵令畤一走，他的脑海里，充斥着黑压压的饥民哭天喊地的画面，遂吐了口气，提笔写《乞赐度牒籴斛斗准备赈济淮浙流民状》，先把查访到的庐、濠、寿三州饥民逃荒到颍州情形略述一遍，再说万一大批流民扶老携幼至颍州而没有事先准备救济粮，横尸布路，必然导致盗贼群起。因此请求朝廷颁给颍州百道度牒，以便为流民准备粮食。写毕，想起为浙西灾情先后上十道奏状，纠缠了一年多，却遭妄报指责，一股怒气涌上心头，又贴黄：“臣在杭州日，亲见监司州县，例皆讳言灾伤。只如今年苏、湖水灾，可为至甚，而台官贾易等犹欲根究其事，行遣言者。苏州积水未退尚土城门，而知州黄履已奏秋种有望。似此蒙蔽，习以成风。伏望圣慈试采臣言，过作准备，则一方幸甚。”封发了奏状，才觉得心里踏实下来，对赵令畤道：“不上这道奏状，年都过不好啊！”

去年正旦节是在杭州度过的，今年又在颍州度岁。一年里，家里喜事不少：娶了两个儿媳，长子苏迈升河间令，苏迨也因在坤成节蒙恩得承务郎官资。所以，这个年过得也就格外喜兴。

正月初一，汝阴令率僚属到州署给太守贺岁，一眼看到县尉李直方，苏轼忙转过脸去，不敢与他对视。

“有甚心事呀你？”吃晚饭时，王闰之见苏轼一副心事重重的样子，忍不住问。

“我说过要为李直方请赏的，因与赏格不符，未能上报。觉得对不起人家。”苏轼答。语调中带着几分歉意，又有几分委屈和不甘。

“阿爹，李直方擒获贼首，怎的还不合赏格？”苏过好奇地问。

苏轼叹口气道：“条贯规定，诸官员躬亲率众获盗一半以上，方可申报酬赏。李直方亲率弓手擒获尹遇一人，而陈兴等三人非其亲自擒获，所以不符赏格。”

王闰之劝道：“又不是你不想为他请赏，何必纠结呢？”

苏轼摇头道：“李直方功劳大，我说出口的话不能兑现，心里不舒服。”

王闰之道：“都说你旷达，却不知你爱较真儿，心累呢！”

苏轼道：“不做官心就不累了，所以还是想早日解脱。”他这样一说，家人都沉默了。

正月初四，正旦节式假结束，州署开门办差。刚到直房，忽听首门外响起一片呼喊声，赵令畤匆匆进来了，举着一叠文稿道："城郭乡村人户六百一十七人，到衙请愿，要求严惩尹真。这是绅民陈状。"

"尹真是何人？"苏轼问。

赵令畤答："尹真就是尹遇，尹真是其本名。"

苏轼松了口气，接过陈状一看，但见上写着："尹真凶恶，多年为害，人不敢言，若不尽法根勘，万一减死刺配，必逃脱啸聚，为害更甚。"看罢，吩咐道："德麟，你去答复众父老，尹遇作恶多端，已押送大理寺审勘，必难逃一死，让州人放心。"

赵令畤领命出了直房，苏轼起身在室内踱步，口中嘀咕道："李直方擒获尹遇，功劳这么大，却不能升赏，实在说不过去。"走了几个来回，突然眼前一亮。按制，文官三年一磨勘，即升一级，不妨将自己升一级的资格转赠李直方。想到这里，提笔写《乞将合转一官与李直方酬奖状》，详述李直方擒获尹遇经过，情愿将自己升一级的官资转给李直方，循资酬奖。封发了奏状，方觉把一块包袱卸下了。

二月中旬的一天，吃晚饭时，苏轼一副若有所思的样子，饭后一个人在院子里低头踱步。王闰之走过去问："咋的啦？是不是又说你谎报灾情了？"

《乞赐度牒籴斛斗准备赈济淮浙流民状》没有得到朝廷回复，但今春也没有出现预料的那样流民大量涌入颍州的现象，苏轼也就绝口不再提此事。王闰之一问，他嘿嘿一笑道："去年底，潮州道友吴复古派人携带本州太守王涤的书简来找我，请我为潮州修复的韩愈庙写庙碑。韩愈堪称一代伟人，我便欣然答应下来。两三个月了还理不出头绪。开封府尹钱勰又来书代请，我有些着急。”

王闰之道：“等有灵感再写不迟，何必愁眉不展呢？”

“说的是，说的是！”苏轼连连道。抬头一看，夜空明净，月光皎洁，突然兴奋道：“哎呀，聚星堂前的梅花大开，很是好看，叫上朝云，我陪你们去赏花。”

来到花下，王闰之抬头望着夜空，突发感慨：“春月色胜于秋月色，秋月色令人凄惨，春月色令人和悦。这样美好的春月夜，何不召赵令畤和陈师道来花下饮酒？”

苏轼上下打量着王闰之，像是不认识她了，口中“啧啧”道：“我不知老妻也能作诗。那几句话，分明是诗家语嘛！”遂吩咐苏过去官舍召赵令畤和陈师道来。

须臾，二人前后脚到了，赵令畤还带来了其伯父安定郡王家里用黄柑自酿的洞庭春色酒。苏轼大喜道：“快打开品尝！”

打开了酒坛，浓醇酒香飘散开来。朝云为每人斟上，苏轼迫不及待地饮了一盏，连声叫好，吟起他几年前所填《满庭芳》来：“事皆前定，谁弱又谁强，且趁闲身未老，须放我，些子疏狂。百年里，浑教是醉，三万六千场。”

赵令畤借机问：“龙图诗词中常出现一个‘狂’字，所作《十拍子》中更有‘莫道狂夫不解狂，狂夫老更狂’之句。可我观龙图近年言行，似乎早已与‘狂’字不沾边了。”

苏轼大笑，又吟了一盏酒，方缓缓道："当年少年得志，不免轻狂。故荆公行新政，我或上疏，或赋诗，攻击不遗余力，但激愤的宣泄多于理性的思考。自京师外任杭州、密州、徐州、湖州期间，轻狂中又增加了抗世的成分，遂发出'嗟我本狂直，早为世所捐'之慨。诗案发生后，我开始体认自身在茫茫世界中的地位，所谓的'狂'，也就从抗世转变为如何努力保持自我真率本性。"

"是这样！"陈师道接言道，"先生的狂，是真率个性的张扬，是深思了悟基础上的任真。倘若先生不再狂，赤绂银章的帝师，何以外放此小郡？"

"哈哈！明白了，明白了！"赵令畤大笑道，顿觉诗兴大发，提笔作《雪中惜梅》三首，苏轼步其韵作《次韵赵德麟雪中惜梅且饷柑酒三首》，意犹未尽，又用王闰之春月胜秋月之意，填《减字木兰花》，让朝云弹唱，至夜半方散。

过了几天，苏轼正要到西湖工地巡视，州吏送来一道公牍，打开一看，是朝廷颁来的告敕，命他改知扬州。看罢，顺手递给站在旁侧的赵令畤："看来，我是看不到整修好的西湖了。"

"哎哎，这么快就走了？真是舍不得啊！"赵令畤以惋惜的语调道。

苏轼一笑道："烟花三月下扬州！"

回到官舍，即吩咐家人整理行装。次日一早，忽见留在苏辙身边的王適出现在眼前，躬身呈上一封书简。苏轼打开一看，半天未出一语。

四

暮春三月，烟雨蒙蒙中，苏轼一袭长衫，手持竹杖，独自走进一个村子。看见几个老者正坐在墙角闲谈，便凑了过去，问道：“诸位老丈，我是过路老书生，有一事甚不解，特来求教。”

二月下旬，苏轼接到改知扬州的告敕，苏辙派王適投书，向他透露，前不久，有人抄写了宰相刘挚给朋友的一封回书，左司谏郑雍上疏弹劾说，刘挚书简中“以俟休复”之语大逆不道，是诬陷太皇太后要改立皇帝；刘挚之子交结章惇之子，意在两面下注，以留后路。太皇太后大怒，将刘挚罢相，副相苏颂升宰相，郑雍升御史中丞。如此一来，中枢和言路都在好友掌控中。故苏辙建议苏轼先不去扬州，而是晋京过阙，重回朝廷。苏轼拒绝了苏辙的提议，于三月初三启程赴任。沿途所见，庄稼长势喜人，百姓却面有忧色。苏轼不解，特意换上便装，遣散吏卒，亲入村落查访。

几位老者一听老书生问起遇丰年为何发愁，七嘴八舌说开了。说到伤心处，泪如雨下。虽然不能完全听懂，但苏轼还是明白了，几位老者的意思是，丰年不如凶年好，凶年天灾难熬，只要节衣缩食，还能将就糊口；遇到丰年，官府就来催缴历年欠税，胥吏在门，枷棒在身，反而活不下去。

“唉，以往我总是为受灾百姓忧心，竟不知丰年的百姓同样令人忧心。这样看来，无论灾年丰年，百姓的日子都不好过。朝廷从来宣示要行仁政，可到百姓这里，却不见仁政的影子。”回到船上，苏轼语调沉重地对苏迨、苏过道，“我有馆职，属于天子近侍，不能置若罔闻。”说着，走进舱间，提笔写《论积欠六事状》。

“阿爹，晁补之派人送来迎诗。”苏过拿着诗稿进来禀报。

晁补之以秘阁校理通判扬州，碍于规制不能远迎，派人一路打探行踪。得知老师在泗州灵塔祈雨，又在高邮微服访村，忙派人呈来迎诗。读到“使君忧民如己饥”，苏轼露出一丝笑容，提笔赋《次韵晁无咎学士相迎》，由使者带回。

船到京口，通判晁补之快步登上甲板，连声唤道：“先生！先生！”

苏轼应了一声，示意晁补之进舱间，将《论积欠六事状》递给他看。只见奏稿里写着：“亲见两浙、京西、淮南三路之民，皆为积欠所压，日就穷蹙，死亡过半。”晁补之吃了一惊，心想，公文还可以仿“飞流直下三千尺”的夸张手法吗？再看下去，文中痛言水旱之灾杀人百倍于虎，而官府催积欠又甚于水旱之灾。最后请求朝廷免除历年积欠。晁补之微微摇了摇头，边递还疏稿边道：“先生耿耿忧民之心，弟子感佩。不过，先生下车伊始，即上这样的奏状，弟子恐言官非议，达不到目的，莫如等些日子再上。”

苏轼沉吟片刻，点头道：“无咎说的在理。”这才放下心事，和晁补之叙了契阔。

次日上午，晁补之交政。苏轼问：“无咎，有何急务要办？”

晁补之道：“三月下旬要举办万花会，是当下急务。”说着，把他写的《望海潮》词呈上。只见上面写着：“人间花老，天涯春去，扬州别是风光。……梦魂惊恐在仙乡。”

苏轼吐了口气道："哎哟，好有气派！"又问："万花会是怎么回事？"

七年前，遭苏辙弹劾被外放的蔡京主政扬州时，见此地芍药堪比洛阳牡丹，便仿洛阳牡丹花会，开办万花会，此后就延续下来了。每当花会时节，十万枝芍药汇聚一起，编花篮、扎花轿、垒花塔、评花王，很是隆重。晁补之知道老师喜欢热闹，赏花饮酒的雅事，一定会让他精神大振，所以略述经过后，喜滋滋道："今年的万花会，当办成历届之最，先生又可作许多诗了。"

苏轼一听是蔡京所创，先就有了恶感，沉着脸问："每家出多少花、摆放在什么位置，谁说了算？衙门小吏会不会以此名头敲诈百姓？"

晁补之一脸疑惑，想了想道："或许有之。"

苏轼又问："那么多花，要培植多久？来回搬运，就为一个展示十来天的花会，扬州各家园子会乐意吗？"

晁补之愣了一下，沉默了。

"既残诸园，又使小吏因缘为奸，乃害民之举。从今年开始，不再办了。虽杀风景，免造业也！"苏轼以坚定的语气道。

"弟子这就布置下去。"晁补之顺从道。又提议："没有急事要办了，就照例拜文庙名寺吧。"

先拜了文庙、大明寺，又去山光寺参拜。未进山门，就听到一阵嬉笑声，苏轼皱了皱眉头，命州吏前去查看。原来是一讲僧在说禅时讲些市井笑话，引得众僧嬉笑。苏轼脸一沉，对住持道："持戒不谨，赶了出去！"说罢，拂袖出了山门，直奔建隆寺而去。

进了山门，见一个僧人在追打寺仆，苏轼“哼”了一声，转身而去。回到州署，即召法曹并司理院大小官吏到直房，吩咐道：“派人到各寺庙明察暗访，凡持戒不谨者，收回度牒，逐出庙门！”

过了十来天，法曹报来查明各寺庙当逐僧人名册，苏轼大笔一挥，签发令牒，发往各该寺庙遵行；又把山光寺住持解职，由大明寺昙秀法师代之。两天后，忽有石塔寺住持戒长老遣人来投牒。苏轼打开一看，是请求“解宅”归西湖旧庐的申牒。石塔寺是扬州名寺，戒长老德高望重，突然要辞职，让苏轼很为难，沉吟良久方道：“回去知会戒长老，候本州指挥。”

这天，苏轼偕晁补之来到石塔寺。一进院子，即命州校击鼓，寺中僧人、香客，闻声聚拢而来，戒长老也亲自过来查看。苏轼见人聚得差不多了，从袖中摸出昨日拟好的疏文，大声读道：“大士未曾说法，谁作金毛之声？众生各自开堂，何关石塔之事？去无作相，住亦随缘。长老戒公，开不二门，施无尽藏，念西湖之久别，本是偶然，为东坡而少留，无不可者……”

戒长老听明白了，此篇禅喜文的意思是，劣僧必逐，高僧要留。遂微微一笑，双手合十，向苏轼施礼，表示接受了他的好意，又盛情挽留苏轼在寺内用斋饭。苏轼欣然接受。进了戒长老的斋舍，饭菜已摆好。只吃了几口，苏轼突然打嗝不止，慌得晁补之给他拍后背、捋胸口，可就是止不住。

五

苏轼躺在书房的床榻上，翻开唐书，细读《韩愈传》。读到“愈至潮州，问民疾苦”一语，自语道：“这‘问民疾苦’之言，当为主政一方者之法！”说完，脑海里突然闪出一连串句子，他忙翻身下床，提笔作《韩文公庙碑》。一口气写了一千余字，吩咐老萧送晁补之一阅。那天在石塔寺用斋饭，苏轼打嗝不止，便把州政委于晁补之，自己在家养病。主要目的也是为了静下心来写《韩文公庙碑》，今日终于圆满完成，便迫不及待想要听听晁补之的看法。

不到两刻钟，晁补之就兴冲冲赶来了，一进门就激动道：“为先生贺！这‘匹夫而为百世师，一言而为天下法’之句，堪称名言。全文感情澎湃，旁征博引，气势磅礴，非先生不能为此，非韩公不足以当此。”

苏轼自得道：“两三个月，不知从何下笔，到扬州一下子有了灵感。看来，写文章，还是要亲临其事、有感而发才好。”

“先生的经验之谈，弟子受教。”晁补之道。又一拱手：“《韩文公庙碑》圆满完成，打嗝病也已痊愈，先生该销假视事了吧？”

苏轼摇头道：“过了端午节再说吧。我在家养病，有好处。”

晁补之会意一笑。扬州乃交通孔道，苏轼又名满天下，宾客杂沓，招待花费很大，一年五千贯公使钱捉襟见肘。晁补之知苏轼常为此伤脑筋，宾客知他请假养病，来者就会大为减少，可节省些公使钱。

端午节一大早，晁补之来官舍贺节，苏轼正在书房疾书，晁补之问：“先生又在写大作？”

苏轼笑了笑道：“颍州签书判官赵令畤来书赠诗，通报西湖整修已成，我和了他一首。”又拍了拍书案上的文稿道：“赵令畤希望通判扬州。有无咎在，我自是不能同意。但此人有文武异才，我写此举状，荐他入馆阁。”

晁补之吸了口气道：“他是宗室弟子，干国治民，不及宗子，乃祖制。”

苏轼道：“开国百年，宗室子弟多了，血缘也很远了，有才干的人，为何不能用呢？朝廷接不接受是一回事，有没有人率先提议是另一回事。”

晁补之抱拳晃了晃。过了片刻，以生气的语调道：“有位客人很是难缠，非要见先生。”

“何人？”苏轼问。

晁补之故意卖关子：“官不大，颇癫狂。”

苏轼笑了，吩咐晁补之：“写邀帖，请老友杜介一起作陪，午间到石塔寺小聚。”说着，更衣出了官舍，老远就大声唤道：“元章——”

米芾听到唤声，从茶室跑了出来。他前年移居丹徒，日前接到让他任雍丘令的告敕，赴任途中特来看望苏轼。

苏轼、晁补之陪米芾到了石塔寺，游览完毕，进了餐厅。杜介带着友人毛正仲已候在那里。毛正仲给苏轼带了几盒蜀冈产的好茶，还特意让仆从担来了两大桶蜀井的泉水，当场煮茶。苏轼很高兴，提笔作诗云：“金钗候汤眼，鱼蟹亦应诀。遂令色香味，一日备三绝。”

“色香味？”米芾惊喜道，“以往品评菜肴，只说鲜与不鲜、烹饪火候如何，以色香味三者品评，还是第一次听到嘞！”

苏轼仰脸一笑："看来元章也是美食家啊！"

戒长老来与众人见礼，一见苏轼诗中有"蜀井出冰雪"之句，不服气道："塔院井中之泉，比蜀井里的水要好。不妨取来煮茶品上一品。"

蜀井在大明寺内，寺院之间互不服气，也是常事。但用两口井里的水煮茶，比较一下，也是趣事。苏轼遂吩咐随侍即取塔院井水。须臾，用塔院井水煮出的茶端了上来，众人端起茶盏品尝。米芾只喝了一口，大声道："塔院井水煮茶，绝倒！"

杜介咂巴了几下嘴，摇着头道："到底不如蜀井之泉甘甜清爽。"

米芾不服，二人争论良久，苏轼调和道："不分伯仲，不分伯仲。喝酒，喝酒！"

喝了几盏酒，米芾有了醉意，"腾"地起身道："有件小事禀告苏前辈。世人总说我'癫'，请前辈证实一下，这种说法是胡说八道！"

苏轼一笑道："吾从众。"

众人大笑。

宴会进行到申时才尽欢而散。晁补之把苏轼送到官舍前，等他下了轿，正要施礼告辞，苏轼唤了一声："无咎！"突然拍了拍自己的胸口道："我喜宴饮，可过后又想，百姓日子不好过，心有愧疚。怎么办呢？想办法为老百姓办点事以为弥补吧。那道乞免积欠的奏状，可以上了吧？"

晁补之心想，不分青红皂白免除历年欠税，恐以后欠税者更多。但他没有把这个想法说出口，婉转道："每逢郊礼、圣诞等，朝廷就会颁赦令，总有减免积欠的条款，可往往得不到落实。不妨把这些如实写来，请朝廷敦促落实，比泛泛要求免历年积欠效果要好。"

苏轼道："也好。你让老吏查一下这些年朝廷赦令，把关涉免积欠的一一列出。"

过了五六天，晁补之把查到的依据呈上，足有十几项。苏轼阅罢，吩咐晁补之："牒属县，有明文予以赦免的赋税而未曾落实的，立即免除；其余应该免除而未有明文规定免除者，暂停催缴。"这才提笔修改充实赴任途中所写奏状，变成了长达八千字的《论积欠六事并乞检会应诏所论四事一处行下状》，又贴黄说，户部有不行圣旨的先例，故此状不可下户部，应由宫中直接指挥实行。

一个月后，尚书省札子下，内有"积欠不清，正税难征"之语，驳回了苏轼的建议。

苏轼阅罢，把札子往书案上一摔，气鼓鼓道："我在奏状里明明写着，不用担心免除积欠会导致今后百姓不肯按时纳税，征税是税官职责，律法昭昭，不能完税就追税官之责，免除积欠不会影响完税。那些大老还是不明白！"正抱怨间，州吏送来一封书简，是颍州签书判官赵令畤所寄，告知苏轼：提刑蒋之翰按举他知颍州时滥用官钱、失入尹真死罪两事，尚书省派人到颍州实地核查。

"提建议不听，做点事就挑毛病。这郡守，也是做不得了！"苏轼忿忿然道。突然感到左臂阵阵发麻，遂起身往官舍而去。

晁补之闻报，忙追过去，在月亮门追上了，得知缘由，笑道：

“先生记得杜牧做扬州太守时写的那首诗吧?”随口吟道:“十年一觉扬州梦,赢得青楼薄幸名。”吟毕,附耳道:“先生不妨到西楼歇息。”

西楼是馆贵宾之所,也供太守寻乐之用。苏轼会意,穿过月亮门,转了一个弯,进了西楼,和衣躺在睡榻上假寐。

晚霞从西边小窗投进室内,散发出令人倦怠的昏黄光亮。

过了约莫半个时辰,一顶小轿在西楼前落下。晁补之带着一名二十多岁的女子进来,引介道:“这就是闻名扬州的莺惊鸿。”

苏轼看过去,但见明眸如星、巧笑顾盼、翩若惊鸿,果然名不虚传。莺惊鸿妩媚一笑,施了一礼,在苏轼旁侧坐下。晁补之要走,苏轼招招手,示意他也坐下。饮了两盏酒,莺惊鸿手持团扇,起身旋舞。舞扇带来的缕缕清风,吹散了凝结在苏轼心头的愁云。

清晨,苏轼酒醒,莺惊鸿不知何时已离去。苏轼回味良久,提笔赋《江城子》,内云:“今夜巫山真个好……月花羞,捧金瓯,歌扇萦风,吹散一春愁。试问江南诸伴侣,谁似我,醉扬州。”读罢一笑,忘却了昨日的不快。

可一进直房,突然感到脸上一阵热辣辣的。亲见丰年的百姓面带忧色;又听过路的官员说江南水患,百姓有因灾而死者,自己却还寻欢作乐。这样一想,提笔写《再论积欠六事四事札子》。先说皇帝即位八年而民益贫,“若非积欠所压,自古至今,岂有行仁政八年而民不苏者哉”;再说浙西灾情本来很严重,可他多次上疏朝廷不听,如今“苏、湖、秀三州,人死过半”;若再不听他免除积欠的建议，后果不堪设想；最后说，“五月十六日册立皇后……陛下膺此大庆，犹不念积欠之民，流离道路，室家不保，鬻田质子，以输官者乎？若亲发德音，力行此事，所全活者不知几千万人。天监不远，必为子孙无疆之福”。

奏状六月十六日封发，七月上旬敕书下：新旧积欠，皆宽免一年。苏轼大为惊喜。不仅因为百姓获得一年喘息之机；还因为自浙西报灾受到御史纠弹之事发生，他感到朝廷对他的话不愿相信了。这次快速回复并部分采纳了他的建议，为他挽回了一些信誉。激动之下，提笔赋诗一首，内云：“诏书宽积欠，父老颜色好。再拜贺吾君，获此不贪宝。颓然笑阮籍，醉几书谢表。”

正高兴间，州吏拿着一道发运司牒进来了。司牒上写着，江淮荆浙等路发运使晁端彦七月十五日巡按扬州。苏轼阅罢，大声道：“好啊，正等着找此公算账呢！”

六

平山堂里的酒宴气氛热烈，仿佛欢声笑语中散发的满是清凉，驱散了酷热。酒过三巡，苏轼放下酒盏，收敛了笑容，叫着发运使晁端彦的字道：“美叔，我给你讲一则故事。”

扬州乃淮左名都，漕运集散中心，从业人员甚多。过去，漕运吏卒不发俸禄，可随漕船携带货物贩卖，沿途不收税，作为其养家糊口之用。王安石当国，认为吏人无俸禄，无以养廉，遂颁《仓法》，给吏员发俸禄，同时严惩贪污、勒索。从此，漕运吏卒再携带货物贩卖，过关时要检点收税。司马光执政时废除《仓法》，前年末，朝廷颁敕变相恢复了《仓法》，漕运官吏怨声载道。苏轼正要上奏状为吏卒请命，一听发运使晁端彦要来，正可借机向他陈情。但苏轼知道晁端彦是支持《仓法》的，不想和他辩论，就说起了故事："唐代宗时，刘晏为江淮转运使，在扬州设场造船。每造一船，付钱一千贯，而实费不及五百。有人论劾他纵容贪污。刘晏曰：'大国不计较小道理。有余剩衣食，让官吏养活众人，私用不窘，则官物牢固。'结果，负责造船的官吏都富了，五十余年间，船场无破败、漕运不缺绝。后有吴尧卿接任，造船费用实数估给，负责造船的官吏都变穷了，而船场遂破，漕运不继，不久即有黄巢之乱。"

晁端彦愕然问："子瞻认为当纵容官吏贪污？"

苏轼并不辩驳，微微一笑道："据我所知，仁宗时，漕粮岁运六百万石，最多欠折六七万石；去年只运四百五十余万石，欠折约三十余万石。何以如此？运法之坏也。漕运吏卒私贩货物要收税，挫伤了他们的积极性，谁还愿意好好干？请问，漕船私贩的货物，能收多少税？扬州关每岁所收不过一千六百贯。值得吗？"

晁端彦讥笑道："听子瞻的意思，时下漕粮损失多，是因为收了漕运官吏私载货物的税造成的？"他摇摇头："凡立一法，有利也有弊，不能只看其弊就说该废除。"

苏轼正要辩驳，忽有州吏来禀，扬州转般仓斗子四十人在州署门外请愿。

"美叔，一起去听听？"苏轼对晁端彦道。

晁端彦摇摇头。苏轼向他一拱手，边往外走边吩咐："传到大堂。"

须臾，四十名漕运仓库的吏卒，鱼贯进了大堂，领头的吏目瓮声道："《仓法》严苛，我辈不干了，乞归农。"说着，递上一张陈状。

"泗州转般仓斗子已逃走一十二人了！"一名老卒补充道。

苏轼扫视众人道："本州必奏请朝廷，请求废除《仓法》，尔等回去等消息吧！"回到平山堂，把陈状递给晁端彦。

晁端彦一笑道："动了他们的既得利益，故有此举动。"

苏轼知说服晁端彦无望，宴后提笔写《论仓法札子》，斥之为"天下之所骇，古今之所无，圣代之猛政"，强烈要求废除此法。写完《论仓法札子》，意犹未尽，又写《论纲梢欠折利害状》，从说给晁端彦的那则唐代故事入手，强调漕运吏卒因收入窘迫而影响积极性，请求允许漕运吏卒搭漕船私贩货物，并不再征税。

"先生，恐朝廷不会同意。"晁补之阅罢，摇头道。

苏轼道："看看朝廷会不会答复，再做计较。"

过了半个月，转般仓吏目来谒，探问废除《仓法》一事有没有眉目。苏轼底气不足，拿出他所上两道奏状底稿在吏目眼前晃了晃，把他打发走了。

"我分析，朝廷并不是多么喜欢《仓法》，主要是担心废《仓法》后，漕粮损失过多。"苏轼边在直房踱步，边对晁补之道。捻须思忖片刻，突然眼前一亮："有了！消除漕运弊端办法有二：一是选用得力发运使；二是对发运使以运到京师的漕粮多少作为标准，严加考核。这样发运使自然会负起责任，监督下属，堵塞漏洞，减少贪污。”说着，坐回书案前，提笔写《乞岁运额斛以到京定殿最状》。

奏章封发了，苏轼心里还是不踏实，万一朝廷置之不理，如何向那些请愿的转般仓斗子交代？又提笔写了一道《乞罢转般仓斗子仓法状》，写毕，吩咐州吏叫晁补之来见，以商量的口气道：“要过中秋节了，拿出一百贯公使钱，安抚一下那些转般仓斗子如何？”

晁补之手一摊道：“哪里还有公使钱啊，正发愁后几个月来了宾客怎么招待呢！”

“这就怪了！”苏轼突然提高声调道，“扬州当八路之口，使客数倍于杭州。杭州公使钱七千贯，扬州只有五千贯，哪里够支使？我这就上一道《申明扬州公使钱状》，请求朝廷给扬州增加公使钱。”

晁补之笑道：“先生名高，访客盈门，到哪里哪里的公使钱都不够支使。”说着，拿出一道公牍递过去：“因宽免积欠，朝廷恐征税困难，颁敕设赏格，根据完税多少，年终给税官赏金。”

苏轼皱了皱眉头道：“多收税还给奖励，那不是鼓励税官刻剥百姓吗？礼义廉耻，国之四维，四维不张，国乃灭亡。鼓励税官不顾廉耻，掊敛刻剥，与百姓计较毫末之利，败天下风俗，岂可坐视！我要上道奏状，乞罢税务岁终赏格。”说着，突然叹了口气：“无咎，我这种人做官，太累。所以做梦总是梦到桃花源、仇池山。”

正说着，州校送来一张名帖。苏轼接过一看，“噌”地从座椅上站了起来，小跑着出了直房。

七

远远地望着迎面走过来的客人，苏轼快认不出来了。他哽咽着唤了声："德孺！"泪水瞬间涌了出来。

三十多年前，因八娘之死，苏洵宣布与程家断亲，苏轼就与几个表兄弟断绝了来往。随着岁月流逝、年岁已大，苏轼常常忆起与表兄弟玩耍的岁月。六年前，升任中书舍人不久，看到邸报上登出表弟程之元知楚州的消息，苏轼赋《送表弟程六知楚州》相寄，发出了修复关系的真诚愿望。自此，苏轼与表弟之元、之邵恢复了交往，只是与八娘的丈夫、表哥程之才仍互不通问。眼前的客人，就是表弟程之元。他自广南东路提刑回朝任户部郎中，路过扬州，特来看望表哥。听到唤声，他快步上前，唤道："表兄！"

苏轼上前拉住程之元的手，边往官舍走，边迫不及待地拉起了家常。进了官舍，与家人见过礼，苏轼请程之元进了书房。程之元回身向随从一招手，两个随从一人抱着一个木匣进来了。打开一看，是一绿一白两块奇石。程之元一指奇石道："来自英州，送表兄。"

两块奇石造型奇特，犹如起伏的山冈，逶迤蜿蜒，中间还有一个小孔，直达于背。苏轼两眼放光，看得入迷，盯着绿石道："我曾做过一个梦，梦到有人请我住进官府，榜曰仇池，那里的景象，恰似此绿石。"说着，又盯着绿石前后左右看了一遍，惊喜道："绿石之上竟有山川气象，空旷澄澈，正是我梦中的仇池山，当命名'仇池’。”说完，向程之元一拱手：“谢表弟馈我宝物！”

程之元摆手道：“呵呵，石头而已，称不上宝物。”

“不不不，稀世珍宝！”苏轼激动道。说着，提笔赋《双石》诗一首，内云：“一点空明是何处，老人真欲住仇池。”写毕，吩咐苏过：“速送晁补之。”

酒菜已经备好，表兄弟二人在书房对酌。三十多年了，有太多的话要说。苏轼时而发出爽朗的笑声，时而声音哽咽，泪水涟涟。

送走程之元，晁补之来官舍观赏奇石，苏轼盯着仇池石道：“无咎，赏此石头，恍惚间有置身桃花源之感。”

说了一阵奇石，二人坐下喝茶，苏轼问：“无咎，古之诗人，你最喜欢哪个？”

晁补之知道老师喜欢白居易，便答：“白乐天。”

苏轼道：“我于前代诗人，无所甚好，但黄州闲住期间，开始偏好陶诗，如今竟是独好渊明之诗了。”说着，拍了拍书案上的《陶渊明诗集》道：“可我当年并未读懂。”边说边顺手翻开诗集，点着《乞食》一首道：“我曾说这是乞丐之语，并哀其穷；现在明白了，这体现的是渊明个性中最可贵的独立不惧、旁若无人的率真精神。欲仕则仕，不以求之为嫌；欲隐则隐，不以去之为高。饥则叩门以乞食，饱则鸡黍以延客。古今贤之，贵其真也。”

晁补之笑道：“当是渊明的任性任情，令先生引为异代知己吧。”

苏轼点头道：“渊明自述性刚才拙，与物多忤；自量为己，必贻俗患，故而只好退隐。我与渊明同病。任情任性的人，是不适合做官的。可我不如渊明洒脱，虽一入仕就想退隐，至今不得脱身。但我也悟出来了，人要想快乐，只要做到随缘自适即可。到扬州后，我开始作和陶诗。”

晁补之瞪大眼睛道：“此前的诗人，有拟古作诗者，无追和古人者。追和古人，自先生始。可谓前无古人之事。”

苏轼笑了笑，把一首《和陶饮酒诗》递给晁补之看。

晁补之一看，诗中写道：“我不如陶生，世事缠绵之。云何得一适，亦有如生时。”读罢，感慨道：“适，乃自古以来士大夫追求的精神境界。王维通过禅理思辨，从精神上达到自适。因此，他的诗更多地呈现出不食人间烟火味的高人雅士式的特点。白居易则是一种泯灭一切、忘却自我的闲适观。先生与他们不同。先生的适，主要反映个人主体展向现实世界的亲和性，从凡夫俗子的普通日常生活中发现愉悦自身的美。先生《临皋闲题》中所说‘江山风月，本无常主，闲者便是主人’，就说明了这一点。当然，先生追求的闲适，并不停留在世俗化的浅层次上，而是性灵自然状态的不自觉的获得。”

苏轼大笑。

晁补之又道：“不过，先生是多情人，更是心灵始终无法真正安顿的人。儒家的淑世情怀、独立人格，释家的诸法皆空、万物圆融，道家的清静自然、超然物表，都深深地影响着先生。”

苏轼笑道：“故而，我是一个矛盾的人。”

晁补之道：“弟子以为，和陶诗具有标志性。”

“哦？标志什么？”苏轼问。

“标志着先生要超越了。”晁补之答，“黄州五年，先生通过淡化贬谪身份，强调隐逸形象，获得了暂时的精神解脱。其实先生并没有真正放下，依然是纠结的。弟子觉得，如今先生写和陶诗，汲取渊明委时任运的精神力量，就是要放下纠结，随缘自适，超越世俗的功名利禄、得失成败，以一种静观自得的态度审视当下，对待人生。”

苏轼苦笑道：“只要留在官场一天，所谓超越，也只能是内心的追求罢了。所以，我现在盼着躬耕田亩。”

正说着，州吏送来一道公牍。苏轼打开一看，一脸惊诧。晁补之凑上前看了一眼，起身施礼道：“为先生贺！”

苏轼叹口气道：“此非我愿，贺从何来？”

第二十五章　老身倦马

一

元祐七年十一月十三日清晨，随着叮咚的铜铃声响起，六头大象分左右悠悠晃晃出了宣德门。每头大象由四名军士牵引，象背上各骑一名军士，前置金蕉盘、后放木质莲花座。紧随大象之后的是五辆豪华马车，分别坐着被任命为大礼五使的桥道顿递使、知开封府钱勰，仪仗使、御史中丞李之纯，礼仪使、翰林学士范祖禹，卤簿使、兵部尚书苏轼，大礼使、首相吕大防。他们在各自仪仗队的簇拥下，缓缓驶出。朝霞照耀下，仪仗的剑戈钺斧，发出闪闪金光。

大礼五使的马车行至乾明寺旁，前面不远处是一个交叉路口，坐在前导车中的卤簿使、兵部尚书苏轼，右眼皮突然跳了几跳，他神经紧绷，鼻尖上渗出汗珠，心中默念着："千万不要出乱子啊！"

三年一度的南郊大礼是国家最隆重的礼仪，仅卤簿仪仗就达两万人之多。整个队列，前后绵延长十余里。按制，南郊大礼卤簿使由兵部尚书担任，乃大礼总指挥。今年八月，苏轼在扬州接到告敕，授兵部尚书兼侍读。吃惊之余，当即上章请辞。朝廷答复说："为已差充卤簿使，大礼迫近，不许迁延。"他不便再上章，但也没有急于北上，先到宜兴去了一趟。曹姓人户诉讼，判决后他曾让曹家将田产原价赎回，曹家迄未答复，他要去了结此事。因曹家无钱赎地，宜兴的田亩照旧归苏轼所有。办妥了这件事，他才启程北上，重阳节抵南都，前去祭奠八个月前去世的张方平，又上章朝廷，请求待完成卤簿使的使命后，能让他外守一郡。至京师南薰门外，作《召还至都门先寄子由》云："老身倦马河堤永，踏尽黄榆绿鬼影。"为表示不愿久留京城，同时也为了避嫌，他没有搬进苏辙的东府官邸，而是仍借住兴国浴室。到阁门报到之日，太皇太后赏赐甚厚，他只能全力以赴，把南郊大礼筹备好。大礼例在冬至举行，从卤簿仪仗出宣德门的那一刻起，苏轼鼻尖的汗珠就不曾断过。

大礼五使的车驾行至棂星门外，忽有朱红车子十余辆，由西向东，呼啸驶来，与仪仗争道。苏轼大惊，高喊："巡检使何在？"御营巡检使一听卤簿使呼唤，驰马来到苏轼车旁。苏轼指着穿队而过、张着红盖的马车问："西来者何人，敢如此乱行？"

御营巡检使禀报："皇后娘娘、大长公主、国婆婆，往太庙迎驾。"

去年四月，十六岁的皇帝大婚，娶皇后孟氏；大长公主是皇帝的姑母；国婆婆是皇帝的乳母。三人身份非同一般。苏轼怒道："我管不了，有人管得了！"

行至青城，按制驻车稍憩，等待昨夜宿于太庙的皇帝的玉辂。苏轼向仪仗使、御史中丞李之纯一拱手道："台长职当肃政，适才争道之事，不可不奏闻。"

李之纯一缩脖子道："事涉中宫，恕不敢言。"

苏轼摇摇头，铿然道："某自奏之。"进了青城斋舍，提笔写《奏内中车子争道乱行札子》，内云："今车驾方宿斋太庙，而内中车子不避仗卫，争道乱行，臣愚窃恐于观望有损，不敢不奏。乞赐约束。"写毕，吩咐御营巡检使："速呈官家御览！"

不多时，御营巡检使回禀："官家御览后，已驰送宫中，请太皇太后裁示。"

苏轼快意一笑，登车迎驾。

郊祀既成，圣驾还斋宫。忽有中使前来传太皇太后口谕："申敕有司，严整仗卫，自皇后以下，皆不迎谒中道。"

按制，圣驾自斋宫返城时，皇后当在朱雀门外迎谒。因苏轼一疏，太皇太后竟改变仪注，取消了皇后迎驾一节。听罢宣谕，宰相吕大防、御史中丞李之纯相顾愕然。苏轼却得意一笑道："某在奏状里引扬雄谏汉成帝故事，言妇女不当参与斋祠之间，后妃出迎，不合古礼，何况还争道乱行？太皇太后从善如流，故有此宸断。"

虽有皇后争道的小插曲，南郊大礼总体还算顺利。苏轼终于畅出了口气。这口气，不仅为完成使命而出，也为终于实现了亡父的遗愿而出。父亲临终前嘱托他关照大伯父的后人，依例，南郊大礼，三品官可荫官三人，苏过和两个堂孙都得荫承务郎的官阶，有了官缺经考试后就可分发做官了。

“哎哟，哎哟，累死啦！”一回到住处，尚未进东堂的院子，苏轼就喊叫道，“叫虞侯来，给我捶捶背。”

“大司马！”茶室里传出一声唤。苏轼定睛一看，是苏坚。他以临濮县主簿监杭州商税时，为开西湖出过大力，经苏轼保举，得由选人改京官，此次晋京，是到审官院注选的，借机特来看望老长官。

“伯固！”苏轼唤着苏坚的字道，“我两次上章，有言在先，南郊大礼毕，请朝廷外放我守越州。越州有镜湖，你可随我去开镜湖。”

正说着，秦观、张耒、李之仪三人结伴来谒，苏轼边吩咐备酒，边带苏坚和秦观三人欣赏他的仇池石，一脸得意道：“看到了，这像不像海上仙境？”从扬州返京前，他把白色奇石赠给了晁补之，只带回绿色的一块；到京后，置于高丽大盆之中，又用登州海石碎玉缀其足，经此装点，如同仙山。秦观等人被苏轼流露出的喜爱到极致的神情所感染，也都夸赞不止。

李之仪好奇地问：“先生何以对此石如此喜爱？”

苏轼晃着脑袋吟出南朝梁萧推的《赋得翠石应令》诗来：“有迈东明上，来游皆羽仙。”

秦观似有所悟，解说道：“先生或许不认为世上存在真实的桃花源，也不认为避世能逃离生活的烦恼；但只要胸中有一个桃花源，就能获得精神上的自由。仇池石就是先生胸中桃花源的显现。”

苏轼颔首，连连唤道："少游！少游！"对秦观能理解他而欣喜。

酒菜备齐，众人欢饮了一场，苏坚先告辞。苏轼送到门口，拍了拍他的肩膀道："伯固，一旦守越州告下，我就荐你去越州，同开镜湖！"

"先生不必急着走嘛！"李之仪劝道。他经范纯仁举荐，时下任枢密院编修官。

"年岁大了，无进取心了，到不了仇池山、桃花源，到一个山清水秀的地方也好嘛！"苏轼一掀稀疏的长须道。

李之仪摇了摇头："欧公当年曾做过参知政事，先生若有了登政府的经历，就完美了。"

秦观附和道："先生奏状一上，太皇太后即命取消皇后迎驾礼，足见太皇太后对先生何等信任，登政府指日可待。"

苏轼连连摇手，心里却怦然一动。本打算再上章请郡的，当即打消了念头。次日晚上，他到东府去找苏辙，试探着问："太皇太后曾在我请郡状上批过'兄弟同升，盛世之象'之句；今秦少游竟说我将登政府，阿同听到过这样的议论吗？"

苏辙怔了片刻，打量着他道："有些事，九二还不知道吧？当年太皇太后本是要让你辅政的，台谏接连上疏，说你不适合做宰执，太皇太后观察下来，觉得你易冲动，不够冷静，转而一力拔擢我。"

苏轼的心凉了半截，忙解释道："我不是渴望副相权位，是对获得与欧公同样的经历有所向往。"

苏辙摇摇头，沉着脸问："九二，你状奏皇后，想过后果吗？"

苏轼不悦道："我是卤簿使，尽忠职守，有何不妥？"

苏辙道："官家去年已大婚，今年又亲祭南郊，朝野都揣测，这预示着太皇太后要撤帘还政。可皇后冲犯仪仗的事被你这么一奏，尽人皆知，沸沸扬扬，给人以官家连身边最亲近的人都约束不好、如何能亲政的印象。若太皇太后不撤帘，官家很可能把导致他不能亲政的罪过算到你头上。"他叹息一声，又道："过去的事，多说无益。我想提醒九二，你现在是兵部尚书，不是言官，非关职守的事，以后就不要上章了。"

到兵部上任以来，除单纯举荐人的荐表，苏轼上了三道奏状：一是听说刘季孙卒于隰州官所，因家贫难以归葬，遂上《乞赙赠刘季孙状》，乞指挥得力厢军三十人，将其灵柩及家属送到家乡。二是得知朝廷只给李直方将来以选人改京官时免试的奖赏，苏轼很失望，上《再论李直方捕贼功效乞别与推恩札子》，请求朝廷允许将他官阶升一级的资格转赠李直方。三是看到对五谷征税的条贯，上《乞免五谷力胜税钱札子》，认为对五谷征税，"废百王不刊之令典，而行自古所无之弊法"，请求废除。这些章奏都要经门下省审核，作为门下省最高长官的苏辙都看到了，感到二哥还是喜欢多言，便借机提醒他。

苏轼暗自嘲笑自己竟存做副相之念，却不知所面临的，是能不能在朝廷立足问题。与其被赶走，莫如自己主动离开。这样想着，与苏辙谈了些家常，便告辞了。回到寓所，提笔写《乞越州札子》。

隔了两天，忽有阁门使到兵部告报：苏轼解兵部尚书任，除端明殿学士兼翰林侍读学士，守礼部尚书。一人兼两学士，是罕见的恩荣，苏轼大感意外。阁门使一走，便提笔上《辞两职并乞郡札子》，恳请辞免，外放守郡，如越州无缺，别的任何一州皆可。

乞郡札子呈上，好几天没有回复。苏轼反复思考，再上一状，提出一个折中方案：以端明殿学士兼侍读学士到重难边郡做帅臣。隔了一天，降诏不许，且言："断来章。"苏轼既失望又有几分欣慰，抱着这种复杂的心情到礼部上任了。

来到礼部，一应礼节毕，众人都退出了，忽有亲吏送来一张赵令畤求见的禀帖，苏轼忙吩咐传请。

"端明——"不多时，随着一声唤，赵令畤进来了。

苏轼起身相迎，问："德麟何事晋京？"

"颍州签书判官任期届满，到吏部投牒注选。"赵令畤答。

苏轼叹口气道："上次荐德麟入馆阁，朝廷念及祖制，未允。我再上札子试试吧！"

二人边喝茶，边叙了契阔，赵令畤一辞出，苏轼提笔写《再荐宗室令畤札子》。刚提起笔，自问："子由提醒我不要多嘴，我屡次要求破祖制让赵令畤入馆阁，属于多嘴吗？"又自答："是多嘴。可不多嘴，心里憋得难受。与其心里憋得难受，还是多嘴吧！"

二

元祐八年的新年，因江淮丰收，京师供给充足，物价稳定，都人加额称庆，节日气氛格外热烈。正旦之日，皇帝照例在紫宸殿宴请宗室王公、宰执大臣、两制以上近侍和各国使节。辰时半，皇帝的软轿刚在殿前落下，教坊使高唱一声："嚾酒——"悦耳的韶乐随之响起，君臣依序落座。

礼部尚书苏轼起身，高声致颂词、诵口号。诵毕，皇帝举酒，群臣与使节受酒同饮。苏轼又起身，诵"勾合曲"词，诵完"愿闻九奏之和，上悦天颜，教坊合曲"一语，教坊伶人合奏韶乐，欢快动听。曲终，皇帝再举酒。饮罢，苏轼又起身诵"勾小儿队"词，盛装打扮的三十名少年跑上殿来。苏轼诵"队名"词；小儿列队毕，再诵"问小儿队"词，小儿队按苏轼事先起草的致语，齐声道："臣等沐浴太平，咏歌新岁。鼓舞咸韶之韵，跄扬鸟兽之间。未敢自专，伏候进止。"

皇帝微微一笑道："那就'跄扬鸟兽之间'吧！"

小儿队得旨，有的模仿鸟叫，有的表演兽态，令人捧腹。紫宸殿里响起了欢笑声。表演毕，苏轼诵"放小儿队"词，小儿队欢快而去。皇帝又举酒，与众人同饮。苏轼起身诵"勾杂剧"词，诵到"金丝徐韵，杂剧来欤——"，鼓乐声大作，末泥、引戏、副净、副末四个杂剧伶人上殿，表演艳段热身，旋即又有一队男女伶人上场，一起表演《玄宗梦游广寒殿》。

节目表演毕，皇帝举酒，众人又同饮一盏。皇帝放下酒盏，吩咐内侍："为众卿簪花！"

几个宫女手挎花篮飘然而至，众内侍将托盘上的绢花插到群臣的帽翅上。簪花毕，群臣施礼谢恩，目送皇帝起驾。

宴席散后，苏轼刚回到寓所，驸马都尉王诜的贺节使就到了，搬来两盒礼物。一个十三四岁的少年躬身施礼道："小生贱名高俅，也是驸马爷送端明爷的礼物。"

苏轼打量了高俅一眼，见他乖巧的样子，很是喜欢，便问："你会些什么？"

高俅答："回端明爷的话，小生擅长临摹抄写，略通诗词歌赋，还会使枪弄棒。"

"呵呵，那就做我的书童吧。"苏轼拍了拍他的脑袋道。又歉意一笑："我无礼物回馈驸马，这就写纸字吧。"

高俅忙道："驸马爷说了，不要端明爷回礼。"说着，从怀中掏出一封书简捧递过去。苏轼打开一看，是王诜写的一首小诗，要借仇池石一观。

"这……"苏轼支吾了一声，良久不语。以王诜的做派，一旦借给他，恐有去无回；可是，拒绝之言又说不出口。斟酌再三，作《仆所藏仇池石，希代之宝也。王晋卿以小诗借观，意在于夺，仆不敢不借，然以此诗先之》一首，交王诜的仆从带回，这才指挥众人小心翼翼把仇池石抬到马车上。

目送马车远去，苏轼吩咐高俅："把这首诗稿抄写三遍。"高俅麻利地提笔疾书，很快就抄好了。苏轼写下三个名字，吩咐高俅："将诗稿送此三人。"

书案上没有了仇池石，苏轼觉得空落落的。熬到初十，命高俅前去催还。高俅回禀："驸马爷说了，要慢慢欣赏。"

苏轼叹了口气，吩咐道："你每天去催一次。"

高俅每次去催，得到的答复都是慢慢欣赏。上元之夜，百官陪皇帝登宣德楼观灯饮酒，这是京城最热闹、欢快的时刻。但见宣德门外结彩而成的山楼，望之蜿蜒，如双龙飞走之状，御街两廊下，人头攒动，歌舞百戏，鳞鳞相切，乐声鼎沸，华灯宝炬，霏雾融融。苏轼眼前晃动的，却全是仇池石的影子，脑海里一直在思忖着，如何把仇池石要回来。

夜半时分，皇帝起驾回宫，群臣散班。苏轼拉住翰林学士兼侍读蒋之奇、知开封府钱勰，一起下了宣德楼，又命高俅去追工部员外郎王钦臣。他们都是苏轼与王诜共同的朋友，当时诗稿正是送给此三人的，意在形成舆论压力，使王诜不得不还回仇池石。待四人在宣德门前聚齐，苏轼把王诜不愿归还仇池石的事说了一遍。

王钦臣道："应该归还嘛！"

钱勰道："继续索要，直到他归还为止。"

蒋之奇"嘁"了一声："不就是一块石头吗？算了吧！"

"颖叔！"苏轼叫着蒋之奇的字，不悦道，"你看了仇池石以后再说话，明日我就让高俅陪你到驸马府去看。"又向钱勰、王钦臣一抱拳："请二位帮忙讨要！"

正月十六，还是上元节假期，用过早饭，苏轼吩咐高俅去找蒋之奇，带他到王诜府中去观赏仇池石。一个时辰后，高俅带着蒋之奇回来了。一进门，蒋之奇就高声道："子瞻，看了仇池石，才知你何以那么珍惜，是该要回来。可看样子，硬要是要不回来的。"

苏轼忙问："颖叔有何妙计？"

蒋之奇道："听说韩幹画的马，驸马视为至珍，你不妨和他说，想要仇池石，就拿这幅画来换。"

苏轼摇头道："我不换。"

蒋之奇劝道："驸马必不愿和你换。你提出这个条件，是逼他还仇池石，让他无路可退。"

"也罢！"苏轼叹息一声，提笔赋诗一首，诗题为《王晋卿示诗，欲夺海石，钱穆父、王仲至、蒋颖叔皆次韵。穆、至二公以为不可许，独颖叔不然。今日颖叔见访，亲睹此石之妙，遂悔前语。仆以为晋卿岂可终闭不予者，若能以韩幹二散马易之者，盖可许也。复次前韵》。写毕，命高俅即送驸马府。

不多时，高俅回来了，带回王诜一首回诗，内云："盆山不可隐，画马无由牧。"

苏轼读罢，无奈地摇了摇头，顺手递给蒋之奇。

"我有个主意，可平息纷争。"蒋之奇忍着笑说，"把仇池石砸碎，同时把韩幹的画撕烂。"

苏轼摆手道："颖叔，你还是走吧，我无心和你开玩笑。"

蒋之奇哈哈大笑着，拱手告辞了。

苏轼叹息良久，唤高俅备马，去开封府找钱勰。上元灯节，开封府事务繁多，钱勰忙得不可开交，一见苏轼为仇池石一事来找，笑了笑道："只有两个办法：第一，你的仇池石、驸马爷的韩幹画，都送给我；第二，仇池石你送他，画也不再要了。"

"穆父！"苏轼唤着钱勰的字，肃然道，"仇池石于我，绝非仅用于观赏的收藏品。所好之物，要能契合于己心才好。王晋卿与我唱和诗中有‘平生未省山水窟，一朝身到心茫然’之句，表明其心与仇池石并无契合之处，为何非要作为观赏品据为己有呢?”

钱勰点头道:“理解了。有机会捎话给他，帮你索要。”

回到兴国寺东堂，苏轼提笔作诗一首，吩咐高俅送给王诜。傍晚时分，高俅回禀:“驸马爷让小生传话:端明不要再催。”

苏轼喘了几口粗气，吩咐高俅:“你再跑一趟，传我的话:驸马不要耍赖!”

三

苏轼怀着忐忑的心情走进迩英殿，施礼间，窥见皇帝一脸淡漠，他心里一沉。

状奏皇后车驾冲撞卤簿仪仗一事传得沸沸扬扬，苏辙断定二哥已然得罪了皇帝;在兼任侍读学士谢表里，苏轼又以很大篇幅向皇帝进谏，言辞颇激烈。今日一见皇帝，脸上的表情印证了苏辙先前的判断。好在皇帝还年轻，作为帝师，他要让皇帝知道，直臣才是值得信赖的。这样想着，便抛开书本，临时发挥道:“今日，臣欲先为陛下陈奏汉武帝与唐太宗的不同。汉武帝厌闻汲黯的忠言，故武帝之世，盗贼半天下，民不聊生;唐太宗激赏魏徵的耿介直谏，故有贞观之治。”说这话时，他用余光瞥了皇帝一眼，见他一副不以为然的样子，嘴角上挂着一丝冷笑。苏轼提醒道:“陛下即位以来，问道八年，寒暑不废。讲读之官，谈王而不谈霸，言义而不言利。虽所论不同，要领不出六字:慈、俭、勤、慎、诚、明。若陛下听而不信，信而不行，则臣等讲官，其为尸素，死有余辜！”

皇帝流露出厌倦的神情。

苏轼悚然，微微欠了欠身，以和缓的语调道：“臣等年幼时，都是父兄强迫读书，觉得读书很苦。后来慢慢摸得一点趣味出来，就觉得读书是乐事。古人云，知之者不如好之者，好之者不如乐之者，即是此意。陛下上圣，固然与中等资质的人不一样，然欲进学，亦须从好、乐中悟入。”说完，再窥视皇帝，却见他微微颔首，似乎被他的话所折服。苏轼转忧为喜，心里有了主意。讲读结束，一回到直房即写了邀帖，吩咐高俅分送讲官范祖禹、顾临、赵彦若，约期到礼部尚书直房会商讲读事宜。

这天，三人如约来到苏轼的直房。顾临曾是好友，因苏轼戏谑太过，关系疏远了；翰林学士赵彦若学问渊博，为人稳重；范祖禹虽是好友，但常责备他不要乱开玩笑，以至于苏轼一旦说了什么玩笑话，还会嘱咐不要让范祖禹知道。所以，当着这三人，苏轼不敢再戏谑，开门见山道：“官家天性好学，就看讲官本事了。我意，把自汉至唐的历史，择其君臣大节、政事之要，编成一册书，以备进读。”见三人都点了头，又道：“君主最好的德行是纳谏。但官家这个年纪，我辈越是强调这一点，越容易引起逆反。我想点校一部书进呈，将心欲言而口不逮者，通过这部书，让官家有所解悟，亲近极言进谏之臣。”

“子瞻是说《陆宣公奏议》吧？”范祖禹问。

陆宣公乃唐德宗时的名臣陆贽，以极言进谏、巨细不遗而为人称道。苏轼曾和范祖禹说起过，当年读《陆宣公奏议》，一唱三叹，深受影响，故范祖禹一下子就猜到了。苏轼颔首道：“正是。当让官家明白，德宗以苛刻为能，陆贽谏之以忠厚；德宗以猜疑为术，陆贽谏之以开诚布公；德宗好用兵，陆贽谏之以消兵为先；德宗主张充盈国库，陆贽谏之以散财抚民为急。若德宗用其言，则贞观之治将重现。”

顾临道：“可是，陆贽到底还是触怒德宗，死于贬所。”

苏轼情绪激动道：“这是陆贽的不幸，更是德宗的不幸、大唐的不幸。所以才要让官家明白，对陆贽这样的忠臣，言听计从，则国家幸甚、皇帝幸甚。”

几个人都无异议，苏轼遂做了分工，分头落实。三人刚辞出，掌宾礼事务的主客司郎中武鸣手拿一道公牍进来了，禀报道：“端明，高丽使求购真宗朝编纂的大型类书《册府元龟》和历代史书、《太学敕式》等书册和韶乐曲谱、金箔；馆伴使陈轩移牒国子监，请予提供；国子监申禀尚书省下本部看详。”说着，把公牍呈上。

苏轼沉脸道：“先朝柔远政策，我看要纠正！我一直反对与高丽交往。一则要花很多钱；二则高丽臣服契丹，很可能是为契丹刺探情报。有此二者，理当与之断绝交往。故高丽人所请，一概不许！”说着，突然一拍书案：“这馆伴陈轩，不待申请，就敢直牒国子监，必是收受了高丽人的贿赂！”

武鸣不以为然道：“受贿的话，还是慎言，人家皆循先例而行。”

苏轼被属下顶撞，很是不悦，想发火，又觉不好辩驳，怒气冲冲道：“把苏子由当年出使契丹后写的札子找来！”

三年前苏辙使辽，回国后上札子说，本朝民间印行的文字，契丹无所不有，其中臣僚章疏及士子策论，言朝廷得失，军国利害，若使尽得流传契丹，上则泄漏机密，下则取笑夷狄，乞朝廷禁之。为此，朝廷制定条贯，河北榷场，禁止出售文字。苏轼赞同苏辙的主张，便根据苏辙的札子，写成《论高丽买书利害札子》，先阐述与高丽交往有五大害，请绝之；再说此次所求当一概拒绝；最后说，馆伴使陈轩擅自允诺高丽所请，违制越职，当予惩处。

札子呈上，尚书省批：高丽人所买书籍等，此前曾购买过，当年皆允其请，如今无理由拒绝，呈请圣断。宫中批示：依例行事。苏轼不服气，再上《论高丽买书利害札子》，强调律法明定河北榷场不得出售文字，以防流入契丹，高丽与契丹交往密切，流入高丽就等于流入契丹，若允高丽所请，等于废了《河北榷场法》。尚书省批，检会《国朝会要》，从太宗朝起，高丽人求购书籍，都是允许的，这次求购的书籍，以前都曾购买过。宫中再批：依前降指挥。苏轼仍不甘心，第三次上《论高丽买书利害札子》，言《国朝会要》不是律法，效力低于《河北榷场法》；高丽人曾经购买过这些书，不是现在同意其购买的理由，就如同律法禁止以熟铁与外国交易，难道因为外国已有熟铁，就可以把熟铁卖给他们吗？

尚书省和宫中对苏轼此札皆置之不理；馆伴使陈轩上札子，言高丽人所求是依旧例，先朝曾赐之，故他依例允之；高丽人求购书籍非中国所秘，拒之无以示天朝上国雍容大度。御批：是。苏轼读罢，提笔又写了第四道札子，正要亲吏到内东门投递，郎中武鸣禀报，高丽使者已拿到求购之物离京。苏轼长叹一声，把札子撕了个粉碎。

从二月初一到二十六，整个二月几乎都在纠缠此事，结果精力全都白费了。苏轼满腔怨怒正无处发泄，忽见诏下，命百官就祀礼发表意见。依古礼，冬至祭天于南郊，夏至祭地于北郊。神宗时欲改革礼制，但百官就天地分祭还是合祭发生激烈争论，神宗临终前下诏，实行天地分祭，却未及实行。如今旧事重提，争论再起。苏轼提笔写《上圆丘合祭六议札子》，洋洋洒洒数千言，从六个方面阐述天地合祭的理由，驳斥天地分祭论。

过了几天，诏命礼部主持集议。苏轼摇头道："集议？还不是各说各话，莫衷一是！纯属浪费时间！"说罢，提笔写《请诘难圆丘六议札子》，提议以他为一方，以持天地分祭观点的人为另一方，围绕他提出的应天地合祭的六条理由展开辩论。对方诘难，他来答辩，根据辩论输赢确定是合祭还是分祭。札子进呈，苏轼忙着准备答辩，几天后接到圣旨：从天地合祭之议。

"这回总算胜利了！"苏轼欣喜道。又吩咐躬立一旁的高俅："我口述，你记录，趁热打铁，上章乞改两道条贯。"

在准备答辩材料时，翻到三年前颁布的居丧婚娶条贯，规定诸民庶之家，祖父母、父母年老有疾病，无人侍奉，子孙居丧期间，若尊长同意，可以婚娶。苏轼很不满。释丧而婚，乃是古训，儿孙守丧期岂可婚娶？家里没有女人，儿孙就该学会织布纳鞋、做衣做饭，以尽孝心，遂口述《乞改居丧婚娶条状》，要求删去此条，以正礼俗。写完这道奏疏，又口述《缴进免五谷力胜税钱议札子》。去年十月，苏轼上章要求废除征五谷税的法条，没有得到回应，他再上一疏，重申前请。

“弟子求先生一件事。”这天晚上，苏轼刚散班回寓所，秦观就来拜见，一进门就作揖道。

“何事？”苏轼问。

秦观边落座边道：“有位叫马澈的太学生，因上书言事被太学除名，求我向先生疏通。”

“有这事？”苏轼吃惊道，“律法明定，凡圣朝臣民，就公私利害，皆得进状言事，何况是太学生？”

秦观道：“太学有纪律，规定太学生上书，要先经长官看详，违者除名。马澈未经长官过目就私下上书了。”

“子产不毁乡校，若论列朝政得失，如果他说的在理，朝廷所欲闻；便是所言不当，朝廷也当包容。”苏轼忿忿不平道。又问：“马澈上书说些什么？”

秦观从袖中掏出一叠文稿，苏轼一看，是《论〈礼部韵略〉疏略未尽事宜状》。浏览一遍，赞叹道：“文指雅驯，考证经史，皆有援据。不仅不应除名，还应作优等生培养。我即上疏，要求废除太学的那条纪律，同时把马澈召回、升等。”

秦观忙起身作揖致谢，又嘿嘿一笑：“先生，当年黄鲁直陪先生游金明池，弟子未能躬逢其盛，今年再去游一次如何？”

苏轼摇了摇头，嘱咐道：“少游，以后还是少到我这里来吧。”

秦观愣了片刻，问：“先生，这是为何？”

苏轼轻叹一声，没有回答他。

四

元祐八年五月十二日，延和殿里，宰执大臣奏事毕，宣赞舍人奉命宣读弹章。苏辙低头听着，不禁微微战栗。自三月至五月，御史董敦逸、黄庆基连上七道札子，弹劾苏轼兄弟。苏辙边细听边梳理，归纳为三大类。第一是结朋党。弹章云，近来洛党稍衰，蜀党复盛，奔竞之士，趋走苏门如市。苏轼荐吕陶为起居舍人，乃因同为蜀党，彼此交厚；夔州路转运判官程之邵，乃二苏表弟，遂荐其出任提举茶事肥缺；文勋乃二苏亲属文同之子，以篆字游于苏轼门，苏辙遂荐其为福建路转运判官；夔州路转运使冯如晦，因是蜀人，二苏荐其入馆阁；苏轼知颍州，每赴签书判官赵令畤宴会，则坐于堂上，入于卧室，家眷女子列侍左右，士论极以为丑，苏轼却因此不顾祖制，屡荐赵令畤入馆阁。第二是苏轼指斥先朝，诋毁先帝。弹章罗列苏轼任中书舍人和翰林学士时起草的诰词制书中的一些文句为证。第三是苏轼具体过失。在杭州法外刺配彦氏兄弟；在颍州滥用官钱，失入尹真死罪；强买宜兴姓曹人户田产；等等。黄庆基弹章最后说："苏轼污秽之迹，未敢上渎圣聪。其人天资凶险，不顾义理，言伪而辩，行癖而坚。故名足以惑众，智足以饰非。所谓小人之雄，而君子之贼者也。"

苏辙听罢，汗珠"啪嗒啪嗒"从脸上滚落下来。因弹章中关涉到他，依例本当回避，可御史所列罪名足以置人于死地，他不敢掉以轻心，便硬着头皮站在班中，等待说话的机会。

“陛下！”宰相吕大防举笏奏道，“窃观先帝圣意，本欲富国强兵，以雪国耻；而一时群臣顺迎太过，导致许多失误。太皇太后垂帘听政，顺应民意，加以补救，是理所当然之事。从前弥补先朝缺失的事，当时士大夫没有说过是谤毁先帝，只有元祐以来的言官，才拿这个所谓理由中伤士人，同时意欲动摇朝政，用意极其不善。”

苏辙见首相替他们兄弟说话，忙接言说：“臣兄苏轼所撰吕惠卿诰词中，有‘始以帝尧之仁’等语，怎是谤毁先帝？臣闻先帝末年亦后悔所行之事，只是来不及改正。元祐更化，不过追述先帝改过之意而已。”

太皇太后道：“先帝追悔往事，至于泣下。”

吕大防附和道：“先帝一时过举，非其本意，固方痛心至泣下。”

太皇太后转向坐在左侧的皇帝，以教训的口气道：“此事，官家应该记住！”

苏辙微微抬起头，透过薄薄的纱帘望去，皇帝端坐着，未出一语。

太皇太后见皇帝不说话，含怒道：“台官中伤苏轼太过，不可再留朝廷！”

“陛下圣明！”吕大防忙奏道，“董敦逸、黄庆基皆外放为转运判官。”

董敦逸、黄庆基连上七道弹章，苏轼并不知情，但也听到一些议论，说洛党稍衰，蜀党复盛；苏轼其人尚气好辩；等等。他揣测，这些议论很可能来自言官弹劾，只是弹章未降出罢了，所以才嘱咐秦观不要再去看他。延和殿君臣奏对的一幕，苏辙也未向他通报。直到十八日看到董敦逸、黄庆基的诰词，方知二人是因为弹劾他被外放的。当晚，苏轼赶到东府，迫不及待地问苏辙："阿同，弹章里说些什么？台官论人乃职守，弹章未降出，却如此处分董、黄二人，是何缘故？"

苏辙这才把延和殿奏对情形说了一遍，最后道："吕相把这事看得很重，认为关乎元祐政治的核心，我当即予以附和，强调的是元祐更化能否立得住，会不会反复。一旦从这个高度切入，太皇太后对董、黄自是不能容忍。"

苏轼一脸委屈道："执政只是维护元祐更化，董、黄两个小人加在我头上的罪名却未澄清。我要上辩疏。"

苏辙劝道："事情过去了，不要再辩了。本来就有尚气好辩的风评，还是省事为好。"

苏轼不语。回到寓所，提笔撰《辨黄庆基弹劾札子》，内云："臣自少年从仕以来，以刚褊疾恶，尽言孤立，为累朝人主所知，然亦以此见疾于群小，其来久矣。自熙宁、元丰间，为李定、舒亶辈所谗，及元祐以来，朱光庭、赵挺之、贾易之流，皆以诽谤之罪诬臣。前后相传，专用此术，朝廷上下，所共明知。然小人非此无以深入臣罪，故其计须至出此。今者又闻台官黄庆基复祖述李定、朱光庭、贾易等旧说，亦以此诬臣，并言臣有妄用颍州官钱、失入尹真死罪，及强买姓曹人田等。虽知朝廷已察其奸，罢黜其人矣，然其间有关臣子之大节者，于义不可不辨。"接着，就黄庆基的主要指控，分五点一一辩白。说到滥用颍州官钱，辩白说是用于奖赏捕盗官吏、偿还前任欠债，尚书省已核查明白；失入尹真死罪一事，经尚书省核查，是提刑妄举，不知尹真就是尹遇；强买宜兴田产，官司一切照程序判决，早已报户部备案。最后道："臣窃料庆基所以诬臣者非一，臣既不能尽知；又今来朝廷已知其奸妄，而罢黜其人，臣不当一一辩论，但人臣之义，以名节为重，须至上烦天听。"

辩状于次日呈递，苏轼静待宫中回应。三天后，正要散班，忽有门下省两吏郑重来请。苏轼不知何事，随两吏来到门下省，径直被领进苏辙的直房。苏辙站起身，一脸肃穆道："苏轼听宣。"

苏轼垂手躬立，苏辙宣谕："太皇太后口谕：缘近来众人正相捃拾，令苏轼且须省事者。"

宣谕毕，苏辙屏退左右，劝道："九二，太皇太后良苦用心，你要体谅啊！"

"我这就请郡，离开京城就是最大的省事！"苏轼赌气道。

"勿上章！"苏辙摇手道，"太皇太后不想让你离开朝廷，你请郡就是多事。专心办好礼部尚书分内的事就是了。"

苏轼怏怏退出。

"今年是乡试之年，再有两个月各路就办乡试；明年开春京师大比。这是礼部尚书最该关注的要务。"苏辙在背后提醒了一句。

苏轼"嗯"了一声，暗自叮嘱自己："暂且按老弟说的做吧。"

第二天一到礼部，苏轼就吩咐将关涉贡举的条贯收集呈阅。忽然看到《元祐贡举敕》，赫然写着："诸诗赋论题，于子史书出，唯不得于老庄子出。”他一拍书案道：“为何要限定出题范围？老庄博大精深，为何不能学？”说着，提笔撰《奏乞增广贡举出题札子》，要求将此法废除。

札子封发了，他轻叹一声。太皇太后要他省事，这道札子要求废除《元祐贡举敕》，显系违背“省事”的圣谕，遂提笔写了一道《乞守越州状》。他揣度，太皇太后见他不遵口谕，还是如此多事，一定会放他走。这样一想，顿生鸟出牢笼之感，连赋三首诗，内云：“东南此去几时归，倦鸟孤飞岂有期。”

五

苏轼一进院子，边往卧室走边问：“郡君怎么样了？”

按制，妇爵从夫、从子。文官一品之母与妻，封国夫人；三品以上封郡夫人；四品以上封郡君。苏轼官阶正三品，王闰之本应诰封郡夫人，但封赠需等候时机，她的诰命上，还是同安郡君的封号。当着下人的面，苏轼便以“郡君”代称王闰之。听到问声，一个女使迎出来，施礼答道：“主母在休息。”

苏轼走过去一看，王闰之正侧身躺在床上，低声呻吟着，便叹口气道：“二十七娘，你不该入参。”

按制，诰命夫人要定期入宫参谒太皇太后、皇太后和皇后，谓之命妇入参。入夏以来，王闰之一直病恹恹的。前天接到入参诏旨，苏轼劝她告假不去。除身体不好这一因素外，苏轼还考虑，本朝优礼文士至甚，命妇多出自高官豪富之家，琴棋书画无不涉猎，出身农家近乎文盲的王闰之混迹其中，必自惭形秽。可王闰之坚持要去，一大早就赶往迎阳门列队。苏轼放心不下，一散班就急急忙忙往家赶。

“今日入参，没有见到太皇太后。命妇私下议论，说是她老人家病倒了。”王闰之转过身来，看着苏轼道。

近来，京城有谣言，说皇帝已成年，太皇太后却不撤帘还政，于理于法于情都说不过去；当年刘太后垂帘听政，皇帝成年后，范仲淹等前赴后继呼吁刘太后撤帘，如今朝中大臣无人站出来要求太皇太后还政，是担心皇帝亲政后自己的权位不保，可见如今的大臣都是自私自利之徒云云。局势的复杂微妙，到了转折的临界点。而当下的局势能不能稳定，很大程度上取决于太皇太后的身体状况。听了王闰之的话，苏轼心里涌上一股隐忧，故作轻松道：“太皇太后毕竟是六十二岁的老人了。”

王闰之突然伸出手来，抓住苏轼的胳膊道：“郎君，这些天我心慌得厉害。还是离开京城吧，到江南去，实在不行回眉州也好呀！”

苏轼丢下蒲扇，拍了拍王闰之的手道：“可是，太皇太后话都说到那个分上了，我怎好再请郡？”

一个月前，苏轼上章乞守越州，他以为太皇太后必会放他走，两天后接到《乞越州不允诏》，上写着：“昔汲黯愿拾遗补过，汉武帝终出之淮阳；魏徵每犯颜谏争，唐太宗不使之一日离左右。后世视武帝、太宗之得失，岂不相远哉！卿望高一时，名满四海；正直之节，冠于本朝。方以道学，辅朕不逮。乃亟欲引去，兹所未谕也。”刚传谕要他“省事”的太皇太后，诏中却把他比作汲黯、魏徵，目为本朝第一直士，表达了不可一日使离左右的眷倚，苏轼惊诧之余，也深感欣慰，自是不能再请外放。

“有旨——”忽听门外一声高喊。苏轼忙出门接旨，阁门使捧着一道圣旨前来告报：“端明殿学士、翰林侍读学士苏轼，充河北西路安抚使兼马步军都总管，知定州军州事。”

苏轼愣在那里，说不出话来。

“端明，接旨啊！”阁门使提醒道。

苏轼这才蓦然缓过神儿来，接旨谢恩。他被这个突如其来的任命打蒙了，左思右想，理不出头绪，直到卯时过半，吩咐高俅备车，到东府去找苏辙探问。

“看了那道《乞越州不允诏》，我就觉得奇怪。诏书把你夸赞为圣朝的汲黯、魏徵。想必是太皇太后意识到了什么，方出此策；可转眼间为何突然把你外放？太皇太后近来身体欠安，不能听政，我怀疑是皇帝急于把你赶走。”苏辙分析说。

苏轼悚然道：“道路传闻，官家亲政后，可能恢复神宗之政，果如此，于公于私，都是大不幸！”他重重地吐了口气，语调坚定道：“当此转折关头，我不能离京！”

苏辙为难道：“你此前曾两度上章乞守一重难边郡；沿边重地，定州为冠，你没有理由不去啊。”

苏轼道：“只能借口说二十七娘病重卧床，我也衰病，陆行跋涉千里难以支撑，请求朝廷授一朝中闲散差遣。”

苏辙思忖片刻，出主意道：“上一道乞守蜀地一郡状即可。”

苏轼深知苏辙的智谋，回到寓所，即按他的话，上了一道《乞守蜀地一郡状》，便安心留在京城，为王闰之治病。可遍请名医，王闰之的病情却仍不见好。这天傍晚，苏轼刚进卧室探望，已经两昼夜昏睡不醒的王闰之突然睁开眼，低声道："郎君，我走后，你娶一个大家闺秀吧。"说着，两行清泪，从深陷的眼窝里淌出。

二十五年患难与共，苏轼对王闰之的感情，越来越深。在黄州时所作《次韵和王巩六首》中，就有"子还可责同元亮，妻却差贤胜敬通"之句，为有王闰之这样一个通情达理、善解人意的贤妻而深感欣慰。此刻，他又把这两句诗吟了出来。

王闰之露出宽慰的笑容，边艰难地喘息着边道："我没有别的好，亲手把三个儿子拉扯大，没有让郎君为家事烦心；如今三个儿子都长大成人，我死而无憾了。"

苏轼安慰道："儿子都长大了，该孝敬你了，你要好好活着。"

"迨儿、过儿——"王闰之唤了一声，苏迨、苏过忙近前，弯身唤道："阿娘！"

王闰之抚摸着苏迨的脸颊道："长头儿从小体弱多病，当娘的生怕养不活你，十几年来没有一天不担惊受怕。现在好了，你娶妻生子了，娘可安心去了。"

"阿娘！阿娘！"苏迨哭着唤道。

王闰之又把手贴在苏过的脸上，喘息着道："过儿也长大了，娶新妇了。"放下手臂，扫视苏迨、苏过道："你们兄弟，要好好孝敬你们爹爹，就算替娘照顾他吧！"

苏迨、苏过失声痛哭起来。

"莫哭，莫哭。"王闰之气若游丝道，"迨儿、过儿，娘有些许私蓄，都放在这里了。"说着，指了指床头柜上的一个黑匣子，嘱咐道："娘死后，你们兄弟要请个有名的画师，绘制一尊佛像，供奉寺庙，受十方礼拜。记住了吗？"

苏迨、苏过边哭边连连点头。

王闰之歇息了片刻，又道："叫朝云进来。"朝云听到召唤，抹着眼泪进来了，王闰之嘱咐道："替我照顾好郎君。"

朝云哽咽道："主母放心吧！"

王闰之把目光转向苏轼，从喉中发出微弱的声音："不能见迈儿最后一面了。可我比婆母圆满，婆母临终时，儿子一个也不在床前，我知足了。郎君千万莫难过。"说完，大口喘了一阵粗气，又昏了过去。

苏迨、苏过和两个儿媳还在哭泣，苏轼摆摆手，叮嘱两个儿媳守在床前，领着苏迨、苏过进了书房，边流泪边商议后事。请李公麟画佛像、请皇家寺院的法师超度等都商定了，唯独最重要的事没有涉及，苏过忍不住问："阿爹，墓地选在何处？"

苏轼语调沉重道："你母亲与我共患难二十五年，无论处境多么困顿，她都没有抱怨过，把家打理得井井有条、妥妥当当。我无以为报，只能以死后同穴来报答了。可自你们祖父故去后，我就一直为把家安在哪里而纠结，死后葬在哪里就无从谈起了。我原以为这件事还很遥远，却不料这么快就摆在眼前了。届时，把你母亲的灵柩暂厝城西惠济院吧，待我死后，葬在一起。"

苏迨、苏过含泪点头。

这一夜，一家人都没有睡觉，一直守在王闰之的病榻前。黎明时分，王闰之喉咙里发出"咕噜"的声音，苏轼唤道："二十七娘，你醒醒，我有好多话想说给你听。"王闰之睁开眼睛，想说什么，却说不出来，头一歪，没有了气息。

"都是我命硬，克死了你们姐妹！"苏轼边哭诉着，边拍打自己的胸口。朝云急忙上前，把他扶出了卧室。苏轼举袖拭泪，示意扶他到书房去。进了书房，苏轼先给苏迈修书，告知讣讯，嘱他辞官为母守制。写毕，命健仆日夜兼程送往河间。

苏迈接到健仆送去的家书，当即日夜兼程往家赶，半个月后回到京城。苏迈一到家，以长子身份为王闰之送终。一应礼仪毕，将王闰之棺木暂厝惠济院。

办理完后事，苏轼和三个儿子拉家常。指着苏过道："那一年在密州，你还小。阿爹从州署回来，心情不好，你缠着我要我抱你，我呵斥了你两句。你母亲笑着对我说：'你先坐下，我去给你弄点酒菜来。'一会儿，就给我端上爱吃的家乡菜和烫好的酒，又以言语为我宽心。想象一下，这是多么温馨的场面，再烦闷的男人，在这样的氛围里，都会变得心平气和。还有一次，那是在黄州，几个朋友夜里临时起意想喝酒，可我知道家里没有酒了，只能找你母亲要酒喝。你母亲说：'我有斗酒，藏了很久，就是待你不时之需的。'那时候啊，她看我的目光就像是宠溺一个顽皮的孩童。前几年我仕途通达，收入丰厚，可你母亲依然勤俭持家，不改常态，没有流露出丝毫的骄矜自喜之色。这样贤德的女人，是不多见的。"说着，掩面抽泣起来。

“有旨——”门外响起阁门使的高唱声。

六

九月上旬的京城，本是秋高气爽的季节；可苏轼感受到的，却只有凛凛寒气。这天夜里，他怀揣奏稿，登门拜访翰林学士范祖禹。一进他的书房，就神情肃穆道：“纯夫，当此危急关头，不忍坐视，想来想去，此事只能找你商量。”

一个月前，经苏辙努力，将苏轼的《乞守蜀地一郡状》呈达太皇太后病榻前。刚办理完王闰之的后事，宫中降诏，收回让苏轼守边成命，恢复原职。在中断了五十天后，苏轼重新以端明殿学士兼侍读学士守礼部尚书的身份上朝。几天后，就传出太皇太后病危的消息，京城谣言四起，人心浮动。恰在此时，苏迨之妻欧阳氏因难产，母子双亡。葬仪尚未办完，就接到太皇太后崩逝的噩耗。苏轼大惊，急忙找苏辙了解内情，得到的消息令人沮丧：太皇太后自知不起，曾召宰相之一的范纯仁到病榻前，希望他效法乃父范仲淹在刘太后去世后劝皇帝恪守子道之举。这表明太皇太后对身后事的担忧。宰相吕大防等入宫问安，太皇太后当着皇帝的面说，她死后，小人必挑拨离间，希望皇帝不要受小人蛊惑；又嘱咐吕大防等知进退，让皇帝选用自己想用的人。太皇太后临终前，吕大防等去问安，太皇太后戚戚哀哀问：“多年保佑圣躬，只欲不坠祖制，使天下太平无事，不知官家可否体谅，相公及天下人是否了解？”吕大防刚要回奏，皇帝厉声道：“吕大防等退下！”吕大防出殿，大汗淋漓。宫内发生的这些事本属机密，可太皇太后崩逝后，消息很快传出，苏轼为之悚然。他一时忘记了家门连遭不幸带来的痛苦，决计采取行动，写好了一篇奏稿，来找好友范祖禹商量。

范祖禹请苏轼入座，却沉默不语。

苏轼焦急道："汹涌逆流即将排山倒海而来，执政诸公却心怀顾忌，凛惧观望，缄口不言；我辈身为师保，官家亲政之始，当勇敢地承担责任，向官家进言，希望他顾念太皇太后保佑圣躬的恩德，辨别邪正，严君子小人之防，不被新党小人蛊惑，延续承仁宗治道所建立起的元祐之治的国策。"

范祖禹伸手把一叠文稿递给他。苏轼一看，是篇《听政札子》疏稿。疏文第一层意思，是赞颂太皇太后之功，并提醒皇帝，太皇太后听政以来一切举措，无非是复祖宗旧政，使百姓安居乐业，为皇帝奠太平之基；第二层意思，阐述因太皇太后否定变法，新党群小怨恨，必以改先帝之政、逐先帝之臣的话来挑拨离间，希望皇帝务必对胆敢以这类奸言蛊惑的小人严惩不贷；最后提醒皇帝，圣朝已被新党败坏过一次了，不可再被其败坏。苏轼读罢，一拍书案道："正是我想说的话。纯夫此疏，比我写的要简明有力，我就与纯夫联名上此疏吧！"说着，不等范祖禹回应，提笔在疏尾签上了自己的名字。

过了几天，欧阳氏的丧事办完了，厝柩于婆母王闰之灵旁。晚上从惠济院做法事回来，忽接李廌来书，抱怨苏轼不荐他做官。苏轼只好回书向他解释，并写了一道荐表。刚写成，范祖禹匆匆来见。苏轼举着荐表道："我正要找你。李廌虽在山林，其文有锦衣玉食气，弃奇宝于路边，昔人所叹，可否与我联名荐他？"

范祖禹摆摆手，发出一声长叹："局势有变！"

皇帝听政的第二天，忽下旨召被太皇太后驱逐出宫的内侍十余人复职。中书舍人吕希纯缴还词头，拒不草诏。皇帝召宰执质问："宫中缺人，且是援引先例召用内侍，为何封驳？"吕大防奏："此举不合众论。"苏辙奏："虽有先例，但亲政之始，乃先召用内侍，有碍观听。"皇帝只说押后几日再办，并未收回成命。范祖禹闻讯，忙递帖请对，引述古今历史，极论吕惠卿、章惇等新党皆小人，绝不可用，用则覆国；又提醒皇帝守之以静，不可轻举妄动，脱离元祐治道。皇帝很不耐烦。范祖禹得出结论，他和苏轼所上《听政札子》，皇帝不仅没有听进去，甚或生出反感。所以，一出延和殿，就急匆匆来找苏轼，通报情形。

"我递帖请对，再向官家痛陈利害！"苏轼不假思索道。

"有旨——"门外传来喊唱声。

苏轼一惊，心中嘀咕着出门接旨，阁门使宣旨："端明殿学士、侍读学士守礼部尚书苏轼，解礼部尚书差遣，充河北西路安抚使兼马步军都总管，知定州军州事。"宣毕，又道："皇帝口谕：定州重镇，帅臣久缺，速行！"

"纯夫，你说对了，披肝沥胆地进谏，却激起官家反感，这就动手了，赶我走。"回到书房，苏轼垂头丧气地对范祖禹道。

范祖禹叹了口气道："对子瞻个人而言，这未尝不是好事。"

苏轼激愤道："按祖宗之法，边帅赴任，当上殿面辞。我必向官家痛陈利害，挽狂澜于既倒！”

范祖禹摇摇头，起身道：“子瞻，多事之秋，善自珍重吧！”

送走范祖禹，苏轼提笔写陛辞请帖，吩咐高俅送达阁门使。

两天后，诏下：“本任阙官，迎接人众，苏轼免陛见，速行。”

“呵呵，呵呵！”接到诏旨，苏轼发出几声怪异的冷笑，把自己关在书房，流起泪来。五年师保，竟这样恩断义绝，连见一面的机会也不给。什么“本任阙官”，面辞至多耽搁十天，有转运使权摄帅臣，能误什么事？什么“迎接人众”，定州来京迎接的人才有多少，多停十天的衣食住行费用才花费多少？他的心寒透了，赌气道：“诏促速行，我偏要拖延十天。让他看看，晚去十天到底会不会出事！”又问高俅：“我想带你去定州，你愿意吗？”高俅露出为难的神情，低头不语。苏轼明白了，向外摆摆手道：“你还回驸马府去吧。”

十天后，苏轼相约到东府向苏辙辞行。

深秋季节，下起了雨，雨点砸落的枯黄槐叶在马路边沿的浅水里飘荡着。马车驶进东府，苏辙举伞候在院子里。苏轼下了车，从仆从手里接过油伞，和苏辙一同站在伞下，仰头望着两棵粗大的梧桐树。雨滴从发黄的梧桐叶上夹带着尘土淋漓而下，发出萧瑟的声音，苏轼顿生无限怅惘，感慨道：“这次离京，再也回不来了。阿同又何尝不是这东府的过客？前路茫茫，当年的对床之约，恐终是一场梦。即使侥幸闯过滚滚而来的滔天逆流，那时，我兄弟还能像现在这样健朗吗？”

苏辙沉默着，心事重重的样子。

苏轼迈步进了苏辙的书房，提笔写下《东府雨中别子由》：“庭下梧桐树，三年三见汝。……重来知健否，莫忘此时情。”写到最后一句，眼泪终于忍不住滴落下来。

苏辙哽咽着嘱咐道：“兄长年岁大了，冒着风沙，陆行千里，要多保重。”

苏轼摇着头道：“路上的辛苦固然令人生畏，最令人不安的是前路不可测。”说着，从袖中掏出一叠文稿：“我还想做最后的努力。”

苏辙接过一看，是一道《朝辞赴定州论事状》，先讲述昏聩君主不听近臣之言导致亡国的历史，再质问为何不许他面辞。继之驳斥诏书中不许他面辞的两个理由，告诉皇帝，不许他面辞，一举给外界造成厌闻人言、轻视边事两个坏印象。最后，把他与范祖禹《听政札子》里的主要内容重复一遍，提醒皇帝不可轻举妄动，更改元祐国策。

苏辙阅罢，摇了摇头：“于事无补，徒增反感，还是别上了吧。”

“不行！”苏轼激愤道，“我受太皇太后深恩，不能眼睁睁看着她老人家九年来辛苦维系的局面被一举败坏。再说，我身为师保，又是赴边任，他竟然拒绝我面辞。我不能就这样委委屈屈走人，必须一吐为快！”

第二十六章　空堂画灰

一

定州北控强邻契丹，为天下重镇，历来选任一时名流为帅。庆历名臣韩琦等，都曾持节镇守。

元祐八年十月二十六日上午，苏轼披斗篷、佩长剑，一身戎装，骑在高头大马上，出了帅府，向南一指道："先登开元寺塔！"

澶渊之盟达成后不久，真宗皇帝下诏在开元寺内建塔，名义上是供奉从西天取回的佛经、舍利，实则登高以观察敌情，故此塔又名料敌塔。塔身高达十一级，楼梯从内塔体穿心盘旋，直达塔顶。苏轼爬到四五级，已是气喘吁吁，他咬牙坚持着。作为一路主帅，不能让将校认为太文弱，要拿出统领千军万马的豪气来。圣朝虽与契丹达成和平百余年，但朝野仍视其为强敌，故而河北西路帅臣，第一要务不是民政而是军务。苏轼十月二十三日到任，一应礼节毕，先到韩琦当年镇守此地时建造的阅古堂祭拜，作《祭韩魏公文》，感激当年的提携之恩，紧接着就视察驻军。来到塔顶，喘了阵粗气，举目四望，忽见北面松林间有一大片耕地，忙问站在身后的副都总管王光祖："军事禁地，岂可毁林耕作？"澶渊之盟达成后，为防契丹铁骑长驱直入，沿边广植松树，形成茂密的森林。所以一见有耕地间杂其间，苏轼不觉大吃一惊。

王光祖轻描淡写道："军人家属开耕种田，由来已久。"

"立即退耕还林！"苏轼断然道。

"恐怕退不得。"王光祖答。

"为何？"苏轼含怒问。

王光祖答："官府已然起税，如何退得？"

"竟有这等事？"苏轼摇着头道。转脸叮嘱李之仪："端叔，你查明情况，再作计较！"

因河北西路安抚使兼马步军都总管军政责任重大，苏轼自知无军旅经验，依边帅可征辟幕僚之例，奏请曾在西北前线守边的李之仪和蜀人孙敏行二人入幕。李之仪一听主帅吩咐，身子一挺道："遵命！"

下了料敌塔，苏轼腿软气虚，两个校尉把他扶上马，他扬了扬下颌道："到军营去看看。"

王光祖瓮声道："端明是主帅，掌军令，细枝末节的事，就由我辈武人来管吧。"

李之仪听出来了，王光祖不想让苏轼插手军队内部的事，硬要去军营，恐将帅失和，便打圆场道："改日由下官代苏帅点检军营，苏帅不妨回帅府处理他事。"

苏轼听懂了李之仪的意思，只得扬了扬手道："命李之仪、孙敏行点检军营，查核侵耕！"

过了几天，李之仪、孙敏行到帅府复命。孙敏行先禀报道："查得军城寨人户一百八十余家，擅自毁林，开耕为田，公然起税。"

苏轼思忖片刻，决断道："新近还在毁林开垦的，抓几个，依法勘断，以儆效尤；多年侵耕已成永业田者，别作擘划，状申枢密院。"

轮到李之仪禀报了，他叹息一声道："法令不行，边政颓坏，让人不堪开眼。第一，贪腐严重；第二，公然饮酒赌博；第三，军官放贷。由此导致士卒日有逃亡，聚为盗贼，民不安居，若有战事，不堪一击！"

"明察暗访，抓几个典型，严惩不贷！"苏轼态度强硬道。

李之仪、孙敏行领命而去。经查，近年偷砍禁山林木、开垦耕地者有张德等九人；定州城中有开赌博柜坊者百余户，明出牌榜，召军民参赌；甲仗库守库士卒张全，一年之间盗铜锣十二面，监官明知，并不申举；帐设什物库守卒田平，二年间盗帐设什物八百余件，银二百五十余两，恣意典卖；云翼军指挥使孙贵到营四个月，前后敛掠一十一次，计得赃款九十八贯八百文。

苏轼闻报大怒，签发令牒："开柜坊者，令改业；帅府出榜，凡军人参与赌博、饮酒者，召人告捉；张全、田平、张德、孙贵等，送司理院枷项根勘；继续严查，务必把违反军规者一网打尽！"又拿出一叠文稿递给李之仪："这里有云翼军一指挥使章德霖者，告发上司赌博、放债、克扣军饷。当把所告之人，一并送司理院根勘！"

李之仪吸了口气道："苏帅，不可骤行峻治，不然军心浮动，恐要闹出乱子；因事行法，抓典型起到震慑作用可也。”

“是啊苏帅，”孙敏行附和道，“治军，当恩威并施。”

苏轼问：“如何恩威并施？”

李之仪答：“弟子看得营房多是两椽小屋，椽柱腐烂，大半无瓦，上漏下湿，当申请经费，修葺营房。再则，不可鼓励告发之风，告发上官的章德霖，当以扰乱军心罪，军法处置。”

苏轼决断道：“点检清楚，看需要多少钱，写一道《乞降度牒修定州禁军营房状》呈报朝廷。”停顿片刻，像是下了很大的决心，又道：“就以扰乱军心罪，依军法将章德霖发配！”

李之仪、孙敏行手持苏轼签发的令牒，率亲兵抓捕云翼军指挥使陈贵等人，将校见状，惶惶不可终日，正恐惧间，忽听章德霖因密告上官被发配，军心稍安；又见帅檄命诸将申报修葺营房数，军中遂议论开了：“原以为苏帅以诗文擅天下，却不知如此雷厉风行、恩威并施，颇有名帅风采嘞！”

苏轼听到了，叫着李之仪的字，高兴道：“端叔，看来开局不错，下一步还要做什么，你多谋划。”

李之仪道：“沿边要害屯聚重兵，只不过以壮国威而消敌谋，若真的打起仗来，不能只靠禁军；至于平日保境备御的事，更须用当地土人。当年韩琦、范仲淹在西北，就专务整缉蕃汉熟户弓箭手。”说着，从袖中掏出一叠文稿呈上。

苏轼一看，是一道《乞增修弓箭社条约状》。阅罢，赞叹道：“这就等于全民皆兵，官府还不必花一文钱。”突然恨恨然道：“都是王安石推行什么保甲法，把弓箭社搞垮了，理当恢复！”说着，提笔签发了奏状。又问:"对禁军,若大张旗鼓严加训练,恐契丹抗议,引起两国纷争;若听之任之,恐事到临头,终不可用,奈何?"

李之仪道:"当年韩魏公镇守此地,有阅兵之举。仿此例,知会契丹边臣,本路春季阅兵。这样契丹人既不起疑,禁军也不得不加强训练。"

苏轼颔首道:"即颁令牒。"

二

一见亲兵指使徐绍满身尘土出现在直房门口,苏轼急切地问:"怎么样,打探明白了吗?"

苏轼到任一个多月,集中精力整顿军纪,禁军中贪墨、赌博、放债三大恶习已被禁绝,逃兵减少;没有人再敢毁林开荒;四十家开赌场的柜坊申请改业,其余走出州界。苏轼为之欣喜。只是所上修营房和恢复弓箭社的奏状,杳无音讯。眼见禁军不堪用,而土著自发结成的弓箭社倒是生力军,遂又上了一道《乞增修弓箭社条约状》,派亲兵指使徐绍专程送到京城,并打探一下此前所上两道奏状因何没有回复。

"两道奏状,被中书省压下了,都未呈报。"徐绍禀报道。

"可恨!"苏轼大声道。旋即叹了口气:"想为朝廷分忧,谁知人家根本不领情。"

李之仪道:"大老们战战兢兢,谁还有心做事?现在是多一事不如少一事。"

苏轼摇着头道:“我辈也静观其变吧!”

一连几天,一到午时,苏轼就与幕僚李之仪、孙敏行并两位通判在州署饮酒。腊月二十五这天,苏轼喝醉了酒,回官舍呼呼大睡。一觉醒来,朝云正带着两个儿媳和女使忙着做糕饼,一眼望见做点心的工具颇是新奇,便凑过去问:“这是什么?”

朝云答:“是定州瓷器,叫馏合刷瓶。”

苏轼吩咐:“挑选一具寄给子由。”说完,进了书房,赋《寄馏合刷瓶与子由》一首,向苏辙吐露心迹:“寄君东阁闲蒸栗,知我空堂坐画灰。约束家僮好收拾,故山梨枣待翁来。”写毕,交老萧与馏合刷瓶一并寄出。

正旦节、上元节,军民照例狂欢。正月十五夜,苏轼率僚属登上鼓楼,置酒观灯。李之仪见他一副心事重重的样子,放下酒盏问:“苏帅为何事发愁?”

苏轼皱着眉头道:“端叔,听说去年秋雨过多,收成不好,我担心粮价飞涨,到时会形成大批流民。边境有流民,是一大隐患啊!”

李之仪故意问:“不是说要静观其变吗,还操这份心?”

苏轼拍了拍胸口道:“这里过不去。”

李之仪略一思忖,提议道:“依律,州官有权把常平仓里的粮食贷给缺粮的百姓,不必为此发愁。”

苏轼摇头道:“愚民每有借贷,不肯及时还纳,便是抓起来严刑拷打,还是还不上。故而,我不想循例办。届时能不能以低价出粜一批常平米,压平粮价?”

李之仪道："即使有廉价官米，还是有人买不起，怎么办？"

苏轼道："我听通判说，仓中年深陈米还有二万余石，不如借给乡村一、二等主户，让他们再贷给缺粮佃户，待新粮下来再还。这岂不是一举两得？"见李之仪点头，遂嘱咐道："拟《乞减价粜常平米赈济状》《乞将损弱米贷与上户令赈济佃客状》上奏。"

李之仪又问："阅兵一事，还办吗？"

"当然要办！"苏轼答，"主帅说出的话，岂可不作数？"

李之仪附耳道："副帅王光祖似有抵触情绪。"

"他是对我严肃军纪不满。"苏轼冷笑道，"军队一旦骄惰，就无战力可言。不管他愿不愿意，一定要办。一切查考旧制，仿照四十年前韩魏公阅兵礼进行。"

二月中旬的一天，阅兵典礼如期在校场举行。一大早，苏轼就穿戴整齐，端坐检阅台后幄军帐中。典礼还有不到一刻钟就要开始，副都总管王光祖却不见人影。正要派校尉去催，王光祖的亲兵指使进来了，施礼禀道："王将军忽觉身体不适，不能前来。"

苏轼脸一沉，大声唤道："书手何在？"书手应声从帷幕外跑过来，苏轼高声吩咐："拟劾疏，参劾副都总管王光祖违抗帅命！"

王光祖的亲兵指使闻言，转身跑了。不多时，王光祖夸张地咳嗽着走了过来，向苏轼拱手施礼。苏轼不回礼，转脸吩咐书手："不必写了。"

辰时到，锣鼓敲响，军乐齐鸣，苏轼一甩红里黑斗篷，手扶剑柄，大步登上检阅台。马军、步军依次接受检阅。

"围观绅民都说，自韩魏公后，再也没见过这个场面了。"典礼结束后，李之仪高兴地对苏轼道。

苏轼却叹息道："如此军队，何堪一战？若要加强边防，恢复弓箭社刻不容缓。再三请求，朝廷却置若罔闻。没有人为国家着想。我为皇宋未来忧。"

回到州署，忽见新来的邸报上赫然刊载着李清臣、邓润甫任副相，提举洞霄宫章惇加资政殿学士召回朝廷的消息。他叹了口气，对李之仪道："看来，像现在这样大家同在一起的日子，恐怕不多了。不如尽情游戏于文词翰墨之间，以寓其乐。"

三

州署后圃里，盛开的桃花飘出阵阵香气。苏轼在李之仪、孙敏行并通判滕希靖、曾仲锡和几名官妓的簇拥下到此赏花。他只顾目不转睛地盯着桃花看，脚尖踢到一块埋在地里的石头上，差一点被绊倒，弯身一看，露出地面的石头一角发出亮光，好奇心顿起，吩咐州校："把这块石头挖出看看。"

众人在后圃转了一圈，进悦心斋入座。苏轼一指酒坛道："今日赏花会，就请各位品尝我自制的'中山松醪'。"说着，从袖中掏出一叠文稿递给李之仪。李之仪一看，是一篇《中山松醪赋》，遂高声诵读。

苏轼解释道："诸位皆知，定州为古中山国，盛产松树。我爱其凛然孤清，不仅试吃松膏，还将其融入酒中，研制出这坛药酒。"

"好文配好酒，今日赏花会，别具一格。"李之仪赞叹道。

官妓为每人斟上一盏，李之仪一饮而尽，咂嘴道："香气独特。"

苏轼得意一笑道："更重要的是，还有补气血、润五脏、止渴滑肠之功效嘞！"

正说着，两名州校把已冲洗干净的石头抬了进来。苏轼细观，乌黑的石头间有白色纹理，犹如雪浪在山间奔腾，遂道："可命名为雪浪石。"又一指石头："置于斋中，此斋改为雪浪斋。"说着，提笔赋《雪浪石》长诗一首。

李之仪一看诗中"承平百年烽燧冷，此物僵卧枯榆根"之句，即知老师表达的是报国不得的悲慨；但当着两位通判的面，他不好直接说出口，声调低沉道："此诗，立意深、构思巧，雄伟矫健而又沉郁顿挫。"

苏轼掸掸手道："唱起来嘛！"说着，扫视几位官妓："乐师都说说，各自擅长什么曲调？"

"奴擅长柳永的《戚氏》。"官妓蒨桃抢先答道。

李之仪笑道："此屯田创调，凡二百一十二字，非大手笔不能胜任。蒨桃是想考考苏帅的写词功夫吧？"

蒨桃一摆脑袋，向苏轼调皮一笑。

苏轼一扬手道："好，你来唱曲，我当场填词。"

蒨桃站起身，边唱边舞；另外两名官妓一个磨墨，一个展纸，苏轼边听边写，随曲写成《戚氏》新词一阕，内云："望长安路，依稀柳色，翠点春妍。"

"根据《穆天子传》内容写成。"李之仪评论了一句，交蒨桃吟唱。蒨桃照词唱曲，苏轼随声击打节拍，仿佛飘飘摇摇，进入了词中所描绘的神仙世界。蒨桃唱罢，众人喝彩，苏轼慨然道："此为定州一时盛事，前无古人，以后也未必有此场景了。"

众人唏嘘不已。

赏花宴散了，众人出了雪浪斋，苏轼对李之仪道："闷了，出去走走。"

次日，李之仪陪苏轼出州城巡视属县。一行骑马沿孟良河故道溯流而上。进了曲阳县城，路过一个花园，见里面养着几只鹤，苏轼勒马望着发呆，口占几句诗："园中有鹤驯可呼，我欲呼之立坐隅。……戛然长鸣乃下趋，难进易退我不如。"

在曲阳县城用了午饭，即去谒北岳庙。北岳庙号称河北名刹，可到庙里一看，殿堂颓败，了无生气，苏轼叹了口气，问住持道："若重修此庙，需多少钱？"

住持答："工料价钱有三千三百余贯即可。"

苏轼扭脸嘱李之仪："端叔，回去写道奏状，乞降十五道度牒，修葺此庙。"

巡视回来，已是四月中旬了。一进州署，就吩咐州吏快拿邸报来看。打开一看，上载：吕大防罢相，以观文殿大学士知颍昌府；苏辙罢副相，以端明殿学士知汝州。他叹息一声，久久不语。

自谥号宣仁皇后的太皇太后驾崩后，元祐大臣惊恐不安，宣仁皇后尚未落葬，礼部侍郎杨畏上疏："神宗更法立制，以垂万世，乞赐讲求，以成继述之道。"皇帝立即召对，杨畏对王安石、章惇功业推崇备至。皇帝又嘱杨畏将先朝旧臣中可召用者奏名进呈。

杨畏开列一份名单，上列章惇、吕惠卿、李清臣、邓润甫等多人，并各加品题。邓润甫闻讯，上章建言皇帝继承神宗未竟之志，富国强兵。皇帝深以为然，遂于二月拔擢李清臣、邓润甫为副相。李清臣一到任，就主持本年贡举，在殿试时，出了一道策题，全面否定元祐更化。他还在御前纠弹苏轼、苏辙兄弟改变先帝法度，苏辙与之激辩，又上章纠弹李清臣以御试策题诋毁近岁行事，欲复先朝之政。他列举历史上皇帝即位后子改父过的大量例证，提醒皇帝若轻变九年已行之事，擢用累年不用之人，则大事去矣。札子进呈后，皇帝没有回应，苏辙又借奏事之机当面劝皇帝不要和新党小人密谋变更元祐国策，受到皇帝斥责，只好上章请求解职。侍御史来之邵等又合力纠弹宰相吕大防。结果吕大防和苏辙被一并外放。四月十二日，诏改元祐九年为绍圣元年，以此向天下宣告，当今皇帝要继承皇考遗志，绍述神宗时代的新政。苏轼通过各种渠道，得知时局变化，为之不安。

正当苏轼为苏辙被外放而叹息时，御史虞策上章，劾苏轼在撰写诰词时把个人恩怨置于首位，语涉讥讪，当予清算；侍御史来之邵随后上章，劾苏轼凡所作文字，讥斥先朝，以快怨愤之私。在摘录苏轼所撰诰词、制书中涉嫌涉讥讪的大量文字后又说："凡此之类，播在人口者非一，当原其所犯，明正典刑。"刚起用为谏官的张商英，一上任就弹劾苏轼，指责他天地合祭之论甚为荒谬。曾多次弹劾苏轼的赵挺之，因在车盖亭诗案时保持沉默被贬谪，刚重新回朝担任御史，就在谏院和御史台间来回穿梭，联络全体台谏官上疏，列举实例，会劾苏轼诽谤先帝。

京城的火药味飘到了定州。李之仪深感不安，这天特意到直房相劝："先生，还是上疏向官家解释一下吧。"

苏轼沉默良久，起身道："走，叫上两位通判，到后圃观赏雪浪石。"

几个人一起来到雪浪斋，刚坐定，苏轼就道："今日不赋诗、不谈诗，各自说说吃过的最好食物、喝过的最好美酒是什么。"

李之仪等人边思忖，边各自说了一通。轮到苏轼了，他故作高深道："我吃过最好的食物是杭州西湖工地夫役厨里做的陈米饭，最好的酒是初到黄州时酒囊里倒出来的残酒。"

众人笑了起来，明白了他的意思。忽有州吏跑来，递上京城来的一道公牍。苏轼打开一看，沉默了片刻，以平静的语调道："天悠地阔，何处去不得！"

第二十七章　黄粱一梦

一

绍圣元年闰四月十八日，苏轼带着一大家人，灰头土脸，来到离京城二十余里的陈留。刚在客栈安顿下来，忽听门外有人唤："端明爷——"

苏轼觉得耳熟，出门一看，竟是高俅，惊喜地问："怎的是你？"

高俅喘着粗气，向身后健仆怀中抱着的一个木匣一指："驸马爷吩咐，送还端明爷宝物。"

"是仇池石？"苏轼问，浑浊的眼睛里放射出失而复得、久别重逢后的惊喜的光芒，"快，快让我看看。"说着，快步跨进客房。高俅抱过木匣，置于案上。打开一看，果然是仇池石。苏轼双手颤抖，抚摸着仇池石，眼泪"啪嗒啪嗒"滴落下来。

朝云忙用手帕为他拭泪，故意逗他道："看你，见石头比见人还亲。那么大的事没见你难过，见了石头却落起泪来了。"

闰四月初三，告下定州，苏轼坐前掌制命，语涉讥讪，落职端明殿学士兼侍读学士，责知英州军州事。因早有预感，他神情淡然，在《英州谢上表》里，洒脱写道：“累岁宠荣，固已太过；此时窜责，诚所宜然。”接到告敕，即拜辞城内祝庙，整装就道。刚出城不远，李之仪追来，又送来新的告敕。因御史虞策上疏认为苏轼罪大责轻，皇帝以为然，苏轼由正七品朝奉郎，降为从七品承议郎，仍责知英州。望着阴沉的天空，苏轼长叹一声，继续沿太行山东麓南行。走到赵州临城道时，天气由阴转晴，想到韩愈遇大赦路过衡山时写的一首诗，他指着丽日晴空下的太行山对家人道：“此韩愈衡山吉兆，预示着我很快就能再回中原！”遂赋诗以纪。又寄诗李之仪：“人事千头及万头，得时何喜失时忧。只知紫绶三公贵，不觉黄粱一梦游。”行之汤阴，正在吃豌豆大麦粥，又有告敕到。因御史刘拯弹劾苏轼起草的吕惠卿诰词“敢以私忿行于诏诰中，厚诬丑诋，轼于先帝不臣甚矣”，遂再颁告敕，苏轼合叙复日不得与叙，仍责知英州。一个月内三改诏命，苏轼顿生压力，生恐再有后命。想到暑期将至，如果陆行四千里，全家狼狈不堪，有性命之忧，便在滑州上了一道乞状，请求皇帝顾念八年侍经筵之旧，准赐官船赴任，并延展到任时限。拜发了乞状，一家人继续南行。来到黄河岸边，苏轼久久伫立，赋《黄河》诗：“活活何人见混茫，昆仑气脉本来黄。……灵槎果有仙家事，试问青天路短长。”渡河行之陈留，决定在此停了。这里是南下码头，乞状如得恩准，正可在此上船。谁知刚一抵达，就有意外惊喜，王诜把仇池石送回，是对他的莫大安慰，一时激动，竟落下泪来。

在陈留停留不几日，朝廷准赐官船的诏书到了。苏轼将家人和女使、仆从召集在一起，宣布自己的决定：“岭南瘴毒之地，且官微俸薄，也养不起这么多人。宜兴有田产，迈儿带大半家口到那里，不至于流离失所，也免我操心。”顿了顿，又道：“还要仿唐代白居易‘放妓’故事，准姬妾、家仆、女使，各谋生路。”

两名歌妓怯生生道：“奴、奴想去京城投奔姐妹。”

一个女使接言道：“奴也想到京城投奔亲戚。”

三五个仆从道：“愿随大公子去宜兴。”

苏轼见朝云低头不语，劝道：“子霞，你还年轻，不必随我去受苦。”

朝云摇了摇头。苏轼还想再劝，朝云摇手示意他不要再说。

次日一早，除了自愿谋生的歌妓、女使，一家人在陈留桥码头上了官船，顺汴河而下。过雍丘，县令米芾、老友马梦得迎于岸上。前年，经苏轼举荐，马梦得在太学谋了个监书库的微官，苏轼外放定州后，马梦得就以老病为由辞职回乡了。此时相见，苏轼拉住他的手，苦笑道：“正卿，我当年就该隐居东坡雪堂终老，可我糊涂，就像竹林七贤中的山涛、王戎一样贪恋权位，如今只能让梦中的东坡笑话现实中的苏轼了。”说着，提笔赋诗一首，送马梦得留念。又向米芾拱手道：“元章，善自珍重，关照此翁。”

过了雍丘，苏轼大半天都躲在自己的舱间里，一直沉默不语。苏迈不放心，进去问安。苏轼叹口气道：“在朝日虽俸禄优厚、奖赏不菲，办了两场喜事、两场丧事，加之几度往返于道途，积攒的钱花得差不多了。我想到汝州去一趟。”

船到襄邑，安置一大家人在船上候着，苏迈雇了两匹马，陪父亲奔七百里外的汝州而去。苏辙一见，吃惊之余，猜到了他的来意。安顿下来后，拿出七千贯交给苏迈，嘱咐道："这些钱，迈儿拿去，到宜兴后安家用。"

苏辙也是一大家人，嫁女、娶媳不说，两个女儿先后丧夫，携儿带女回了娘家，还要他抚养，负担已经够重了，却拿出巨资相助，苏轼哽咽唤了声："阿同！"就再也说不出话来了。

"章子厚拜相了。"苏辙转移话题说。

苏轼沉吟良久方道："以前对不住他，现在也不好求他了。"

苏辙道："现在想想，对不起范纯仁。当年他极力主张政策和人事上调和，对新党不要赶尽杀绝，我因此怨恨他。车盖亭诗案时，我力主将蔡确贬岭南，范纯仁说：'岭南之路长满荆棘七八十年矣，今日重开，日后我们难免有此下场。'我指使言官攻击他，导致他被罢相外贬。可这次你责降岭南，满朝公卿无一人出来替你说话，只有范纯仁一人上章为你说情。"

苏轼叹息道："所以，面对责罚，我不抱怨，只有感恩知罪，省分欲绝，庶保余年得还田亩。"

"岭南不比中原，要忍受得住寂寞。"苏辙半是劝说，半是提醒道。

"吾上可以陪玉皇大帝，下可以陪卑田院乞儿，眼见天下无一个不好人。到那里照样可以和当地人打成一片。"苏轼自信道。

在汝州盘桓了三天，兄弟二人家事、国事都谈过了，又游览了苏辙到后修葺的龙兴寺，才依依不舍告别。

来回奔波了二十余日，上船后即促速行。行至南都，在此赋闲的王巩派人登船投书，约苏轼见面。苏轼担心再牵累王巩，回书道："不如彼此省事之为愈也。御瘴之术惟绝欲练气一事。……某其余坦然无疑，鸡猪鱼蒜，遇着便吃，生病老死，符到便奉行，此法差似简要也。"

船到符离集，在此为官的晁端友之子晁说之设宴饯行。席间，一向不善歌的苏轼起身高歌《阳关》一曲，唱得泪流满面。晁说之附耳对苏迈道："令尊把满腔忧惧，化为悲凉歌声了。"

行至润州，忽有两名身背行囊的兵丁纵身一跃，登上了甲板。苏轼惊问："来者何人？"年纪稍长的兵丁禀报道："小的名王告，他叫顾成。太守让小的给端明带话：限于官法，门人张耒不能迎谒，特派二兵丁护送先生至岭南。"

苏轼向岸上拱手道："文潜，谢了！"又转身向北拱手："章子厚，我的门人无辜，请高抬贵手！"

张耒受苏轼识拔，在馆阁八年，为人低调，过着"图书堆枕旁，编简自相依"的日子。可因是苏门弟子，受到牵连，前不久以直龙图阁知润州；晁补之通判扬州任满后被召回朝廷，任著作佐郎，不久前也被外放知济州；秦观通判杭州；黄庭坚知宣州。一个个被赶出了京城。苏轼为之痛心却又无可奈何，只能以这种方式，祈求新党不要再报复他们。

行之六合，忽闻杭州诗僧思聪云游到此地的长芦寺，苏轼忙下船去见。思聪患病卧床，见苏轼来访，便问："端明因何又被贬了？"

苏轼答："自作自受。"

思聪又道："道潜长老有嘱，若遇到端明，打问端明有什么需要帮忙的。”

苏轼轻松一笑道：“英州南北物皆有，我到了那里，一饱之外，别无所需。”抬眼看见几案上摆放着笔墨纸砚，走过去道：“法师回杭州时，捎书给参寥子，以免牵挂。”说着，提笔给道潜修书：“某垂老再被严谴，皆愚自取，无足言者。事皆已往，譬之坠甑，无可追。……已达江上，耳目清快，幸不深念。”

六月初七到金陵，苏轼作《阿弥陀佛赞》，全家到城外的清凉寺做水陆道场，并将遵王闰之遗愿绘成的阿弥陀佛像奉安于此。在清凉寺，听说崇因禅院新造了一尊观世音菩萨像，妙相庄严，苏轼又独自往拜，虔诚祈祷：“愿菩萨保佑我北归中原。吾若得北归，再过此地，必为大士作颂！”

做了法事，客船也已雇好，苏迈要带家人转往宜兴了。临别，苏迈迟迟不愿上船。苏轼拿出刚写的三首诗，吟出两句：“莫言西蜀万里，且到南华一游。”吟罢，摆摆手道：“放心去吧，照顾好一大家人，不必为我挂心。”

二

官船昼行夜泊，驶到慈湖夹，突然狂风大作，乌云在天际滚滚而过，舵工惊恐大叫，急忙靠岸躲避。等了一天一夜，大风未息，又下起了暴雨。厨娘禀报，没有吃食了。苏轼不语，怔怔地望着窗外。忽见一叶扁舟向这边驶来，大声叫卖炊饼。老萧忙将船家唤来，买了他一筐炊饼。

苏轼凑过去问："船家从哪来？"

卖饼人答："山前村的。"

苏轼扭脸对站在身旁的苏迨、苏过道："茫茫山水，暴风骤雨，却不知还有人家在此居住。人生际遇，也常有山穷水尽而又绝处逢生的奇迹啊！"说罢，回舱写下《慈湖夹阻风五首》。写毕，拿给苏迨、苏过阅看。

苏过读罢，以试探的口气道："阿爹是说，人生处处有风险，人要学会随遇而安。"苏轼笑而不语。苏过又道："可'此生归路愈茫然，无数青山水拍天，犹有小船来卖饼，喜闻墟落在山前'一首，又透露出，阿爹还存转机之念。"

苏轼道："心存希望才能随遇而安。绝望的人怎么可能随遇而安？"

苏迨道："听说官家走路时遇到蚂蚁都不忍踩踏，是仁君；章七丈又是阿爹的好友，或许怒气一消，就会收回成命吧？"

苏轼摇摇头，突然一阵心慌，转身回到舱间躺下，章惇的形象在脑海一闪而出。奇怪的是，不再是仙风道骨的俊雅之姿，而是一脸凶相。他打了个寒战，顿时生出不祥的预感。

船到当涂，忽接告敕：左承议郎、新差知英州苏轼，落左承议郎，责授宁远军节度副使，惠州安置，不得签书公事。但见责词写着："元丰间，有司奏轼罪恶甚众，论法当死，先皇帝特赦而不诛，于轼恩德厚矣。朕初嗣位，政出权臣，引轼兄弟，以为己助。自谓得计，罔有悛心，忘国大恩，敢以怨报。若讥朕过失，何所不容？乃代予言，诬诋圣考。乖父子之恩，害君臣之义。在于行路，犹不戴天。顾视士民，复何面目？乃至交通阍寺，矜诧幸恩，市井不为，缙绅所耻。尚屈典章，但从降黜。今言者谓轼指斥宗庙，罪大罚轻，国有常刑，非朕可赦，宥尔万死，窜之遐服。虽轼辩足惑众，文足饰非，自绝君亲，又将奚怼？保尔余息，毋重后悔！"

如同一瓢冷水，把苏轼内心深处若隐若现的一丝希望的火苗浇灭了。他一夜未眠，天亮后即把苏迨、苏过叫到自己的舱间，语气坚定道："我意已决，要独自前往惠州，你们都到宜兴去。"

"大人——"苏迨哽咽道，"大人年迈，儿如何放心得下？就叫儿留在身边侍父吧！"

"不行！"苏轼断然道，"父亲惹下祸，要儿子一同去受难，于心何忍！"

苏过"嗵"地跪倒在苏轼面前，痛哭道："阿爹，儿想孝敬娘，可娘不在了，阿爹总是要让儿尽了这份孝心啊！二哥体弱多病，就让二哥到宜兴去，儿侍父去岭南！"

苏轼沉吟良久，叹了口气，叫着苏过的乳名道："三庖，快起来吧，我答应你去岭南，再带两个年纪大的婢子。其余人等，都转往宜兴。"苏迨还想说什么，苏轼制止道："就这么定了！"遂吩咐王告去为苏迨雇船。

苏迨、苏过擦干眼泪，退出了。苏轼又唤朝云进来，郑重道："朝云，此前我答应你去岭南，是因为那时我还是去做郡守；可时下不同了，我已是受管制的罪官，不忍心让你去受苦。你……"

"郎君到哪里，奴就追随到哪里。"朝云打断他，不假思索道。

"你可知，圣朝不杀士大夫，贬岭南就是最重的惩罚，相当于判了死刑。”苏轼沉痛道。又一掀稀疏花白的长须：“我老矣，你还年轻，我于心何忍？”说着，泪水涌出了眼眶。

朝云伸手要捂他的嘴：“不许再说！”

“朝云，子霞！”苏轼哽咽着唤了两声，说不下去了。

“我去帮二郎收拾行装。”朝云故意以轻松的语调道。

望着朝云的背影，苏轼的泪水“啪嗒啪嗒”滴落下来。又想到就要和苏迨告别了，总要留个念想，遂提笔抄录以往所作的六篇赋相送。

次日，苏轼强颜欢笑，送苏迨带着他和苏过的家眷上了船。此番告别，和与苏迈告别时的心情已经大不同了。那时他还是去岭南做郡守，心存北归之望；此时，他身为罪官，责词又那样严厉，贬死岭南的结局差不多已经注定。在此一别，怕就是永诀了。这样想着，他哽咽着唤道：“迨儿——”

船已开动，苏迨听到唤声，忙跑到船尾。苏轼只是望着他，沉默了片刻，又唤道：“老萧——”老萧闻声跑出来，苏轼向他拱了拱手道：“再让我听听你的箫声吧。”老萧返回舱内，持箫在船尾吹了起来，箫声凄然。泪水模糊了苏轼的双眼，他不时举袖擦拭，只想多看苏迨一眼。苏过走过来，搀扶父亲上了船。船上只剩朝云并两个老婢，在王告、顾成护送下，继续向西南行驶。

行至湖口，船刚泊下，忽见一人在岸上相迎，苏轼认出来了，是文思院使李正臣，在京时彼此切磋过书画技艺。李正臣是湖口人，致仕还乡，听说苏轼过此，特来相邀，请他到家中赏奇石。苏轼一听“奇石”二字，顿时来了精神，快步下了船。来到李正臣家，见一玲珑异石，有九峰之多，宛若窗棂，苏轼惊喜问："可曾命名？"见李正臣摇头，他脱口而出："就叫壶中九华吧！"遂索笔墨，赋《壶中九华诗》，内云："念我仇池太孤绝，百金归买碧玲珑。"李正臣看明白了，苏轼想拿百两银子买下这块奇石，和他的仇池石配对。他有些不舍，笑了笑道："道途遥遥，石头这么沉，不好携带，待端明北归时再说吧。"在苏轼听来，"北归"二字就是吉兆，遂放弃了买走奇石的打算。

离开湖口，驶入鄱阳湖。船至珠矶，刚靠岸，忽有人唤道："先生——"

苏轼听出是黄庭坚的声音，不敢相信，抬眼一看，果然是他，不禁惊喜，边迎过去边问："鲁直，你怎的在这里？"

黄庭坚施礼道："先生，到船上说。"

苏轼拉着黄庭坚的袍袖上了自己的官船，吩咐置酒。黄庭坚禀报道："弟子在宣州接到移知鄂州诏命，顺道回洪州省亲，前日忽接诏书，说《神宗实录》多诬陷不实之词，命前修史官都到京城，以备盘问。弟子是要晋京接受盘问的。"

"看来，一切都要颠倒过来了。"苏轼叹了口气道。

二人痛饮了一场，预感到这是生死别离，都不忍说出告辞的话，一连盘桓了三天。临别前，黄庭坚拿出自己收藏的铜雀台砚，捧递给苏轼："先生，留个纪念吧！"

苏轼含泪道："鲁直，要坚强啊，好好活着！"

"先生珍重！"黄庭坚又回身深揖道。

望着黄庭坚的背影，苏轼潸然泪下。苏过走过来，扶他上船。

天气炎热，官船走走停停，已入八月了，还未出鄱阳湖。这天晚上，船泊分风岭，舱内闷热，苏轼和苏过、王告、顾成几个人围坐在甲板上喝茶乘凉。苏轼摇着蒲扇道："过庐山之下，仰望群山，面对壮美之景，深感人之渺小。可每个人都是有七情六欲的鲜活生命，这一点又是山川所不具备的。"

正说着，忽见百十号兵丁呼啸而至，将官船围住。一个节级模样的军官带着几个兵丁跳上船来，大声问："苏轼何在？"

苏轼大惊失色，浑身瘫软，声音颤抖问："是、是要押解回京吗？"

三

翻过江南西路与广南东路交界处的大庾岭，就是国人视为蛮荒瘴恶之地的岭南了。贬谪岭南，预示着投荒万里，有来无回。远有寇准，近有蔡确，都是到贬所不久就死于瘴毒，历历有证，士大夫无不闻之色变。

绍圣元年九月初的一天，苏轼站在大庾岭关口，一阵颤抖。随着身体的抖动，折磨了他几个月的恐惧感消失了，心灵进入了一个神秘的幻觉世界。那里是道家仙境，没有名利之争，餐霞服气，长生不老。他走到梅关前，仰天大笑道："尘世的苏轼已死，而今而后，踏足岭南的苏轼，就是另一个人了！"说罢，大步跨过了关口。来到龙泉寺，苏轼有了诗兴，题《过大庾岭》于龙泉钟上："一念失垢污，身心洞清净。浩然天地间，惟我独也正。今日岭上行，身世永相忘。仙人拊我顶，结发受长生。”诗中用了许多典故，多释道之语，苏过似懂非懂，可读了之后，他悬着的心，还是放了下来。

八月初在鄱阳湖分风岭，深夜遭官差突袭，原以为是要押解回京的，却是发运使得知苏轼已成罪官，下令收回他乘坐的官船。可深更半夜，偏僻之地雇不到客船，苏轼只得赔笑脸求情，希望节级高抬贵手，允许延迟一天交船。官差同意通融。苏轼祈祷龙王保佑他一天内可达星江。天公作美，突然刮起了北风，提前半天到了州城，交还官船，雇舟南行。受此屈辱，苏轼一路上战战兢兢，见到庙宇道观便去参拜。船到虔州，先到四十七年前苏洵游览过的天竺寺朝拜，赋诗“四十七年真一梦，天涯流落泪横斜”；再诚惶诚恐到祥符宫问卜，求得一签：“平生常无患，见善其何乐。执心既坚固，自励勤修学。”苏轼心稍安，决计潜心修道，发誓说：“敢有废坠，真圣殛之！”苏过从父亲的这些表现觉察出，他对岭南充满恐惧。《过大庾岭》诗表明，父亲找到了寄托，那就是：把贬谪岭南视为重拾少年时代隐逸修道之梦的良机，自此专心修炼，证成大道，长生不老。

过了大庾岭，从南雄下韶州，奔南华寺而去。

“大人，南华寺是佛家圣地吧？”苏过问。他不明白的是，父亲既然在祥符宫当着真人的面发誓要修道，为何还要去参禅？故明知南华寺是禅宗六祖慧能的道场，却故意这么问。

苏轼郑重答：“当年道明禅师听说慧能得了五祖衣钵，一路追踪到大庾岭，抢夺衣钵，经慧能开示，道明当下大悟，检讨实未省自己面目。我本是修行人，只是误堕尘寰，故而经历苦难。我要参拜六祖真身，以期开悟。”

南华寺住持重辨长老闻报，亲自出迎，陪苏轼来到安放六祖真身的大鉴塔前参拜。苏轼双手合十，一脸虔诚。恍惚间，仿佛听到六祖问：“汝为何来参禅？”苏轼答：“为见识自己真面目。”六祖问：“见到什么了吗？”苏轼突然一阵战栗，泪如雨下，答：“看到了凡人苏轼绮语妄言之恶。”

参拜毕，重辨长老请苏轼到静室休息。苏轼拭泪捉笔，赋《南华寺》一首：“云何见祖师？要识本来面。……我本修行人，三世积精炼。中间一念失，受此百年谴。抠衣礼真相，感动泪雨霰。借师锡端泉，洗我绮语砚。”

辞别重辨长老，继续南下行程，过浈阳峡时，忽听有人唤：“苏子瞻——”循声望去，是一位须发尽白的老翁，苏轼眯目细观，原来是道友吴复古。

“子野，子野——”他呼唤了两声，吩咐舵工靠过去。吴复古年近九旬却身手矫健，一步跨了过来，苏轼忙伸手扶他，好奇地问：“子野因何如此康健？”

“常年修道之故。”吴复古答。又劝苏轼：“邯郸之梦，犹足以破除虚妄而归真，况居士已经目睹且亲身经历过了，可以稍信矣！”

“信！我信！”苏轼忙不迭道，“此番到岭南，就是上天让我来重拾旧梦，修炼成仙的。”

“那就好。”吴复古道。他指了指自己的小舟：“我要赶路，去山中修炼，就此别过。”

望着吴复古的背影，苏轼生出歆羡之情。口中喃喃道：“子野弃官修道，在岭南生活了一辈子，不是很好吗？你何必心存悲苦？”

苏过见父亲在沉思，走过来道：“大人，快入冬了，定州怕是草木皆枯，一片灰蒙蒙的了；可这里却郁郁葱葱，花开遍野，真是美不胜收啊！”苏轼听得出来，儿子是在安慰他，遂一笑道：“那你要多写些诗啊！”一路上，他写了不少诗，苏过几乎都有步韵之作，头角峥嵘，令苏轼颇是欢慰，时常鼓励他。

船到了清远码头，几个书生模样的人拥上船来，激动地唤着“苏学士——”一位姓顾的秀才凑上前去，迫不及待地向苏轼推介起惠州来。苏轼专注地听着，露出向往的神情，提笔赋《舟行至清远县，见顾秀才，极谈惠州风物之美》。顾秀才读到“到处聚观香案吏，此邦宜著玉堂仙”两句，笑道：“晚生一吹嘘，苏学士就向往起惠州来了！”

苏轼也笑了：“是啊，我急着品尝惠州的荔枝和朱橘，也盼着到罗浮山像抱朴子那样修道嘞！”

到了广州，下船前，苏轼嘱咐苏过：“记得买几斤檀香，到惠州后，我闭门思过时用。”一下船，许多僧人、道士争相邀请苏轼前去做客。

这天晚上，游览白云山蒲间寺回到船上，几名州校簇拥着一个年近七旬的官员到了，官员边往船上走边唤：“子瞻——”

苏轼出舱一看，原来是章楶。

章楶是章惇的堂兄，苏轼守徐州时，曾为之作《思堂记》，章楶以名画相酬；苏轼贬黄州，章楶不避嫌疑，书简不断，时有诗词酬答唱和。章楶文武双全，讨伐西夏时立下战功，破格升任户部侍郎。元祐更化，参与开疆拓土的文武臣僚以“生事”的罪名受到清算，章楶被外贬，辗转各地，去年移知广州。章楶被贬放后，苏轼不曾有片言通问，他以为章楶会耿耿于怀；何况，罪官贬谪，按制地方守臣不得迎送，连弟子张耒也不敢违反。所以，一见章楶携酒来会，苏轼愣了一下，责怪道：“质夫，你不该来看我。”

章楶抖了抖雪白的长须，便拉着苏轼进舱。州校从食盒里端出酒肴摆上，章楶与苏轼对饮。两人都回避时政话题，只谈诗词歌赋。酒罢，州校又端来一碟金黄鲜亮的柑橘。苏轼抓起一个吃了起来，感慨道：“这个季节还有鲜果吃，非在岭南，哪有此口福？”说完，提笔赋《浣溪沙》一首。

临别，章楶语气豪爽道：“到惠州后有何难处，尽管明言。”

苏轼略作思忖道：“不知惠州有好酒否？”

章楶爽快道：“只要我在这里，每月派人给子瞻送去六壶好酒。”

苏轼抱拳相谢。

临下船，章楶又反身道：“明日我派巡检史钰陪你游罗浮山。”

罗浮山不仅是岭南第一名山，还是道教圣地。晋代著名道士、道学大师葛洪曾在此炼丹修行，罗浮山遂成道教灵宝派法坛。次日，巡检史钰陪苏轼到了东莞，在石泷镇换乘小舟，溯溪十五里至泊头圩，又乘肩舆走十五里到达延寿寺。在罗浮山盘桓了四五天，苏轼似有所悟，对苏过道："我自觉是师承抱朴子，与之投契。现在要努力回到自己的心田，修习道家的养生秘诀，躬耕《黄庭经》中说的寸田尺宅，以求长生。"遂赋《游罗浮山一首示儿子过》，内云："东坡之师抱朴老，真契久已交前生。玉堂金马久流落，寸田尺宅今谁耕。"

十月初二一早，客船自石泷镇起航往惠州。苏过见父亲一副局促的样子，便问："大人因何愁叹？"

苏轼忐忑道："不知惠州官民，会如何对待我这个罪官。"

第二十八章　幽人寓公

一

绍圣元年十月初二，太阳悄悄钻进西方天际一朵薄云里，万道霞光喷薄而出，江面变成了淡黄色，波光粼粼，像是一幅着了色的风景画。一艘客船在画中游动，缓缓驶向惠州官用码头合江渡。苏轼脱去道服，换上绿色官袍，走出船舱望去，但见码头上黑压压一片，站满了人。客船尚未靠岸，人群里就响起“苏学士”的呼喊声，几只大小不一的狗儿，兴奋地摇着尾巴，像是在迎客。苏轼一把拉住苏过，惊喜道：“三庖，恍惚间像做梦，觉得以前来过惠州。不然的话，为何连狗都向我摇尾呢？”

苏过笑道：“狗见主人欢迎阿爹，也就把阿爹当朋友了。”

苏轼情绪激动起来，声音颤抖道：“惠州的父老出来迎接我，并没有人质问我犯了什么罪。惠州人肯定会对我好的。”边说边快步下船。见苏轼走过来，人群一阵躁动，一位老者举着一坛酒道：“苏学士，这是老朽自酿的酒，送学士品尝。”苏轼愣了一下。一个书生忙道：“学士莫怕，惠州不禁私人酿酒。”“是啊学士！”又有一个书生接言道，“酒能御瘴嘞！”苏轼抱拳一晃道：“多谢老丈！”示意苏过接了，笑道：“那就叫此酒为万家春吧！”

一名州校从人群里挤过来，躬身施礼道：“奉太守之命，前来接苏节度到州署。”苏轼向人群抱拳施礼，跟在州校身后往州署谒告。

州署建在梌山之上，爬上缓坡，抬头一看，只见几位官员在首门外迎候。州校指着最前边的一位老者道：“太守詹范。”话音未落，詹范快步迎过来，大声道：“苏学士辛苦了！”

苏轼施礼道：“罪官苏轼，向太守报到。”

詹范一笑，拉着苏轼的袍袖道：“学士请看，站在这里，便可将惠州城一览无余。”又用手四处一指：“此城四面环水，北边有东江由西向东流过，四周有五湖。城中有数座小青山。州城就在绿水青山之间。”又向东一指：“那是西枝江，州城被此江分隔为两半，水东为归善县城。”

“不互通吗？”苏轼好奇地问。

詹范答：“西枝江水流急峻，除了舟船摆渡，在西枝江流入东江的交汇处，修有一座简陋的竹浮桥。”说着，领苏轼进了首门，径直来到二堂。苏过把文书捧递给太守，办理了报到手续。

眼看天色已晚，苏轼着急落脚之所，便试探着问：“当年我初到黄州时，居于定慧院；不知惠州可有寺院可供落脚？”

詹范道：“本州皇华馆内有三司行衙，是靠江边的一座小楼，名合江楼，颇是轩敞。三司官员很少光顾，不妨住到那里去。”

苏轼忙摇头：“三司行衙，岂是罪官敢住的？不妥不妥！”

詹范吩咐州校："带苏学士到合江楼安置。"

苏轼半推半就，住进了合江楼。他心情激动，提笔赋《十月二日初到惠州》："仿佛曾游岂梦中，欣然鸡犬识新丰。……岭南万户皆春色，会有幽人客寓公。"

次日清晨，苏轼还在睡梦中，被一阵鸟叫声惊醒。临轩四望，但见合江楼建在江边一个小山岗上，东江水和西枝江水从楼下流过，水天茫茫中，城内的几座青山就像青螺般耸立在水中。他不禁感叹："一个无所作为、得过且过的无用老人，与如此美景颇不和谐。"遂赋《寓居合江楼》一首，内云："三山咫尺不归去，一杯付与罗浮春。"

送走了王告、顾成，苏轼前去城西游丰湖。罗浮道院道士何宗一、栖禅寺法师昙颖闻讯，赶来陪他游览。苏轼问："此湖为何叫丰湖？"

"本叫西湖，因湖上出产甚丰，惠人呼为丰湖。"何道士解释道。

苏轼道："还是叫西湖吧。杭州、颍州、扬州，都有西湖，叫起来，给人以美感。"又一皱眉头："可惜此西湖没有堤岸……"说了一半，他把后面的话咽了回去。一个不得签书公事的罪官，哪里有资格指手画脚？

一连好几天，苏轼早出晚归，游览州城内外寺院名胜。十二日又带苏过到州城东北二十里处的白水山佛迹岩洗温泉，直到二更才回到住处。苏过正准备休息，苏轼叫住他，要与他饮酒。苏过忙命女使煮了两碗余甘子菜，父子对饮起来。苏轼叹了口气道："返程路上，看到月出山间，顾影颓然，今夜恐要失眠了。"

“大人游玩得不是很高兴吗，怎么突然伤感起来了？”苏过问。

苏轼放下酒盏道：“明天就出去找住的地方吧，责降官不能住官舍，何况是行馆？”

父子奔波了四五天，终于在水东郊外嘉祐寺找到了住处。十月十八日这天，悄悄搬了过去。安顿下来，才递帖向詹范报备。

嘉祐寺四周是密密麻麻的桄榔林，恍惚间，仿佛又回到了十五年前在黄州借住定慧院的景况。一住进去，苏轼就埋头书写着什么，当晚就手拿文稿，对苏过道：“嘉祐寺不在城中，幽深窈窕，正是修炼之所。”说着，把文稿递到苏过手里。

苏过一看，是一篇《思无邪丹赞》。读了一遍，神色肃穆道：“阿爹，这是一篇炼丹求仙的誓愿书啊！”

苏轼点头，发誓似的说：“明天起，正式开始修炼！”

次日早起，苏轼正在打坐，忽有程乡县令侯晋叔、归善县主簿谭汲结伴来访，邀苏轼同游大云寺。苏轼欣然应允，吩咐苏过带上惠州老者所赠“万家春”酒，随侯、谭二人兴冲冲出了嘉祐寺。

大云寺离城八十里，几个人来回花了三四天，尽兴而归。回到嘉祐寺，苏轼方觉疲倦，早早上床，照例先读书。读到白居易在庐山作草堂炼丹事，困意全无，翻身下床，提笔作《事不能两立》，内云：“仆有此志久矣，而终无成者，亦以世间事未败故也。今日真败矣。”次日早上拿给苏过看，苏过不语，心想：祥符宫发誓、作《思无邪丹赞》发誓，这已是第三次发誓了，就看老人家能不能坚持了。

苏轼突然叹了口气：“可惜炼丹所需松脂、硫磺和铁炉不知哪里寻觅，只能先炼内丹了。”说到炼内丹，他眼睛一亮：“炼内丹关键是扫除一切不应有的念头，思无邪。思无邪是孔子说的，道家、佛家也有类似说法。心无所念，寂然无所引于外，定则出入息自住，出入息住，则心火不复炎上。”

苏过一笑道：“就是打坐呗。”

苏轼没有再解释，开始打坐。只过了三天，便要苏过到递铺为他投书。苏过一看，是写给孙秀才的，只见上面写着：“过广州买得檀香数斤，定居之后，杜门烧香，深念五十九年之非矣。”

苏过暗笑：此老闭门超不过五天。

果然，到第四天早起，他就笑着对苏过道：“连日打坐，我悟出来了，修炼内功不只是做专门修炼功夫，注意平常生活中保持自己内心平静和无思，便是修炼。”说完，策杖出了嘉祐寺，四处闲逛去了。

这天一早，刚要出门，一股药味飘进鼻中。苏轼丢掉竹杖，转身进了朝云的卧室。自在虔州发誓要修炼，他已禁欲，所以和朝云也就分室而居了。由于水土不服，搬进嘉祐寺后，朝云就生病了，整日诵经、煎药。苏轼进来一看，朝云正在闭目诵经，便悄然退出了。回到自己的卧室兼书房，奋笔疾书起来。临近午时，把文稿揣入袖中去见朝云。朝云刚喝了药，正歪在床上休息。苏轼在床沿坐下，咳了两声道：“子霞，我平生喜读白乐天，觉得自己与他有许多相似处，也曾感叹自己不如白乐天。白乐天退居洛阳，诗酒自娱二十年，身边有一个美姬樊素，名花伴老。直到你执意陪我来岭南，我方知自己比白乐天幸运。乐天晚年放妓时，樊素到底还是离开了；你对我却不离不弃，白乐天没有这样的福分。”说着，从袖中掏出刚写好的《朝云诗并引》，塞到她手里。

朝云一看，先是一篇长长的“引”，内云：“予家有数妾，四五年相继辞去，独朝云者，随予南迁。因读乐天集，戏作此诗。”再看诗作，上写着：“不似杨枝别乐天，恰如通德伴伶玄。……丹成逐我三山去，不作巫阳云雨仙。”她似懂非懂，脸上却露出了笑容。

苏轼解释道：“诗中用典多，大意是说，子霞不像樊素那样无情，随我来到岭南，将来学佛成功，我们同到蓬莱仙山去。”

朝云却叹息一声：“只怕……”她没有再说下去，两行热泪顺着脸颊流淌下来。

苏轼心里一沉，劝道：“不要多想，专心礼佛，必能北归。当下要好好活着，不要染上瘴毒。”

当天夜里，苏轼做了一个梦，梦到一个隐士传授给他一个御瘴桂酒秘方。醒来即照此方酿酒，忙乎了几天，果真酿出了桂酒。端着一盏酒兴冲冲地对朝云道：“子霞，为了御瘴，你也饮些。”

朝云摇头道：“虔心礼佛，不可饮酒。”

苏轼再劝，朝云索性扭过脸去，诵起经来。

二

嘉祐寺东面不远处的一个山岗上，有座松风亭，被荔枝浦和桄榔园所环绕。十一月下旬的一天，苏轼策杖登上松风亭，忽见亭下荆棘丛中有花朵绽放，近前一看，是两株玉蕊梅花。观赏良久，不禁想起当年冒雪赶赴黄州时在春风岭看梅花时的情形，恍惚间好像时光重叠了。回到住处，提笔写下《十一月二十六日松风亭下梅花盛开》诗一首："春风岭上淮南村，昔年梅花曾断魂。……先生独饮勿叹息，幸有落月窥清樽。"

自看到两朵梅花，苏轼就当成了久别重逢的老友，每天都要去看它们。心绪绵绵中，又为梅花赋《再用前韵》诗。过了十来天，梅花落了，又赋《花落复次前韵》。他把这首诗拿给朝云看，自嘲道："我把落花坠地比作天上玉妃谪落世间，来与我这个放逐之人作伴。年已六旬，应该体会悟道的不二法门，然而还是残余多情好事的习气，流连于花落的伤感，未能超脱世情。自己也觉得好笑，该罚酒一百盏！"

朝云道："奴知你内心郁结幽情，借着梅花抒发出来，以便超脱世情的纠结和困扰。"

"子霞知我。"苏轼拍了拍她的手背道。又叮嘱她："越是困顿，越要善待自己。"

"大人——"门外传来苏过的唤声。苏轼出去一看，一辆马车停在门外。原来是邻郡循州郡守周彦质送来一车栗子并五石米，供酿酒御瘴。苏轼掐指一算，足可酿酒三十斗，够一年喝了。他既惊喜又感动，回书致谢。周彦质的使介一走，苏轼搓着手对苏过道："喝酒是不愁了，就是没有羊肉吃，有点馋。"

"我到街上去买。"苏过说着，小跑着出去了。过了足有一个时辰才回来，抹着汗道："打听明白了，州城一天只宰一头羊，都被当官的家眷买去了。"

苏轼不甘心:“明天一早,带我去看看。”

卖羊肉的摊位就在州署后面,待苏轼父子到时,已有几个人守在摊前。听他们闲谈,即知是官员家的仆从。苏轼不敢与他们争买,等这些人走了,羊肉也卖光了。望着剩下的一根羊脊骨,苏轼咕咚一声咽下口水,对摊主道:“能不能把这根羊脊骨卖给我?”店家打量了苏轼半天,用细麻绳拴上,递给了他。苏过付了钱,伸手去接,苏轼却舍不得给他,提在手里兴冲冲地往回走。苏过跟在身后,嘀咕道:“没有肉,只能煮汤喝了。”苏轼摇头道:“喝汤不过瘾。”提在眼前看了又看,边走边琢磨起来。

回到住处,吩咐老婢将羊脊骨煮熟,拿出来风干,再用酒和细盐涂上腌制,再放到火上烤。闻到羊肉的香味,苏轼把老婢打发走,自己接过来烤。烤至焦黄色,一点点剔出骨头缝里的肉放在嘴里,咂巴了几下道:“哎呀,真是美味,赛过吃蟹!”专心致志边剔边吃,用了半个时辰,把羊脊骨往地上一丢,笑道:“怕是狗得了此骨头,会骂我吃得太净!”

朝云向他投去满怀爱意的一瞥。这个男子汉,总能在困顿中找到乐趣,是不会被艰困打垮的。这样想着,转身回卧室,抱着琵琶边弹唱边缓步走来:“试问岭南应不好?却道,此心安处是吾乡。”弹唱了一曲,又唱:“霭霭迷春态,溶溶媚晓光。……空使兰台公子、赋高唐。”这是秦观写给朝云的。歌声让苏轼想起了当年在京城与弟子们欢聚的美好时光。在京城,一直想脱离;如今想起宣德门外的鳌山灯棚、御街上熙熙攘攘的人流,都觉得是多么值得怀念。

在对京华烟云的追忆中，酿酒做菜，度过了正旦节，又迎来了上元节。

上元节晚上，苏轼带着家人和前来看他的虔州处士王原，一起出了嘉祐寺，要到街上观灯。刚出了山门，太守詹范带着肩抬酒坛和食盒的随从朝这边走来。苏轼正要躲避，詹范唤道："子瞻，正是来陪你过节的。"

苏轼喜出望外，兴奋道："月光皎洁，何不到桄榔林下设席？"说着，拉住詹范的袍袖就往桄榔林走。来到桄榔林下，随侍摆好了宴席。酒过三巡，忽听锣鼓喧嚣，声音越来越近。须臾，一头五彩斑斓的狮子跳跃着来到宴席前，后面跟着一队人马。醒狮队先对着苏轼拜了三拜，再拜太守。拜毕，就地舞了起来。醒狮队的表演，引来不少围观者。一个身穿道袍的中年人走过来道："丰湖罗浮道院道士贾某讨盏酒喝！"说着，不等苏轼和詹范回应，顾自端起酒盏喝了起来。苏轼见状，也来了酒瘾，举盏与贾道士对饮，直到把詹范带的一坛"罗浮春"喝光为止。回到住所，醉眼迷离，提笔赋《上元夜》一首。苏过看罢，不解地问："阿爹，分明是在林中，并没有门，因何有'浩歌出门去'之句？"

苏轼笑道："这是隐用李太白'仰天大笑出门去，我辈岂是蓬蒿人'之意。"

"阿爹看似低头认命，而胸中豪气，依然未灭！"苏过感叹了一句。突然低下头去，支吾道："有、有件事，不知该、该不该说。"

三

苏轼已经三天没有出门了，除了吃饭，就一直把自己关在卧室兼书房里。朝云、苏过都为他担心。可是，他已发话，不许任何人打扰，苏过在门外急得团团转，举了几次手，也未敢敲门。后悔前天不该把那个消息告诉父亲。

“三庖，你进来。”室内传出唤声。苏过忙开门进了房间。苏轼吩咐道：“我反复思忖，希望化解仇怨，但若贸然联络，又恐弄巧成拙。你这就去拜见程乡县令侯晋叔，求他替我办这件事。”

上元夜桄榔林欢宴时，苏过从州校那里听到一个消息：广南东路提刑程之才过些日子要巡按惠州。苏轼闻报大惊。程之才是八娘的丈夫，与程家断亲四十多年，苏轼不仅与他无来往，还曾指斥他为邪恶小人。一听说程之才提刑广东，他的脑海里蓦然闪出“借刀杀人”四个字，怀疑这是章惇为报复他刻意做出的安排，所以才把自己关在屋里，思考对策。紧张、恐惧过后，又反思苏程恩怨的前因后果。想到二儿媳嫁到苏家一年多就去世了，欧阳家不仅没有怪罪，还把幼女又许配给了苏迨，觉得当年与程家断亲有些过了。既如此，不妨主动向程之才道歉。可转念一想，四十余年积怨，岂是轻描淡写的道歉能够化解的？程之才会不会认为这是迫不得已的示弱求饶？思前想后拿不定主意，但拖下去终归不是办法，他觉得程乡令侯晋叔是可信赖之人，有意拜托他先打探一下程之才的态度，这才决定派苏过前去接洽。

苏过当即启程。不到一刻钟，又回来了，兴冲冲道："大人，侯县令来了！"话音刚落，侯晋叔施礼道："学士，在下来见，也正是为了此事。"

"哦？怎么说？"苏轼急切地问。

提刑司驻节韶州，侯晋叔到韶州谒台时，程之才嘱咐，回去后到惠州向某的表弟苏子瞻致意。他此来就是为转达宪台问候的。苏轼听罢，一阵激动，提笔给程之才修书。因摸不透底细，言辞不敢过于亲近，说几句客套话而已。写毕，托侯晋叔派人送往广州监司行馆。

送走侯晋叔，苏轼又陷入沉思。程之才要人转达问候，未必就是表达和解之意吧？自己是不是高兴得太早了？这样忐忑不安地过了五六天，忽接苏辙来书，打开一看，畅出了口气。

苏辙贬知汝州数月后，再贬左朝议大夫、知袁州。尚未到任，又责降筠州闲住。赴筠州途中，于湖口遇程之才之子程十郎。交谈中，得知程之才对他们兄弟不但没有恶意，还颇为关怀。苏辙特修书向二哥禀报。苏轼心里踏实下来，提笔再给程之才修书："昔人以三十年为一世，今吾老兄弟不相从四十二年矣。念此令人凄断。不知兄果能为弟一来否？……老兄到此，恐亦不敢出迎。若以骨肉之爱，不责末礼而屈临之，余生之幸，非所敢望也。"

此简刚发出两天，侯晋叔的使介从广州回来了，带来了程之才的一封书简，为曾经的隔阂迄今未能化解而遗憾。苏轼阅罢，潸然泪下，再修一书："承谕，感念至泣下。老弟亦免如此蕴结之怀，非一见终不能解也。"

发出了这封书简，背了四十二年的沉重包袱终于可以放下了，苏轼顿感轻松，仿佛一下子年轻了十几岁，只觉步履矫健，神清气爽。

这天早上，正要出门闲逛，忽见曾护送他南来的王告突然出现在门口，他吃了一惊，忙问："千里迢迢，因何又仆仆而来？"

王告是奉知扬州张耒之命特来问安并通报消息的。去年底，重修的《神宗实录》完成，朝廷下令处分前版实录编修人员。黄庭坚贬涪州别驾，黔州安置；晁补之也牵涉其中，贬官监蕲州酒税；吕大防徙安州闲住；范祖禹贬武安军节度副使，永州安置。

苏轼听罢，良久不语，把一根桄榔杖交给王告，嘱咐道："无以为赠，以此赠张文潜。文潜乃今之孔融，重风义的豪杰！"又赋诗一首，交王告带给张耒。

送走王告，提刑广南西路的曹辅寄来了防瘴气的药，广州郡守章楶按月派人送来的好酒也到了，苏轼便携礼报访詹范。中午在州署吃饭时，上了一盘"槐叶冷淘"做主食，苏轼好奇地问："这是何种食物？"公厨出来解释说，是采槐叶新芽滤汁和面做成的饼。苏轼吃了一个，提笔赋诗，内云："饱醉高眠真事业，此生有味在三余。"

过了几天，詹范邀苏轼同游白水山。返程时，一行在水北荔枝浦小憩，一位年过八旬的老叟掰着手指细数惠州荔枝，诚恳道："等到荔枝成熟了，学士一定来品尝啊！"

苏轼很感动，摆酒与老叟对饮，喝得大醉。回到住所，早早睡下了。一觉醒来，忽听苏过在院中诵读陶渊明《归园田居》诗，听到“久在樊笼里，复得返自然”两句，拊掌道：“这不就是对我说的吗？”遂一骨碌从床上爬起，作《和陶归园田居》一首。苏过听到父亲屋里有动静，忙过来查看。苏轼拿起诗稿晃了晃道，“三庖，我已立下大愿，要把陶渊明所有的诗都步韵唱和一遍！”

苏过笑了笑。他知父亲经常发誓愿，到底能不能落实，就看一时兴致了。

“不过，这几天盼着你表伯来，没有心思写。”苏轼又补充了一句。

随着程之才莅惠的日期越来越近，每天用过早饭，苏轼就到江边向合江渡眺望，观察站在哪个地方才能把对岸看得更清楚些。想到不知程之才是上午到还是下午到，索性下午也到江边去，手搭凉棚向西北观望，试探逆光下是否能看清对岸的人。

这天傍晚，苏轼刚从江边观望回来，一个倚在山门外墙上的僧人吃力地站起来，躬身道：“敢问可是苏学士？”

苏轼打量片刻，见他满身尘土，像是乞丐，便问：“你是何人？”

僧人道：“小僧卓契顺，打苏州定慧院而来。”

苏轼忙把他请到住所。一落座，卓契顺就说出了原委：在宜兴安顿下来的苏迈，好久得不到父亲的消息，又有金山寺住持佛印捎去一封给父亲的书简，托苏迈寄送。苏迈也不知道该如何寄送，便到苏州找在那里任通判的钱世雄求助。钱世雄带苏迈找苏州定慧院住持守钦长老商量。服侍长老的小僧卓契顺在一旁听到了，插话说：“惠州不在天上，总能走到，我愿去送家书！”于是便携带苏迈的家书、佛印的书简和守钦长老写的《拟寒山子十颂》，千里迢迢，徒步两个月赶到了。苏轼听罢，感动得眼圈泛红，忙吩咐为他端上饭菜来吃。

安顿好卓契顺，苏轼打开家书，知家眷已在宜兴安顿好，便放心了。再打开佛印书简来读，只见上面写着："人生一世间，如白驹过隙，三二十年功名富贵，转盼成空，何不一笔勾断，寻取自家本来面目？"他一拍书案道："佛印说的是，以后抛开杂念，专心修炼！"说完，像是突然想起了什么，唤苏过："三庖，你表伯后天就到，别忘了早早去迎。"

四

三月九日午时，天气晴朗，西枝江的江面闪着耀眼的白光。苏轼站在江岸，伸头望着对岸合江渡迎接宪台的人群，影影绰绰中，似乎看到了程之才的身影。手一抖，竹杖"哐"地掉落在地。他弯身捡起，仿佛拾回了儿时的记忆，当年到外祖家时表兄弟在一起玩耍的情形，倏忽间浮现在眼前，眼泪止不住地流了下来。直到人群已然消失不见了，他还站在那里，一动不动。

"阿爹，表伯说，明日下午就来看你。"苏过不知何时出现在眼前，兴冲冲地禀报道。

"好！好！"苏轼声音颤抖着，连连道。

次日午后，程之才乘小舟渡江而来。候在岸边的苏轼迎上去，哽咽着唤道："表兄——"程之才叫了声"表弟"，二人的眼睛里，都闪着泪光。苏轼拉住程之才的袍袖往嘉祐寺走。两个州校抬着礼箱跟在身后。到了住处，打开礼箱，茶、酒、药、布匹，满满一大箱礼物。苏轼抱拳谢了，擦了擦眼泪道："表兄，过去的事，是我苏家……"

程之才摆手道："子瞻，过去的事不必再提。"

苏轼突然笑了："表兄，我当初以为派你巡按广东，是章子厚的借刀杀人之计。"

程之才一笑道："章丞相才智过人，难道他不明白血浓于水的道理？"

"是啊，血浓于水！"苏轼感慨着附和道。一掀花白的长须："表兄，吾兄弟老矣！老人总爱回顾往昔，想念亲朋故旧。听子由说，表兄的儿女都很争气，我很高兴。"

二人叙了一些家事，程之才从袖中掏出一叠文稿递给苏轼："请子瞻斧正。"苏轼一看，是一首《江行见桃花》诗。细读了一遍，夸赞道："字字奇警，常人所不逮。老弟我来唱和一首。"朝云急忙拿来笔墨纸砚。苏轼提笔赋《次韵正辅表兄江行见桃花》一首，二十八句长诗，一气呵成。程之才赞叹道："到底是天下文章宗伯，才思如涌。"沉吟片刻，又道："你的外曾祖，以仁厚信于乡里，可惜迄今没有将他的事迹记述下来。可否有劳……"

不等程之才说完，苏轼就爽快道："外曾祖父的事迹，我在小时候就很熟悉，听了不少有关他的传说。我来写！"

程之才一拱手道："曾祖因你这个曾外孙之笔，可不朽矣！"

酒菜摆上来了，二人对饮了一盏，话题转到养生上。不知不觉中一个多时辰过去了，程之才起身告辞，环顾四周，皱了皱眉道："这里阴暗潮湿，对身体不利。"

"是呀！"朝云接话道，"这里太潮湿了。"苏轼忙摆手，示意她不要再说。

按照日程，程之才巡按惠州八天。他离开惠州这天，苏轼雇了一条小舟，先行沿东江急驶，在博罗县城前拦住了官船，一边挥手一边大喊："表兄，弟来与我兄饯别，请上岸一叙。"

"靠岸！"程之才命令道。待上得岸来，苏轼一把拉住程之才的袍袖，解释道："罪官不便参与公事，不敢去为我兄送行；但又不甘心就此别离，所以就追来了。"

进了博罗县城，县令林抃已闻讯，在县衙设宴招待。苏轼情绪激动，赋《追饯正辅表兄至博罗，赋诗为别》。宴席将散，他意犹未尽，提笔又赋《再用前韵》一首，抒发亲情。散席后，林抃盛邀同游香积寺。

香积寺在博罗县城东北七里处。林抃备好了几匹马，沿田间小路而行。一进香积寺，苏轼见这里的地势非常险峻，寺下溪水很猛，便拉了拉林抃的袍袖，指着溪流中较窄的地方道："若在此修一道拦河坝，建座水碓磨，不是很好吗？"

"嗯，是个好主意。"程之才附和道。

林抃抱拳一揖道："多谢指点！回去就布置此事。"

苏轼得意一笑。一路上兴致高昂，游览了大半天，毫无倦意，回到博罗县城，目送程之才乘坐的官船驶出码头，苏轼提笔赋《游博罗香积寺》一首，带着欢快情绪回返。

"小僧也该走了。"回到嘉祐寺，卓契顺施礼道。

苏轼已写好了家书，嘱苏迨晋京赴考；苏迈到吏部注选，谋岭南一个差遣。又给佛印写了回书，感谢他的指点；本来已唱和了八首守钦长老的《拟寒山子十颂》，担心传出去被人罗织，未敢拿出来，只把两封书简交卓契顺带回。又问卓契顺："虞侯要些什么？"

卓契顺摇头道："契顺便因无所求才来惠州；如有所求，当上京城去了。"

苏轼道："我过意不去嘛！你要点什么，我心里会好受些。"

卓契顺想了想，笑着说："听说从前有个鄱阳军校蔡明远，背米去接济绝粮的颜真卿，颜真卿感激他的热心，写了一幅字送他，使天下人至今知道世上曾经有过一个蔡明远。"

苏轼大笑，提笔写了一幅陶渊明的《归去来辞》相赠。

送卓契顺上了船，苏轼父子才回返。一进嘉祐寺，见一州校在住所门口候着，苏轼和苏过对视一眼，不知州校所为何来。

五

苏过端着一盘詹范派人刚送来的鲜荔枝，兴冲冲地进了合江楼父亲命名为思无邪斋的卧室兼书房。苏轼正埋头写着什么，朝云坐在旁侧用蒲扇为他扇凉。荔枝放在案头，苏轼像是没有看见，并未停笔。朝云抓起一颗剥了，塞进他嘴里，又剥了一颗自己吃，嚼了几下，连声道："好吃，真好吃！"

三个月前的三月十八日，送走卓契顺回到嘉祐寺，州校奉太守之命，特请苏轼搬回合江楼去住。这是程之才临走前交代的。自搬回合江楼，朝云的病很快痊愈了。朝云生日那天，苏轼作《殢人娇·赠朝云》；端午当天，又作《浣溪沙·端午》，仍是写给朝云的，把她比作散花的天女。朝云的心情大好。此时，她品尝了荔枝，欢快地赞不绝口。奇怪的是，苏轼却无动于衷。四月里，早熟荔枝可以吃了，苏轼如约携酒到水北荔枝浦，品尝老叟家的荔枝，作《四月十一日初食荔支》以记。但惠州以迟熟荔枝为上品，六月荔枝比早熟荔枝好吃得多，谁知他嘴里嚼着荔枝，笔却没有停下。苏过伸头一看，是在给程之才修书。只见上面写着："本州近申乞支阜民监粪土钱用修桥，未蒙指挥。告与漕使一言，此桥不成，公私皆病，敢望留意。近又体问得一事，本州诸军，多阙营房……某得罪居此，岂敢僭管官事，但此事俗吏所忽，莫教生出一事，即悔无及也。兄弟之情不可隐，故具别纸冒闻，千万亮其本心恕罪，幸甚。此数十年积弊，难以责俗吏，非老兄才气，常欲追配古人，即劣弟亦不轻发也。然千万密之。若少漏泄，即劣弟居此不安矣。告老兄作一手书，说与二漕，但只云指使蓝生经过廉得，或更以一书与詹守，稍假借之，令尽力为妙。自兄过此，詹亦知惧厉精也。"

苏过觉得奇怪。自与程之才晤面后，父亲像是变了一个人，不再提修炼之事，而是突然关心起公益来了。游香积寺，提议筑坝建水磨；去水北品尝荔枝回来，见郊外到处都有野死者的枯骨，提议建丛冢收葬，还率先捐钱二百千，并作《惠州祭枯骨文》；上个月惠州遭飓风袭击，连接东西两城的浮桥被掀塌，他连续好几天在江边徘徊，又和一个偶遇的禁军指挥使蓝生嘀嘀咕咕，原以为只是闲逛瞎聊，却不知是在考虑公事。今日修书程之才，不仅说到修桥的事，还提议增修营房，简直比惠州太守操心还多。什么到岭南就是另外一个人了，什么"饱醉高眠真事业"，那都是迫不得已的自我安慰。苏过像是突然悟出来了：老父经世济时的淑世情怀和贯穿大半生的退隐念头，对刚直坚毅的人格力量的追求和对自由不羁的个体价值的珍重，奇妙地统一于一身。随着境遇的顺逆、环境的变化，他心灵的天平自然而然地发生向某一方向的倾斜和侧重，但并不意味着另一方向的消失。挫折和困境加深了他对人生苦难和虚幻的感受，但根植于内心深处的淑世精神又使他不至于陷入彻底的享乐混世、绝望厌世的境地，而是永存希望，保持着追求美好的信念、物与民胞的悲悯。想到这里，他眼含泪花，暗自发誓，便是牺牲自己的一切，也要陪伴、侍奉好父亲。

苏轼还在埋头书写着。过了约莫一刻钟，书简终于写完了，朝云又剥了一颗荔枝递过去。苏轼把她的手推开，一拍书案道："可恨！"

苏过、朝云都吃了一惊。苏轼长叹一声道："看到荔枝，不禁想到《长恨歌》。一个皇帝，如果他的癖好被臣子利用，就会发生悲剧。当年以鲜荔枝驰送长安，劳民伤财，后世耻笑；可本朝的钱惟演贡牡丹，丁谓、蔡襄贡茶，专事谄谀，伤财溺民，与唐朝奸相李林甫何异？"说着，提笔赋《荔支叹》长诗一首，内云："我愿天公怜赤子，莫生尤物为疮痏。雨顺风调百谷登，民不饥寒为上瑞。"写毕，突然"哎呦"一声叫，扶着书案缓缓向上欠身。朝云一看，即知是痔疮老毛病又犯了，忙和苏过一起把他扶到床上，脱衣擦洗。苏轼趴在床上，疼得“哼哼”不止，拍着床铺道：“我下决心了，断酒肉、盐酪酱菜，凡是有滋味的食物，一概禁断！”

苏过跑遍全城，也没有买到治痔疮的药，急得哭泣起来。苏轼把他写给道潜的回书让他看。但见上写着：“北方何尝不病，是病皆死得人，何必瘴气？但苦无医药。京师国医手里死汉尤多。参寥闻此一笑，当不复忧我也。”苏过看罢，知父亲是让他不要着急，也就宽心了许多。

过了中秋节，苏轼仍未痊愈，惠州又连降大雨，他坐卧不安，唤来苏过，嘱咐道：“刚遭风灾，再遇洪灾，恐百姓要吃不上饭了。你去外面走走，看看灾情。”

苏过露出为难的表情，蹙眉道：“这不是你该管的事啊阿爹！”

苏轼道：“提刑有查灾赈灾之责，把情形了解清楚，好给你表伯修书，请他关注。”

苏过冒雨跑了好几天，苏轼根据他了解的情况，给程之才修书一封。过了二十多天，苏轼刚能下床走动，收到程之才回书，他要亲自到惠州查灾。苏轼精神大振，策杖要出门。

“病还没有好利索，急急忙忙出门做什么呀？”朝云拦住他道。

苏轼道：“到街上去找人闲谈，看看百姓还有什么苦楚，我好当面和表兄陈情。”

九月二十六日，应詹范之邀，苏轼早早来到州署，与州县大小官员一道，前往合江渡迎候程之才。当晚，到程之才下榻处，将工工整整抄写于澄心纸上的《书外曾祖程公逸事》呈上。

程之才阅罢，拱手道："子瞻，曾祖地下有知，会为你自豪！"

苏轼笑了笑，拿出一叠文稿递过去，抱拳道："上次书中所说修桥、筑堤事，我和罗浮山道士邓守安设计好了方案，请表兄过目。"

因西枝江和东江交汇处浮桥被冲毁，致使东西城间往来不便，拟修座新浮桥，以四十舟为二十舫，铁锁石碇，随水涨落；西湖平湖门至西山间，湖面广袤十里，原有座丰乐木桥，屡修屡坏，拟在平湖门和西山两端各筑一段堤，堤中造桥，造桥木料全部改用罗浮山的坚硬如铁的石盐木，桥上再架飞阁九间，壮其势于上。程之才阅罢，点头道："我支持，会和詹守交代。"

"就说是老兄按察灾情时想到的，命人设计了方案，莫说是老弟的提议。"苏轼嘱咐道。

程之才微笑着点了点头。

"我目见之事，可助仁政于万一者，皆僭言于吾兄。"苏轼向程之才拱手道，"岭南钱荒久矣，可朝廷规定秋税要纳现钱；今年又重行募役法，起纳募役钱，老百姓连车整船，载米入城，掉臂不顾，却也卖不上好价钱。表兄能否向朝廷进言，改为纳粮、纳钱自便？"

程之才未置可否，慨叹道："子瞻呐，你原说专注于释老，可骨子里儒家淑世情怀，一点也没有变啊！"

苏轼道："老弟就是一株枯草，遇到老兄这场春雨，又发芽了。"

程之才笑了。

三天后，程之才离开惠州，邀苏轼同游博罗白水山。临别，苏轼赋《同正辅表兄游白水山》一首相赠。送走程之才，博罗县令林抃邀苏轼到香积寺去观看刚建成的水碓磨。苏轼大喜，对林抃道："知林博罗勤政恤民，特给你带来一件礼物。"说着，示意苏过递上。

林抃接过一看，是一首《秧马歌》诗稿和一幅秧马样式图。

苏轼解释道："当年到武昌，见农夫用秧马行泥中插秧，极便；去年过江西时，作《秧马歌》以教人，罕有从者。今特荐于林令，希望可以在此地推广，农人必得其利。"又把秧马制作、使用过程，细细地解说一遍。

"好！好！林抃连声道。又一拱手："我替博罗农夫谢学士！"

半个月后，林抃派人携带一架秧马来见嘉祐寺。与样图相比，首尾稍微往上翘。使介禀报，这样改进，便于农夫用胯部力量将秧马往下按，跑得更快。正巧衢州进士梁琯来访，苏轼拉着他看秧马，又嘱咐道："浙中稻米几半天下，独未知用此物，我又有薄田在阳羡，很希望教吴人学会用秧马。才俊回去后，务必去见转运判官张秉道，备言秧马范式尺寸及乘驭之状，请他推广。制作出来后，盼送一架给在阳羡的犬子苏迈；如再送一架给智果寺禅师道潜，就更好了。"说罢，作了一篇《题秧马歌后》相赠。

过了几天，林抃又派人来告，用榆木、枣木制作的秧马很重，不利于来回搬运，改用此地的栀木制作，更轻快。苏轼很兴奋，又作了一篇《题秧马歌后》赠林抃。

送林抃的使介出合江楼，水东翟秀才带着一个官员向他走来，远远的就唤道："苏学士——"来到跟前，翟秀才引介道："此犬子名东玉，现任龙川令。听说学士发明了秧马，特来求样式。"

"哎呀，那太好了！"苏轼高兴道。说着，带翟氏父子来到思无邪斋，一边观看秧马一边细细解说。解说毕，又感慨道："翟龙川为农事而来，可知志之在民也。愿君以古人为师，使民不畏吏，则东作西成，不劝而自力。"说罢，再作一篇《题秧马歌后》相赠。

"三庖，你把《唐书》给我找出来。"翟氏父子走后，苏轼唤道。

朝云好奇地打量着他，笑了笑道："你不说从今而后只读《参同契》《悟真篇》《金刚经》和陶渊明、白乐天吗，怎的突然又要读史书？奴看郎君从道人又变回儒者了。"

"读书的兴趣，根据心境随时会变的嘛！"苏轼嘿嘿一笑道，"我有时是道人，有时是僧徒，有时是儒者。"又一摆手拍着胸脯道："不对！我就是我！"

不多时，苏过把《唐书》拿来了。苏轼边翻阅边嘀咕道："记得好像看到过。"翻了一会儿，又唤苏过："三庖，你快来看。"苏过应声进来了，苏轼指着《回鹘部族黠戛斯传》道："你看这上面说，回鹘人以木马行水上，以板荐之，以曲木支腋下，一蹴辄百余步，这是不是和秧马类似？"

苏过点点头。

苏轼又道："要将木马也告知江南人。"说着，提笔作第四篇《题秧马歌后》。尚未写完，冲虚观道士邓守安、栖禅院僧人希固相伴来访。苏轼一见，惊喜道："事成了？"

这二人是苏轼向程之才举荐的建桥筑堤工程的主持者，见他们两个人同来，苏轼判断此事有眉目了。二人微笑着点了点头。苏轼丢下笔，与二人商议起两桥一堤工程的事来。商议妥当后，邓守安突然感叹道："岭南的官若都像苏学士这样就好了。"

"此话不敢讲！"苏轼忙摆手道，"便是修桥筑堤工程，也千万莫说是我倡议的。"

邓守安点了点头，又道："听说广州一城人，因饮用咸苦井水，不少人都染上了疾病。"

苏轼想到在杭州修六井的事，对邓守安道："蒲涧山地势高，滴水岩有泉水，岩下作大石槽，用竹筒分引入城，可供百姓饮用。"

邓守安惊喜道："妙策！"又突然双手一摊："可是，岭南郡守多贬官，谁愿做事？"

苏轼道："新任广州太守王古，是我好友王巩的堂兄，我与他早就熟知，我给他修书，若蒙同意，届时请道长主持此事。"

"当仁不让！"邓守安爽快道。

"阿弥陀佛！"栖禅院僧人希固双手合十道，"东坡居士做善事不遗余力，定有好报。"

"借长老吉言！"苏轼回礼道。

话音刚落，州校送来一份邸报。苏轼翻开一看，眼睛里顿时放射出惊喜兼带期盼的光芒。

六

"子霞，好消息，好消息！"苏轼边往朝云卧室走，边兴奋道。

朝云正在诵经，被苏轼打断了，睁开眼睛望着他。苏轼把邸报摊在她面前，指着上面的一道赦书，激动道："看到了？朝廷于九月举行了享明堂礼，照例大赦天下。赦书有'责降官量移'一款。看来北归有望了。"说罢，转身进了思无邪书斋，提笔给程之才修书："某今日伏读赦书，有责降官量移指挥，自惟无状，恐可该此恩命，庶几复得生见岭北江山矣。幸甚。"说完这件事，又对照赦书恤民款，把曾经向程之才说到不应强迫百姓纳钱一事重申一遍，建议广南东路转运司、提刑司、提举常平司"连衔入一文字，专牒逐州知通，大略云：今年秋熟，恐米贱伤农，所以听从民便，任纳钱米"。

书简发出了，苏轼闭目静坐，脑海里闪现出一个画面：皇帝对宰相章惇说，苏轼乃朕师保，当量移佳州；章惇道，苏轼罪大责轻，别人皆可赦，独他不可赦。突然，画面转换：章惇奏道，苏轼名高，当移佳州。皇帝恨恨然道，苏轼诋毁皇考，朕绝不饶恕！这样想象着，他又惴惴不安起来，再给程之才写去一简："痴望量移稍北，不知可望否？兄闻众议如何？有所闻，批示也。"写毕，抬头望着窗外，见一棵桐树上，一片黄叶飘落下来，突然生出一阵伤感，便唤朝云温酒小酌。朝云端来了酒菜，苏轼饮了一盏，对朝云道："你把我今春写的那阕《蝶恋花·春景》唱给我听吧。"

朝云站起身，唱道："花褪残红青杏小。燕子飞时，绿水人家绕。"唱到这里，突然低下头去，不再唱下去了。

苏轼问："因何不唱了？"

朝云泪如雨下，抽泣着答道："奴不愿唱后两句。"

苏轼心里“咯噔”一声。后两句是“枝上柳绵吹又少，天涯何处无芳草”，朝云不愿唱，定是对他沦落天涯悲伤难抑。苏轼只能装作若无其事的样子道：“我正悲秋，你却伤起春来了！”说着，起身为她拭泪，又安慰道：“很快就可以北归了，要高兴才是。”

存了北归之望，每天一睁开眼睛，第一件事就是问苏过：“有京城来的文书吗？”眼看已到十一月底了，还没有消息，不禁叹息：“人一旦有了期盼，内心就很难宁静了。好歹有个消息，免得这样忐忑。”

话音刚落，州校捧着邸报登门了。打开一看，皇帝诏书中“元祐臣僚独不赦，终身不徙”十一个字，格外刺眼。苏轼看罢，瘫坐椅中，足足半个时辰才缓过劲儿来，重重吐了口气，像是把一个月来的希冀吹散了，随之发出几声冷笑，提笔给程之才修书：“某睹近事，已绝北归之望。然中心甚安之……譬如元是惠州秀才，累举不第，有何不可？知之免忧。”

一连两天，苏轼都没有出门，坐在思无邪斋里，像是思考什么大事。苏过知老父北归心切，如今希望破灭，担心他承受不了打击，故而也不敢外出，不时以续茶送饭为由进书斋观察他的动静。

“三庖，你说，皇帝让臣子死，臣子就去死，这样的臣子是忠臣吗？”这天晚上，苏轼突然问进来续茶的苏过。

苏过茫然不知作何答。

苏轼又问：“皇帝的诏命，都是正确的吗？”说着，把刚写好的文稿递给苏过看。

苏过一看，是《和陶咏三良》诗，上写着：“此生太山重，忽作鸿毛遗。三子死一言，所死良已微。贤哉晏平仲，事君不以私。我岂犬马哉，从君求盖帷。杀身固有道，大节要不亏。君为社稷死，我则同其归。顾命有治乱，臣子得从违。魏颗真孝爱，三良安足希。仕宦岂不荣，有时缠忧悲。所以靖节翁，服此黔娄衣。”

苏过知三良是指春秋时奄息、仲行、针虎，秦穆公死，三人为他殉葬，后世皆赞其忠；父亲却态度鲜明地否定了他们，还发了那么多议论，读得他胆战心惊。

“陶渊明《咏三良》诗，是把三良作为报君恩而慷慨赴死的义士歌颂的；三十四年前我在凤翔时曾作《秦穆公墓》诗，也把三良描绘成忠义豪杰。可现在，我的看法完全变了。”苏轼解释道，语调严肃、庄重，“三良为秦穆公‘生共此乐，死共此哀’一言而殉葬，死得太渺小了。君王和国家不是一回事，臣子之死，有为君王个人而死和为国家而死的重大区别。假如君王为社稷而死，臣子与其同死，才可说重于泰山；如君王像齐庄公那样，因与女人通奸而被杀，臣子与他同死，是事君以私，死得比鸿毛还轻。”顿了顿，又道：“愚忠者认为，君王之命，只有无条件服从，不能怀疑，更不能违抗。这是大错特错的。君王也有乱命，对君王的诏旨，要先衡量其合理与否，然后才能决定是否服从。君王是人，不是神；臣子也是人，不是犬马，也不是君王的附庸。陶渊明既然歌颂三良，却为何辞官归隐田园？因为他认清了依附于皇帝的仕宦之途，表面上荣耀显贵，实际上却是十分可悲的！”

苏过吓得脸色苍白，声音颤抖道：“大人，这、这……”

苏轼长叹一声：“我这些想法，是不被人所理解、接受的；但这是我从数十年从政经历中、从历史教训中总结出来的。”说这话时，他的目光中，流露出坚毅的、智慧的光芒。

当夜，苏轼做了一个梦，梦到有一海上道人飘然而至，传授给他一套内丹秘诀。早上醒来，按照梦中所授方法吐纳导引，顿感浑身通泰，忙唤苏过进来，神情诡秘道：“三庖，夜里有海上道人到过这里。”

“啊？”苏过吃惊道，“我没有听到动静啊。”

苏轼提笔作《海上道人传以神守气诀》寄给道友吴复古，又吩咐苏过：“我要以百日为期修炼内丹。”

此后的一个多月里，苏轼闭门不出，修炼小乘静功。就连六十初度和正旦节、上元节，也没有中断。苏过还以为他坚持不了几天，这时方知自己判断错了。为了不干扰老父修炼，闭口不提外面的事。直到正月二十三日，百日修炼已满，方禀报道：“正月初一那天，博罗县城失火，一城化为灰烬，听说时下百姓皆露宿沙滩。”

“啊？林县令呢？”苏轼惊问。

“听说失火时，林县令在式假中。”苏过答。

苏轼忙道：“你把情形详述一遍，我给你表伯修书，请他指挥修复。”

书简发出近一个月了，却不见任何动静。苏轼嘱苏过到州署打探消息。不多时，苏过慌慌张张地回来禀报：“阿爹，表伯被召回朝廷了。”

苏轼神色黯然道：“会不会是朝廷听说他对我关照颇多，才提前把他召回的?”

自程之才巡按惠州后,不仅让苏轼搬到合江楼居住,还经常寄送礼物;苏轼也常请他购买酿酒、炼丹原料及日常所需,还受托请他举荐人、过问官司。短短十个月时间,就写给他四十余道书简,多半是请他办公私之事的。他的处境因程之才之故确实得到极大改善。程之才突然被召回,不管什么原因,都让他感到不安。考虑了两天,对苏过道:“合江楼不能再住下去了。既然今生只能老死惠州了,得有个安身之处。”

父子二人盘算了手头的钱款,又让苏过到街上打探了行情,决定到相对便宜的水东购地。父子在水东跑了十来天,在归善县城东的白鹤峰买到了一块两亩半大的空地。苏轼画出了建筑图样,请木匠计算斫木陶瓦数量,即命苏过到河源去购买木材。

苏过刚走,道士邓守安来了,一脸苦楚道:“造桥筑堤的资金花完了。找太守,他说无能为力。这怎么办?”

苏轼吸了口气道:“程正辅回朝了,我这个不能签书公事的罪官就无计可施了。”思忖片刻,语气坚定道:“无论如何,不能半途而废!”

七

绍圣三年端午节前的一天,嘉祐寺苏轼的住所里突然热闹起来。

十多天前,苏轼从合江楼搬回了嘉祐寺。他知道朝云对嘉祐寺的环境很不适应，为了让她高兴，特意在她生日这天，邀请几个熟人前来欢聚。

“寿星在哪里？”林婆婆一进门就欢喜道。她是拟建的白鹤峰新居的西邻，家里以酿酒为业，苏轼曾专门为她赋诗，以黄四娘相喻。

“快来看呀，简直就是天女下凡！”一个女子搭话道。她是另一邻居翟秀才的家眷，比林婆婆先到，正在帮朝云梳洗化妆。

“苏学士，你这是为何？”苏轼的卧室兼书斋里，翟秀才不解地问。苏轼选中白鹤峰造新居，与他成了邻居，还写了两首诗相赠，翟秀才很感动，苏轼邀他携妻妾前来为朝云庆生，他很是疑惑。没有听说过主人为侍妾庆生的，何况是三十四岁生日。所以一见苏轼，他就提出了疑问。

“她年轻貌美，本可在中原另觅好人家，锦衣玉食；可她毅然陪我万里投荒，来到岭南。我很感激她。”苏轼缓缓道，“我在此地可到处游玩，写诗作画，找人喝酒聊天，与故旧书简交流；可她呢？她有多聪明，就有多寂寞。原本活泼好动，总是笑脸盈盈的一个人，变得多愁善感、沉默寡言了。我于心何忍？借着她生日之机，邀请几位认识的女眷来，算是给她孤寂的日子增添点色彩。”

翟秀才道：“心情可以理解，只是……”话未说完，外面响起一片欢呼声。二人出去一看，是朝云从卧室出来了。自儿子夭折后，她就不再打扮自己了，礼佛后更是一身素装；可今日她浓妆淡抹，蓝裙窄袖，苍白的脸颊上泛起了红晕，仿佛是出阁的新娘。翟秀才瞪大眼睛打量良久，赞叹道：“好一朵出水芙蓉啊！”

人已到齐，众人落座。苏轼对苏过道："诵《王氏生日致语口号》。"

"啥叫致语口号?"林婆婆问。

翟秀才抢先道："致语口号，是国家举办典礼、官府举办公宴时撰写的祝词。民间罕有。"说着，转脸盯着苏轼，露出惊讶的神情。

苏过起身诵读父亲所写致语。女眷们听不懂，翟秀才解释道："大意是说，王朝云像天上的织女，来到南海之滨惠州。可喜的是，她青春不老，容貌美得像鲜花一样。"

"这倒是，这倒是!"林婆婆点头道。

诵完致语，众人举盏贺寿。放下酒盏，苏过起身诵口号："罗浮山下已三春，松笋穿阶昼掩门。"

翟秀才解释道："这是说苏学士带朝云来惠州，三个年头了，生活得很悠闲自在。"

苏过再诵第二句："太白犹逃水仙洞，紫萧来问玉华君。"

翟秀才张了张嘴，嘿嘿一笑道："这句，我说不明白了。"

"玉华君乃道教传说中的女仙。"苏轼解释道，"这句口号的意思是说，在生日的宴会上，大家都来祝贺仙女朝云。"

"是的呀，是的呀!"女眷们附和道。

苏过接着诵第三句："天容水色聊同夜，发泽肤光自鉴人。"

翟秀才道："这是实写寿星的神态美和外貌美。"

"说的真好!"林婆婆赞道。又一笑："人更好!"

苏过又诵道："万户春风为子寿，坐看沧海起扬尘。"

翟秀才解释："大概是说，邻居们来贺寿，犹如春风吹来，让寿星扬起了风帆。"

"对对对，小娘子要快乐生活，健康长寿！"林婆婆高兴道。

朝云激动得面颊绯红，流泪道："深情厚谊，奴心领了！"说罢，为众人弹了一曲琵琶，一个欢快活泼的朝云，仿佛又回来了。

众人热闹了一个多时辰，才尽欢而散。

端午节这天，苏轼带朝云到白鹤峰查看新购的宅地，回程时特意来到西枝江边，指着远处的工地道："看，我发起的，将来惠州百姓会记住我的。"

去年冬天，得知修桥、筑堤工程因资金不继不得不停工，苏轼想出了募捐的办法。因购地建房，他没有余钱，把皇帝所赐的一条犀带捐出，又给苏辙修书劝捐。苏辙之妻史氏被二哥在困境中为民办好事的热情所感动，捐了三千钱；惠州绅民也纷纷响应，工程遂得以复工。

六月上旬，东新桥、西新桥与西湖筑堤工程宣告完竣，绅民欢欣鼓舞，自发聚集到西村庆祝，并邀太守詹范和苏轼参加。庆祝会一连举办了三天，苏轼情绪高涨，赋《西新桥》诗，内云："父老喜云集，箪壶无空携。三日饮不散，杀尽西村鸡。"

"子瞻，请到州署品尝荔枝。"庆祝会结束后，詹范拉了拉苏轼的袍袖道。

州署东堂下，有仁宗朝宰相陈执中守惠时手植荔枝树一株，郡人称为将军枝，今年挂果甚多，已经大熟。一行人来到树下，现吃现摘，人人吃得心满意足。苏轼指着挂在树梢的荔枝问："高处的荔枝如何摘下？”

詹范道：“纵猿取之。”

苏轼很是惊奇，遂要来笔墨，赋《食荔支二首》，内云：“罗浮山下四时春，卢橘杨梅次第新。日啖荔支三百颗，不妨长作岭南人。”

“宰执大臣看到这首诗，怕是也要生出几分嫉妒的吧。”推官黄焘半是玩笑半是认真道。

品尝了荔枝，太阳已经落山，众人散去。苏轼还沉浸在激动的情绪中，下了桧山，拉住邓守安道：“走，到嘉祐寺饮酒。”

邓守安摇头道：“你忘了广州要修引水管道的事了吗？太守王古已派人来催了。我得上紧过去了。”

苏轼一听工程要启动，高兴道：“此事不能耽搁。”

“苏学士，今年是大熟年，可能会流行瘴毒，要格外小心。”临别时，邓守安提醒道。

苏轼顿时紧张起来，回到住处就搜检药材，翻了半天，缺少合药所需的黑豆。苏过被派去河源尚未回来，他只得自己外出采购。跑遍全城也未买到，忙给王古修书：“治瘴止用姜葱豉三物，浓煮热呷，无不效者。而土人不知作豉；又此州无黑豆，闻五羊颇有之，便乞为致三硕，得为作豉，散饮疾者。”

黑豆尚未寄来，瘴毒就暴发了。先是一个老婢染上了，接着朝云也病倒了。苏轼把各样秘方都用上了，朝云的病却不见好转，熬到七月五日，已是奄奄一息。苏轼守在床前，垂泪道：“子霞，你不愿再陪我这个孤独的老人了吗？”

朝云睁开眼睛，吃力道：“郎君，奴不能再陪你了。”说着，用尽最后的气力，口诵《金刚经》六如偈："一切有为法，如梦幻泡影。如露亦如电，应作如是观。"诵毕，慢慢闭上了眼睛。

"子霞——朝云——"苏轼唤着，大哭道，"一定是你前生亏欠过我，今世来报答；你已经报偿太多，所以不能再结后生缘了！"

苏过不在家，身边只有两个老婢，一个还染病在床。正发愁之际，惠州推官黄焘闻讯赶来了。苏轼几次请程之才举荐他，黄焘感念知遇之恩，带着两个州校前来料理朝云后事。先到街上买了口棺材，入殓后大漆涂棺，暂厝寺内；又带着苏轼去寻找墓地。西湖附近有不少寺院，皆是苏轼常游之处，他在孤山南麓栖禅寺大圣塔下的松林之中觅得一块空地，在此开穴，穴上筑六如亭。七月下旬，苏过从河源回来了，墓穴已建成，苏轼亲撰的墓志铭也已刻好，遂择吉日，于八月三日将朝云下葬。

回到住处，苏轼径直进了朝云的卧室，对着她的梳妆台问："子霞，你甜润的欢笑、悠扬的琴声、未老的容颜，真的都寂灭了吗？"这一问，他难抑悲痛，流着眼泪，拿起朝云用来临摹的笔，赋《悼朝云》诗，内云："伤心一念偿前债，弹指三生断后缘。"

整整三天，苏轼昏昏沉沉，茶饭不思。苏过忧心不已，劝他外出走走。苏轼只是摇头。苏过正焦急间，翟秀才匆匆进来了，神情诡秘道："哎呀苏学士，昨夜狂风暴雨，今日一早，有人发现栖禅寺东南有五个巨人脚印。"

"必是佛祖来考察朝云的。"苏轼以笃定的口气道。扭脸吩咐苏迈："你这就往栖禅寺走一趟，接洽在那里做佛事追荐朝云。"

苏过领命而去，苏轼净手焚香，撰《荐朝云疏》一篇。八月初九，父子前去朝云墓前祭奠，查看巨人脚印，当晚在栖禅寺做佛事，苏轼恭诵荐疏，超度朝云亡灵。

做过了法事，卧病的老婢又去世了。苏轼将她葬于朝云墓旁。办完这件事，詹范移知河阳告下，前来辞行，苏轼拉住他的手，泣不成声。

八

东城墙内的小青山，虽然不算高，因很少有人登临，只有一条小道可达山顶，攀登起来很是费力。苏轼策杖走到半山腰，已是气喘吁吁。驻足四望，茂密的树木遮挡了视线。他摇摇头，继续缓缓上行，口中嘀咕着："蛮荒之地，竟然没有过重阳节的习惯，老夫只能独自登高了。"以往，他常去西湖和孤山游玩，可自朝云葬于孤山，他就不再到城西去了，仿佛那里有一堆火苗，一旦去了，好不容易平复的情绪就会被再度点燃。城东的最高处就是这座小青山了，却不知如此荒凉。好不容易爬到山顶，连座亭子也没有，他只得在一块石头上坐下喘息。放眼望去，没有菊花，只有簇簇黄茅根在微风吹拂下发出窸窸窣窣的响声。他脑海里，不期然闪出一连串诗句来："登山作重九，蛮菊秋未花。……西湖不欲往，暮树号寒鸦。"

在这结伴登高、畅叙亲情友谊的节日里，一个人在荒凉的山顶远眺遐想，收获的总是伤感和寂寥。苏轼不敢久停，不多时就慢慢往山下走。走到松风亭下，腰酸腿乏，困意浓浓，很想找个地方睡觉。抬头望向松风亭，还在高处，嘀咕道："这么高，爬上去会更累。"踌躇片刻，突然用竹杖杵地，自语道："此间有什么歇不得的，非要到亭子里去？"这样一想，心情一下子放松了，好像已经挂在钩上的鱼忽得解脱。他仰天一笑："人生旅途，奋力向前固然是好的，可走不动了怎么办？早先预设的目标达不到了怎么办？那就随遇而安嘛！一旦想通了，便是马上就要上阵杀敌，耳边听得战鼓声声，明白前进杀敌是死，逃跑受到军法处置也是死，到那时，同样可以安安稳稳睡上一觉。"说着，就地躺下睡起觉来。

不知睡了多久，忽听苏过在唤他："阿爹，大哥来书，说京城有消息了，可能授大哥韶州仁化县令。"

苏轼一骨碌爬起来，接过家书细读，嘴唇颤抖着道："虽说是恶岁，可也有好事。这是上天来安慰我的！"突然又叹了口气："没有余钱了，我得请王古帮忙催一下俸钱。"

责降官俸禄发放由本路转运司负责，可转运司一直以没有实物可兑为由拖欠着。回到家，苏轼便给王古修书，诉苦道："某为起宅子，用六七百千，囊为一空，旦夕之忧也。"请他帮忙催发俸禄；又嘱咐老婢和苏过，俸钱未发下前，以吃蔬菜为主。为此，他特作《撷菜》诗，小引云："……撷菜煮之，味含土膏，气饱风露，虽粱肉不能及也。人生须底物而更贪耶？"

一直等到入了腊月，俸钱也没有发下。腊月二十五这天，道友吴复古带着陆道士来访，要与苏轼一起炼丹。苏轼很兴奋，吩咐苏过取酒招待。苏过附耳道："家里的酒喝光了。"

苏轼对吴复古歉意一笑道："慢待慢待，我这就取米酿酒。"到米瓮里取米，里面是空的。他苦笑一声，提笔作和陶渊明诗自嘲："米尽初不知，但怪饥鼠迁。二子真我客，不醉亦陶然。"

吴复古阅罢大笑，不解地问："照说子瞻做高官时俸禄不薄，何以窘迫如此啊？"

苏轼拿出给南华寺重辨长老回书的底稿给他看，只见上面写着："久忝侍从，囊中薄有余赀，深恐书生薄福，难蓄此物。到此已来，收葬暴骨、助修两桥、施药造屋，务散此物，以消尘障。今则索然，仅存朝暮。"

吴复古抱拳一晃道："仗义疏财，侠士！"

苏轼摇手道："消除尘障而已。"

除夕夜，苏轼与吴复古、陆道士彻夜说法，忽觉饥饿难忍，可厨房空空，只有一些生芋头。苏轼蹙眉道："不吃，饿得慌；吃了，不是肚胀就是发瘴疾，如之奈何？"

吴复古道："此非芋之罪也，看我的。"说着，把芋头去皮，用湿纸包上，放在火上烤煨。不多时，就有香味飘出，苏轼口水直流，待烤熟了，迫不及待先抓起一个，"滋滋哈哈"地吃了起来，只觉得香松无比。边吃边感叹道："饥者易为食啊！"吃完了烤芋头，提笔写下《记惠州土芋》以纪之。

过了上元节，忽有僧中诗友昙秀从扬州来探望，带来许多岭北僧友的消息，苏轼欣喜不已。昙秀住了几天，见苏轼家境窘迫，不敢久留。辞别时，苏轼一脸歉意道："我这里一无余物，法师回去后，熟人必定问你都带了些什么土特产，你拿什么去应酬呢？"

"这好办！"昙秀胸有成竹道，"我就对他们说，我这里有鹅城的清风，鹤岭的明月，将送给每个人，只怕他们没有地方安放呢！”

苏轼笑了，旋即摇头道：“别人或许认为你没有过岭呢。我这里有手抄《法华经》的文字，你带回几张，每人送一张，就说我为他们祈福了。”

送走昙秀，苏轼正为食物发愁，忽有人载着一船大米来访。原来是吴复古回潮州后，派他的儿子八郎来救急的。苏轼无以回赠，过意不去，只好把准备在迁新居时烧香用的檀香分一半给他。

八郎问：“学士的新居建得如何了？”

苏轼摆手道：“别提了，别提了。”

九

绍圣四年二月十四日上午，苏轼站在白鹤峰新居前，迎接前来贺乔迁的宾客。惠州郡守方子容、推官黄焘等五六名官员结伴而来。但见宅子依山势而建，坐东向西，两进格局。前面一进，小屋三间，中间隔着一个庭院，即为二进，有客厅“德有邻堂”、书房“思无邪斋”及居室、厨房、厕所，共计二十间，四周用廊庑连接。

“不错不错！”方子容赞叹道，“站在新居前，幽深秀邃的西湖，滔滔流过的东江，成片的荔浦，菊花头附近的大云古寺，苍翠扑人的象头山和白水山，皆可尽收眼底。”

苏轼得意地笑了。新居一砖一瓦、一草一木，都是亲手设计、经营，没有劳烦公家，着实不易。原设想要在冬季完工的，可为朝云办完后事，积蓄所剩无几，只能精打细算，一度还不得不停工。过年后，经王古努力，发下部分欠俸，才得以继续施工。正月底住宅建成，突然发现吃水要到江中去挑，颇是不便，遂又张罗打了一口井。新居未竣工前，苏轼就给当年在常州结识的友人、泷州推官程天侔修书，开列柑橘、柚、荔枝、杨梅、枇杷、松、柏、含笑、栀子等名目，请他寄小树过来。程天侔果然遵嘱寄了一批，抢在乔迁前栽上了，为新居增添了不少色彩。

送走客人，苏轼又独自在新居转了一圈，回顾到惠州后几次搬家的经历，忽生感慨：佛说念念成劫，时光过得飞快，俯仰间就过完了一辈子；人也是世间万物之一，虽各有分际，其实呼吸之间，与蚊虫并没有什么区别。这样想着，提笔赋《迁居》诗一首。

当夜，躺在卧室藤床上美美睡了一觉，醒来时听到更夫敲打五更的更鼓声，像是怕惊了他的春梦，鼓声很轻。他一笑，提笔赋《纵笔》一首："白头萧散满霜风，小阁藤床寄病容。报道先生春睡美，道人轻打五更钟。"写毕，抄寄友人，分享他的快乐。吃早饭时，嘱咐苏过："三庖，你去买条鱼来，中午我做一道菜。"

自朝云和一个老婢去世后，只有一个做针线的老婢，做饭的事多半由苏过承担了。他本来就不会做饭，加之要节省开支，饭菜寡淡，苏轼便想改善一下。等苏过把买来的鱼收拾干净，苏轼仿照在杭州时吃过的盘游饭，把鱼和作料埋在锅底烧制，将熟时加上各种蔬菜，做出一道羹来。恰好西湖栖禅寺昙颖道长来访，品尝了苏轼的厨艺后笑道："若用惠州土话，居士这道菜可谓之'撅得窑子'，不过以贫道看，当美其名曰'谷董羹'。"

“何谓‘谷董羹’?”苏轼问。

“吃羹时,没有听到咕咚声吗?”昙颖道长笑道。

苏轼大笑。

过了两天,三更鼓已敲过,正准备就寝,忽听有人叩门。苏过赴虔州接大哥和家眷去了,苏轼只得亲自出去开门。打开大门一看,如霜的月色下,一个身披桄榔叶、手携斗酒,丰采英发如吕洞宾者,晃着酒壶问:“居士愿尝真一酒乎?”

原来是道士邓守安。

广州引水工程完竣后,邓守安特携带他酿制的真一酒到惠州来禀报。苏轼一阵惊喜,把他迎进德有邻堂,迫不及待地品尝真一酒。饮了几盏,不禁击节高歌起来。一曲终了,邓守安从袖中掏出一叠文稿递上。苏轼接过一看,是篇《真一法及修养九事》,再一看署名,乃九霞仙人李靖。李靖是儒释道并尊的国祭神、哪吒之父。苏轼不知邓守安从何处得此秘方,邓守安却不愿透露,起身告辞了。见他如此神神秘秘,苏轼也恍惚起来。次日醒来,要按秘方酿酒,便到井中汲水,脑海里想象着广州人喝到泉水的欢快场面,又想起杭州疏浚六井时珪长老说过的一番话,心里一沉。暴露于地面的二十来里长的竹管很容易堵塞,要把防止堵塞的办法提前告知广州人。放下水桶,即给王古修书,详述避免竹管堵塞办法,最后写道:“仍愿公擘画少钱,令岁入五十余竿竹,不住抽换,永不废。”说完了这件事,又把真一酒秘方抄给了他。

照方酿成了真一酒,他尝了一口,绝似王驸马家的碧玉香,不禁兴奋道:“待迈儿到了,有好酒喝啦!”

闰二月初八,苏迈挈两房家小到了。苏迈的大儿子楚老已是二十岁的壮小伙了,次子仲虎也已十七岁。苏轼激动得老泪纵横,领着几个孙子参观新居。走到储存草药的房间,仲虎好奇地问:“爷爷得了什么病,存这多药?”

苏轼微笑着摇了摇头。

长孙楚老问:“爷爷无病却储这么多药,不善饮酒却喜酿酒,这是不是劳己为人?”

苏轼笑道:“生病的人得到我合的药,我为之体轻;善饮者饮了我酿的酒而醉,我为之酣适。所以,看似劳己为人,实则还是为我自己啊!”说着,进书斋,拿出《次韵定慧钦长老见寄八首》,指着“闲居蓄百毒,救彼跛与盲”两句道:“做善事,也是养生修炼的功夫嘞!”

团聚了几日,苏迈正准备前往仁化县上任,忽接告敕,依照责降官亲属不得在贡降地邻邑做官新条贯,罢去他的仁化县令之任。苏迈气得把告敕往地上一摔,忿忿然道:“这不是故意戏弄我吗!”

“不必这样想。”苏轼劝道,“你就想,他们给我们全家提供了一个团聚的机会。”又安慰道:“不做官也没有什么大不了的,一家人团聚,安安稳稳过日子,即使清贫些也是幸福的。”

苏迈点头,口中却支吾道:“可、可一大家人……”

苏轼感慨道:“纵使手头拮据,不知为计,可一想到儿孙绕膝,在自家的宅院里笑语充盈地生活,我就觉得这精神上的愉悦,不是一般的物质丰厚所能比拟的。”

三月二十九日这天，苏轼带几个孙子绕宅院转了一圈，看着果树有的已挂果，有的花开正艳，周边树暗草深，衬托出居所的静谧，抬头望去，山川历历在目，一种前所未有的宁静感陡然而生。他走进书斋，提笔赋诗二首，内云：“门外橘花犹的皪，墙头荔子已斓斑。树暗草深人静处，卷帘攲枕卧看山。”刚放下笔，忽见苏过带一男子来见，是广南东路转运司判官孙鼛的使介。孙鼛是苏轼主持会试时录取的进士，前不久苏轼曾托他催发欠俸，此时他派人来，当是说发俸一事的。不料使介从怀中掏出一张文稿捧递上来，竟是再贬苏辙等元祐大臣的消息：吕大防再贬循州、刘挚再贬新州、范纯仁再贬永州、苏辙再贬雷州。

苏轼看罢，愕然失色，嘴唇抖了几抖，问：“消息确切吗？”

使介答：“孙判官说，他是从文报抄录的。”

苏轼沉默了。他不知道为什么突然追加对元祐旧臣的惩罚，却能隐隐判断出，就连吕大防、刘挚也责降到岭南，作为第一个贬到岭南的元祐旧臣，他势必不能在惠州安居了。唯一的希望是孙鼛所报消息不实。

“苏学士——”随着一声唤，惠州推官黄焘面色凝重地进来了。他叹气道：“我来知会学士一个坏消息：朝廷再贬元祐旧臣，苏执政被贬雷州了。”

苏轼故作镇静，问道：“推官可知，再贬的原因是什么？”

黄焘摇摇头，拱手道：“学士珍重！”说完，匆匆告辞了。

苏轼脑袋里嗡嗡作响，忙给王古修书：“……自五羊来者录得近报，舍弟复贬西容州，诸公皆有命。本州亦报近贬黜者，料皆是实也。闻之忧恐不已。必得其详，敢乞尽以示下。不知某犹得久安此乎否？若知之，可密录示，得作打叠擘划也。忧患之来，想皆前定，犹欲早知，少免狼狈。”写毕，吩咐苏过：“速派健仆驰送广州！”

第二十九章　兹游奇绝

一

绍圣四年四月下旬的一天上午，广州东江码头，苏轼撩袍登上了一艘小船，身后传来一片哭喊声。他转过身去，泪眼模糊中，但见长子苏迈和三个孙子，齐刷刷跪在岸边，边叩头边哭喊着。凄凉的场面让人不忍直视。苏轼狠狠心，命舵工开船。一想到此一别很可能就是永诀，他举袖擦拭眼泪，目不转睛地看着岸上的儿孙，直到再也望不见了，才哽咽道："今生不能再见了，愿儿孙都能平安度过一生！"

本月初，广州郡守王古回书，证实了再贬元祐旧臣的消息；十七日，惠州郡守方子容登门，将责授琼州别驾，昌化军安置，不得签书公事的告敕交给苏轼。因已有心理准备，当方子容出言安慰时，苏轼平静道："世间事，哪一样不是早有定命的！"他预料此番渡海生还希望渺茫，便着手准备后事：先是找善画者为他画了幅写真，又另纸勾勒出背影像，自题"元祐罪人，示迈"，交给长子保存；再写一便笺，告诫子孙谨言慎行，做别人眼中的庸人，以免招惹祸事；又郑重嘱儿孙，待他死后，就地掩埋，不必扶柩还乡。苏迈、苏过要侍父渡海，苏轼反复斟酌，决定让苏迈带着两房家眷留在惠州，由苏过陪他南渡。家事安排妥当，燃眉之急是尚缺川资，急忙给王古修书："某虑患不周，向者竭囊起一小宅子。今者起揭，并无一物，狼狈前去，惟待折支变卖得二百余千，不知已请得未？"恳请他催促一下漕司，以便路过广州时可以带上。十九日，苏轼告别了只住了两个多月的居所。事前已商定，苏迈并三个孙子送至广州。船到博罗，县令林抃前来送别，告知苏轼，王古已被降调袁州。苏轼只是一声叹息。一到广州，王古将折支变卖的俸禄钱交给他，因担心牵累王古，不敢久留，并婉拒了王古再见一面的提议，索性留书简让苏迈转交给他，书云："某垂老投荒，无复生还之望。昨与长子迈诀，已处置后事矣。今到海南，首当作棺，次便作墓。"正因如此，东江码头的告别，无论是苏轼还是儿孙，都视为生死诀别。

怀着沉重的心情上路，脑海里在思考如何排遣悲凉愁绪。船到梧州码头时，有人得知是苏轼到了，惊奇道："苏学士，你弟弟前天刚从这路过。"苏轼闻言，五味杂陈，以诗代柬，派急足往送，又促舵工疾行追赶苏辙。离滕州还有两程，闻讯后调头来迎的苏辙已恭候岸上。想到四年前东府相别时，苏辙还是执政大臣，他也身兼两学士头衔，如今双双成为流落岭南的罪臣，苏轼掉下泪来。

苏辙在颍州有田产，便让苏迟、苏适两房到那里安家，只带发妻史氏和幼子苏远一家往贬所。苏远之妻黄氏是章惇外甥黄寔之女，随夫侍父，苏轼一见，苦笑道："八郎新妇拜舅爷所赐，投荒岭南。"

亲人间见过礼，已到饭时，可小站码头没有像样的酒肆饭铺，一大家人只好来到做汤饼的小店。店家为每人端来一碗汤饼。苏轼风卷残云般吃了个精光。抬头一看，苏辙正撇嘴看着脏兮兮的碗筷和粗恶难食的汤片不愿下箸。苏轼一抹嘴道："子由，你还想细细品尝吗？"

苏辙皱眉闭眼，把一碗汤饼吃了下去。他很佩服二哥的达观，总能在暗淡处找出亮点所在。前天派急促所送诗中，先说兄弟二人虽然都遭贬谪，好在一在海南，一在雷州，隔海相望，虽然不能聚首，但相隔不是太远，也算是圣上的恩典。接着又说："他年谁作舆地志，海南万里真吾乡。"风烛残年，投荒海外，原以为他会绝望，却不知他不仅把海南视作了家乡，还以商朝将亡时因其道不得行而远走海外的箕子自比，无丝毫颓废之意。受此感染，苏辙也找出了亮点，赋诗说："今年各南迁，百事付诸子。谁言瘴雾中，乃有喜相逢。"苏轼虽感欣慰，但也预料此行很可能是兄弟间最后的相聚了，只想让时间尽可能拉长，遂道："雷州是大郡，人多嘴杂，我不能在那里停留太久，路上不妨走慢些。"

水程山驿间，两艘船溯江缓行。兄弟二人在船上从容交谈。苏轼问："我告敕中的责词甚恶毒，不知出自何人之手？"

苏辙答："听说是林希所撰。"

苏轼一惊。他原以为和林希是朋友，当年坚辞中书舍人，曾向宰相蔡确荐林希代之，没想到他竟落井下石，遂以揶揄的口气道:“林大会写文章了?”

苏辙道:“此公会做官。代你守杭州,我们兄弟在朝,他将西湖南北长堤命名为‘苏公堤’;可你念兹在兹的开石门河一事,他不想做,就说开凿运河需挖去名‘龙山姥’的山岗,而‘龙山姥’容易让人联想到皇帝和太皇太后,凿此山恐犯忌讳。”

苏轼冷笑一声,又问:“因何突然再贬元祐旧臣?”

苏辙把他听到的原委说了一遍:去年底,左司谏张商英上章提醒君相:“愿陛下无忘元祐时,章惇无忘汝州时,安焘不忘许昌时,李清臣、曾布无忘河阳时。”勾起了君相的痛苦记忆,札降中书,章惇召宰执大臣共议,覆奏云:“司马光等倡为奸谋,诋毁先帝,变更法度,罪恶至深。当时凶党,虽已死及告老,亦宜薄示惩戒。”遂追贬故去的司马光、吕公著等官职及赠谥。正在此时,吕大防之兄、知渭州吕大忠入朝陛见,皇帝对他说:“卿弟大防,素性朴直,为人所卖,执政欲谪徙岭南,朕独令处安陆,卿可为朕寄声问好,二三年后,当再相见!”吕大忠一时高兴,将皇帝的密语外泄。新党惶恐,侍御史来之邵上章:“司马光叛道逆理,典刑未及,为鬼所诛,独吕大防、刘挚等,罪与光同,尚存人世。朝廷虽尝惩责,尚属罚不称愆,生死异置,恐无以示后世。”疏上,降三省共议,遂有二月再贬元祐旧臣之诏。除吕大防、范纯仁、刘挚、苏辙等元祐宰执大臣外,刘安世、吕陶、贾易、王觌、赵君锡、朱光庭、黄庭坚、秦观、张耒、晁补之等,也遭严谴。说完这些,苏辙肃然道:“我越来越佩服范纯仁。当年他主张新旧兼用,此番仍受严谴却安然受之。听说赴贬所途中,随侍诸子大骂章惇,范纯仁喝令住口。

一日，舟行江中，遇风被覆，范纯仁衣履尽湿，对诸子道：‘翻船难道也是章惇指使的吗？君子素患难，行乎患难，何必怨天尤人。’”

苏轼点头道：“对，无论遭遇到什么，不怨天，不尤人。”

苏辙又道：“路上听到一些议论，说苏子瞻在惠州作诗，什么‘日啖荔支三百颗’；什么‘报道先生春睡美’，传到京城，章惇觉得不能让苏子瞻还那么快活，所以才有海外之贬。我知这些说法纯属无稽之谈，但也足以使人警醒。到海南后，九二不要读书，更不要写诗作文，安心修炼就好。”

就这样，兄弟二人在船上随意交谈，国事家事、往事未来事，无不涉及。十天的路程走了二十天，六月初五方到雷州。州守张逢、海康令陈谔迎于码头，请苏轼兄弟两家住进皇华馆，又设宴款待。旅途劳顿，苏轼的痔疮复发了，却不敢久留，初八日从雷州启程，前往四百里外的徐闻。

六月十一日，在递角场过夜。海浪的咆哮声清晰可闻，湿热的海风吹得室外的树木发出怪叫声。苏轼吓得胆战心惊，借着痔痛在床上呻吟不止。苏辙认为二哥之病，缘于饮酒过量，遂诵读陶渊明《止酒》诗，劝二哥戒酒。苏轼边呻吟边道：“戒，一定戒！”说着，爬起来步陶渊明《止酒》诗原韵，赋诗赠别，内云：“从今东坡室，不立杜康祀。”写毕，又想到明日一去就再也回不来了，不禁想到远在蜀川的父母坟墓。当年托堂兄苏不疑和好友杨济甫代为照管，如今堂兄已逝，只有杨济甫一人了，遂又提笔给他修书，内云：“某兄弟不善处世，皆遭远窜。坟墓单外，念之感涕。惟济甫以久要之契，始终留意，死生不忘厚德。”写毕，将别诗和书简一并交给苏辙。想到当年夜雨对床之约，今生已经不可能实现了，这诀别前的一夜，就权作补偿吧，兄弟二人一夜未眠，又说了些养生延年的话。天亮后出外一看，风不大，向南刮着，正是渡海良机。用过早饭，兄弟相伴而行，默默来到岸边。

递角场与琼州隔海对峙，顺风半日可济。沧海茫茫，南望连山，若有若无，杳杳一发。苏轼突然浑身战栗，一阵晕眩，连退几步，不愿登船。苏辙知他是恐惧所致，忙与苏过搀扶他到不远处的伏波祠焚香祷告。祈祷毕，苏轼心稍安，迈着沉重的步履再次来到岸边，在苏过的搀扶下上了船，战战兢兢登上甲板，急忙转过身来，目不转睛地望着苏辙。苏辙含泪呼唤一声："兄长，善自珍重——"

苏轼哽咽道："子由，我们来世还要做兄弟啊！"

船驶出了码头，海浪滔滔，船身随风浪起伏颠簸，苏轼只觉得像从高山坠向深谷，吓得捂住胸口，缩成一团。雷州郡守张逢所派护送渡海的州校见状，安慰道："学士莫怕，看那打鱼人，如同在平地一般。"这番话，让苏轼的紧张情绪慢慢舒缓下来。

当日傍晚，船缓缓靠岸，苏轼拍着胸口，重重吐了几口气，有种起死回生的感觉。琼州通判黄宣义来迎，上岸入琼州城，在金粟庵借宿。苏轼担心连累黄宣义，黄宣义义形于色道："公乃当代名士，宣义与公结缘，必可青史留名。琼州有人船之便，邮递之事，宣义可为代转。"

海南所设琼州、崖州、万安军、昌化军四州军分据岛之四隅，只有琼州是岛内通往大陆的口岸。求生于海外蛮荒之地，亲友故旧间的问讯、生活必需品的补给，端赖人船之便，黄宣义自告奋勇代转，让苏轼顿生绝处逢生之感，忙让雷州来的州校给苏辙带回书简，告知他这个消息。

昌化军原称儋州，治所在儋耳，距琼州三百里，并无水路，苏轼年老力衰，痔疮旧疾未愈，需坐肩舆，苏过忙着去雇夫役，苏轼闲来无事，策杖在城东闲逛，发现了两个泉眼，遂建议通判黄宣义组织夫役开凿水井。待雇好了轿夫、挑夫，苏轼也休整得差不多了，便启程前往儋耳。行之澄迈，当地士人赵梦得热情挽留，又在他家里住了几天，才继续向西南方向进发。

越往腹地走越荒凉，偶尔遇到黎人，多是光脚走路，头上戴着椰壳冠，脸上刺着花纹，女子双耳戴着大大的铜环，在太阳的照射下闪闪发光。苏轼有种踏入异国的感觉。每当中途休息，他总要登高北望，却望不到大陆的影子，只好怅然赶路。

这天，肩舆晃晃悠悠间，苏轼睡着了，忽被狂风吹醒，梦中竟得"千山动鳞甲，万谷酣笙钟"两句诗。听着山谷间发出的像吹笙般的呼啸声，突发奇想："会不会是群仙正在天庭笙歌欢宴，派了龙王降雨，催我写诗？要不，为何梦中得诗句？"这样想着，抱拳向上一举道："风云变色，天光电闪中，苏某献首诗，祈祷登录仙籍！"一到驿亭，便提笔作《行琼儋间，肩舆坐睡，梦中得句云：千山动鳞甲，万谷酣笙钟。觉而遇清风急雨，戏作此数句》诗一首，交给苏过。苏过看懂了大意：虽然登高望不见中原，真的到了穷途末路；幸亏还有上天，群仙用急雨来催诗；天上的神仙看了我的诗，一定会感叹，自从苏子瞻这老头下凡以来，仙宫里很久也没有听到这么好的诗句了。读罢此诗，苏过心中稍安，不再担心老父会对生活失去希望了。

走了三天，忽见一座山岭犹如龟状，奇峰怪石，迥异中土。苏轼一指道："此山颇有桀骜不驯之貌！"遂吩咐落轿，到山脚下细细查看，又弯身抚摸着散落在山下的巨石，不禁感慨，遂作《儋耳山》诗一首，内云："君看道傍石，尽是补天余。"苏过读罢，知老父是借物抒情，先是以桀骜不驯的儋耳山自比，暗表他与众不同的才华；继之则表露出对自己有补天之才而被投荒的愤懑，申明自己是一块多余的石头，即使被弃置，却仍是补天之石。看来，老父在尽力克服内心的焦灼，誓与悲惨命运抗争，努力打开自己的心扉，让希望的光芒照射进来。想到这里，苏过吸了口气，暗忖：事先嘱咐好的到贬所后第一件事是置棺，第二件事是买墓地，该不该为他张罗呢？

"三庖，你记住，我是决不做海外人的！"苏轼突然语气坚定道。

二

绍圣四年中秋节，儋耳伦江驿的一间官舍里，没有点灯，月光透过破旧的屋顶洒进室内，湿热的海风在回廊里鸣叫。苏轼连饮了三盏酒，伸手拿起发烛，点上油灯，提笔赋《西江月》："世事一场大梦，人生几度秋凉？夜来风叶已鸣廊，看取眉头鬓上。　酒贱常愁客少，月明多被云妨。中秋谁与共孤光，把盏凄然北望。"突然，耳边响起吟唱声，恍惚间，像是朝云飘然而至，他一阵激动，唤道："子霞，是你吗？"

苏过听到父亲说话，忙走过来，见他正在饮酒，劝道："大人，你答应过叔父戒酒的，还是少喝些吧。"

"平生我与尔，举意辄相然。"苏轼吟起诗来，"醉里有独觉，梦中无杂言。"这是他到儋耳后不久写的一首《和陶连雨独饮》中的诗句。

苏轼父子是七月初二抵达儋耳的。前任军守离任，新军守尚在途中，到军署报到后，便借住在军署东邻破旧官舍伦江驿里。天气酷热难耐，湿度很高，无论昼夜，浑身都是黏糊糊的。苏轼感叹这里不适合人居住，自己很难生存下去。在照例要写的谢表中，他向朝廷诉说自己的凄惨处境："并鬼门而东骛，浮瘴海以南迁。生无还期，死有余责。……臣孤老无托，瘴疠交攻。子孙恸哭于江边，已为死别；魑魅逢迎于海上，宁许生还。"一路颠簸，痔疮旧疾又加重了，加之初来乍到，没有一个认识的人，与土著又语言不通，苏轼只好整天在破旧的官舍里枯坐，无所事事，昏昏沉沉。过了十来天，忍不住策杖到街上转转。昌化军是州级建制，与下辖的宜伦县同城，可州城只有一条十字街，稀稀拉拉住着百十家被称为"熟黎"的民户，到处是桄榔林和纵横交错的沟渠。好不容易看到有所学校，近前一看，已是残垣断壁，既无先生也无生徒，更没有朗朗读书声，苏轼顿感失落。街上五日一集，米面奇缺，肉类多是老鼠、蝙蝠之类和一些海鱼。苏轼一想到吃鼠肉和蝙蝠就呕吐，又受不了海鱼的腥味，父子只有以山芋充饥。药和酒也无处购买，苏轼一时难以适应。一天，夜里梦见自己还是贪玩的少年，因未完成课业，父亲拿出戒尺要打他，吓得他浑身发抖，一下子惊醒了。可他没有如释重负的感觉，却生出游鱼吞钩般的痛苦，遂提笔写下《夜梦》诗并引："七月十三日，至儋州十余日矣，澹然无一事。学道未至，静极生愁……"给泷州推官程天侔书简中说："此间海气郁蒸不可言，引领素秋，以日为岁也。"又投书雷州守张逢："久逃空谷，日就灰槁而已。"节前，张逢寄来几壶酒，苏轼也就不顾戒酒的誓言，大喝起来。

苏过知道父亲是在借酒浇愁，也就不再劝，拿起他新填的《西江月》细细阅看。读到"把盏凄然北望"一语，苏过悚然。这句诗，凄凉中依然透出一丝希望的亮光，盼望着有朝一日能北归中原。他暗自叮嘱自己，一定要照料好老父的起居，用心写诗作画，以慰其孤寂之心。

第二天，苏过将一把好不容易买到的大米和剥了皮的芋头一起煮了，美其名曰"玉糁羹"，请老父品尝。苏轼吃了几口，夸道："色香味皆奇绝。天上酥陀则不可知，人间决无此味也！"边说边把一碗玉糁羹吃了个精光，提笔写诗赞之。苏过知道，老父与其说是夸他的手艺，不如说是夸他的孝心。乘着父亲高兴，苏过提议道："阿爹，时下闲来无事，何不修道参禅？"

"嗯，我正要说这件事。"苏轼点头道，"雇人造一禅榻、两大案，今后就专心修道参禅了！"

苏过张罗去了。苏轼提笔给苏辙修书："吾今年已六十，名位破败，兄弟隔绝，父子离散，身居蛮夷，北归无日，区区世味，亦可知矣。若复缪悠于此，真不如人矣。故数日来，别发誓愿。譬如古人避难穷山，或使绝域，啮草啖雪，彼何人哉！已令造一禅榻、两大案，明窗之下，专欲治此。”

八月底，禅榻、大案造好了。这天，苏轼正在禅榻打坐，苏过挑着担子进来了，是泷州推官程天侔通过琼州通判黄宣义转寄来的纸、茶、药、米、酱、姜、盐、糖等物。苏轼喜出望外，忙起身给程天侔修书致谢。尚未写完，忽听门外传来杂沓的脚步声。透过窗户向外一看，是一位身着官袍的中年人，身后跟着两名军校。苏轼不曾见过此人，正纳闷间，着官袍者已到了门口，大声道："新任知昌化军张中，前来拜访苏学士！"

到这里两个月了，除了一两个送信的使介，还从未有人来拜访过他，苏轼一阵激动，忙起身相迎，施礼谒见。

"路过雷州，张太守托我带给学士的。"落座后，张中把一封书简递过去。苏轼打开一看，方知张中是开封人，熙宁初进士，沉于下僚多年，好不容易得除郡守，却被派到南蛮荒岛。看罢，他一脸同情，抱拳一揖道："太守莅任，罪官当去谒台，只是罪官闭门不出，不知太守已到，还望恕罪！"

张中摇手道："学士名满天下，一代文宗，张某仕途蹭蹬，在此荒岛绝地得遇学士，乃大幸。"

"苏某人生多患难，幸运的是，总能遇到好郡守。"苏轼拱手道。他突然叹了口气："此乃官舍，罪官不可久居，正在找容身之处。"

张中爽快道："安心在此居住就是了！"说着，起身在室内转了一圈："只是太破旧了些，委屈学士了。"一眼看见一张大案上放着棋盘，兴奋道：“学士善弈？那太好了！”

苏轼歉意一笑道：“我不会下，犬子苏过好弈，没有对手，只好自己摆弄着玩。”

站在一旁的苏过“嘿嘿”笑了几声。张中招手道：“过过招？”苏过跑过去，两人“噼里啪啦”对弈搏杀起来。

自此，张中隔三差五就来伦江驿找苏过下棋，苏轼在旁静观。两人棋逢对手，互有胜负。但无论输赢，皆兴高采烈，并不沮丧。苏轼对二人道：“胜固欣然，败亦可喜。”

张中惊喜道：“学士这八个字，可谓棋道也！”

苏轼大笑，提笔赋《观棋》诗一首相赠。

这天，张中带着一个五十岁上下的老书生来见。引介毕，叫黎子云的书生施礼道：“以前一则不知官府是否允许见学士；二则又不知学士是否愿意接触我等野人，不敢来见。”

苏轼笑道：“我是幽人，倒是想当野人嘞！”

黎子云拉住苏轼的袍袖道：“走走走，这就请学士到寒舍一叙。”

张中要和苏过下棋，苏轼便跟着黎子云出了城东门，来到一座林木水竹环绕的破旧宅院。苏轼进到室内，一眼望见有套《柳宗元集》，拿在手里拍了拍道：“本答应家弟不读书了，可读了一辈子书，还真戒不掉。仓促渡海，只携陶渊明诗集，正为无书可读而苦恼，这《柳宗元集》可否借我一读？”黎子云爽快地答应了。

从黎子云家回来，好几天没有出门，终日玩诵柳集，对苏过感叹道：“陶渊明、柳子厚，可谓我南迁二友也！”

有张中的关照，又通过他结识了黎子云等当地的几位老书生，苏轼情绪大为好转。苏辙来书说，他到雷州后瘦了很多。苏轼赋《闻子由瘦》诗寄去，打趣说有朝一日得回家乡，兄弟二人变成两个清瘦仙人，可骑黄鹤飞回去了。见苏过为饮食发愁，劝道："食芋饮水，还是比苏武当年在匈奴啖毡食鼠要好得多。"还自告奋勇承担煮菜之任，作《菜羹赋》云："水陆之味，贫不能致，煮蔓菁、芦菔、苦荠而食之。其法不用醯酱，而有自然之味，盖易得而可常享。"

心情好转，像是忘了禅榻打坐一事，有空就到城内闲逛。这天，苏过和张中下完棋，做好了午饭，等了一个时辰还不见父亲回来，急忙到街上去找，找到太阳落山还是没有找到。回家一看，他正坐在书案前写着什么。苏过抹了一把汗问："阿爹去哪了？"

苏轼抬头道："进了一座寺院，清坐终日，沉思默想，构思出一首诗。"说着，拿起诗稿递给苏过。

苏过一看，是首《入寺》诗，上写着："我是玉堂仙，谪来海南村。……闲看树转午，坐到钟鸣昏。敛收平生心，耿耿聊自温。"苏过一惊。在来儋耳途中所作《行琼儋间》一诗中，父亲就暗示自己是神仙下凡，这首诗则索性明示自己就是谪仙。他是真的这样认为，还是故意这么说的？苏过思考了好几天，终于明白了：父亲在黄州，把贬谪看成是外力促成他实现了归耕的愿望；过大庾岭，又把贬谪岭南视为重拾少年时代隐逸修道之梦的良机；如今被放逐海外，他通过把自己视为下凡到海南的谪仙，从而找到了人生的支点和精神解脱之道。苏过彻底放心了，盘旋在脑海里要不要如他所嘱为他置棺买墓的念头，一下子清空了。

三

深秋的天气不再那么酷热了。城内已然逛遍，苏轼便背上一个大瓢，策杖到野外闲逛。这天，走到一座山坡下，一老妇迎过来问："你就是苏学士吧？"

"正是。"苏轼答。他打量了老妇一眼，问道："婆婆高寿啊？"

"七十多了。"老妇比划着道。又笑着说："学士昔日富贵，一场春梦。"

苏轼想不到野人村妇会说出这样的话，大笑道："我就唤你'春梦婆'吧！"又向春梦婆求教长寿秘诀。

春梦婆道："老身还小，娘家大哥一百岁了。"

苏轼顿觉心里一片敞亮。自问："谁说这里不适合人居住？便是京城的高官显贵，何人寿至百岁？"这样想着，突然来了酒兴，遂去找黎子云对饮，至傍晚方散。半醒半醉间往住处走，不多时就迷了路。这里的住家，都在竹梢刺藤间，看上去都差不多，靠牛矢、牛栏作为认路标志。苏轼正不知往哪里走，四个扎着小抓髻、口吹葱叶的黎家顽童叽叽喳喳为他指路。恍惚间，觉得自己进了桃花源。回家睡一觉醒来，埋头写起诗来。写毕，唤苏过进来，郑重道："三庖，我发现这里有大片荒地适合耕种；但黎人不事耕作，只好以山芋为食。我想劝黎人农耕。这六首和陶渊明的劝农诗，你多抄几份，分送这里的书生。"

立冬后的一天下午，外面下起了小雨，苏过嘀咕说家里没有菜吃了。苏轼正想外出，忙道："我去黎子云家菜园里挖。"说着，戴上斗笠、穿上木屐就出了门。当地人没有见过这种装扮，引得一群孩童跟在身后说笑，连狗也因为他的怪模怪样而大声吠叫。苏轼却心情愉悦，当晚赋《访黎子云》一首："野径行行遇小童，黎音笑语说坡翁。东行策杖寻黎老，打狗惊鸡似病风。"

刚写完，忽听"哗啦"一声，屋顶茅草被风掀起，雨水"啪嗒啪嗒"滴到两张大案上。父子忙把大案抬到不漏雨处。不大一会儿，又听到雨点滴答的声音，只好再挪地方。次日用罢早饭，苏轼赋《和陶怨诗示庞邓》一首，内云："如今破茅屋，一夕或三迁。风雨睡不知，黄叶满枕前。"刚写完，张中过来找苏过下棋，一进门，见屋里一片湿漉漉的，方知是夜里漏雨了。再看苏轼写的诗，感叹道："学士当年在京城居住华屋，不觉其安适；如今在荒岛住草房，不嫌其简陋，何其洒脱！不过，学士虽不怨，我却不能不顾。这就派人修缮房屋。"

不多时，张中带着一大群兵丁、夫役，搬着工具过来了。待安排停当，向苏轼一摆脑袋道："这里乱糟糟的，让三郎盯着，学士随我到黎子云家坐坐吧。"

二人出了城东门，轻车熟路地到了黎子云家。正好老书生符林、吴翁也在，几个人便坐在桄榔树下闲谈，张中说到汉代扬雄载酒问字的故事，苏轼灵机一动，指着眼前的一片空地道："何不集资在此建一堂，就叫'载酒堂'，以为雅聚之所。"

"甚好！"张中率先响应道，"我捐一百千，派人来建！"

苏轼道："我捐五十千！"

符林、王霄、吴翁、黎子云兄弟等也都各自报了捐款数。伦江驿官舍修缮毕，张中即把夫役调到黎子云家的空地上起建载酒堂。不多日，伐木而建、茅草覆顶的载酒堂就建成了，众人又四处搜罗了些桌椅木凳，吸引不少人前来欢聚闲谈。

这天午时，苏轼从载酒堂回住所的路上，一个叫黎先觉的年轻人拦住他道："我家要杀牛，请东坡先生到家里吃牛肉。"苏轼知他靠卖香料为生，家境贫寒，怎舍得杀牛？以为是听错了，便问："你是说要杀牛？"黎先觉连说带比划，解释了一通。原来土著遇到大病就请巫师杀牛做法事，大陆商人常到此做以牛换香料的生意，土著换来的耕牛，就成为巫师做法事的祭品。苏轼听罢，叹息一声，随黎先觉到他家里探视病人，是黎先觉的父亲上山砍柴时摔伤了，已是奄奄一息。苏轼恐巫师误了黎父性命，便对黎先觉道："我有秘方，可治此病。"说着，回伦江驿取来药品，先让病人服用接骨丹，隔几天再服南岳活血丹，半个月后，用地黄并叶捣烂，给伤者服用，取出血块升余。不几日，伤者就能活动了。

"杀牛做法事，治不了病，此俗当革。"在酒堂聚会时，苏轼郑重地对众人道。

黎子云道："自古就是这个习俗，不好改啊！"

苏轼默然。回到住处，提笔作《书柳子厚〈牛赋〉后》。写毕，吩咐苏过："习俗上的事，借助传道或可慢慢扭转。将此文寄琼州金粟庵僧人道赟，请他说法传道时晓谕土著，有病服药医治，不要杀牛祭祀。"

倏忽到了年关，众人都忙着备年货，苏轼闲极无聊，站在岔路口数行人，逗孩童。因为风大浪高，舟船不能过海，他已是半个月没有醉饱过了，想到明天要祭灶，盼着有人送点祭后的剩肉来解解馋，遂作《纵笔》三首，内云："北船不到米如珠，醉饱萧条半月无。明日东家当祭灶，只鸡斗酒定膰吾。"

荒岛绝地，正旦节多少有些年味，上元节几乎无声无息。张中特请苏轼父子到他的官舍去过节。苏轼为避嫌，让苏过一人去了，他独自在家，早早就上了禅榻。倚在床头，盯着趴在窗棂上的壁虎看了一阵，不知不觉入了梦乡。梦中，王闰之在官舍里忙前忙后，为一大家人准备过节的吃食。正忙碌间，突然隐身不见了。苏轼想唤她，却发不出声音，急得浑身冒汗，一下惊醒了。想到王闰之的灵柩还暂厝京师，死后同穴的誓言也不可能兑现了，不禁一阵酸楚，提笔赋《上元夜过赴儋守召，独坐有感》。写毕，放进诗匣里，不敢让苏过看，怕勾起他的思母之情。

"人要是总在梦中多好。"他闭上眼睛，感叹了一句。蓦然联想到陶渊明的《归去来兮辞》，何尝不是归向自然之梦？这样想着，决定和一篇《归去来兮辞》。构思了好久，直到二月下旬才写成。

"这'以无何有之乡为家'一语，该如何理解？"苏过读罢，不解地问。

"以不归为归。"苏轼解释道，"不论距离多么遥远，梦中匪驰匪奔，俯仰还家。"

苏过又问："就是随遇而安的意思吧？"

“这么理解虽然浅显了些，也无不可。”苏轼答。

过了几天，苏轼正伏案疾书，见苏过进来续茶，抬起头问：“三庖，我们觉得这里不适合居住，可人家却长寿至百岁。你知道什么原因吗？”

苏过眨巴着眼睛思忖着，一时答不上来。

“无思！”苏轼自答。喝了口茶，又道：“我小时候，曾跟道士张易简从学三年，昨夜梦见回到了儿时，我去见张道士，生徒中有人诵《老子》：‘玄而又玄，众妙之门。’张道士指着面前洒水、锄草的人说：‘他们各得一妙。’那两个人丢开手中的活计走上前来对我说：‘你还没有看见何为真妙，见过蝉和鸡吗？蝉爬上树而鸣叫，从不知停止；鸡低下头去啄食，从不知仰头。它们习性就是这样。蝉蜕皮、鸡抱窝时，不看不听，不饥不渴，在空灵之中默默变化，等待着突变瞬间，即使是圣明睿智的人也很难做到。’两个人说完就出去了。张道士说：‘你稍等，待会有高人来，再向他请教。’那两个人又回过头来说：‘高人也未必知道其中的奥妙。你还是去找蝉和鸡询问，这样既可以保养生命，又可延年益寿。’”说着，拍了拍书案上的文稿：“广州道士何德顺新筑一堂，题名众妙堂，来书索记，我便把梦中的话记下来，写成了这篇《众妙堂记》。”

苏过试探着问：“阿爹是不是说，未经思虑和训练而与生俱来的本能，才是最高级的妙道？人应该效法动物本能，放弃思虑？”

苏轼点了点头：“道家的仙境，佛家的彼岸，都很渺茫；本想学陶渊明，避到酒国里去，无奈酒总有醒时，依然难逃人生的劫数。一切的烦恼，都是思虑过多、自作聪明带来的。”

苏过暗忖：以往的老父睥睨万物，是一位骄傲的智者，怎么突然这么谦卑了呢？

“有书简到。”门外响起军校的声音。苏过忙出去接过，递给父亲。苏轼一看，是僧友道潜所寄，说要携弟子渡海来探视。苏轼心有余悸道：“渡一次海，就是出生入死，何必冒此风险！当回书坚拒之。”正要提笔，忽听有人道：“所谓风险，都是自己吓唬自己的！”随着说话声，年逾九旬的道友吴复古出现在眼前。

“哎呀，子野，恁老是骑仙鹤过来的吧？”苏轼惊喜道。又嗔怪说：“偌大年纪，不该这样冒险，倒让我不安。”

吴复古皱了皱眉头道：“子瞻，我给你带来一个坏消息。”

四

四月下旬的一天早上，苏轼正准备出门采药，忽见一个身穿绿袍的官员带着几名军校，气势汹汹而来，大声问：“你是苏轼？”

苏轼一惊，答道：“琼州别驾苏轼。”

绿袍官员沉脸道：“律法明定，责降官不得住官舍。本使以广南西路察访使名义，勒令你即刻搬出！”

“明白了。”苏轼声音低沉道。

一个多月前，吴复古来访，知会苏轼说，朝廷派荆湖南路提举常平董必为广南西路察访使，已抵达雷州。苏轼得到消息，即知来者不善，惴惴不安了一个多月，只祈祷董必慑于海涛，不到此绝地来，结果他还是派小使跋涉而来。看着小使一副骄横的样子，苏轼丢下竹杖，吩咐苏过："搬家！"

小使抬头看了看官舍，问："是不是近期修缮过？"

苏轼不语，进屋收拾行装。小使冷笑一声，转身走了。

"大人，搬哪里？"苏过问。

苏轼想了想，答道："城南南污池东边有片桄榔林，那下面有个废弃的草棚，先搬那里再说。"

"我太大意了。"当夜，躺在桄榔林草棚下，苏轼叹息道，"明知章子厚是狠人，却还心存侥幸，住官舍里这么久，受此羞辱也是活该，只是怕连累张中，于心不忍。"

苏过搬家累了，声音微弱地"嗯"了一声，打起了呼噜。苏轼暗忖：躺在华屋里辗转反侧和屈居茅棚下鼾声大作，哪个更幸福？这样想着，不多时就进入了梦乡。清晨醒来，边不紧不慢地悠然梳头，边对苏过道："想想在京城上朝，每天都要匆匆起床，头发还没有梳好，就要套上衣冠出门，真是与拉辕的牛马没有差别。一路上虽是环佩叮咚，但听起来就像枷锁发出的声响。相比之下，还是现在自在！"又一晃手里的梳子："他们是想置我于死地。只要我活着，他们就输了！所以我不能垮。晨起梳头、中午坐睡、夜晚濯足，我这养生三法，越是环境艰困，越要坚持。"

苏过转过脸去，埋锅烧饭，眼睛里含着泪光。名满天下的一代文章宗师、当今皇帝的师保，被一个小使像乞丐般驱赶到林中栖身，这是何等屈辱？可老父却像什么也没有发生一样，说出比在朝中自在的话，苏过心里不禁阵阵酸楚。

"三庖，我看还是买地造屋，有了固定住所，心里才踏……"苏轼话未说完，随着呼唤“东坡先生”的声音，黎子云、符林、王霄三个老书生快步赶来了。苏轼一见，就与他们商议买地造屋的事。当天就把草棚所在地买了下来。黎子云召集一群人，伐竹、割茅、搭架、和泥、铺草，义务为苏轼盖房。

这天，苏轼正弯腰整理茅草，身后传来张中的声音：“呦，干起来了？我来晚了。”说着，一挽袖子，拿起一把铁锹和起泥来。

苏轼忙走过去，叫着他的字道：“邦群，还是避嫌为宜。”

张中摆手道：“已经避不了啦！”

苏轼轻叹一声，露出歉疚、同情的神情。

几天工夫，茅屋就盖成了。苏轼命名为“桄榔庵”，兴奋地修书遍告常为他寄送礼物的程天侔等人，又书《桄榔庵铭》以纪，再赋《新居》诗一首。搬进去的当晚，苏过正为没有下酒菜而叹息，忽有邻家小儿的诵书声传来。苏轼屏息细听，欣喜道：“童子的读书声，就是最美味的下酒菜！”说着，举起酒盏，一饮而尽，抹嘴道：“刚来时看到学校一片破败，原以为这里的人不读书，现在才明白，未必是不愿读书，大抵是缺乏教孩子的老师之故。以后，要把载酒堂变成以文会友、问奇请益的敷扬文教之所。”

苏过睁大眼睛道：“在蛮荒绝岛传播中原文化，说不定将来史书上还会记一笔呢！”

苏轼见儿子如此善解人意，又心疼起他来，和他对饮了一盏，说道：“你还年轻，也正是读书的时候，不能总让你一个人忙家务，花钱雇几个当地人做家仆吧。”

次日，苏轼邀请黎子云、符林等到桄榔庵做客，以为答谢。经黎子云引介，雇了三个家仆。苏轼指挥他们整治出一个菜园，西边掘了个粪坑，储积水肥；东边开了水源，用以浇菜。土著都是就地取沟渠里的水直接饮用，挖井又多是咸水，到岛上近一年了，他们父子都是到北门江取水，桄榔庵离北门江很远，苏轼又四处踏勘，终于在天庆观内找到一处泉眼，雇人挖了一口水井，果然清澈甘甜，城内百姓纷纷到此取水。苏轼作《天庆观乳泉赋》以纪。种菜、采药，到载酒堂向前来向他请教的人讲《论语》《大学》，夜里挑灯著书；苏过则奉父命专心抄写从张中那里借来的《唐史》，父子俩的日子，竟比被逐出官舍前过得还要充实。

一天，苏轼出桄榔庵往载酒堂去，在东门外遇到一个进城卖柴的年轻黎人，看上去虽身材干瘦，两眼却炯炯有神，在对视的瞬间，年轻人发出奇怪的笑声，叽里咕噜说着什么，好像是问："你怎么穿这么奇怪的长衫？"苏轼想，这个年轻人一定没有读过诗书，也不知孔子、颜回是谁；可那超然飘逸的神情却令人赞叹。年轻人笑了几声，又说了几句什么，眉宇间流露出同情的神色，好像是说："你是高贵的人，流落至此，令人叹息。"说着，从腰间掏出一块吉贝布塞到苏轼手里，又说了几句什么，好像是嘱咐他："今年冬季海风会比往年寒些，到时候披上这块布御寒。"苏轼不忍拂了年轻人的盛情，接过吉贝布，拱手相谢，带着满身暖意，反身回到桄榔庵，作《和陶拟古》一首以纪。尚未搁笔，军守张中神色黯然地送来一份邸报。看后方知，广南西路察访使董必到雷州后，查明雷守张逢、海康令陈谔迎送、宴请苏轼兄弟，并派差役为苏辙修缮租赁的房屋，勒令邻居撤除篱笆为苏辙出行让道；本路提刑梁子美作为苏辙亲家，不申明回避；转运使郭真仁对地方官吏违反条贯款待责降官之举有失察之责。朝廷接到奏报，连颁敕书，苏辙移循州安置；张逢勒停，陈谔冲替，梁子美并郭真仁各罚铜三十斤。

苏过神情紧张道："哎呀，惠州到循州还有七百里，我接大哥时路过那里，水路很窄，艰险万端。"

苏轼叹道："他们果然是不想让我兄弟存活于人世啊！"

五

"三庖，你老叔怎的还没有消息？"进入九月以来，苏轼不停地对苏过念叨着这句话，脸上挂着不安的神色。

听到苏辙被移循州的消息，苏轼忙致书苏迈，嘱他在惠州拦住苏辙，让他把家眷安置于白鹤峰。一个多月后，从苏迈回书中得知苏辙接受了把家眷留白鹤峰的提议，只带幼子苏远赴循州贬所，苏轼心里稍安。可眼看已是九月中旬，却迄未收到苏辙来书，苏轼一合上眼睛，就是苏辙遭遇各种险境的场面，折磨得他寝食难安。到了九月十二日，终于忍不住了，对苏过道："还是去天庆观卜一卦吧。"

来到天庆观，焚香祷告，抽了一签，卜得"遇涣之内"三爻。苏轼对《易经》精考甚详，回到家取文辞以断，有天伦安和之意，这才踏实下来，便端着水盆去菜园为黄菘浇水，一不留神，水盆翻倒在地。低头一看，洒在地上的水里飘起一片草叶，草叶上趴着一只蚂蚁。他感叹一声："我不就是这只蚂蚁吗？"遂目不转睛地盯着看，想知道蚂蚁最终会有怎样的结局。

“东坡居士——”随着一声唤，两个商人打扮的男子站在了眼前。苏轼不得不放弃对蚂蚁的追踪，起身与来人交谈。两个商人一个是潮州人王介石，一个是泉州人许珏，常年漂泊海上，将中国特产运往南洋、倭国贩卖。此番到儋耳，携一壶酒膏慕名来访。自察访使南来按察，张逢、程天侔等人不敢再寄礼物，苏轼很久没有喝上酒了，听到酒字，连咽涎水，吩咐苏过备菜，又提笔作《酒子赋》赠来客。席间，想到自己渡海时的恐惧，而王、许却以海洋为家，苏轼钦佩不已，好奇地问起二人的海上经历。王介石、许珏向他讲述了许多见闻，苏轼顿觉眼界大开。送走来客，苏轼边摇摇晃晃地往书斋走边对苏过道：“三庖，却原来，天地、九州，都在海洋包围中，人人都生活在岛上，只是大小不同而已。此前，我常常环顾无边无际的大海，凄然自问：何时才能离开这座小岛啊？现在明白了，既然每个人都生活在岛上，我又有什么好悲伤的呢？”

“就是就是！”苏过忙附和道。

“对了，那只蚂蚁不知怎么样了？”说着往菜园一指。苏过只好搀着他进了菜园，来到水盆旁。苏轼蹲下查看良久，没有看到有死蚂蚁，边起身边感慨起来：“草叶漂浮水中时，那只蚂蚁一定以为已陷入汪洋大海之中，茫然不知所措；谁知不大工夫水就干了，蚂蚁一定是爬了出去，见到同伴，或许会哭着说：‘哎呀呀，差点不能与你们相见了呀！’它哪知道，眼看要葬身汪洋大海，顷刻间就出现了四通八达的大道。想来可为之一笑。”

苏过问:“阿爹的意思是,转折和出路往往在俯仰之间,所以要淡定地面对逆境,对吗?”

苏轼点点头,进了书斋,提笔写下《试笔自书》以纪。

心情刚平静下来,接苏辙来书,告知他:七月,诏改绍圣五年为元符元年;责专人汇编元祐臣僚的章疏案牍,从中审查变乱刑典、改废法度、讪黩先帝、睥睨两宫之罪;朝廷清查多年前宫中“乳母案”,范祖禹牵涉其中,再贬化州,诸子免官,永不收叙。苏轼读罢,一股寒气从脚底蹿上头顶,冷汗涔涔而下。

惊魂未定,又接苏迨来书,禀报说,吕惠卿之弟吕温卿出任两浙路转运使,一到任即起苏州通判钱世雄之狱,将其废斥。道潜也来书说,吕温卿在杭州立假冒度牒案。道潜法号本为昙潜,苏轼为他改道潜,度牒与法号不符,吕温卿判定假冒成立,发道潜兖州编管。正惊恐间,接当年在王诜西园雅集时结识的友人郑嘉会来书,苏轼双手颤抖,不敢打开。

郑嘉会坐事贬为惠州通判,除关照苏轼的家眷外,还时常有书简来。苏过见父亲惶然不安的样子,替他打开了书简,故意以兴奋的语调道:“郑丈说,他已寄出一批书籍到海南。这下阿爹有书可看了。”

苏轼像是没有听到,沉思不语。

“苏轼做人不义,为臣不忠,先帝变法大业,之所以举步维艰,都是此人鼓噪败坏所致。”延和殿里,章惇咬牙切齿奏道。

“说的是!”李清臣、张商英附和道,“苏轼罪大恶极,不可轻饶!”

“苏轼诋毁先帝，藐视朕躬，败坏国政，大逆不道，岂可悠游海外？”皇帝怒气冲冲道，“着法司议其大不敬之罪！”

夜里躺在床上，苏轼辗转难眠，脑海里不时闪出这样的画面，挥之不去。只三五天工夫，鬓角的发丝就脱落殆尽，眼窝深陷。这天早上一起床，就有气无力地对苏过道：“再去天庆观求一签吧。”

来到天庆观，苏轼点上一炷香，跪在北极真圣像前，默念着：“东坡迁于海南，忧患不已，祈求神灵指示余生吉凶祸福。”祈祷毕，战战兢兢地抽出一签，只见上面写着：“道以信为合，法以智为先。二者不相离，寿命已得延。”悚然凝视片刻，似乎悟出了什么，叩谢了北极真圣，低头往回走。

“阿爹，签词是什么意思？”苏过问。

苏轼没有回答，继续思忖着。回到桄榔庵，径直进了书斋，提笔作《书北极灵签》。直到用罢晚饭，才把苏过叫到书斋，回答他的提问：“得道的高人，无不是信义之人。孟子说，要遵循中庸之道，就是要懂得根据外部环境，权衡变通。这才是智与道的融合。立法度、实施法度，如果不懂得变通，就是死的法度。王荆公、司马温公，包括我，不懂变通，以为自己最聪明、最正确，所以才有那么多纷扰。做人也是同样的道理，只有将道、法、智三者合而为一，才能长寿乃至升仙。”

苏过道：“签词最后一句是‘寿命已得延’，可能是北极真圣知道恁老人家已领悟了道法智不相离的奥妙，所以断定恁老人家必得长寿。”

苏轼明知儿子是故意这样安慰他的，但听了还是很高兴，签词里的一个“已”字，确实让他的恐惧感消失了大半。

秋冬之交，一连下了五六天大雨，这天上午，乌云散开了些，室内透进一些亮光。苏轼要到卧室午睡，忽见帏帐上密密麻麻地趴着一大片白蚁，皆已腐烂。他一惊，忙唤苏过进来，一指帏帐道：“荒岛卑湿蒸溽，物无不腐坏者。人非金石，其何能久？”

“阿爹一向豁达，何必触景生情，自寻烦恼呢？”苏过劝道。

苏轼语调深沉道：“我是在反思。此前，我追求的人生境界是超然物外，诸如《超然台记》《前赤壁赋》等，都是以千变万化的想象，表达同一套超然法则：凌驾与掌控了‘物’，即可获得‘心’的解脱。可是，到此荒岛后，面对物的困乏，方知人对于物很难超越，与其追求超越，不如对物妥协。”

苏过似懂非懂，却连声附和：“是啊是啊！该变通时变通，该妥协时妥协，才不难为自己。”

“儋耳颇有老人，年百余岁者有之，八九十者更不用说了。可见寿夭无定，习而安之，则冰蚕火鼠，皆可生存。秘诀大体在于兀然受之，湛然无思。”苏轼低声道，像是在自言自语。

苏过暗忖：近来老父的性情好像变了。诸多诗文中，理趣和讽刺近乎绝迹，似乎更愿意关注实用而摒弃了清谈，放下了一切情与理的求索，不再试图用人的精神去改造物、替代物，而是平淡地描写物自身的功用，以及自己发现、创造、利用物的过程。面对物，态度谦卑而收敛。是老父意识到了思虑的无用，还是感觉到了智力的疲惫？或许都不是，是他有意不再追求智者的超凡脱俗，从而使自己放松下来了，所以笔下诗文内容和意趣才变得清浅而朴素。这样一想，苏过悬着的心，放了下来。

六

又是一个月光澄明的上元节。苏过应张中之召到他的官舍下棋饮酒去了，苏轼坐在桄榔庵门外独饮天门冬酒。他举起酒盏，对着明月唤道："纯夫啊，这盏酒，我敬你了！"说着，把荷叶杯举过头顶，将酒缓缓洒了下去。

正旦节前，忽接范祖禹之子范冲书简，得知五十八岁的范祖禹到化州不久就病逝了，苏轼很难过。但他拒绝了范冲要他为亡父作传的请求，复书说："九死之余，忧畏百端，想蒙矜察。"此刻，他痛心于好友被贬死，为不能给他作传而心怀愧疚；又庆幸自己悟出了兀然受之、湛然无思的生存之道，在比化州恶劣得多的环境下，以年过花甲之龄，依然顽强地活着。

"苏学士——"随着呼唤声，黎子云、符林、吴翁三个老书生出现在了面前。符林躬身道："良月佳夜，先生可否一同夜游？"

"呵呵，求之不得嘞！"苏轼立即兴奋起来，邀众人道，"这是我酿的天门冬酒，诸位尝尝味道如何？"到儋耳后，因苏辙一再嘱他戒酒，又缺原料，就没有再酿酒。郑嘉会、程天侔等人有酒寄到就解解馋，没有酒只好忍着。得知朝廷有意加重对元祐臣僚的惩罚后，他就离不开酒了，把商人王介石和许珏送的酒膏喝完了，忍不住向程天侔索要了些蜂蜜，动手酿了一坛酒，正旦节酒熟，喝得大醉。他一向认为，以酒飨客比自己饮酒还要快乐，故而一见几个老书生来访，首先想到的是让他们品尝自酿美酒。

“苏学士不仅会合药，还会酿酒？”符林好奇道。说着，抓起酒盏饮下，咂咂嘴道：“嗯，不错，就是太甜。”

众人各饮一盏，都说太甜，却也把苏轼的手艺夸赞一番，这才出了桄榔庵，说说笑笑上了十字街。一行步西城，入僧舍，历小巷，虽说没有灯会的喧嚣，但黎汉杂居，商铺纷然，还是比平时热闹些。最让苏轼高兴的是，许多黎人都认得他，不时和他热情攀谈。一个老者拉住他的手道：“幸亏学士，老翁夏天就有大米吃了。”

“好啊！”苏轼笑着道，“黎人都吃上大米才好！”经过他多方苦劝，土著开始耕地种田。今年立春时，他特作《减字木兰花·己卯儋耳春词》，内云：“春牛春杖，无限春风来海上。”为黎人春耕而欢欣鼓舞，继续表达他的劝农之意。此时听老者这样说，苏轼很是欣慰。

“东坡先生，你曾陪皇帝陛下登宣德楼赏过灯吧？”符林以歆羡的口气问。

“那还用说！”黎子云抢先道，“谁曾想到，如今在此荒岛上与我辈野人夜游呢！”

苏轼笑道：“在此夜游，要比……”他本想说要比陪皇帝观灯怡然自得，可话到嘴边又咽了回去，支吾道：“要比独自喝酒快活多了！”

“嗳，东坡先生，给讲讲京城上元节的场景呗。”符林又道，“我看过柳永写京城上元节的词，简直羡煞人也！”

“也不必羡慕。”苏轼平静道，“我在宣德楼观灯时，想的反倒是无拘无束夜游该多自在！”

众人都笑了，越发觉得夜游的妙趣。苏轼混杂在人群中，心情舒畅，游遍了全城，未觉疲惫。回到桄榔庵，听到鼓打三点，仆人已掩门睡下，鼾声四起。苏轼放下竹杖，仰脸问天：“我半夜出游和家人酣睡，究竟哪个有得？哪个有失？”问罢，放声笑了起来。

听到笑声，苏过跑过来，不解地问：“阿爹笑什么？”

苏轼道：“自笑，也笑韩愈。他钓鱼没有钓到，就想去更远的地方，好像深水里能钓到大鱼，殊不知，走海者未必就能钓得大鱼。”

虽然不知老父何以发出这样的感慨，可苏过睡意正浓，也就没有再问，揉着眼睛睡觉去了。苏轼却毫无睡意，提笔写下《书上元夜游》以纪。一觉醒来，恍惚间以为在黄州东坡雪堂。他唤来苏过，举着文稿道：“三庖，我突然觉得，余生在此平静地度过，也没有什么大不了的。”

苏过接过文稿读了一遍，脸上露出宽慰的笑容，口中道：“阿爹终归是旷达的。”

对于老父是不是一个旷达的人，苏过近来产生了怀疑。无论是贬谪黄州还是惠州，老父都经历了从喜到悲再到喜的过程。初到黄州时，即对那里的鱼美笋香赞不绝口，似乎被贬黄州值得庆幸；但很快他又悲从中来，写孤鸿“有恨无人省”，写海棠“名花苦幽独”；经过两三年的内省，在前后《赤壁赋》、《定风波》、《临江仙》等词赋中，就抒写出了翛然旷远、超尘绝世的情调，从而赢得旷达的评价。到惠州时，《十月二日初到惠州》一诗，仿佛是当年《初到黄州》诗在十几年后的历史回响。抒写“欣然”，描述口腹之乐。但不久又跌入悲哀，追忆“昔年梅花曾断魂”，感叹“蛮风蜑雨愁黄昏”。经过一段时期悲哀的沉浸，他似乎又想通了，不仅说“南来万里真良图”，还“不辞长作岭南人”，借对岭南风物的赏爱抒其旷达之怀。可渡海以来不同了，尚未踏上海南的土地，老父就陷入恐惧中；来到儋耳后，时刻处于忧患中，以至于不得不祈求神灵指示余生吉凶祸福。苏过以为，老父很难超越出来了。但是，读了这篇《书上元夜游》，他意识到，上元夜游像是一个标志，表明老父已从惶惑逐渐融入了儋耳的生活，与当地百姓打成了一片，就像在黄州时那样。老父到底还是超越了，所以他才发出终归还是旷达的感叹。

苏轼沉吟良久，方语调深沉道：“所谓旷达，是经历了人生大喜大悲反复交替的体验，领悟到人生的底蕴和真相后，对世界、对人生所持有的态度：笑对人生，不惧外力的任何打击。”

“苏学士——”随着一声唤，军守张中突然神色凝重地进来了，拿出一份邸报递给苏轼。苏轼一看，邸报上赫然刊载着朝廷诏命：知昌化军张中，故违责降官不得居官舍条贯，且为其修缮，冲替；广南西路都钤辖程节、提点广南西路刑狱梁子美坐失察罪，降级。他叹息一声：“邦群，是我连累了你。”

张中摇了摇头道：“学士没有再受处分，算是万幸。”

“邦群此去，恐永无再见之日了。”苏轼凄然道，“没有什么好送你留念的，就写首和陶诗送你吧。”

第二天张中又来了，苏轼以为他是来辞别的，把写好的《和陶与殷晋安别》一首相赠。张中接了，拱手道：“我暂时还不离开，待有了接替者再走。”说着，向苏过一招手，示意对弈。

张中虽被“冲替”，却没有任命接替者，仍权摄军政，又恢复了察访前常找苏过对弈的状态。苏轼或静观弈棋，或到载酒堂讲习，或采药、治病，还不时和为数不多的亲友故旧通书，仿佛真的回到了黄州时代。只是儋州不比黄州，远隔大海，亲朋故旧不便前来看他。代为照管坟墓的杨济甫来书，要派其子前来探望，他急忙回书劝阻。三月间又接苏辙自循州来书，知会说巢谷要来儋耳。巢谷已年过七旬，徒步万里到循州看望苏辙，并不顾苏辙劝阻，坚持要渡海。苏轼很感动，对苏过道：“自黄州一别，我与你老叔高官厚禄时，巢谷从不问讯，如今双双落难，他却以年迈之躯，分访岭南和海外，此非今世之人所能，是古人才有的行为啊！”

七

清晨，苏轼把两个蒲团放在院子里，唤来睡眼惺忪的苏过，父子二人趴在蒲团上，伸长脖子，张大嘴巴，目不转睛地望着东方。太阳刚一露头，二人就对着初阳用力吞吸，再“咕咚”一声与口水一起咽下。反复吞吸了几十遍，直到没有了力气，才缓缓直起身，瘫坐蒲团上。

“三庖，你觉得如何？”苏轼问。

苏过支吾道：“还、还是觉得饿。”

入了四月，岛上大旱成灾，又遇风大浪高，北船不能渡海，桄榔庵里米面皆无，连芋头和菜也快吃完了，苏轼给泷州推官程天侔之子程秀才回书中云：“此间食无肉，病无药，居无室，出无友，冬无炭，夏无寒泉。然也未易悉数，大率皆无耳。”眼看有绝粮之忧，情急之下，突然想到道家辟谷法中有一模仿乌龟呼吸的龟息法，既可充饥，又能轻身健体，便带苏过一起尝试。连续做了三天，他自己的饥饿感却越来越强烈，才故意问苏过效果如何。

“这龟息法，不用也罢。”听了苏过的话，苏轼叹口气道。又舔了舔嘴唇，闭目道：“三庖，你想象一下。现在，庖丁来操刀，易牙来烹调。烹调用的水很新鲜，炊具很洁净，柴火也烧得恰到好处。先把食物经多次蒸煮后再晒干待用，然后放入锅中慢慢地文火煎煮。肉只选小猪颈后那一小块最好的肉，螃蟹只选霜冻前最肥美的两只大螯。把樱桃放在锅中煮烂煎成蜜，用杏仁浆蒸羔羊。蛤蜊要半熟时就着酒吃，蟹则要和着酒糟蒸……”说得苏过口水直淌。

过了嘴瘾，肚子里却“咕噜噜”叫个不停。苏轼有气无力道：“三庖，还有米吗？煮碗‘玉糁羹’来吃吧。”

苏过下厨去了，苏轼回到书斋，提笔作《老饕赋》一篇。又给在京的一位侄孙修书，诉苦道：“药物鲊酱等皆无，厄穷至此，委命而已。老人与过子相对，如两苦行僧尔。”

“东坡居士——”门外响起唤声。出门一看，院子里停着一辆马车，像是载着粮食。苏轼忙问：“何人雪中送炭啊？”

来人施礼道：“某乃金华墨商潘衡，带着这两个墨工，想与学士一起制墨。”又一指马车：“这车米面酱醋，权且算见面礼。”

苏轼正发愁无墨可用，无食可吃，忙不迭道：“海南松多，必能烧出佳墨。”又一指桄榔庵边上的空地：“这就搭棚起灶吧！”

搭棚起灶、砍松烧火，忙碌了一个多月，烧出的墨质量很差。苏轼皱着眉头，围着灶台转了几圈，慢慢琢磨出来了，于是指挥墨工把炉灶与烟囱之间的距离拉大，扩大灶肚。又烧了一个月，所得松烟只有原来的一半，但很是精良，众人信心大增，干得越发起劲儿。

烧墨之事有了头绪，惠州通判郑嘉会所寄书籍也到了。苏轼如获至宝，将书籍排列整齐，搓着手道：“当年在黄州写了《论语说》五卷，《易传》只写两卷就搁置了。有了这些书籍，《书传》可顺利完成，《易传》也可续写了。”说着，突然吸了口气：“书籍这么难寄都寄到了，因何巢谷还不见踪影？”

苏过劝慰道：“巢老丈年迈，走得慢。阿爹就不要挂心了吧！”

苏轼虽点头，心里却忐忑不安，每天都到门外张望几次。闰九月的一天，他正在桄榔庵后眺望，隐隐约约见有挑担人向这边走来，忙唤苏过：“三庖，你快看，来者是不是巢谷？”

苏过抬眼望去，摇头道：“好像是个三十来岁的书生。”

须臾，挑担人来到跟前。对苏轼深揖施礼。是澄迈国社岭学堂的教书先生，名姜君弼，字唐佐，立志做海南第一个进士，特来拜师学文。

“好啊，这是要破天荒啊！”苏轼高兴道。说着，将姜君弼迎到书斋，题写两句诗：“沧海何曾断地脉，白袍端合破天荒。”交到姜君弼手里，郑重道：“待你登科之时，再将后句补齐。”姜君弼大受鼓舞，志向越发坚定，行了拜师礼，留在桄榔庵读书习文，随时向苏轼求教。入夜，常陪苏轼饮茶闲谈。因家中老母在堂，不时要回澄迈探视。他一走，苏轼就觉得像缺了点什么，致书云：“夜话，甚慰寂寞。”

已经到了十月中旬了，还没有巢谷的消息，苏轼有了不祥的预感；可他不死心，还是不时地在门外张望。这天，又见有远行者往桄榔庵而来，急忙迎过去，原来是名葛延之的江阴书生，特来向他求教作文方法。苏轼为他的意志力所感动，欣然传授作文之法：“儋州城里聚集百余家，所需多是取之于市。但必有一物以摄之，人家才会给你所需的东西。这一物是什么？就是钱。作文也如此。天下的知识，散在经、子、史中，必有一物以摄之，方可得到。这一物是什么？就是意。不拿钱，不可以取物；没有意，不可以用事。此作文之要也。”

葛延之顿有豁然贯通之感，写了几篇文章请苏轼批阅，果然提高很快。临别时，亲制龟冠以献。

葛延之刚离开，又接一个叫刘沔的人来书，并附有所编《苏东坡诗文集》二十卷，请他校订。苏轼从书简中得知此人是同年之后，在尚书省任曹官；又见所集诗文无一伪作，遂细细校订一遍，又提笔写了一封长长的回书，以为嘉勉。姜君弼看在眼里，对苏过道："先生自知磨难来自文字，仍视文学如生命，此书简可谓明证。"

苏过笑道："唐佐兄可出师了！"

冬至前两天，姜君弼回家陪老母过节，黎先觉送来一盆生蚝。父子俩把生蚝剖开，放在锅里煮，一股腥味弥漫开来，苏轼捏着鼻子走开了。苏过拿起酒壶，往锅里倒了些酒，口中道："压压腥味。"不一会，腥味果然消散了，捞出来一吃，味道十分鲜美。苏轼边吃边笑着道："这是我苏家秘方，不可外传。恐北方君子闻之，争欲求谪海南，分我此美也！"

苏过觉得好笑。为了一道美食而求贬孤岛，估计也只有此翁想得出来。可一想到老父历经沧桑却还保持一颗充满童趣的心，便故意附和道："是啊，在京城吃不到这样的美味。"

腊月下旬，苏过见屋里有些阴冷，便用火盆从制墨灶里取出一些炭火，放到老父的书斋兼卧室。一到午间，苏轼就坐在窗下的蒲团上，把两腿盘起，两肘随意地靠着竹几，坐睡午觉。这天午觉醒来，蓦然涌出一阵安逸感，提笔赋《独觉》诗，内云："红波翻屋春风起，先生默坐春风里。……回首向来萧瑟处，也无风雨也无晴。"

刚写完，张中在门外道："苏学士，这次我不得不走了。"苏轼迎出来，请进书斋，把诗稿递给他看。张中读罢，笑道："学士已是怡然自得了！"

苏轼神色庄重道："邦群不必为我担心了，我倒是替你担心。我知邦群少学兵法，甚好谈兵，才智非不如人，仕途却蹭蹬至此。徒然愤懑，于事无补，不如趁年富力强，决然奏请到边地治军，或可后来居上。”

张中感叹道：“学士上次赠我送行诗，充满凄凉，我还以为这次来辞行，学士会泪如雨下呢，却不料学士还反过来安慰我，说出这样一番父兄般的诤言。”

苏轼笑了笑，吩咐置酒。二人边饮边谈，忘却了时间，直到窗口透进了亮色，苏轼才搓了搓脸，提笔赋《和陶王抚军座送客》，再为张中送行，内云：“胸中有佳处，海瘴不能腓。三年无所愧，十口今同归。汝去莫相怜，我生本无依。”

张中接过，施礼告辞。刚走到门口，忽见外面一阵红光，转脸一看，堆在烧墨灶旁的松木垛着起了大火，已延烧起来，他大喊一声：“快救火！”苏过忙推醒了三个仆人，几个人手忙脚乱浇水扑火，在邻家借住的墨商潘衡听到动静，带着两个墨工赶来，不多时将火扑灭了。

天已大亮，苏轼先送走了张中，再回来在火堆里检点成品，得佳墨五百丸，入漆者还有几百丸，与潘衡对分后，苏轼自得几百丸，欣喜道：“足以了一世之用了。”又对潘衡道：“我荐你去南华寺，为其造寺墨，如何？”潘衡大喜，抱拳相谢。

张中走了，潘衡也走了，巢谷还没有来，苏轼既失落又不安，策杖出了北门，登高遥望，心中呼唤着：“巢谷，你在哪里啊？”又默念道：“难道，我真的再也回不到中州了吗？”

八

云雾缥缈，月色如银，苏轼一身道袍，登上惠州合江楼，凭轩北望，忽见故去多年的韩琦驾白鹤飘然而至，对他道："老夫受命管领天庭剧曹，故来相报。他日北归中原，当不久也。"苏轼闻听此言，大笑一声，把自己笑醒了。

原来是一场梦。他叹了口气，自语道："皇帝才二十出头，新党依然盘踞朝廷，怎么可能会有这样的奇迹发生！"可转念一想，世事难料，皇帝或者章惇突然回心转意也有可能。一起床就迫不及待地把夜梦讲给苏过听。

苏过虽不敢相信，为让老父高兴，还是故作兴奋道："这是吉兆。"

苏轼望着窗外，幽幽道："我曾对你说过，我决不做海外人。近日胸中感觉有一种将还中州的气象。"说着，起身净手焚香，端坐书案前，一脸肃穆道："我写平生所作八赋卜之，果可回中州，当不脱漏一字。"说罢，展纸提笔，默写以往写过的八赋。写毕，与原文对照，果然一字不差。他兴奋地唤苏过进来观看，语气坚定道："我必可回中原！"

苏过将信将疑，但他不愿扫了老父的兴，附和道："儿也是这样想的。"说着，边往外走边道："美食已做好了，我去端来。"

正旦节，苏轼让三个仆人回家过年，家务又由苏过操持了。他用韭、姜和蜂蜜熬制了一锅粥，苏轼尝了一口，盯着苏过问：

“陶渊明吃过儿子给他做的美食、体会过与儿子诗词唱和的快乐吗？”

苏过被夸得心里美滋滋的，越发想表现了。过年期间，老父埋头著书，他也闭门不出，写了一篇题为《志隐赋》的文章，自跋云：“效昔人解嘲、宾戏之类，将以混得丧、忘羁旅。非特以自广，且以为老人之娱。”上元节这天，他把文章捧递给老父看。苏轼看了自跋，脸上露出笑容。再看正文，脱胎于庄子齐物论，气势与雄辩，竟不在他之下，遂拊掌道：“吾可以安于岛夷矣！”顿了顿，收敛了笑容：“三庖，你还年轻，宜多读儒家经典，求为世用，不可走老庄的路子。有空不妨作《孔子弟子别传》。”

苏过理解老父的苦心，郑重地点了点头，转身出了书斋。望着苏过单薄的背影，苏轼心里一阵酸楚。此子二十三岁就抛妻别子，随他投荒岭南，再渡海居于绝岛，辛勤操持家务，事事要讨老人欢心；年轻夫妻离别数年，相聚又遥遥无期，这是何等残忍！想到这些，鼻子一酸，掉下泪来。用罢晚饭，便嘱苏过外出游玩，他独守桄榔庵。闭上眼睛，想起了前年上元节时梦到王闰之的事，提笔作《追和戊寅岁上元》诗一首，缀以自跋云：“过子不眷妇子，从余来此。其妇亦笃孝。怅然感之，故和前篇，有石建、姜庞之句。又复悼怀同安君，末章故复有牛衣之句，悲君亡而喜余存也。书以示过，看余面，勿复感怀。”

次日早饭后，苏轼将昨夜的诗作拿给苏过看。苏过读罢，默默地回到自己的房间，不一会儿就传出压抑的抽泣声。苏轼忙走过去，拍着他的肩膀道：“三庖，你哭出来吧，哭出来心里会好受些。”

苏过抹了把泪，反过来安慰老父："大人不必怀疚，侍父，是儿该做的。"

苏轼的泪水夺眶而出，又在他的肩膀上拍了两下，转身走开了。

过了两三天，姜君弼过完节又来问学，桄榔庵里的气氛才欢快起来。这次他在桄榔庵停留了一个多月，学成归家。告别时，苏轼拿出所书柳宗元《饮酒》《读书》二诗，一笑道："唐佐这一走，我无所消遣，只有饮酒和读书二事，故以此二诗为赠。"

送走姜君弼，忽接苏迨来书，说京师传闻，苏某得道，乘小舟入海，不复返。苏轼大笑："谪居黄州时，就两度传闻我死了，今……"话未说完，忽见军校携孝服来见，禀报道："皇上驾崩，大小官吏当遵制成服。"

"啊？这……"苏轼惊得说不出话来。二十四岁的皇帝竟然驾崩了，这个消息未免太突然了。他穿上孝服，面北哭祭如仪，心里却在想，真是世事难料，那个韩琦驾鹤来告的梦，竟是一个预兆，回到中原去，或许不再是梦了。他很想了解京城动向，可自张中走后，州署县衙没有一个熟人，他不敢去打探，急得绕着桄榔庵不住地打转。

"你没死啊！"

身后突然传来一个苍老的声音。苏轼转脸一看，竟是吴复古，不禁喜出望外，大声道："哎呀子野，你路过广州，一定有不少消息要转告我吧？"

吴复古道："是得到一个消息，所以我才急忙赶来了。"

“快说快说，什么消息？”苏轼急不可耐地问。

吴复古道：“有人转告我，广州太守柯述说苏子瞻在儋耳，一日忽不见踪影，独道服尚在，已上宾矣。我一听，急急忙忙赶来了。”

苏轼仰脸一笑，指了指身上的孝服，又问：“这方面的消息，快说说。”

“到处都在议论这个话题。”吴复古喝了口茶道，遂把他听到的传闻一股脑说给苏轼听。

今年正月初九，皇帝崩于福宁殿，群臣上庙号哲宗。因其无嗣，神宗皇后向氏召宰臣议立新君。首相章惇认为，简王为大行皇帝同母弟，论礼法当立。向太后未生育，担心一旦立简王，其生母势必受尊崇，故属意立丧母的端王为帝，遂驳斥说，诸王皆神宗庶子，不可如此分辨。章惇又提议按长幼之序立申王。向太后说申王有疾，不可立为帝，依序该轮到端王。端王好风雅，尤其痴迷书画，作起画来废寝忘食。章惇不看好他，辩驳说：“端王轻佻，不可以君天下。”曾布斥责他擅作主张，立新君当尊重皇太后意见。最后还是决定立端王为帝。曾布等又奏请向太后垂帘听政。因皇帝已成年，向太后逊辞，皇帝泣请，向太后便答应下来。

苏轼暗忖：如此一来，章惇的地位势必不保；向太后当年曾劝谏神宗变法当适可而止，如今她临朝，当会对元祐旧臣网开一面。遂又问：“子野，新帝即位，照例大赦天下，这方面有何消息？”

“街谈巷议说，要将远贬的元祐旧臣内迁。”吴复古答。又故意把脸一沉道：“子瞻，为何只有你被贬海外？我怀疑是你那句‘闻好语’诗，让先帝对你不能谅解。这次，无论你心里多高兴，也不能再写类似的诗了。”

苏轼笑道：“我已没有奢望，只要能回惠州白鹤峰安居，于愿已足。”说着，提笔作《和陶始经曲阿》诗，内云：“北郊有大赉，南冠解囚拘。眷言罗浮下，白鹤返故庐。”

一连好几天，苏轼不能安睡，想知道吴复古带来的消息到底是真是假。正着急间，忽有贬谪雷州编管的秦观所派使介到了。秦观在雷州得到自己放还家乡，苏轼移廉州、苏辙移岳州的消息，急忙派人前来通报。苏轼欣喜不已，回书问秦观消息到底是否属实，若属实，希望秦观不要急着走，等他到雷州后一见。

送走秦观的使介，苏轼情绪高涨，作《次韵子由赠吴子野先生二绝句》，内云：“先生笑说江南事，只有青山绕建康。”

吴复古看罢，摇头道：“子瞻啊子瞻，你到底还是要写出一个‘笑’字来才痛快吧？”

苏轼忙摆手道：“切莫胡乱解读。”

五月下旬，告下儋耳，苏轼以琼州别驾，廉州安置，不得签书公事。接到告敕，苏轼对吴复古道：“自念谪居海南三岁，饮咸食腥，陵暴飓雾，终得生还中州，多亏山川之神保佑。当去祭拜峻灵王。”

昌化军所辖昌化县城北十里处的大岭山，道教视为神山，山上有块巨石，历代封赠不断，神宗时册封峻灵王。苏轼和吴复古仆仆百余里前去祭拜，题写《峻灵王庙碑》，焚香祈祷，祈求山神保佑他平安渡海北归。

回到桄榔庵，即给苏迨修书，嘱他带家眷到廉州团聚。又致书徐闻县令吴君，托他代雇夫役二十人某日前后在递角场相候，以便搬取行李。接着将借姜君弼的《吴志》《会要》等书册，修书附还；郑嘉会所寄书册，因他已去官离开惠州，不知下落，只得海运寄苏迈，要他查访到郑嘉会去处后奉还。将书寄出，再整理自己的文稿。在海南三年，共创作诗词一百七十余首，各类文章一百六十余篇，同时续写完成了从黄州开始动笔的《易传》，新写了《书传》，连同在黄州完成的《论语说》文稿，一并打包，随身携带。

儋耳书生闻讯，纷纷设宴惜别。这天，苏轼到黎子云家赴宴，席间，黎子云含泪道："此与先生相别后，不知何时再得相见。"苏轼挥笔作《别海南黎民表》，内云："我本海南民，寄生西蜀州。忽然跨海去，譬如事远游。"又在诗后缀跋云："临行写此，以折菜钱。"黎子云看罢，破涕为笑。

六月十日，苏轼父子离儋耳。桄榔庵前，挤满了送行的人群。苏轼抱拳揖别，含泪登程。上了官道，还在不停地回头遥望，直到儋耳城变成了一片模糊的淡淡的黑影。

过澄迈，住驿站通潮阁，难抑激动心情，挥笔作《澄迈驿通潮阁二首》，内云："余生欲老海南村，帝遣巫阳招我魂。杳杳天低鹘没处，青山一发是中原。"

六月二十日傍晚登船，当夜渡海。苏轼心里既激动又紧张。遥望长空，参星横，北斗转，快到三更时，忽然飘过一块乌云，淅淅沥沥的雨点落下，风还在不停地刮着。不一会儿，云开雾散，天空一片澄明。耳听大海的波涛声，仿佛是黄帝在洞庭湖边演奏《咸池》乐并借音乐在说着玄理；客船的颠簸，又让他想起孔子"道不行，乘桴浮于海"的话。无论如何，活着回到中州，海南的三年，就成了一次奇绝的游览。国人中，几人能有此奇绝旅程？这样想着，提笔赋《六月二十日夜渡海》一首，内云："九死南荒吾不恨，兹游奇绝冠平生。"

二十一日傍晚，船到递角场。尚未泊稳，苏轼急不可待，率先跳下船去。踏上陆地的瞬间，他仰天一笑，默念道："章子厚，你的老友苏子瞻，从海南游览回来了！"

第三十章　着力即差

一

元符三年六月的最后一天，没有月亮，疏星满天，一艘小船碇泊海上，随着海浪不停地颠簸着。已是夜半，苏轼披衣而坐，揪心的恐惧感挥之不去，放眼四顾，大海茫茫，涛声瘆人，不禁喟叹道："我的命运为何如此不济？本已登陆，却又置身令人望而生畏的大海，处此生死难料之境！"

六月二十一日傍晚，苏轼北归到了徐闻，徐闻县令代雇的夫役已在码头候着，弟子秦观也专程相迎。到州城后，雷州郡守又延之皇华馆，设宴款待。在雷州与秦观相聚三天，即启程前往七百里外的廉州。途中遇大雨，舟行艰难，十分狼狈。在兴廉村净行院借宿时，听着窗外潇潇夜雨，想到当年与苏辙的对床之约，凄然赋诗云："林下对床听夜雨，静无灯火照凄凉。"栉风沐雨到了廉州之东的官寨，却被告知，由于连日暴雨，桥梁、道路尽坏，河道断航，要想去廉州，只能乘渔民的小船泛海西行。苏轼无奈，硬着头皮雇蜑船重回海上。夜宿颠簸不止的小舟，耳听汹涌的波涛，顿生随时会葬身大海的恐惧。他想和苏过闲聊几句以分散注意力，可连叫了几声，苏过酣睡不醒，只得作罢。抚摸着随身携带的《东坡易》《东坡书传》《论语说》三部书稿，像是在抚慰受到惊吓的孩子。贬谪黄州、儋州期间，虽著述甚多，但他最看重的还是这三部书，看到它们即觉此生没有虚度。可世无别本，一旦出事，自己连同这三部书稿都将湮没于茫茫大海。想到这里，他浑身一颤，急忙闭上了眼睛，似乎最后时刻就要到来。突然，耳边响起孔子厄于匡地的浩叹声。他眼前一亮，坚信自己和孔子一样，都是承继斯文的天命之人，一定能走出困厄，遂抚书稿而叹："天未丧斯文，吾辈必济！"说完这句话，他畅出了口气，安然睡下了。

天亮后，蜑船起航西行，于七月四日平安抵达廉州。郡守张仲修热情款待，安排苏轼父子住进官舍清竹轩。当晚，合浦县令欧阳辟叩门来访。交谈后方知，他是梅尧臣的门人，仕途蹭蹬，比苏轼还年长一岁，须发尽白，却还是蛮荒之地的一个县令。欧阳辟拿出当年梅尧臣赠给他的诗卷请苏轼题跋。梅尧臣是苏轼尊敬的前辈，已经去世四十年了。苏轼一见他的手迹，感慨不已，忙翻开诗卷来看。看到"我家无梧桐，安可久留凤"之句，蓦然想起梅尧臣写给父亲的诗中有"岁月不知老，家有雏凤凰"两句，突然大笑起来。欧阳辟一愣，苏轼拉住他的手道："大概在梅先生眼里，凤凰就是你我这样的人；天下皆云梅先生以诗而穷，我们两个比梅先生还要穷，可不大笑吗？"

欧阳辟听罢，也笑了起来。

第二天，欧阳辟又来了，送苏轼一个琴形竹枕、一顶"接䍦"帽巾。苏轼谢过，幽幽道："其实，在儋耳混迹于黎人之中，也不乏乐趣。"说着，提笔赋《欧阳晦夫遗接䍦、琴枕，戏作此诗谢之》："携儿过岭今七年，晚途更著黎衣冠。……见君合浦如梦寐，挽须握手俱汍澜。"

过了两天，欧阳辟带盒新摘的龙眼请苏轼品尝。他吃了几个，突然陷入沉思，提笔赋《廉州龙眼质味殊绝可敌荔支》一首："龙眼与荔支，异出同父祖。……蛮荒非汝辱，幸免妃子污。"

欧阳辟读罢，瞪大眼睛道："这首诗是对在惠州写的《荔支叹》的回应与回归。这与你在海南时不再想解释世界，只想体验世界的清浅朴素的诗风大不同，也与平淡顺物的陶渊明拉开了距离。你又开始讽刺了。回到海内，子瞻的傲气与智力又重新活跃起来了。"

苏轼手一摊道："晦夫，你说怪不怪，不知怎么回事，就是不由自主。"

欧阳辟道："什么禅啊道啊，终归还是一个儒者；不仅如此，别看你那么友陶崇陶，可你也做不了陶渊明。这一切的根子，就在于儒者的淑世情怀！"

苏轼默然。

八月初的一天，欧阳辟携酒来访，兴冲冲道："子瞻，有好消息！"

新帝即位、太后垂帘，陆续发布新政。先是将哲宗时用于审查元祐旧臣言论的奏疏汇编焚毁，继之因皇长子生，再次大赦天下，诏复司马光、范祖禹等一批已故元祐旧臣生前官爵，苏辙、苏轼等在世者或内迁、或授官。苏辙本已内迁岳州，此次大赦则授太中大夫、提举凤翔府上清太宫，外州军任便居住；苏轼升舒州团练副使，量移永州安置。永州属荆湖南路，且是唐代柳宗元放逐之地，到那里安居，比起惠州来还是好多了。待欧阳辟一走，苏轼即修书苏迈，嘱他带家人赶往梧州会合，从那里一起去永州。

八月二十四日，告下廉州。苏轼收拾行装，于二十九日启程，舟行南流江北上。刚到石康县，忽听南来旅人说秦观病逝于归途。苏轼大惊，口中连道："不会，不会，一定是误传。"心中却甚忐忑，催促舵工加快行程。船到白州，遇到容县县令的侄子陆斋郎，急忙向他打听，方知不是误传，而是确有此事。苏轼哽咽道："我这个当老师的，太大意了！在雷州将别时，少游拿出一篇写好的《自挽辞》让我过目。我以为他已齐生死、了物我，便不以为怪，还顺着他说我也要自写一篇墓志藏起来。我对不住少游啊！"说着，禁不住抽泣起来。

苏过劝慰良久，苏轼才平复下来。可一连两天都吃不下饭，不住地催舵工加快速度，好早日赶到滕州，抚棺一哭。

滕州郡守徐畴是苏轼知杭州时的仁和县令，亲至码头迎接，一见面，苏轼就急不可待道："先到少游灵前一哭。"

"老太守，你来晚了。"徐畴摇了摇头道。

秦观本打算自滕州北上衡州，不料到滕州后中暑，困卧数日，八月十二日逝于光华亭。徐畴派人急报他的女婿范温。范温是范祖禹之子，与其兄范冲到岭南来扶亡父灵柩北归。接到讣讯，即到滕州料理后事，半个月前已扶柩北上了。

听完徐畴讲述的原委，苏轼长叹一声道："少游啊少游，师生的缘分，就此尽了吗？"满腔悲伤无以宣泄，便到光华亭洒酒祭吊，边哭边道："少游乃当世第一流才俊，却屡试不第，好不容易人到中年中了进士，应制科、入馆阁，受某牵累，屡遭排斥。少游本是多情种子，人生坎坷、仕途落拓，心境变得灰暗，许多诗词充满悲苦凄怆。此次得赦，放还乡里，本不必冒酷暑匆匆赶路，却一路疾行，竟因中暑，以五十二岁之龄卒于逆旅，不得与家人相见。怎不令人痛心！"

回到船上，含泪作《追荐秦少游疏》并拿出五两银子，派苏过施舍给滕州佛寺，为秦观超度；又把秦观的《踏莎行·郴州旅舍》一词中的"郴江幸自绕郴山，为谁流下潇湘去"写于扇上，缀以悼词："少游已矣，虽万人何赎？高山流水之悲，千载而下，令人腹痛！"

苏过见老父沉浸在哀伤中，劝道："阿爹，别难过了。马上就能见到大哥二哥了，该高兴才是。"

苏轼吐了口气道："说的是。对无可挽回之事，要学会忘却！"

二

阳光是暖的，风却越来越大，吹得人不时要扭过脸去吐口气。苏轼坐在肩舆上，带着一大家人，浩浩荡荡向大庾岭而来。越向上走，风中夹带的寒意越浓。苏迈走上前去，把一件棉袍搭在父亲腿上，忽听"咔嚓"声响，肩舆杠上现出一道又深又长的裂纹，眼看就要断掉，轿夫慌忙落轿。苏轼下了轿，慨然道："本不该再翻此岭，偏偏又让我原路返回，轿杠也觉得有趣吧，所以唱起了歌！"

苏轼九月中旬离开滕州，舟行西江，于十七日抵梧州。本打算在这里与苏迈、苏迨会合后乘船顺贺江北上赴永州，到后方知，适逢秋旱，贺江水浅，无法行船，苏迈、苏迨也还未到，遂派急足前去知会二子，不必赶来梧州，改于广州会合。九月底，苏轼到了广州，旅途劳顿，一下船就病倒了。广南东路提举常平孙鼛热情款待，延请名医诊治。孙鼛的两个儿子分别娶了黄庭坚和晁补之的女儿，故与苏轼格外亲近，陪于病榻前。苏轼关心几个弟子的近况，通过孙鼛了解到，黄庭坚徙戎州途中，起复为监鄂州税；晁补之自监信州酒税召还，迁吏部郎中兼国史院编修；张耒升兖州郡守。这些消息令苏轼感到欣慰。不几日，苏迈、苏迨前后脚赶到，在广州相聚，苏轼欣喜非常，病痛减轻了不少。苏迨将了解到的叔父苏辙已到颍昌安居、道潜解除编管重入僧籍、佛印圆寂等消息，向老父一一禀报。苏迈也禀报，已打听到郑嘉会的下落并将借书寄还；舅舅王箴从眉州浮江而下要去儋州，途中得到大赦消息而止。在广州经多方打探，终于得知巢谷下落：巢谷循州别苏辙后一路南下，行之新会，所带行装被窃，听说窃贼在新州被捉，赶去认领失物，不幸病死于新州旅次，由官方草草收殓。苏轼大哭，致书眉州杨济甫，请他资助巢谷的儿子到新州扶柩归乡。在广州停留一个多月，官吏、道士、僧人纷纷前来拜访，书简来往不断，题字、赋诗自是难免。十一月上旬雇舟离广州，道友吴复古、获赠《众妙堂记》的广州天庆观何道士等祖饯于清远峡广庆寺。

吴复古突然病倒，含笑而逝，苏轼撰祭文诵于灵前。尚未到英州，孙鼛派使介追告：已见圣旨，苏轼复朝奉郎，提举成都玉局观，在外州军任便居住。苏轼大为兴奋。到英州，郡守何智甫热情款待，苏轼为其新建石桥写碑文。韶州通判、李公麟之弟李公寅和曲江县令陈公密遣专使到英州相迎。自英州出发前，遇赴广州上任郡守的朱服，朱服派节级梁立并七八名夫役护送苏轼过岭。十二月初七抵达韶州。郡守狄咸、通判李公寅、曲江令陈公密等迎入皇华馆。李公寅又陪苏轼到曹溪南华寺谈禅赋诗。因每日宴饮不断，苏轼患肠疾，留韶州度岁。其间得知改明年为“建中靖国元年”，意指元祐、绍圣之政均有偏失，欲以大公至正，消释朋党，新旧兼用。因已有元祐旧臣获召用，又有黄庭坚“翰林若要真学士，唤取儋州秃鬓翁”的诗句广为传诵，一时间，苏轼将大用的舆论蜂起。正月初四，苏轼怀着喜悦心情离开南雄，改从陆行翻越大庾岭。虽然轿杠差一点折了，他却不再像赴廉州遇雨时感叹命运不济，而是将其视为趣事。下了轿，正思忖到何处砍竹子做轿杠，抬头一看，龙光寺就在眼前，便迈步往山门走去。

龙光寺暂无主持，州郡方令往南华寺招请珪法师前来担任，尚在途中，权摄寺务的昙惠法师得知苏轼是来求竹做轿杠的，命沙弥砍了两根粗大的竹子相赠，并盛情挽留他在寺内用餐。用完午饭，轿杠已换好，临行前，苏轼索来纸笔，笑道：“我留首诗给珪长老，可作为他到任时语录中第一问。”说着，提笔赋《赠龙光长老》：“斫得龙光竹两竿，持归岭北万人看。竹中一滴曹溪水，涨起西江十八滩。”

苏迈一看，父亲打起了禅语，有些不解。苏迨长年修禅，按自己的理解解说道："此诗因竹以寓禅，虽全是禅学偈语，却反映出他老人家即将过岭时不可遏抑的兴奋。"

苏过接言道："兄长有所不知，赣江十八滩极为凶险，南来时他老人家赋诗，将十八滩写成'惶恐滩'。或许，老人家是把竹竿当做克服一切艰难险阻的象征，有了它，过惶恐滩时不再惶恐。"

弟兄三人低声说着，又随老父上路了。至岭上，轿夫已是气喘吁吁，正遇一村店，苏轼吩咐在此少憩。一老翁走过来问节级梁立："这个官是谁？"梁立答："苏尚书。"老翁又问："是苏子瞻吗？"梁立点头。老翁走到苏轼面前，拱手道："老汉听说有人千方百计要害你，而今你却得以北归，是天佑善人啊！"苏轼笑着还礼："多谢老丈！"说着，看了一眼村店的墙壁，吩咐道："笔墨侍候！"

仆从应声端来笔墨纸砚，苏轼拿起笔，在墙上赋《赠岭上老人》一首，内云："问翁大庾岭头住，曾见南迁几个回。"当写到"回"字时，他的眼前，晃动着秦观、朝云那鲜活的面孔，还有只一面之缘因染瘴毒而死的侄媳、苏远之妻黄氏。且不说这三个亲近的人，被贬岭南的元祐大臣中，吕大防死于赴贬所途中，范祖禹、梁焘先后死于化州贬所，刘挚死于新州贬所，他们再也不能活着回来了。而他是这些人中最早贬岭南、也是唯一一个贬海外的，如今却回来了。放下笔的瞬间，他自问："你为何能活着回来？岭上老翁说是天佑善良，难道秦观和范祖禹他们不善良吗？"转念又想："人，在任何艰难困苦中，都不能对生活失去希望，在暗淡无光的岁月里也要努力寻找亮点。"想到这里，他以胜利者的姿态仰天一笑。正要登轿，一眼看见岭上的梅花已经结子，又回身提笔，赋《赠岭上梅》一首，内云："不趁青梅尝煮酒，要看细雨熟黄梅。"

"看见了？"苏过向大哥一摆脑袋道，"豪气不减当年！"又附耳对苏迈道："南迁过岭时，老人家说踏足岭南后，他就是另一个人了，还在龙泉钟上赋诗，有'身世永相忘'之句；这次见到龙泉钟，看他老人家怎么说。"

初五这天上午，在寒风中登上岭顶。苏轼吩咐转往山崖缺口处的龙泉寺。一下轿，直奔龙泉钟而去。到得跟前一看，七年前所题诗句已经没有了痕迹。苏过故意吟诵了一遍，观察老父的反应。

"此一时彼一时啊！"苏轼感叹了一句。沉吟片刻，又道："汉朝叔孙通奉命制定朝仪，尽征鲁国书生三十余人，其中有二人宁愿被叔孙通骂为不知时变的腐儒，也不应召。"苏迈三兄弟不知老父为何突然说起这个典故，茫然无所答。苏轼提笔赋《予昔过岭而南，题诗龙泉钟上，今复过而北，次前韵》，内云："下岭独徐行，艰险未敢忘。遥知叔孙子，已致鲁诸生。"

苏过随侍多年，最能领会老父意图，遂为大哥、二哥解说道："南迁过岭作诗，是说到岭南后该如何；北归过岭再作诗，是说回到中原后该如何。"

苏轼听到了，颔首道："我这一生，许多痛苦来自纠结，纠结于出世入世，历经磨难后，什么出世、入世，不再纠结了，只希望平平安安走自己的下坡路，不会再作冯妇了。"说完这番话，似乎过岭的仪式正式结束了，遂一挥手道，"上路！"

翻过大庾岭，首站至南安军。军守并大庾令恭迎，苏家几十口人住满了驿馆。刚安顿好，苏轼提笔赋《过岭》二首。写毕，将三个儿子召来，神情庄严道："想我平生不曾为安危祸福违心算计，祸到临头，不怨天，不尤人，都挺了过来。当年韩愈贬潮州，虽然才短短几个月，可潮人为他立庙崇祀至今。所以长远看，患难未必不是福。当初一想到谪岭南、放海外，真是恐惧不已，但今日回想，不过是噩梦一场，像喝醉了酒，朦朦胧胧中就又回来了。南迁北归，对这个世界，没有什么影响，即使惊起一群山鸡，也不过使半岩花雨纷纷自落而已。"说着，拿出刚写好的《过岭》诗，让三子过目。

"大人，这是对南迁的总结吧？"苏迈读罢，问道。

"是。"苏轼答，"若言人生如书卷，南迁一章，至此终篇。"顿了顿，吩咐道："派两个健仆，一个去永州，取回任便居住的告敕；一个去舒州，接洽在那里购置房产事。"

在韶州停留期间，曾接郑嘉会书简，问苏轼准备到哪里安家，他愿追随做邻居。苏轼回书说或宜兴或杭州；后来又想到仪真有门面房，也在备选之列；接到苏辙邀他到颍昌安居的来书，苏轼又将颍昌作为安家首选；韶州通判李公寅说起他的家乡舒州风土之美，且有一官庄可买，苏轼遂有意到舒州安家。

在大庾休整了两天，雇船沿章水北上，水浅船大，走了七八天才到虔州。尚未下船，就得知赣江水涸，已不能通航。苏轼一家只得在虔县水南寄居，等待水涨。虔州郡守、常州人霍汉英设宴郁孤台，席间诗词唱和，见苏轼诗中有"扬雄未有宅，王粲且登楼"

等句，知他在为到何处居住纠结，也知苏轼早年对常州情有独钟，遂笑道："听说常州东门外有一裴家宅子要卖，学士不妨买了，到那里安居。"苏轼为之心动，宴后即修书居常州的钱世雄，托他代为接洽。

苏过嘀咕道："时下所选之地，已有宜兴、颍昌、杭州、舒州、真州、常州，达六处之多，老人家能不纠结？"

苏迈无奈道："在宜兴置产几十年了，如果不是那场官司，老人家何至于如此纠结？时下只能走一步看一步了。"

到虔州两天后，就是上元节。本想热热闹闹过个节，不料主仆老老少少病倒了一大半。老萧等六个仆卒先后病死。苏轼忙着合药、煎药，为家人治病，所幸儿媳和几个孙子都被他治愈了。

听说苏轼会治病，左邻右舍纷纷找他诊治、开药。眼看赣江水涨无望，苏轼索性背上药囊四处游走，遇有病人就赠药、开方，教些调治方法；遇寺庙道观，便进内一拜。

"阿爹，祥符宫就在前面，进去参拜吗？"这天，苏过陪老父走到厚德街，指着不远处的祥符宫问。

"不、不去了吧，还是到景德寺去。"苏轼支吾道。南迁时在那里发过毒誓，余生要专心修道，他怕在真圣面前无法交代，急忙躲开了。

来到景德寺荣法师的湛然堂，苏轼提笔要作禅诗，尚未落笔，进来一位中年人。荣法师引介说，是画家宋子房。稍一攀谈，方知他竟是当年刚到凤翔时的太守宋选之子。苏轼忆起乃翁对自己的关照，感慨良久。宋子房问："子瞻兄迁谪中吃了不少苦头吧？"

苏轼苦笑道:“都是骨相招致的灾难啊!”

“子瞻兄相信数术?”宋子房眉毛一挑道,“虔州术士谢晋臣算命很有名,何不找他一算。”

苏轼顿时来了兴致,拉上宋子房去访谢晋臣。来到尘外亭,见到谢晋臣,苏轼施礼道:“某生辰八字与韩愈相似。韩是身宫落在斗牛间,某是命宫宿直于此。吉凶晦吝,到底如何分别,还请高士从头到尾,逐年细算一番。”说着,提笔赋问卜诗一首,又写下生辰八字。

谢晋臣掐指算了算,面无表情道:“照命理推论,时落卯时,命宫磨蝎,主所至多被诬谤;年丙子,月癸亥,水向东流,故才汗漫而澄清,子卯相刑,晚年多难。”

“哎呀,看得准,看得准!”苏轼连连道。等了良久,谢晋臣却不再说下去了,苏轼追问:“多难之后呢?”

谢晋臣不语。

“高士不语,难道说我还有难?”下了尘外亭,苏轼对宋子房嘀咕道。

宋子房道:“数术意在劝人盈者知所足,进者知所止,不失《易》的本旨,至于算命的一些说辞,姑妄听之可也。”

苏轼释然了,与宋子房痛饮了一场,醉眼迷离地回到水南住处。一觉醒来,新任虔州郡守江公著的邀帖到了。

江公著曾是苏轼守杭州时的下属,彼此有过诗词唱和,他来虔州履新,苏轼自是欣喜,次日到州署赴宴,江公著迎于仪门,顾不得叙契阔,一见面就道:“老太守,今天有你一个熟人,我也请来了，不知方便否？”

“何人？”苏轼问。

“刘安世。”江公著答。

刘安世是司马光最得意的弟子，司马光拜相，刘安世为谏官，攻击章惇不遗余力；听到皇宫选乳母传闻，谏诤于朝，批评选乳母是为了满足少年皇帝女色之好，哲宗深受侮辱，故亲政后以乳母案将其贬至梅州。传闻朝廷派刺客欲杀之，刺客途中呕血而死，刘安世幸免于难；朝廷又颁旨令监司将其押解回京，途中哲宗崩逝，才又返回梅州。他是元祐臣僚中最后一个获赦的。苏轼为中书舍人时与他共事，常受其挑剔，曾骂他是乡巴佬；其后刘安世又多次弹劾过苏轼兄弟。如今历经劫难，尤其是听到刘安世近年的遭遇，苏轼不禁肃然起敬，故一听江公著说也请了他，大叫道：“刘器之，刘铁人！”

刘安世迎出来道：“当年在中书，可曾想到会有今日？”

“是啊是啊，世事难料！”苏轼答道，拉住他的手，问他那些传闻是否属实。叙了契阔，入席饮酒。刘安世本善饮，到岭南后却全家戒酒；江公著则以好茶闻名，苏轼遂作《次韵江晦叔兼呈器之》，内云：“归来又见颠茶陆，多病仍逢止酒陶。”酒过三巡，再作《次韵江晦叔》二首，内云：“浮云世事改，孤月此心明。”

“这‘孤月此心明’一句，甚获吾心！”刘安世拊掌道，“我辈最大的庆幸是，一片孤忠而今大白于世，其余一切，都是浮云！”

有刘安世相伴，苏轼也就不再视等待赣江水涨为浪费光阴。只是刘安世好谈禅，却不喜游山，让苏轼觉得美中不足。寒食节次日，二人到南塔寺游览。听说山中光孝寺里的新笋出土，苏轼很想品尝，又怕刘安世不肯同去，灵机一动，神神秘秘道："铁人，适才听说光孝寺新来了一位玉版和尚，道行高深。"

刘安世一听有禅可参，兴致勃勃随苏轼上山。苏轼低声在一个健仆耳边嘱咐了几句，健仆飞快地往山上跑去。苏轼与刘安世边闲谈边慢悠悠地走着，到了光孝寺，健仆已在廉泉候着。苏轼驻足道："哎呀，该用饭了。"拉住刘安世在一张桌前坐下，健仆端来了一盆烧笋。刘安世吃了几口，问："此笋甚好吃，何名？"

苏轼一本正经道："名玉版。此老僧善说禅，要令人得禅悦之味。"

刘安世恍然大悟，嗔怪道："好你苏子瞻，居然敢戏弄我！"

苏轼大笑，吩咐仆从备纸笔，用禅语赋诗一首。刘安世读罢，品评道："机警如故，但浮华豪习尽去。"说着，突然一拍食案，感慨起来："往日我对子瞻喜戏谑不以为然，认为不免流于轻狂、油滑；但现在我理解了，也生出几分钦佩。子瞻之谐，尽管出于对自我机警、智慧的优越感，但更多的是真率个性的外化。前人东方朔、祢衡乃至韩愈，也多谑语，但大体才力豪迈之余，而用之不尽自然。至子瞻笔下，方恢刃有余，显示出傲风霆、阅古今之气，令人想见其人。诸如'东坡病叟长羁旅，冻卧饥吟似饥鼠。倚赖春风洗破衾，一夜雪寒披故絮''饥来据空案，一字不堪煮'等等，所说多为日常细事，但生活的苦涩伴随着谐趣盎然的愉悦。个中原因，是跃动着孩提般纯真自然的心灵。一个谙于世故的人是成不了文学大家的，真正的文学大家无不保持着一颗天真之心，甚至带着几分稚气。子瞻即如此。”

苏轼抱拳一揖道：“知己言！”

经此一游，二人竟难舍难分，日日结伴出游。过了几天，赣江水涨起来了，苏轼一家人口众多，虔州竟没有那么大的船可雇，只好派人四处去找。刘安世也留下来，要与苏轼同行。直到三月下旬，从外地雇的船才到。江公著设宴饯行，一见面就喜滋滋道：“好消息，章惇被贬雷州。”

苏轼叹了口气，沉默了。

无论是谁，无论多么忠心耿耿，无论多么有才干，只要触怒了君上，片纸即可严谴，这就是现实。苏轼也好，章惇也罢，都不过是君上的工具而已。他感到悲凉。为自己，也为章惇。以往还要和章惇赌气，想一较短长，现在看来，简直是愚不可及。这样想着，待散席一回到住处，就提笔给章惇外甥黄寔修书，内云：“子厚得雷，闻之惊叹弥日。海康地虽远，无瘴疠，舍弟居之一年，甚安稳。望以此开譬太夫人也。”

苏过大为不解，问道：“阿爹，都说恁老人家贬岭南、迁海外，皆章惇所为，如今他遭报应，该高兴才是，为何还为他叹息？”

苏轼摇摇头，没有说话。

三

金山寺依山就势，殿堂楼阁散布其上，大门西开，正对长江。五月下旬的一天上午，苏轼弃舟登岸，偕钱世雄来到寺前，表弟程之元早已在大门外候着，见他走来，忙趋前相迎。

“表兄，扬州一别，不过十年，表兄鬓角的须发都掉光了。”程之元拉住苏轼的手，感慨道。

苏轼笑道：“黄鲁直说我是‘秃鬓翁’，名副其实啊！”又向程之元引介了钱世雄，一同进了寺门。

已是酷暑季节，天气炎热，仆从手持蒲扇，在旁不停地扇着。众人边走边交谈，缓步来到伽蓝殿后的妙高台。进了阁中，早有沙弥预备好了茶水，众人坐下饮茶，钱世雄喜笑颜开道：“江南都在传，说朝廷要召东坡先生为相。听说有个叫岑象求的谏官，四处扬言，说二苏不做宰相，台谏就不会善罢甘休。”

程之元警觉地四下看了看，屏退闲杂人等，压低声音道：“时论已变，恐又要接续绍述之政。”

“不会吧？”钱世雄质疑道。

程之元担任浙江西路转运使，消息灵通。他把时局动向约略说了一遍：年初，向太后薨，今上亲政，韩琦之子韩忠彦虽为首相，实权已落入曾布之手。御史中丞赵挺之首发绍述之论，元祐臣僚再次受到排挤。局势虽仍不明朗，但趋势已成。

苏轼一惊，旋即一掀稀疏的白须道：“老了，不谈时政久矣。自北归以来，见人无非说些纵猿摘荔枝的趣事。”

“先生，写诗吧。”钱世雄一指旁侧的笔墨纸砚道。

“佛印不够朋友。”苏轼突然伤感道，“我万里归来，满肚子的话要对他说，他却……怎会有写诗的雅兴？”

“对了！”钱世雄灵机一动道，“佛印法师在日，把先生写真像挂在方丈室，不如到那里看看吧。”

“佛印哪佛印，你想我，我也想你啊！”苏轼又感叹了一句，眼睛里含着泪花。苏过伸手搀扶了一把，众人起身往方丈室走去。

进得方丈室，一眼看到墙上挂的画像。还是三十多年前在西园雅集时李公麟所作写真。看着坐在怪石上的自己，苏轼感慨万千，喊了声：“拿笔来！”仆从端来了笔墨，苏轼提笔在画像留白处写下《自题金山画像》：“心似已灰之木，身如不系之舟。问汝平生功业，黄州惠州儋州。”

“呵呵，表兄语出惊人哪！”程之元点评道，“用《庄子》中‘槁木死灰’‘不系之舟’的典故，表示自己已不在乎外在的一切，慷慨悲歌，自叹飘零；继之则一反忧伤情调，丝毫不减豪放本色，三大贬州，一见胸怀，二见意志，三见哲理，四见情趣。造语苍凉，寓庄于谐，言有尽而意无穷。”

钱世雄接言道：“古来就有‘三不朽’之说，先生在遭受贬谪期间，把自己的智慧、才力用于诗书画上，创作了大量诗文，更有对人生的思考和阐发，留给后世无价财富，确实值得自豪！”

“喝酒去！”苏轼掸掸手道。

程之元的随侍已将酒宴备好，几个人相偕去往餐厅。喝了盏酒，苏轼把他和驸马王诜争夺仇池石的趣事和程之才在惠州关照他的事约略说了一遍，向程之元拱了拱手，表达谢意。程之元道：“表兄最近所托两件事，均已办妥。”

三月末，苏轼一家与刘安世联船离开虔州。当夜，江水大涨，赣江十八滩之险一夕没尽，次日即达庐陵。苏轼笑言，这是他所作“竹中一滴曹溪水，涨起西江十八滩”诗谶之功。四月初至豫章，绅民争睹东坡居士风采。洪州郡守正是苏轼当年反对点为状元的叶祖洽。叶祖洽一见苏轼就故作惊诧道：“传说学士已归道山，今尚尔游戏人间耶？”苏轼笑答：“归道山途中，正遇章子厚，我就回头了。”因叶祖洽之故，在洪州有些尴尬，正好庐山天庆观道士胡洞微来迎，邀他上庐山，苏轼便与刘安世同游。十七年前来游时的东林寺长老常总已经圆寂，物是人非，苏轼没有了写诗的雅兴，游了几座道院，就与刘安世相别，往访旧友刘恕的后人，想把当年他和王安石曾说起过的重修《三国志》的事托付给刘家。刘恕和上次陪他游庐山的刘格都已故去，苏轼见到刘恕之子刘羲仲，托付了一番，又受刘羲仲之托，为他的祖父写墓表。四月十六日过湖口，想把“壶中九华”石买来与仇池石为伴，不料已有人捷足先登，只好作诗自解。舟发皖江，因听苏迨说前几年他到京城赶考，路遇李公麟，李公麟竟以扇掩面而过；又听说投靠新党起草他的责词的林希在舒州任上病故，遂决定放弃在舒州定居的打算，也未在舒州上岸。至当涂，与诗友郭祥正诗词唱和了一番，于五月一日抵金陵。第一件事就是到崇因禅院礼拜，作《观音颂》以还愿。途中不断收到亲友辗转捎来的书简，恢复了与李廌、李之仪等弟子的联系。苏辙来书力劝他到颍昌安居。他想与苏辙相伴养老，又有诸多顾虑，一直纠结着。在金陵时接钱世雄书简，禀报说他已在常州顾塘桥借到一座宅子，可供苏家居住，苏轼有意定居常州。苏辙又来书苦劝他到颍昌安家。苏轼遂又改变主意，决计到颍昌去。因手头拮据，便遣苏迈、苏迨到宜兴变卖产业；他和苏过则到真州变卖门面房。途中修书任浙江西路转运使的表弟程之元，托他两件事：买杭州程奕笔一百支、越州纸二千幅；另调拨一艘大船到常州，以供苏迈、苏迨及家眷乘坐。船到真州后，泊于东海亭下。刚安顿下来，程之元派使介来，邀他到金山寺晤面。钱世雄正巧从常州来谒，便一同到金山寺与程之元相会。来时脑海里还在为当年的“对床之约”即将实现而憧憬着，听了程之元有关时局的话，他当即改变了主意，对钱世雄道：“济明，回去即接洽裴家宅子，以为久居之计。”

钱世雄知苏轼就在何处安家已反复多次，盯着他问：“先生拿定主意了？”

苏轼叹息道：“天意如此，吾其如天何！”

钱世雄又问：“先生何以不到颍昌与苏执政团聚？”

苏轼不答。

散席后，钱世雄即回常州，程之元请苏轼父子上了他的官船，送他们回真州。船上，苏轼说出了他放弃颍昌而选择常州的原因：“颍昌与京城近在咫尺，时论已变，自度不可居近地。宜兴有产业，但一场官司令人心寒，况且年纪大了，住在郡城到底方便些。”

程之元点头道：“到颍昌去，容易给人以有企望复起的误解，无端遭嫉者攻击，不得清静。”又问：“既如此，表兄何不回眉山？”

苏轼以吟诗作答：“春来何处不归鸿，非复羸牛踏旧踪。但愿老师真似月，谁家瓮里不相逢。”又解释道：“四海为家的法芝和尚曾两次到惠州看我，前不久又到金陵相会，拿出我过去赠给他的诗，我作了这首《次韵法芝举旧诗》。”

程之元吸了口气道：“我好像明白了。表兄自认‘谪仙’，‘起舞弄清影，何似在人间’。人间，就是‘谪仙’的家。”

苏轼一笑。

表兄弟二人一路倾心交谈，傍晚时分到了仪真。苏轼父子回到停泊在东海亭的船上，淮南转运使黄寔的使介正在船上候着，带来了苏辙托转的书简。打开一看，除恳请他到颍昌居住外，主要是商量买墓地一事。为安葬苏远之妻黄氏，苏辙已在汝州郏城买了一块墓地。此地属嵩山旁支箕山，又名峨嵋山，北靠嵩山，南面汝水，土厚水深。他征询二哥意见，可否将此地辟为苏家墓园。苏轼看罢，提笔复书，内云：“兄近已决计从弟之言，同居颍昌，行有日矣。适值程德孺过金山，往会之，并一二亲故皆在坐，颇闻北方事，有决不可往颍昌近地居者。……葬地，弟请一面果决。八郎妇可用，吾无不可用也。更破千缗买地，何如？留作葬事，千万勿徇俗也。”写毕，交黄寔的使介带去，又派急足日夜兼程赶往宜兴，知会苏迈、苏迨变故，先不急于卖田搬家。

次日午时，真州郡守傅质设宴款待程之元和苏轼。席间，苏轼听说米芾在真州办西山书院，宴席一散，即派人相邀。

“呵呵，我也见一见这个怪才画家。”程之元笑道，随苏轼到了东海亭的船上。进了舱间，闷热难耐，程之元一皱眉道，“表兄，不宜在船上久留。”

苏轼苦笑道：“宦囊羞涩，待变卖了门面房即走。”

程之元向随侍一招手，随侍上前将一袋银子放于几案。程之元解释道："安家养老，是需要用钱的。知表兄拮据，弟与大哥和小弟共凑了二百两，表兄先拿去用吧。"

"德孺，德孺！"苏轼拉住程之元的手，情绪激动道，"你们兄弟此举，令我感动。亲情我领了，钱不能收。愚兄手下尚不需如此。"

"兄弟之间，何必客气呢？"程之元拍了拍苏轼的手背道。

苏轼摇头道："德孺，如接受了，愚兄会羞愧而死。"

程之元见苏轼话说到这个分上，只好命随侍将银子收回。

"老东坡，老东坡——"岸上传来大叫声，米芾兴冲冲地大步走了过来。

"元章——"苏轼唤了一声，竟有些哽咽，"岭海八年，亲友旷绝，亦未尝挂念，但念吾元章迈往凌云之气、清雄绝世之文、超妙入神之字，何时见之，以洗我积岁瘴毒也。今日终于得见其人，别无所求了！"又问："你不是做官了吗，怎么跑这里办书院？"

米芾嘿嘿笑道："做官有何乐趣？"

程之元大笑。他早就听说，米芾做县令，不仅整日痴迷书画、玩物，不理政事，还举止怪异，大街上见到石头就跪地叩头，求其诞下怪石。朝廷以其有失官仪官体为由将其罢去。

"马正卿还好吗？"苏轼边拉住米芾的手请他入座边问道。

"他死了！"米芾答。

苏轼沉默片刻，一掀白须道："朋辈都故去了，该轮到我了。"

程之元嗔怪道："表兄除了秃鬓，身体尚健，不该出此言。"

四

建中靖国元年六月十四日，润州西津渡的一艘大船上，已昏睡多日的苏轼突然发出呻吟声。随侍在侧的苏过惊喜道："阿爹，恁老人家醒了？"

苏迈、苏迨听到了，前后脚跑了进来。苏轼睁开眼睛，一脸疑惑问："这是哪里？"

苏过答："润州西津渡。"

苏轼像是想起来了，又问："可有访客或书简？"

苏迈禀报道："昨章七丈之子章援派人送来一封书简。"

苏轼眼里突然有了光，伸手晃动着道："快取来我看！"苏过眼明手快，从几案上抓起厚厚的书简，打开来捧递过去。苏迈、苏迨忙上前将父亲扶起，在背后塞了两个蒲团，让他倚靠上去。苏轼喘着粗气把近千言的书简读完，晃了晃道："章致平，不愧是我的门生，其文有司马迁之风。"

"哼！"苏过冷笑了一声，"什么门生！这些年搭理过座师吗？"

"你说的是。"苏轼笑道，"书简中他先就检讨了这件事。"喘息片刻，又道："章致平因安顿家眷，未随其父南迁，人在京口，不敢来见我。听到我要拜相的传闻，担心我报复章子厚，特致书来求情。他小看我苏某人了。我从未想过要报复章子厚；恰恰相反，我倒是很想帮他。"

"啊？"苏过惊叫一声。

“章子厚，真豪杰也！”苏轼感叹道，“他当国，讨灭吐蕃，降服西夏，神宗与王荆公十余年孜孜以求没有做到的事，他两三年间就做到了；此人从不唯唯诺诺，神宗驾崩后，为维护新政，与太皇太后和司马光抗衡；哲宗驾崩后，为维护礼法，在选立新君时与向太后抗衡，绝不媚颜屈膝，放弃原则；章子厚为官清廉，独相七年，不仅从未利用权力任用亲友，便是恩荫子孙亲属的名额，也一概不受；章子厚做事刚猛，绝不患得患失，比如他当国后即取旨，天下学官，凡是非制科、进士、上舍生出身者一概解职，要得罪多少人，谁敢做？”

“是啊，他是刚猛，对恁老人家下手也够狠！”苏过讥刺道。

苏轼摇头道：“我与章子厚定交四十余年，虽中间出处稍异，但交情并未受到损害。”说着，像是突然想到了什么：“我能帮他，也该帮他。”

苏过撇嘴问：“怎么帮？上疏？还是写诗为他鸣不平？”

苏轼不答，示意扶他下床。苏迈踌躇道：“阿爹，恁老人家的身体……”

在仪真期间，正值盛暑，舟中酷热难耐，与米芾相见后，二人连续三天到白沙东园去避暑。六月初三这天，苏过禀报说，街市的门面房业已售出，可以启程了，米芾便约明日设宴为苏轼饯行。当夜，舱间闷热，难以成眠，苏轼索性坐在露天甲板上乘凉，还不时喝冷饮以求降温。午夜时分，忽觉肚子里一阵绞痛，急忙往厕间跑，一直猛泻到天亮，顿感形神交瘁。勉强喝了一碗黄芪粥，方觉稍适，吩咐苏过派人去知会米芾，宴饮只能往后推迟。仆从刚走，苏轼的肚子又疼了起来，猛泻了一天。入夜已是气力全无，又睡不着觉，只能端坐喂蚊子。又过了两天，只觉得胸膈作胀，粒米难进，连坐的力气也没有了。苏过要请医士，苏轼摇头，自写药方，让苏过合药煎了服用。吃了几剂药，仍不见好，他断定是瘴毒发作，担心熬不过去，给苏辙修书云："即死，葬我嵩山下，弟为我铭。"苏过吓得忙派急足赶往宜兴，知会两位兄长速来。米芾常来探病，送来麦门冬饮子解暑。苏轼心里感动，强打精神赋诗以谢。东海亭处闸内，河水污浊不流，白天太阳蒸烤，舱中空气恶浊，苏轼命舵工将船转到闸外通济亭停泊。活水快风，稍微清快了些，苏轼的病情渐渐好转。六月十一日离仪真，苏轼勉力支撑，策杖立于舱外，与米芾道别。船到润州，热毒转甚，陷入昏迷。苏迈、苏迨赶到，特意到润州普照寺做水陆法会为老父攘除病厄。此时见他勉力支撑要"帮"章惇，三兄弟颇是不解。但父命难违，苏迈、苏迨还是把他扶下床，又扶他慢慢坐到蒲团上。

苏轼喘息良久，望着三子道："我要劝慰章子厚，再教他些防瘴毒的方子，这不是帮他吗？"说罢，埋头给章援回书，内云："某与丞相定交四十余年，虽中间出处稍异，交情固无所增损也。闻其高年，寄迹海隅，此怀可知。但以往者，更说何益。惟论其未然者而已。……海康风土不甚恶，寒热皆适中，舶到时，四方物多有，若昆仲先于闽客广舟准备，备家常要用药百千去，自治之余，亦可以及邻里乡党。又，丞相知养内外丹久矣，所以未成者，正坐大用故也。今兹闲放，正宜成此。然只可自内养丹，切不可服外物也。"

近五百字的回书写成，苏轼已是大汗淋漓，浑身瘫软，苏迈三兄弟一起把他搀扶到床上休息。躺了片刻，叹息道："我不欠章子厚什么了，心里踏实了许多；也不再和他赌气了，我们两个都输了。"

次日，船发常州。行之京口，二伯父幼女小二娘的长子、堂外甥柳闳来谒。苏轼在惠州时接到小二娘病逝的讣闻，哀痛不已，写祭文悼念。见到面庞酷似其母的柳闳，蓦然想起了五十多年前那个美好的上元之夜，又听柳闳说他父亲也故去了，苏轼大哭，吩咐苏迈扶他到墓地去祭吊。苏迈、柳闳劝慰良久，苏轼才止住哭声，也不再坚持到墓地去，但要到岸边哭祭。苏迈只得吩咐仆从下船，准备了祭品，在岸上设好祭桌，苏迈、柳闳搀扶苏轼下了船，到祭桌前哭祭一番。回到船上，又写了一篇《祭柳仲远文》，交给外甥柳闳，要他到墓前代为诵读。

"祖父孙辈，一十有六，我排行第九，契阔生死，如今仅存我和子由了。"送走柳闳，苏轼躺在病榻上，口中念叨着，泪流不止。哀伤加上劳累，当夜发起了高烧。苏迈要请医士，苏轼摆手制止道："莫说请医士，便是诸药也不再服用了。"

苏迈以为父亲因绝望才拒绝服药，"腾"地跪在病榻前，哽咽道："万事皆从父命，唯此一事，儿等不敢从命。"

苏轼露出笑容，示意苏迈起身，以自信的语气道："我合药这么多年，不比那些医士差；况且，此地医士何曾知道瘴毒为何物？何必请他们？我细察病状，热毒根源不浅，当用清凉药。从今日起，用人参、茯苓、麦门冬三味煮浓汁，渴即少啜之，其余各药，都不必再服用。”

苏迈有些不放心，吸了口气道：“大人，这……行吗？”

苏轼道：“庄生言，闻在宥天下，未闻治天下也。人参、茯苓、麦门冬，三物可谓在宥矣，此而不愈，则天也，非吾之过。”

苏迈无奈，只得遵嘱按剂量熬汤，供老父饮用。苏轼喝下后，顿觉精气神儿大增。

行之离常州城还有几十里的奔牛镇，钱世雄在此迎谒，一上船，即到病榻前问安。苏轼拉住他的手，声音低沉道：“济明，想不到我万里生还，今日却要以后事相托。”

钱世雄劝慰道：“先生所患不过小疾，静养些时日会好的，不必如此。”

苏轼没有接他的话，继续道：“我在海外作了《易》《书》《论语》三书，今尽以托付与你，愿勿以示人，三十年后会有知者。”说着，扭过脸去要打开床头的木箱。木箱上挂着锁头，却忘记钥匙放在何处了，翻找了几下，已是气喘吁吁，钱世雄劝阻道：“不急，待哪天找到钥匙再说。”说着，拿出他画的一张图，向苏轼禀报到常州后的安排。因裴家宅院有官司，不宜购买，但孙氏宅可长期借住，不必担心流离失所。苏轼听罢，点了点头。

船过城西花市街，有书生惊喜道：“快看，船头坐着的那位戴小冠、着半臂的老者，不是苏学士吗？”

“哪个苏学士？”有人问。

“就是写‘明月几时有’的那个苏子瞻哪！”书生激动道，“早听说他要来我常州安家了，果然就来了！”

“快来看呐，苏学士来啦！”

花市街以篦箕制作、交易闻名天下，人流熙熙攘攘，一听苏轼到了，人们都停下手头的活计，涌到岸边一睹风采。苏轼见状，联想到《世说新语》里“看杀卫玠”的典故，转脸对钱世雄道：“莫看杀苏某也！”说得两人都笑了起来。

笑了一阵，钱世雄突然发起了感慨：“先生此生，荣辱、祸福、穷达、得失反差之巨，促使先生去探索生命存在的意义，从生活而不是思辨中求索人生之道。尽管先生常常感到浮生若梦，万般皆苦，但未堕颓唐，而是汲取前人的智慧，走出了一条省悟与超越之路。天下读书人，无不景仰先生的洒脱和超旷。”

“到了到了，顾塘桥到了！”苏过兴奋地喊了一声。钱世雄结束了谈话，与苏过一起，搀扶苏轼下船。事先安排好在此迎候的人役，在苏迈指挥下搬运行李。

苏轼见宅院虽不甚宽大，却很是精致，院内花草众多，天井被爬上竹架的藤蔓覆盖，室内整洁阴凉，顿感清爽，对钱世雄道：“此宅果然不错，闹中取静，是极佳的安居之所。”

钱世雄很高兴，借机提议道：“听说不少官人病重时请求致仕，病就好了，先生何不一试？”

苏轼点了点头，缓缓道：“人固然要知命，但必尽人事。凡可以久生而缓死者无不用，然后理足而无憾。”

“先生此言，比起孔夫子的‘生死有命’来，多了一份事在人为的主动，最值得士大夫推崇。”钱世雄赞叹道。

苏轼笑了笑，接受了钱世雄的恭维。待全家安顿下来，即口述了《乞致仕状》，由苏过笔录后封发，内云："臣今行年六十有六，死亦何恨，但草木昆虫有生之意，尚复留恋圣世，以辞此宠禄，或可苟延岁月，欲望朝廷哀怜，特许臣守本官致仕。"

刚拜发了《乞致仕状》，忽接道潜来书，多开导语。苏轼支撑病体给他回书，内云："书中旨意一一领，但不能多书历答也。见知识中病甚垂死因致仕而得活者，俗情不免效之。"

钱世雄看到了，拉了拉苏迈的袍袖，来到天井的紫藤架下，一脸庄重道："先生珍惜生命，留恋人间，还是延请名医诊治，免得耽误了。"

苏迈叹息道："可老人家很自信，不让请，如之奈何？"

钱世雄眨巴着眼睛，像是在思考对策。

五

七月初一上午，钱世雄一进院子，见中堂里挂着一幅黄筌所画的龙，苏轼由苏过搀扶着，正在焚香祈祷。正纳闷间，苏轼祷告毕，转身见钱世雄站在门外，遂笑道："当年守郡时，我常以此祈雨。听说常州已有两个月没有下雨了，我替百姓祈雨。"

钱世雄感叹道："先生还是放不下啊！"

苏轼笑答："佛家不是说要普度众生吗？"又问："济明这次来，有没有带礼物？"

"不敢，不敢！"钱世雄摆手道。

苏轼到常州的消息传开后，官民纷纷携礼来见。苏迈即以卧病期间不便见客为由婉拒，可馈送食物、药品者还是络绎不绝。苏轼过意不去，吩咐苏迈，馈赠一概拒收，就连钱世雄所赠，也只接受他自制的“和饮子”与“蒸作”。苏轼又写了谢柬，嘱钱世雄止此而已，不可再送礼物。所以，一听苏轼问他有没有带礼物，钱世雄连说不敢。

“这样，双方心里都没有负担了嘛！”苏轼笑了笑道。说着，招手示意钱世雄在病榻前落座。今天他精神颇好，谈兴很浓，说到高兴处，时发一笑。辞出时，钱世雄对苏迈感慨道：“老先生笑时，眉宇间秀爽之气，照映坐人。”

一家人都为苏轼的病情好转而高兴，不料当夜又发起了高烧，昏昏沉沉了十来天，直到七月十二日早上才有了点精神。听说钱世雄正与苏迈在间壁商量事情，便让苏过扶他到书案前，勉力支撑，写了一幅惠州时所作《江月五首》。待钱世雄前来问安，他指着案上的条幅道：“济明，感念你的照顾，留为纪念吧！”

钱世雄施礼谢过，拿出一包药道：“先生，这是我特意搜求来的神药，请先生服用，必可治愈。”

为了设法让苏轼接受治疗，钱世雄绞尽脑汁。苏轼昏迷不醒这几天，他遍访常州名医，医士多推断说，苏轼患的是湿温热毒之症，当服清热解暑之剂；人参、茯苓、麦门冬属温补，功效只在于补气，且会使邪气没有出路，闭门留寇。正确的疗法应先治热毒，再补气。钱世雄听罢，请名医合了一剂药，因知苏轼对自己的医术甚自信，担心他拒绝服用，遂打出“神药”的招牌，以哄他服下。

苏轼摇头。

“阿爹，好不容易觅得神药，为何不服用啊？”苏迈着急问。

苏轼答：“神药理贯幽明，未可轻议。”说完，闭上眼睛，任凭苏迈和钱世雄如何苦劝，就是不搭话。

钱世雄和苏迈对视一眼，各自摇了摇头，只得放弃。

第二天上午，钱世雄一进来，苏轼就唤道：“济明，快来看我写的诗。”钱世雄趋前一看，诗题为《梦中作寄朱行中》：“舜不作六器，谁知贵玙璠。哀哉楚狂士，抱璞号空山。相如起睨柱，头璧与俱还。何如郑子产，有礼国自闲。虽微韩宣子，鄙夫亦辞环。至今不贪宝，凛然照尘寰。”下面还有自注：“前一日梦作此诗寄朱行中，觉而记之，自不晓所谓。”

“朱行中是谁？”钱世雄问。

“广州郡守朱服。”苏轼答，“我与他也只是一面之缘，不知为何梦中作诗寄他。我也不明白这诗是何意，只知共用了五个典故：其一，用《周礼》舜以玉作六器以礼天地四方之典；其二，用卞和献璞之典；其三，用蔺相如完璧归赵之典；其四，用郑子产不随意满足强晋强求玉环的贪念之典；其五，用韩起悟退玉环之典。此五典全与宝玉有关。”

钱世雄一眼就看明白了：“何如郑子产，有礼国自闲”，表达的是他的治国理念；“至今不贪宝，凛然照尘寰”，则是以玉喻人、借人写己，表达其一生孜孜以求的不是财富，而是人格气节上的浩然正气；其余各句表达了对世人多逐利禄的忧虑，奉劝人们以先贤为楷模，重视精神境界。这与当下朝廷重续神宗朝革新路线的趋势格格不入，因此他便假借梦中作诗并寄给一个素无渊源的人来表达，又自注自己也不明白诗的意思，以为遮掩。只是这首诗用典过多，恐不易流传。钱世雄没有把这些想法说出口，只是一笑道："先生又可作诗了，而且这样富于哲理，看来很快就能痊愈了。"

不料，次日高烧又起，夜里齿间出血，像是无数蚯蚓在向外爬，直到天亮才止住。一连几天高烧不退，气逆上冲，呼吸困难，不能平卧，日夜只能倚坐床头。晋陵县令陆元光闻讯，送来一副纵横三尺的懒版，苏迈兄弟将老父移至其上，呼吸才顺畅了些。延至十八日，苏轼把三个儿子唤至病榻前，嘱咐道："我这一生，没有作过恶，死后必不会下地狱。至时，慎勿哭泣，好让我坦然化去。"

苏迈三兄弟抽泣着点了点头。本以为老父对家事会有所嘱托，却见他闭目不再言语，苏迈不忍问出口，转身出了卧室，正遇前来问安的钱世雄，忙上前拉住他的手，哽咽道："济明兄，看来要准备后事了。"

二人合计了一番，定棺材、买寿衣、撕孝布，悄悄准备起来。过了两天，苏轼的病情又好转了。在苏迨、苏过的搀扶下，可以下地缓慢挪步了。二十三日午后醒来，忽见一张名刺摆在旁侧的小几上，伸手拿起一看，惊喜地问："维琳长老来了？"

随侍在侧的苏过答："来了，恁老人家正在睡觉，没敢打扰。"

"哎呀，他和我同龄，偌大年纪，冒酷暑从杭州来看我，真是令人感动。"说着，提笔给维琳修书，感谢他的高义，邀他晚上凉快时来卧谈少顷。

傍晚时分，维琳到了，苏轼却昏睡过去了。直到二十五日才苏醒过来。得知维琳来过了，他轻叹一声，在懒版上修书与维琳告别："某岭海万里不死，而归宿田里，遂有不起之忧，岂非命也夫！然死生亦细故尔，无足道者。惟为佛为法为众生自重。"

钱世雄吃惊道："先生视生死为细故，深得庄子'善吾生，所以善吾死'的真谛。先生一生仰不愧于天，俯不怍于人，且已尽己之力善事其生，故而方能坦然说出'死生亦细故尔'的话。"

翌日晨，维琳赶来了，问候了几句，苏轼微笑着道："无身则无病痛，何足道。"说着，突然紧紧抓住维琳的手，哽咽道："我万里归来，终未能与吾弟子由见上一面，思之痛心。"说着，两行泪珠"啪嗒啪嗒"滴落下来。

维琳忙为苏轼说偈语。苏轼张着嘴喘息着，神志却还清明，声音微弱，口答偈语："与君皆丙子，各已三万日。一日一千偈，电往那容诘。大患缘有身，无身则无疾。平生笑罗什，神咒真浪出。"

维琳听罢，蹙眉问："神咒何所指？"

苏轼已觉说话困难，索笔写道："昔鸠摩罗什病急，出西域神咒三番，令子弟诵以免难，不及事而终，后二日属纩。"写毕，急促喘息了一阵，陷入昏迷。

夜半，苏轼上体燥热，满脸通红；下身却已无体温，气息不时中断，几次都是在儿孙的呼唤声中慢慢缓过来。挨到二十八日辰时，突然睁开了眼睛，茫然地看着围在身旁的维琳、钱世雄和三子六孙，似乎听觉已失。众人意识到，病人到了最后时刻。苏迈按属纩之俗，含泪将一个小棉团放在父亲的鼻下。

维琳凑到他耳边，大声道："端明勿忘西方！"

苏轼像是听到了，低声答："西方不无，但个里着力不得。"

钱世雄也凑上去，高声道："固先生平时屡践，至此更须着力。"

苏轼淡然道："着力即差。"说完，缓缓闭上了眼睛。

苏迈趋前问："大人，对儿等还有何嘱托？"苏轼不答。过了片刻，鼻下的小棉团久久未动，显示呼吸已然停止。苏迈见状，哭着唤道："阿爹——"手脚忙乱地为他脱去衣衫，依俗净身、换寿衣。

"着力即差，这四字是先生在人间说的最后一句话。他与自己和解了，也与这个世界和解了。"钱世雄哽咽着对维琳道。但还有几句话，钱世雄没有说出口，望着苏轼的遗容，默念着："先生终归还是扬弃了释道的愚妄，参悟人生多方，终至于高标个体性命之贵，孜孜于独立之人格。直到生命的终点，没有遗憾、没有牵挂地离去了。"

"东坡居士已然超越了。"维琳双手合十，像是自言自语，又像是说给钱世雄听。

外面下起了雨，窗外的一片竹林里，发出密集的"莎莎簌簌"的声音，仿佛在向苏轼召唤："东坡居士，快听，听这穿林打叶声！"

尾声

崇宁元年四月，一艘大船载着苏轼的灵柩，溯运河北上。

去年七月二十八日，苏轼在常州孙宅去世，三子六孙都在病榻前送终，遵礼盛敛，大漆涂殡。百日祭事毕，苏迈即先赴颍昌谒叔父苏辙，又到汝州郏城县营建墓穴；苏迨、苏过并诸孙扶柩往葬。一路低调而行，不敢声张。沿途官员也都佯装不知，罕有出祭者。

就在苏轼病重期间，面对台谏起用苏轼兄弟为相的建议，皇帝公开表态："安有是理！若更用轼、辙为相，则神宗法度无可言者。岑象求辈扬言云：'轼、辙不相则不已'，当并逐之！"此言传出，举国官吏皆知，当今皇帝和他的皇兄哲宗一样，对苏轼兄弟不能谅解；不久，诏改明年为崇宁元年，以示尊崇、继承熙宁革新路线之意；还有传言说，甫入中枢的蔡京，正命人整理元祐奸党名单，将要刻碑公示。这种情形下，祭奠苏轼，无异于自投罗网。

经两个多月的长途跋涉，苏轼灵柩运抵郏城县苏家墓地，王闰之和儿媳欧阳氏的灵柩也已运到。闰六月二十日，苏轼与王闰之合葬于钧台乡上瑞里。

遵二哥遗愿，苏辙含泪书写长达近七千言的墓志铭，结尾云：

“公之于文，得之于天。……其于人，见善称之，如恐不及，见不善斥之，如恐不尽，见义勇于敢为，而不顾其害。用此数困于世，然终不以为恨。孔子谓伯夷、叔齐古之贤人，曰：‘求仁而得仁，又何怨。’公实有焉。”

安葬了二哥，苏辙卖掉京城房产，在颍昌购屋置地，安置苏迈、苏迨、苏过三家到此居住。守制期间，苏迈三兄弟与叔父苏辙一起整理遗稿，即有《易传》九卷、《书传》十三卷、《论语说》五卷、《东坡集》四十卷、《后集》二十卷、《奏议》十五卷、《内制》十卷、《外制》三卷、《和陶诗》四卷，有诗两千七百余首、词三百六十首、文四千八百余篇。